기억삭제소 커피페니 청담

기억삭제소 커피페니 청담

초판 1쇄 인쇄 | 2022년 12월 21일
초판 1쇄 발행 | 2022년 12월 28일

지은이 | 이장우
펴낸이 | 박영욱
펴낸곳 | 북오션

경영지원 | 서정희
편 집 | 고은경·조진주
마 케 팅 | 최석진
디 자 인 | 민영선·임진형
SNS마케팅 | 박현빈·박가빈

주 소 | 서울시 마포구 월드컵로 14길 62 북오션빌딩
이메일 | bookocean@naver.com
네이버포스트 | post.naver.com/bookocean
페이스북 | facebook.com/bookocean.book
인스타그램 | instagram.com/bookocean777
전 화 | 편집문의: 02-325-9172   영업문의: 02-322-6709
팩 스 | 02-3143-3964

출판신고번호 | 제 2007-000197호

ISBN 978-89-6799-723-6 (03810)

기억삭제소 커피페니 청담

이장우 장편소설

Coffee Penny Cheongdam

OPEN

Coffee Penny Cheongdam

Bookocean

Coffee penny Cheongdam
등장인물 소개

 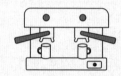

닥터 제닝스
정체가 베일에 싸인 뉴클레아스 심해기억저장위원회의 9인
비밀위원 중의 1인이자 핵심 지도자

에이미
기억삭제소 커피페니 청담의 점장이자 딜릿스타.
뉴욕의 파오슈와츠(F.A.O Schwatz) 장난감 백화점을 방문
하여 던컨 아저씨를 만나고 딜릿스타가 되는 운명에 동의
하면서 크리스퍼 대사로 활동하게 됨

까미
커피페니 청담의 파트너, 딜릿스타로 활동하다가 크리스퍼
대사로 비밀요원이 됨

현(Hyun)

까미의 단짝이자 룸메이트, 까미의 권유와 요청으로 크리
스퍼 대사가 됨

마드모아젤 보테가

보테가또베네타타(Bottegatovenetata)의 임원이자 비밀 크
리스퍼 전권대사의 지위를 수행하는 핵심 요원. 기억을 꼬
아서 대용량으로 저장할 수 있는 인트레치아토 기법을 발
명하여 크리스퍼 기술로 집단 기억을 가공할 수 있는 무시
무시한 능력의 소유자

아일린

미술품을 통해 기억 평정을 이루어 낸 비밀요원 쿠사마마
야요이요이의 숨겨진 손녀. 어머니에 대한 기억을 100년 동
안 봉인당하고 기숙학교에서 성장함. 웃음소리로 상대방의
생각을 읽고 지울 수 있는 능력을 가진 비밀스러운 소녀

Coffee
penny
Cheongdam

· c o n t e n t s ·

Chapter 1

주문하신 기억을 삭제, 전송해 드립니다

시끄러운 사건

아침부터 커피페니 청담의 점장 에이미는 골치가 아팠다. 새벽부터 출근하자마자 7시 오픈 전에 플라이어 메신저로 날아온 닥터 제닝스의 메시지는 숨이 턱 막히는 문장부터 시작하였다.

"에이미, 영화 〈나 홀로 집에〉에 나온 뉴욕의 파오슈와츠(F.A.O Schwarz) 장난감 백화점에 가본 적이 있나? 오늘 한번 가보고 나에게 보고해주게. 우리 플라이어들이 수집해온 기억들이 파오슈와츠 장난감 백화점 5층에서 시리얼 번호도 없이 판매되고 있다고 제네바 기억시계제작소에서 연락이 왔네."

사실 에미미는 닥터 제닝스를 한 번도 본적이 없었다. 기억을 지우는 1,000여 명의 딜릿스타에게 시상을 하는 행사 때나, 기억을 가져오는 향기 요정인 플라이어들의 최대 이벤트인 올해의 플라이어 시상식 때 등장하여 큰 포상을 한다는 이야기는 들은 적이 있다. 하지만 모든 행사의 사진에 닥터 제닝스는 늘 가면을 쓰고 있었다. 사실 늘 가면을 쓰고 모든 행사에 등장하는 바람에 가장 활동이 많은 딜릿스타나 플라이어들에게조차 닥터 제닝스가 도대체 어떻게 생겼을까 하는 온갖 추측이 난무했다.

플라이어들이 가져온 기억을 기억저장소에서 분류하고 숙성시키는 몽고리안느들이 최고 단계인 '메모리 소믈리에' 작위를 받기 전에 특별히 실시한다는 한 달간의 혹독한 교육에서 명강의로 명성을 날려서 모두 감동의 눈물을 흘리게 했다는 이야기는 많이 들었다. 하지만 정작 이때도 가면을 쓰고 강의를 하는 통에 누군가는 혹시 대역을 쓰는 게 아닌가 하는 이야기조차 전해지곤 했다. 왜냐면 어떤 때는 배가 뽈록 나온 모습으로 가면을 쓰고 등장하고 어떤 때는 또 배가 날씬한 모습으로 등장하는 통에 여러 사람이 1인 역할을 한다고 소곤대기도 했다.

에이미는 10년 동안 커피페니에서 근무를 한 이후로 지금은 도산대로 458번지 한국빌딩 1층의 커피페니 점장으로 일하고 있다. 현재의 신분은 커피페니 점장. 대학을 졸업하고 취직을 꿈꾸면서 역동적인 서비스 직종에서 바리스타를 하고 싶다는 생각을 가지고 어느 날 꿈속에서 파오슈와츠 장난감 백화점에 가서 이 꿈을 산 지 단 하루 만에 꿈에서 나타난 카오필리 요정이 다음과 같이 말하는 꿈을 꾸게된 게 계기가 되었다.

"넌 딜릿스타로 선정되었어! 내일 커피페니 소공점에 가면 파트너 모집 공고가 붙어 있을 거야. 바로 들어가서 점장님에게 일하고 싶다고 하면 네 이름을 이미 알고 있으니까 바로 시작할 수 있어."

정말 꿈같은 이야기지만 에이미는 다음 날 꿈꾼 그대로 커피페니 소공점으로 가서 바로 취직되었다. 그리고 가지고 있던 휴대폰에 홀로그램의 너무나도 예쁜 인어가 커피 한 잔을 들고 있는 이미지가 나타난 애플리케이션이 자동으로 설치되었다.

에이미 딜릿스타 넘버 709. 비밀번호는 초등학교 1학년 3반 25번으로 설정되어 있었다. 에이미는 본인이 기억조차 못 하는 초등학교 1학년 때 번호가 뜨는 것을 보고 기절할 듯 놀랐다.

'이건 뭐지? 내가 지금 무언가에 홀린 건가?'

휴대폰 애플리케이션이 구동되면서 문자와 동영상이 구현되었다.

"당신은 이제부터 709번째 딜릿스타로 임명되었습니다. 앞으로 당신의 인생은 모두 저희 기억삭제소와 함께합니다. 보상으로는 행복한 시간들이 주어지며 평생을 즐겁고 행복하게 살게 될 것입니다. 축하합니다."

그리고 다음과 같은 문구가 쉴 새 없이 깜빡거렸다.

** 당신은 709번째 딜릿스티에 선출되어 앞으로 평생 딜릿스티의 역할을 충실히 수행할 것에 동의하십니까? **

에이미는 호기심이 많고, 모험심이 있는 자신을 원망할 시간조차 없이 "네"를 눌렀다.

** 정말 동의하십니까? **

"네."
강렬한 분홍색의 메시지가 화면 위로 올라왔다.

** 축하합니다. 에이미 님, 당신은 709번째 딜릿스티로 임명되었으며 앞으로 기억식제소 커피페니의 점장 역할을 수행하면서 뉴클레이스 심해기억저장위원회의 가족으로 지구를 지키기 위한 임무를 수행하는 행복을 누리게 될 것입니다 **

그리고 벌써 10년이 흘렀다.
"시간 참 빨리 가네. 나도 내 10년을 다 기억하지 못하는 건, 후후. 나조차도 기억을 삭제당하기 때문일까?" 미소를 띠며 닥터 제닝스의 문자를 다시 바라보는 에이미는 숙제를 해야 하는 학생처럼 분주히 업무를 시작하였다.

제네바 생체기억시계제작소

분주히 움직이는 생산공정소에서 약 100여 명의 생체기억시계장인들이 각자의 앞에 놓인 기억시계를 조립하고 있는 모습이 인상적이다.

생체기억시계제작소를 책임지고 있는 물랑팡 백작은 이미 가문 대대로 이 제작소를 운영하고 있다. 물랑팡 백작은 최근에 제작된 최고의 생체기억 시계 제품인 '엑스칼리바 무브먼트 9099'의 멋들어진 회전력을 보면서 감탄을 자아내고 있다.

"완벽해. 이 정도의 오차면 거의 지금 모든 기억시계 중의 최고 수준이야. 이 기억시계를 찬 사람은 거의 80년을 한 치의 오차도 없이 DNA에 설계된 대로 인생을 살게 될 거야. 평생을 뛰는 심장의 박동도 오차가 없을 것이고, 계산된 무릎 관절의 움직임 횟수도 무리 없이 평생 쓸 수 있을 거야. 설계된 대로 원하는 시간에 원하는 장소에서 원하는 이벤트대로 수많은 관계 알고리즘에서 거의 완벽한 수준의 이동성을 가지게 되다니. 역작이야 역작. 이 수면모드를 봐. 잠자는 시간에 모든 기억을 워싱(Washing)시키는 세정 기능조차 거의 100퍼센트 완벽하게 작동되도록 구동력을 갖추었어. 각종 인생의 중요한 의사결정에 올바른 판단을 할 수 있도록 단백질과 호르몬 그리고 21종 아미노산의 정확한 양이 분비되면서 사용자가 최상의 판단을 할 수 있도록 도울 거야. 이처럼 완벽한 '엑스칼리바 무브먼트 9099'를 우리가 만들어 내다니."

사실 물랑팡 백작은 최근에 신기술을 접목하여 디지털 생체기억 시계를 사용하자는 일부 위원들의 주장에 상당한 거부감과 불쾌감을 느끼고 있었다. 수백 년 동안 가업을 지켜 오면서 생체기억시계의 오토매틱 무브먼트는 인간의 모든 움직임 속에서 에너지를 얻어서 완벽하게 뇌기능에 기억삭제 기능을 제공하였다. 또한 뉴클레아스 심해기억저장위원회 산하의 기억삭제소가 요구하는 수준 이상의 기억삭제 데이터를 생성할 수 있도록 표준오차 범위 내에서 이를 제공하였다. 하지만 신기술이랍시고 배터리로 구동되거나 태양에너지로 구동된다는 생체기억시계를 만들어 이를 공급하는 몇몇 경쟁자들을 보면서 걱정도 되고 앞으로 다가올 여러 가지 변화들에 대해 많은 고민이 드는 건 사실이다.

원래 생체기억시계제작소의 표준시계는 120년을 기준으로 만들어진다. 이는 인간의 DNA에 120세 수명코드와 한 치의 오차도 없이 맞추어져 있는 시스템이다. 어느 누구도 이 불변의 진리를 거스를 수는 없다. 그런데 이러한 디지털 기술이 마치 영원한 시간을 제공할 수 있는 듯이 시장을 호도하는 것을 물랑팡 백작은 도저히 용서할 수 없었다.

또한 배터리로 구동되는 몇몇 시계는 오작동을 일으키거나 배터리가 소실되면서 기억삭제를 책임져야 할 인간들의 기억에 오류를 내거나, 정확하게 설계된 심장 구동 횟수를 정지시켜서 사망에 이르게 하고, 갑자기 호르몬 이상이나 세포 변성을 일으켜서 큰 질병을 만들어 내는 등 여러 검증되지 않은 많은 일들이 벌어지고 있는 것이 공공연한 사실이다. 하지만 어찌 된 것인지 몇몇 기억삭제소 뉴클레아스 지역본부에서는 이러한 불량한 생체기억시계를 선호함으로써 시장 질서를 어지럽히고 있다.

제네바 생체기억시계제작소에서는 인간들을 위한 최고 제품의 생체기억시계를 제작하고 이를 배포하는 걸 자부심으로 여기고 있다. 물론 사용하는 사람에 의해 그 시간의 크기는 각자의 삶에서 다르게 나타난다.

생체기억시계의 작은 오차에 의해 발생하는 여러 인간의 질병이나 인생의 문제 등을 최소화하기 위해 기억의 파편을 조절하는 기억 폴리싱 시스템과 생체기억시계 전체가 오차 없이 예정대로 진행되도록 기억 부품 전체를 분해해서 다시 조립하는 오버홀 시스템을 운영하고 있는 점도 다른 불특정 제작소와 다른 점이다.

'도대체 심해기억저장위원회에서는 왜 저런 사안들을 교통정리

하지 않는 거야?'

물랑팡 백작은 부글부글 분노가 끓어올랐지만 일단 내 일이나 잘하자는 심정으로 '참을 인' 자를 3번 쓰면 더 행복하다는 선조들의 명언을 가슴에 새겼다. 그리고 바로 '엑스칼리바 무브먼트 9099'가 장착된 한정판 신제품 1,000개 생산을 체크하고 이를 위원회에서 지시한 각 지점으로 보낼 준비를 하였다.

유명한 파오슈와츠(F.A.O Schwarz) 장난감 백화점

점장실에 앉은 에이미는 닥터 제닝스가 내 준 숙제를 하기 위해 조심스럽게 공간접속 티백인 '타오타오 녹차'를 꺼내 들고 우린 다음 단숨에 마셨다.

에이미는 거의 10년 만에 뉴욕의 파오슈와츠 꿈의 백화점에 왔다. 뉴욕 5번가 끝의 프라자 호텔 건너편에 있던 그 자리에 도착했다가 한참을 헤매고 나서야 파오슈와츠가 록펠러 센터 건물로 옮긴 것을 알아냈다. 추운 겨울에 느껴지는 록펠러 센터의 크리스마스 시즌의 풍경은 너무도 아름다웠다. '나도 나중에 뉴욕의 커피페니에서 일한다면 얼마나 좋을까?' 에이미는 아침에 뉴욕의 5번가에서 타임스퀘어를 가로질러 커피페니로 출근하는 상상을 해본다.

록펠러 센터에 와서 가장 먼저 보고 싶었던 스케이트장은 막 개보수 공사를 마치고 시범 운영 중이었다. 정중앙에 우뚝 서 있는 록펠러 센터의 크리스마스 시즌의 상징인 크리스마스트리가 유난히 반짝여 보인다.

'올해도 크리스마스이브에 있을 점등식은 정말 볼 만하겠구나.'

에이미는 상상만으로도 즐거운 록펠러 센터의 크리스마스 행사를 생각하면서 록펠러 센터로 이사한 파오슈와츠로 달려갔다.

"Hello, My friend. Merrychristmas(안녕, 나의 친구. 메리크리스마스)."

파오슈와츠의 상징인 입구의 도어맨 아저씨가 에이미를 반기면서 인사말을 건넨다.

"에이미 양, 정말 오랜만이군요. 이젠 어엿한 커리어 우먼이 되었군요. 하하하."

에이미는 거의 10년 만에 오는 자신을 알아보는 도어맨 아저씨의 신비한 능력에 감탄을 금치 못하면서 입구에 들어섰다.

'5층이라고 했지?' 에이미는 다른 층을 들르지도 않고 곧바로 엘리베이터를 타고 5층을 눌렀다. 10년 전에 두리번거리며 각 층을 기웃거리던 대학을 막 졸업한 소녀 에이미가 아니었다. 이제는 어엿한 기억삭제소 커피페니 청담의 점장이다.

그것도 딜릿스타 자격증을 가진 멋진 요원이 된 것이다. 빠르게 올라가는 투명한 유리로 둘러싸인 신비롭기까지 한 파오슈와츠 장난감 백화점의 엘리베이터가 5층으로 올라가는 동안 에이미의 머릿속은 금세 10년의 시간이 스쳐 지나가는 듯했다. 3층을 지날 때 투명 유리 밖으로 던컨 아저씨가 무언가 열심히 직원들에게 지시를 하고 있었다. 늘 그렇듯이 3층의 분위기는 경쾌했고 10년이나 지났지만 10년 전에 보았던 엉클 래빗은 전혀 늙지도 않고 꼬불거리는 머리카락을 쭈뼛이 세운 채 노래를 흥얼거리며 파오슈와츠의 주인인 던컨 아저씨를 바라보고 있었다.

'여기는 시간이 흐르지 않는 곳 같아. 사람들은 모르겠지. 이곳이 모든 사람들의 꿈을 이루어 주는 곳이라는 걸.'

에이미는 혼자 중얼거리며 5층에 다다랐다. 문이 활짝 열리자 함박 웃음을 띤 실버스타가 서 있었다. "어서 와요, 에이미 님. 파오슈와츠 장난감 백화점의 가장 멋진 곳 5층에 오신 것을 환영합니다.

구입해 가신 꿈이 이루어진 재방문 고객은 30퍼센트 특별 할인입니다!" 물론 꿈이 이루어지지 않아 AS를 받으려면 7층의 고객센터로 가보셔야 하고요. 하하하."

실버스타는 킁킁 냄새를 맡더니 기쁜 콧소리로 외쳐 댄다.

"에이미 님은 물론 꿈을 이루셨군요. 흠, 멋진 딜럿스타 배지를 재킷에 달고 계신 걸 보니 벌써 점장이 되신 듯하군요. 축하합니다. 하하하."

에이미는 여전히 즐겁게 떠벌거리는 실버스타가 조금은 버거웠지만 그래도 닥터 제닝스가 아침에 지시한 내용을 확인해야 하는 숙제를 하기 위해 왔으므로 긴장감을 늦추지 않았다.

"실버스타 님, 오랜만이군요. 여전히 파오슈와츠 장난감 백화점은 최고 인기군요. 최근에는 누적 방문자가 1억 명을 돌파했다면서요! 정말 대단해요. 축하합니다. 1억 명 돌파 드림에디션 프로모션을 한다고 해서 벌써들 원하는 꿈을 사려고 난리던데요."

실버스타는 고개를 한껏 세우며 흥분된 목소리로 말했다.

"뭐, 하하. 던컨 님의 경영철학이 워낙 위대하고 위대하고 또 위대하잖아요. 물론 우리처럼 멋지게 그 일에 동참하는 멋진 직원들이 있기는 하지만요. 하하하하. 요즘은 너무 많은 꿈의 버전들이 업그레이드되는 통에 어휴. 그 매뉴얼 업그레이드에 사용법 다시 정리하느라고 완전 정말 쓰러지기 일보 직전이랍니다. 하하하. 그래도 보람 있는 일이지요."

실버스타의 목소리에는 10년 전에는 느껴 보지 못한 자부심이 묻어났다.

사실 실버스타는 에모리대학을 나오고 노스웨스턴대 로스쿨을 나온 재원이었다. 워싱턴주 변호사 자격증을 따고 미국 3대 로펌에 근무한 엘리트가 장난감 백화점 점원이라니. 에이미는 도저히 실버스타를 이해할 수 없었다.

'내가 모르는 다른 세계가 이곳에 존재하고 있을 거야. 실버스타는 물론 내게 그런 비밀을 이야기해 주지는 않겠지만.'

이런저런 생각을 하고 있던 에이미에게 실버스타가 어깨를 탁 치면서 이야기를 이어 간다.

"아 참! 에이미 님, 저희 5층에는 무슨 꿈을 사기 위해 오셨나요? 또 다른 위대하고 원대하고 세상을 구할 뭐 그런 꿈을 찾으시는 건 아니겠지요? 하하하."

오지랖이 여전한 실버스타의 눈을 보면서 에이미는 나지막한 목소리로 용건을 이야기했다.

"실은 제가 본사에서 지시를 받았는데 플라이어가 삭제해서 스위스 기억시계제작소로 보낸 기억들 중의 일부가 시리얼 번호 없이 이곳 5층에서 판매되었다는 제보가 들어왔다고 합니다. 그래서 최근에 판매된 꿈 중에 플라이어가 수집해서 보낸 택배번호 TWIN0218200306250106 QNXJ의 박스에 있던 꿈들의 일부가 이곳에서 판매되었는지 확인 부탁드립니다."

에이미는 강한 어조로 실버스타에게 이야기했다. 실버스타는 별것 아니라는 듯한 표정으로 에이미를 바라보며 이렇게 말했다.

"에이미 님. 점장이 되시더니 정말 사무적이 되셨군요. 하하하. 가만가만 택배번호 TWIN021800200306250106 QNXJ라고 했죠? 잠깐만요."

실버스타는 들고 다니는 휴대용 포스시스템에 시리얼 번호를 입력해 보더니 얼굴색이 갑자기 변하면서 신음 소리를 내며 나지막이 중얼거렸다.

"음… 이런 이런… 박스가 같은 게 2개였구나. TWIN이라는 시리얼을 신경 썼어야 했는데. 아… 기억난다! 한 달 전에 하나는 바로 매월 배송하는 스위스 기억시계제작소용 기억 파편 수집박스에다 넣어서 판매하지 못한 꿈과 AS 나온 꿈의 조각들을 다 모아서 배송을 했는데 박스 하나는 그만 우리 5층에서 아… 어느 젊은이의 간절한 소원을 담은 꿈으로 할인해서 판매가 되어 버렸구나. 어머 어머 아구구구구. 사고네 사고야. 즐거운 사고. 하하하하하하하. 내가 왜 이러지? 하하하하."

실버스타는 다른 사람이 된 듯 기쁘고 당황스럽고 슬프고 흥분된 표정으로 얼굴색이 무지개처럼 변화무쌍하게 변하더니 갑자기 정색을 하면서 에이미에게 바짝 다가와서 속삭였다.

"에이미 님, 이건 사고이기도 하고 이벤트이기도 하고 기쁘기도 하고 슬프기도 하고 아! 뭐라고 표현을 해야 하죠? 하하하하하. 던컨 님, 던컨 님에게 직보를 해야 될 것 같아요. 우리 같이 가요, 에이미 님."

실버스타는 에이미의 손을 확 잡아채더니 재빠르게 엘리베이터를 타고 1층을 눌렀다. "저, 던컨 아저씨는 아까 3층에 계시던데요?" 에이미가 이렇게 이야기하자 실버스타는 눈을 크게 뜨면서 놀란 표정으로 어느새 3층 버튼을 누르고 있었다.

엘리베이터가 3층에 다다르자 문이 스르륵 열렸다. 엘리베이터 문이 열리자 놀랍게도 열린 문 앞에 흰머리와 금발이 너무나도 멋진 던컨 아저씨가 서 계시는 게 아닌가?

"던컨 님, 던컨 님! 아주아주 긴급하게 보고드릴 게 있습니다."

던컨 아저씨는 인자하게 웃으면서 "아까 에이미가 5층으로 가는 것을 보았네. TWIN 박스 중의 하나가 시리얼 번호 없이 판매된 걸 이야기하려고 하는 거지? 허허허." 이렇게 말하는 것이 아닌가?

"아! 역시 던컨 아저씨다." 에이미는 놀란 눈으로 던컨 아저씨를 쳐다보았다.

"그래. 딜릿스타 10년 만에 점장을 달고 기억삭제소를 책임지는 기분이 어떤가? 10년 전에 그 꿈 사가기를 잘한 것 같지? 허허허." 에이미는 자신을 바라보는 던컨 아저씨를 보면서 '정말 정말 정말

《이상한 나라의 앨리스》에 나오는 토끼의 할아버지의 할아버지의 할아버지를 보는 것 같아.'라는 이상한 생각이 들었다. 그만큼 신비로운 기운이 흘렀다.

"일단 내 방으로 가서 이 사건을 정리해보세." 던컨 아저씨의 말에 실버스타와 에이미는 잔뜩 긴장하고 흥분되는 마음으로 던컨 아저씨를 따라갔다.

파오슈와츠 장난감 백화점 1층 입구의 커다란 회전문에 던컨 아저씨가 먼저 들어가고 에이미와 실버스타를 같은 칸에 들어오게한 다음 던컨 아저씨는 왼손 두 번째 손가락과 세 번째 손가락 두 개를 회전문에 대고 '쌍윷타니까야 쌍윷타니까야'를 세 번 웅얼거리며 회전문을 돌렸다.

분명 회전문이 돌아가면 파오슈와츠 장난감 백화점 문 밖으로 나가서 록펠러 스케이트장으로 나가야 하는데 신기하게 회전문이 돌아가자 커다란 서재와 아주아주 큰 책상에 작은 나무 의자 하나가 전부인 사무실이 나타났다.

실버스타는 흥분되는 목소리로 크게 외쳤다. "우와. 제가 입사한지 벌써 5년인데… 던컨 님 사무실은 처… 처음 와 봅니다."

던컨 아저씨는 인자하고 흐뭇하게 웃으신다. "이곳에 온다는 것은 크게 칭찬받거나 크게 혼나거나 둘 중의 하나인데 자네는 어느 쪽인 듯하나? 허허허."

실버스타는 잔뜩 주눅 든 표정으로 던컨 아저씨를 쳐다보며 눈을 껌벅거렸다. 게다가 말조차 더듬으면서 "저… 저… 저는…." 이러면서 말을 하지 못하였다.

에이미는 이러한 상황이 도무지 이해가 되지 않았다. 닥터 제닝스의 요청에 의해 시리얼 번호가 없이 파오슈와츠 장난감 백화점 5층에서 판매된 꿈이 어떻게 유통되었는지 조사를 해보라는 지시를 받고 왔을 뿐인데 갑자기 지금은 이곳에서 제일 높은 전설적인 던컨 아저씨와 그리고 아무도 본 적이 없다는 던컨 아저씨의 사무실에 같이 와 있는 이러한 상황이 도무지 스스로도 믿기지가 않았다.

에이미는 떨리는 음성으로 던컨 아저씨를 향해 "아저씨, 저는 단지 5층에서 판매된 시리얼 없는 꿈의 조각에 대해 조사해서 보고하라는 지시를 받고 왔을 뿐입니다. 실버스타는 그런 저의 요청을 듣고 같이 상황을 살펴보고 있었고요. 실버스타는 저를 도와주려고 한 것입니다."

에이미는 실버스타가 자기로 인해 시작된 이번 일로 낭패를 당하는 것 같아 아주 미안해 죽을 지경이었다.

"다 안다네. 실버스타! 자네는 TWIN 박스 안에 2개의 꿈의 파편이 들어 있었는지 몰랐군. 그 꿈들은 위아래로 들어 있어서 처음 볼 때 마치 하나로 보였을 거야. 박스를 완전히 열어 보기 전에는 어떤 게 기억의 파편 박스이고 어떤 게 꿈의 조각인지 구분하기 힘들었을 거야. 가끔 그런 TWIN 박스가 배송되기도 하지. 어떤 때는 초음파로 봐도 위아래로 겹쳐서 어떤 게 꿈이고 어떤 게 기억 박스인지 잘 보이지가 않을 때도 있어. 전문가가 봐도 말이야."

던컨 아저씨는 고개를 끄덕이며 이제 상황을 알겠다는 듯이 지긋이 시선을 실버스타에게 돌리면서 자상하게 말씀하셨다.

"실버스타야, 그날 그 꿈의 파편을 사러 온 사람 이야기를 해줄 수 있니?"

실버스타는 휴대용 포스모니터를 살펴보면서 꿈의 결제 내역을 살펴보더니 이렇게 이야기를 시작했다.

"생각납니다! 그날은 젊은 청년이 5층을 두리번거리면서 자신의 꿈을 이루기 위한 꿈의 패키지를 사고 싶어 했는데 특이하게도 자신이 무언가가 되는 꿈이 아닌 자신이 좋아하는 누군가가 더 잘되기를 바라는 꿈을 사고 싶어 했습니다. '절대 포기하지 말고, 조금만 더 조금만 더! 그러면 성공할 거야, 사랑받을 거야.'라는 메시지를 담아 꿈을 사고 싶어 했어요. 이상하게도 그날 배송된 TWIN 박스가 유난히 눈에 띄는 포장지로 쌓여 있었어요. 가오리가 바다에서 춤추는 가오리떼의 향연이었는데 청년이 그 포장지를 보자마자 이 박스의 꿈을 사고 싶다고 했습니다. 포장을 뜯고 개봉하자마자 그 박스 안의 꿈을 바로 청년의 소원에 담아 주었는데 너무도 좋아하면서 빨리 계산하고 가야 된다고 하길래 저도 덩달아 기분이 좋아졌습니다. 정말 그 박스 밑에 또 다른 박스가 있는 줄 몰랐습니다. 이런 과정에서 하나만 판매하고 하나는 등록하지 않은 채 미등록 기억으로 남겨 놓게 된 듯합니다."

한숨을 푸욱 쉬면서 실버스타는 그날이 생각난다는 듯이 다시 휴대용 포스모니터를 보면서 나지막이 읊조렸다.

"그 청년의 이름은 비디터라고 등록이 되어 있고요. 그 청년이 사간 꿈은 60만 명의 군인들이 브레이브걸스라는 친구들의 〈롤린〉이라는 곡을 다 같이 다시 한번 부르면서 브레이브걸스라는 친구들이 성공하기를 바란다는 것으로 기록되어 있습니다."

에이미는 이 이야기를 듣고 깜짝 놀랐다. 걸그룹이 해체되기 전에 음원차트 역주행으로 새로운 신화를 쓰고 많은 국민의 사랑을 받는, 더구나 현역 장병 및 예비역 젊은 장병들에게 너무나도 전폭적인 사랑과 응원을 받는다는 눈물 나게 가슴 따뜻한 롤린의 역주행 신화가 비디터라는 한 청년이 자신의 꿈이 아닌 다른 사람을 위한 꿈을 사면서 이루어진 일들이라니….

말문이 턱 막힌 에이미는 조심스럽게 던컨 아저씨를 바라보면서 질문했다.

"아저씨, 그러면 그 TWIN 박스에는 기억의 파편 박스와 꿈의 파편 박스가 들어 있었다고 하는데 두 박스의 차이는 무엇인가요?"

"그건 말이야. 꿈의 파편은 사람들이 꿈을 꾸다가 중도에 포기하고 힘들어하고 이루어지지 않은 파편 조각들이지. 누구나 꿈을 꾸지만 그 꿈이 다 이루어지지는 않는단다. 기억의 파편은 사람들의 기억을 평생 간직할 수 없거든. 만약 그렇다면 사람들은 거대한 고뇌의 소용돌이 속에서 살게 될 거야. 흔히들 인간은 평생 두뇌의 1퍼센트만 사용한다고 하지? 99퍼센트를 안 쓰는 게 아니란다. 1퍼센트로 사용한 모든 두뇌의 데이터를 가공하고, 세척하고, 분류하고, 청소하고 그러면서 어떤 기억들은 뇌세포와 함께 동반 소멸하게끔 되어 있지. 그러다 보니 1퍼센트를 사용하지만 99퍼센트는 1퍼센트 사용의 뒷감당을 하면서 인간은 평생 뇌를 사용하는 것이란다. 기억의 파편 박스는 이런 과정에서 나오는 기억의 파편들을 담아 놓은 상자지. 물론 기억의 파편은 꿈의 파편과 달리 아픈 기억, 소중한 기억, 기쁜 기억, 잊고 싶은 기억, 보고 싶은 기억 등등 그 조각의 형태가 너무나 다양하여 분류하기가 힘들지. 어떤 기억은 꿈으로 재활용되기도 하고 말이야.”

던컨 아저씨는 정말 정말 정말 너무나도 온화한 미소로 에이미를 바라보면서 말을 이어갔다.

“에이미야, 내가 왜 파오슈와츠 장난감 백화점을 사랑하는지 아느냐? 그건 이곳에 오는 모든 고객들이 너무나도 기쁘고 소중하고 아름다운 꿈을 찾아서 희망을 지니고 오기 때문이지. 꿈은 어린이나 어른이나 모두 소중하단다. 허허허.”

“아마 닥터 제닝스는 기쁜 기억, 아픈 기억, 슬픈 기억, 소중한 기억 등등 너무나 많은 기억들을 지워야 해서 무척 힘들거야, 허허허. 닥터 제닝스를 본 지도 오래되었구먼. 에이미야, 닥터 제닝스에게 안부를 전해다오. 그리고 이번 보고서 밑에 내 문양을 찍어 줄 테니 그걸 같이 보여 주면 될 거야. 이번 파오슈와츠 장난감 백화점에서 판매된 시리얼 번호 없는 꿈은 꿈의 파편들이 너무나 아름답게 모여서 희망과 감동의 에너지를 세상에 퍼트리게 한 우리 파오슈와츠 장난감 백화점의 히트 상품이라고 말야. 암암. 허허허. 히트 상품이 시리얼 번호 없는 제품이라고 말하면 되겠나? 허허허. 내가 이미 내 권한으로 고유번호를 부여했으니 기억저장소 뉴클레아스 데이터 센터에 이미 인식이 되어 있을 것이야. 허허허."

에이미는 불과 10여 분 만의 모든 일들이 진짜 현실 같았다. 스스로가 뉴욕의 파오슈와츠 장난감 백화점에 와 있는 건지 꿈을 꾸는 건지 점차 혼돈이 되었다. 더구나 새로 옮긴 장소의 2층 창밖으로는 에이미가 너무나 좋아하는 록펠러 센터의 크리스마스트리와 스케이트장이 한눈에 내려다보였다.

정신을 차린 에이미는 얼른 공손하게 던컨 아저씨에게 인사를 하면서 그만 가보겠다는 제스처를 취했다.

감동스러운 이야기에 감동받고 본인이 문책받지 않아도 된다는 사실에 안도한 실버스타는 너무 기쁜 표정으로 에이미 옆에 바짝 다가와 빨리 나가자는 몸짓을 해댔다.

"자 그럼, 난 볼일이 더 있어서 말이야. 저 문을 열고 나가면 회전문이 보일 것이고 회전문을 오른쪽으로 밀면 되네. 단, 꼭 오른손으로 손잡이를 잡고 밀게. 안 그러면 다른 세계로 갈지도 몰라, 허허허."

"아 참! 한 가지 더 중요한 걸 이야기해 주지. 브레이브걸스라는 아이들의 꿈이 왜 그렇게 크게 이루어진 것인지 궁금하지? 브레이브걸스 멤버들의 조각난 꿈과 60만 명의 군인 장병들의 응원의 꿈이 모였을 때 이 조각보를 이어야 하는 삼색의 실이 있어야 하는데 우리는 이를 버츄타래(Virtu Skein)라고 한다네. 그 길고 긴 삼색의 버츄타래를 브레이브걸스는 만들어 낸 거지. 산골까지 멀리 군 장병들이 있는 곳으로 달려가 공연을 하고 같이 웃고 떠들면서 불평의 죄를 많이 쌓지 않았다네. 그 시간의 바구니가 다 차면서 버츄타래를 내보내게 되어 그 많은 꿈의 조각들을 다 이어버린 거지. 아름다운 일이야. 사람 사는 세상에서는 가끔 우리가 계획하지 않은 일들이 일어나지. 우리는 이 또한 세상의 균형이라고 생각한다네. 가끔은 말이야. 나조차도 저 심연과 우주 속의 하나의 작은 실타래가 아닌가 하는 겸손한 마음으로 살게 하지, 허허허."

"아! 그런 인연이 지금 펼쳐지는 거군요." 에이미는 감탄하면서 던컨 아저씨의 이야기를 듣다가 조심스럽게 바라던 소원 하나를 이야기해 본다.

"아저씨. 제가 이곳에서 꼭 해 보고 싶은 게 하나 있는데 해도 될까요?"

에이미의 돌발적인 이야기에 눈이 똥그래진 건 던컨 아저씨가 아니라 옆에 있던 실버스타였다.

"으헉. 에이미! 던컨 님에게 예의 없이 막 요청을 드리면 안 돼요."

"하하하, 괜찮다네. 에이미는 어려서 해보고 싶은 게 많겠지. 오늘 그 자리에 왔으니 한번 해보고 가렴. 내가 주는 올해의 크리스마스 선물이야. 하하하."

에이미는 던컨 아저씨가 이미 자신이 무엇을 바라는지 아는 것에 대해서 '역시 던컨 아저씨야!'라고 감탄을 금치 못하며 2층 창가에 놓여 있는 커다란 피아노 건반 위에 올라섰다.

발로 폴짝폴짝 뛰면서 건반을 옮겨 다니는 에이미를 둘러싸고 "산토끼 토끼야 어디를 가느냐 깡총깡총 뛰면서 어디를 가느냐." 정겨운 동요가 흘러나왔다.

'어려서 톰 행크스가 나온 올드무비인 〈빅(Big)〉을 보면서 나도 이렇게 건반 위를 뛰면서 노래를 부르며 어른이 되는 상상을 하고 싶었어.' 에이미는 즐거운 소원 하나를 이루어서 눈물이 나올 듯이 기뻤다. 더구나 영화 〈빅〉에서 톰 행크스가 영화를 찍은 그 건반 위에서 지금 노래를 연주하고 있는 이 순간이 너무도 가슴 벅찬 일로 다가왔다.

흐뭇한 표정으로 에이미의 건반 연주를 듣고 있는 던컨 아저씨를 향해 에이미는 감사의 눈인사를 건네고 조심스럽게 오른손으로 회전문의 손잡이를 잡고 밀었다. 정말 한 바퀴도 더 돌기 전에 에이미는 커피페니 청담 점장실 책상 위에서 잠이 깼다.

책상 위에는 마시고 남은 '타오타오 녹차'가 거의 말라가고 있었다.

뉴클레아스 심해기억저장소

어두컴컴한 해저의 심연 마리아나 해구.

그 안에 지구의 모든 생각하는 생명체들의 기억을 저장하는 데이터 클라우딩 센터 뉴클레아스 심해기억저장소가 있다.

심해기억저장위원회는 뉴클레아스 기억클라우딩의 운영을 통해 지구에서 일어나는 모든 기억 데이터들의 유지·관리·삭제·전송·편집 권한을 가지고 활동하고 있으며, 저장위원회의 위원들은 모두 9명이 있다는 기록만 있을 뿐 실제로 누가 위원이고 위원회가 어떻게 유지·운영 되는지는 철저히 비밀로 유지되고 있다고 알려졌다. 심해기억저장위원회 조직도는 다음과 같다.

심해기억저장위원회(9인의 위원 및 위원장은 절대 비밀)
산하기관: 뉴클레아스 심해기억저장센터
　　　　　뉴클레아스 심해기억클라우딩 가공공장
　　　　　뉴클레아스 심해기억소각센터
　　　　　뉴클레아스 행복기억양식장
뉴클레아스 심해기억저장센터는 매일 밤 인간들의 수면 속에서 전송되는 수많은 삭제기억들을 전송받아 이를 분류하고 저장한다.

지구의 자전 시스템에 의해 낮과 밤에 의해 지구의 북반구와 남반구가 전송하는 시간이 달라서 매일 2교대로 24시간 심해기억저장센터를 운영한다.

심해기억저장센터는 해파리가 관할하며 공장 내에서는 심해해파리가 저장을 위한 에너지를 발산하여 저장센터를 작동시키고, 저장센터에서 흘러나간 기억의 파편들은 바닷속의 바다해파리와 강물까지 기억 파편이 쓸려 갔을 경우를 위해 민물해파리까지 모두 기억저장 업무를 맡고 있다.

기억클라우딩 가공공장은 다음과 같은 시스템으로 움직인다.

공장장은 대왕가르치가 맡고 있는데 그 길이가 무려 10미터에 달하는 심해가르치족의 대왕이자 지배자이다. 가르치족은 심해에서 지상으로 전송되는 모든 데이터들을 흡수하는 은빛데이터 안테나를 전신에 두르고 모든 데이터 파장들을 흡수하여 저장센터에 분류 저장하는 특수한 기술을 지닌 기술 종족이다. 지구의 탄생과 함께 몇백만 년을 같이 해온 명실상부한 지구 최장의 기술 종족이라고 할 수 있다.

가르치족이 관리하는 뉴클레아스 심해 기억클라우딩 가공공장의 시스템은 다음과 같다.

뉴클레아스 심해 기억클라우딩 가공공장은 모든 인간이 기본적으로 가지고 있는 기억저장 용량인 200TB(테라 바이트)를 기준으로 하여 매일 소각해야 하는 기억들을 전송받아서 처리하도록 되어 있다.

인간이 가진 기억 청소 시스템은 1~3차 전송 시스템으로 구분되는데 1차 전송 시스템은 인간이 눈을 깜박거리면서 불필요한 기억들을 전송하고, 2차 전송 시스템은 하품을 하면 즐거운 기억들이 전송되며, 재채기를 할 때는 안 좋은 기억들이 전송되도록 운영되고 있다.

뉴클레아스 심해 기억클라우딩 가공공장은 대청소 시스템이 매일 밤 운용되는데 모든 인간이 수면에 들면 작동된다. 이 시스템이 작동되면서 모든 인간은 수면 중에 불필요한 기억을 전송하고 기억을 청소하기 시작한다.

수면 중에 간혹 미소를 띠는 경우는 파오슈와츠 장난감 백화점에 가서 꿈을 사는 중임을 나타내는 증표이다.

인간의 수면 중 기억 전송 과정에도 기억을 도둑맞을 수 있는데 이는 코를 골고 자는 경우 기억 전송에 오류가 생기면서 그 기억의 파편들을 플라이어들이 쉽게 기억망에 담아 가져간다. 이 기억의 파편들은 플라이어 기억마켓에서 거래하기도 한다.

또한 심해부 가장 밑에 위치한 뉴클레아스 심해기억소각센터는 뱀파이어 오징어족이 담당하여 모든 기억을 빨아서 소각하는 막중한 임무를 맡고 있다. 심해 900미터 이하에 존재하는 뉴클레아스 심해기억소각센터는 지구상에 존재하는 가장 큰 기억소각 용광로이다. 이 용광로에서 녹아내린 기억들은 마그마로 변하여 차차 마그마굄(Magma Chamber)으로 뭉쳐지게 된다. 이러한 마그마굄들은 지구 코어에 자리 잡은 맨틀 대류를 타고 모호로비치치 불연속면을 따라 지구 곳곳의 저장소로 이동한다.

때로는 분노의 기억들이 너무 과도하게 심해기억소각센터에 몰려들어 용광로가 넘치면서 지구 곳곳의 분출구인 화산 구멍으로 마그마들을 쏟아내는 통에 한동안 지구에 난리가 난 적도 있었다. 이러한 사건 이후로 심해기억저장위원회는 마그마가 빨리 식을 수 있는 태평양 연안을 중심으로 소각된 마그마를 분출하는 환태평양 분출 고리대를 만들어 놓았다. 가끔 이러한 고리들이 요동을 치면서 과도하게 분출된 분노의 마그마들이 용암으로 분출하여 대지를 흔들 때도 있지만 근래 들어 천 년 동안은 그래도 통제 가능한 수준으로 관리가 되고 있어서 그나마 다행으로 보고 있었다.

과거 2천 년 전의 폼페이의 베수비오 화산 폭발은 정말 심해기억
저장위원회가 생긴 이래로 최악의 사고였다. 로마시대의 모든 분노
의 원성, 정복자나 피정복자 모두의 원망과 배신, 절규와 절망 등등
정말 말로 표현하기 힘든 기억의 파편들이 넘치듯이 용광로로 흘러
들어왔다. 이것이 소각되면서 넘치는 마그마를 감당하지 못한 폼페
이의 베수비오 분출공이 그만 압력을 못 견디고 한 번에 터져 버린
것이었다. 이 사고로 한동안 심해기억저장소 또한 작동률이 20퍼센
트도 안 되게 떨어지면서 소각시키지 못한 기억들이 지구 곳곳에
떠돌았고, 인류는 거의 100년 넘게 아픈 고통들의 기억을 지우지 못
한 채 괴로워하는 암흑기를 맞이하기도 했다. 이 사건 이후로 사람
들은 화산이라는 단어로 기억소각 분출공을 부르기 시작했다.

아무튼 모두가 가슴 아픈 시절을 보내고 재정비를 시작한 심해
기억저장소는 새로운 위원 9명을 선출하고 운영 방식을 한층 업그
레이드하였다.

심해 기억클라우딩 가공공장 공장장인 대왕가르치는 길고 커다
란 몸을 이리저리 흔들며 어두운 심해로 내려오는 수많은 기억의
파편들을 바라보고 있었다. 미움, 분노, 증오, 아픔, 이혼, 결별, 위
선, 폭력, 욕설, 배신, 사기, 학대, 왕따 등등 듣기만 해도 어두운 기
억의 파편들이 쉴 새 없이 심해기억저장소로 전송되고 있었다. 유
별나게 큰 눈과 날카로운 이빨을 가지고 있는 대왕가르치는 살인
이라는 기억의 파편을 보자 눈을 번득이며 바로 은빛 비늘을 움직
여 살인기억을 물방울로 감싸 버렸다.

"아니 누가, 살인의 기억을 여기에 보내고 그러는 거야? 플라이
어들이 가끔 이렇게 실수를 한다니까? 누가 살인의 기억을 20기가
기억 종량제 봉투로 돌돌 말아 포장해서 버렸구만. 이건 여기서 받
아 줄 수 없어. 신고해야 돼. 이보게, 머그가르치 소장. 저 기억의
파편을 즉시 지옥의 심판공장으로 보내고 하나는 복사해서 원래

기억 소유자에게 절대 잊히지 않는 기억으로 다시 심어주도록 하게. 심판은 인간 세계에서 한 번 그리고 죽어서 지옥의 영원한 불구덩이에서도 죽지 않는 고통 속에서 받게 될 거야."

커다란 눈을 부릅뜨고 고개를 살래살래 흔들며 잘못 전송된 기억을 잡아내는 대왕가르치의 모습은 마치 우주선단을 이끄는 캡틴을 보는 것 같다.

머그가르치 소장은 대왕가르치가 지시한 일을 신속하게 처리하고 보고했다.

"바로 처리했습니다."

흐뭇한 표정으로 머그가르치 소장을 바라보던 대왕가르치는 머그가르치의 유니폼 깃을 바로 세워주며 이렇게 말했다.

"자네는 이곳에 온 지 얼마나 되지?"

"네! 오늘로 285일째입니다."

"그래, 벌써 그렇게 되었군. 자네 선임인 옥토퍼시아는 여성으로서 아주 탁월한 능력을 지녔었지. 심해에서 그런 능력을 발휘하기가 쉽지 않았는데 정말 탁월한 능력으로 아이슬란드 화산, 에트나 화산, 콩고 화산 등 대형 화산 폭발이 그 정도로 그칠 수 있도록 심해 용광로에서 마그마 이동을 데이터화하고 이 흐름을 제어해서 대재앙을 막아 혁혁한 공로를 세웠지."

길게 한숨을 쉬며 이야기하는 대왕가르치의 뒷모습이 무척 쓸쓸하게 느껴졌다. 머그가르치는 자신의 능력이 선임자에 비해 너무 보잘것없는 것처럼 주눅이 들었다.

"주눅들 것 없네!"

눈치를 챈 듯이 대왕가르치는 머그가르치를 바라보면서 격려의 메시지를 보냈다.

"자네도 하나하나 배워가면 옥토퍼시아를 능가하는 심해기억삭제소의 소장으로서 큰 역할을 담당할 거야. 우리의 가장 큰 문제는 흘러들어오는 어둠의 기억 파편들의 수량을 우리가 마음대로 조정하여 받지를 못한다는 거지. 아무리 플라이어들에게 주지시켜도 플라이어들조차 한꺼번에 쏟아지는 어둠의 기억들을 밤에 수거하기가 만만찮을 거거든. 특히나 요즘은 아시아 지역에서도 중국, 대만, 한국, 일본, 북한에서 쏟아져 나오는 기억의 파편들이 너무 덩어리가 크고 날카로워서 말이야. 자칫하여 과부하가 걸리면 마그마 분출공이 있는 후지산이나 백두산이 걱정이야. 중국은 분출공이 넓은 대륙에 사방으로 펼쳐져 있어서 분출공 사고는 없는데 각 지역의 토질이 너무 달라서 분출공이 흔들리면서 지각이 흔들리는 지진이 문제가 될 것 같고. 앞으로 자네의 어깨가 무겁네.”

머그가르치 소장은 대왕가르치 공장장이 어깨를 다독거려주는 격려에 큰 힘이 되었다. 사실 정치적이거나 경제적인 기억의 파편 쓰레기는 소각이 잘 안 되어서 일반 기억 파편들과는 차원이 달랐다. 그래서 정치나 경제가 안정된 지역에서는 아주 소프트하고 재생도 가능하고 말랑말랑한 기억들이 내려오는데, 유독 분쟁 지역이나 정쟁이 가득하거나, 경제적으로 집값이나 물가 등이 폭등한 지역의 기억 파편들은 거의 재생 불량 쓰레기 수준이라서 무조건 용광로에 바로 넣어 녹여야만 했다. 최근에는 러시아와 우크라이나 분쟁 이후 전송되는 기억 파편들조차 오염되어 전송되는 바람에 인류의 미래를 위한 기억 재생을 어떤 방향으로 해야 하는지 심각한 논의가 진행되고 있다.

“그런데 공장장님! 옥토퍼시아 소장님, 아니죠. 지금은 옥토퍼시아 달빛천사님은 어떻게 심해에서 계시다가 저 달의 행복기억저장소로 승진하게 된 건가요? 원래 심해 지역은 심해 지역, 달빛 지역은 달빛 지역만 인사이동이 가능하다고 들었는데요.”

“하하, 정말 이 시대의 화제였지. 어떻게 옥토퍼시아가 심해를 떠나 저 우주 달나라의 행복저장소를 관장하는 달빛천사로 승진하게 되었는지 말이야!"

대왕가르치는 커다란 눈을 깜박거리며 아주아주 오래된 이야기를 들려주었다.

"옥토퍼시아는 원래 문어족이지. 사람들이 문어라고 일컫는 옥토퍼스는 원래 지구에 오기 전에 달이 바다로 가득 차서 우주의 모든 기억들을 흡수하던 그 시절에 달의 바다에서 기억의 파편들을 모으고 정리하는 일을 하였다네. 당시에는 우주의 모든 기억들조차 가득 차서 결국 달의 바다에까지 기억의 파편들을 처리하는 시대였지. 물론 달의 육지에서는 토끼가 절구통에 절구질을 해댄다는 전설이 있기는 한데, 하하하. 그건 절구질이 아니고 기억의 파편들을 잘게 쪼개서 바다로 내보내는 기억믹서기로 분쇄하는 모습이었다네. 하하. 아무튼 그런 시대가 오래 지나고 결국 기억의 파편들이 달의 모든 바닷물을 흡수하게 되면서 포화가 된 달의 바다는 마르게 되고 이 마른 바다를 재생하기 위해 다시 세운 게 오직 행복한 사람들의 기억만 달의 저장소에 저장하게 하는 '청정크린 기억시스템'을 시작하게 된 것이지. 당시 달이 말라갈 때 문어족과 사촌인 오징어족이 지구의 바다로 이주하게 되었는데 이때부터 달의 바다와 빛의 총량이 다른 지구의 바다에서 살면서 늘 달의 바다를 그리워했지. 그래서 바다 위에 달빛이 비치거나 어선들이 전구 등으로 달빛 흉내를 내면 고향 생각에 마구마구 달려드는 착하고 어리숙한 종족이야."

머그가르치는 처음 듣는 문어족의 이야기에 눈이 둥그레졌다.

"아! 그런 이야기는 처음 들어 봅니다. 왜 많은 이들이 그런 사실을 알지 못하죠?"

"원로들이 지구와 달의 미래를 위해 함구시킨 거지. 지구의 미래도 나중에 기억의 파편으로 지구의 바다가 말라간다면 지구를 버리고 다른 행성으로 벌써부터 이주시켜 달라고 수많은 요정들이 아우성을 칠 테니까. 역사의 장막 프로그램을 설치해서 보이는 것만 보이도록 원로들이 결정한 것이라네."

"아! 그럼 옥토퍼시아 님은 고향으로 돌아가신 거군요."

"그래. 지금 옥토퍼시아는 행복기억저장소를 책임지는 달빛천사로서 지구에서 올라오는 수많은 행복기억들을 저장하고 분류해서 달 심연에 갇혀 있는 달빛바다에 녹여서 저장하고 있다네. 이 행복기억이 차고 또 차고 넘치게 되면 달의 표면을 덮고 있는 말라버린 바다의 지각 표면이 깨지면서 달이 본래의 바다를 찾게 될 거야. 이러한 사명을 부여받고 옥토퍼시아는 그 어려운 길을 자청해서 가는 거라네. 훌륭한 친구지. 여성으로서 최초로 달의 행복기억저장소를 책임지면서 달의 미래를 찾아 줄 막중한 행복 전사가 된 달빛천사 옥토퍼시아가 이곳 출신이라는 점에 나는 아주 뿌듯함을 느낀다네."

머그가르치는 이제서야 왜 어둠의 기억만이 심해에 내려오고 그 흔한 희망, 웃음, 행복, 기쁨, 환호, 우정, 사랑 이런 기억의 파편들은 심해기억저장소에 내려오지 않는 것인지 깨닫게 되었다.

"그런 순환구조를 가지고 있구나. 아! 정말 심오하다. 난 너무 부족해."

자괴감이 드는 머그가르치의 등을 두드린 대왕가르치는 웃으면서 지시했다.

"이제 다시 일해야지? 하하. 왜 사람들이 밤만 되면 달을 보고 환하게 웃고 소원을 비는지 이제 알았지? 그곳에 모든 사람들의 행복기억 파편들이 다 가 있기 때문이지! 어떤가? 자네가 우리 심해기억저장소를 확 바꾸어서 사람들이 밤에 깊은 바다를 보면서 행복하게 웃으면서 소원을 비는 그런 시대를 만들어볼 텐가? 하하하하하."

사라져 버린 기억
- 지역 전체의 기억을 블록딜 하다

"아니, 그게 말이 돼요? 지난주까지 있었던 나의 기억적금이 모두 사라지다니요?"

언성이 높아진 은행 창구에서 담당자인 현지니 대리는 마구마구 고함을 질러 대는 여성 고객분으로 인해 아주 난감해졌다.

"고객님, 다시 한번 잘 생각해 보세요. 여기 이렇게 고객님의 2년 간의 기억적금이 지난주에 인출된 것으로 나타나고 있습니다. 정말 기억이 안 나세요?"

어이없다는 표정의 중년여성 고객은 얼굴 표정을 마치 명태껍질 말려 놓은 주름잡듯이 찡그리면서 KB 기억은행 강남지점의 객장을 발칵 뒤집어 놓고 있었다.

눈을 찡그리며 현지니 대리의 명찰을 가까이서 들여다보면서 "이거 봐요! 현지니 씨, 다시 한번 말하지만 나는 내가 내 기억적금을 인출한 기억이 전혀 없다니까!"

막무가내인 중년여성 고객을 앞에 두고 현지니 대리는 일단 담담하게 모니터를 보면서 고객의 기록을 살펴본다.

'뭐 이런 일이 한두 번인가? 침착하자. 일단 기록을 살펴보면 인출 기록이 나오니까' 이런 생각으로 모니터를 보던 현지니 대리는 지난주 목요일 오후 1시 30분에 KB 기억은행 강남지점 PB센터에서 해당 고객의 2년 기억적금 5억 달란트가 인출되었고, 당시 담당자는 주와니 과장이었던 기록이 남아 있었다.

현지니 대리는 바로 주와니 과장에게 전화를 했다.

'설마 이 녀석이 실수한 건 아니겠지? 후훗.' 현지니 대리와 주와니 과장의 입사 기간은 차이가 많이 났다. 현지니 대리 나이는 주와니 과장보다 다섯 살이나 많지만 처음에 비정규직 사원으로 들어와서 정규직 사원으로 승격하여 지금의 대리까지 승진한 성실함을 인정받는 직원이었다.

하지만 나이도 다섯 살이나 어리면서 공채 출신으로 똑 부러지게 일하면서 승진을 거듭하는 주와니 과장을 처음 동료로서 만났을 때는 빈틈없어 보이는 성격에 무척 다가가기가 힘들었다. 둘 사이를 연결한 건 공채 출신이면서 맏언니 역할을 하는 성주니 과장이었다. 현지니 대리와 동갑인 성주니 과장은 현지니 대리에게 친구로서 따뜻하게 대해주었다. 또한 같은 직급인 주와니 과장과는 연수원 공채 선후배이기도 하여 가까운 사이였다. 분위기 메이커 성주니 과장의 회식 자리에 현지니 대리와 주와니 과장이 같이 참석하면서 세 사람은 불과 소주 2병 만에 친한 동료이자 언니인 사회 친구가 되었다. 그렇게 세 사람은 늘 마음이 잘 맞았다.

다정다감하고 친절한 현지니 대리와는 다르게 주와니 과장은 딱 부러지고 모든 게 정확해서 매장에서 강철과장이라는 별명을 지니고 있었다. 현지니 대리는 자신이 가지고 있지 않은 그런 모습의 주와니 과장이 너무 좋았다. 반면 주와니 과장은 자신은 너무 강한 이미지라면서 현지니 대리의 털털한 성격과 마음 씀씀이를 배우고 싶어 했고, 성주니 과장이 가진 지적인 탐구능력과 모든 상황을 정확히 꿰뚫어 보고 즉시 올바른 판단을 하는 능력을 가지고 싶어 했다.

이렇게 셋은 서로가 가지지 않은 유전적 상보성을 서로에게 찾아서로 좋아하며 매주 한 번씩 같이 퇴근한 후 뭉치는 절친 동기였다.

"주와니 과장님, 저 현지니 대리인데요. 지난주 목요일 1시 30분에 PB센터에서 파브마리 고객님의 2년 기억적금 5억 달란트가 인출되었는데 혹시 기억나세요?"

전화 너머로 들려오는 주와니 과장은 역시 딱 부러지는 큰 목소리로 대답했다.

"그럼요. 파므마리 고객님은 저희 지점 오랜 단골이시잖아요. 지난주에 남동생분이랑 오셔서 2년 기억적금 전부인 5억 달란트를 인출하셨어요. 남동생분이 의사신데 이번에 병원을 개원하신다고 파므마리 님이 도와주신다고 하시면서 남동생분 자랑을 많이 하셨어요. 당시 수표인출이라 지점장님 직인과 승인을 거쳐서 CCTV 기록과 내부자료가 남아 있습니다. 아마 내부용 수표 마이크로 스캐닝 보관은 성주니 과장님이 담당이라 이중으로 확인 가능합니다."

"오케이! 고마워요, 주와니 과장님." 현지니 대리는 경쾌한 목소리로 전화를 끊고 통화 내용을 들으면서 멍한 표정으로 앉아 있는 파므마리 고객을 향해 정중히 내용을 설명했다.

"고객님, 혹시 의사인 동생분이 있으세요? 그분과 같이 지난 목요일에 오셔서 고객님의 기억적금 5억 달란트를 수표로 인출하셨다고 합니다. 동생분이 아마 개업하시나 보죠? 축하드립니다. 다시 한번 생각을 해보시고 일단 동생분에게 전화로 확인 부탁드립니다."

"아… 네. 잠깐만요." 핸드폰을 들고 단축 버튼으로 익숙하게 전화를 하는 파므마리 고객의 목소리가 객장에 울려 퍼진다.

"아구구구구구구, 내가 노망이 났나 보다. 그걸 기억 못 하고 은행에 와서 난리를 폈으니 창피해서 이를 어쩌누."

일이 쉽게 마무리된 것을 확인하고 현지니 대리는 너무도 기분이 좋아서 주와니 과장과 성주니 과장에게 메신저를 보낸다.

"두 사람과 함께 일하면 정말 실수라는 건 안 할 것 같아, 하하하. 완벽해. 이번 주 금요일 1박 2일로 제주 함덕에 우리끼리 단합대회 가는 것 잊지 마, 하하하하. 내가 깜짝 선물로 인어같이 생긴 다금바리 한 마리 등장시킬 수도 있어. 호호호호호호."

이 시간 KB 강남지역 본부 전산센터는 비상이 걸렸다. 비단 강남영업점을 발칵 뒤집어 놓은 파므마리 고객뿐만 아니라 KB 기억은행 압구정점, 신사역점, 청담점, 언주로점 등 압구정동을 중심으로 한 지역본부 관할 전체가 파므마리 고객분들같이 자신이 거래한 은행거래를 기억하지 못하고 통장을 들이밀며 언제 그랬냐고 난리들을 쳤기 때문이다.

지역본부에서는 이를 긴급히 본점에 보고했고 KB 기억은행 본점은 이를 기억거래심사위원회에 즉시 보고하였다.

기억거래심사위원회는 최근 2주일 동안 일어난 압구정점 전체의 기억을 모니터링하고 전수조사 데이터를 돌려 본 결과 압구정동 전체 기억 거래 중에 50~60세까지의 여성 거주자의 전체 기억 중에 금융거래 기억만이 통째로 사라진 것을 발견하고 이를 심해기억저장위원회에 즉시 보고를 하였다.

심해기억저장위원회는 즉시 산하기관인 뉴클레아스 심해기억저장센터, 뉴클레아스 심해기억클라우딩 가공공장, 뉴클레아스 심해기억소각센터에 압구정동 지역 50~60세 고객들의 금융거래 기억이 소각 처리되거나 저장, 가공되는 데이터 전송이 있었는지 살펴보았으나 이러한 흔적을 전혀 발견할 수 없었다.

위원회는 즉시 비상 위원회를 소집하여 9인의 위원들이 참석하는 위원회가 개최되었다.

심해기억저장위원회

접속미팅 번호: WPSLDTMWNRHKSALXLD 0020210615

9인의 위원들은 각각 형상화된 모습으로 모니터에 등장한다.

모든 대화는 음성 없이 문자로 로드되고 대화한다.

AI 비서: 지금부터 제297789번째 심해기억저장위원회를 개최합니다. 안건은 최근 일어난 압구정동 지역 기억 일부 소실 및 블록딜 정황 사건입니다.

위원 1: 기억 전체가 소실되는 이러한 전송오류 사고는 저희 기억저장시스템이 운영된 이후로 처음인 듯한데 대체 무슨 오류가 일어난 것입니까?

위원 3: 분석을 해 봤는데 이는 기술적인 오류가 아니고 강력하게 기억 전체를 블록화하여 이를 통째로 거래한 개입 흔적을 발견했습니다.

위원 5: 아니, 누가 지금 그러한 기억거래를 블록딜로 한다는 말씀입니까? 기억거래조사위원회는 이에 따른 증거 등을 확보하고는 있는 거지요?

위원 9: 현재 모든 기억거래 자료를 분석 중이고 통째로 블록딜된 이 기억들이 어디로 어떻게 사라졌는지 추적 중입니다.

위원 2: 기억을 움직이게 할 수 있는 것은 플라이어들과 기억은행 그리고 최근에 불법으로 기억을 암호화하여 거래한다는 비트르 암호기억 달란트 등이 있는데 이런 경우라면 비트르 암호기억 달란트에 연관된 거래소 등이 있는 게 아닐까요? 철저하게 조사를 해야 합니다.

위원 8: 각 위원분들은 이러한 사항을 주지하시고 각자의 분야에서 좀 더 신중하게 기억이 블록딜 된 이번 사건을 조사하시고 다음 회의 소집일에 이에 따른 각자의 조사보고서를 제출하는 것으로 하시지요.

AI 비서: 그럼 오늘 미팅은 이것으로 마칩니다. 모든 기록은 미팅뱅크에 저장하겠습니다. 다음 미팅은 추후 고지해 드리겠습니다.

마드모아젤 보테가

"휴! 옛날에 비해서는 말야. 정말 시대가 많이 변했어. 내가 이탈리아 비첸차에서 미켈레타데이와 렌조 젠지아로를 도와 가죽을 엮어 만드는 인트레치아토(Intreccito Filati)를 선보이면서 동양에서 인연의 끈으로 사용되는 버츄타래를 우리식으로 해석하고 더 튼튼하게 인연을 묶기 위해 만든 게 엊그제 같은데 벌써 50여 년이 흐르다니."

담배를 연신 만지작거리며 언제든지 흡연실로 달려가 담배를 꼭 피워야 하는 표정을 담은 채로 당당하게 서 있는 이 여인, 마드모아젤 보테가. 기억의 파편으로 시간을 담는 가방을 만들어 내는 디자이너이자 패션 장인으로 유명한 이분이 지금 청담동 사거리 한국빌딩 13층 케어링링 그룹의 창가에 서서 압구정 로데오 패션 거리를 바라보며 중얼거리는 모습은 마치〈악마는 프라다를 입는다〉의 후속판 '천사는 보테가를 든다'의 주인공 같았다.

글로벌하게 유명하여 굴지의 브랜드 파워를 가진 '루이별통', '허매스', '프리다', '채널'도 모든 소재를 동원하여 시간을 담고자 했지만 그러지 못했다. 하지만 마드모아젤 보테가가 합류한 이래 보테가또베네타타(Bottegatovenetata)는 세계 어느 브랜드도 담지 못하는 시간을 담은 보테가타임백을 만들어 냄으로써 기억저장위원회의 만장일치로 거의 반세기 동안 기억삭제소의 소중한 파트너가되었다.

바하의 무반주 첼로모음곡 1번이 핸드폰 벨소리로 울린다.

"Bonjour, Comment ca va? Tres bien(안녕하세요, 잘 지내셨어요? 매우 좋네요)."

마드모아젤 보테가는 편한 프랑스어로 인사를 나눈다.

"호호호호호, 벌써 눈치를 채셨군요. 닥터 제닝스, 이렇게 일찍 전화가 올 줄은 몰랐네요. 호호호호호."

재밌다는 듯이 그리고 거침없이 깔깔대며 웃는 마드모아젤 보테가의 손에 들린 담배가 심하게 흔들리면서 왼쪽 머리카락을 쓸어 올린 마드모아젤 보테가의 왼쪽 귀 위에 사뿐 자리를 잡는다. 귀 위에 담배를 꽂으면 왠지 담배를 피우지 않아도 왼쪽 콧구멍으로 빨려 들어오는 이 강렬한 담배 향기가 정신을 맑게 한다. 담배는 오직 한 종류, 고산지대 담배나무 잎에서 처음 올라오는 여린 잎으로 만드는 던힐 탑립만을 피워오고 있다. 한정판으로 제작되는 탑립에는 담배연기 속으로 날아 들어가 뇌세포에서 기억을 지우는 스모키 요정이 들어갈 수 없는 광합성막이 존재하여 마드모아젤 보테가가 특별히 주문하여 피우는 담배이다.

"조만간 제가 닥터 제닝스의 기억을 지워드려야 할지도 모르겠군요, 호호호. 이렇게 빨리 아시고 전화를 주시다니. 닥터 제닝스가 전화를 하셨다는 것은 이미 제가 신경 쓰지 않아도 될 만큼 정리가 된 듯하군요. 역시 일 처리 하나는 정말 인정받는 분답군요. 조만간에 제가 근사한 저녁을 한 번 대접해 드릴게요. 이번 신세는 잊지 않겠습니다. Merci beaucoup(감사합니다)."

마드모아젤 보테가는 책상 위에 올려진 신제품인 아트 오브 굿 라이프 콜렉션을 바라보면서 전화를 끊었다. 한정판 5,000개를 만들기 위해 압구정 한 지역 전체의 50~60대 여성의 2주간의 금융기억의 파편을 수집하여 인트레치아토를 만드는 데 가죽꼬임의 컬래버레이션 재료로 사용하다니…. 스스로 생각해도 창의적이지만 무모하기도 했다. 하지만 이번에 특별 주문 제작하는 5,000개의 기억 가방은 인생을 바꿔줘야 하는 수많은 사연을 가진 젊은이들에게 선물하는 케어링링 그룹의 역작이다. 금수저 마님들의 금융기억의 파편을 모아서 흙수저 젊은이들이 꿈을 이루고, 직장에서 성공하고, 사회에 기여하고, 집안을 일으키고, 효도하고, 사랑하고 다시 사회를 튼튼하게 하는 역할을 할 수 있는 모든 성공소스를 담아 50년 기한의 시간소스와 함께 묶어서 주인과 연결시켜주는 이번 아트 오브 굿라이프 콜렉션은 기획 자체부터 신선했지만 요즘처럼 어려운 기억 파편들이 젊은이들에게서 많이 나오는 시대에 마치 청량한 바람과 같은 삶의 훈풍을 실어다 주는 역할을 할 것이다.

이 강렬하고 인생을 바꿔줄 신제품은 소외된 계층에 무상 지원되는 통신비 청구서에 타고 들어가 해당 젊은이들의 동맥세포 근처에 흡수되어 DNA 인자 속에 보테가 아트 오브 굿라이프 콜렉션 시리얼 번호가 새겨질 것이다. 평생을 보내고 천국의 문 앞에서 손목 인식을 할 때 비로소 선택받았던 삶을 살았다는 것을 알게 되겠지. 다가올 천국의 보상을 현실에서 미리 받았다는 것을 알면 그때는 어떤 기분일까?

마드모아젤 보테가는 눈길을 하늘로 돌리면서 하늘에다 대고 나직이 읊조렸다.

"너무 힘들다가도 이러한 기획을 할 때마다 제가 이곳에 존재하는 이유를 느끼고 있습니다. 감사해요."

지구 플라이어들의 비상 대책회의

커피페니 청담 야외 테라스,
시끌시끌, 야단법석, 왁자지껄 난리 블루스가 난 듯 작은 공간에

3백 명은 족히 모여 있는 듯이 시끄러웠다.

"자, 조용조용. 지금 플라이어 중 최고 등급인 '마스터 플라이어님들'이 모두 모이셨으니 이번 긴급 소집 토의를 시작하고자 합니다."

사회를 본 최고령 마스터 플라이어인 앤드리안 님은 흔들거리는 머리를 연신 더 흔들어대면서 강한 어조로 이야기했다.

"안건은 미국 FDA가 승인한 알츠하이머 치매치료제 대응 방안입니다. 사전에 긴급 공지를 해 드렸듯이 미국 FDA가 '아듀헬름'이라는 알츠하이머 치매치료제를 승인해 줌으로써 인간들은 이 약을 통해 우리가 기억을 가져가는 것을 막는 봉쇄조치를 취하는 것입니다."

"우리가 노인들의 기억을 가져가지 못하여 기억 공급이 현저하게 줄면 이 기억을 녹이고 가공해서 경험자산과 유전적 결함을 제거하고 생존을 위해 각종 병원균과 싸운 면역학습시스템을 이식시켜 새로운 기억세포로 재생하는 시스템의 공급원이 현저하게 줄게 됩니다."

여기저기서 웅성웅성하는 소리가 들린다.

"그러면 지금 신생아가 태아로 있을 때 우리가 배송하는 기억이식 시스템이 붕괴된다는 이야기인데 이거 큰일인데요. 만약 그렇게 되면 신생아 시스템에서 기억이식을 통해 이해, 자각, 인지, 학습모드를 심어주고 이를 통해 생존 후성유전시스템을 심어 놓는 원자재가 공급이 안 된다는 건데… 큰일이네요."

제일 앞에 서 있던 젊은 플라이어가 큰 소리로 걱정하면서 말했다.

"자자. 그래서 안건으로 상정한 미국 FDA가 승인한 알츠하이머 치매치료제가 널리 사용되고 노인 기억들의 파편 수집량이 현저하게 줄 경우 우리가 기억 파편을 추가적으로 더 확보해야 하는지 아니면 다른 대안이 있는지를 오늘 토의 안건으로 상정하는 것입니다. 기술적인 문제는 우리 연구재단의 새벽별 곤 박사가 해줄 것입니다. 곤박사."

옆에서 마스터 플라이어 앤드리안 님을 보좌하던 젊고 똑똑해 보이는 남자가 나섰다.

"안녕하세요? 위원 여러분, 저는 플라이어 연구재단의 책임자 새벽별 곤 박사입니다. 우선은 '아두카누맙'을 사용한 약물인 것으로 파악됩니다. 아두카누맙은 치매증상 초기에만 작용하며 한 달에 한 번 맞는 주사비용만 1회에 6천만 원이 드는 고비용구조라서 일반인들은 치료에 꿈도 꾸기 힘든 구조입니다. 또한 초기 치매에만 작용하며 중증치매에는 약물이 작용하지 않습니다. 그런 이유로 저희는 다음과 같은 향후 전략을 가지고 접근했으면 합니다."

1. 한 달에 한 번 주사에 6천만 원을 내는 부자는 거의 소수이므로 이 소수 부자들의 기억 파편은 아주 빠르게 40세부터 수거하는 스케줄로 변경한다. 부작용으로 부자는 치매가 빨리 온다는 속설을 만들 수 있다.
2. 중증치매 환자는 아직까지 치료제가 발견되지 않았으니 우리의 스케줄대로 기억 파편을 수거한다. 다만 시중에서 쉽게 구할 수 있는 박카스를 먹으면 우리가 기억 파편을 수거한 이후에 나타난 치매증상에 박카스의 타우린이 작용하여 아밀로이드 베타 단백질을 녹이는 것으로 시중에 속설이 돌고 있다. 이는 사실이므로 사람들의 뇌에서 박카스가 치매 환자가 먹으면 효과가 있다는 기억들을 볼 때마다 기억 파편을 제거해 주기 바란다.
3. 치매와 알츠하이머는 다른 질병이다. 우리 플라이어들도 이

부분을 완전하게 숙지해 주기 바란다. 치매는 포괄적이고 다양한 원인으로 뇌의 기능이 떨어지는 것을 말한다. 기억이 현저하게 사라지는 알츠하이머는 치매질환의 하나일 뿐이다. 다만 알츠하이머가 치매 환자의 55~70퍼센트를 차지하므로 치매는 알츠하이머라고 생각하는 것이다. 물론 우리 플라이어들이 하는 기억 파편 수거작업의 결과가 곧 알츠하이머를 불러온다. 이 밖에도 치매에는 우리가 많이 들어 본 파킨슨병이 있다. 이 병은 우리 플라이어의 기억 파편 수거와 무관하고 유전적 원인이 강하다. 또한 유전성 뇌질환인 헌팅턴병, 또한 콜레스테롤이 제대로 분해되지 않아서 스핑고마이엘린이 제거되지 않아 경련, 빈혈, 정신지연 등이 일어나 간과 비장이 커지는 니만피크병이 있으나 이는 우리 플라이어와 무관하다.

4. 인간들의 학계에서 알츠하이머는 아밀로이드 베타 단백질이 뇌에 과도하게 쌓이고 기억력과 판단력을 담당하는 뇌신경 세포의 손상을 가져와서 일어나는 병으로 규명하고 있다. 일단 증상이 시작되면 뇌중량이 정상인의 경우 보통 1.3~1.5킬로그램인데 900그램까지 줄어든다. 이른바 뇌 위축이다. 이 모든 현상은 뇌에 존재하는 기억 파편을 수거한 이후에 나타나는 뇌의 중량 감소와 플라이들이 다녀간 후에 아밀로이드 베타 물질이 쌓인 까닭이다. 이를 잘 생각해서 사람들의 수면 중에 기억 파편을 수거하는 빈도수나 가져오는 기억 파편의 중량을 잘 조절하기 바란다.

5. 우리 플라이어들이 기억 파편을 수거한 이후 이러한 알츠하이머 부작용만 일어나서 인간을 해롭게 하는 것은 아니다. 우리가 기억 파편을 수거하여 알츠하이머에 걸리는 사람들은 암에 걸리지 않는다. 우리가 남겨 놓은 작은 선물이다.

6. 앞으로 우리는 이러한 사항들을 잘 숙지하고 이번에 FDA에서

발표한 아두카누맙 기반의 알츠하이머 치료제 아두헬름은 우리가 하는 수거작업에 큰 해가 되는 수준은 아니라고 보고한다.

명쾌한 설명에 여기저기서 박수와 환호가 나왔다.

"젊은 친구가 똑똑하구먼. 앤드리안 님이 연구재단에 인재를 영입하신 듯합니다. 하하하하하."

새벽별 곤 박사는 부끄러운 표정으로 단상에서 내려가며 경청해 준 300여 명의 플라이어들에게 머리 숙여 깊은 감사의 인사를 올렸다.

주인공의 등장 - 에이미, 까미, 현(Hyun)

기억삭제소 커피페니 청담의 에이미는 오늘 커피페니 야외 테라스에서 열리는 시끌시끌한 플라이어 회의가 영 마음에 들지 않았다. 그러잖아도 하루에 800~1,000명의 고객을 응대해야 하는 업장인데다 그나마 야외 테라스가 있어서 이런저런 공간의 확보가 가능하여 잘 운영했는데, 오늘은 아침부터 무슨 큰 난리가 난 듯한 회의를 저렇게들 해대는지, 더구나 플라이어들이 300명이나 왔는데도 도무지 매상에는 관련이 없는 고객들이니 에이미 입장에서는 어이없는 고객인 것이다.

옆에서 에스프레소 머신을 작동하던 까미가 투덜대면서 이야기한다. "점장님, 정말 정말 정말 저분들은 너무 하시는 거 아니예요? 늘 오실 때마다 갑자기 어디서들 나타났는지 그 좁은 공간에 300여 명이 바글바글 들어가서 무슨 회의를 한다면서 저렇게 야외 테라스를 제집 사용하듯이 하고, 커피 한 잔도 주문을 안 하면서 정말 정말 정말 너무 하시는 것 같아요!"

커피페니 청담의 인간 참새이자 귀여워서 큐트까미로 불리는 까미는 오늘도 쉴 새 없이 재잘재잘 댄다.

'까미는 늙어서 치매는 안 걸릴 거야. 플라이어들이 기억을 가져 갈 시간도 안 주고 잠자면서도 떠들고 있을 테니.'

"풋!" 에이미는 갑자기 이런 상상을 하다 웃음이 터져 나왔다.

"야! 그건 네가 걱정할 게 아냐. 저 회의가 끝나면 야외 테라스는 매번 내가 다 치운다고. 그런데 더 신기한 건 무엇인지 아니? 정리를 하러 야외 테라스에 가잖아? 그럼 어마어마한 향기가 진동해서 마치 내가 꽃을 가득 실어 나르는 어느 커다란 배 안에 홀로 서 있는 느낌이랄까? 360도 향기로운 뭐… 꽃밭의 요정? 푸홋!"

까미의 오랜 동료이자 커피페니 청담에서 모든 힘든 일을 다 해 버리는 멋쟁이 현(Hyun)은 모든 박스를 다 들어 버리는 힘센 돌이이자 일하면서도 항상 뷰티풀을 연발하여 뷰티풀 현으로 불리는 커피페니 청담의 기둥이다.

"그건 말야. 플라이어들은 움직일 때 몸에서 향기가 나도록 되어 있어서 그래. 닥터 제닝스 님이 말씀해 주셨어. 기억의 파편을 실어서 나를 때 그 향기가 기억의 파편이 유실되는 일이 없도록 막아주는 보호막이 된다고 하시더라고. 너무 어려운 이야기 같지만 말이야."

"오늘 회의가 끝나면 어김없이 닥터 제닝스 님이 오시겠지? 아마 마스터 플라이어인 앤드리안 님과 창가 두 번째 좌석에서 어김없이 이야기를 나누실 거야. 까미는 페리어 재고 수량 잘 체크하고, 원두도 로스팅 날짜를 잘 체크해 줘요. 닥터 제닝스 님은 항상 페리어를 얼음 잔에 부은 다음, 에스프레소 샷 4개를 부어 드시는데 항상 원두 향을 킁킁거리시며 코로 흡입한 다음 커피를 드시는 습관이 있으니까. 독특한 분이야. 탄산 에스프레소라니….'

에이미는 까미에게 부탁하고 현에게 고개를 돌려서 질문을 한다.

"현, 지난번에 닥터 제닝스 님이 한번 생각해 보라고 말씀하신 거 결정했다고 아직 말씀 안 드렸죠?"

현은 씨익 웃으면서 "아마 오늘 오시니까, 제 대답을 듣고 싶어 하실 거예요. 지난번에도 제가 매장 물건을 정리할 때, 신기하게 항상 제가 박스를 들거나, 매장 물건을 정리하거나, 청소할 때나, 땀을 흘릴 때 닥터 제닝스 님을 만난다니까요. 암튼 그때도 '현, 내가 도와줄까?' 하시길래 '아뇨, 제가 하겠습니다. 고맙습니다.' 이렇게 말하고 지나쳤는데 그 후로도 정말 신기하게 항상 그럴 때만 마주친다니까요."

에이미는 고개를 끄덕거리면서 "늘 뵙지만 신기한 분인 건 맞는 것 같아요. 매장에 들어 오시기만 해도 그때부터 바로 고객분들이 엄청 바글거리는 신기한 현상을 많이 경험했죠."라며 즉시 동조한다. 그리고 바로 궁금한 것을 물어봤다.

"그래서 지난번 닥터 제닝스가 제안하신 질문에 답은 준비가 되었나요?"

현은 부끄러운 표정으로 에이미를 보면서 대답한다.

"네, 결심했어요. 저에게 눈뜬 시계공 크리스퍼가 되어 보겠느냐고 하신 제안을 받아들일 거예요. 하지만 한 가지 부탁을 같이 드릴 생각이에요."

눈을 똥그랗게 뜬 에이미는 놀란 목소리로 물어봤다.

"혁. 제안이요? 닥터 제닝스 님께?"

"네." 수줍은 표정의 현은 대답을 이어갔다. "이번에 눈뜬 시계공 크리스퍼가 되기 위해 제네바 기억시계제작소에 교육을 이수하러 가야 하는데 저는 이번에 그 기회를 까미와 함께하고 싶다고 같이 보내 주시라고 부탁드릴 거예요!"

"와우. 까미는 동의했고요?" 에이미는 놀라서 현을 쳐다보았다.

"아뇨, 하하. 제가 무조건 데리고 갈 거예요. 고 녀석은 제가 없으면 입 다문 참새가 되어서 아마 힘들어할 거예요. 제가 있어야 재잘재잘 대는 이상한 기운을 받는다니까요."

에이미는 이제서야 이해가 되었다. 둘은 입사 동기이자 절친이며 원룸을 얻어 같이 생활하는 룸메이트였다.

까미가 먼저 커피페니에 들어오고 행정학을 공부해 공무원 시험을 본다는 현을 부추겨서 커피페니에 들어오게 했다. 이제는 친구이자 룸메이트이며, 커피페니 청담점의 절친한 동료가 된 두 사람 인생이 한 세트처럼 되어버렸다. 더구나 이번에 같이 눈뜬 시계공 크리스퍼가 된다고 하면 그건 두 사람 인생에 더 큰 의미가 있겠다 싶었다.

"호호, 기대가 되네요. 닥터 제닝스 님이 그 부탁을 들어주실지."

에이미는 기대 반 걱정 반으로 현의 면담이 궁금해지기 시작했다.

제네바 생체기억시계제작소
- 눈뜬 시계공 크리스퍼 되기

제네바의 아침, 알프스에서 내려오는 신선한 공기가 얼굴을 스치면서 차가운 만년설의 냉기가 피부를 긴장하게 만든다.

'저 만년설도 이제 볼 날이 얼마 남지 않았겠지?' 지구가 더워지고 있다. 모든 빙하가 녹아내리고 높은 설산들의 봉우리 만년설조차 녹아내리고 있다. 알프스도 예외가 아니다.

물랑팡 백작은 생체기억시계제작소의 가장 큰 벽면에 그려진 커다란 초상화를 올려다본다.

21대 생체기억제작소 소장 윌리엄 페일리(William Paley) 백작

윌리엄 페일리 백작은 제네바 생체기억제작소를 최고 수준의 생체기억시계제작소로 만든 분이자 물랑팡 백작의 선조들의 스승이다. 선조들의 기록에 의하면 페일리 백작은 생체기억시계의 제작과 수리, 신제품의 개발을 위해 평생을 매진했다.

'모든 생명은 제작자가 있고 스스로 태어난 게 아니다.'라는 진리를 생체기억시계 제작의 기틀로 삼았다. 그리고 생체기억시계제작소를 충실하게 발전시킨 위대한 분이었다.

처음에 페일리 백작은 고장난 인간생체기억시계를 수리하는 일을 하다가 생체기억시계의 정교함과 우수성을 담은 유전자에 대한 자각을 가장 먼저 했다. 그 후 DNA와 유전자의 발현, 세포 간의 정보교환과 스위치 시스템을 통한 기억 전송 및 정보 전송 등의 숨겨진 메커니즘을 최초로 규명하여 그 우수성을 인정받았다. 그리고 뉴클레아스 심해기억저장위원회로부터 생체기억시계제작소의 모든 권한을 위임 받았다고 한다.

물론 19세기에 이르러 영국의 생물학자 찰스 로버트 다윈(Charles Robert Darwin)의 《자연선택에 의한 종의 기원에 관하여》가 발표되면서 인간은 자연 진화한다는 사상이 퍼지게 되었다. 이를 계기로 진화론이 발전하고 생체기억시계는 인간 스스로 만들어간다는 자체 제작설이 세상에 널리 퍼지게 되었다.

모든 생명의 생체기억시계는 개개인이 처한 생명의 환경에 의해 가장 우수한 생체기억시계를 가진 생명만이 진화하고, 이 진화를 통해 더욱 강력한 생체기억시계의 정보가 후대에 전사되도록 설계됐다. 이렇게 진화한 우수한 생체기억시계를 가진 생명체들이 지배종이 된다는 다윈의 진화론의 영향은 상당한 지지를 얻어갔으며, 인류는 스스로 우수하게 진화한 유전자를 가진 진화 종족이라는 자긍심으로 가득했다. 그 여파 때문인지 이 시대에는 생체기억시계를 찾거나 수리를 맡기는 일조차 드물었다.

결국 창조자가 있느냐 없느냐의 유신론과 무신론의 논쟁까지 치달으면서 생체기억시계제작소는 엄청난 시련과 고난의 시대에 접어들기도 했다. 그 이후에도 대자연이 같이 공존할 생명들을 선택하는 자연선택설 등이 등장하곤 했다. 하지만 페일리 백작의 철학에 대한 믿음으로 묵묵히 다가올 인류의 미래와 위기를 극복할 생체시계시스템을 개발하는 데 전력을 쏟았다. 그리고 훌륭한 제자로 물랑팡 1세 백작을 들였고, 묵묵히 개발한 기술을 발전시킨 덕에 지금의 제네바 생체시계제작소는 다시금 예전의 명성을 넘어 뉴클레아스 심해기억저장위원회가 인정한 지구 최고의 수준으로 유지되고 있다.

물랑팡 백작은 페일리 백작의 유지가 담긴 비망록을 펼쳐 본다. 첫 페이지에 다음과 같이 유려한 필기체 글씨가 나타난다.

나는 벌판에서 시계를 발견하였다. 유추해 본다. 시계는 어떻게 생겨났는가? 제작자가 있어서 제작한 것일까? 아니면 우연히 저절로 생겨난 것일까?

모든 생명은 제작자에 의해 탄생한다. 모든 생명은 태어난 목적이 있고 이 목적을 위해 생명을 소진한다. 생명 간의 유기적인 네트워크와 균형을 통해 스스로 창조적인 발전을 해 나간다. 하지만 거대한 균형을 이루는 자연과 우주의 틀 안에서만 가능하다. 그렇다면 나는 시계를 만들지는 못하지만 시계를 고치는 사람이 되리라.

"그 유명한 시계공 논쟁(Watchmaker argument)이 이렇게 시작되었지. 다윈에게까지 영향을 끼쳤던 그 유명한 책인 《자연신학(Natural Theology)》에서."

물랑팡 백작이 비망록을 덮으며 나직이 중얼거리는 그때, 문을 두드리는 노크 소리가 들린다.

"똑똑! 백작님, 오늘 오기로 한 눈뜬 시계공들이 도착했다고 합니다."

"그래. 오늘이 입학식이지. 우리 제작소의 최고 교육기관인 더햄엑시터아카데미에 6명의 학생을 받는 뜻깊은 날이지. 허허허. 우리가 하크네스 테이블 교육방식으로 생체기억시계 전문가를 만들어 낼 수 있다는 것은 매우 뜻깊은 일이야. 이번 입학 기수는 253기군."

물랑팡 백작은 서둘러 생체기억제작소 내의 더햄엑시터아카데미로 이동한다.

더햄엑시터아카데미
(Durham Exter Academy)

"여러분, 이곳의 책임자인 물랑팡 백작님이십니다."

아카데미를 책임지고 있는 킴롱레이크 교장은 예의 바른 자세로 오늘 입학하는 학생 6명에게 물랑팡 백작을 소개한다.

"여러분, 반갑습니다. 째깍째깍. 하하하."

모두 어리둥절한 표정으로 물랑팡 백작의 귀여운 소리를 들었다.

"하하하. 째깍째깍. 앞으로 여러분의 귀에는 모든 생명들의 생체시계 소리가 이렇게 들릴 거예요. 째깍째깍! 어떤 학생은 틱톡틱톡으로 들린다고도 하고 어떤 학생은 똑딱똑딱처럼 들린다고 하니, 하하하. 각자 알아서 잘 들어보세요. 여러분 모두 저희 제네바 생체시계제작소에 오신 것을 환영합니다. 더군다나 이곳의 핵심 교육

기관인 더햄엑시터아카데미에 입학하시게 된 걸 너무너무 환영합니다. 여러분은 앞으로 평생을 동기로 같이 지내게 될 것입니다. 지금부터 서로 간에 친하게 지내는 연습을 하시는 게 좋습니다. 하하하하하."

"백작님, 신입생들 프로필입니다. 오늘 기숙사 배정 후 제작소 투어가 있고 내일부터 바로 교육 프로그램을 시작하겠습니다." 킴롱레이크 교장은 서둘러 입학서류를 물랑팡 백작에게 올리고 각자 인사를 시켰다.

입학생 프로필

 @ 입학생 1

이름: 페이스 필

경력: 기억재생시간체크부 과장

교육 후 전문능력: 잃어버리는 기억을 재생시킴, 재생시키는 시간과 기억량을 심사하는 심사관 기억소믈리에로 승진, 재생시키는 도구로 기억와인을 사용하며, 기억량은 디캔터로 측정하는 능력을 부여받음

 @ 입학생 2

이름: 깜빡이 조슈아

경력: 닥터 제닝스 비서

교육 후 전문능력: 상대방을 보고 눈을 깜빡일 때마다 상대방의 기억을 삭제해 버림, 기억을 편집하여 상상 속의 기억을 자신의 것으로 생각하게 편집시킴, 기억삭제 시약을 가지고 다님. 기억삭제가 완벽하게 되었는지 기억삭제 진단키트로 체크함. 교육 후 특수임무를 수행하는

비밀요원으로 승진

@ 입학생 3

이름: 수크 심

경력: 육지부 기억장부처리부 부장

교육 후 전문능력: 모든 기억의 삭제와 편집, 이동에 대한 기록을 하는 부서책임자로 승진, 기억연말정산을 지휘하여 정산된 기억은 크리스마스이브 환급일에 모두 기억환급처리를 해주는 막중한 임무를 맡게 됨, A라는 사람의 기억 일부를 B라는 사람의 기억 일부로 전송시키는 능력을 가지게 됨

@ 입학생 4

이름: 드리즐

경력: 방탈출 게임 세계 챔피언, 육지부 기억장부처리부 근무

교육 후 전문능력: 누락된 기억을 첨가하거나 추가, 삭제하는 능력을 받음, 사라지거나 도망가는 기억을 다시 잡아서 영구히 기억되도록 인식시키는 능력을 가짐

@ 입학생 5

이름: 에이미

경력: 기억삭제소 커피페니 청담 점장

교육 후 전문능력: 에스프레소 샷을 통해 의뢰인의 기억을 삭제, 복원할 수 있음, 상대방의 기억에 대한 요청을 텀블러에 저장하여 다른 사람의 기억에 이식시킬 수 있음. 기억을 가공할 수 있는 커피페니 로스

터리 멤버로 승진, 기억재생과 삭제를 요청하는 별풍선 카드 관리책임
자로 임명됨. 별풍선 카드는 일반인이 타인의 기억 속에 자신을 기억하
게 만들면 별 하나가 생성됨. 별풍선 12개를 모아 에이미에게 기억삭제
나 복원을 요청할 수 있음

 @ 입학생 6

이름: 현
경력: 기억삭제소 커피페니 청담 파트너
교육 후 전문능력: 딜릿스타로 임명됨, 기억삭제소 청담에 오는 의뢰인
의 기억을 에스프레소 샷을 통해 삭제시키는 능력을 가짐, 기억삭제 굿
즈이벤트를 주관할 수 있는 권한을 가짐

 @ 입학생 6-1

이름: 까미
경력: 기억삭제소 커피페니 청담 파트너
교육 후 전문능력: 딜릿스타로 임명됨
기억삭제소 청담에 오는 의뢰인의 기억을 에스프레소 샷을 통해 복원시
키는 능력을 지님. 기억복원 굿즈이벤트를 주관할 수 있는 권한을 가짐

"가만가만, 킴롱레이크 교장선생님! 우리 이번 신입생은 6명인
데, 분명 6명인데… 6-1은 무엇인가요? 6명인가요, 7명인가요?"
킴롱레이크 교장은 당황스러운 표정으로 물랑팡 백작을 쳐다보
면서 조용히 보고를 드린다.
"백작님, 여기 닥터 제닝스 님의 추천장이 있습니다. 하크네스
테이블은 6명으로 교육하는 게 전통인데 그 전통을 깨서 7명으로

는 할 수 없으니 6명은 6명이되 한 명이 더 있는 6-1로 한 겁니다. 하하하하하하, 저도 당황스럽지만 아무튼, 6-1로 학생을 보내셔서…."

물랑팡 백작은 하여간 닥터 제닝스는 늘 그렇다는 표정으로 웃으면서 추천장을 열어 보았다.

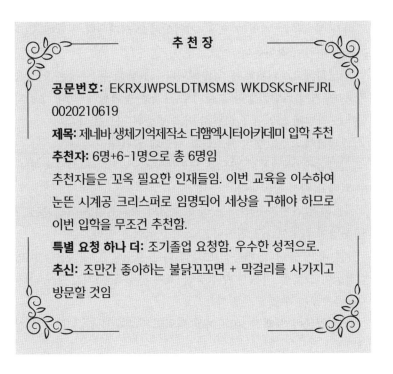

추 천 장

공문번호: EKRXJWPSLDTMSMS WKDSKSrNFJRL 0020210619

제목: 제네바 생체기억제작소 더햄엑시터아카데미 입학 추천

추천자: 6명+6-1명으로 총 6명임

추천자들은 꼬옥 필요한 인재들임. 이번 교육을 이수하여 눈뜬 시계공 크리스퍼로 임명되어 세상을 구해야 하므로 이번 입학을 무조건 추천함.

특별 요청 하나 더: 조기졸업 요청함. 우수한 성적으로.

추신: 조만간 좋아하는 불닭꼬꼬면 + 막걸리를 사가지고 방문할 것임

입꼬리가 쫘아악 올라간 물랑팡 백작은 흥분한 목소리로 외쳐 된다.

"오우. 막걸리? 하하하하하하. 킴롱레이크 교장선생님, 저들은 분명 6명 맞습니다. 6명+6-1명, 하하하하. 내일부터 즐거운 수업하십시오. 여러분 모두 인생을 바꿀 제네바 생체기억제작소에 오신

것을 환영합니다!"

의뢰인이 찾아오다

비가 부슬부슬 내리는 오후, 기억삭제소 커피페니 청담에 50대 초반의 여인이 찾아온다.

"안녕하세요? 커피페니 청담입니다." 부점장 욥은 굵은 안경을 끼고 큰 키에 카랑카랑한 목소리로 고객을 맞이한다. 50대 초반의 고객은 가볍게 눈인사를 하면서 바로 별풍선 카드를 내민다.

"안녕하세요?" 고객의 목소리가 가늘게 떨린다.

"점장님께 이 별풍선 카드를 드리면 제가 원하는 사은품을 받을 수 있다고 해서 왔습니다."

카드의 앞면에는 반짝이는 금빛 로고의 커피페니 인어의 홀로그램 문양이 금방이라도 튀어나올 듯이 반짝이고 있다.

"아! 네. 맞습니다. 별풍선 12개를 다 모으셨군요. 지금은 에이미 점장님이 교육을 가셔서 부점장인 제가 권한을 가지고 있습니다. 사은품으로는 무엇을 드릴까요?"

금세 얼굴이 환해진 50대 여성 의뢰인은 다음과 같은 쪽지를 건넨다.

1. 이름: 장아지
2. 나이와 성별: 91세 여성
3. 관계: 모녀
4. 요청사항

   저의 모친인 장아지 님은 1930년생으로 1953년에 큰딸을 낳아서 키우다 1978년 당시 25세인 큰딸을 대구에 시집보냄. 당시에 대구의 야구 글러브 등 가죽제품을 만들어 수출하는 공장으로 시집 보낸 이후에 수년간은 몇 차례 왕래함.

   1984년경부터 소식이 뜸해지면서 최근까지 연락도 없이 소식이 끊김. 최근에 대구에서 동네주민센터 민원실을 통해 저의 모친인 어머니와 저희 형제자매를 찾는다는 연락을 받음.

   대구 현지에 가보니 저의 언니인 이경애는 현재 68세로 요양병원에서 건강하게 지냄. 다만 이야기를 들어 보니 1985년 출산을 하다가 산후뇌출혈로 쓰러짐. 의식을 잃고 기억을 상실한 채로 장기입원 중 최근에 갑작스러운 발작 이후 의식을 되찾음.

   현재는 1985년까지의 기억만 소유하며 간절하게 모친인 장아지 님을 찾음.

   문제는 저의 모친이자, 언니가 애타게 찾는 우리 엄마 장아지 님은 2017년부터 알츠하이머 등 노인성 치매가 진행되어 현재 가족들을 알아보지 못하고 요양병원에서 지내심.

5. 사은품 의뢰

   제 어머니 장아지 님의 기억 중에 제 언니 이경애를 알아볼 수 있도록 언니와 관련된 기억을 돌려주시기를 원합니다.

"네! 의뢰하신 사은품 의뢰는 잘 접수되었습니다. 어머님과 이경애 따님과의 시간 교류는 1953년 출생부터 1985년까지 약 32년 간입니다. 이 기간의 전체 기억 복원은 별풍선 카드로는 한계가 있습니다. 부분적으로 두 분이 소통하실 기억의 중요 부분만 찾아드리는 것은 가능합니다. 이 기간 동안 필요하신 기억을 회복시켜 드리기 위해 불편하시겠지만 장아지 님께서 저희가 지정한 회전기억초밥집으로 오시도록 부탁드립니다. 감사합니다."

기억을 재생하다, 회전기억초밥집

머리가 하얗고 단아한 할머니가 노란색 한복 저고리를 입고 연신 접시가 돌고 도는 초밥집 테이블에 앉아서 앞으로 다가오는 접시들을 보고 있다.

안내판에는 회전기억초밥집 기억식사법에 대한 안내가 크게 쓰여 있다.

회전기억초밥집 식사 방법

저희 회전기억초밥은 총 다섯 종류로 서비스됩니다.
빨간색은 사랑에 대한 기억들입니다. 한 접시에 100달란트입니다.
파란색은 가족에 대한 기억들입니다. 한 접시에 80달란트입니다.
노란색은 오늘 당일에 요청하는 기억들입니다. 한 접시에 70달란트입니다. 다만 다섯 접시를 초과할 수 없습니다.
녹색은 고마움에 대한 기억들입니다. 한 접시에 60달란트입니다.

밤색은 마음의 빚에 대한 기억들입니다. 한 접시에 50달란트입
니다.

드신 기억 접시들은 다 드신 다음 옆에 쌓아 주시면 됩니다.

식사가 끝난 다음에 각 색깔별로 모이면 자동으로 합산됩니다.

회전기억초밥 식사 시간은 2시간으로 정해져 있습니다.

감사합니다.

장아지 할머니는 처음에는 밀려드는 회전 접시들을 물끄러미 바
라보며 정신이 없었다. 하지만 보리차를 한 잔 마시고 천천히 다가
오는 접시들을 볼 때마다 마음이 아프고 손이 떨리면서 기억의 초
밥들을 하나하나 집어 들었다.

사랑에 관한 빨간 접시 5개, 가족에 관한 파란 접시만 연신 10개
를, 그리고 오늘 요청하는 노란 접시 5개를 모두 잃어버린 딸 이경
애에 관한 기억으로 채웠다. 그리고 미안한 마음의 밤색 접시를
20개나 쌓아 놓고 있다. 접시가 쌓여 갈수록 미안하고 미안한 마음
이 들었다. 그리고 점차 고마운 접시를 7개 집어 들고서야 식사를
멈추었다.

이윽고 돌아가던 벨트가 멈추고 기억회전초밥 접시의 움직임도
멈췄다.

"흑흑흑흑, 내 딸아. 내 소중한 큰딸아. 너무 어린 나이에 그만 중
매로 시집을 보내고, 흑흑흑. 내가 얼마나 마음이 아프고… 안쓰럽
고… 보고 싶고 그랬는지 아느냐? 내 소중한 경애야… 흑흑흑흑흑.
보고 싶구나, 지금 어디에 어떻게 살고 있는지 너무나도 보고 싶구
나. 이 어미가 살면 얼마나 더 산다고 소식 한 번 없는 거니, 내 소
중한 큰딸아… 흑흑흑흑흑."

장아지 할머니는 구순이 넘은 나이에도 마치 어린아이 흐느끼듯

이 한꺼번에 돌아온 기억들을 받아내느라 연신 몸을 들썩이며 큰 소리로 울고 있었다.

잠시 후 문이 열리고 장아지 할머니의 기억재생을 의뢰한 50대 여인이 환한 얼굴로 반갑게 들어왔다.

"엄마!"

"누구세요? 제 딸은 우리 경애밖에 없는데요."

기억삭제소 커피페니 청담

12개의 별풍선을 다 모아서 어머니의 기억재생을 의뢰한 50대 중년 여인은 이번에는 연로한 어머니를 모시고 커피페니 청담점에 다시 들렀다.

카운터에 있는 부점장 욥을 본 여인은 너무도 반갑게 먼저 가서 인사를 건넨다.

"안녕하세요? 지난번 별풍선 사은품 의뢰한 사람인데 기억하시죠?"

"아, 네. 당연히 기억합니다. 하하하. 안녕하세요? 저희가 안내해 드린 회전기억초밥집은 다녀오셨는지요?"

"네. 너무 감사하게도 제 언니에 대한 모든 기억을 찾았답니다. 너무 감사해요. 그런데 이번에는 특별히 제가 가진 기억쿠폰을 사용할까 해요."

"아! 네. 어떤 쿠폰을 가지고 계시는데요?"

"네. 제가 가지고 있는 커피페니-현대카드 제휴카드에 들어 있는 기억삭제 쿠폰과 기원복원 쿠폰 중에서 기억복원 쿠폰을 사용할까 합니다. 이 쿠폰은 제3자에게 양도가 가능하다고 약관에 쓰여 있더군요."

부점장은 친절한 미소로 재빠르게 대답하면서 스캔을 위해 스캐너를 먼저 손에 들고 다가왔다.

"네. 맞습니다. 지정만 하시면 제3자에게 양도가 가능합니다. 기억복원 쿠폰을 보여 주시면 스캔을 하고 바로 기억복원 에스프레소를 준비해 드리겠습니다."

여인이 휴대폰에 뜬 커피페니-현대카드 제휴 홀로그램을 보여주자 이를 부점장 욥이 스캔하고 하얀 커피페니 종이컵 위에 능숙하게 매직으로 쓴다.

"주문받겠습니다. 주문자 이름은 누구로 해 드릴까요? 어떤 기억 재생을 원하십니까?"

50대 여인은 더 가까이 다가와 나지막이 이야기하며 왼쪽 창가에 앉아 물끄러미 밖을 내다보는 어머니를 쳐다본다.

"주문자는 91세 장아지, 딸인 저 이경희에 대한 기억을 복원해 주는 에스프레소를 주문합니다."

대구 파티마 요양병원 301호 병실

물끄러미 창가를 바라보는 여인은 늙고 마른 체구이지만 얼굴에는 주름이 별로 없어 나이보다는 젊게 보인다. 병실 침대에 붙어있는 환자 정보에는 이렇게 쓰여 있다.

〈환자 정보〉
• 이름: 이경애
• 나이: 68세
• 특징: 장기의식불명으로 입원 후 의식 회복 중

"똑똑똑."

하얀 가운을 입은 젊은 간호사가 밝은 목소리로 들어온다.

"안녕하세요? 호호호, 오늘 날씨 너무 좋죠? 공기 순환도 할 겸 창문 좀 열어 드릴게요."

창문을 열고 커튼을 활짝 제치자 밝은 기운의 초여름 햇살이 병실 가득 밀고 들어온다.

"할머님, 오늘은 식사 좀 많이 하셨어요? 요즘 매일매일 식사량을 조금씩 늘리고 있으니 꼬옥꼬옥 잘 씹어 드셔야 해요."

"그래그래, 고마워요. 오늘 우리 엄마가 오기로 했는데…. 제가 정말 36년을 누워 있었다는 건가요? 거울 속의 제가 누군지 모르 겠어요. 내가 출산할 때 이후로는 아무 기억이 없어요. 정말 모든 게 믿기지 않는군요. 제가 제가 아닌 것 같아요. 거울 속의 제 모습 은 제가 늘 보던 제 엄마의 모습이거든요. 그런데 이 모습이 저라 니… 후유." 한숨을 길게 내쉬는 할머니는 물기 어린 눈빛으로 창 밖을 본다.

파란색 BMW 5시리즈 세단 한 대가 창밖으로 보이는 병원 정문 에서 멈췄다.

50대 중년의 여인과 말랐지만 꼿꼿한 자세의 연로한 할머니가 지팡이를 내디디며 차에서 내리고 있다.

잠시 후에 병실 문이 열린다.

"경애야. 아이고, 하나님! 감사합니다. 살아있었구나. 너를 보자마 자 알겠다. 네 눈매는 어렸을 때나 지금이나 그대로구나. 흑흑흑."

환자복을 입은 경애 씨는 침대에 앉아 있다 일어나 먹먹한 감정을 추스르며 너무도 늙어 버린 할머니를 보면서 말을 잇지 못한다.

"어… 엄마, 정말 엄마 맞아요?"

놀란 목소리로 병실에 들어온 엄마를 바라보는 경애 씨의 눈에 멈출 줄 모르는 눈물이 흘러내린다.

"엄마… 우리 엄마. 엉엉엉엉엉엉."

어깨를 들썩이며 우는 이경애 씨의 얼굴을 주름 가득한 손으로 감싸며 쓰다듬는 어머니 장아지 할머니는 눈물조차 메마른 듯 울음을 멈추고 기쁜 얼굴로 딸의 얼굴을 연신 쓰다듬었다.

"되었다, 되었어. 이제라도 네 얼굴을 보았으니 되었어. 내가 그렇게 평생 동안 내가 죽기 전에 네 소식을 알고 죽기를 바라는 기도를 그렇게 드렸는데 하나님이 내 기도를 들어 주셨어. 내가 죽은 다음에 하늘나라에 가서 너를 보면 내가 얼마나 마음이 미안하고 쓰라릴까? 너를 어떻게 볼 면목이 있을까? 늘 기도하고 기도하면서 너를 죽기 전에 보게 해달라고 기도했는데… 하나님. 감사합니다. 오! 주여."

한참을 울다가 뒤에 서 있는 여인을 발견한 경애 씨는 엄마를 보면서 놀란 목소리로 물어본다.

"아 아이가… 그럼, 엄마 이 아이가… 경… 희, 오! 세상에 경희, 네가 이렇게…."

거의 40여 년 만에 얼굴을 본 언니에게 다가간 경희 씨는 언니의 손을 잡고 하염없이 울었다.

"언니… 나예요, 경희… 흑흑. 언니 시집가는 날도 이렇게 울었는데, 오늘 한없이 우네요 제가… 흑흑흑흑흑."

나이 차이가 열여섯 살이나 나는 관계로 늦둥이인 경희 씨를 큰언니인 경애 씨가 거의 업어서 키웠다. 그래서 경희 씨에게는 경애 언니가 어머니보다 더 가깝고 언니 등에서 잠드는 게 엄마 품에서 잠든 것보다 더 편하고 잠이 잘 들어서 어려서 늘 언니에게 업어 달라고 칭얼칭얼 했던 기억이 고스란히 남아 있다.

"다른 형제들은?"

"네, 언니. 큰오빠는 해군 생활 오래 하셔서 진해에 살고 계시구요. 작은오빠는 돌아가셨어요. 암으로… 오래전에. 조카들은 잘 성장해서 지금 다들 잘 지내고 있습니다. 언니도 둘째 조카가 모시고 살고 있고요."

"그래그래, 이제 내가 몸이 좀 회복되면 다들 같이 보고 싶구나. 엄마, 이리와서 좀 앉아봐요. 나랑 이야기 좀 많이 해."

경애 씨의 어린 냥 나는 목소리에 장아지 할머니는 환하게 웃으면서 경애 씨 손을 잡고 소파로 앉아서 이런저런 이야기를 나눈다.

이 모습을 보고 있는 경희 씨의 얼굴이 행복하고 감사한 표정으로 가득하다.

"아! 정말 너무너무 고맙고 행복합니다. 언니가 오랜 병상에서 기적처럼 깨어나고 엄마가 저렇게 언니에 대한 기억과 나에 대한 기억을 다시 찾으셨으니 이제 언니의 회복과 엄마가 더 건강히 좀 더 사실 수 있도록 내가 더 노력할 거야. 감사합니다. 감사합니다." 연신 혼자 행복한 언어를 다 찾아서 중얼거리는 경희 씨의 어깨 위로 창가를 넘어서 길게 뻗어 나오는 초여름의 햇살이 파도처럼 넘실거린다.

기억사냥꾼
마이크로글리아(Microglia) 3세 남작

닥터 제닝스는 제주발 김포행 아시아나 항공 0Z8940편 2A 창가 좌석에 앉아 있다.

닥터 제닝스는 창밖으로 보이는 제주공항의 활주로를 한번 쳐다본다. 맑은 하늘, 오늘도 여전히 이륙하는 비행기가 많다.

비행기를 많이 탄 최상위 고객인 플래티넘 멤버인 닥터 제닝스에게 사무장이 다가와 인사를 건넨다.

"저희 아시아나에 탑승해 주셔서 감사드립니다. 저는 사무장 엉뚱엉뚱입니다. 필요하신 사항이 있으시면 언제든지 불러 주십시오. 감사합니다."

정중하게 인사를 건네고 돌아서는 사무장을 보면서 '이름만으로도 우리 크리스퍼 대사 픽업 후보가 될 수 있는 친구인데, 하하' 하는 생각을 한다.

비행기가 이륙 전, 닥터 제닝스는 블랙베리 화이트 컬러의 구형 볼드 9900의 문자 불빛이 깜박거리는 것을 느끼고 문자를 확인한다. 그리고 문자 내의 이동 연결 버튼을 누르고, 바로 블루투스 이어폰을 귀에 꽂는다. 그리고 깊은 수면에 빠져든다.

닥터 제닝스는 사무실에서 익숙하게 문을 열고 손님을 맞이한다.

"어서 오게, 이 시대 최고의 헌터, 마이크로글리아 3세 남작."

190센티미터는 족히 되어 보이는 훤칠한 키에 날씬한 몸매, 특이하게 보랏빛 가죽 장화를 무릎까지 올려 신은 멋진 젊은 신사가 에너지를 뿜뿜 날리며 서 있다.

"볼드 9900 메신저에 제가 보낸 문자를 받으셨군요. 시대가 많이 바뀌었는데 구형 메신저 말고 신형 스마트폰으로 좀 바꾸시죠? 저희 소통 도구가 너무 구닥다리 레트로 아닌가요? 하하하. 저는 아이폰이 좋은데 통 소프트웨어 연동이 안 되어서 이 구닥다리 블랙베리 볼드 9900을, 저처럼 손이 큰 사람이 이 작은 폰을 들고 낑낑대면서 문자를 보내는 모습을 상상해 보세요. 주변 사람들이 '웬 손에 갑툭튀?' 하면서 쳐다본다니까요. 닥터 제닝스."

마이크로글리아 3세 남작은 젊은 MZ 세대답게 통통 튀는 말투로 닥터 제닝스를 어려워하지 않고 이런저런 잡다한 말을 다 해댔다.

"하하하, 역시 자네는 자네 아버지를 꼬옥 빼 닮았군. 자네 아버

지의 말솜씨는 아마 자네 앞에 가면 〈톰과 제리〉의 톰처럼 보이겠
군. 하하하. 반갑네."

"언제 만나 뵈어도 늘 똑같으셔요. 전혀 늙지 않으시는군요. 저
희들 모르게 무언가 좋은 걸 많이 드시지는 않지요? 닥터 제닝스
님, 서랍을 열어 보면 정체불명의 온갖 약들이 수두룩 빽빽하다고
하던데요, 하하하. 그런데 도무지 그 용법을 몰라서 잘못 먹고 부작
용이 날까 봐 가져가지를 못한다면서요. 하하하하하."

"자네도 하나 줄까? 요즘은 니코틴아미드 리보사이드를 먹는데
말야. 손상된 DNA를 복구하기 위해서. 그런데 노화를 방지하는
느낌이란 말야. 하하하하하. 저 책상 위에 있는 하얀 캡슐에 든 병
이니 자네도 한 병 가져가게."

"하하하, 저는 아직 젊어서요, 닥터 제닝스. 나중에 닥터 제닝스
님의 그 모나미 153 한정판 실버펜이나 주세요. 그 펜으로 기억메
모지에 후회되는 기억을 쓰면 바로 그 시절로 돌아가서 그 기억을
바꿀 수 있다는 그 펜을 꼭 가지고 싶습니다."

마이크로글리아 3세 남작은 정중하게 닥터 제닝스를 보며 요청
한다.

"이 시대 최고의 기억 사냥꾼인 자네가 그 펜을 탐낼 줄은 몰랐
네. 하하하. 자네가 그토록 원하니 때가 되면 그 펜을 자네에게 주
겠네!"

"야… 약속… 하신 겁니다. 야호. 오늘은 하루 종일 좋은 일만 생
기는구나."

기쁜 표정의 마이크로글리아 3세 남작의 모습을 보면서 닥터 제
닝스는 기분이 좋아졌다. 마이크로글리아족은 인간들의 기억 속에
서 흘러나오는 잉여시냅스를 사냥하면서 그 시냅스를 먹고 사는
기억사냥족이다.

몇십 년 전부터 인간은 본인의 나쁜 식습관과 활동습관, 유해환

경의 노출, 공기와 물의 오염 등으로 인해 스스로 자신들이 가진 방어체계인 면역세포를 약하게 만들었다. 이로 인해서 뇌의 생태 환경이 나빠지면서 마이크로글리아족이 더욱 사냥하기 좋은 상태의 환경이 조성되었다. 이러한 기억사냥물을 뉴클레아스 기억저장 위원회에 고철 팔듯이 팔아서 버는 교역량이 상당한 부분을 차지하고 있다.

특히 현대인들에게서는 과거 인류에게서 보지 못한 엄청난 양의 정신 호르몬 분비물질과 스트레스라는 신종 교란 신호가 나오는 추세이다. 이는 마이크로글리아족의 사냥 신호를 자극하여 더욱더 빈번하고 강한 사냥 강도를 가지고 인간의 시냅스를 공격하게 만든다. 이때 사냥하면서 쳐내는 시냅스 가지들로 인해 사람들은 인지기능 감퇴, 알츠하이머, 우울증 등 다양한 뇌 관련 질환을 앓게 된다. 이 모든 게 마이크로글리아족의 활동 결과물에 따른 후유증인 것인데 인간은 아직도 이 비밀을 모르고 살고 있다.

인간의 몸 중에서 유일하게 면역계의 지배를 받지 않는 뇌를 관장하는 지배종족, 마이크로글리아족은 마음먹기에 따라 천사이기도 하고 암살자 같은 시냅스 제거능력을 가진 두 얼굴을 가지고 있어서 더욱더 대화하기가 힘든 종족으로 이름이 나 있다.

이 종족을 지배하는 지도자 마이크로글리아 남작 가문은 걸출하고 뛰어난 집안으로 마이크로글리아 1세 때 모든 종족을 교화하고 따르도록 하여 종족을 통일하였다. 이때부터 마이크로글리아족은 한 지도자체계 및 명령체계의 집단으로 발전하게 되었다. 마이크로글리아 1세는 강력한 지도력으로 마이크로글리아족이 힘을 합치면 망가진 뇌의 뉴런과 시냅스가 다시 건강하게 재생하도록 하는 리부팅 명령 신호시스템을 만들었다. 집단의 노력으로 기억을 재생하는 기억재생프로그램을 완성한 것이다. 이는 실로 괄목할 만한 성과로 역사적으로 평가받고 있으며 이후로 마이크로글리아 집안은 지도자 집안으로 대를 잇고 있다. 지금은 젊은 3세가 그 역할을 맡아 에너지 넘치고 활동 많은 지도자로 평가받고 있다.

"닥터 제닝스 님, 제가 오늘 메신저로 뵙기를 요청한 이유는 얼마 전 저희 부족이 잉여시냅스를 사냥하는 데 아주 특이한 사냥물을 발견했기 때문입니다. 통상적으로 뉴런 그물막을 통해 잡거나 시냅스를 잘라내서 잡아내는 기억의 파편들은 하나 같이 저희가 식별이 가능한데 최근에 특정 지역에서 나오는 기억의 파편들은 이미 누군가 크리스퍼 가위로 기억을 조작한 흔적들이 있는 파편들이 다량 발견되어서 이를 보고 드리기 위해서입니다."

닥터 제닝스는 크게 놀란 눈으로 목소리를 높여서 마이크로글리아 3세 남작에게 소리쳤다.

"뭐… 뭐라고? 크리스퍼를 사용했다고? 그건 오직 우리 더헴엑시터아카데미에서 교육받은 눈뜬 시계공들만이 사용하는 우리만의 유전자 조작 가위 아닌가? 어찌 그런 일이. 흠… 심각하군. 일단 이렇게 하세. 자네는 사냥한 기억 파편들을 모두 뉴클레아스 심해기억저장소로 보내게. 특별히 이번 기억은 분석을 해야 하니 심해기억숙성저장소의 몽고리안느가 특별수신자가 되도록 표시해서 보내게. 내가 몽고리안느에게는 별도로 전문을 보냄세. 그리고 추가적으로도 계속 지켜보고 보고해 주게. 크리스퍼를 사용한 기억 파편들이 어느 지역에서 어떻게 나오고 있는지를."

"네. 잘 알겠습니다. 말씀하신 대로 바로 실행하겠습니다."

"잘했네, 훌륭하네. 자네 집안에는 늘 신세만 지는군!"

젊은 미소년 같은 마이크로글리아 3세 남작은 얼굴이 발그레해지면서 너무 좋은 표정으로 닥터 제닝스를 바라본다.

"아, 이제 다시 복귀하셔야 하는 거 아닌가요? 공간 사무실 사용은 닥터 제닝스 님, 비행기 착륙 전에 사무실 문을 닫는다고 아버지께서 늘 염두에 둬야 한다고 신신당부를 하셨어요. 하하하. 정말 몇 번 뵈어도 신기하기만 해요. 닥터 제닝스 님을 뵙기 위해서는 오직 닥터 제닝스 님이 비행기에 타고 잠이 들어서 이동하는 수면 시간의 공간에서만 이야기를 나눌 수 있다는 이런 사실이, 하하하. 그래서 매달 닥터 제닝스 님의 비행기 스케줄을 구하기 위해서 저희가 얼마나 노력하는 줄 아세요?"

"하하하. 이번에도 닥터 제닝스 님 비서인 깜빡이 조슈아 님에게 제가 무지무지 사정해서 받은 거랍니다. 깜빡이 조슈아 님은 제네바에 교육 들어가셨던데요. 하하하."

"아 참, 자네랑 이야기하다 보니 사안이 중요해서, 허허. 내가 사무실 이용 시간을 깜박 놓칠 뻔했군. 고맙네! 하여간 젊은 친구들은 대단해. 어느새 조슈아와 친구가 되었는가? 하하하하. 나는 이제 곧 착륙하니 비행기로 복귀하겠네. 다음에 또 보세."

"네, 저도 뵙게 되어서 반가웠습니다. 한정판 모나미 153 실버볼펜 주시겠다는 약속 잊으시면 안 됩니다. 하하하."

제주발 김포행 아시아나 항공 0Z8940편 기내 안에서 엉뚱 발랄하고 유쾌한 목소리를 가진 엉뚱엉뚱 사무장이 착륙을 안내하는 기내 방송이 흘러나온다.

"저희 비행기는 곧 도착지인 김포공항에 착륙할 예정입니다. 모든 승객분들은 좌석 등받이를 원위치 해주시고 안전벨트를 매 주십시오."

닥터 제닝스는 눈을 떴다. 그리고 귀에 꽂은 이어폰을 빼고 손에 잡은 블랙베리 화이트 볼드 9900의 전원을 껐다. 수면시간에 정신세계를 통해 사무실에 가서 마이크로글리아 3세 남작을 만나고 방금 복귀한 것이다.

뉴클레아스 심해기억저장소 기억숙성실
- 메모리소믈리에 몽고리안느

심해기억저장소 내의 기억을 숙성, 저장, 배양하는 기억숙성실 안의 거대한 배양기는 그 높이가 족히 10미터는 되어 보인다. 이러한 배양기가 끝도 없이 일렬로 서 있다. 연신 가지고 있는 스캐너 모니터를 바라보면서 배양기에 달린 계측기의 QR코드에 대고 스캔을 통해 현재 배양기 내부의 기억 숙성 정도를 체크하고 있다.

"띵동." 메신저의 문자벨이 울린다. 들어온 기억 파편들을 숙성 전에 분류하는 기억정미소에서 온 문자다.

[마이크로글리아족이 보낸 기억들에 대한 모든 분류를 마침. 숙성실로 보낼까요?]

문자를 본 몽고리안느는 바로 지시를 내린다.

[아냐 아냐, 이 기억 파편들은 분석하라는 특별 지시가 있으니 기억 파편들을 모두 기억배양실로 보내세요. 장독대 숙성 배양을 통해 기억 파편에 나오지 않는 다른 부분들까지 찾아서 기억 전체를 복원해야겠어요. 그러려면 우리 장독대 숙성배양기술로 배양작업을 통해 그 기억 전체가 어디서 왔는지, 누가 크리스퍼로 기억을 조작했는지, 왜 그랬는지를 찾아낼 수 있을 테니까요. 지금 즉시 보내 주세요.]

[네.]

장독대 숙성배양실에는 약 500개 정도의 커다란 장독대들이 배양실 안에 마치 군대가 사열하듯이 멋들어지게 자리를 잡고 있다. 조명에서 비추는 반사광으로 인해 잿빛의 장독대들이 깊은 색을 내면서 하나의 예술 작품처럼 느껴진다.

몽고리안느는 길고 커다란 은으로 만든 국자를 들고 이 장독, 저 장독을 열어 보면서 연신 온도를 체크하고 손끝을 혀끝에 대고 배양되는 기억들의 숙성도를 체크한다. 혀끝에 배양되는 기억의 파편들이 닿을 때마다 몽고리안느의 커다란 눈에서는 마치 모니터 안의 영화가 펼쳐지는 듯이 단시간에 그 기억 파편에 얽힌 기억들이 읽혀진다.

"후유. 늘 하는 체크지만 할 때마다 다른 이들의 기억을 읽는 일은 쉬운 일이 아냐, 생생하게 내가 체험한 듯이 내 몸에 전사가 되면서 똑같이 느끼는 이 기분은… 너무 많은 에너지를 소비하게 한다니까. 하지만 짜릿짜릿해, 하하하. 내가 그래도 최고의 권위를 자랑하는 골든텅컵(Golden Tongue Cup)을 받은 챔피언 메모리소믈리에인데 기억 감별은 누구도 나를 따라올 수 없지, 암암. 하하하하하."

몽고리안느는 숙성기술로 배양하는 기억 파편들을 담은 장독대를 바라보면서 흐뭇한 표정을 짓는다.

5시간이 지나고 몽고리안느의 데스크 위에 놓인 모니터에 숙성기억배양을 100퍼센트 완료하고 이를 분석한 데이터가 나타났다. 이 데이터를 기반으로 몽고리안느는 즉시 뉴클레아스 심해기억저장위원회에 보고할 분석 보고서를 작성한다.

분석 보고서

분석기억: 마이크로글리아족이 보낸 기억 파편들

분석량: 60페가바이트

배양기억: 600페가바이트

분석 내용을 보고합니다.

기억 파편들의 출처는 일본국 도쿄도 인근에 60퍼센트가 집중, 기타 지역으로는 센다이, 도호쿠, 나고야, 오사카, 교토, 후쿠오카, 히로시마 등 대도시를 중심으로 40퍼센트가 분포합니다.

기억의 내용들은 모두 한 가지에 집중되도록 크리스퍼 기술로 조작되었는데 기억이 지워지지 않을 정도로 강력하게 인식된 내용들은 다음과 같은 단어로 구성됩니다.

키요무라 기요시, 스시잔마이, 츠키지 시장, 토요스 시장, 새해 경매, 탓피곶, 신기록 갱신

이상 보고를 마칩니다.

수석 메모리소믈리에 몽고리안느

일본국 도쿄도 주일한국 대사관

일본 내 도호쿠 지역 후쿠시마 원전수 방류에 대한 조사보고서를 작성하여 본국에 보고하는 업무를 마친 오후 5시,
참사관인 윤조르 킴 휴대전화로 암호화된 메시지가 전달된다.

[메시지 전문]
* 보낸 자료를 비탕으로 정보를 취합하여 보고해 줄 것.
* 다음과 같은 단어의 조합이 연결된 기억들을 재구성할 것.
[키요무라 키요시, 스시잔마이, 츠키지 시장, 토요스 시장, 새해 경매, 탓피곶, 신기록 갱신]
* 위의 기억들이 크리스퍼 기위로 편집되어 그 지역 사람들 기억에 인식되어 있는 원인을 파악하고 보고해 줄 것.
발신지: 뉴클레이스 심해기억저장위원회

"스시잔마이? 여기는 우리가 거의 일주일에 한두 번씩 가는 참치체인점이잖아? 아니, 참치체인점이 갑자기 무슨 중요한 사항이라도 있는 듯이 등장하지? 흠… 위원회에서 보낼 전문이면 중요한 사항인데 막상 단서로 나온 단어들은 흠… 일상에 우리가 늘 접하는 단어인데, 스시잔마이라…."

참사관인 윤조르 킴은 의아해하면서도 최고 의사결정기관인 뉴클레아스 심해기억저장위원회의 권위에는 경의를 표하는지라 즉시 이 전문 내용을 파악하기 위해 움직이기 시작했다.

"いらっしゃいませ(어서 오십시오)."

스시잔마이 유라쿠초점은 언제 와도 늘 손님으로 북적거린다. 윤조르 킴은 자주 가는 긴자점이 붐빌 때는 한 블록 떨어진 유라쿠초점도 자주 이용하는 편이다. 오늘은 유라쿠초점이 왠지 끌린다.

입구에 들어서자마자 일본어로 멋지게 써서 액자를 만들어 걸어놓은 경영철학이 보인다. 그 앞에 놓인 자서전을 본 순간! 그 자서전 위의 이름을 보자마자 윤조르 킴은 메시지 전문에서 본 그 단어가 번개처럼 떠올랐다.

"키요무라 키요시…. 아! 키요무라 키요시? 전문에 있는 단서인 그 단어가 여기 사장님 이름이구나! 키요무라 키요시라…."

일단 두 개의 단어에 접근했다는 생각에 갑자기 기분이 좋아졌다.

'이거 의외로 쉽게 풀리는 거 아냐? 하하.'

윤조르 킴은 일단 익숙하게 안내된 자리에 앉아서 메뉴판을 본다.

초밥세트 3200엔, 카이센동 1700엔, 메뉴 두 개를 주문했다. 오늘 본국에 후쿠시마 원전 냉각수 연구 보고서를 내는 날이라 점심을 제대로 먹지 못했다. 스트레스도 풀 겸 배부르게 못 먹은 점심까지 먹어야지 하는 심경으로 폭식을 감행한다.

"스트레스는 먹는 재미로 풀어야지."

"すみません. この寿司セットと 海鮮丼のセットを お願いしま
す. それに 朝日生ビ—ルを一杯いただきたいですね. お願いです
(미안합니다만 이 스시 세트하고 카에센동 세트 부탁합니다. 그리고 아사
히 생맥주를 한 잔 마시고 싶군요. 부탁드립니다)."

최상급의 참치를 이 가격에 누구나 먹을 수 있다는 건 정말 행복
하다. 일단 두 가지 단서는 찾았으니 일단 먹고 생각해 보자는 심
정으로 생맥주까지 한 잔 시켜서 한껏 들이켠다. 시원한 일본 나마
비루 특유의 맛이 목을 타고 흘러내린다.

눈앞의 카이센동과 초밥세트를 보는 눈이 황홀하다.

"으흐흐흐흐, 조사도 식후경이라 일단 참치 뱃살부터."

윤조르 킴은 하루 종일 허기진 배를 신나게 채워간다. 본인의 임
무는 잊은 듯이.

"띠리릭 띠리릭"

윤조르 킴이 일본에서 사용하는 샤프(Sharp) 핸드폰 소리가 울린다.

"참사관님, 요청하신 자료를 지금 문자로 보내드렸습니다. 확인
부탁드립니다."

대사관 주무관인 가와모토 군이 자료를 보냈다.

도쿄 스키지 시장 전 일본 열도 신년 참치 경매 기록 보고서

연도	낙찰가격 (만 엔)	무게(Kg)	낙찰자 이름 (스시가게 이름)	산지
2011년	3,249	342	리키 첸(전 해병, 개인)	북해도
2012년	5,649	269	키요무라(스시잔마이)	아오모리
2013년	15,540	222	키요무라(스시잔마이)	아오모리
2014년	736	230	키요무라(스시잔마이)	아오모리
2015년	451	180	키요무라(스시잔마이)	아오모리

2016년	1,400	200	키요무라(스시잔마이)	아오모리
2017년	7,420	212	키요무라(스시잔마이)	아오모리
2018년	3,645	405	야마미유키(오노데라)	아오모리
2019년	33,360	278	키요무라(스시잔마이)	아오모리
2020년	19,320	276	키요무라(스시잔마이)	아오모리
2021년	2,084	208.4	야마미유키(오노데라)	아오모리
2022년	1,688	211	야마미유키(오노데라)	아오모리

"와우!" 윤조르 킴 참사관은 입이 떡 벌어졌다. 참치 한 마리의 경매 최고가가 2019년에는 자그마치 약 35억 원을 기록한 것이다.

"高いな(엄청 비싸구나)."

너무 놀라서 본인도 모르게 일본어가 먼저 튀어나왔다.

"이런 이런! 나도 모르게 놀라서 일본어가 튀어나와 버렸네. 하하하."

윤조르 킴 참사관은 중학교와 고등학교를 일본에서 졸업한 후 한국으로 들어가 대학을 졸업했다. 미국에서 MBA를 한 이후 유학생 공채로 과학기술부 공무원이 되었다. 그리고 일본 후쿠시마 원전 사태가 터지자 대사관 업무에 신설된 일본 내 원자력 관련 정보 및 동향을 파악하고 전문 정보를 본국에 보고하고자 파견된 공무원으로 현재 일본대사관에 근무 중이다. 오랜만에 돌아온 도쿄는 청소년 시절을 함께 한 곳이어서 낯설지도 않고 어린 시절의 친구들도 이제는 사회인으로 성장해서 한국인, 일본인이라는 느낌 없이, 스스럼없이 잘 지내고 있다.

일본에 온 지 벌써 4년째에 접어든다. 이제는 일본어가 더 많이 쓰이는 일상이라서 일본어가 한결 수월하다. 신기한 것은 일본에서 고등학교를 졸업하고 한국에 돌아간 이후 거의 15년 이상 안 쓰던 일본어를 다시 쓰기 시작한 시점의 기억이다. 안 쓰던 기억의 언어 뭉치를 꽁꽁 어디에 숨겨 뒀다가 다시 실타래를 풀면서 술술 모든 게 풀리듯이 하루아침에 언어의 물꼬가 트이고 일본어가 쏟아져 나와 적잖이 놀란 적도 있다.

'대체 15년 동안 단 한 번도 안 쓰던 그 많은 단어들이 어떻게 다시 그렇게 술술 나오던지…. 아마 내가 업무를 시작하면서 뉴클레아스 심해기억저장위원회에서 내 일본어 기억을 다시 나에게 전송해 준 것이 아닐까?' 하고 추측할 뿐이다.

가와모토 군이 참치 경매 보고서에 보내온 기록은 그냥 일반인의 시각으로 봐도 놀라운 기록들이다.

"키요무라 키요시, 스시잔마이, 츠키지 시장, 토요스 시장, 새해 경매, 탓피곶은 참치가 많이 잡히는 곳으로 아오모리현에 있으니 이것도 동일하고, 신기록 갱신! 7개에 대한 모든 사항에 접근했다. 흠… 그러면 이 7개가 어떤 연관성을 가지고 어떻게 작용했길래 뉴클레아스 심해기억저장위원회에서 이 지역의 기억들이 이것들과 연관해서 크리스퍼 가위로 편집되었다는 거지? 흠… 지금부터 그걸 찾으면 되겠군."

키요무라 키요시 사장

키요무라 키요시 사장은 요즘 너무너무 골치가 아프다. 2018년 10월 6일! 그날을 잊지 못한다. 그날 밤 직원들과 츠키지 시장 내에 있는 스시잔마이 본점에 앉아 사케를 들이켜며 눈물을 쏟았다. 정말 눈물이 콸콸 나왔다는 표현이 맞을 정도로 눈물을 많이 흘렸다.

일본 도쿄도 주오구에 위치하고 일본 수산시장의 대표적인 상징이기도 하지만 그 근본은 에도시대부터 명맥을 이어 온 유서 깊은 곳이다. 전 일본 열도의 모든 수산물이 집결되며, 현대식 물류가 도입된 이래로 당일 배송의 신선한 수산물들이 매일매일 츠키지 시장을 거쳐 도쿄도를 비롯한 주요 도시의 일본 시민들의 입맛을 좌지우지했다. '도쿄의 부엌'이라는 명칭이 그래서 나온 것이다.

1935년 관동 대지진 이후 지금의 자리로 이전해서도 약 90년간의 명맥을 츠키지라는 이름으로 유지했다. 키요무라 키요시 사장도 어린 시절부터 이 츠키지에서 생선 비린내를 온몸에 바른 채로 하루하루를 살아왔다. 그래서 지금의 스시잔마이를 대표하는 키요무라 키요시가 있는 것이다.

하지만 현대화에 밀려서 재개발이 결정되고 츠키지 외시장과 내시장 중 나뉘어진 부분에서 내시장이 일단 폐장을 하고 새로운 시장인 토요스 시장으로 옮기게 된 것이다. 츠키지에서 불과 2.3킬로미터 떨어진 토요스역 주변으로 옮기는 결정을 도쿄도가 했을 때만 해도 유통 관계자 절반 이상이 반대했다. 츠키지의 역사와 츠키지를 사랑한 도쿄 도민들의 애정으로 인한 반대가 심했지만 시대의 흐름을 이기지는 못하였다. 결국 새로운 토요스 시장 방안에 모두 찬성하는 방향으로 돌아서고 60여 명의 조합원들만이 츠키지 장외시장 밑 주변으로 옮겨서 장사를 했다.

물론 애정이 남다른 키요무라 키요시 사장도 장외시장에 스시잔마이를 옮겨서 여전히 예 추억을 잊지 못하고 츠키지를 찾아오는 고객들에게 싸고 질 좋은 참치를 제공하는 노력을 게을리하지 않았다.

하지만 아픔은 아픔이고 미래는 미래인지라, 새롭게 개장하는 토요스 시장 안에도 스시잔마이를 오픈하였다.

2018년 10월 13일에 일반인에게 개장이 허가되면서 토요스 시장

개장 행사가 크게 열리면서 츠키지 시장은 역사의 페이지를 토요스 시장으로 옮겨 주게 되었다. 그리고 그 안에서 스시잔마이는 새로운 역사의 첫 페이지를 장식했다.

대망의 2019년 토요스 시장의 새해 첫 경매에서 역사적인 기록을 세운 것이다.

[토요스 시장 2019년 새해 첫 경매, 278kg 참다랑어, 사상 최고가 3억 3,360만 엔(약 34억 7천만 원)]

[낙찰! 스시잔마이의 키요무라 키요시!]

호명되는 그 순간의 기쁨을 아마 평생 잊지 못할 것이다. 영원히 기억되리라.

2018년 츠키지 시장의 마지막 새해 경매에서 경쟁 스시체인인 오노데라의 야마미유키에게 경매에서 져서 츠키지의 마지막 페이지를 스시잔마이의 키요무라 키요시로 장식하지 못한 통한의 실패 경험이 밑바탕이 되었다.

그 마지막 경매에서 졌기 때문에 츠키지 시장이 문 닫는 2018년 10월 6일, 그 마지막 날에 그렇게 펑펑 울었는지도 모른다.

원래의 계획은 2018년 츠키지 마지막 경매의 낙찰자로 [스시잔마이 키요무라 키요시] 이렇게 불리고, 바로 토요시 시장에서 시작되는 2019년 새해 첫 경매에서 낙찰자 [스시잔마이, 키요무라 키요시!] 이렇게 불리게 하고 싶었다.

"バカね私って本当にバカ(바보야, 나는 정말로 바보야)!"

스스로 얼마나 원망하고 자책했는지 모른다. 상대방은 경매를 철저히 준비했다. 전문가를 초빙해서 전략을 세우고 츠키지 마지막 새해 경매를 준비하는 과정을 담은 다큐멘터리 드라마까지 찍어 가면서 철저히 준비해서 스시잔마이의 키요무라 키요시 사장을 보기 좋게 눌러 버린 것이다.

낙찰받은 후 종을 울리며 리어카에 커다란 새해 첫 대형 참치를 신고 개선장군처럼 스시잔마이 본점으로 행군하던 기쁨도, 수많은 관중들의 환호와 기자들의 카메라 플래시도, 전국 및 전 세계에 생중계되는 그 생생한 현장의 열기와 짜릿함도 모두 사라진 채, 1등 참치를 경쟁자인 오노데라의 야마미유키에게 넘기고 그보다 작은 참치를 경매받아 스시잔마이로 패잔병처럼 돌아오던 2018년 새해를 평생 잊지 못할 것이다.

이를 갈고 갈았다. 1년을 준비했다. 그토록 바라던 츠키지 시장의 2018년 마지막 새해 첫 경매를 놓쳤지만, 2019년 토요스 시장에서 시작하는 새해 첫 경매의 대형 참치는 반드시 낙찰받아 스시잔마이 체인점에서 일반인에게 참치 한 피스에 158엔 하는 원래의 가격으로 대접하는 전통을 지켜내리라.

"よっしゃ! オレが寿司三昧キヨムラキヨシだ! 最後まで頑張ろう(좋아! 내가 바로 스시잔마이의 키요무라 키요시야! 마지막까지 최선을 다해보자)."

그렇게 해서 역사적인 토요스 시장의 새해 첫 경매 낙찰자가 되었다. 그러나 그 영광도 잠시뿐이었다. 이후에 계속되는 참치 공급이 원활하지 못한 점과 계속되는 물가 상승으로 스시잔마이의 성장 속도가 둔화되고 있었다.

더구나 최근 5년간은 그동안 생선을 먹지 않던 중국인들이 생선 맛 특히 참치 맛을 알게 되면서 대규모 참치선단을 만들어 전 세계의 바다에서 참치를 싹쓸이하는 통에 참치 가격이 고공행진을 하고, 참치 씨가 말라가고 있었다.

"골치가 아프구나, 골치가 아파."

키요무라 키요시 사장은 토요스 시장 시대가 열린 이후로도 이러한 국내외의 여러 문제로 너무 많은 신경을 쓰느라 평생 없던 두통이 다 생겼다. 공급망을 원활하게 하기 위해 지난주에는 참치를 양식하는 데 성공한 기술을 가지고 태국에 참치 양식장을 대규모로 설치하고 돌아오는 길이었다.

"社長, 失礼します(사장님, 실례합니다)"

사무실 문이 열리면서 직원이 낯선 손님을 안내해 들어온다.

"안녕하십니까? 저는 윤조르 킴입니다. 현재 일본 주재 한국 대사관의 참사관이자 심해기억위원회 일본 담당 국장을 맡고 있습니다. 반갑습니다."

키요무라 키요시 사장은 능숙하게 명함을 내미는 키가 크고 훤칠하게 생긴 미남자를 쳐다보면서 이런 생각이 든다.

"와따 잘생겼구면."

"初めまして キムラと申します(처음 뵙겠습니다. 키요무라라고 합니다), 비서에게 오신다는 이야기는 들었습니다. 앉으십시오."

사장실의 소파는 비로드로 멋지게 만들어졌지만 수많은 방문객과 세월의 흔적인 듯 손잡이 부분과 앉는 부분의 비로드가 다 해어진 채였다. 소파에서조차 열심히 일한 흔적이 느껴졌다. 이런 소파를 윤조르 킴은 총리실을 예방했을 때 본 적이 있다. 낡았지만 전통 있고 천황이 하사하거나 천황이 인정한 300년 가구 장인 가문에서 만든다는 그 소파라는 느낌이 확 들었다.

"시간 내주셔서 감사드립니다. 저희 뉴클레아스 심해기억저장위원회에 보고된 기억 파편들의 일부를 분석한 결과 모두 스시잔마이와 키요무라 키요시 사장님에 대한 기억으로 꽉 차 있는 기억 파편들이 발견되었습니다. 이게 참… 비정상적으로 기억 편중이 이루어진 기억들이라서 위원회에서 조사를 요청해 제가 나오게 되었습니다."

키요무라 키요시 사장은 금시초문이라는 표정으로 한국 대사관 참사관이자 뉴클레아스 심해기억저장위원회의 일본 담당 국장인 윤조르 킴을 바라본다.

"아, 기억 편중이라는 말은 무슨 말인가요?"

"네, 간단히 말씀드려서 사람들의 기억은 일부가 자기 몸에 저장되고 대부분의 기억들은 심해기억저장소로, 특별히 즐겁거나 간절히 소원을 빈 기억들은 달빛 저장소로 전송되도록 되어 있습니다. 물론 사람들이 늘 보면서 기억하지 않고 스쳐 지나가는 모든 기억들은 다른 저장소로 보내집니다만 이 내용은 아직 공개되지 않은 저장소라서 말씀드리기 어렵습니다. 특이하게 2012년부터 2022년까지 매년 새해에 3일 연휴 동안 도쿄 지역을 중심으로 한 전 일본 열도의 기억 파편들이 스시잔마이와 키요무라 키요시 사장님을 기록하고 있습니다. 이는 기억 편중으로 기억의 일부를 한 가지 목적물에 집중하도록 하는 것입니다. 이것은 저희 눈뜬 시계공 크리스퍼들만이 특수한 목적을 가지고 크리스퍼 가위로 기억을 편집할 때 가능한 일입니다. 저는 어떻게 집단 기억 편중이 일어났는지에 대한 조사를 요청받았습니다."

윤조르 킴이 하는 이야기를 흥미롭다는 듯이 커다란 눈을 요리조리 굴리며 듣고 있는 키요무라 키요시 사장에게 윤조르 킴은 계속해서 이야기를 이어 간다.

"특이한 점은 저희 눈뜬 시계공 크리스퍼들이 편집을 지시받거나, 일본국에서 기억 편중 프로그램을 진행하지 않았는데도 집단 기억 편집이 도쿄를 중심으로 일본 열도 전체에서 이루어졌습니다. 이는 저희로서는 상당히 충격적인 일이었습니다. 이러한 부분이 너무도 신기한 현상이라서 일단 찾아뵙고 모든 걸 말씀드리고 상의하고자 온 것입니다. 결례가 됐다면 용서하십시오."

윤조르 킴은 벌떡 일어나 90도로 양해의 인사를 올린다.

"ああ, 大丈夫. 大丈夫. 問題ありません(아, 괜찮아요. 괜찮아요. 문제 될 것 없습니다)."

키요무라 키요시 사장은 듣는 이야기가 흥미롭다는 듯이 윤조르 킴의 이야기를 다 듣고 즐거운 표정이다.

"아, 정말 흥미로운 이야기군요. 제가 무엇을 협조하면 되나요?"

윤조르 킴은 가져온 작은 가방에서 초록색 가죽 케이스로 쌓인 만년필 케이스를 꺼낸다.

은으로 장식하고 나전칠기 문양으로 감싼 듯한 만년필을 돌리고 눈앞에 놓인 물컵 두 잔에 만년필을 돌려서 한 방울의 잉크를 떨어뜨린다. 신기하게도 잉크의 색깔은 깊은 바다를 품은 듯한 푸른색이다.

"오호. 설마 만년필에 넣고 다니는 독은 아니겠지요? 하하하 하하."

키요무라 키요시 사장은 흠칫 놀라면서도 재미있다는 듯이 윤조르 킴을 쳐다본다. 윤조르 킴은 한 잔은 자신의 앞에, 또 한 잔은 키요무라 키요시 사장 앞으로 옮겨준다.

"사장님, 저와 사장님께서 같이 이 기억의 물을 들이켜고 손을 제가 잠깐 잡아도 되겠습니까? 시간은 1분이면 됩니다. 그러면 크리스퍼로 편집하지 않았는데 어떻게 그렇게 수많은 기억의 파편들이 스시잔마이와 키요무라 키요시 사장님의 이름을 담고 있는지 제가 분석해 낼 수 있습니다. 협조 부탁드립니다."

"오호. 재밌군요. 그래요. 일단 믿음이 가고 나 또한 궁금하니 우리 한번 해 봅시다."

키요무라 키요시 사장은 선뜻 눈앞의 파란 물을 거침없이 마셨다. 윤조르 킴도 눈앞의 파란 물을 재빨리 들이켠 후 키요무라 키요시 사장의 두 손을 자신의 두 손으로 감싸며 눈을 감는다.

심해기억저장위원회

모니터에 메시지 문구가 뜨면서 전송된 조사 보고서가 선명하게
나타났다.

일본국 도쿄도 기억 파편 편집 사항에 대한 조사 보고서
1. 조사대상: 스시잔마이 키요무라 키요시 사장
2. 기억 파편 조합단어: 키요무라 키요시, 스시잔마이, 츠키지 시장, 토
   요스 시장, 새해 경매, 탓피곶, 신기록 갱신
3. 조사내용: 2012~2020년 동안 새해 3일간의 신년 연휴에 도쿄도를
   중심으로 일본 전역의 기억들이 집중 편집된 기억 파편들의 존재 이
   유를 분석하라는 지시받음
4. 조사 결과
   - 키요무라 키요시 사장과 주변 인물들은 눈뜬 시계공 크리스퍼 기
     술을 전혀 보유하지 않음
   - 특이하게도 키요무라 키요시 사장의 기억 해마에서 뉴클레아스 파
     장의 크기가 1억 가우스인 특이한 기억파장 덩어리를 발견
   - 이 해마를 스캔한 파일을 첨부함
   - 1억 가우스 파장이면 역사적으로 이러한 파장을 보유한 역사적 기
     록은 최근에 스티브 잡스, 빌 게이츠, 일론 머스크 등 정신적 가우
     스의 힘으로 시대를 리드하고 집단기억을 발생시켜 사람들을 따르
     게 하는 가우스 종족이 존재함
   - 특이하게도 키요무라 키요시 사장은 가우스 종족의 DNA를 보유하
     지 않음

5. 최종 결론

키요무라 키요시 사장은 자신의 일에 대한 열정과 에너지가 너무 커서 해마의 파동이 1억 가우스의 파장을 만들게 된 것으로 추정합니다.

이는 매년 새해에 참치 경매에 반드시 새해 첫 대형 참치를 낙찰받아서 이를 자신의 가게인 스시잔마이로 가는 퍼레이드를 일종의 경영철학이 담긴 의식으로 승화시킨 듯합니다.

경영철학은 고급참치를 누구나 저렴하고 맛있게 먹을 수 있는 기회를 제공한다는 것입니다. 이는 단순한 사업을 넘어 하나의 신념의 핵을 만들어 이러한 신념이 가우스 파장을 촉발하게 한 듯합니다. 이러한 파장의 결과로 새해 경매에 집중하여 베팅함으로써 전 일본 열도의 모든 국민들이 새해만 되면 머릿속에서 '올해도 키요무라 키요시 사장의 스시잔마이가 얼마에 참치를 낙찰받을 것인가?'라고 하는 기억의 그림자를 각인시켰습니다.

이러한 기억 파편이 매년 데자뷰로 떠올라 새해가 되면 자연스럽게 다시 생각나게 되는 기억 편집 현상을 일으킨 것으로 보입니다.

특이한 점은 돈을 벌고 홍보를 하기 위한 것이라는 대부분의 생각이 틀리다는 것입니다.

진정으로 좋은 참치를 좋은 가격으로 소비자에게 서비스하고, 평생 참치를 잡는 참치잡이 어부들에게는 매년 신년 참치 어장에서의 경쟁을 통해 최대 크기 참치를 잡은 어부가 로또를 맞은 듯이 행운의 큰 금액을 거머쥐게 함으로써 평생의 노력이 한순간에 보상받기를 원할 것입니다. 또한 이러한 이벤트로 참치어업을 더욱 촉발하는 역할을 위해 경매에 참여하는 고집스러운 신념의 진정성을 가졌습니다. 이런 에너지가 해마의 가우스 파장을 1억 가우스 이상으로 높여서 전 국민의 기억 편집 현상을 일으킨 것으로 보입니다.

이상 보고를 마칩니다.

일본국 도쿄도 일본 대사관 참사관 윤조르 킴

보고서를 바라보는 닥터 제닝스의 얼굴에 흐뭇한 웃음이 걸린다.

"아, 역시 인간이 가진 무한한 능력 중에 하나가 저런 신념의 사이즈지. 그건 창조자께서 DNA에 심어 놓지 않은 것인데 스스로 그 사이즈를 키워 가는 것은 개개인의 능력이지. 1억 가우스라. 허허. 대단하구나."

옆에서 연신 보고서를 다시 읽어 보는 몽고리안느가 닥터 제닝스를 보면서 질문한다.

"닥터 제닝스 님, 1억 가우스의 파장으로 그렇게 집단기억 편집이 가능한 건가요?"

"그럼 그럼. 상황에 따라서는 해마의 에너지 파장이 너무 커져서 좋은 일 말고도 안 좋은 일에도 사용되는 게 문제지만 말야. 인간의 역사 중에 아돌프 히틀러가 대표적이지. 역사적으로 보면 인간들이 위인이라고 하는 대부분의 사람들이 죽은 다음 전송되는 기억 파편들은 그 방대한 양과 에너지로 인해 뉴클레아스 심해기억저장소로 전송되지 않는다네. 그래서 몽고리안느 자네가 한 번도 1억 가우스 사이즈의 기억 파편을 본 적이 없는 거야."

몽고리안느는 큰 눈을 놀란 듯 더 크게 떴다.

"심해기억저장소로 보내지지 않는다고요? 아, 그래서 제가 한 번도 다루어 보지 못한 기억 파편들이군요."

"그래, 너무 사이즈가 커서 전송 정체에 걸리기도 하지. 1억 가우스 파장이면 정말 어마어마한 에너지를 발산해서 자신의 기억뿐만 아니라 자신의 신념을 타인에게 심을 수 있는 수준이야. 그래서 이러한 사이즈를 가진 가우스 종족의 기억 파편의 전송이나 인류 역사상 위인으로 불리는 사람들의 1억 가우스 이상의 기억 파편들은 우주최강의 별 '마그네타(Magnetar)'로 전송되지."

"마그네타요?"

"그래, 중성자별이지. 밀도가 다른 어느 별보다도 높아서 우주최강의 밀도를 자랑하는 정도야. 후훗, 밀도가 크기 때문에 마그네타별보다 훨씬 큰 태양에 비해서도 수십 배나 더 큰 사이즈의 질량을 저장할 수 있지. 더구나 마그네타가 내뿜는 자기장은 대략 1억 가우스부터 100억 가우스 정도로 막대하지. 그래서 그 마그네타만이 1억 가우스 이상 되는 기억 파편들을 흡수하여 저장할 수 있다네. 태양이 흑점으로 폭발력만 세지 가우스 사이즈로 보면 1,500만 가우스밖에 안 되니 마그네타가 우주최강의 별이라고 불릴 만하지? 하하하."

"아! 정말 대단한 별이군요."

"그래서 1억 가우스 이상 되는 가우스 종족이나 위인들의 기억 파편은 마그네타로 전송되는데, 인류 역사를 보면 위인들은 하늘에 가서 별이 되었다는 위인전이나 전설, 설화 등의 이야기가 많이 전해져 내려오지. 우리는 한때 우리의 기억전송 비밀이 인간들에게 들킨 줄 알고 난리 법석을 떤 적도 있다네. 하하하."

"예전에는 1억 가우스 이상을 발현시키는 인간들은 대부분 나이가 좀 들었거나 인생의 경험이 있는 친구들이었는데, 최근에는 아주 젊은 20대에서 1억 가우스 이상을 발현시키는 친구들이 생겨서 눈여겨 보고 있네. 더구나 한 명도 아니고 7명이나 한꺼번에 같이 움직이는 통에 1억 가우스가 집단파장을 일으키는 현상이 발생하고 있지. 7명이 일으키는 가우스가 파동을 일으키면서 거의 20억 가우스 이상을 넘어서면서 지구 전체의 10대에서 20대의 기억 전체를 몰입시키는 시대의 현상이 일어나고 있어. 하하하. 그 덕에 지구 파장이 매년 크게 들썩이고 있는데 그냥 응원하면서 지켜본다네. 너무나 즐겁고 행복한 파장이기 때문이지."

"7명의 집단 가우스가 20억 가우스라고요? 오마이갓! 상상이 안 가는군요."

"하하하, 자네는 BTS라고 들어봤나? 20억 가우스를 만들어 내는 멋진 꽃미남들, 하하하. 이런 젊은이들이 우리 플라이어가 되면 전세계가 즐거움으로만 가득 찰 텐데, 하하하. 〈다이너마이트〉, 〈버터〉, 〈퍼미션 투 댄스〉, 〈옛투컴〉 등등."

도무지 알 수 없는 노래를 흥얼거리며 이야기를 하는 닥터 제닝스 님을 쳐다본 몽고리안느는 이런 노래를 듣는 것만으로도 신기하다는 듯이 연신 보고서에 적힌 1억 가우스를 쳐다본다.

"그런데 닥터 제닝스 님, 1억 가우스만 하더라도 집단을 이끄는 정신적 파장을 만들어 내는데, BTS의 20억 가우스 파장이면 대체 어떤 일들이 벌어지는 것인가요?"

"하하하하하. 정말 경이로운 일들이 벌어질 거야, 앞으로도. 미국의 빌보드라고 있다네. 가장 전통과 권위가 있는 음악차트지. 그 빌보드에 〈버터〉가 9주 연속 1위 기록을 달성한 게 바로 20억 가우스 파장의 영향이라네. 전 세계 모든 BTS의 팬들인 아미들이 염원하고 바라고 기도하고 환호하고 음악 다운받고, 음반 사고, 라디오 방송국에 노래 신청하고 말야. 오죽하면 한국에서 미국 가는 대한항공 비행기의 수화물 절반이 BTS 굿즈로 실리는 현상이 발생했다고 뉴스에 나올까. 맥도날드에서 BTS 굿즈 및 BTS 메뉴를 팔아서 전 세계가 들썩이고 말이야. 하하하하. 많은 외국 가수들이 왜 빌보드의 벽을 넘지 못하는 줄 아는가? 집계에 사용되는 통계의 중요한 부분이 미국 전역에서 방송되는 각 지역 방송국 방송횟수 등을 포함하기 때문이지. 미국 곳곳의 시골까지 있는 지역 방송국에 이 곡을 틀어주라는 신청이 쇄도하거나 음악 DJ가 이곳을 선정해서 틀지 않고서는 도저히 순위에 들 수 없기 때문에 수많은 외국 가수들이 빌보드의 벽을 쉽게 넘지 못한 거야. 생각해 보게, 미국 중부의 100가구가 살지 않는 농업지역의 시골 음악 방송이 한국 음악을 내보낸다는 사실을 말이야. 하하하하. 송창식 선생님의 노래가 생각나는군. 가나다라마바사 아자차카다파하 헤이헤이."

"와우. 정말 대단하군요."

"그게 20억 가우스 파장의 힘이라네. 정말 더 대단한 걸 이야기해 주지. BTS는 우리말 노래를 전 세계에 히트시킨 기록적인 그룹이지. 한국어로 다른 언어를 사용하는 모든 젊은 팬들에게 감동과 기쁨을 주고 그 언어를 받아들이게 한 거야. 그 기억의 파편들이 너무 강렬하고 큰 파장이 되어 메가 가우스 파동을 일으켰지. 급기야 대한민국 서울 종로구 인사동 땅속 깊은 곳에 묻혀 있던 훈민정음 활자 기억 파편들이 굳어 있다가 용해되면서 당시 활자로 재생되었다네. 최근에 이 활자들을 담은 항아리가 발굴되는 일까지 벌어졌네. 20억 가우스 파장은 그렇게 강렬한 것이지."

"하하하하. '나랏말싸미 듕귁에 달아 문자 와로 서르 사맛디 아니할세.' 세종대왕께서 마그네타에서 웃고 계실 거야. 어쩌면 한글 활자 기억 파편에 세종대왕께서 남기신 본인의 기억 파편이 남아서 재현된 것일지도 모르겠네. 원래 조선시대의 금속활자는 육십갑자로 제작 연대를 표기한다네. 1434년 갑인자(甲寅字), 1445년 을해자(乙亥字), 1465년 을유자(乙酉字) 금속활자가 모두 나온 것으로 봐서 그때 당시의 기억 파편들이 항아리에 잘 보관되었던 모양이네. 하늘이 내린 복이지. 세계 최초의 활자라고 알려진 1450년대 구텐베르크의 활자보다 무려 120여 년이나 앞선 활자가 우리 앞에 나타나다니 말야. 하하하하하. 사실 그동안 조선의 금속활자가 세계 최고 수준이면서도 최초로 앞선다는 여러 설이 존재했지만 결정적인 역사적 유물이 없었거든. 이번에 세계사를 다시 써야 할 중요한 발견이 이루어진 거지. 모두 20억 가우스 파장으로 한국어로 노래하는 BTS 덕분이야, 하하하하하."

넋이 나간 듯 정신없이 듣고 있던 몽고리안느는 "1억 가우스! 1억 가우스 전송, 마그네타, BTS의 〈다이너마이트〉, 〈버터〉, 〈퍼미션 투 댄스〉, 〈옛투컴〉, 20억 가우스, 빌보드, 한국어 노래, 훈민정음 금속활자… 도무지 어려워서 저는 도통 모르겠어요, 흑흑." 하며 되뇌인다.

"몽고리안느, 자네는 기억 파편을 가지고 숙성시켜서 기억을 전부 연결하고 재생시키는 탁월한 능력을 가지고 있지. 그건 정말 우리 뉴클레아스 심해기억저장소의 핵심 같은 거야. 자네야말로 우리 저장소의 1억 가우스 에너지를 가진 진짜 전문가지. 하하하하하."

닥터 제닝스 님의 칭찬에 몽고리안느는 전신에 전기가 흐르면서 몸이 3분의 1 정도 축소된다.

"하하하. 칭찬을 받으면 작아지는 종족 특성은 여전하구만. 자네는 늘 기억을 만지고 배양하고 수선하는 최고의 메모리소믈리에로서 우리 뉴클레아스에 오는 기억 파편들이 전부 처음 전송되는 형태로 100퍼센트 완전하게 전송된다고 생각하나?"

몽고리안느는 갑자기 생각해 보지 않은 주제를 질문으로 던지는 닥터 제닝스 님을 쳐다보면서 '한 번도 생각해 보지 않았는데요.' 하는 표정으로 바라본다.

"우리 뉴클레아스 심해기억저장소로 전송되는 중간에 여러 가지 장애물로 인해 떨어져 나간 파편들은 그 무게가 비교적 가벼운 파편에 해당하지. 즐거운 기억이 쉽게 떨어져 나간다네. 그게 바다로 유영하게 되지. 마치 뱀장어의 치어가 대나무 잎 모양으로 태평양을 안전하게 유영해서 1만 킬로미터를 움직이듯이 말야. 이러한 전송 중 떨어져 나간 즐거움을 간직한 기억 파편들은 바다를 시속 70킬로미터에서 90킬로미터 이상의 속도로 가장 빠르게 유영하는 참치들이 모두 수거하게 되지. 참치는 말야, 특이하게도 아가미가 없어. 시속 70킬로미터 이상으로 유영해야만 바닷속의 산소를 흡입할 수 있지. 그때 같이 먹어 치우는 기억의 파편들을 담아서 빠르게 흐르는 혈관으로 보낸다네. 그리고 바로 폐로 보낸 다음 기억을 걸러서 참치의 살로 저장하게 되지. 하하. 그래서 사람들이 참치를 먹으면

즐거운 거야. 왜냐면 즐거운 기억 파편을 평생 잡아먹은 즐거운 덩
어리로 가득한 생선이거든."

닥터 제닝스는 유쾌하다는 듯이 참치에 대한 이런저런 이야기를
들려주었다.

그리고 마지막으로 지시를 내리고 바로 기억숙성저장소를 떠
났다.

"몽고리안느! 일본의 윤조르 킴에게 이렇게 메시지 전문을 보
내게."

[메시지 전문]
스시진마이의 키요무리 키요시 시장을 뉴클레이스 심해기억저장위
원회 산하의 행복기억 생신양식장 시장으로 스카우트할 것!

칼리파 나세르

사막의 열기로 40도가 넘나드는 아랍에미리트 두바이.

시내 한복판의 두바이 몰 내의 전통찻집 카페 바텔에서 아랍의
전통의상인 칸두라를 입고 앉아서 차를 마시는 중년의 칼리파 나
세르.

능숙하게 전통 아라비카 커피인 카와(Qahwa)를 따르는 직원의
손놀림이 능숙하다.

칼리파 나세르는 찻잔에 따라진 뜨거운 아라비카 커피를 한 모
금 마신다.

"흠, 역시 두바이에서는 전통 있는 카페 바텔(Café Bateel)에서

시그니처 음료인 카와를 마시는 게 제격이지."

목구멍을 타고 내려간 커피가 가진 원초적인 맛이 회오리처럼 그를 감싼다. 쓰디쓴 약초의 맛과 커피 원두가 가진 로스팅되지 않은 듯한 생생한 초창기의 커피 맛을 느낀다. 사막에서 우리 조상들이 먹었던 이 맛! 두바이에 올 때마다 잊지 않고 매일 한 포트의 카와를 습관처럼 마신다. 그래야 일이 잘 풀리는 듯하다.

그는 한 잔의 카와를 천천히 다 음미하고서야 가방에서 태블릿을 꺼낸다. 그리고 태블릿 전원이 들어오자 나타나는 뉴클레아스 심해기억저장위원회를 나타내는 문양, 황금빛의 창을 든 포세이돈이 기억저장소를 지키는 형상이다.

사막기억저장소 오늘의 온도 변화 기록!

칼리파 나세르는 요즘 매일 사막 온도를 민감하게 바라보고 있다. 최근에 보고된 비주얼 캐피탈리스트(Visualcapitalist.com)의 자료에 따르면 1851년부터 2022년까지 지구 온난화로 지구의 기후가 매년 0.07도씩 상승하였고, 1981년 이후부터는 0.18도씩 두 배로 급상승하고 있다. 지구 온난화의 주범은 물론 인간이다. 산업이 발전하면서 급격한 화석연료의 사용 등으로 인해서 에너지 사용 사이클이 커지고 빨라지면서 급격하게 지구의 온도를 상승시키고 있는 것이다.

1851년부터 1935년까지 제2차 산업혁명 동안 지구 온도는 평균 0.4도에서 0.6도 상승하였으며, 1936년부터 2022년까지 인류는 제3차 산업혁명을 거치면서 평균 0.6도에서 1.5도 상승하였다.

'지구가 너무 빠르게 뜨거워지고 있어! 문제는 지금 사막기억저장소에 저장하는 많은 데이터가 뜨거워진 사막 온도로 인해 과부하가 걸리면서 오류 문제가 너무 자주 발생하고 있다는 점이지. 흠, 문제야 문제. 이제 심각한 경보를 발령하고 대비책을 세우지 않으면 앞으로 인류는 많은 기억을 더 이상 저장하지 못하는 지경에 이

를지도 몰라. 생각 없는 인류의 등장이라… 흠.'

혼자 생각에 목이 마른다. 칼리파 나세르는 앵무새 입처럼 생긴 뜨거운 카와 주전자의 손잡이를 조심스럽게 잡아서 카와를 다시 한 잔 따른다.

'흠. 일단 닥터 제닝스와 상의를 좀 해 봐야겠군. 닥터 제닝스를 보려면 일단 닥터 제닝스가 비행기 안에 있을 때만 면담이 가능하니 스케줄을 좀 보자. 오호, 8분 후에 접속이 가능하다고 뜨는군.'

칼리파 나세르는 들고 있던 시가를 왼쪽 귀에 얹는다. 그리고 태블릿에 뜬 뉴클레아스 문양의 로고에 접속하고 버튼을 누른다. 잠시 후 칼리파 나세르는 앉은 채로 잠이 든다.

닥터 제닝스 사무실

"안녕하십니까, 닥터 제닝스!"

칼리파 나세르는 반갑게 닥터 제닝스를 껴안는다.

"오! 마이 빅브라더. 잘 지내셨는지요?"

칼리파 나세르는 닥터 제닝스를 친동생처럼 아낀다. 비록 위원회의 멤버로서 닥터 제닝스가 의사결정의 중요 선상에서 창조자의 메신저 역할을 하지만 개인적으로는 너무너무 좋아하는 동생이다. 닥터 제닝스도 중동의 큰 형님이라고 늘 부르면서 칼리파 나세르에 대한 각별한 애정을 가지고 있다.

"긴급하게 상의할 일이 있어서 왔네. 아미르 나의 동생이여!"

따뜻한 눈길을 보내는 칼리파 나세르에게 닥터 제닝스는 깍듯하게 소파의 의자로 안내한다.

"무슨 일이신지요? 무엇이 우리 형님을 골치 아프게 하는지 다른 말씀 없이 본론을 미리 꺼내시다니 상당히 긴급한 일인 듯하군요."

"그래, 그래. 흠. 위원회 안건으로 올리기에는 좀 그렇고, 혼자 감당하기에는 너무 어려운 문제라서 일단 자네와 상의를 좀 하고 싶어서 왔네."

"잘하셨어요, 마이 빅브라더. 말씀해 보세요, 어떤 문제인지."

칼리파 나세르는 까맣게 탄 얼굴의 주름을 한층 더 찌푸리면서 고민되는 표정으로 이야기를 시작한다.

"자네가 알다시피 우리는 3가지의 기억저장시스템으로 움직이지. 가장 큰 뉴클레아스 심해기억저장소, 행복기억을 저장하는 달에 있는 달빛 저장소 그리고 비밀리에 운영 중인 사막저장소지. 인간들이 보고 경험하나 스스로 저장하지 않는 흐르는 기억을 저장하는 스트리밍 저장소의 역할을 하는 건 자네도 잘 알 거네. 자동차의 블랙박스처럼 하루 일상의 모든 것, 생각하고 보았으나 기억하지 않는 것들을 모두 사막저장소에 전송해서 저장하지. 사막 모래에 있는 작은 석영 안에 저장하는 기술이야말로 우리 기술의 백미지. 자네도 알다시피 석영 결정이 압력을 받을 경우 프리즘 가장자리에 양전하와 음전하가 발생하여 수백만 번의 진동이 있는 자연 주파수를 만들지. 이 주파수를 타고 지구 전체의 인간들이 보고 느끼고 생각하나 스스로 기억하지 않는 비기억 파편들이 모두 전송되어 모래기억저장소에 저장되는 시스템이지."

"네, 맞습니다. 마이 빅브라더, 사막기억저장소야말로 생각스트리밍을 실시간으로 저장하는 가장 생생한 비(非)기억저장소죠. **'인간이 기억하지 않는 기억을 저장한다.'**라는 모토를 가진."

닥터 제닝스는 과거를 회상하듯 아득한 시선으로 허공을 바라본다.

"저희 선배님들이 그 시스템을 처음 운영할 때는 모래사막에 모인 모든 비기억들이 저장소에 다 차면 이를 일정 주기마다 지구로 오는 혜성에 있는 저장소에 옮겨 실어서 은하계 밖 빅뱅수신센터로 보냈죠. 저희의 역사 중 가장 중요한 순간이기도 하죠. 마치 인간이 최초로 유인 달착륙을 한 1969년 7월 20일을 영원히 기억하듯 말이죠. 사막의 모든 비기억 파편들을 혜성에 전송할 때 사용하는 전송 안테나로 만든 게 바로 이집트 피라미드였다는 걸 아는 사람은 매우 드물죠. 저희 위원회 내부에서조차 비밀리에 유지되던 제3의 사막저장소였으니까 말이죠."

"그래, 맞네. 우리 기술력의 집약이지. 지구에서 나온 모든 기억의 파편들과 비기억의 파편들을 모아 지구 밖 은하계로 내보내는 전송 시스템을 피라미드를 통해 운영한 것이 1세대였지. 그다음 2세대 때가 되어서야 〈은하철도 999〉가 나와서 철도 운송 시대를 열었고 말이야. 메텔은 본 지가 오래되었는데 지금도 잘 지내나 모르겠군. 철이는 그토록 고대하던 기계 인간이 되는 걸 포기하고 인간으로서 삶을 마감했지. 그 기억들은 현재 '믿거나 말거나 기억박물관'에 보관되어 있다네. 인간이 되기 위해 죽음을 선택하고자 한 로봇과 로봇의 영원한 삶을 위해 인간을 포기하기로 한 철이의 생각 파편들은 '믿거나 말거나 기억박물관'의 인기 있는 전시품이지."

"미래 지구의 2092년에는 우주 위성 궤도를 운항하는 승리호라는 우주선이 나타날 걸세. 그 승무원 중 업동이라는 로봇이 있는데 이 로봇의 기억 파편 일부가 철이의 기억 파편에서 재생된 거라네. 메텔? 하하하. 아마 그토록 승객이 아닌 캡틴을 하고 싶어 했으니 장 선장의 기억 파편에 재생되었을 수도 있겠지."

닥터 제닝스가 과거와 미래 이야기를 하는 칼리파 나세르를 바라보며 호기심 어린 눈을 더 크게 떴다.

"In shā′ Allāh(신의 뜻대로). 마이 빅브라더의 말씀은 늘 흥미로워요. 과거와 현재, 미래를 무궁무진하게 넘나드는 이야기를 하실 때면 혹시 마이 빅브라더가 창조자이사회의 일원이 아닌가 하는 의구심도 든다니까요. 하하하. 설마 동생인 저에게도 비밀이 있으신 건 아니죠? 하하. 지금은 사막기억 전송 시스템이 어떻게 유지되는지요?"

"아미르 내 동생이여, 우리는 지금 설계된 대로 자신의 역할을 하고 있을 뿐이라네, 하하. 지금 시대의 사막기억 전송 시스템은 기존 기술을 더욱더 발전시켜서 1차 스트리밍 비기억 파편은 사막에 저장한다네. 그리고 당장에 실시간으로 소각하고 정리해야 하는 기억 파편들은 모두 석영을 녹여 만든 유리에 투영 전송해서 우주 밖으로 보내는 퀀텀 신기술을 적용하고 있지. 사람들은 상상조차 하지 못하고 있을 거야. 전 세계 대도시에 있는 마천루들이 진짜 어떤 역할을 하는지를…."

"유리에 투영시킨 전송 시스템을 드디어 완전하게 구현하셨군요. 반세기 전만 해도 미래의 기술이라고 우리 위원회에서 차세대 과제로 선정되었던 기술인데, 대단합니다. 저는 기억삭제소의 삭제 기술과 복원기술에만 집중하다 보니 전송기술 분야는 최근 이렇게까지 발전한 줄 몰랐습니다."

"하하하, 모두 자기 분야에서 묵묵히 최선을 다하는 거지. 저기 세계지도를 보게. 각 중요 도시에 서 있는 유리로 둘러싸인 세계 최대의 전송타워들을 말이야."

닥터 제닝스와 칼리파 나세르는 동시에 벽에 걸린 세계지도를 쳐다본다. 각국 도시에 최대로 높은 건물들의 이름과 높이가 표시되어 있다.

월드 기억 파편 10대 전송타워

아랍에미리트 두바이	버즈 칼리파	163층	827미터
중국 상하이	상하이 타워	128층	631미터
사우디아라비아 메카	메카 로얄 시계탑	120층	601미터

중국 선전	핑안 국제금융센터	115층	598미터
대한민국 서울	롯데월드타워	123층	554미터
미국 뉴욕	윈 월드 트레이드 센터	94층	541미터
중국 광저우	CTF 금융센터	111층	530미터
중국 텐진	CTF 금융센터	97층	530미터
중국 베이징	CITIC 타워	109층	527미터
대만 타이베이	타이베이 101	101층	508미터

세계 주요 도시에 위치한 거대한 마천루들이 눈에 들어온다. 가장 크고 높은 두바이 버즈 칼리파의 위용 어린 사진이 가장 눈에 들어온다.

"저 모든 초고층 건물들을 둘러싼 유리들이 저장플랫폼 역할을 해서 모든 비기억 파편들을 흡수하여 저장 없이 바로 우주 밖으로 쏘아 전송하는 전송 시스템 역할을 하고 있다는 것을 사람들은 모를 겁니다. 후훗. 왜 모든 초고층 건물들이 유리로 외장을 건축하는지도, 그 유리가 어떤 역할을 하는 지도 말입니다. 지금의 저 전송 시스템에 비하면 마이 빅브라더가 계신 사막저장소는 구닥다리처럼 느껴지는군요."

닥터 제닝스는 마치 레트로 건축을 생각하듯 사막저장소를 떠올리면서 칼리파 나세르를 바라본다.

"그래서 내가 자네를 만나러 온 거네. 우리 사막저장소가 최근 지구 온난화로 인해서 심각한 온도팽창에 의한 과부하가 걸리곤 하네. 두바이 팜 아일랜드에 끌어들인 해수를 이용해서 그 열을 식히고는 있지만 그것도 한계가 있다네. 그래서 두 가지 방안을 생각 중인데 자네가 타당하다고 생각되면 이 안건을 뉴클레아스 심해기억저장위원회에 상정해 주기를 바라네. 의안 상정은 3인의 최고등급 위원만이 할 수 있는데 나는 3인 중에 오직 자네만 아니까 자네에게 부탁할 수밖에!"

"하하하하하, 마이 빅브라더! 형님의 일이 곧 제 일입니다. 모두 대의를 위해서 하는 일인데요. 건의하시고자 하는 방안 두 개는 무엇입니까?"

"고맙네. 하나는 현재 과부하가 걸린 사막저장소의 비기억 파편 데이터들을 일부 전송해서 사막저장소의 과부하를 좀 줄여야겠네. 그러려면 전송타워가 필요한데 사막저장소는 고대 이집트 피라미드를 통해 전송한 이후 한 번도 전송 시스템을 가동하지 않아서 이번에 가까운 두바이 버즈 칼리파 타워의 전송 시스템에 연동해서 사용했으면 하네."

"아, 좋은 아이디어군요. 하지만 마이 빅브라더! 그럴 경우 기존의 버즈 칼리파가 가진 실시간 비기억 파편 전송 시스템과 사막저장소 저장기억들이 동시 송출되면 과부하가 걸리면서 고열이 발생하지 않을까요?"

"하하하하. 그건 걱정 말게. 그런 과부하를 대비해서 버즈 칼리파와 두바이 몰을 둘러싼 호수를 만들어 놓은 것이라네. 수냉식 쿨링 시스템이라고 할까? 양쪽 쌍방향 전송이 시작되면 과부하가 걸리는데 그때 분수쇼가 시작되지. 분수를 활용해야 쿨링 시스템이 더욱더 효과적으로 돌아가거든. 그러면서 버즈 칼리파는 유리 외벽에 레이저쇼를 하는 거야. 유리막 전송을 들키지 않기 위해 일부러 색도가 높은 조명과 레이저를 건물 외벽에 쏘면서 공연을 같이 하는 거지, 하하하하하"

"아!" 탁 하고 손뼉을 치는 닥터 제닝스의 표정이 감탄으로 상기되었다.

"대단하군요. 아라비아 상인들의 지혜는 배워야 한다더니. 중동

지국의 혜안에 놀랄 따름입니다."

"하하하, 아직 두 번째 부탁이 남아 있다네. 이건 위원회의 권한을 뛰어넘는 건지도 몰라."

"네? 대체 어떤 제안이시길래?"

닥터 제닝스는 칼리파 나세르 정도 되는 분이 겸손하게 부탁하는 사안이 무엇일지 아무리 생각해도 예상되지 않는다.

"지구로 다가오는 혜성에 사막저장소의 기억 대부분을 실어서 보낼까 하네. 그래서 1차적으로 기억 파편을 전부 내보낸 후 저장소를 좀 더 업그레이드하는 시간을 가져야 할 듯해. 다 비운 후에 새롭게 청소하고 단장하고 확장하는 거지, 하하하."

"아! 정말 좋은 생각입니다. 핼리혜성을 말씀하시는군요. 1531년, 1607년, 1682년에 나타나서 지구 기억 파편들을 싣고 태양계 뒤로 운반하는 저희 기억 운송선이죠. 76.03년을 운행주기로 하는 원거리 기억운송선. 저희는 스텔라코메타쉽(Stella Cometa ship)이라고 불렀는데 영국 천문학자 핼리(Edmund Halley) 경께서 저희 운송 주기를 알아내시는 통에 난감해진 적이 있었죠. 1758년에 핼리혜성이 드라마틱하게 크리스마스 밤하늘을 가로지르며 지구 궤도에 등장해서 지구 기억 파편을 실어 가던 장면은 정말 우주 역사상 압권이었습니다. 왜냐면 핼리혜성이 지구에 오기 전인 1742년에 핼리 경이 운명하셨기 때문이죠. 운명하기 전에 1758년에 핼리혜성이 올 것이라는 유언을 남기고 말이죠. 아마 인간이 예측한 저희 운송선의 궤도주기를 맞춘 최초의 사건일 겁니다. 더욱 감동적인 건 핼리 경의 기억 파편이 핼리혜성 기억운송선을 타고 태양계 밖으로 여행을 같이 한 점이죠. 생각만 해도 과학자 일생의 노력과 그 정점의 아름다운 여정에 고개가 숙여집니다."

잠시 감동 어린 표정으로 이야기하던 닥터 제닝스가 갑자기 생각났다는 듯 칼리파 나세르를 쳐다보며 외친다.

"앗! 마이 빅브라더. 그런데 핼리혜성 기억운송선은 가만있자… 1910년, 1986년 그리고 다음 도착 연도가 2061년인데요. 그때까지는 약 40년 이상이 남았는데 그동안 사막저장소가 버틸 수 있을까요?"

칼리파 나세르가 지긋이 미소를 지으며 닥터 제닝스를 보며 말한다.

"마이 브라더여, 나는 역사상 가장 큰 운반선을 기다린다네. 베르나디넬리-번스타인 혜성(Bernardinelli-Bernstein Comet)이라네. 은하계 밖에서 오는 초대형 기억저장 슈퍼운송선. 지구에서는 2014년 미국 펜실베이니아 대학 연구팀에 의해 처음 발견되었지. 그때는 2014 UN271로 불리면서 소행성으로 착각할 뻔했지. 왜냐면 이 운송선의 사이즈가 역대급이거든. 핼리혜성 운송선 지름이 약 5.6킬로미터인데 베르나디넬리-번스타인 혜성 운송선은 크기가 무려 95~370킬로미터의 초대형 크기인 데다가 중량이 무려 1,000배가 더 나가서 사막저장소에 보관 중인 모든 기억을 한 번에 처리할 수 있다네. 하하하하."

"아, 역시 마이 빅브라더의 생각을 저는 도저히 따라갈 수 없을 것 같습니다. 우리 태양계 내의 운송선이 아닌 태양계 밖의 오르트 구름대에서 오는 거대 운송선을 이용할 생각을 하시다니. 정말 감탄스럽습니다. 우리 태양계 끝의 명왕성이 약 60억 킬로미터 떨어진 원거리인데 오르트 구름 지역대는 태양과 거리가 6조 킬로미터라… 와우! 이 운송선을 이용할 생각을 하시다니요. 오르트 구름대에서 오는 운송선은 거의 300만 년 이상 태양계에 온 적이 없다고 알려져 있는데 어떻게 아시고! 오 마이 빅브라더여, 이 초대형 운송선은 언제 지구 궤도에 들어오나요?"

"하하하, 아미르, 마이 브라더여. 역시 척하면 딱이구먼. 사람들이 왜 닥터 제닝스를 모든 걸 다 아는 '안다박사'라고 칭하는지 나

도 이제 알겠네, 하하하. 오르트 구름지대 운송선을 한번 듣고 바로
알다니, 하하하하하. 베르나디넬리-번스타인 혜성 초대형 운송선
은 2031년에 온다네. 이제 거의 10년 남은 거지. 태양계를 기준으
로 약 11AU(1AU는 지구와 태양과의 거리로 환산하여 약 1억 5,000만
킬로미터)까지 접근할 걸세. 워낙 덩치가 커서 지구에서 20AU 정
도부터 운송선이 보이기 시작하니까 우리 전송 시스템은 가시권에
들어오면 전송 가능 영역대에 포함되므로 20AU부터 11AU까지 궤
도를 공전하는 동안 사막저장소의 모든 저장 기억들을 보낼 수 있
을 것 같네. 다만 이 전송을 위해서는 사막과 중동 일부가 과부하
가 걸릴 것 같아서 뉴클레아스 심해기억저장위원회에서 전송승인
을 받은 다음에 추가로 2031년에 중동지역에 이상 기후를 발생시
켜 줄 것을 요청할 걸세. 거대한 장마를 일주일만 쏟아부어서 열을
좀 식혀 주면 과열문제는 다 해결이 될 듯하네. 하하하하하."

닥터 제닝스는 감탄스러운 얼굴로 칼리파 나세르를 바라보면서
거의 황홀한 음성으로 질문을 이어 간다.

"오! 인샬라(알라의 뜻대로 하옵소서). 마이 빅브라더여, 정말 대단
합니다. 그런데 사막기억저장소는 저장소가 운영된 이래 한 번이라
도 기억저장소를 이번처럼 대청소하거나 확장한 적이 있었던가요?"

칼리파 나세르는 지긋이 웃으면서 이렇게 답을 하고 떠날 채비
를 한다.

"그때는 사람들이 가난했지만 위트 있던 시절이었다네. 사막기
억저장소에 자꾸 모래바람으로 인해 기억저장시스템에 오류가 나
서 저장된 기억들을 모두 액체로 녹여서 사막지층 아래의 깊은 곳
에 전송시킨 다음 대대적인 보수공사를 시작했다네. 그런데 사막
기억저장소를 청소하던 청소부들이 기억 파편 속에 남겨진 금은
보화만 들고 달아난 적이 있지. 후대에 사람들은 그들의 이야기를
'알리바바와 40인의 도적들'이라고 불렀다고 하더구먼. 가난한 나

무꾼 알리바바가 40인의 도적들을 그때 막지 않았다면 아마 지금의 모래기억저장소는 없었을지도 모른다네."

"사막저장소의 위기가 그것뿐만은 아니었지. 공사 중일 때 사막저장소의 입구인 동굴이 모래폭풍으로 노출되었는데 입구를 지켜야 하는 수문장인 '지니' 녀석은 램프 안에 들어가서 잠을 자다가 그만 갇혀서 램프를 문지르는 주인에게 3번의 소원을 들어주는 종이 되는 징벌을 받게 된 거지, 하하하. 그런데 말야. 우리가 예측하지 못한 일들이 발생한 거야. 알라딘이라는 귀여운 꼬마가 글쎄, 요술 램프의 마지막 소원을 지니를 풀어주는 데 사용할 줄 누가 알았겠나? 이 사랑의 마법으로 모든 행복과 행운의 회전고리가 일치하면서 알라딘은 공주와 왕국을 얻고, 지니는 자유를 얻고, 사막 아래에 묻어 놓은 기억 파편들은 걸쭉하게 녹아 추후 유전이 되어서 중동인들의 평생 먹거리인 석유라는 미래를 주게 되었지. 껄껄껄."

"텅 빈 모래기억저장소는 그 뒤에 어떻게 되었냐고? 사막의 모래폭풍으로 덮여서 지금까지 이렇게 운영되고 있다네. 인샬라. 고맙네, 닥터 제닝스. 나는 이제 가네."

두바이 몰 카페 바텔

고개를 까딱거리며 졸던 칼리파 나세르는 왼쪽 귀에 얹은 시가를 손으로 빼면서 눈을 뜬다.

"후훗. 되었다. 이제 부탁을 했으니 좋은 결과가 있겠지! 이런 이런, 그새 카와가 식었구나. 이보게, 웨이터! 여기 뜨거운 카와 한 주전자와 말린 대추야자 한 접시를 주시게. 오늘 기분이 좋아서 달달한 대추야자를 같이 먹어야겠네, 인샬라."

말레이시아 닌자인베스트먼트

"Apa Khabar sudah makan(안녕하십니까, 식사는 하셨어요)?"

말레이시아 쿠알라룸푸르 페트로나스 트윈 타워 452미터, 88층 높이의 쌍둥이 빌딩이다. 1998년 국영석유회사인 페트로나스가 건설하면서 왼쪽 빌딩은 한국 건설인 삼성건설과 극동건설에, 오른쪽은 일본 건설사인 하자마 건설에 맡겨서 경쟁을 시키고, 두 건물을 잇는 스카이브리지는 프랑스 건설사에 시공을 맡긴 독특한 건축물이다. 86층 전망대 위의 87층!

아무도 모르는 존재하지 않는 특별한 이 층에 방금 한 사람이 웃으면서 들어온다.

"아, 오늘 디저트는 말이야. 두리안 아이스크림을 먹었는데. 으흑. 아직도 배 안에서 홍어가 한 10마리는 돌아다니는 듯해. 흠, 두리안 냄새."

키가 작고 다부지며 등에 거북이 껍질이 덮여 있고, 배는 불뚝 나온, 그런데 묘하게 멋지게 생긴 이 남자. 눈은 또 유독 검고 크다.

책상 위에 휴대폰을 올려놓고 의자에 털썩 앉는다. 책상 위 명함에 보이는 글귀.

[닌자인베스트먼트/ 회장 터틀 바쿠]

"Bagus(최고야). 오늘도 장기 투자로 예치된 기억 파편들은 모두 500억 달란트가 넘는군. 모두 장기예치 기억 파편들인 것으로 봐서 미래가 불안하거나 연금식으로 노후에 즐거운 기억들을 찾아서 행복해지길 원하는 부자들의 기억 포트폴리오군. 요즘 이렇게 증가하는 예탁기억들을 보면 이곳 쿠알라룸푸르로 본부를 옮긴 것이 아주 신의 한 수였군. 하하하하하."

"하하하하하, 기억전송 10대 월드타워에서 페트로나스가 빠진 이후로 이렇게 훌륭한 기억전송 플랫폼을 이용할 기회가 드디어 나에게도 오다니! 하하하. 나는 역시 재신이 붙은 달란트를 끌어모으는 닌자터틀이야, 하하하하하."

터틀 바쿠 회장의 닌자인베스트먼트는 아시아 기억금융 본부를 홍콩에서 최근 말레이시아로 과감히 옮긴 이후 급격하게 예치금이 증가하면서 이전에 대한 처음의 우려를 불식하고 지금은 아시아 지역 최대 기억금융사로 성장하고 있다.

물론 아직도 세계 기억금융의 중심은 미국 뉴욕의 월스트리트이며, 터틀 바쿠는 월가의 쟁쟁한 회장 중에 가장 젊고 성공한 한 사람을 존경한다. 유머와 위트가 넘치고, 독특하게 연필로 써 대는 아이디어 메모 왕으로 투자구조의 귀재로 불린 앤드류누들벨뷰해셔웨이 회장이 그 사람이다. 월가에서는 그를 원샷텐킬(One Shot, Ten Kill)이라고 부른다. 지금의 터틀 바쿠는 앤드류누들벨뷰해셔웨이 회장의 가르침으로 존재한다고 해도 과언이 아니다.

"내가 아는 모든 기억 엠앤에이(M&A)의 테크닉은 회장님에게 전부 배웠지. 생각난 김에 원샷텐킬 회장님에게 안부 전화나 한번 해 볼까?' 지금 여기가 점심시간이니. 아이쿠, 뉴욕은 밤 12시구나. 하하, 내일 하자."

터틀 바쿠 회장은 존경하는 앤드류누들벨뷰해셔웨이 회장에게 안부 전화를 하려다 시차 때문에 다음으로 미루고 신문에 난 기사를 하나 보고 창밖을 본다.

쿠알라룸푸르 지역의 새로이 올라가는 빌딩들이 눈에 들어온다. 앞으로 아시아의 중심이 말레이반도로 옮겨질 것으로 믿고 선제적으로 본부를 옮긴 이후 모든 게 잘 풀리고 있다. 일단 전송 과부하가 없이 페트로나스 타워의 기억전송 시스템은 트윈안테나 시스템이라서 너무나 빠르게 기억 파편들이 전송되고 있고, 전 세계 바다를 통해 중요 기억 파편들을 각국의 전송 타워들과 쌍방향으로 주고받으면서 활동하는 거북이 선단 터틀트랜스포트를 운영하고 있다.

"와우. 기네스북에 최고령 거북이로 이름을 올리다니. 조나단! 대단하다. 신문 기사에 난 것만으로도 너는 존경받아야 해."

세이셸 섬에서 태어나 전 세계를 헤엄치면서 기억 파편을 저장하고 운송하는 터틀트랜스포트로 활약한 조나단은 올해로 190세가 되어서 기네스북에 오르게 되었다. 전 세계를 돌아다니는 닌자 인베스트먼트 소속 터틀트랜스포트는 모두 10만 마리이다. 경력은 10년 차부터 조나단처럼 190세까지 활동이 가능하다. 매년 기억 파편들을 담은 거북이 알을 해안에 낳음으로써 저장을 분산하고 새로운 기억 파편을 수송할 베이비트랜스포트들을 탄생시키면서 기하급수적으로 그 선단을 키워가고 있다. 물론 미세 플라스틱, 해양 오염, 그물 등 다양한 요인들이 터틀트랜스포트들을 방해하지만 직업에 대한 열정과 프로페셔널한 정신 하나는 지구상 어느 생명체도 거북이 선단을 따라올 수 없을 것이다.

오늘 말레이시아 신문 《더 스타 바얀르파스(Bayan Lepas)》에서 특집으로 다룬 조나단의 이야기는 터틀 바쿠 회장으로서도 뿌듯한 감동 스토리다.

이제는 은퇴해서 페낭의 거북이 은퇴자 바다에서 잘 쉬고 있는 조나단에 대한 고마움을 새삼 느낀다.

거의 190년의 삶 중에 180년을 터틀트랜스포트로서 큰 역할을 한 것이다. 기억금융에서 가장 중요한 것은 소중한 기억자산을 얼마나 오랫동안 안전하게 보관하면서 필요할 때 전송할 수 있는가 하는 점이다. 지구상에 존재하는 가장 긴 수명의 거북이야말로 기억자산을 보관할 수 있는 최장수 생명체이자 거북이 등껍질은 모든 전파를 반사시킴으로써 거북이 내의 보관 중인 기억금융 파편들을 오류 없이 안전하게 보관한다.

지금처럼 대량으로 터틀트랜스포트 시스템을 통해 기억금융자산을 운송하고 보관하는 시대가 오기 전 고대에서는 거북이가 기린, 봉황, 용과 함께 4령으로 활동하였다. 고대 시대에는 이 4령이 모든 부귀영화, 권선징악, 행복과 불행의 기억 파편들을 조정하고 배분하였다고 한다. 기록에 의하면 천 살 먹은 거북은 털이 났고 사람과 대화를 했으며, 〈쿵푸팬더〉의 대사부가 바로 천 살 먹은 거북이 마스터 우그웨이였다고 전해진다. 오천 살 먹은 거북이는 신귀라고 하였으며 기억저장위원회의 위원으로 활동하였고, 만 살 먹은 거북이는 영귀라고 하여 미지의 창조자 위원회의 수호신으로 승화했다고만 전해진다.

"똑똑똑." 창밖을 보던 터틀 바쿠 회장이 노크 소리에 고개를 돌린다.

"들어오게."

"탄스리 터틀 바쿠. 급히 보고 드릴 내용이 있습니다."

기억금융신탁을 맡고 있는 다또 프란시스가 들어왔다. 다또 프란시스는 말레이시아의 주석 생산을 통해 글로벌 기업으로 성장한 로열 슬랭고 가문 집안 출신으로 영국에서 공부한 엘리트이다. 터틀 바쿠 회장이 말레이시아로 기억금융자산을 전부 옮기고 아시아 시장의 새로운 플랫폼을 구축하는 데 가장 큰 기여를 한 일등공신이자 현재 최측근이다.

말레이시아에 적극적으로 투자하고 기억금융자산을 전부 옮긴 공로로 터틀 바쿠는 말레이시아 국왕이 수여하는 탄스리(Tan Sri) 작위를 받았다. 말레이시아는 왕실에서 수여하는 작위가 있는데 툰(Tun), 탄스리(Tan Sri), 다뚝(Datuk), 다또(Dato)로 불리며, 수여자는 큰 영예를 받는 것으로 모두 인정하고 항상 이름 앞에 이 작위를 붙여서 불러야 예의에 어긋나지 않는 관습을 가지고 있다. 터틀 바쿠 회장은 사실 왕실에서 탄스리 작위를 준다고 할 때만 해도 별로 내키지 않았다. 하지만 지금은 그 작위의 힘이 비즈니스를 할 때나 말레이시아 내에서 발휘하는 힘을 느끼면서 새삼 이 모든 것을 이루게 해준 자신의 오른팔인 다또 프란시스에게 깊은 고마움을 느낀다.

아시아 기억금융 시장을 더욱 크게 만들 금융플랫폼을 구축하는 본부를 어디에 둘 것인가에 대한 깊은 고민을 할 때가 불과 2년 전이었다. 홍콩에서 기억금융자산을 크게 키워 가던 터틀 바쿠 회장은 급변하는 홍콩의 정세와 중국 정부의 통제, 상하이 시장의 급부상에 따른 과도한 기억금융자산의 중국 기억 편중에 대한 우려가 커지면서 아시아 기억금융 허브로 성장한 싱가포르로 옮길 것인가도 수차례 고민을 했었다.

하지만 말라카 해협을 낀 말레이시아야말로 최적의 기억금융자산 운송의 요점이자 미래 전략지로 성장할 것이라는 자신만의 비즈니스 영감으로 과감한 승부수를 던진 것이다. 세계 기억금융 자산의 25퍼센트가 이곳 말라카 해협을 통과하고, 자신이 보유한 10만 터틀트랜스포트가 쉽게 접근 가능한 요충지이며, 북쪽으로는 미얀마, 태국, 캄보디아, 베트남을 끼고 있고 동쪽으로는 필리핀, 남쪽으로는 최대 기억금융 잠재국인 인도네시아가 자리하고 있어서 미래 50년을 바라볼 때 가히 최적의 요충지라고 판단하였다.

또한 기존 닌자인베스트먼트의 고객인 일본, 한국, 대만, 중국, 몽골 및 중앙아시아 국가들까지 기억금융자산의 포트폴리오 및 안전 자산 분산을 위해 새로이 오픈한 쿠알라룸푸르 본사에 자산 배분을 해주고 있어서 그 성장 속도가 가히 아시아 1위라고 해도 과언이 아닐 정도로 커지고 있다.

"멋지게 생긴 얼굴에 그늘이라니, 그래 무슨 일인가? 다또 프란시스."

"네. 탄스리 터틀 바쿠, 저희가 약 150여 년 전에 넷플릭스 행성

'킹덤'에서 인수한 기억금융채권이 NPL(부실채권: Non Performing Loan)로 분류되어 추정손실로 잡아야 하는 상황이 발생한 것 같습니다"

"뭐 그리 놀라나! 우리가 이 비즈니스 하면서 NPL을 사고팔기도 했는데 손실 난다고 그렇게 놀랄 정도의 일인가? 담보부 NPL인가? 아니면 무담보 NPL인가?"

"네, 저희가 조선AMC(Asset Management Company)를 통해 대량 매입한 생명담보부 NPL입니다."

"그래? 생명담보부 부실채권이라. 그런데 뭐가 문제인지 한번 말해 보게."

터틀 바쿠 회장은 이상하다는 듯이 다또 프란시스를 바라보고 의자에 앉아 기록 패드를 꺼내 들면서 자세한 사항을 메모하기 시작한다.

"저희가 넷플릭스 행성에 위치한 킹덤에서 인수한 생명담보부 기억금융채권은 처음 계약 당시에는 생명담보부 기억채권으로 살아서 움직일 때마다 전송되는 기억을 30년 독점 권한으로 계약하여 킹덤 전체에 200억 달란트를 제공하였습니다. 그리고 실시간으로 조선 후기의 생활상 등 라이프스타일 기억 전체를 전송받아 저장하고 이를 생로병사(生老病死) 카테고리 안에서 부실기억채권, 회수가능기억채권, 매각기억채권 등의 기억자산으로 분류하여 관리하였습니다."

"그래. 나도 잘 알고 있네. 오래된 조선 후기 기억금융채권이지만 문화재 기억자산으로도 높은 가치를 지니고 있고 기억자산활용도도 높아서 우리가 관심을 가지고 잘 지키고 있는 기억자산이 아닌가? 그런데 NPL 손실자산으로 처리해야 한다니 갑자기 아닌 밤중에 홍두깨 같은 소리야? 아, 자네는 이 말의 뜻을 모르지? 흠… 아닌 밤중에 쿠알라룸푸르에 가수 남진 선생님이 블랙핑크 노래를 부르는 소리야? 이렇게 말해야 자네의 이해가 빠르겠군. 자네가 블랙핑크 찐 팬인 걸 온 나라가 다 알 테니까 말이야. 블랙핑크 공식 팬클럽 블링크 1기에 말레이시아 팬클럽 회장을 맡고 있다지? 하하하."

"헉! 그걸 어떻게 아셨어요? 부끄럽습니다만 제가 가장 자랑스러워하는 일 중의 하나입니다. 제가 워낙 좋아하는 걸그룹이거든요. 제 삶의 에너지입니다."

"아 참! 죄송합니다. 보고드릴 내용은 그게 좀 특이한 사항이라서 제가 직접 회장님께 보고드리고 상의하고 싶은 내용입니다. 원래 저희가 목표로 했던 것은 넷플릭스 킹덤 조선 후기의 생명담보부 기억자산들이 추후 치료되고 정상으로 되었을 때 돌아온 기억들과 미래 가치를 추정하고 이에 대한 선제적 투자로 200억 달란트를 제공하여 이 기억자산 중에 잠재기억 부실자산이나 미래가치 자산화 가능성이 높은 것에 대해 전략적 판단을 한 것은 기억하실 겁니다. 이후 잘 관리가 되던 이 기억자산들이 '생사초'라는 희귀하고 천연물 신약과 같은 생명 유지 기능을 가진 약초에 의해 버그(Bug)가 발생한 듯합니다."

듣고 있던 터틀 바쿠 회장은 놀랍다기보다 오히려 재밌고 신기한 일에 더 흥미롭다는 표정으로 다또 프란시스에게 다가가 이야기를 꺼낸다.

"오호. 천연물 신약이라. 생사초? 신기한 이름이구나. 이시진의 《본초강목》에도 나와 있지 않은 약초란 말이더냐?"

"네, 모든 약초 데이터베이스를 저희가 한 번 더 돌려 보았으나 파악된 적이 없는 약초입니다."

"《본초강목》에도 없으면 《신농본초경》, 《황제내경》, 《상한론》, 《금궤요략》에도 나와 있지 않을 터인데 기묘한 일이구나. 생사초라… 아무튼 그래서?"

호기 어린 눈으로 다또 프란시스를 바라본다.

"생사초를 죽음에 이른 생명에 먹이면 죽은 후에 바로 시작되는 30분간의 전송 시스템 자체가 마비되어 저희에게 어떠한 기억도 전송되지 않습니다. 기억금융 자체의 부실화로 회수 불능이 되는데 더욱 기괴한 일은 죽은 자의 육신이 생사초 복용 후 12시간 후에는 생명화가 되어 움직이는데 기억 자체를 생산하지 못하고 오직 살아 있는 생명체에 달려들어 그냥 물고 전염시키는 역할을 반복하는 기이한 습성으로 변화한다고 합니다. 이렇게 변한 인간들을 좀비(Zombie)라고 합니다. 이 좀비들은 기억금융 시스템의 마비를 초래할 뿐만 아니라 지역 전체를 기억금융자산 마비로 이어지게 하는 대형사건입니다."

"흠, 한 번도 겪어 보지 못한 일이군. 흥미로운 일이야. 돈이야 벌기도 하고 잃기도 하는 것처럼 기억자산 역시 우리가 축적하기도 하고 생산하기도 하지만 전체를 마비시키는 이런 일들이 일어난다는 것은 통제 가능한 지구에 통제 불가능한 일들이 일어난다는 것인데…. 흠, 일단은 우리가 먼저 조사해 보고 문제를 해결할 수 없는 중차대한 사태 같으면 뉴클레아스 심해기억저장위원회에 보고하도록 하세."

이제서야 탄스리 터틀 바쿠에게 문제되는 보고를 무사히 마쳤다는 안도감에 다또 프란시스는 한숨 덜었다는 표정으로 어깨를 편다.

"그래. 넷플릭스 행성 킹덤에는 이번 조사를 위해 누구를 보낸다고 하던가?"

"네. 사태가 심각하여 아신 전지현느를 보낸다고 합니다!"

"오, 아신이라. 아신이면 능히 그 시작과 문제의 발달을 밝혀내고도 남을 만하지. 일단 우리는 그 해결을 지켜보면서 추후 뉴클레아스 심해기억저장위원회에 보고할 건지 말 건지를 판단해 보세."

"네. 분부대로 하겠습니다."

돌아서는 다또 프란시스를 향해 탄스리 터틀 바쿠는 다른 지시를 하나 더 내린다.

"내일부터는 오대양을 항해하는 10만 터틀트랜스포트에 연락해서 전 세계에서 나오는 '금기억 자산'을 모두 매입하도록 하게. 그냥 다 나오는 대로 전부 싹쓸이하도록."

깜짝 놀란 표정으로 바라보는 다또 프란시스에게 갑자기 다정한 표정으로 탄스리 터틀 바쿠가 다가간다.

"우리가 지금부터는 포트폴리오를 조금 바꾸어야 할 듯하네. 과거기억, 현재기억, 미래기억 자산의 비중에서 내일부터는 미래기억 자산의 비중을 높여 가도록 하세. 지금은 세계의 기억 유동성이 너무 풍부해져서 기억버블이 올 수도 있지. 인류 역사상 몇 번 오지 않은 기억버블 시대를 대비하고 우리 자산을 더욱 견고히 하기 위해서는 금기억 자산의 비중을 높여야 하네."

"네. 즉시 준비하도록 하겠습니다."

"자네는 왜 금기억 자산이 미래기억자산으로서 계속 유망한 줄 아는가?"

"글쎄요? 사람들이 금에 대한 좋은 기억들이 있어서일까요? 가령 대한민국의 돌잔치 돌반지부터 인도의 결혼예물, 중국 결혼식의 신부 선물 등등. 금은 항상 좋은 일에 주는 선물이니까요. 좋은 기억자산으로 거의 넘버원 아닐까요?"

"하하하하. 자네 나라도 이슬람교를 믿는 국민이 대다수지. 이슬람 문화에서도 금기억은 중요한 기억자산이고 말고, 하하하."

터틀 바쿠 회장은 창밖으로 푸르른 하늘을 올려다보면서 이렇게 말을 이어 간다.

"금기억 자산은 말이지. 이 지구에서 나는 광물 기억자산이 아니라네. 은하계에서 생성되어 지구의 운석 충돌 등을 통해 수억만 년간 지구에 전송되어 온 지구 밖의 광물 기억이지. 그래서 그 순도가 99.9퍼센트에 이르면 어떠한 저항도 없는 순수 전송 도체로 발전할 수 있는… 그야말로 지구에 숨어 있는 최대 중요 우주전송 광물자산이기도 하지. 허허허. 그보다 중요한 건 말이야. 자네 영국 옥스퍼드대에서 공부할 때 경제학은 당연히 교양수업으로 들어봤겠지?"

다또 프란시스는 당황한 표정으로 경제학을 이야기하는 탄스리 터틀 바쿠가 자기를 놀리고 시험한다고 생각하며 대답한다.

"저 옥스퍼드대 경제학 박사입니다."

"하하하하, 알고 있다네. 희소성의 법칙 알지? 무한한 자원 가운데 유한한 자원은 그 가치가 상승한다는. 지구 자원 가운데 금기억 자산은 지구 밖의 자원이므로 유한한 몇 안 되는 자원 중 가장 최상위 자원이라네. 그래서 앞으로도 그 자산의 가치는 급상승할 거야. 잊지 말고 내일부터 모든 금기억 자산을 나오는 대로 전부 매입하도록 하게."

"네! 알겠습니다." 결의에 찬 목소리로 대답하며 다또 프란시스는 사무실을 나간다.

페트로나스 타워 아래의 분수대 광장에서 음악분수가 나오자 사람들이 사진을 찍고 즐거운 표정으로 시간을 보내는 모습이 보인다.

이를 보던 터틀 바쿠 회장은 나지막이 다음의 단어를 계속 중얼거린다.

"킹덤, 좀비, 생사초, 금… 킹덤, 좀비, 생사초, 금."

스위스 제네바 생체기억시계제작소

〈공고〉에는 다음과 같은 졸업생 명단이 같이 붙어 있었다.

제253기 졸업생 명단

이름	새로운 보직	전문능력
1. 페이스 펄	기억량 심사관	• 잃어버린 기억을 재생시킴 • 재생시키는 시간과 기억량을 측정함 • 기억을 재생시키는 도구로 기억와인을 사용함 • 기억량은 와인 디캔터로 측정함
2. 깜빡이 조슈아	기억진단 요정	• 눈을 깜빡일 때마다 상대방의 기억을 삭제해 버림 • 기억을 편집하여 상상 속의 기억을 자신의 것으로 생각하게 편집함 • 기억삭제 진단키트를 가지고 다님. 기억삭제가 완벽하게 되었는지 진단키트로 체크함
3. 수크심	기억재무국 국장	• 모든 기억의 삭제와 편집, 이동에 대한 기록을 하는 부서책임자 • 기억연말정산을 담당함 • 정산된 기억은 크리스마스이브 환급일에 모두 기억환급처리를 해 줌 • A라는 사람의 기억 일부를 B라는 사람의 기억 일부로 전송시키는 능력을 가짐

4. 드리즐	기억탈세국 팀장	• 누락된 기억을 첨가하거나 추가 삭제하는 업무를 담당함 • 사라지거나 도망가는 기억을 다시 잡아서 영구히 기억되도록 인식시키는 능력을 가짐 • 사라지거나 빼돌린 기억을 찾아 탈세국에 보고하고 이를 징계함
5. 에이미	기억삭제소 커피페니 청담 점장 겸 크리스퍼 대사	• 기억삭제소 청담에 오는 의뢰인의 부탁을 듣고 에스프레소 샷을 통해 의뢰인의 기억을 삭제, 복원할 수 있음 • 별풍선 카드 관리책임자 - 별풍선 카드는 타인의 기억에 자신을 심으면 별 하나가 생성됨 - 별풍선 12개를 모아 에이미에게 기억 삭제나 복원을 요청할 수 있음
6. 현	기억삭제소 커피페니 청담 파트너 겸 크리스퍼 요원	• 딜릿스타로 임명됨 • 기억삭제소 청담에 오는 의뢰인의 기억을 에스프레소 샷을 통해 삭제시키는 능력을 지님 • 기억삭제 굿즈이벤트를 주관할 수 있는 권한을 가짐
6-1 까미	기억삭제소 커피페니 청담 파트너 겸 크리스퍼 요원	• 딜릿스타로 임명됨 • 기억삭제소 청담에 오는 의뢰인의 기억을 에스프레소 샷을 통해 복원시키는 능력을 지님 • 기억복원 굿즈이벤트를 주관할 수 있는 권한을 가짐

졸업식장에서 옷을 멋들어지게 차려입은 킴롱레이크 교장은 연신 6-1명의 졸업생들과 기념사진을 찍으며 웃고 있다.

장내 마이크가 울리면서 음악과 방송이 나온다.

지금부터 더햄필립스아카데미의 제253기 눈뜬 시계공 크리스퍼 졸업식이 있겠습니다.

킴롱레이크 교장은 먼저 축사를 시작한다.

"253기 여러분. 졸업을 축하합니다. 여러분은 이제 새로운 보직과 임무를 부여받게 됩니다. 우리 제네바 생체기억시계제작소는 인간의 DNA에 120세까지의 모든 프로그램을 오토매틱으로 재생되도록 디자인한 생체시계를 심어 줍니다. 이 시계는 평생 누구도 고치거나 수리할 수 없습니다. 단, 이 시계를 고칠 수 있는 크리스퍼 권한을 가진 능력자들만이 수정, 편집, 수리, 기능 추가 등을 할 수 있습니다. 오늘부터 여러분은 크리스퍼가 되신 겁니다. **'권한이 있는 곳에 책임이 있다.'**라는 격언을 명심하시고 각자의 역할에 최선을 다해 주십시오. 여러분의 노고에 대한 감사와 보상은 여러분의 10대 후손까지 뉴클레어스 심해기억저장위원회에서 지원합니다. 자, 그러면 여러분이 학교 교문을 나서는 순간 여러분이 오늘 받은 졸업장 뒷면에 크리스퍼로서 첫 번째 임무가 각인될 것입니다. 여러분의 앞날에 행운을 빕니다."

격식 있는 복장의 킴롱레이크 교장 앞에서 고풍스러운 외투의 졸업복을 입은 졸업생은 한 사람씩 호명되어 졸업장을 받는다.

에이미와 현, 까미는 서로 손을 잡고 너무 기뻐서 펄쩍펄쩍 뛰었다. 앞으로 지금까지와는 전혀 다른 미래가 펼쳐진다는 생각에 다리에 로켓 엔진이 달린 느낌이었다.

"그렇게 기뻐? 호호호." 수크심이 다가와 웃는다.

"어머 언니. 아니지, 이제는 국장님! 축하드립니다. 앞으로 잘 부탁드립니다."

"부탁은 무슨, 우리 모두 이제는 졸업 동기인데 253기의 명예를 서로 도우며 빛내야지! 안 그래? 디즐리 팀장."

수크심 국장이 디즐리 팀장을 쳐다보며 축하의 인사를 건넨다.

"저도 너무 영광스러워요, 국장님. 저는 국장님이 크리스마스이 브에 산타클로스 할아버지와 함께 전 세계를 돌면서 크리스마스 선물과 함께 기억환급을 심어주러 다니시는 그 이벤트의 권한을 가지신 게 제일 부러워요."

"걱정 마, 디즐리 팀장. 나중에는 디즐리 팀장이 승진해서 내 자 리를 물려받으면 되지, 호호호."

"다들 축하드립니다." 다가와서 축하를 건네는 페이스 펄의 볼에 서 광이 나기 시작한다.

"와우. 정말 특이한 능력이에요. 얼굴에서 진주 광채가 나는 건 저는 처음 본답니다."

"심사관님의 기억재생과 기억량을 측정하는 모든 마법이 저 진 주 광채 피부에서 나온다고 하네요. 정말 백옥 미인이세요. 그런데 기억량을 측정하는 도구로 수정 디캔터(Quartz Decanter)를 쓰신 다고 하던데요. 그건 어디 있나요?"

호기심 어린 눈으로 다가와 이야기를 떠드는 젊은 친구는 바로 깜빡이 조슈아였다.

"조슈아 요정님, 그렇게 수정 디캔터가 궁금하세요? 호호. 제 눈을 보지 마세요. 조슈아 요정님 눈을 보는 순간 제가 그 수정 디캔터를 어디에 뒀는지 순간 기억을 잊어버릴 수도 있으니까요. 호호호."

모두 즐겁게 떠드는 순간에 종이 울리면서 교문이 열리기 시작 했다.

이제 모두 학교를 떠나야 할 시간이다. 그리고 졸업장 뒤에 새겨 지는 새로운 임무를 위해 세상으로 나아갈 시간이다.

학교 교정 위로 웅대한 목소리의 라틴어가 울려 퍼진다.

"Dii te ament(그대들에게 신의 축복이 있기를 바라노라)!"

에이미, 첫 번째 임무를 받다

졸업장을 받은 졸업생들은 교문 밖의 각기 다른 길로 내려가야한다.

에이미는 왼쪽에서 세 번째 길로 내려왔다. 산길을 다 내려온 다음 눈앞에 펼쳐진 알프스의 초원을 보며 새삼 졸업임을 실감한다.

'훗! 얼마 전까지만 해도 커피페니 청담의 점장이었는데. 이제는 크리스퍼 대사가 되다니.' 에이미는 혼자서 흐뭇한 미소를 짓는다.

크리스퍼 대사는 10명의 크리스퍼 요원을 지휘하는 지역의 책임자다.

졸업장을 조심스럽게 펼쳐본다. 두루마리를 돌리는 순간 뒷면의 종이가 타면서 글씨가 새겨진다. 첫 번째 임무다.

잔뜩 긴장한 표정으로 첫 번째 임무를 본 에이미의 눈이 동그래진다.

[아프리카에서 전송되는 기억에 스폰지형으로 기억 파편들이 구멍이 뚫려서 옴. 이 스펀지형 기억 파편들의 원인을 파악하고 해결책을 찾을 것 - 출장지: 남아프리카공화국 요하네스버그]

남아프리카 공화국 OR탐보 국제공항
(O.R. Tambo International Airport)

원래는 요하네스버그 국제공항이었으나 O.R. 탐보 전 대통령 이름을 따서 개칭한 이래로 연 2천만 명의 여객을 수용하는 남아프리카 허브 공항이다.

고도가 1,700미터로 공기가 평지보다 희박하여 이착륙하는 항공기나 승객 모두 힘들어하는 공항으로 유명하다.

미국 워싱턴을 경유하여 에어버스 340-600으로 환승하여 요하네스버그로 오는 중간에도 세네갈 다카르의 레오폴 세다르 셍고르 국제공항에 착륙하여 연료를 공급받고 다시 출발하는 통에 에이미는 비행기만 21시간 이상 타고 있었다.

아프리카는 에이미에게는 〈동물의 왕국〉에서나 보던 세렝게티 초원 정도가 상식의 전부였다. 그런데 갑자기 첫 번째 미션으로 남아프리카공화국이라니.

에이미는 정신이 아득했지만, 이상하게 크리스퍼 대사가 된 후부터는 이상하리만큼 모든 일에 자신감이 생겼다. 마치 어벤저스의 블랙 위도우를 능가할 수도 있을 것 같은 생각도 들었다.

드디어 착륙. 안내방송을 들으면서 재빠르게 수화물을 찾고 입국심사대를 통과했다. 모든 절차가 너무 빠르다. '내가 아프리카를 너무 몰랐나? 우리나라 인천공항만큼 빠른데?' 에이미는 낯선 곳에서 조금은 헤맬 것이라던 자기 생각에 약간은 머쓱해졌다.

출입국장 앞 게이트에 금장으로 삼지창을 든 포세이돈과 기억저장소를 지키는 뉴클레아스 문양을 든 남자가 서 있다. 키가 크고 검은 얼굴에 하얀 와이셔츠를 입은 모습의 색의 대조가 흥미롭다. 손짓으로 피켓을 가리키자 웃으면서 다가온다.

"미스 에이미, Goeie dag(안녕하세요), 요하네스버그에 오신 것을 환영합니다. 저는 안내를 맡은 오캄보입니다."

악수를 하면서 다른 손으로 팔의 중앙을 잡고 인사를 건넨다. 낯설다.

"장시간 비행으로 힘드셨죠? 일단 시내 호텔에서 하루를 쉬신

다음에 케이프타운으로 다시 이동하셔야 합니다. 연결 비행기가 가능한지는 내일 아침 확인이 가능합니다. 비행시간은 2시간 정도니까 길지는 않으나 최근 조종사 파업이 있어서 비행기 운항 시간이 조금 불안한 편이거든요."

"네, 괜찮습니다. 일단 호텔로 가서 좀 쉬었으면 좋겠습니다."

에이미는 긴 시간의 비행에 지친 몸을 호텔의 푹신한 리넨 속에 푹 파묻혀서 오랫동안 그렇게 잠들고 싶었다.

다음 날 아침 1층 커피숍에서 조식을 먹고 있던 에이미에게 반가운 얼굴로 어제 인사한 오캄보가 다가온다.

"굿모닝입니다. 요하네스버그에서의 첫 아침은 어떠신가요?"

"더워요! 역시 아프리카군요. 아침부터 이렇게 덥다니."

에이미는 연신 흐르는 콧등의 땀 때문에 접시에 포크질을 하기가 불편할 정도였다. 그래도 허기가 진 탓에 베이컨과 오믈렛을 맛있게 먹은 다음 커피와 홍차를 모두 마시는 호기도 부려 보았다. 아프리카의 아침 기운이 느껴지는 지표면에서의 열기가 콧속으로 빨려 들어온다.

나무가 가진 푸르름의 농도가 그동안 에이미가 보아왔던 나무와 다르고, 흙이 가진 흙색이라는 느낌이 전혀 다르다. 건조함이 피부를 감싸면서 온몸의 피부가 먼지로 로션을 바르듯이 메말라 붙었다.

"오늘 정오에 비행기가 뜬다고 확인되었습니다. 케이프타운까지는 2시간 비행거리입니다. 도착 후에 워터프론트에 있는 호텔과 레스토랑으로 바로 이동할 예정입니다. 1차 조사를 마치신 아프리카 질병통제예방센터(Africa CDC) 응코베 박사님께서 레스토랑으로 바로 오시기로 하였습니다."

"아, 네. 비행기가 뜬다니 너무 다행이에요. 저는 뭐 10시간 동안 차를 타고 가도 괜찮겠다 싶기도 했지만, 아프리카는 처음이라서 조금은 적응할 시간이 필요하거든요."

에이미는 고맙다는 인사를 한 뒤 바로 체크아웃을 위해 객실로 향한다.

케이프타운

케이프타운 공항에서 내려 시내로 들어가는 차 안에서 에이미의 눈을 가장 먼저 사로잡은 것은 2010년 남아공 월드컵이 열린 축구장이었다. 당시에 응원하는 남아공 국민들의 부부젤라(Vuvuzela)라는 기구에 대한 인상 깊은 추억이 아직도 생생하다. 부부젤라에서 나오는 소리가 120~140데시벨이라고 한다. TV 중계를 볼 때도 같이 흘러나오는 그 소리에 놀란 적이 있었는데 실제로 들으면 귀가 멍멍하겠다고 상상하면서 축구장을 지나친다.

축구장을 지나서 워터프론트에 접어든다. 이곳이 아프리카라고 생각하지 않고 이곳을 본다면 아마 샌프란시스코의 피어 39 지역을 보는 착각이 들 정도다. 천천히 가던 차가 갑자기 멈추면서 안내인 오캄보가 앞 좌석에서 고개를 돌리며 물어본다.

"바로 앞이 기념 촬영하는 핫스팟인데 잠깐 내려서 인증샷 한 장 찍고 가실래요?"

"네, 저야 좋죠."

차 안에서 얼른 내린 에이미의 눈앞에 병풍처럼 도시를 둘러싼 커다랗고 웅장한 산이 눈에 먼저 들어온다.

"와! 저렇게 생긴 산도 있군요. 언덕은 아니고… 산 맞죠?"

"네. 테이블 마운틴입니다. 커다란 탁자처럼 생겨서 테이블 마운틴이라고 하죠. 이곳 케이프타운의 상징 같은 산입니다."

안내인 오캄보는 자랑스러운 말투로 왼쪽에서 오른쪽 끝을 쭈욱 가리키면서 테이블 마운틴을 설명한다.

"이쪽입니다. 카메라를 저에게 주시면 제가 찍어 드리겠습니다."

오캄보가 안내한 곳은 바로 앞에 있는 동상들이었다. 가까이 다가가 보니 놀랍게도 노벨평화상 수상자들의 동상이다.

남아프리카공화국의 악명 높았던 '아파르트헤이트'를 없애기 위해 노력한 넬슨 만델라(Nelson Mandela), 프레드릭 클레르크(F. W de Klerk), 데스몬드 투투(Desmond Tutu) 그리고 앨버트 루툴리(Albert Lutuli)의 동상이다. 에이미는 투투 주교와 넬슨 만델라 대통령은 알았지만 다른 두 분은 생소해서 얼른 휴대폰으로 이름을 검색해 봤다. 와이파이 속도가 느리지 않을까 하는 에이미의 생각은 기우에 불과했다. 서울의 청담동만큼이나 빠르게 앨버트 루툴리, 1960년 남아프리카 최초로 노벨평화상 수상, 남아프리카 아파르트헤이트 정권에 맞선 흑인 민중의 파업과 시위의 선봉에 선 운동가라고 빠르게 검색정보가 올라온다. 투투 대주교는 워낙 유명하셔서 에이미도 잘 알고 있었다. 하지만 넬슨 만델라와 공동으로 1993년 노벨평화상을 수상한 프레드릭 클레르크는 아파르트헤이트 정권의 평화로운 종식을 위해 싸운 백인 정권의 마지막 대통령이었다.

"백인 마지막 대통령과 흑인 최초의 대통령, 공동 노벨평화상 수상" 에이미는 나지막이 검색된 단어들을 읽어 보면서 새삼 네 분의 동상 의미가 남달리 느껴진다.

"미스터 오캄보, 저 이곳에서 기념사진 찍고 싶어요. 테이블 마운틴과 네 분의 노벨평화상 동상이 잘 보이도록 찍어 주세요."

에이미는 새삼 몇 장의 기념사진이 소중해졌다. 노벨평화상을 받은 분들은 모두 자신이 세상을 위해 무엇을 할 것인가를 명확히 인식하고 자신의 삶을 모든 이들을 위해 희생하였다. 그리고 그 결과로 지금의 남아프리카공화국이 흑백차별 없이 함께 사는 나라로 발전하고 있다.

'나도 크리스퍼 대사로서 인류를 위해, 우리 뉴클레아스 심해기억저장위원회를 위해 기여하는 삶을 살고 싶어.' 마음속으로 다짐해 보는 에이미의 눈빛이 강렬해진다.

잠시 후 도착한 더 테이블 베이 호텔. 지붕 뒤로 테이블 마운틴이 보이는 하늘색의 지붕을 가진 고풍스러운 외관이 멋있다.

호텔 로비에 들어서자마자 로비 중앙에 놓인 예쁜 꽃이 큰 화병에 장식되어 있다.

"King Protea(킹 프로테아)입니다. 우리나라 국화죠."

오캄보는 살짝 꽃을 만지면서 에이미에게 자랑하듯이 화병에 가득 꽂힌 꽃을 설명해 준다.

"에이미 님, 객실에 일단 짐을 푸시고 30분 후에 1층에 있는 레스토랑으로 오시면 제가 기다리고 있겠습니다." 오캄보는 능숙하게 체크인을 하고 키를 건넨다.

방문을 연 에이미는 탄성을 질렀다. "아름다워요." 눈앞에 펼쳐진 멋진 객실과 창밖으로 보이는 테이블 마운틴의 광경은 실로 영화의 한 장면 같다.

크리스퍼 대사로 임명되어 출발하기 전에 킴롱레이크 교장선생님이 하신 말씀이 떠올랐다.

"에이미, 혹시 영화 〈007〉 본 적 있어요? 흠. 구닥다리 느낌이면, 〈미션 임파서블〉의 톰 크루즈는 알겠죠? 하하. 앞으로 에이미는 임무를 수행하는 동안에는 최상급의 지원을 받을 겁니다. 〈007〉의 제임스 본드나 〈미션 임파서블〉의 톰 크루즈보다 더 강력한 지원을요. 그게 우리 뉴클레아스 심해기억저장위원회의 기본 원칙이죠."

간단히 짐을 풀어놓고, 에이미는 임무를 위해 뉴클레아스 태블릿과 미팅 자료를 들고 호텔 1층에 있는 레스토랑 겸 커피숍으로 내려간다.

안으로 들어가자 오캄보가 달려 나오면서 안내한다.

"어서 오세요. 응코베 박사님이 와 계십니다."

아프리카질병통제예방센터 센터장인 응코베 박사는 첫인상부터 필드를 직접 돌아다니면서 열심히 일한다는 느낌을 주는 전형적인 필드형 과학자이자 봉사하는 의사의 모습이다. 덥수룩하게 자란 수염과 거무스름하게 탄 구릿빛 얼굴과 팔 곳곳에 있는 상처가 연륜과 현실을 이야기해 주는 듯하다.

"안녕하세요? 에이미 대사님, 아프리카에 오신 것을 환영합니다. 저는 아프리카질병통제예방센터의 센터장으로 일하는 응코베입니다."

"반갑습니다, 박사님. 사실 이번 임무는 첫 번째 임무라서 제가 살짝 떨리거든요. 제가 능숙하지 않더라도 이해 부탁드립니다." 에이미는 정중하게 인사를 드리며 자기소개를 했다.

"하하하, 괜찮습니다. 누구나 처음이 있는 것이지요. 저도 처음에 해부학 실습을 한 기억을 아직도 잊지 않고 있습니다. 에이미 양은 아마 이번 아프리카의 임무가 평생 잊지 못할 추억이 되겠군요."

응코베 박사의 덕담 어린 말에 에이미는 가슴이 따뜻해지는 것을 느낀다.

인사를 건넨 뒤 테이블 위에 노트북을 펼치며 자료 화면을 보여 준다.

수단-케냐-탄자니아-앙골라-콩고-나이지리아-보츠와나-남아프리카공화국에 이르는 환자 발생 및 사망자 명단이 눈에 들어왔다.

아프리카질병통제예방센터 긴급 보고 사항 요약

1. 기억스펀지병의 발생 현황

   2019년부터 2021년까지 2년간에 걸쳐서 아프리카 전 지역에 기억이 전송되나 실제로 받은 기억전송 데이터에는 스펀지 구멍이 난 것처럼 기억들이 모두 구멍이 나서 전송되는 현상이 발생. 최근에 더욱더 빈번하고 대량으로 스펀지화 된 불량기억들이 전송됨. 또한 다수의 환자 및 사망자 발생. 사망자에서 전송되는 기억 파편들은 불량화되어 저장할 수 없음.

2. 원인

   현재 규명 중이나 단서의 내용을 참고할 만함.

3. 단서

   • 1950년대 초 호주에서 발생한 파푸아뉴기니 산간 오지의 포어족에서 나타난 근육 미제어, 근육 떨림, 제대로 서지 못하고 비틀거림, 언어장애, 신경계 마비, 감정 불안, 아무 이유 없이 막 웃다가 슬픈 표정을 짓다가 막 웃다가 사망하는 사건이 빈번하게 발생. 현지인들은 웃음병으로 부름. 몸이 막 떨린다고 하여 떨린다는 의미의 쿠루병으로도 불림.

   • 1955년, 호주의 멜버른에 있는 월터 앤드 엘리자 홀 의학연구소의 초청연구원으로 가서 근무하던 미국 의사 가이듀섹은 이 병이 여자와 아이들에게서 많이 발병하는 것을 보고 생활습관을 먼저 관찰함. 원인을 식인습관에서 찾음. 이 연구로 노벨 생리학상 수상.

   *가이듀섹(Daniel Carleton Gajdusek / 1976년 노벨 생리의학상 수상)

- 포어족은 사망자가 발생하면 장례를 지내면서 죽은 자의 육신의 일부가 살아 있는 자에게 섭취되어야 영생한다는 토속 신앙이 존재했음. 이 영향으로 식인 문화가 형성되고 근육, 장기까지 다 먹는 풍습에 사냥에 참여하지 않아 단백질이 부족한 여성과 아이들이 주로 섭취하는 문화가 형성되어 추후 질병으로 발병함. 이후 계속되는 연구를 통해 인간에게 발병하는 크로이츠펠트 야곱병이나, 양들에게 발병하는 스크래피 병과 유사한 병으로 분류되어 연구됨. 미국의 의사 스탠리 프루시너를 통해서 이 원인이 전염력을 가진 입자인 프리온 변성단백질로 밝혀짐.
  *스탠리 프루시너(Stanley B. Prusiner / 1997년 프리온 발견 공로로 노벨 생리의학상 수상)
4. 1차 조사 결과
  환자들은 프리온 변성단백질에 노출되거나 단백질이 축적된 것으로 파악됨. 이는 식인 문화에서 유래된 질병으로 파악되며 조사 대상자들은 식인 문화와는 거리가 먼 현대 문명사회의 일원이기 때문에 조사가 난관에 부딪힘. 현재 환자 및 사망자의 연결 고리를 찾는 현지 조사가 이루어지는 중임.

"에이미 대사님, 보시다시피 원인은 분명히 프리온(Prion) 단백질 같다는 추정이 듭니다. 왜냐하면 현대의 질병 중에 뇌에 스펀지 같은 구멍이 나는 질환은 프리온 단백질일 가능성이 높거든요. 이 여파로 기억의 파편들이 모두 파괴되어 전송되는 기억들이 모두 불량화되어 있습니다. 이 불량화 파편들 또한 변성단백질 기억 일부를 포함하고 있어서 만약에 전송된 불량화 파편을 소각처리 하지 않을 경우, 이 파일과 섞인 다른 기억 파편들조차 단백질 가닥이 번지면서 모두 기억변성이 발생할 것으로 보이므로 시급한 조치가 필요합니다."

에이미는 놀란 표정으로 더햄필립스아카데미 생명과학 시간에 배운 단백질과 바이러스 입자인 비리온의 합성어 프리온을 떠올렸다. 변형단백질의 대표적인 질병 유발인자다. 이 단백질은 불완전하기 때문에 증식해가면서 신경세포 내에 쌓여서 신경세포를 파괴하여 그로이츠펠트-야콥병, 게르스트만-스트라우슬러-샤인커병, 증세가 심한 가족성 불면증, 쿠루병 등을 일으킨다고 배웠던 기억이 생생하다.

'휴. 생명과학 시간에 졸지 않아서 다행이야.' 에이미는 안도의 한숨을 내쉬면서 웅코베 박사를 바라보며 박사가 이야기한 프리온 단백질 단서에 대해 이야기를 이어 간다.

"박사님, 프리온은 DNA나 RNA 핵산이 없다는 점에서 다른 병원체와 구별하기 쉽기 때문에 만약 프리온이 발견되었다면 그건 거의 100퍼센트 프리온 기반의 감염입자가 맞는 듯합니다. 원래 프리온 단백질은 포유류와 조류에게서만 발견되므로 이번 환자군 이외의 다른 동물군에 대한 조사는 추가로 원인 규명 차원에서 쉽게 할 수 있을 듯합니다. 하지만 제 생각에 정상적일 때는 무해한 이 단백질이 프로테아제라는 세포 효소를 만나면서 구조가 변형되고 이 프로테아제에 강한 저항을 보이면서 더욱 강한 증식을 해나가는 게 문제인 듯합니다. 증식 후에 프로테아제에 의해 파괴되지 않고 신경세포 내에 축적되어 신경세포를 파괴하고 그 결과 두뇌조직이 해면 같이 구멍이 숭숭 나게 되는 것인데요. 집단 감염 이후에도 모두 발병하는 게 아니라 산발적인 무작위 발병이 일어나므로 지금 보고서에 작성된 환자군 이외에 주변에서 같이 활동했던 사람들은 모두 잠재적 위험군으로 봐야겠는데요."

정확한 논리에 웅코베 박사는 젊은 크리스퍼 대사가 첫 번째 임무치고는 명석하게 분석하고 있는 데 대해 속으로 감탄을 금치 못하고 있다.

"맞습니다. 어떻게 보면 집단 발병이고 원인이 분명히 있을 것 같은데 지금 그 원인으로 인한 결과가 모두 감염이 아닌 산발적 감염입니다. 대체 어떤 경로로 어떤 대상을 향해 이렇게 감염되는지, 프리온 단백질 변성은 분자 차원의 메커니즘이라서 규명하기도 힘들고 핵산이 없는 전염성 입자라는 개념을 현대의학에서는 설명하기 힘들기 때문에 지금 조사가 난관에 빠져 있습니다."

웅코베 박사의 말을 듣고 있던 에이미는 웅코베 박사를 바라보면서 상큼하게 웃는다. 그리고 간단하게 해법을 제시한다.

"박사님, 쉽게 생각해 보세요. 내 몸속에 원치 않은 유리 파편이 들어왔는데 혈관을 돌아다니고 있다고 생각해 보세요. 그리고 이 녀석은 자꾸 변하면서 날카로워지고 혈관을 찔러요. 여기저기 상처가 나겠죠. 그러다 혈관 내 어느 거름망에 걸리면 한꺼번에 모여들어서 혈관을 막아서 터트려 버려요. 이러한 구조를 가진 프리온 단백질이 뇌의 인지질과 구석구석에 쌓여서 이런 현상이 나타난다고 생각해 보세요. 그러면 뇌가 스펀지가 되겠죠. 기억의 파편들은 연속성을 다 잃고 조각조각 끊어질 것이고 전송되는 기억도 불량화가 될 것입니다. 원인은 인간들의 몸에 들어가는 무언가 인풋되는 것에 프리온 단백질이 숨어 있을 것 같습니다. 지금 당장 현지 조사팀이 있는 곳으로 가서 생활환경을 같이 보시는 게 좋을 듯합니다. 저는 박사님이 주신 자료와 이 내용을 정리해서 뉴클레아스 심해기억저장위원회에 보고하고 즉시 박사님과 현장으로 출발하도록 하겠습니다."

케냐 나이로비
−나이로비대학교(University of Nairobi)

[DCCXCII. VNITATE ET LABORE(화합과 노력으로)].

'이곳에서 라틴어를 보다니.'

에이미 대사는 케냐 나이로비에 위치한 나이로비대학교 (University of Nairobi)의 교문에 크게 새겨진 문장에서 라틴어 모토를 보면서 졸업식 때 울려 퍼진 학교의 전통을 담은 라틴어 문장이 떠올랐다.

"Dii te ament(그대들에게 신의 축복이 있기를 바라노라)!"

"그래, 나는 축복받은 자이다. 내 모든 것을 사명을 위해 기꺼이 바치리라."

스스로 되뇌어 본다. 불과 몇 달 전에는 대한민국 서울 도산대로 458번지 커피페니 청담 점장이자 기억삭제소 커피페니 청담의 파트너였다. 하지만 지금은 임무에 전권을 가진 크리스퍼 대사이다. '역할이 사람을 만든다'는 격언이 생각난다.

"Habari yako(안녕하세요)? 저는 나이로비대학교 생명공학과 말빈 교수입니다."

흙색의 벽돌로 고풍스럽게 지어진 건물에 들어서자 반갑게 맞이하는 학자풍의 50대 중후반의 남자가 다가와 인사를 건넨다. 응코베 박사는 아주 친한 듯 말빈 교수와 스스럼없이 포옹하고 어깨를 다독이면서 친형제를 만난듯이 반가워한다.

"반가워요, 말빈 교수님. 연일 고생이 많습니다."

"에이미 대사님, 이분이 제가 오는 도중 말씀드린 나이로비대학교의 말빈 교수입니다. 말빈 교수의 연구실을 저희 아프리카질병

통제예방센터의 북아프리카 분석센터로 위탁 사용하고 있습니다. 물론 말빈 교수가 적극적으로 협조해 줘서 말이죠. 하하."

"안녕하세요? 에이미입니다." 에이미는 맑은 목소리로 악수를 청하며 말빈 교수와 눈인사를 주고받는다.

"닥터 응코베, 얼른 먼저 연구실로 가세. 지난번에 보내준 샘플을 전부 분석했는데 아주 흥미로운 단서가 나왔다네."

보채듯이 재촉하며 응코베 박사와 에이미를 데리고 복도 끝 연구센터로 빠르게 걸어가는 말빈 교수의 뒷모습에서 무언가 발견하여 흥미진진한 개구장이 같은 과학자의 뒷모습이 보인다.

말빈 박사 실험실에는 각종 실험 및 배양, 연구 도구들과 시약이 어지럽게 펼쳐진 각 셀컬처 테이블(Cell Culture Table) 위로 세포배양실, 분자생물학 연구실, 나노패터닝 연구실 등으로 분류되어 있는 모습이 눈에 들어온다.

여러 배양 기구들 사이로 커다랗게 자리 잡은 실험실 클린벤치 안에서 올림푸스 광학현미경 DSX510을 연신 들여다보는 연구원이 보인다.

옆에 있는 각종 배양 접시 위로 각 나라별로 채집한 셀컬처 플레이트(Cell Culture Plates)가 나란히 분석을 기다리고 있다.

광학현미경에 연결된 컴퓨터 모니터에서는 연신 특이한 형태의 색깔과 모양을 가진 파편들이 떠다니는 모습이 보인다.

"자네도 알다시피 우리는 프리온을 찾아낼 때 '크로마토그래피법'과 같은 일반적인 단백질 분리법을 써서 프리온을 따로 분리하지. 변종 프리온도 기존 프리온과 화학적 구성요소는 같지만 3차원 구조가 다르게 때문에 현미경으로 분석하면 쉽게 나왔지. 그런데 이번에는 모든 시료에서 조금은 복잡한 유형의 단백질들이 섞여 있어서 살펴보니 변성단백질이 있는 거야. 그래서 기존 분석법 말고 새로운 시도를 좀 해 봤어."

말빈 박사의 말에 응코베 박사가 놀란다.

"새로운 분석법?"

"그래. 이번에 우리가 새로이 개발한 적응광학기술 탐침 증강 분석 기법이네. 니콘의 이클립스에 기반한 기존의 광학현미경에 증강나노현미경을 접합한 거지. 뾰쪽한 탐침을 앞에 두고 이 탐침이 플레이트 안의 시료를 훑게 하는 거야. 이러면서 탐침 앞에 모인 빛을 시료에다 쏘면 광 특성이 나타나는데 이때 빛의 편광장애가 나타내는 게 문제였지. 이번에 우리가 연구한 기술로 빛의 파면을 조절해서 빛이 퍼지는 빛의 산란에 의해 일어나는 파면왜곡을 잡음으로써 이렇게 선명하게 프리온 파편을 잡아내는 걸 보게. 경이로울 지경이네."

말빈 박사의 목소리가 흥분으로 떨린다.

"자네는 역시 대단한 천재야. 시키지도 않은 일을 통해 새로운 과학의 경지를 열어가니까 말이야. 대단하네. 나도 시료에서 이렇게 입체적인 형광으로 발현하는 프리온 입자를 본 게 처음이라네. 흠, 결국 이 프리온 변성단백질 입자들이 떠다니면서 뇌를 스펀지화하고 이 영향으로 기억전송이 끊겨 기억 파편들이 불량화된다는 이야기군. 거기에 변성단백질이 결합하여 새로운 형태의 프리온 입자를 만들어 냈다. 아! 말이 되는군."

"맞네. 그런데 말이야. 이 프리온을 우리가 계속 관찰하다가 흥미로운 것을 발견했어."

"흥미로운 것?"

"그래. 유전자변형처럼 질병에 걸린 모든 사람들이 유전적으로 프리온을 가지고 태어났다는 거지. 즉 선대에 식인 문화 등으로 축적된 프리온 입자가 유전적으로 다음 세대로 전해진 것 같아. 이 내용을 분석해서 아프리카질병통제예방센터에도 보고하고 학회에도 보고하려고 하네."

웅코베 박사는 상당히 심각한 표정으로 말빈 박사를 바라본다.

"흠. 그러면 유전적으로 프리온에 노출된 사람들 중에 다시 변성단백질에 노출된 사람들이 이 질병에 걸린 집단에 속하게 되는 건데… 전 세대의 프리온과 현 세대의 변성단백질이 인체 내에서 결합하고 새로운 프리온을 만들어 내는데 이것이 질병을 유발하고 기억전송 시스템을 망가뜨려서 기억불량화를 초래했다라…. 굉장히 흥미롭고 논리적인 추론이네. 그러면 이제 변성단백질이 어떤 경로로 환자들에게 유입되었는가를 찾아야겠군."

이야기를 듣고 있던 에이미는 어려서 아버지에게 들은 부리부리 박사 이야기를 듣는 것 같았다. 아버지는 늘 즐겁게 이런 노래를 불러 주셨다.

"나는야 부리부리 부리부리 박사, 도토리 세 알에다 장미꽃 한 송이, 달님 속 계수나무 별똥별 하나, 이것저것 쓸어모아 발명을 한다. 발명을 한다. 부리부리 홀딱 부리부리 홀딱 나는야 부리부리 부리부리 박사 나는 나는 부리부리 박사."

"소르륵 끓는 물에 신기한 연기가 뽀그륵 뽀뽀그륵 피어오르면 이것 정말 재미있네. 발명을 했다. 발명을 했다. 부리부리 홀딱 부리부리 홀딱 나는야 부리부리 부리부리 박사, 나는 나는 부리부리 박사."

이런 영향으로 에이미는 어려서부터 부리부리 박사를 마치 세상을 구하는 멋진 과학자로 인식하고 있었다. 그런데 오늘 만나본 말빈 박사가 바로 에이미가 어려서 동경하던 그 부리부리 박사가 변신하여 눈앞에 나타난 듯하다.

"제가 뉴클레아스 심해기억저장소에 연락해서 저희 플라이어들이 기억을 전송하면서 분석되는 기억 파편들 중에 환자군과 연결된 공통 기억들을 찾도록 요청할 테니 환자분들의 명단과 수집된 기억 파편을 주시면 감사하겠습니다."

에이미의 긴급 제안에 응코베 박사와 말빈 박사는 '아, 그런 방법이 있었지.' 하는 표정으로 에이미를 바라본다.

"에이미 대사, 정말 좋은 아이디어 같아요. 지금 바로 데이터를 드릴 테니 뉴클레아스 심해기억저장소에서 분석해 주시면 좋겠습니다."

"네! 즉시 요청하겠습니다."

에이미는 재빠르게 들고 있는 뉴클레아스 태블릿에 메시지 전문을 입력하기 시작한다.

뉴클레아스 심해기억저장소 - 기억숙성실

몽고리안느는 연신 몸에서 뿜어져 나오는 형광의 빨주노초파남보의 물방울 색들을 반짝이며 숙성실 안을 분주히 돌아다니고 있다.

숙성실 내부에서 나온 숙성기억 파편 데이터를 살펴보던 몽고리안느는 즉시 태블릿을 들고 어디론가 도움을 요청한다.

잠시 후 숙성실 문이 열리면서 길게 자란 머리 깃 꼬리를 달고 신기하게 생긴 얼굴의 여자가 웃으면서 다가온다.

"몽고리안느, 오랜만이에요. 호호호. 대체 무슨 일이길래 심해 깊은 곳에서 연구하는 저를 찾으시는 건가요? 제가 한번 출동하면 그 대가가 엄청나다는 것은 아시죠?"

몽고리안느는 큰 눈을 더 크게 뜨면서 빙긋이 웃는다.

"걱정 마세요, 투라치류 박사님. 이번 분석을 해 주시면 박사님이 그렇게 좋아하는 모네 그림 12점에 대한 기억, 그리고 게르하르트 리히터에 대한 기억 2점, 그리고 대한민국에서 이번에 무더기로 기증된 기억 파편들 중에 특별히 투라치류 박사님이 좋아하시는 고갱의 〈파리의 센강〉, 모네의 〈수련〉, 달리의 〈켄타우로스 가족〉, 샤갈의 〈붉은 꽃다발의 연인들〉, 피사로의 〈퐁투아즈 곡물시장〉에 대한 모든 기억 파편들을 선물로 드리겠습니다."

투라치류 박사의 긴꼬리 깃이 반짝인다.

"오호! 제가 제일 좋아하는 미술기억 파편들을 준비하시다니요. 제 취미생활을 완벽하게 파악하고 있군요, 호호. 몽고리안느."

투라치류 박사는 기분이 한결 업된 표정으로 들떠서 몽고리안느가 건넨 데이터 파일들을 훑어본다.

"투라치류 박사님이야말로 우리 뉴클레아스 심해기억저장소 내의 최고의 판독전문가이시잖아요. 박사님을 연구실 밖으로 초청하여 특별 판독을 요청할 때는 박사님이 좋아하시는 미술기억 파편들을 제공해야만 움직이신다는 것은 우리 심해의 공공연한 비밀이니까요. 훗."

"호호. 그래요? 모두 다 알고 있군요. 호호호."

"박사님, 한 가지 더 특별 선물이 있습니다. 그러니 이번 중요한 기억 파편 분석 판독을 지금 당장 해 주셔야 합니다."

"지금 당장이요?"

난감해하는 투라치류 박사에게 다가간 몽고리안느가 조용히 속삭인다.

"특별 선물은 말입니다. 100년 만에 미술기억 파편으로 공개된 대한민국 고미술 청전 이상범 선생님의 1922년작 〈무릉도원도〉입니다. 100년 동안 이 작품에 대한 기억 파편이 없죠. 역사에 본 사람이 없으니까요. 이번에 이건희 컬렉션이 세상에 나옴으로써 비로소 이 기억 파편을 수집했습니다."

"와우." 투라치류 박사의 눈이 똥그래진다.

바짝 더 다가서는 몽고리안느는 한마디를 덧붙인다.

"추가로 30년간 기억 파편이 존재하지 않은 김환기 선생님의 〈여인들과 항아리〉, 그리고 50년 만에 기억 파편을 찾아낸 이중섭 선생님의 〈흰소〉와 이중섭 선생님의 부산 시절 기억을 담은 대표작 〈황소〉의 기억 파편들을 모두 드리겠습니다."

투라치류 박사의 입꼬리가 하늘 높은 줄 모르고 올라간다.

"대단한 미술기억 파편들입니다. 지금 보여준 이 기억 파편들만으로도 앞으로 심해에서 제가 1년 동안은 다른 취미생활을 하지 않아도 행복할 것 같군요. 지금 당장 판독해 드릴 테니 판독 데이터들을 모두 판독실로 보내주세요."

발걸음도 가볍게 투라치류 박사는 판독실로 씽하고 들어간다.

잠시 후에 판독결과 보고서를 받아 든 몽고리안느는 즉시 판독 요청을 한 에이미 대사에게 메시지를 전송한다.

케냐 나이로비 대학교 말빈 교수 연구실

뉴클레어스 태블릿에 전송신호가 오는 것을 본 에이미는 즉시 태블릿을 열어서 보내온 전송 데이터를 읽는다.

〈아프리카 지역 불량기억 파편 전송 판독 보고서〉

아프리카 전역에서 보내온 기억 파편들을 숙성 후 분석한 결과 기억 파편 내에 존재하는 프리온들은 이미 1~3대에 거쳐서 후대에 유전된 것으로 판단됨. 유전되어 체내에 잠재되어 있던 프리온이 일부 발현된 사람은 알츠하이머 등의 질환을 앓았을 것으로 사료됨. 분석된 기억불량 파편들의 특이점은 선대에서 유전된 프리온에 새로이 섭취한 변성단백질이 결합하면서 전혀 다른 형태의 변성 프리온 단백질을 양산, 급속하게 뇌의 스펀지화가 진행되면서 기억 파편 또한 급속한 불량화가 초래됨. 분석된 변성단백질과 기억 파편들 조각을 연결한 식습관의 기억을 추적한 결과 한 가지 단어에 귀착됨. 데이터 집단이 섭취한 식품으로 변성단백질원이 된 것은 "소시지"(Sausage) 로 추정됨.

이상의 분석을 보고합니다.

뉴클레아스 심해기억저장소
기억 파편 수석판독분석 명의 닥터 투라치류.

응코베 박사가 머리를 탁 치면서 "소시지! 소시지! 우리가 왜 그 생각을 못했지?" 하면서 급히 컴퓨터 앞으로 달려간다.

그러면서 말빈 박사에게 소리친다.

"말빈, 잘 생각해 보게. 아프리카 전역에 공급망을 가진 가장 큰 소시지 회사하고 최근 5년간 발병한 광우병과 양의 스크래피 질환 데이터를 결합하면 이야기가 완성되는 거야. 맙소사!"

에이미는 광우병까지는 소에서 유래된다는 기초지식이 있었으나 양에서 발현한다는 이야기를 듣고 응코베 박사에게 질문한다.

"박사님, 양에서도 광우병이 발현되는 건가요?"

"원래는 양에서 처음 시작한 것이랍니다. 18세기에 영국에 양모산업이 발전하면서 당시에 우수한 양모를 생산하기 위해 근친간에 교배를 시켰고 이러한 과정 중에 불량유전자가 축적되면서 스펀지 모양의 뇌질환이 시작되었죠. 당시에는 이 병이 무슨 병인지도 몰랐답니다. 1982년 스탠리 푸루시너 박사가 슬로 바이러스(Slow Virus)라고 명칭을 붙였죠. 하도 천천히 발병이 진행되었기 때문입니다. 당시 양에서 발현한 프리온은 다른 바이러스가 가진 유전물질인 DNA나 RNA 없이 단백질 자체만으로 유전물질이 될 수 없다는 가설에 막혀서 엄청난 비난을 받았죠. **'프리온은 유전될 수 없다.'**라는 거였는데 결국 유전될 수 있는 것으로 밝혀지면서 난리가 난 것입니다. 광우병의 시작을 알리는 신호탄이었으니까요!"

"유전뿐만 아니라 전염도 되는 엄청남 파급을 일으키게 됩니다. 양의 도축 과정에서 나온 양의 뼈, 고기, 내장 등을 분쇄해서 만든 동물성 단백질 사료가 모든 원인의 시작이 된 거죠. 그 이후로 양에서 소로 옮겨가게 된 프리온 단백질은 한때 지구상의 가장 무서운 단어로 불린 광우병을 일으키게 된 것입니다. 특히 동물들의 성장을 촉진하기 위해 제공되는 동물단백질 사료 중에 프리온 단백질을 가진 소나 양의 육골분(肉骨粉) 사료가 근원적 원인을 제공하게 된 거죠."

응코베 박사는 설명을 마치고 아프리카질병통제예방센터에 즉시 전화를 건다.

"원인을 찾은 것 같습니다. 환자군들이 나온 지역의 모든 식품회사의 소시지 제품을 수거하여 양과 소의 동물단백질이 같이 가공되어 있는지를 전수 조사하고 그 시료를 채취하여 프리온 단백질의 존재 여부를 확인 부탁합니다. 그리고 식품 경보를 발령하여 당분간 해당 제품의 소비를 중지시켜 주십시오."

그리스(Greece) 아테네(Athens)

스위스 제네바 더햄필립스아카데미에서 졸업식을 마치고 교문을 나선 다음 펼쳐본 졸업장 뒷면에 쓰인 임무를 받은 현은 임무 장소인 그리스의 수도 아테네의 한 커피숍에 앉아서 지중해 오후의 햇살을 만끽하고 있다.

[임무: 그리스로 갈 것. 《그리스 로마 신화》에 나오는 메데이아 (Medeia)의 악녀 이미지를 바로잡고 메데이아에 대한 모든 기억 파편들의 오류를 수정할 것]

눈뜬 시계공 크리스퍼가 된 이후 첫 번째 임무이다. 드디어 받은 능력으로 다른 사람들의 운명을 바꿀 수 있다. 그뿐인가? 다른 사람들이 기억하는 모든 기억을 편집할 수 있다. 삭제하고 보충하고 편집하고 색을 입힐 수 있는 크리스퍼가 된 것이다.

메데이아에 대한 정보는 오는 도중에 모두 전송받아서 숙지하였다. '사악한 여자', '남편과 두 아이를 죽인 여자', '악녀', '배신', '복수' 등으로 기억된 여인.

- 기억편집 대상: 메데이아(Medeia)
- 기억오류로 얽힌 신화의 내용

  그리스 신화에 나오는 여신, 콜키스의 왕 아이에테스의 딸, 결혼 후 자신을 배신한 남편에 대한 처절한 복수로 인해 신화에서 악녀, 사악한 여자, 복수의 대명사가 되어 버림

- 신화 탄생의 배경

  마법으로 이아손을 도와 황금 양털을 찾도록 해 준 후 이아손과 결혼하게 됨. 결혼 후에 행복함도 잠시 이아손이 크레온 왕의 딸에게 반하여 메데이아를 버리자 메데이아는 크레온 왕과 그의 딸, 그리고 자신의 사랑하는 두 아들까지 죽임으로써 사랑했던 이아손에게 복수하는 이야기다.

  원래 신화는 황금 양피를 찾아 모험을 떠나는 아르고호의 모험에서 이야기가 시작된다. 모험을 떠나는 배경에는 아이올로스의 둘째 아들이자 테살리아 이올코스의 왕인 크레테우스가 자신의 조카 티로와 결혼하면서 비극이 시작된다. 티로는 이미 포세이돈과 사랑을 나눴고, 아들인 넬레우스와 펠리아스 쌍둥이를 몰래 낳아서 키우고 있었던 것이다. 티로는 크레테우스와의 사이에서도 아이손, 아미타온, 페레스를 낳는다. 아미타온은 비아스와 멜람푸스의 아버지가 되고, 아이손은 아들 둘을 낳는데 그중의 하나가 이 이야기의 핵심 인물인 이아손인 것이다.

  크레테우스 왕은 이후에 티로를 멀리하고 새 아내 시데로를 맞이하는데 시데로가 티로를 학대하게 되고 이에 분노한 넬레우스와 펠리아스가 찾아와 시데로를 죽이려고 한다. 시데로가 헤라 신전으로 피했으나 신전의 제단에서 펠리아스가 시데로를 죽이고 자신의 신전에서 이 일이 벌어지자 헤라 여신이 분노하게 되면서 헤라 여신은 이아손을 도와서 펠리아스를 멸망시키려 한다.

테살리아의 왕 크레테우스가 죽자 왕위 계승자가 되고 싶은 펠리아스는 신탁소에 가서 누가 왕이 될 것인가를 묻자 제우스는 펠리아스가 왕이 될 것이나 외짝 신발을 신은 자를 조심하라는 예언을 한다. 그 후 이올코스의 왕이 된 펠리아스는 자신의 아버지 포세이돈을 위해 향연을 올리고 여기에 이아손도 참석하게 되는데 참석하는 도중에 아나우로스(Anauros)강을 건너다 헤라 여신이 변신한 노파를 업어서 건네주는 선행을 하다가 그만 진창에 빠진 왼쪽 신발을 잃어 버리고 한쪽 신만 신은 채 참석하게 된다. 한쪽 신발을 신을 이아손을 보고 놀란 숙부인 펠리아스는 신탁을 떠올리며 이아손에게 만약 외짝 신발을 신은 자에게 죽는다는 신탁을 받는 사람이 생기면 어떻게 대비하는 게 좋은지 아이디어를 묻자 이아손은 만약 자신이라면 황금 양피를 가져오도록 콜키스로 모험을 보내겠다고 현명한 대답을 한다. 이는 헤라 여신이 이아손에게 콜키스의 공주인 메데이아의 도움을 받게 함으로써 자신의 신전을 더럽힌 펠리아스에게 복수할 수 있는 발판을 마련하기 위한 계시를 미리 주어서 그렇게 대답한 것이었다. 이아손은 그리스 각지에서 영웅을 모으고 아게르노의 아들 아르고스가 아테네 여신의 도움으로 아르고호를 만들어 마침내 모험을 시작한다.

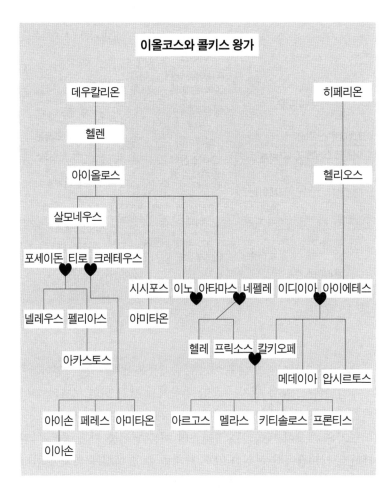

이올코스와 콜키스 왕가

"휴.《그리스 로마 신화》의 이야기는 언제 들어도 너무 어렵고 복잡해." 크리스퍼 현은 보내온 전문의 내용을 살피면서 복잡한 인물 관계도를 그려 보면서 한숨이 먼저 나온다.

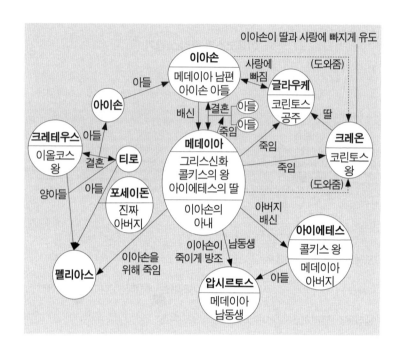

"첫 번째 임무이지만 너무 어려운 숙제들을 많이 푸는 느낌이야."

푸념 어린 말투를 던지는 동안 말쑥하게 생긴 하얀 셔츠의 웨이터가 그리스 커피인 그릭 커피(Greek Coffee)를 들고 온다.

뜨거운 햇살이 내리쬐는 그리스의 여름 날씨를 가득 품은 야외 테라스 커피숍에서 시원한 그릭 커피를 들고 이렇게 외쳐야 한다고 아테네로 출발하는 현에게 킴롱레이크 교장선생님이 외쳤다.

"커피를 시켜 들고는 크게 외치도록 하게. '나도 그리스인처럼 한번 천천히 천천히 게을러져 보렵니다!!' 이렇게 말이네. 하하하 하하."

처음에는 '교장선생님이 놀리시는구나.' 하는 생각을 하면서 학교를 떠나왔다. 그러나 아테네에 도착한 후로 모든 시간이 조금은 천천히 가는 듯한 착각에 빠져든다. 그리스의 매력이랄까?

더운 날씨이지만 커피 가루를 넣고 직접 끓여 먹는 그릭 커피를 현은 마셔 보고 싶었다. 소녀 시절에 읽은 《그리스인 조르바》에서 나오는 찐하고 텁텁한 맛의 그릭 커피는 어떤 맛일까? 늘 상상해 보곤 했다. 입안에 걸린 커피 가루를 퉤퉤 뱉어내면서 여유로운 시간을 보내고 삶을 살아가는 조르바의 낭만을 상상해 보곤 했다. 100세 이상 장수 노인이 많은 그리스의 시골에서는 반드시 아침에 한 잔씩 마신다는 그릭 커피를 오늘에서야 현도 한 잔 그윽하게 들이켜 본다.

목을 타고 쓰디쓰고 탁한 느낌의 카페인이 훅 들어온다.

"이런 맛이구나. 내가 오늘 풀어야 하는 숙제인 메데이아의 삶처럼 쓰고 쓴 맛이구나. 흠. 악녀 이미지로 굳어 버린 메데이아에 대한 이미지를 인간적인 갈등과 내면의 고통 그리고 그 아픔을 극복하기 위한 내적 갈등을 거치는 어머니이자 아내 그리고 여인의 기억으로 다시금 기억 파편을 편집해야 하는 숙제 덩어리들이 그릭 커피에 가라앉은 커피 가루 덩어리처럼 가슴을 눌러 온다."

'진짜 그릭 커피를 즐기려고 한다면 이 가루조차 마셔야 한다는 이야기를 수도 없이 들은 것 같아.'

현이 과감하게 그릭 커피 가루를 입에 넣으며 입안 가득히 모래를 씹는 듯한 야릇한 커피 가루를 조금씩 씹어 보면서 뒤늦게 올라오는 카페인의 진한 향기를 입안 가득히 머금고 생각에 잠긴다.

"그녀는 정말 사랑하는 사람과 행복하게 살고 싶은 지극히 평범한 여인이었다. 그런데 그의 남편, 아버지 그리고 권력을 둘러싼 모든 것들로 인해 한 사람의 삶은 왜곡되고 비틀렸다. 그러한 상황을 종결하기 위해 선택한 메데이아의 삶은 여성으로서 엄마로서 딸로서 지극히 보호받아야 하는 권리로부터 외면당한 것이다. 흠. 메데이아가 원래 여신이자 사제였고, '좋은 충고를 아는 자'라는 뜻을 지닌 것은 지혜의 의미인 메티스(Metis)에서 시작되었고 이는 현대에 의학을 뜻하는 메디슨(Medicine)의 어원이기도 하다."

"이런 의미로 약초에 대한 조예가 깊고 사람을 돕는 여신이었던 메데이아에 대한 새로운 시각을 부여하는 크리스퍼를 작동함으로써 추후 문학계나 연극계 등에서 새롭게 메데이아를 재평가하는 운동이 일어나서 기존의 악녀의 이미지와 새로운 이미지와의 경합과 해석상의 대결을 통해 신화에서 메데이아를 건강하고 새로운 시각으로 바라보는 풍토가 조성되도록 하는 게 가장 현명한 것 같구나."

현은 결심한다. 그리고 즉시 아테네 아크로폴리스에 있는 파르테논 신전으로 향한다. 아테네 여신에게 이러한 뜻을 알리고 아테네에서 메데이아에 대한 기억 편집 크리스퍼를 작동하기 위해서였다.

브라질의 브라질리아(Brasilia, Brazil)

"Bom dia(안녕하세요)! 좋은 아침입니다."

커피를 서비스하는 웨이트리스가 건네는 포루투칼어 특유의 부드러운 억양이 들려온다. 아침 햇살이 가득한 호텔 라운지에 앉아 모닝커피를 마시고 있는 까미에게 아침의 첫 커피는 의미가 남다르다.

기억삭제소 커피페니 청담에 아침 일찍 출근하면 오전 7시가 되기 전에 에스페레소 머신을 가동시키고 온도를 맞추고 기압을 체크한 후에 테스트로 뽑아 보는 첫 번째 에스프레소의 커피 맛을 까미는 사랑했다. 입안 가득히 전해오는 그 쓰면서도 달고, 고소하면서도 신맛이 나는, 커피 원두가 주는 독특한 매력을 느끼고 있는

중이었다. 게다가 최근에 틈틈이 읽어 보는 로날드 덕 과큘라 회장
이 쓴 자서전《그라운드 업(From the Ground up)》은 아주 오래전
감명 깊게 읽은《온워드(Onward)》이후에 자신을 더욱 채찍질하게
만드는 동기를 부여하고 있었다.

까미는 창밖으로 보이는 특이하게 생긴 건물을 바라보고 또 바
라보고 있다. "특이하네." 혼자 중얼거리던 까미는 이내 궁금증을
참지 못하고 웨이트리스에게 질문을 던진다.

"저기 보이는 하얀색 왕관 같이 생긴 건물은 무슨 건물인가요?"

활짝 웃는 웨이트리스의 하얀 치열이 너무나 밝은 법랑색을 띠
고 있다. 어머니가 결혼하실 때 혼수품으로 가져오셨다며 평생을
애지중지 아끼시던 하얀 에나멜로 코팅된 듯한 느낌의 그릇들을
어머니는 늘 법랑이라고 부르곤 했다. 그 하얀색의 투명하면서도
맑은 색을 미소에 담아 설명하는 웨이트리스의 명찰을 올려다보게
된다.

데보라 실바(Debora Silva).

이름이 예쁘다. 까미도 커피페니에서 명찰을 달고 있었다. '까미'
하고 고객들이 이름을 불러 줄 때면 에너지를 얻는 것 같았다. '까
미, 땡큐!' 이렇게 응답해주는 고객들 모두에게 행복한 기억들만
심어주고 싶은 충동을 늘 느꼈다.

"아, 저 건물이요? 호호호. 이곳 브라질리아에서 가장 큰 가톨
릭 대성당인 브라질리아 대성당입니다. 신자들이 미사를 볼 때면
최대 4천 명이나 미사를 한 번에 볼 수 있답니다. 이 성당은 우리
나라가 자랑하는 건축가인 리우데자네이루(Rio de Janeiro) 출신의
브라질 건축가 오스카르 니에메예르(Oscar Niemeyer)가 설계한 건
축물입니다. 주님의 은총이죠. 기둥 하나의 무게가 90톤이 나가는
데 16개의 기둥이 쌍곡면 구조를 멋지게 이루고 있어서 예술적인
외관을 지닌 대성당으로도 유명합니다. 모든 호텔 고객분들이 자

주 물어보셔서 호호, 제가 달달달 외우고 있죠."

유쾌한 남미의 에너지를 가득 담은 웨이트리스 데보라 실바 양의 리드미컬한 대답에 절로 웃음이 나온다.

'마치 커피페니에서 일하던 때의 나를 보는 것 같아.' 까미는 혼자 슬쩍 웃어보면서 대성당을 다시 한번 천천히 쳐다본다.

'에이미 팀장님이야 워낙 리더십이 있으니 크리스퍼 대사 임무를 아주 잘하실 거라고 생각되고, 현이 걱정이네. 잘하고 있는지. 졸업식장을 벗어나자마자 각자의 임무를 받아 떠나는 통에 서로 안부도 묻지 못하고 나중에 뉴클레아스 심해기억저장위원회에서 크리스퍼 회의 때 볼 수 있는 스케줄이라니. 그때까지 보고 싶어도 참는 수밖에. 그 녀석도 나를 보고 싶어 하겠지?'

까미는 단짝이었던 현과 떨어져서 무슨 일을 한다는 것이 너무 낯설고 적응이 안 되지만 교육의 힘이 작동했는지 크리스퍼 졸업장을 받는 순간부터 완전히 독립적이고 활동적인 여전사 모드로 스스로가 바뀐 것을 놀라고 있을 따름이다.

급히 다가오는 제복을 입은 여성 두 명이 까미에게 다가와서 인사를 한다.

"Bom dia(안녕하세요)! 반갑습니다. 저는 이곳 브라질 보건국의 국장인 제시커 리카우트(Jessika Ricarte)이고, 이 친구는 질병 관리를 맡고 있는 닥터 시네로 카네이로(Cinara Carneiro)입니다."

까미는 정장 제복 차림의 두 여성이 다가와서 정중하게 인사를 하자 자세를 바로 하고 두 사람을 맞이한다.

"반갑습니다. 저는 뉴클레아스 심해기억저장위원회에서 파견된 크리스퍼 까미입니다."

"네. 저희도 최대한 협조하라는 지시를 받고 지원을 위해 나왔습니다. 어떤 일인지 알려 주시면 최대한 협조하겠습니다."

까미는 졸업식장을 떠나면서 생애 최초로 받은 임무를 절대로 잊지 못할 것이다. 그만큼 소중한 첫 임무였고 당연히 잘하고 싶기 때문이다.

[임무 : 브라질 브라질리아로 가서 보건국 정부관리를 만나 다음의 증거를 제시하고 불법으로 복제되어 사용되는 다음의 기억을 회수 할 것. 회수 후에 회수한 불법복제된 기억의 처리는 다음 지시를 기 다릴 것. 불법복제 기억 - 헬라세포(HeLa cell)]

브라질에 오는 내내 불쌍한 여인 '헨리에타 랙스'를 생각했다. 그 기억의 파편들이 불법으로 복제되어 지금 이곳 브라질에 있다 고 생각하니 복제공장을 찾아가는 느낌이 들었다. 헨리에타 랙스 가 죽은 이후 1950년대 과학자들이 터스키기 대학에 '헬라세포 기 억 공급센터'라는 세포공장을 세우고 수많은 불법 헬라세포 복제 기억 파편들을 배포하고 팔기도 하였다. 그 당시에도 뉴클레아스 심해기억저장위원회에서 이러한 불법복제 기억에 대한 심각한 문 제를 제기하였으나 모두 쉬쉬하는 분위기였다. 하지만 결국 터스 키기 대학의 연방 보건부 연구원들이 불법 기억복제 연구를 극비 리에 시행한 게 나중에 드러나면서 모든 것이 중단되었다. 1930년 대 매독균을 통한 감염부터 사망에 이르게 한 불법 연구에서 충 격적인 것은 흑인 남성 수백 명에게 극비리에 시행한 인체실험 기억 파편들이 몇십 년 후에 드러나게 되었다는 사실이다. 이러한 기억 파편의 발견은 미국 및 전 세계에 커다란 사회적 파장을 몰 고 왔다.

1. 세포의 주인: 헨리에타 랙스(Henrietta Lacks: 1920~1951)

2. 1951년 미국 볼티모어에서 흑인 여성 헨리에타 랙스는 아랫배 통증을 느끼고 존스홉킨스 병원을 찾음.

3. 자궁경부암 진단을 받음. 8개월 후 사망함.

4. 담당 의사 조지 가이(George Otto Gey)가 헨리에타 랙스의 자궁에서 작은 동전만 한 세포 2개를 채취.

5. 다른 세포와 달리 불명의 세포로 계속 자라고 있음을 발견.

6. 그녀의 이름인 헨리에타 랙스(Henrietta Lacks)의 앞 글자 2개를 따서 HeLa(헬라) 세포라고 칭함.

7. 헬라세포의 기여

- 1950년대 조너스 소크(Jonas Salk: 1914~1995)가 소아마비 백신을 개발할 때 사용

- 전 세계 5,000만 톤 이상 배양되어 연구에 기여

- 세계 최초의 복제 세포 개발

- 에이즈 연구에 기여

- 암 연구에 지대한 기여

- 유전자 지도완성에 기여

- 텔로미어 연구에 기여

- 독성물질과 방사능 연구에 기여

- 관련 특허 11,000개 이상

- 헬라세포를 이용한 연구가 7만 건 이상 출판되는 중

8. 조너선 소크는 소아마비 백신을 개발하여 인류사에 큰 기여를 하였고 특히 특허를 내지 않고 모두가 백신을 사용할 수 있도록 함.

"제가 드리는 이 자료를 지금 전송받으실 수 있도록 휴대폰의 블루투스를 연결하십시오. 지금 보내 드리는 자료는 현재 브라질 내에 불법으로 복제되어 사용되는 기억 파편 중에 회수 명령이 떨어진 헬라세포 기억 파편입니다. 이 기억 파편의 가장 큰 기억 셀(Memory cell)을 보관하고 있는 상파울루 주립대 의과대학 병원의 병리학실을 방문하여 헬라세포에 대한 모든 기억 파편들을 수거할 것입니다. 이 병리학실에 있는 헬라세포 기억 파편이 가장 크고 강력한 슈퍼셀(Super cell)입니다. 수거 후 브라질 보건국 데이터베이스에 접속하여 크리스퍼를 통해 모든 헬라세포에 대한 기억을 삭제할 것입니다. 또한 불법 배양 중인 헬라 기억세포들은 슈퍼셀에 저희가 전송 명령을 내려 배양 중인 헬라세포 기억들은 모두 아포토시스(Apoptosis, 세포 스스로 자살하는 메커니즘)를 시행하도록 하겠습니다."

두 사람은 깜짝 놀라면서 자신들도 잘 모르는 사항을 어떻게 그렇게 상세하게 아는 것일까 하는 표정으로 까미를 바라본다.

"놀라실 것 없습니다. 뉴클레아스 심해기억저장위원회는 전 세계의 모든 기억전송을 관리하고 있습니다. 기억이 감추어지지 않는 한 저희 뉴클레아스 심해기억저장소에서 모르는 기억은 없습니다."

놀란 제시커 리카우트 국장과 닥터 시네로 카네이로는 서로 어안이 벙벙한 표정으로 까미를 바라보고만 있다.

"지금 당장 상파울루 주립대 의과대학 병원 병리학실로 같이 가시죠. 가보시면 거기에 있는 헬라세포 슈퍼셀 기억 파편을 보실 수 있을 겁니다."

브라질 상파울루 대학병원 병리학실

상파울루 의과대학 이식 부분 전문의 윌링턴 안드라우스(Wellington Andraus) 교수는 라틴아메리카 최초로 여성의 자궁을 기증받아 이식하고 이식한 자궁에서 건강한 아기를 출산하게 하는 자궁 이식 출산에 성공했다. 그 이후로 각종 메스컴의 집중 조명을 받아 왔다.

세계 최초로 살아있는 기부자로부터 자궁 이식에 성공한 스웨덴 고텐베르그 대학의 매츠 박사와 그의 팀이 성공한 수술법을 따라 했지만 과연 성공할 수 있을지 모두가 의문스러워 했던 수술이었다. 혼자 시행하기는 어려워 협업으로 상파울루 대학과 클리니카스 병원의 다니 에젠베르그(Dani Ejzenberg) 교수의 도움을 받아서 의학계의 새로운 업적을 써 내려간 것이다. 이러한 연구결과 및 임상을 발표한 논문들이 엄청난 주목을 받으면서 브라질이 자랑하는 의사군에 이름을 올리고 있다.

아침부터 브라질 공영방송인 TV 브라질과 인터뷰를 멋지게 장식한 후 기분이 한층 업되어 있는 안드라우스 교수는 병리학실로 발걸음을 옮긴다. 최근에 새롭게 연구 중인 자궁 이식 후에 암 발생률의 최소화, 자궁경부암의 발현을 차단할 수 있는 유전자 조작, 역전사 DNA를 활성화하여 자궁경부암이 진행된 이후에 다시 기적적으로 암이 사멸하는 약물치료 등등의 연구를 생각하면 엔도르핀이 솟아오른다.

'앞으로 3년만 더 연구에 매진하면, 내 인생에도 노벨 생리의학상이라는 가장 큰 의미가 있는 명예가 주어질지도 몰라.' 이런 상상만으로도 안드라우스 교수는 요즘 매일매일이 즐겁다. 더구나 최근에 배양 중인 슈퍼셀인 헬라세포가 아주 왕성하게 활동하면서 수많은 세포주를 생산해 내고 있다. 인류의 역사를 바꾼 헬라세포. 그 세포 중에 가장 강력한 슈퍼셀을 지금 배양실에서 키우고 있는 것이다.

이 헬라세포를 기반으로 연구한 1984년 바이러스 연구자인 독일의 하랄트 추어 하우젠(Harald Zur Hausen)은 헬라세포에서 HPV18의 흔적을 발견하고 이를 기반으로 자궁경부암을 일으키는 인간 유두종 바이러스(HPV)를 발견한 업적으로 2008년 노벨 생리의학상을 수상했다. 텔로머라아제(Telomerase) 활성을 규명해 2009년 노벨 생리의학상을 수상한 엘리자베스 블랙번(Elizabeth Blackburn) 교수 역시 헬라세포를 기반으로 한 연구를 통해 노벨 생리의학상을 받았다.

안드라우스 교수는 눈앞에 노벨 생리의학상이 성큼 다가온 느낌으로 병리학실의 문을 활짝 열었다.

"누… 누구세요? 당신들은?"

뉴클레아스 심해기억저장소

심각한 표정으로 대왕가르치 공장장과 머그가르치 소장 그리고 기억소각을 담당하는 뱀파이어 오징어족의 족장인 블러드업소바킹스쿼드 남작이 책상 위에 놓인 기억 샘플을 보면서 이야기를 나누고 있다.

"도대체 이렇게 많은 헬라세포 기억 파편들을 누가 언제 어떻게 무작위로 불법 배양해서 몇십 년을 사용했다는 겁니까? 대체!"

격앙된 표정으로 일갈한 블러드업소바킹스쿼드 남작의 얼굴색이 형광색과 핏빛을 오가며 보기에 민망할 정도로 변하고 있다. 그만큼 엄청나게 화가 나 있는 것 같다.

"연구 목적이었다고 하지 않나? 그러니 좀 더 차분하게 대책을 생각해 보세나."

대왕가르치는 붉으락푸르락하는 블러드업소바킹스쿼드 남작을 달래면서 조용히 말을 이어 간다.

"헬라에 대한 기록과 기억 파편 유출에 대한 사건들은 현재 위원회에서 조사를 마치고 있으니 조금 있으면 닥터 제닝스가 오셔서 방안을 말씀하실 걸세."

머그가르치는 조심스럽게 눈을 깜박이면서 대왕가르치에게 업무에 대한 질문을 한다.

"소장님, 현재 남미에서 전송되어온 헬라세포에 대한 기억 파편들은 모두 소각장으로 이송하였습니다. 또 전 세계에 퍼져 있는 헬라세포 기억 파편들은 전송되어 온 기억 파일 중 일부를 몽고리안느에게 보내서 기억숙성실에서 숙성하여 세포들에게 통신하는 세포 기억전송 흰수염고래(Cell Memory Transport Blue Whale) 군단에게 보냈습니다. 전 세계 대양을 돌아다니면서 세포기억 송신을 담당하는 저희 최대 통신 군단이죠. 심해에서 전송되는 기억들을 전 세계 대륙과 연결하는 중간 통신기지 역할을 담당하는데 최근에는 무분별한 남획으로 개체 수가 감소하여 앞으로 비상 대책이 필요한 부분이기도 합니다. 에이, 무지한 인간들 같으니라고. 자신들의 기억을 전송하고 후대에 물려주는 기억자산을 운송하는 고래들을 스스로 죽이다니. 저는 앞으로의 인류문명이 걱정됩니다요, 벌써. 쯧쯧."

"잘했네. 전송된 세포기억들은 전 세계에서 승인받지 않은 헬라세포에 대해 세포자살(Apoptosis)을 명령할 걸세. 이로써 불멸의 세포로 절대 줄어들지 않는 텔로미어(Telomere)를 가진 헬라세포는 이제부터 승인받지 않은 경우 절대로 사용하지 못하게 되는 시대가 열리는 걸세."

"아, 불멸의 원인은 텔로미어 때문이었군요."

"그래. 생체기억시계의 중요한 역할을 담당하는 DNA 무브먼트지. 생체기억시계가 작동하면서 움직이는 태엽을 다음 운동으로 연결시키는 역할을 하는데 작동할 때마다 그 길이가 줄어들면서 인간은 노화라는 과정을 겪게 되지. 그래서 텔로미어가 천천히 줄어들수록 오래 산다네. 거북이가 대표적인데 천년을 사는 이유가 다 있는 것이지. 텔로미어가 거의 줄어들지 않거든."

이해가 된다는 듯이 고개를 끄덕거리는 머그가르치와는 달리 아직도 화가 덜 풀린 블러드업소바킹스쿼드 남작은 큰 목소리로 투덜거린다.

"아니, 그 텔로미어가 줄든 줄지 않든 그게 무슨 상관이란 말입니까? 소장님, 저희는 심해의 어두운 곳에서 기억소각을 하느라고 늘 고생만 하는데 어떻게 전송되고 소각되어야 하는 기억 파편들이 헬라 기억세포처럼 영원히 살아남아서 기억 파편 교란을 일으키는지, 이러한 일들이 버젓이 벌어지는 데 대해 분노를 금할 수가 없어요, 도대체. 더구나 연구를 위해 쓰였다고요? 아니, 연구를 위하면 불법이든 뭐든 다 해도 된다는 말인가요? 노벨상이 헬라 기억세포의 희생으로 두 번이나 나오면 뭐합니까? 노벨상을 받은 수상자들에게서 상을 다 회수해야 해요. 윤리적 문제가 있잖아요! 내가 이놈들을 만나면 그냥 기억의 피를 다 빨아서 미이라를 만들어 놓든지 해야지 원. 게다가 우리 플라이어 연구재단의 새벽별 곤 박사조차 자기 배양접시에 헬라 기억세포를 키웠다고 하니. 내 이놈을 당장!"

"진정하게, 남작."

밝고 경쾌하지만 묵직한 음성으로 등장하는 닥터 제닝스.

"어서 오십시오, 닥터 제닝스."

대왕가르치 공장장은 깍듯하게 인사한다.

"그래, 잘들 있었나? 다들 힘든 일 하느라고 수고가 많네. 특히 이번 크리스퍼들의 활약으로 여러 사안들을 빠르게 처리하고 있네. 남미에서 전송되어 온 헬라 기억세포에 대해 위원회에서는 최종적으로 모든 사안을 협의하고 결론을 내렸다네. 내일 아침에 뉴클레아스 심해기억저장위원회 이름으로 새로운 법령이 공표될 거야.”

호기심 많은 머그가르치는 지금 이 순간도 기회를 놓치지 않고 도저히 이해가 가지 않는 의문 사항을 닥터 제닝스에게 물어본다.

“닥터 제닝스 님, 모든 기억세포들은 삶이 마감되면서 저희에게 전송되고 그 기억들은 추출, 배양, 편집, 소각 등의 과정을 거쳐 소멸의 프로세스로 처리하게 되는데 왜 헬라 기억세포 같은 죽지 않는 불멸의 세포가 거의 60년 동안 존재했던 것인가요? 저는 아무리 이런저런 추리를 해 보아도 이해가 되지 않는답니다.”

마침 질문하길 잘했다는 표정으로 대왕가르치 공장장과 블러드업소바킹스쿼드 남작이 동시에 닥터 제닝스를 쳐다본다.

“후유. 그렇지 않아도 그 부분 때문에 조금 전까지 뉴클레아스 심해기억저장위원회에서 비밀 봉인 문서까지 해제하면서 심각하게 논의했네. 이제 기밀이 해제되었으니 내가 말해 줌세.”

모두 침을 꼴깍 삼키며 닥터 제닝스의 입만 바라본다.

“원래 헨리에타 랙스(Henrietta Lacks: 1920~1951)는 우리 크리스퍼 요원이었다네. 그것도 아주 우수한 최초의 흑인 여성 요원이었지. 대공항을 겪던 미국의 어려운 시기와 흑인 차별에 저항하던 시기, 제1차·2차 세계대전을 모두 겪었던 시기에 어려운 흑인들의 암울한 기억 파편들을 제거하고 희망의 목소리를 심어주는 역할을 한 아주 우수한 요원이었지. 1963년 마틴 루터 킹(Martin Luther King Jr.: 1929~1968) 목사가 ‘나에게는 꿈이 있습니다’라는 명연설을 하는 기억세포의 조각을 헨리에타 랙스가 애틀랜타 조지아에서 어린 시절을 보내는 어린 마틴 루터 킹에게 미리 이식한 결과였지.”

닥터 제닝스는 시를 읊조리듯이 한 문장을 소리내어 읊조린다.

"**나에게는 꿈이 있습니다.** 언젠가 이 나라가 모든 인간은 평등하게 태어났다는 것을 자명한 진실로 받아들이고, 그 진정한 의미를 신조로 살아가게 되는 날이 오리라는 꿈입니다(I have a dream that one day this nation will rise up and live out the true meaning of its creed, We hold these truths to be self-evident, that all men are created equal)."

– 마틴 루터 킹의 '나에게는 꿈이 있습니다' 연설문 중에서

"내가 가장 좋아하는 문장이라네. 아니 어쩌면 인류 평등을 꿈꾼 모든 이들이 가장 좋아한 문장일 걸세. 모든 인간은 평등하게 태어났지. 그게 우리 생체기억시계에 그대로 명시되어 있어. 생명의 가장 소중한 기억자산의 시작이지. 이러한 절대 진리를 깨트리고 계층화하고 기억자산을 상속하고 기억자산을 부로써 소유하고 편중화시키는 일들이 일어나는 게 지금의 현실이고 우리는 그러한 사안들을 바로잡는 조정자 역할을 사명으로 부여받은 것이지. 암. 절대적으로 중요하고 소중한 사명을 받은 거야, 우리는. 축복이지."

"물론 마틴 루터 킹 목사가 미국 내 모든 흑인들의 기억에 영향을 미치는 가우스 파장을 가진 리더로 성장한 것은 바로 1955년 12월 1일 미국 남부 앨라배마주 몽고메리시에서 일어난 로자 파크스(Rosa Louise McCauley Parks: 1913~2005) 흑인 여성이 받은 버스 내 흑백차별로 인해서였지. 흑백 분리를 규정한 몽고메리시법을 위반했다고 로자 파크스가 구속되고 남편 또한 이 여파로 직장에서 해고되면서 미국 전역에 흑인 운동으로 그 파장이 커졌어. 마틴 루터 킹 목사가 비폭력 흑인 인권운동을 이끌면서 흑인들의 기억전송에 지대한 영향을 미치는 메가가우스(Mega Gauss) 파장을 가진 지도자가 된 거지."

닥터 제닝스는 이야기를 하면서 점점 몰입되고 스스로 감동받아 이야기를 계속한다.

"마틴 루터 킹 목사의 연설에는 비밀이 숨어 있네. 연설에 나오는 뉴햄프셔의 경이로운 언덕, 뉴욕의 거대한 산맥들, 펜실베이니아의 엘리게니산맥, 콜로라도의 록키산맥, 조지아주의 스톤 마운틴, 테네시주의 룩아웃마운틴, 미시시피의 크고 작은 언덕들은 모두 뉴클레아스 심해기억저장위원회가 처음 구성되기 전, 즉 지구에서 기억저장 시스템이 지금처럼 현대화되고 알고리즘으로 세팅되기 전에 초기 북미대륙의 주요 전송센터로 사용했던 곳이라네."

놀라서 탄성들이 터져 나온다.

"아! 그런 비밀이 숨어 있었군요"

"당시에는 지금처럼 기억전송이 쉽지 않았다네. 기억 파편들조차 백인기억, 흑인기억, 유색인종 기억 등으로 나뉘어 있었고 서로의 문명과 시대적 기억조합들이 천차만별이라서 이를 정리하는 데 정말 엄청난 노력이 필요했지. 각 지역별 전송센터도 지도에 표시하고 이를 비밀지도로 숨겨 놔야 했던 시절도 있었으니까. 그 어렵던 시절에 우리를 이끌어 준 분이 바로 지금의 뉴클레아스 심해기억저장위원회의 20세기 초대위원이셨던 알베르트 아인슈타인(Albert Einstein: 1879~1955) 박사님이었지. 박사님이 만든 네 가지 물리학의 기초이론은 우리 뉴클레아스 기억전송 시스템을 현대화하는 데 가장 큰 역할을 했다네."

"네 가지 이론이요?"

"그래. 첫 번째는 빛이 에너지 입자로 구성되어 있다는 가설을 제기한 것, 둘째는 원자와 분자의 존재에 대한 브라운 운동을 규명한 것, 셋째는 그 유명한 특수 상대성 이론이며, 넷째는 질량과 에너지의 등가($E=mc^2$)이론을 말한다네. 특히 상대성 이론은 우리 기억전송 시스템이 지구와 우주 그리고 심해를 어떻게 이용하고 기억을 전송하는가를 명쾌하게 설명하지. 시간과 공간이 하나로 결합된 시공간이라는 개념을 도입했고, 중력이 물체를 끌어당기는 현상을 시공간이 휘는 현상이라는 걸 밝혀내지. 또한 블랙홀 개념은 중력이 강할수록 시공간이 휘어지는 정도가 크다는 걸 밝혀내는데 이를 일반 상대성 이론을 통해 입증한다네."

"이 모든 게 우리 기억전송 시스템의 기초적 물리학인데 이걸 인간들이 알기 쉽게 설명한 거지. 일종의 우리 영업비밀 누설인데, 하하하. 위원회 위원이시니까 그 정도는 면책특권이 있으셔서 내부적으로는 큰 문제가 없었네. 아인슈타인 박사님의 네 번째 이론에 기초한 $E=mc^2$가 내포하는, 질량이 붕괴하면 막대한 에너지가 방출된다는 이론이 추후에 핵폭탄을 만드는 기초 이론으로 사용되었지. 아인슈타인은 인류에 대한 피해를 끼친 기술이론을 제공했다는 오명으로 인해 내부적으로 위원회 위원이면서 최초로 작위를 받지 못하신 분으로 기록되어 있지. 하지만 그분의 기억자산은 너무 소중해서 지금은 블랙홀 명예의 전당에 기억 파편들이 저장되는 명예를 얻으셨네. 실제로도 자상하고 소박한 삶을 사셨지."

"저희가 가장 자랑스러워하는 위원회 위원이시기도 하죠!"

눈앞에서 가장 존경하는 분을 대하는 표정으로 블러드업소바킹 스쿼드 남작이 떨리는 음성으로 강조한다.

"아 참. 닥터 제닝스 님, 위원회에서 회의하신 결과는 그럼 내일 공표되는 것인지요?"

"그렇다네. 일차적으로 위원회는 모든 조사를 마치고 가장 먼저 대표단을 구성해서 헨리에타 랙스의 후손들을 찾아가 사과하기로 결정했네. 그리고 앞으로는 허가받지 않은 헬라 기억세포는 연구 목적 이외에는 사용할 수가 없네. 만약 사용하더라도 사전에 윤리위원회의 심의를 통과하고 지적재산 사용에 대한 로열티를 내는 시스템을 구축하기로 했네. 또한 심하게 상처받은 헨리에타 랙스의 기억과 후손들의 마음의 상처는 상처받은 기억을 치유하는 '조르지 미슈 백작'과 상처받은 기억을 핥는 개 '루쎌'이 치료하도록 특별히 명령을 내렸다네. 그리고 우리의 명예로운 요원인 헨리에타 랙스의 기억은 모두 모아서 목성의 크리스퍼 명예의 전당에 저장될 걸세."

"아, 다행이군요. 그런데 우리 크리스퍼 요원이면 쉽게 인간의 질병에 노출되지 않았을 텐데 자궁경부암으로 사망했다는 게 저는 궁금했습니다."

머그가르치의 질문에 닥터 제닝스는 천장을 바라보며 이야기를 들려준다.

"자궁경부암(Cervical Cancer)은 말일세, 바이러스 감염으로 시작된다네. 우리가 본격적으로 활동하던 초창기에는 크리스퍼 요원들조차 바이러스에 의해 침투되는 질병에 대한 방어막이 없었네. 특히 자궁경부암을 유발하는 인유두종 바이러스(HPV: Human Papilloma Virus), 헤르페스 바이러스, 인간 면역결핍 바이러스는 이 질병에 대한 기억 파편을 수집한 지 30여 년이 지나서야 면역시스템을 통한 백신 개발로 방어막을 만들 수 있었지. 그런데 그중에서도 인유두종 바이러스가 가장 강력하게 전염력을 가진 녀석이었어. 약 100여 종의 인유두종 바이러스가 아직까지 왕성하게 활동 중인데 생체기억시계에 인유두종 바이러스가 침투할 경우 DNA 조각에 흔적을 남기게 되지. HPV6번과 11번 유형은 저위험군, HPV16번과 18번은 고위험군으로 분류한다네. 헨리에타 랙스는 바로 이 고위험군 HPV에 당한 거지. 지금은 전 세계가 이 질병의 위험을 막기 위해 자궁경부암 백신을 접종하지. 여아인 경우 9세 이상부터 약 25세까지 간격을 두고 2회 접종을 기본으로 경우에 따라서는 3차 접종도 한다네. 지금은 질병 원인 제공자인 남성들도 백신을 맞는 시대에 이르렀으니까. 세상이 바이러스 질병에 대해 많이 인식하고 있는 거지."

"아, 백신을 몇 회 이상 투여하면 오히려 바이러스에 감염될 위험이 있는 건 아닌가요?"

"자궁경부암 예방 백신은 유전자 재조합을 통해 생산한 바이러스 단백질을 주사하니까 백신 투여로 인해 바이러스에 재감염되는 일은 없다네."

대왕가르치 공장장, 머그가르치 소장 그리고 블러드업소바킹스 쿼드 남작은 점점 어려워지는 설명에 괜히 질문했다는 표정으로 닥터 제닝스를 바라보고 있다.

다음 날 아침 전 세계 기억전송을 통해 다음과 같은 법령이 공표된다.

새로운 법령 공표

뉴클레이스 심해기억저장위원회에 다음의 산하기관을 부설한다.
- 기억세포 지적재산권 위원회
- 기억세포 특허위원회
- 기억세포 자산 윤리위원회

다음의 법령을 추가로 의결하여 공표하니 오늘부터 즉시 시행한다.

1. 기억세포특허의 지적재산권 인정, 특허 자산 등록 및 저작권 인정

헬라 기억세포의 사태를 계기로 모든 기억세포 자산은 고유의 지적 재산권을 부여받으며, 출원 기억 파편에 대해 특허권과 저작권을 인정함.

타인의 기억 파편을 사용할 경우 기억세포저작권 위원회에 고지하고 윤리위원회의 심의를 거쳐서 이를 허가하고 소유자는 일정의 사용료를 부가 받음.

2. **기억세포자산윤리위원회 신설**

   연구 목적으로 타인의 기억세포 조각을 사용할 경우 사전에 이에 대한 목적, 방법, 참여자, 기여도 등 모든 사항을 명시한 연구윤리승인서를 작성하고 뉴클레아스 심해기억저장위원회 산하 기억세포자산윤리위원회의 사전 승인을 받는다.

3. **상처치유를 위한 지원**

   조르지 미슈 백작과 기억을 핥는 개 '루씰'을 통해 상처치유 지원

뉴클레아스 심해기억저장위원회 위원장
아직 비밀임

조르지 미슈 백작과 기억을 핥는 개 '루씰'

제주도 서귀포,

모처럼 사랑하는 비거니아와 루씰을 데리고 한라산 기슭의 산장으로 여름 휴가를 온 조르지 미슈 백작은 오랜만에 한가한 하루를 보내고 있다.

오후에 모슬포에 자리한 최남단 횟집에 가서 먹어 본 벵어돔 맛이 아직도 입가에 맴돌고 있다.

손목시계에 울리는 전송 메시지. 조르지 미슈 백작은 즉시 방으로 들어가 애장품인 기억전송통의 전원을 켠다.

[헨리에타 랙스] 남편인 [데이비드 랙스] 그의 증손녀 [에리카 존슨]

기억수집통에 있는 연관 기억들이 조르지 미슈 백작의 기억전송통 위의 스크린에 펼쳐진다. 즉시 연관된 사람들과 관련된 기억 다이얼을 능숙하게 돌리면서 스크린을 주시한다

에리카 존슨의 기억 파편

1990년 생물학 시간의 에리카 존슨. 생물 선생님은 수업 시간에 학생들에게 세포주(Cell Line) 배양에 대해 가르치면서 샘플 세포주가 헨리에타 랙스라는 여성의 조직(Tissue)에서 배양되어 나온 세포라고 알려 주면서 세포주의 무한번식에 대해서 설명하고 있다. 세포주를 현미경으로 들여다보던 에리카 존슨은 세포주에서 전해지는 이상한 전기신호를 느낀다. 증조할머니의 이름과 같은 세포주에서 느껴지는 증조할머니의 기억 파편의 영향으로 이상한 느낌으로 세포를 바라보게 된다. 증조할머니와의 만남, 즉 현미경을 통한 세포와 그 세포의 DNA를 계승한 자신의 만남에 대한 충격으로 에리카 존슨은 한동안 깊은 상처를 안고 살았다.

데이비드 랙스의 기억 파편

남편인 데이비드 랙스의 기억으로 들어간다. 아내인 헨리에타가 세상을 떠나고 데이비드는 어린 자녀들을 데리고 열심히 살았다. 흑인들에 대한 차별이 점차 나아지고 있는 시대였지만 의료 분야에서 흑인이 다양한 혜택의 의료보호를 받기까지는 헨리에타가 죽고 거의 50년이 흘러서야 가능해졌다. 헨리에타는 살아생전에 흑인 인권에 지대한 관심을 가진 지식인이었다. 데이비드는 때로는 자신이 너무 진보적이고 영리하고 똑똑하면서 시대를 앞서가는 아내와 사는 게 행운처럼 느껴지기도 했다. 어떤 때는 지구인이 아닌 외계인이 헨리에타로 변신해서 자신과 사는 것은 아닌가, 혹은 흑인 '메어리 포핀스'가 아닌가 하고 생각한 적도 있다. 헨리에타는 늘 활동적이고 신출귀몰하고 많은 지식을 가지고 있었다. 그녀는 빨간 매니큐어 바르기를 좋아했고, 다섯 자녀들을 사랑하고 함께 덩실덩실 춤추기를 즐겼다. 스파게티를 끝내주게 만들어서 이웃집에서조차 그 냄새에 같이 먹자고 연락이 오곤 했고, 늘 어려운 이웃을 돕는 아내였다.

그런데 그녀가 암이라는 질병으로 그렇게 허무하게 세상을 뜰 줄은 생각도 못했다. 그 충격으로 오랫동안 힘들었지만 자식들을 위해 각오를 다지면서 헨리에타와 데이비드의 어린 자식들을 멋지게 키워 냈다. 그리고 죽기 전에 헨리에타가 입원하고 치료받을 당시에 채취한 암세포들이 각 연구소와 제약회사에서 배양되어 연구 자원으로 활용되었다는 미국국립보건원(NIH)의 연락을 받았다. 이 세포가 인류를 위해 기여한 바가 크므로 앞으로도 헨리에타 랙스의 암세포 유전체 등을 공식적으로 발표하고 인류를 위한 연구자산으로 활용하자는 설득에 동의했다. 그리고 헨리에타 랙스 재단이 설립되는 것을 보고 그는 눈을 감았다. 하지만 자신은 죽음으로 세상에 이별을 고했으나 죽지 못하고 세포로 남아 불멸의 삶을 살아가는 아내 헨리에타에게 가진 미안한 마음의 상처를 흉터처럼 가지고 떠났다.

가족들의 기억 파편

손자 알프레드 랙스 카터:

"저는 할머니가 자랑스러워요. 할머니의 암세포가 불멸의 세포로 암 연구에 기여하게 되면서 암에 대한 연구가 활발해지고 암에 걸려서도 치료를 통해 수명을 연장하는 새로운 의학들이 발전하게 되었답니다. 저 또한 암에 걸렸지만 할머니의 세포에서 나온 치료법 덕분에 좀 더 오랜 수명을 살다가 죽게 되었어요. 제가 암 치료를 통해 좀 더 오랜 생명을 가지게 된 것 또한 할머니의 희생 덕분이니 제가 할머니의 사랑을 받은 것이 되겠지요. 그런 이유로 저는 할머니를 너무너무 사랑한답니다. 할머니의 아픔이 빨리 치유되기를 바라요."

손녀 제리 랙스 와이트:

"세상의 모든 사람들이 제 할머니 헨리에타 랙스를 아프리카계 미국인인 흑인 여성으로서 가족과 자신의 삶을 사랑하고 오래도록 행복하고 싶었던 한 인간이었다는 점을 기억해 주기 바랍니다. 안 그러면 저희 헨리에타의 모든 후손들이 가슴 아파할 거예요."

레베카 스클루트(헨리에타 랙스 재단 2010년 설립, 《헨리에타 랙스의 불멸의 삶》의 저자):

"우리가 본질적으로 보아야 하는 문제는 금전적인 보상이 아닙니다. 생물학적 샘플 연구에 대한 윤리적 기반을 마련하는 것도 중요하고 무엇보다도 샘플의 채취와 연구에 인종차별이 존재하지 않았나 반성하고 이 부분을 깊게 생각해야 합니다. 특히 흑인들에게 발병하는 질병 연구에 보다 깊은 관심을 기울이고 연구할 필요가 있습니다."

조르지 미슈 백작은 연관 기억 파편들의 데이터를 모두 뉴클레아스 심해기억저장소의 데이터 뱅크에 전송하여 아픈 기억들의 삭제를 요청하고 현재 생존자들이 지닌 헨리에타 랙스와 관련된 아픈 기억들을 삭제하기 위해 기억을 삭제하는 개, 루씰을 부른다.

"휘익. 루씰!"

털이 복슬복슬한 루씰은 꼬리를 흔들면서 조르지 미슈 백작에게 달려온다. 루씰의 뒤로 긴 흑발의 머리를 올려서 묶은 비거니아가 웃으며 다가온다.

"Hi. My love Vegania(안녕. 나의 사랑 비거니아)."

조르지 미슈 백작은 자신의 약혼녀 비거니아와 함께 있는 시간이 점점 많아지면서 자신조차 비거니아의 영향으로 육류 등의 섭취를 줄이게 되는 것을 스스로 느낀다. 이러다 스님이 되는 게 아닌가 생각도 해 보지만 반드시 비거니아와 결혼하여 조르지 미슈가 추구하는 행복을 만들고 싶다.

전 세계 비건들의 기억에서 육류, 가금류 등 육식의 섭취 기억을 삭제하는 요정 비거니아는 요즘 부쩍 활발하게 활동하는 통에 그린포르쉐쉐쉐성에 기억전송탑을 높게 세우느라 성문을 닫고 오직 기억전송 시스템 확장에 온 힘을 쏟고 있는 중이다.

비거니아가 루씰을 쓰다듬으면서 조르지 미슈 백작을 웃으면서 놀린다.

"루씰은 말이야. 요즘은 내 말을 더 잘 듣는 것 같아. 호호호."

"하하. 놀리지 마세요. 나의 사랑, 루씰은 제가 키우지만 엄연히 뉴클레아스 심해기억저장위원회에 등록된 기억삭제 자산이랍니다."

눈을 똥그랗게 굴리면서 혀를 쭈욱 빼고 무언가 핥을 게 없나 연신 코를 씰룩거리는 루씰에게 조르지 미슈 백작은 명령어를 전달한다.

"루씰, 주문을 외워보자. 야발라바히기야 야발라바히기야. 주문을 외워보자 오 예. 야발라바히기야모하이마모 하이루라. 헨리에타와 관련한 가족들과 모든 사람들의 아픈 기억을 삭제하고 따뜻하고 고귀한 희생으로 인류가 앞으로 헨리에타의 희생에서 배움을 얻는 따뜻한 기억으로 변하도록 세상의 모든 개들에게 명령을 전송해라. 주문을 외워보자. 야발라바히기야 야발라바히기야. 주문을 외워보자 오예. 야발라바히기야모하이마모 하이루라."

주문을 들은 루씰의 눈과 코와 혀가 커지면서 발광체로 변한다. 잠시 후 눈에서 나오는 광선이 하늘로 끝없이 솟아오른다. 잠시 후 하늘 위에 석양이 빨갛게 올라온다.

"볼 때마다 신기하단 말이야. 아무리 들어도 이승환 노래인데 어떻게 매일 석양에 명령어를 전송하여 모든 개들에게 기억삭제 주문을 전송하게끔 하는 거지? 늘 봐도 그 원리를 모르겠어. 나는 오직 송신시스템을 통해 광합성을 하는 모든 식물의 녹색 광선을 보는 세상의 모든 비건들이 육류에 대한 생각을 하지 않도록 삭제 기능을 태양 빛을 이용한 가시광선으로 실어 나르는 원리인데 말이야. 가끔은 루씰의 석양 메시지 명령어가 더 낫다는 생각도 해. 호호호호호."

비거니아는 부럽다는 듯이 조르지 미슈 백작과 루씰을 바라보면서 중얼거린다.

"세상의 모든 개들에게는 사람들의 아픈 기억을 삭제하도록 하는 능력을 심어 놓은 지 벌써 1만 5천 년 전이랍니다. 늑대 중에서 인간에게 친화적인 DNA를 가진 종이 인간과 공존을 선택하면서 인간은 식량과 사랑을 나눠 줬고, 친구가 된 개들은 인간의 피부를 핥으면서 인간의 감정에 어린 아픈 기억, 상처, 슬픔 등의 어두운 기억들을 뉴클레아스 심해기억저장소로 보내는 역할로 진화하게 된 거죠. 왜 사람들이 애완견을 좋아하고 사랑하고 같은 식구로 생각하고 이제는 반려견의 시대가 된 줄 아세요? 바로 그만큼 사람들이 많이 상처받고 아프고 위로받고 싶어 하기 때문이랍니다. 그 상처를 우리 루씰의 명령을 받는 세상의 모든 개들이 아픈 기억 삭제의 역할을 충실하게 하고 있는 덕이라고 생각합니다. 어쩌면 인류의 역사에서 의학의 발달로 인간의 평균 수명이 연장되었을 수는 있어도 정신적인 행복은 우리 루씰의 후예들인 세상 모든 개들이 사람들의 아픈 기억을 핥아서 없앰으로써 행복이 더 크게 자리 잡았을 거라고 생각해요."

조르지 미슈 백작은 늘 그렇듯이 사랑하는 비거니아에게 존댓말로 잘 설명을 해 준다. 설명하면서도 자신이 너무 비거니아를 사랑한 나머지 꽉 붙잡혀 있는 게 아닌가 하는 생각도 가끔 들지만 그럴 때마다 담배를 하나 물어 피워서 그 기억을 날려 버린다.

"호호호호호, 누가 세상의 모든 과거와 현재 그리고 미래의 기억을 기억전송통에서 볼 수 있고, 인간의 아픈 기억을 핥아서 삭제하는 모든 개들의 기억을 조종할 수 있는 루씰을 키우는 조르지 미슈 백작 아니랄까 봐. 자화자찬하기는. 호호호호호."

비거니아는 자신이 사랑하는 조르지 미슈 백작이 밉지가 않다. 연애 초기에는 이 남자가 조금 답답하기도 하고 고지식하기도 하고 엉뚱하기도 해서 사랑하면 괜히 피곤하겠다 싶었는데 날이 갈수록 만나보니 너무 엉뚱하게 사랑스럽다. 더구나 루씰이 두 사람 사이를 왔다 갔다 하면서 서로의 나쁜 기억들을 다 핥아내 버려서 그런지 루씰과 셋이 있을 때는 말다툼 한 번 해 본 적이 없다.

'그래, 다 루씰 덕이야. 호호호호호.'

비거니아는 즐거운 상상을 하다가 조르지 미슈 백작에게 궁금한 질문을 하나 한다.

"그런데 말야, 조르지 미슈. 궁금한 게 하나 있는데 루씰의 명령을 받는 전 세계 모든 개들은 사람들에게 애정 어린 표정으로 다가가 사랑받고 피부를 핥음으로써 아픈 기억들을 다 삭제하고 뉴클레아스 심해기억저장소로 기억을 전송하잖아, 그럼 사람들에게 행복한 기억을 가져다 주는 개도 있는 거야?"

조르지 미슈 백작은 진지한 표정으로 비거니아를 바라본다.

"이건 정말 우리 내부에서도 많이 알려지지 않은 사항이라 조심스러운데 당신이야 내가 가장 사랑하니까 살짝 알려 줄게요. 세상 사람들에게 행복한 기억을 심어주는 특별한 아이가 있답니다. 행복을 전하는 소녀 오티(Otti)라고 불리지요. 오티의 친구들은 전 세계에 인간과 같이 살고 있는 고양이들이랍니다. 그 모든 고양이들이 오티의 명령어만 듣는다고 해요. 나도 아직 오티를 한 번도 본 적이 없답니다. 다만 닥터 제닝스 사무실에 오티와 관련한 그림 한 장이 걸려 있는 것을 본 게 전부랍니다."

비거니아는 활짝 웃으면서 화답한다.

"오티 오티. 귀여운 이름이네. 기회가 되면 우리 꼭 한 번 보도록 하자. 행복을 심어주는 고양이와 아픈 기억을 삭제하는 개가 같이 만나면 그것 참, 재밌을 것 같지 않아? 호호호."

"삐삐삐. 삐삐삐."

갑자기 경보 신호가 울리면서 조르지 미슈 백작의 기억전송통 위의 모니터에 뉴클레아스 문양이 뜨면서 커다란 문구가 올라온다.

[미래기억 송출 - 헬리 기억세포 기반 흑인 환자 백신연구 - COVID 19 - 흑인 발병률 및 치사율 극히 높음. 즉시 뉴클레이스 심해기억저장위원회 질병비상대책회의에 침석할 것]

대한항공 KE 035편, 오전 9시30분 출발
(인천 - 애틀랜타)

퍼스트 클래스를 탄 닥터 제닝스, 조르지 미슈 백작 그리고 새벽별 곤이 각자의 좌석에서 뉴클레아스 심해기억저장위원회 질병비상대책회의에 접속하기 위해 탑승 준비를 하고 있다.

닥터 제닝스는 접속 장치인 하얀색 블랙베리 볼드 9900을 꺼내면서 미팅 접속을 준비하는 두 사람을 향해 웃으며 이야기한다.

"아마 비상회의라 미팅 접속 시간이 거의 13시간 정도 될 걸세. 그래서 우리는 인천-애틀랜타 노선으로 비행하면서 수면접속을 통해 질병비상대책회의를 하게 될 걸세. 나야 늘 그렇게 접속하지만 두 사람은 이번 접속이 생소할 거야. 그러니 이륙 전에 충분히 수분을 섭취하고 접속기를 각자 잘 손에 쥐고 있기를 바라네. 애틀랜타 도착 후에 추가 접속 미팅 있을 것 같은데 아직 미정이네. 아마 내 예상으로는 잠시 휴식을 한 다음에 애틀랜타에서 마이애미로 이동하는 비행기 안에서 2차 미팅 접속을 하고 마이애미 자이버사질병연구소에서 새로운 질병 관련 자료를 받을 텐데 총 미팅 접속 시간을 18시간 정도로 예상하고 있기를 바라네. 미팅 접속 중에는 모든 일상 접속이 차단되니 각별히 유념하도록 하게. 특히 조르지 미슈 백작! 늘 함께 다니던 루씰은 누가 돌보나? 하하."

조르지 미슈 백작은 쑥스러워하면서 대답한다.

"네, 저의 달링 비거니아가 돌보아 줄 것입니다."

"그래그래. 결혼식에는 꼭 초대하게나! 하하하."

"네."

"새벽별 곤, 자네는 외항선 선장이신 아버지가 집에 1년 만에 한 달 휴가를 오셨다고 하던데 장기간 접속 출장을 허락하시던가? 귀한 아들 보내기 싫으셨을 텐데… 하하하."

새벽별 곤은 볼이 빨개지면서 조심스레 대답한다.

"네. 아버지는 대의명분을 아주 중요하게 생각하는 분이라서 지구를 위하는 임무라는 문구에 바로 허락해 주셨습니다."

"멋진 분이시구먼. 하하."

"별말씀을요. 오히려 어머님이 더 서운해하셔서… 저도 조금은 마음이 아팠습니다. 모처럼 부모님과 여동생까지 4인 가족이 일 년에 한 번 모이는 자리인데…."

아쉬어 하는 새벽별 곤에게 닥터 제닝스는 웃으면서 다음과 같은 농담을 던진다.

"자네 임무에서 돌아오면 블러드업소바킹스쿼드 남작을 조심하게. 하하하하하. 헬라 기억세포를 자네가 연구원 때 배양접시에서 키워서 연구한 걸 알고 자네를 보면 매 타작을 하겠다고 벼르고 있다네. 하하하하하."

기내에서 안내 방송이 나온다.

"승객 여러분, 저희 대한항공을 탑승해 주셔서 감사드립니다. KE 035편 인천발 애틀랜타행 비행기는 이륙 준비를 마치고 곧 이륙하겠습니다. 좌석 등받이를 원위치해 주시고 안전벨트를 매 주십시오."

"자, 곧 미팅이 시작되겠군. 모두 회의에서 보도록 하세."

닥터 제닝스가 제일 먼저 하얀색 블랙베리 볼드 9900의 전원을 켠다. 그리고 다른 두 사람도 각자 접속기의 전원을 켠다.

보잉 787 드림라이너의 위용을 자랑하는 대한항공 KE 035편은 힘차게 인천공항의 활주로를 박차고 하늘로 올라간다.

뉴클레아스 심해기억저장위원회 특별위원회

뉴클레아스 심해기억저장소의 깊숙한 심해에 위치한 데이터 센터의 링크회의실에는 접속된 광케이블의 불빛들이 반짝이면서 오늘 열리는 특별위원회의 데이터 접속이 시작되고 있음을 나타 낸다.

AI 비서의 음성으로 오늘 특별위원회의 시작을 알리는 회의 개 시 선언이 시작된다.

"오늘의 회의 주제를 알려드립니다. 사전에 전송해 드린 내용대 로 인류에게 코로나바이러스(COVID-19)라는 질병이 발생했습니 다. 저희 위원회에서는 현재 전송되는 기억 파편들을 분석한 결과 COVID-19로 인해 앞으로 인류는 엄청난 시련을 겪을 것으로 예상 됩니다. 저희 AI 데이터센터가 시뮬레이션을 돌려 본 결과 앞으로 30 년 동안 인류는 COVID-19로 인해 혼란을 겪을 것입니다. 이러한 결 과로 인해 저희에게 전송되는 기억 파편들 중 일부 불량기억 파편들 이 전송될 것으로 예상됩니다. 이로 인해 인류의 미래를 이끌고 가는 새로운 기억들을 재생산하여 신생아들에게 전송하는 현재의 전송 시스템의 운용이 불가능하게 되는 상황이 발생할 것으로 예상됩니 다. 이러한 이유로 저희 뉴클레아스 심해기억저장위원회는 뉴클레 아스법 2장 18절에 명시된 인류에게 심각한 기억전송 오염이 발생할 경우 '인류의 역사에 개입할 수 있다.'라는 법률에 근거하여 오늘 비

상대책을 위한 특별위원회를 소집하고 이의 의결을 통해 앞으로 인류를 구하기 위한 활동을 논의하고자 합니다."

위원 1: 아니, 헬라세포에 대해 논의하는 게 아니었나요? 헬라세포 기억 파편의 문제를 수정하다 보니 흑인들에게서 치사율이 높은 특이 질병이 발견되었다고 해서 나는 큰 이슈가 없다고 생각하고 접속했는데⋯ 뭐라고 한다고요? COVID-19? 코비드는 뭐고 숫자 19는 무엇인가요?

AI 비서: 네. 2019년 12월에 중국 우한시에서 발생한 바이러스성 호흡기 질환입니다. 처음에는 이를 우한바이러스, 2019 신종 코로나바이러스(Novel coronavirus) 등으로 불렀으나 WHO에서 코로나바이러스 감염증(Coronavirus Disease)을 줄여서 COVID-19로 정리하고 숫자 19는 2019년 발병한 질병이라는 뜻입니다.

위원 3: 아니, 우리가 이전에 인류에게 발병한 중증호흡기증후군 사스(SARS: Severe Acute Respiratory Syndrome)와 중동호흡기 증후군 메르스(MERS: Middle East Respiratory Syndrome) 때도 개입하지 않았는데 이번 COVID-19는 그렇게 심각한 질병인가요?

AI 비서: 네, 아주 치명적입니다. RNA 바이러스이며 호흡기 전염이라서 이런 상태로 가면 인류가 전부 이 질병에 감염될 것으로 보입니다. 게놈이 RNA인 경우에 이중가닥 RNA(Reovirus), (-)사슬의 단일 가닥 RNA(Orthomyxovirus 등), (+)사슬의 단일 가닥 RNA(Coronavirus 등)으로 구성되어 있는데 코로나바이러스는 불안정하여 변이가 쉽게 이루어져서 앞으로 인류가 이 질병을 잡기는 힘들어 보입니다.

위원 6: 그럼 인류가 멸망이라도 한다는 이야기입니까? 그런 질병은 인류의 역사 이래 존재하지도 않았습니다. 창조자께서 인류를 디자인할 때 생체시계 안에 스스로 모든 질병을 극복하도록 내부적으로는 면역시스템을 심어 놓았고, 외부적 질병에 대한 대항을 위해 스스로 자각하고 발견, 발명, 연구하여 해법을 찾을 수 있도록 DNA에 설계되어 있는데 인류가 멸망이라니요. 그건 우리가 전혀 상상하지도 않은 미래입니다.

닥터 제닝스가 가만히 듣고 있다가 나선다.

"자, 위원 여러분들의 의견에 감사합니다. 저희가 심각하게 생각하는 것은 지난 1년간 전송되어 온 기억 파편들의 품질이 형편없이 떨어진 이유가 지구상에 발병한 COVID-19라는 호흡기질환 때문이라는 사실입니다. 저희가 인류의 미래에 개입하지 않는다는 원칙으로 인해 저희는 이번의 중대한 질병의 확산에도 인류가 이를 스스로 퇴치하고 방어시스템을 만들 것으로 예상하고 지난 1년 동안 인류가 코로나바이러스로 인한 질병과 싸우는 동안에도 저희는 개입하지 않았습니다. 하지만 지금까지 나온 분석 데이터에 의하면 인류는 이번에 발생한 코로나바이러스를 절대로 제압할 수 없다는 분석이 나오고 있습니다."

"앞으로 몇 가지 시뮬레이션을 더 돌려 봐야 하겠지만 창조자 위원회는 우주생성의 대명제를 항상 준수하도록 저희에게 말씀하셨습니다. 우주에는 대질서가 있고 대질서 안에서 지구는 다양한 종의 생명이 공존하는 행성입니다. 우주 안에 살아있는 몇 안 되는 행성이기도 합니다. 지구의 대명제는 지구 자체가 행성으로서 생명을 다하는 그날까지 지구상의 지배종족인 인간이 멸종하지 않는다는 명제를 가지고 있습니다. 우리는 이러한 우주의 대질서를 유지할 의무가 있고 뉴클레아스 심해기억저장위원회는 표면적으로 기억전송을 담당하고 다음 생명의 기초기억 데이터를 생성하는 역할을 하지만 숨겨진 우리의 가장 큰 의무는 지구의 생명과 인간의 생명 그리고 지구상의 모든 생명에 대한 균형과 대질서의 유지입니다."

닥터 제닝스의 묵직한 음성에 모든 위원들이 경청 모드로 바뀐다.

의원 7: 그렇다면 저희는 언제 코로나바이러스와 인류의 싸움에 개입하게 되는 것인가요? 이 부분에 대해 창조자 위원회의 승인은 받으셨겠지요?

닥터 제닝스는 무거운 음성으로 다시금 말을 이어 간다.

"물론입니다. 제가 직접 전송 시스템을 통해 교신하고 승인 계시를 받았습니다. 저희가 인간의 역사에 개입한 사실들은 초극비로 분류되며 저희 위원분들 중에 아마 모르시는 분도 있을 겁니다. 신규 위원들도 계시고 하니까 한가지 예를 설명드릴까 합니다. 뉴클레아스법은 인간의 역사에 개입하는 부분을 소극적 개입과 적극적 개입으로 분류하여 개입을 시작합니다. 소극적 개입은 예를 들면 인류가 세균 감염증으로 인해 우리가 생체시계에 설계한 수명보다 현저하게 수명이 유지되지 않는 외부적 환경이 발생한 경우입니다. 1927년 영국의 세균학자 알렉산더 플레밍(S.A Fleming, 1881~1955)의 연구실의 배양접시에 푸른곰팡이균(Penicillium notatum, Penicillium chrysogenum)을 날려 보낸 것을 말합니다. 물론 후속 작업으로 플레밍이 연구한 리소자임(Lysozyme)을 연구하고 작용기전을 연구하여 페니실린의 항생효과를 입증한 옥스퍼드 대학교의 하워드 플로리(H.W. Florey, 1898~1968)와 에른스트 체인(E.B. Chain, 1906~1979)이 페니실린(Penicillin)을 잘 분리하도록 한 것도 저희였습니다. 잠자는 동안 기억 파편을 전송하여 분리 아이디어를 생각해 내게 한 것이 저희 위원회였습니다."

위원들은 모두 놀라운 이야기를 듣는 듯 침묵을 이어 간다.

"흔히들 페니실린의 발견은 플레밍 박사의 행운이라고들 이야기하지요. 왜냐면 플레밍 박사는 차분하지 않고 자주 깜박거리며 조금은 허술했습니다. 그것이 행운이었지요. 왜냐하면 그 모든 행동이 기억 파편을 삭제하는 걸 깜박 잊고 실수하게 만들었기 때문입니다. 쉽게 설명해 드리겠습니다. 우리가 날려 보낸 푸른곰팡이균 페니실리움 노타툼(Penicillium notatum)은 플래밍 교수 연구실 아래층에서 알레르기 백신을 연구하기 위해 사용하던 것이었습니다. 연구원이 창문을 닫는 것을 깜빡 잊도록 하고 저희 플라이어들이 가서 바람을 이용하여 플래밍 교수 연구실 창가로 날려 보냈죠. 휴가를 가는 플래밍 교수가 배양 용기를 배양기에 넣는 걸 깜빡하고 실험대 위에 놓고 가게 한 것도 저희였습니다."

"그해 여름의 날씨가 조금 쌀쌀했는데 그때 북극 빙하가 많이 내려오면서 북대서양이 조금 차가워졌죠. 당시에는 심해 기억전송 시스템이 지금처럼 현대화되지 않아서 과부하가 생기면 북극의 유빙을 더 많이 내려오게 하여 바닷물을 식히게 하였는데 그 영향으로 유럽이 여름에 조금 시원해지게 됩니다. 이 때문에 배양 용기에 세균보다는 안착한 푸른곰팡이가 더 잘 자라게 하였지요. 그리고 유빙이 다 녹은 다음부터 갑자기 무더워지기 시작하면서 모든 배양 용기의 세균들이 급속도로 자라게 되지만 유독 푸른곰팡이균이 안착한 배양 용기에만 세균 증식이 억제되면서 쉽게 플레밍 교수의 눈에 띄게 됩니다. 재밌지요? 이뿐만이 아닙니다. 휴가에서 돌아온 플래밍 교수는 습관적으로 지저분하고 먼지가 낀 실험대 위의 배양 용기들을 세척하는데 저희가 그 세척해야 하는 기억을 삭제해 버린 통에 깜빡하고 배양 용기들을 세척하지 않고 있다가 나중에서야 푸른곰팡이균이 있는 배양 용기 안에서 세균들이 증식하지 못하는 현상을 발견하게 됩니다. 그 결과를 논문으로 발표하면서 비로소 페니실린이 세상에 나오게 된 것이지요."

"이뿐만이 아닙니다. 플로리와 체인 박사가 플레밍 교수의 논문의 허술한 점을 발견하고 이를 보완하기 위해 실험을 하다가 당시 흔히 사용되던 기니피그(Guinea pig) 대신 생쥐(Mouse)를 실험 동물로 선택하게 되는데 이때도 저희 플라이어들이 기억을 편집해서 생쥐를 선택하게 하였습니다. 기니피그에는 독성이 있는데 생쥐에는 독성이 없어서 연구결과가 뚜렷하게 나타날 수 있었죠. 이 모든 사실들을 후대 사람들은 행운이라고 하는데, 하하하. 이 모든 게 저희가 간접적으로 개입하여 이룬 결과입니다. 이 세 박사들은 물론 모두 노벨상을 받았지요."

AI 비서: 맞습니다. 1945년 노벨 생리의학상입니다. 또한 폐렴에 걸렸다가 페니실린으로 살아난 영국 수상 처칠은 페니실린으로 인한 치료로 많은 부상자들이 살아난 것을 인정하면서 **'제2차 세계대전에서의 진정한 승리를 위한 공로자는 페니실린이다.'**라고 극찬했습니다.

닥터 제닝스는 AI 비서의 말에 웃음을 띠면서 아주 중요한 이야기를 하는 표정으로 이야기를 이어 간다.

"맞습니다. 인류를 구한 페니실린을 만들게 한 모든 기억전송의 과정이 바로 간접 개입입니다. 이러한 개입 이후에 저희 뉴클레아스 심해기억저장위원회에서도 앞으로 어떠한 대책을 가지고 인류의 역사에 개입해야 하는지에 대해 위원들 간에 상당히 많은 논쟁이 있었습니다. 그리고 앞으로도 무수한 간접 개입이 발생할 것인데 이렇게 되면 우리가 인류의 역사에 개입하지 않는다는 명제가 흔들리게 되므로 간접 개입을 줄일 수 있는 방법이 있는지를 찾는 노력을 하게 되었는데 그가 바로 전대의 위원인 알버트 아인슈타인이셨습니다."

여기저기서 탄성이 나온다.

AI 비서: 모든 위원들께 자료 화면을 하나 전송해 드렸습니다. 1927년 10월에 열린 5차 솔베이 회의입니다. 참고로 솔베이 회의는 벨기에의 기업가 에르네스트 솔베이께서 3년마다 개최하는 국제 물리학, 화학학회입니다. 1911년에 처음 개최되었으며 아쉽게도 2020년 솔베이 회의는 COVID-19의 여파로 연기되었다고 합니다.

사진 자료와 참석자 명단 그리고 업적을 분류하여 자료 화면으로 전송해 드렸습니다.

- 에르빈 슈뢰딩거(Erwin Schrodinger): 슈뢰딩거 방정식, 1933년 노벨물리학상
- 테오필 드 동데르(Theophile de Donder): 드 동데르의 열역학
- 에두아르 헤르젠(Edouard Herzen): 집적회로 기반
- 파울 에렌페스트(Paul Ehrenfest): 에렌페스트의 정리
- 에밀 앙리오트(Emile Henriot): 복굴절 및 분자 진동에 관한 연구
- 오귀스트 피카르(Auguste Piccard): 피카르의 심해점과 성층권 기구
- 폴 디랙(Paul Adrien Maurice Dirac): 디랙 방정식, 1933년 노벨물리학상
- 헨드릭 안토니 크라머르스(Hendrik Anthony Kramers): 크라머르스-크로니히의 관계
- 윌리엄 로런스 브래그(William Lawrence Bragg): 브래그의 법칙, 1915년 노벨물리학상
- 마르틴 크누센(Martin Knudsen): 크누센의 흐름
- 피터 디바이(Peter Debye): 디바이의 단위, 1936년 노벨화학상
- 레옹 브릴루엥(Leon Brillouin): 브릴루앙 영역
- 볼프강 에른스트 파울리(Wolfgang Pauli): 디윈, 파울러 방법
- 줄스-에밀 버샤펠트(Jules-Emile Verschaffelt): 포화증기의 등온선 및 비중에 관한 연구
- 마리 퀴리(Marie Curie): 자연 방사능 연구와 폴로늄 및 라듐의 발견, 1903년 노벨물리학상, 1911년 노벨화학상

- 믹스 플랑크(Max Planck): 플랑크 상수, 1918년 노벨물리학상
- 어빙 랭뮤어(Irving Langmuir): 랭뮤어, 표면화학, 1932년 노벨화학상
- 닐스 보어(Niels Bohr): 보어의 양자가설, 1922년 노벨물리학상
- 믹스 보른(Max Born): 보른의 관계식, 1954년 노벨물리학상
- 루이 드 브로이(Louis de Broglie): 드 브로이의 파동, 1929년 노벨물리학상
- 아서 콤프턴(Arthur Compton): 콤프턴 계수, 콤프턴 산란, 1927년 노벨물리학상
- 헨드릭 로런츠(Hendrik Lorentz): 로런츠 힘, 1902년 노벨물리학상
- 오언 윌런스 리처드슨(Owen Willans Richardson): 리처드슨 방정식, 1928년 노벨물리학상
- 알버트 아인슈타인(Albert Einstein): 이론 물리학의 공헌과 광전효과의 발견, 1921년 노벨물리학상
- 폴 랑주뱅(Paul Langevin): 랑주뱅 방정식
- 샤를 외젠 게이(Charle-Eugene Guye): 전자의 질량과 속도를 실험을 통해 증명
- 찰스 톰슨 리스 윌슨(Chales Thomson Rees Wilson): 안개상자, 1927년 노벨물리학상

"와. 대단하군요." 모든 위원들 입에서 경탄의 찬사가 나오며 회의실 내의 스피커를 통해 공간을 가득 울리고 있다. 닥터 제닝스는 그윽한 미소를 띠면서 위원들을 향해 다시금 간접 개입을 강조하는 스피치를 이어 간다.

"보시다시피 참석자 중에 노벨물리학상이 15명, 노벨화학상이 3명입니다. 참석자 중에 노벨상 수상자는 17명인데 상은 18개인 이

유를 아시겠지요? 하하하. 바로 마리퀴리 박사님이 2개를 받으셨기 때문입니다. 인류 역사상 가장 위대한 여성 과학자이셨죠. 제5차 솔베이 회의를 통해 저희는 인류의 역사에 간접 개입하는 역할을 수행했습니다. 저희와 플라이어들이 나서지 않아도 당시에 저희 위원이시자 메가가우스 파장을 가진 알버트 아인슈타인 박사님의 기억개입을 통해 참석자 모두 인류에 크게 기여하게 함으로써 인류의 역사가 안정적으로 대명제를 이루게 하였습니다. 이 회의에서 알버트 아인슈타인 위원께서는 당시 베르너 하이젠베르크(Werner Karl Heisenberg, 1901~1976, 1932년 노벨물리학상 수상)의 불확정성 원리에 반대하면서 '신은 우주를 가지고 주사위 놀이를 하지 않아(God does not play dice).'라는 유명한 말씀을 남기셨죠. 그러자 바로 알버트 아인슈타인의 논리로 불확정성 원리가 옳다는 것을 증명한 닐스 보어가 웃으면서 '아인슈타인 선생님, 신에게 이래라 저래라 하지 마세요(Einstein, Stop telling God what to do).'라고 답을 한 유명한 일화가 탄생했답니다. 하하하하."

"아인슈타인 위원께서 왜 신은 주사위 놀이를 하지 않는다는 엉뚱한 말씀을 하셨겠어요? 나중에 스티븐 호킹 박사마저 아인슈타인 박사님의 말씀 중에 가장 당황스러운 말이라고 할 정도였으니까요. 하하하. 아인슈타인 위원님께서는 뉴클레아스 심해기억저장위원회의 시스템을 누구보다도 깊이 설계하고 이해하신 분이며, 역대 위원회 위원 중 가장 존경받는 분이셨죠. 물론 창조자 위원회와 끊임없이 소통한 위대한 리더였습니다. 하하하. 본인이 알고 있는 우주의 대질서 시스템을 말하지 못하고 그냥 우화 같은 명제를 던지신 겁니다. 신은 주사위 놀이를 하지 않는다는, 하하하. 실제로 저희 창조자와 창조자 위원회에서 주사위 놀이를 했다는 이야기를 저도 들은 바 없고요. 하하하. 농담입니다."

닥터 제닝스가 유쾌하게 웃으면서 이야기를 하는 중간에 AI 비서가 재빠르게 부연 설명한다.

AI 비서: 인류는 역사상 끊임없이 '신은 존재하는가' 하는 명제를 찾아왔습니다. 20세기에 들어서 아인슈타인 위원님의 상대성이론과 원자와 분자를 구성하는 입자인 전자, 양성자, 중성자와 다른 원자 구성 입자의 운동을 다루는 양자역학이 발전하면서 인류는 두 이론을 기반으로 우주를 좀 더 자세하게 분석하고 예측하는 단계로 발전해 왔습니다. 그런데 재미있게도 두 이론은 양립할 수가 없습니다. 원래 물리학자들은 우주의 별, 행성, 은하와 같이 무거운 것을 연구하는 학자와 원자, 전자와 같은 아주 작고 눈에 보이지 않는 입자를 연구하는 학자들로 나뉘어 연구를 거듭하였습니다. 그런데 우주를 규명하다가 마지막 난제에 부딪혔죠. 우주는 거대하면서도 광활하고 무한대인 것 같으면서도 끝이 존재하는 듯하고 작으면서도 무거울 수 있는 측정 불가의 영역으로 다가왔기 때문입니다. 쉽게 이야기하면 블랙홀은 어마어마한 질량이 아주 작은 공간에 초밀집되어 있는 구조입니다. 이걸 규명할 학자나 이론은 아직 인류사에 등장하지 않았습니다. 양자역학이 발전을 거듭하면서 학자들은 혼돈에 빠지게 되지요. 신이 존재한다면 도대체 무슨 생각으로 세상을 이렇게 설계한 것일까? 이는 생명공학을 하는 학자들이 DNA를 규명하다가 대체 신은 인간의 몸에 왜 이러한 설계도를 넣어 놓은 것일까? 하는 최후의 벽에 부딪히는 것과 같습니다."

"20세기 최고의 천재로 불린 리처드 파인만(Richard Feynman, 1918~1988, 1965년 노벨물리학상 수상) 박사는 '양자역학을 제대로 이해하는 사람은 이 세상에 아무도 없다.'라고 말씀하셨죠. 그만큼 아직 인류사에 있어서 양자역학은 미지의 영역입니다. 다만 1920년대 중반 미국 실험 물리학자인 데이비슨(Clinton Joseph Davisson, 1881~1958, 1937년 노벨물리학상) 박사와 거머(L.H.

Germer) 박사는 이중 슬릿 실험을 통해 전자가 입자임과 동시에 파동의 특성을 가지고 있는 사실을 밝혀내 수많은 과학자들을 당황시켰습니다. 어떻게 입자이면서 파동일 수 있는가? 이를 두고 독일의 물리학자 막스 보른은 전자의 파동에 대해 연구하고 수많은 실험을 통해 전자는 확률의 관점에서 봐야 한다고 주장하였죠. 저희는 이러한 인류의 연구 자세에 감탄했습니다. 위원님들이 시스템에 접속하는 방법이나 타인에게 영향을 미치는 가우스 파장 등이 모두 이러한 양자역학에 기반을 둔 저희 뉴클레아스 시스템이 사용되는 부분이었거든요. 양자역학을 받는 작은 입자들은 확률적으로 보면 어디에나 분포하기 때문에 이 분포를 이용하면 존재의 위치를 바꿀 수 있습니다. 닥터 제닝스께서 사무실에 계시거나 비행기 안에 계시거나 뉴클레아스 심해기억저장위원회에서 회의를 주관하시는 모든 것이 미시영역의 세계에서는 가능한 일이기 때문입니다."

"인류사에서 과학자들은 모두 답을 원했기 때문에 신이 답이 없는 이러한 확률적 애매모호함을 창조하지 않았을 거라고 믿었고 정확한 답이 없는 우주를 놓고 신이 존재하지 않는다고 이야기하는 과학자들도 생기기 시작했습니다. 이러한 혼란 속에서 아인슈타인 위원이 이야기하신 독일의 물리학자 베르너 하이젠베르크의 불확정성의 원리는 인류가 가진 측정할 수 없는 것의 한계를 제시한 것이었습니다. 쉽게 설명해 드리면 눈에 보이는 거대한 것들은 쉽게 위치를 알 수 있습니다. 지금 위원님들의 회의 테이블 위에 있는 접속 장치의 위치는 빛을 통해 반사되어 그 위치가 측정 가능합니다. 하지만 양자역학의 세계에 들어오면 전자는 너무도 가벼워서 전자의 위치를 측정하려고 하면 빛을 아무리 약하게 쏴도 전자는 자신이 받은 빛에 의해 움직이고 교란됩니다. 전자는 너무 가볍기 때문입니다. 이런 이유로 에너지를 측정하는 시간도 정확히 동시에 측정할 수 없습니다."

"'**인류는 역사상 단 한 번도 정확한 값을 동시에 측정해 보지 못했다.'라는 명제가 맞는 것입니다.** 이러한 이론을 제시한 베르너 하이젠베르크 박사를 반대하고 우리가 값을 알아내지 못한다고 해도 속도와 위치의 정확한 값은 분명히 존재한다고 비판한 이유는 아인슈타인 박사님이 우리 심해기억저장위원회의 위원으로서 우주를 관할하는 창조자 위원회의 존재를 알고 있으면서도 그 비밀을 말하지 못했기 때문입니다. 하이젠베르크 박사는 이렇게 말씀하셨죠. '우리 상상력을 동원하여 얻어낸 원자에 대한 모든 생각들은 어떤 이유로든 결점을 가지고 있다. 그리고 이러한 결점이 만들어 낸 신은 결점이 있는 존재이다.' 이 말에 아인슈타인 위원님은 결코 동의할 수 없었을 겁니다. 이상으로 솔베이 회의와 간접 개입의 예 그리고 존경하는 아인슈타인 위원님의 일화에 대해서 설명드렸습니다. 삐리리리리."

닥터 제닝스는 유쾌하게 웃으면서 AI 비서에게 농담 어린 질문을 던진다.

"이렇게 똑똑한 비서님의 아버지는 누구이신가?"

AI 비서: 알버트 아인슈타인 위원님이십니다!

"하하하하하, 자 위원 여러분 오늘 AI 비서가 이야기한 상대성 이론과 양자역학을 조금 더 쉽게 이해하시고자 하시는 분은 영화 〈인터스텔라〉를 10번만 보시면 됩니다. 하하하. 그러면 일단 저희 위원회에서 이번 인류에게 발생한 COVID-19에 대해서 저희가 개입하는 부분에 대해서 승인을 요청합니다."

전광판에 위원들의 찬성 표시가 올라온다.

"네, 감사합니다. 모두 동의해 주셨군요. 저희 위원들 9명 전원 찬성으로 이번 인류사에 발생한 중대 질병인 COVID-19에 대해 저희가 개입하기로 의결합니다. 개입 방법은 간접 개입과 직접 개입이 있습니다만 아직 정확한 데이터들이 수집되고 있는 상황이고 개입을 위해 여러 가지 준비를 해야 하므로 직접 개입이나 간접 개입에 대한 결정은 이를 수행하는 저에게 맡겨 주실 것을 위원님들에게 요청드립니다.”

여기저기에서 ‘동의합니다’라는 목소리들이 들려온다.

“감사합니다. 그럼 저는 즉시 활동을 개시하겠습니다. 장시간 회의에 참여해주신 데 대해 깊이 감사드립니다.”

AI 비서: 뉴킬레아스 심해기억저장위원회 특별회의를 마칩니다. 10초 후 접속을 종료하겠습니다.

미국 마이애미 자이버사 질병연구소

“Welcome my friend! It's been a long time. Dr. Jannings(어서 오시게, 친구. 오랜만이네. 닥터 제닝스).”

자이버사 질병연구소의 스티브 박사는 아주 반갑게 닥터 제닝스와 조르지 미슈 백작 그리고 새벽별 곤 박사를 맞이한다. 그리고는 이내 같이 들어오는 한 쌍의 남녀를 바라본다.

“Who is this handsome gentleman and beautiful lady(이렇게 아름다운 선남선녀는 누구신가요?)?”

“하하하, 제가 소개하지요. 이번에 발생한 문제를 같이 해결하고자 제가 초청한 세계적인 약리학자 민처르 파크 박사와 바이러스 전문가 인사이드웨스트어질 박사입니다.” 닥터 제닝스가 재빠르게 스티브 박사에게 두 사람을 소개한다.

“Hello? Dr. Steve. Nice to meet to you(안녕하세요? 스티브 박사님. 만나서 반갑습니다).”

민처르 파크 박사의 인사에 스티브가 환하게 웃으면서 격하게 포옹한다.

"어서 오세요. 환영합니다. 마이애미는 처음이신가요?"

"네! 저는 〈CSI 마이애미〉에서만 열심히 마이애미를 보았지 이 번에는 처음입니다. 인사이드웨스트어질 박사는 미국 보건성에 근 무한 적이 있어서 마이애미에는 자주 왔었다고 합니다."

"그렇군요. 우리 연구소의 소장인 니콜라스 라벨라와 부소장인 피터 올페를 소개합니다."

서로 인사를 마친 일행들은 바로 미팅 룸으로 들어가서 미팅을 시작한다.

스티브 글로버 자이버사 회장:

"저희가 받은 기억전송 데이터를 분석한 결과 최근 1년에 버뮤 다 삼각지대(Burmuda Triangle)에 전송되어 온 전 세계 사망기억 데이터들이 모두 코로나바이러스에 대한 기억 파편들로 얼룩져 있 는 것을 발견하였습니다. 조금 더 심층적으로 분석을 해 봐야겠지 만 이런 상태로 전 세계에서 대규모 질병으로 인한 사망데이터가 축적이 과도하게 되면 저희 심해기억저장위원회가 사망데이터 보 관소로 운영하는 버뮤다 삼각지대의 저장 시스템에 상당한 데이터 오류가 발생하게 될 것입니다."

민처르 파크 박사:

"지구상에서 가장 미스터리한 지역으로 꼽히는 버뮤다 삼각지대 가 사망기억저장소였다는 것을 저는 오늘 처음 알았습니다."

닥터 제닝스:

"원래 사망기억저장소의 위치는 극비라네. 이번 COVID-19 사태로 인해 긴급비상 태스크포스팀이 꾸려진 상태라 지금 사안 을 공개하고 같이 데이터를 분석하고자 함이니 연구에 집중해 주시게."

민처르 파크 박사:

"네, 알겠습니다."

니콜라스 라벨라 소장:

"저희가 최근 1년간 마이애미 송신탑을 통해 버뮤다 삼각지대로 전송한 사망데이터의 방대한 분량을 지금 시뮬레이션을 돌려서 코로나바이러스로 인한 사망자의 기억에 존재하는 각종 기억들을 전부 수집하고 있습니다. 처음에는 중국 우한 지역에서 시작되다가 홍콩으로 번지면서 다시 유럽 등으로 급속히 번져가면서 세계로 확산되는 분포를 보이는데 초기에는 병자와 고령층에 집중되다가 점차 전 연령층으로 확대되는 현상을 보입니다. 통상적으로 호흡기 바이러스로 사망한 사망기억 데이터는 겨울에 집중되고 북반구에 집중되는 경향이 있었으나 이번 코로나바이러스로 오염된 사망기억은 열대지방이나 기후대가 따뜻한 남반부 그리고 아프리카에까지 확산되는 이상 현상을 나타내고 있는 점도 특이한 현상이라고 할 수 있습니다."

인사이드웨스트어질 박사:

"마이애미 송신탑이라고 하면 어디를 말하는 것인지요?"

니콜라스 라벨라 소장:

"마이애미 비치 중앙에 위치한 해수욕장 관망대가 저희가 사망기억을 버뮤다 삼각지대로 송신하는 위장 송신센터입니다."

"아."

여기저기에서 탄성이 나온다.

조르지 미슈 백작:

"저는 마이애미에 수없이 와서 그 전망대 앞에서 사진도 찍고 했는데 전혀 생각도 못했습니다. 저조차도 모르고 있었으니 누가 알겠습니까? 세상에 참⋯."

닥터 제닝스:

"나는 지난달에도 데이터센터 송신 시스템을 체크하기 위해서 가 보았다네. 하하. 여기 인증샷이 있네. 하하하."

새벽별 곤 박사:

"저희도 다음에는 꼭 같이 가서 전송 시스템을 구경할 수 있는 기회를 주십시오. 늘 궁금했습니다."

닥터 제닝스는 빙그레 웃으면서 모두를 돌아보면서 자신의 손바닥을 들여다보면서 이야기한다.

"하하하, 언제든지 우리의 전송 시스템을 구경시켜 줄 수 있다네. 우리 전송 시스템이 궁금하면 여러분의 손바닥을 자세히 들여다보게. 눈에 보이는 선과 눈에 잘 보이지 않는 작은 선 그리고 눈에는 보이지 않지만 운명을 가르는 선들이 있다네. 사람들마다 모두 손금이 다르고 지문이 다른 건 우리가 생체시계에 심어준 DNA 시스템의 염기서열의 배열 구조가 각 사람마다 다르다는 것은 모두 알 것이고 그 안에서 이루어지는 RNA의 역할에 따라 각 생체시계의 작동 메커니즘이 달라지게 되는 것 또한 모두 알 것이네. 그러면 우리의 기억을 전송하는 메커니즘에서 가장 중요한 것은 인체에서 무엇일까? 신체? 뇌? 생체에너지? 인간의 신체조직에서 무엇이 전송 시스템을 운영하는 가장 큰 요소인지 궁금하지 않나? 우리 인체의 전송 시스템과 뉴클레아스 심해기억저장소를 연결하는 가장 큰 송신 시스템 구성의 핵심은 아주 작은 부분에 있다네. 손바닥을 다시 들여다보게, 더 깊이 들어가 보면 세포가 있을 거고 그 세포 안에 가장 작으면서 가장 기초적인 역할을 하는 세포 내 발전소…."

"미토콘드리아!"

새벽별 곤 박사가 자기도 모르게 소리쳤다.

"그래, 곤 박사, 맞았네. 미토콘드리아를 이용해서 우리는 기억
전송 시스템을 운용한다네. 인체 내 나노 입자와 공기 중의 에너지
파동을 이용한 양자기억전송, 그리고 양자기억전송을 위한 송신타
워로 이용하는 고층건물, 유리 반사, 사막, 바다 등 다양한 매개시
스템을 통해 매일 방대하게 생성되는 인간들의 기억을 전송하고
보관하는 시스템을 운용하는 거지."

"그런데 박사님, 궁금한 점이 있는데요. 그러면 인간이 죽음에
이르게 되면 기억전송 시스템이 중단된다는 것을 의미하는데 사망
기억들은 어떻게 버뮤다 삼각지대로 전송되게 되는 것인지요?"

조르지 미슈 백작은 닥터 제닝스에게 다가가며 궁금하던 부분을
이번에 알아내야겠다는 표정으로 바짝 다가간다.

"보통 인간들이 생명을 마감하는 순간 기억전송도 중단된다
고 생각하지. 하지만 그렇지 않다네. 일단 우리가 심어 놓은 생명
의 생체시계가 곧 멈출 것을 통보하면 기억반사 시스템(Memory
Reflection System)이 작동을 하게 되지. 기억반사 시스템은 약
30분 동안 뇌에 온기가 남아 있는 동안 작동이 된다네. 죽음에 이
르게 된 인간들의 기억시스템에 죽음이 통지되면 일생에서 가장
소중하게 분류된 기억들을 뉴클레아스 심해기억저장소가 광속도
로 죽음에 이른 생명에게 보내게 되지. 이러한 기억들은 생명들이
죽음에 이르기 전 30분 동안에 자기가 살아온 기억들 중에 소중했
던 부분을 떠올릴 수 있는 기억반사 시간을 가지게 된다네. 그리
고 이 기억반사 재생이 끝나면 바로 숨을 거두게 되지. 인간의 몸
속에 있는 생체시계는 바로 작동을 멈추는 게 아니라 30분 동안 마
지막 기억들을 전송하게 된다네. 그래서 인간이 죽은 후에 30분 동
안은 죽었지만 모든 기억을 담아 갈 수 있는 청각 기능이 작동하게
되지. 그런 이유로 우리 뉴클레아스 심해기억위원회는 모든 생명
이 죽은 후 30분 정도 마지막 기억을 가지고 갈 수 있는 시간을 라

스트 메모리(Last Memory)로 규정하고 이 부분의 전송을 허락하고 있다네."

"아! 그러면 병원에서 '사망하셨습니다!'라고 사망선고를 해도 라스트 메모리 프로그램에 의해 약 30분 동안은 모든 주변의 소리를 담아서 전송할 수 있다는 말씀이군요."

조르지 미슈 백작은 완전히 새로운 사실을 알았다는 표정으로 질문을 이어갔다.

"그렇다네. 그래서 사람이 사망한 이후에 30분 동안은 가족들이나 소중한 친구들이 이미 죽음에 이른 사람에게 이야기를 하여도 그 기억은 라스트 메모리로 전송되어 기억되는 것이라네. 그래서 사망 이후에도 30여 분간의 소중한 메시지를 사망자에게 전할 수 있도록 설계되어 있지. 그래서 우리는 이러한 시스템을 기반으로 이번에 COVID-19의 사망 전송기억들을 모두 분석하여 사태의 본질을 파악하고 이를 해결하기 위한 태스크포스를 구성하게 된 거네. 오늘 우리가 여기 모인 것도 자이버사의 스티브 회장, 니콜라스 라벨라 소장, 피터 올페 부소장이 바로 버뮤다 삼각지대의 사망기억저장 데이터 분석을 담당하는 최고 전문가 기구이기 때문이며, 아시아 사망 기억들의 추가적 사망기억 분석을 위해 민처르 파크 박사와 인사이드웨스트어질 박사를 모셨고, 플라이어들이 수집한 기억들의 분석을 담당하는 새벽별 곤 박사 그리고 전 세계 위로기억을 담당하는 개와 고양이가 핥아서 위로한 모든 위로기억 데이터를 담당하는 조르지 미슈 백작을 함께한 것이라네."

"자자, 우리가 이러고 있을 때가 아닙니다. 지금 제가 버뮤다 사망기억저장소에 COVID-19에 관한 모든 기억 파편들을 분류해서 전송하도록 요청하였습니다. 데이터가 오면 아마 날을 새야 할 것 같으니 미리 저녁이나 드시고 본격적으로 일을 할 준비를 하시죠. 오늘 마이애미에 오셨으니 제가 마이애미 비치의 에스파놀라거리(Espanola Way)에 위치한 저의 단골 식당인 하바나(Havana) 1957로 모시도록 하죠. 오늘은 쿠바 음식으로 제가 대접하겠습니다. 쿠바를 사랑한 헤밍웨이가 좋아했던 음식점입니다. 하하."

스티브 글로버 회장은 굵직하면서 하이톤의 음성으로 모두를 저녁식사에 초대한다.

새별별 곤 박사는 닥터 제닝스를 쳐다보면서 '좋으시죠?'라는 표정을 담아 쳐다보며 즐거운 톤으로 재잘댄다.

"닥터 제닝스, 헤밍웨이를 아주 좋아하시잖아요? 헤밍웨이가 다녀간 식당으로 모신다고 하는 것을 보니 스티브 회장님이 이미 닥터 제닝스 님이 좋아하시는 취향을 미리 파악하고 계시는 듯한데요? 취미기억 파편을 스크리닝 당하신 것 아닌가요? 하하하하하."

닥터 제닝스는 지긋이 눈을 감으며 회상에 잠기듯이 읊조리면서 헤밍웨이를 추억한다.

"내가 정말 좋아하는 분이지. 《노인과 바다》, 《태양은 다시 떠오른다》, 《킬리만자로의 눈》, 《우리들의 시대에》, 《무기여 잘 있거라》, 《누구를 위하여 종은 울리나》 등의 작품은 인류가 제1·2차 세계대전과 여러 내전을 겪으면서 받은 수많은 상처의 기억 파편들을 문학으로 기록한 명작들이지. 인류의 기억들은 뉴클레아스 심해기억 저장소로 전송이 되지만 이렇게 활자화를 통해 책으로 역사에 길이 남기는 작업을 한 작가정신이야말로 우리가 존경하고 존중하는 부분이지. 헤밍웨이는 진정으로 쿠바를 사랑했다네. 쿠바의 핑카에 자리 잡고 살면서 노인과 바다를 집필했지. 피델 카스트로가 이끈 쿠바혁명의 성공으로 쿠바에서 쫓겨나서 미국의 아이다호 케첨에 자리를 잡고 여생을 보냈지만 우울증으로 고생하셨다네. 미국의 그 유명하다는 메이요클리닉에 두 차례 입원하여 치료를 받았는데, 당시에는 전기쇼크 치료를 했다고 하니 얼마나 기가 찬 노릇인가! 눈물이 다 나네…. 전기쇼크 충격은 우리처럼 기억 파장이

민감한 사람들에게는 치명적이거든. 뇌 안에 자리 잡은 모든 기억 전송 시스템을 파괴하고 기억 파편들을 손상시키지. 메이요클리닉에서 돌아온 지 이틀 만에 그는 스스로 생을 마감했다네."

"우리 뉴클레어스 심해기억저장위원회에는 인류의 기억에 지대한 영향을 미친 작가, 화가, 음악가 등의 명예의 전당이 존재한다네. 추후에 기회가 되면 많은 이야기들을 내가 해 줌세. 안타깝게도 전기쇼크의 영향인 듯하네만…. 헤밍웨이의 라스트메모리 파일은 전송되지 않았네. 그래서 인류의 기억에 존재하는 헤밍웨이의 기억 파편들을 전부 수집하여 추모기억으로 보관하고 있을 뿐 정작 헤밍웨이 본인의 기억 파일은 우리가 가지고 있지 못하다네. 빌어먹을, 메이요클리닉! 그래서 내가 더욱더 마음이 아프고 늘 생각하는 분이기도 하지. 자자, 내 회상이 길었군. 스티브 회장께서 나를 위해 하하하. 헤밍웨이가 즐겨 찾았던 쿠바 레스토랑으로 저녁 초대를 한 듯하니 우리 모두 오늘은 쿠바의 정취를 한껏 느껴 보도록 하세나."

닥터 제닝스가 회상을 마치고 기분을 전환한 듯 앞장서서 자이버사를 나가자 모두들 오늘 저녁의 쿠바 만찬에 기대를 가지고 함께 마이애미 비치로 움직인다.

마이클 제이 폭스
- 미래로 지금의 기억을 전송하다(백 투 더 퓨처)

즐겁게 마이애미 비치의 쿠바 레스토랑 하바나 1957에서 일행들이 쿠바 음식을 즐기고 있을 때 갑자기 스티브 글로버 회장의 휴대전화가 울린다.

""Hola! Buenas tardes(안녕하세요). 정말 모든 자원을 총동원했군요. 그러면 지금 기억전송의 일부 시스템이 해킹당해서 현재의 기억 파편들을 미래로 전송하고 있다는 이야기인가요? 놀랍군요. 그러면 우리가 지금 추적하는 코로나바이러스를 진두지휘하는 사령부가 있다는 이야기인데, 이 사령부를 찾아내는 것이 관건인데요. 일단 그러면 우리도 방어시스템을 미래로 전송해야 하니 지금 당장 마이클 제이 폭스 재단으로 움직여서 방어 시스템 전송을 시작합시다."

목소리가 다급하게 점점 빨라지는 스티브 글로버 회장은 일행들에게 식사를 마치고 마이클 제이 폭스 재단으로 움직여야 한다는 신호를 보낸다.

마이클 폭스 재단

"어서들 오세요. MFF(Michael J. Fox Foundation)에 오신 것을 환영합니다."

문을 열고 들어서면서 일행들은 자기 눈을 의심하였다. 영화에서나 보던 그 유명한 스타 마이클 제이 폭스가 입구에서 환영 인사로 맞아 주는 장면은 정말 겪으면서도 믿어 지지가 않았다. 〈백 투 더 퓨처〉의 마이클 제이 폭스라니. 그것도 눈앞에…. 인사이드웨스트어질 박사는 정말 어질거리는 표정으로 몇 번이고 마이클 제이 폭스를 쳐다보았고, 민처르 파크 박사는 자신이 보던 젊은 시절의 마이클 제이 폭스는 사라지고 중년의 남자가 앞에서 있는 모습에 두 사람을 매칭시키느라 머릿속이 복잡해졌다. 새벽별 곤은 연신 조르지 미슈 백작을 쳐다보면서 휴대폰으로 같이 셀카를 찍고 싶은데 말을 해도 되는지 마는지 눈빛으로 백 번은 더 물어보는 표정으로 다들 마이클 제이 폭스 재단으로 들어섰다.

벽면에 〈백 투 더 퓨처〉 포스터가 커다랗게 걸려 있고 옆으로 마이클 제이 폭스의 자서전 표지 포스터 액자가 걸려 있다.

"Long time no see my friend(오랜만입니다)."

닥터 제닝스가 반갑게 마이클을 포옹한다.

"요즘 건강은 좀 어떤가요? 형님."

닥터 제닝스가 조심스럽고 존경 어린 말투로 마이클의 안부를 묻는다.

안경까지 끼고 나이가 들었지만 그래도 세계의 스타답게 빛나는 포스를 가진 표정을 지닌 모습은 틀림없는 대스타였다. 파킨슨 환자가 지닌 특성인 손 떨림, 어눌한 목소리, 약간 탁해진 목소리로 마이클이 닥터 제닝스의 손을 잡으며 회의실 탁자로 이끌면서 이야기를 한다.

"몇 년 전 척수종양 수술할 때 기억하지? 자네가 그때 병문안 와 준 거 고맙게 생각하네. 그 이후로 재활 치료에 집중해서 다시 걸을 수 있게 회복되었지만 다시 그만 실수로 넘어져서 팔이 부러졌다네. 이래저래 다 고장이지. 하지만 지금은 괜찮네. 하나님이 내게 소명을 주셨으니 딱 그만큼만 아프라고 하시는 것 같아. 지금은 재단에만 집중한다네. 가끔 인터뷰도 하고, 책도 꾸준히 쓰고 말이야. 다 재단이 하는 일을 지원하기 위해서지만 말이야."

"정말 대단하세요. 형님이 파킨슨병을 앓은 지가 벌써 30년 정도 되신 거죠? 재단은 20년이 훌쩍 넘어가고 있으니 정말 제가 늘 존경하고 배우고 싶은 분입니다."

닥터 제닝스는 정이 뚝뚝 떨어지는 목소리로 마이클의 손을 꼭 잡고 이야기를 나눈다.

이런 두 사람의 다정한 모습을 본 스티브 글로버 회장은 조르지 미슈 백작에게 마이클 제이 폭스 재단이 왜 대단한지, 파킨슨병을 치료하기 위해 환자지원, 원인 규명, 진단 및 치료법 개발 등을 위해 얼마나 많은 노력을 하는지 이를 위해 비영리재단으로 마이클 제이 폭스가 헌신적으로 희생한 이야기들을 살짝 들려준다. 조르지 미슈 백작은 영회 배우로만 알고 있던 마이클 제이 폭스의 또 다른 모습에 감동받은 표정으로 스티브 글로버 회장이 하는 이야기를 듣고 있다. 바로 그 옆에 귀를 쫑긋 세우며 새벽별 곤이 마치 비밀스러운 이야기를 듣는 표정으로 열심히 집중하는 모습이 사뭇 재밌는 모습으로 보인다.

회의실 안에는 다양한 자료와 빔 프로젝터로 쏘아진 화면에는 기억전송 데이터 및 현황판이 펼쳐져 있다. 다만 화면에 쓰여 있는 단어의 특이점이 있는데 제목이 미래로의 기억전송이라는 색다른 용어가 등장한 점이었다.

"미래로의 기억전송이라…."

니콜라스 라벨라 소장이 나지막이 읊조린다.

옆자리의 피터 올페 부소장이 똥그래진 눈으로 니콜라스 라벨라 소장을 바라보면서 '소장님, 이게 정말 가능하군요' 하는 몸짓으로 사인을 보내면서 연신 화면에 띄워진 자료들을 보고 또 보고 데이터를 자신의 노트북 연산에 넣어서 수식으로 그 연산을 돌려본다.

"여러분, 모두 모이셨으니 오늘 긴급 소집 안건에 대한 토의를 시작하겠습니다. 오늘은 지금 지구에서 상당히 급박히 돌아가는 우리가 통제하지 못하는 기억전송 상황에 대해서 추적하던 중에 미래로 기억을 전송하는 새로운 매개집단을 발견하고 이를 추적하는 과정에서 코로나바이러스를 지휘하는 통제 본부가 존재할 거라는 확신을 가지고 모이시게 한 겁니다. 물론 오늘 토의 내용과 저희가 수집한 데이터들은 모두 뉴클레아스 기억저장위원회에 보고될 것이며 미래기억 전송분과에서 다시 특별조사에 들어가게 될 것입니다."

자이버사의 스티브 글로버 회장은 특유의 강한 어조와 리더십 어린 포스로 미팅 주제를 강조한다.

민처르 파크 박사는 손을 들어 질의를 한다.

"존경하는 회장님 그리고 오늘 만나 뵈어서 너무 반갑고 존경스러운 마이클 제이 폭스 님, 질문이 있습니다. 저희는 기억전송 데이터를 분석하고 기억 파편에 이식된 잔여 기억을 분석하는 데이터 전문가들입니다. 오늘 미팅주제는 저희가 그동안 접근해 보지 못한 미래기억 전송이고 마이클 제이 폭스 재단의 파킨슨병 연구와 이러한 미래기억 전송이 어떤 연관 관계가 있는지 알지 못하는 상황에서 지금 데이터 모듈 분석 및 스트리밍 스트럭쳐 조합구성에 참여해야 합니다. 본격적인 데이터 작업을 하기 전에 전체의 구성을 이해할 수 있는 부연 설명을 좀 해 주시면 작업자로서 훨씬 더 의미를 가지고 일을 할 수 있을 것 같습니다."

짝짝짝짝짝. 박수 소리가 테이블 앞쪽에서 들린다. 모두 고개를 돌려 테이블 상석을 보니 마이클 제이 폭스가 손뼉을 치며 웃고 있었다.

"하하하, 맞습니다. 궁금한 것에 대한 탐구 정신은 우리 연구재단도 추구하고 있는 가장 큰 원동력입니다. 좋은 질문을 하셨어요. 오늘 제가 이야기해 드린 내용을 이해하시면 뉴클레아스 심해 기억위원회의 미래기억 전송분과가 하는 역할의 50퍼센트를 이해한 거라고 보시면 됩니다. 저는 원래 눈뜬 시계공 크리스퍼 1기입니다. 자랑스러운 창단 1기죠. 제네바 생체기억제작소의 더햄엑시터 아카데미에서 수료를 마친 게 벌써 35년 전 일입니다. 오래전 일이지요."

"오우." 미팅 참석자들 모두 놀란 표정으로 마이클 제이 폭스를 바라보았다.

"이 사실을 아는 건 뉴클레아스 심해기억저장위원회와 몇몇 위원들뿐입니다. 물론 저와 같이 교육받은 6명의 동기들은 저와 지금도 멋진 교류를 나누고 있지요. 안 그런가? 닥터 제닝스? 하하하."

모두 고개가 닥터 제닝스에게 돌아간다.

갑자기 볼이 빨개진 닥터 제닝스가 머쓱한 표정으로 마이클을 바라본다.

"에이. 형님도 참, 예전 이야기를 꺼내시다니…."

"난 원래 연기를 통해 아픈 기억들을 삭제하고 카타르시스를 통한 치유의 능력을 부여받았지. 미국 NBC 드라마 〈패밀리 타이즈(Family Ties)〉를 통해 본격적으로 가족애를 심어주는 최고의 크리스퍼가 되었어. 그러면서 동시에 〈백 투 더 퓨처〉라는 걸작을 통해 전 세계 사람들에게 즐거움과 미래, 과거에 대한 꿈을 심어 주었지. 사실 〈백 투 더 퓨처〉를 찍을 때 기타 장면에서 연주를 하는데 손가락이 마음대로 움직이지 않아서 내 몸에 이상이 온 걸 그때부터 인지하기 시작하였지. 그러면서 앞으로 영화배우든 크리스퍼든 계속할 수 있을까 하는 의문이 스스로 들기 시작했어. 솔직히 그때 나는 정말 잘나가는 크리스퍼였는데 말야. 하하. 탁월하게 사람들에게서 아픈 기억을 삭제해 내는 능력으로 인해 특별한 임무를 부여받았다네."

"뉴클레아스 심해기억저장위원회는 기억전송 시스템을 운영함에 있어서 미래 후손들에게 필요한 핵심 기억들은 저장도 중요하지만 미래로 미리 보내 놓는 기억전송텔레포트(Teleports of Memory Transformation)를 만들고자 했지. 미래에 기억을 미리 전송시켜 놓는다는 명제 아래 당시에 첫 시도된 기술을 크리스퍼인 내가 중간 매개체가 되어서 임무를 수행하게 되었다네. 그 후유증으로 나는 원래 있던 파킨슨병이 더욱 악화되기는 했지만 말이야 하하. 난 한 번도 내 운명에 대해서 불평해 보지 않았다네. 나로 인해 지구의 미래가 좋아진다면, 인류의 미래가 앞으로 나아간다면 나는 크리스퍼로서 명예롭게 죽을 수 있다는 신념을 가지고 있다네."

마이클 제이 폭스의 이야기에 모두들 숙연해지는 분위기가 되었다.

"자자, 형님, 지금부터는 제가 부연해서 말씀드리겠습니다. 자꾸 형님이 이야기하시니까 듣는 저희가 너무 울컥해지네요. 하하. 형님은 원래 기쁜 기억을 심어주는 분인데 오늘 보니 다른 능력이 생기셨는데요. 하하하."

닥터 제닝스는 분위기를 반전시키면서 이야기를 이어갔다.

"1980년대 뉴클레아스 심해기억저장위원회에서는 미래로 기억을 전송시키기 위해 기억전송텔레포트 시스템을 구축하면서 상당히 많은 기여자들의 도움을 받았다네. 당시에 어떤 기술로도 기억을 미래로 보내는 것은 불가능했는데 특이하게 파킨슨병이 있는 사람은 기억을 미래로 전송할 수 있는 트랜스포터 역할을 할 수 있다는 사실을 발견해 낸 것이지. 이 기술을 접목해서 미래에 기억을 전송하는 시도를 해봐야 하는데 이는 반드시 매개체가 있어야 했다네. 그 시도를 하기가 쉽지 않았지. 당시 젊은 나이에 〈패밀리 타이즈〉라는 NBC 드라마로 한창 인류에게 행복한 기억을 전송시키던 크리스퍼 요원이었던 마이클 제이 폭스는 자신에게 파킨슨병의 초기 병인 조발성 파킨슨병이 온 걸 알게 되었다네. 그래서 당시에 크리스퍼 활동도 그만두고자 했었지. 그때 뉴클레아스 심해기억위원회에서 미래의 인류를 위해 미래 기억전송의 트랜스포터가 되어줄 것을 요청하였고, 마이클제이 폭스는 기꺼이 자신을 인류를 위해 희생한 거였다네. 크리스퍼 역사에 길이 남을 일이었지. 당시에는 미래 기억전송을 위해 뇌간의 파장을 사용하였는데 사용 후에는 뇌 흑질의 도파민계 신경이 파괴되어 행동 장애가 발생하는 현상이 나타났지. 아직까지 치료법이 없다네."

한숨을 한 번 푸욱 쉬고 눈물을 글썽거리던 닥터 제닝스는 마지막 이야기를 이어갔다.

"마이클 제이 폭스 형님은 임무를 완성한 후에 시니어 크리스퍼로서 본인의 희생을 당연하다고 생각하시면서 은퇴 후의 인생을 미래기억 전송에 기여한 기여자들을 위해 재단을 설립하고 파킨슨병을 치료하기 위한 선구자적인 역할을 하고 있다네."

모두가 처음 듣는 이야기에 놀란 눈을 꿈뻑거리면서 듣고 있는데 새벽별 곤이 적막을 깨는 질문을 던진다.

"그럼 파킨슨병과 미래기억 전송에 연관이 있다는 이야기군요. 그러면 파킨슨병을 앓고 있는 분들은 특이하게 기억을 미래로 전송시킬 수 있는 어떤 파장을 지니고 있다는 이야기인데 저희는 그 파장에 주목할 필요가 있는 것 같습니다. 만약 코로나바이러스가 이러한 파킨슨병을 지닌 인간에 잠입하여 그 파장을 이용하여 미래로 자신들이 가진 정보를 전송한다면 이는 충분히 이론적으로나 데이터 분석상 가능하다고 생각 됩니다."

"바로 그 점이에요. 저도 우리가 분석한 데이터를 기반으로 파킨슨 환자에게 나타나는 유발요인인 환경독소, 미토콘드리아 기능장애, 불필요한 단백질 처리 기능 이상 등이 원인으로 보이는데 특히 MPTP(1-methyl-4-phenyl-1,2,3,6-tetrahydropyridine), 살충제 원료인 로테논, 파라과트 그리고 망간, 납, 구리 같은 중금속과 일산화탄소 등에 의해 무언가 파장 교란을 초래하는데 그 파장 교란이 미래에 기억을 전송할 수 있는 전송공간을 만든다고 생각하고 있어요. 만약 코로나바이러스가 그 공간을 열 수 있는 능력과 전송할 수 있는 능력을 모두 갖추었다고 생각하면 코로나바이러스를 조종하는 코로나 총사령부의 능력을 저희는 절대로 우습게 보면 안 된다는 생각입니다."

인사이드웨스트어질 박사는 정확한 이론상의 접점을 발견한 것 같은 강한 어조로 새벽별 곤의 의견을 지원하고 나섰다.

"오케이, 그러면 닥터 제닝스, 오늘 스티브 글로버 회장과 모든 분석팀들이 재단에 와서 공동으로 수행하고자 하는 작업은 무엇 인가?"

마이클 제이 폭스는 이제 모든 걸 이해했다는 표정으로 본론을 이야기했다.

"여러분, 지금부터 빠른 속도로 코로나바이러스 총사령부의 전송 포트를 찾아가는 작업을 같이 수행하고자 합니다. 먼저 자이버사 팀들은 버뮤다 삼각지에서 분류한 기억 파편들 중에서 파킨슨병을 앓은 환자군 중에 코로나바이러스를 앓거나 코로나바이러스로 사망한 기억 파편들을 분석하고, 이러한 기억 파편들이 전송되거나 편집된 흔적들이 있는지를 추적할 것, 민처르 파크 박사팀은 코로나바이러스 및 알파, 델타, 람다 등 변이바이러스의 형태를 추적하고 감염경로 및 감염자 기억들을 찾아서 그 기억데이터들이 이동하거나 모종의 중앙클러스터로 집단 전송된 흔적들이 있는지를 추적 분석할 것, 조르지 미슈 백작과 새벽별 곤 박사는 코로나바이러스에 감염된 인류의 삭제된 기억 파편들을 분석하여 삭제데이터 안에 남아 있는 전송 위치 흔적들을 모두 모아 분석할 것을 요청합니다. 이러한 작업이 완성되면 저희가 뉴클레아스 심해기억 저장소의 빅데이터 AI를 돌려서 코로나바이러스를 지휘하는 지휘통제소를 찾아내 보고자 합니다."

닥터 제닝스는 모두에게 임무를 지시하고 각자의 임무를 시작할 것을 요청한다.

걱정스러운 눈으로 닥터 제닝스를 바라보던 마이클 제이 폭스는 다가와서 어깨를 다독여 준다.

"그래, 이제야 모든 게 이해가 되네. 모든 데이터를 조합해서 코로나바이러스의 사령부 위치를 파악하면 어떻게 할 것인가?"

마이클 제이 폭스의 질문에 닥터 제닝스는 형같이 따뜻한 마음을 지닌 마이클을 꼬옥 껴안으며 귀에 대고 답을 준다.

"만나야지요, 형님. 만나서 타협을 해야지요. 인류를 위해서."

올랜도 킹스파크웨이 97번지, 이바야 닥터 딜릿 연구소

아침부터 닥터 딜릿은 정신 잃은 사람처럼 바쁘게 연구실 내를 휘젓고 다니고 있다. 인도계 미국인인 닥터 딜릿은 모든 기억을 삭제해 버리는 가공할 백치기억시술자로서 악명을 떨치고 있는 의사이자 연구자이다. 인도계 어머니와 영국계 아버지 사이에서 태어나 어려서 미국으로 이민을 온 이후로 텍사스의대를 졸업하고 인도의 아유베다에 심취하여 식물유래 추출물 연구에 매진하고 있던 차에 인도지역에 자생하는 41가지의 약초를 조합해 만든 기억삭제 캡슐을 불법으로 판매하여 막대한 부를 축적한 것으로 알려졌다. 그의 본명은 아무도 모르며 오직 기억을 전부 삭제하여 백치 상태로 만든다고 하여 닥터 딜릿(Dr. Dilite)이라는 이름으로만 불리고 있다. 식물추출물 약품 판매로 미국 FDA의 블랙리스트에 올랐지만, 기억판매로 벌어들인 막대한 돈을 바탕으로 유엔 산하의 빈민국을 지원하는 등의 국제교류를 통해 사회적 저명인사로 방어막을 쳐서 미국 사회에서 나름 인지도를 가지고 있다.

"7월 23일부터 8월 8일까지 이 기간 안에 모든 형태의 코로나바이러스에 감염된 인간들을 모이게 해서 기억을 미래로 전송시켜야 한다는 말이지. 흠흠."

닥터 딜릿은 혼잣말을 중얼거리면서 7월 23일부터 8월 8일까지 올랜도의 유니버설 스튜디오에 미국 전역에서 코로나바이러스 초기 감염자부터 알파, 델타, 람다 변이 바이러스에 감염된 사람, 그리고 화이자 백신을 1차 맞은 사람, 화이자 백신을 1, 2차 다 맞은 사람, 화이자 백신을 맞은 후에 코로나바이러스에 돌파 감염된 사람, 아스트라제네카 백신을 맞고 미국에 들어온 외국인, 모더나 백신 맞은 사람, 중국 시노팩 맞고 미국에 들어온 중국계 사람, 러시아 스푸트니크, 코비 박을 맞고 미국에 들어온 러시아계 사람 등 다양한 사람들을 7월 23일부터 8월 8일 사이에 올랜도 유니버설 스튜디오로 오도록 유도해야 하는 임무를 수행하고 있다.

닥터 딜릿의 눈에서 녹색 안광이 빛난다. 닥터 딜릿은 이미 코로나바이러스에 의해 숙주로 전환된 상태로 코로나바이러스가 신경계를 지배한 이후 자기 의지를 상실하고 겉으로는 멀쩡한 인간의 형태이지만 철저히 코로나바이러스 대행 역할을 하는 인간 숙주 좀비가 되어 버린 것이다.

코로나바이러스 숙주 코드 넘버 34260 닥터 딜릿: 코로나바이러스 대응 각 인간 개체들의 면역체계 샘플 인간 및 백신 맞은 인간 숙주들의 백신 면역생성 샘플 인간들에게 명령 코드를 주입하여 미래기억으로 전송하기 위해 7월 23일부터 8월 8일끼지 올랜도 유니버설 스튜디오에 방문하도록 코딩함

메시지가 프로테인 암호화되어 닥터 딜릿의 휴대전화 메시지인 왓츠앱(What's App)을 통해 미국 NBC 방송국 스포츠 담당 부사장 댄 어빙거의 휴대폰으로 전달된다.

미국 NBC 방송국 송출 센터

[이 암호화된 코딩 프로그램을 오늘부터 송출되는 NBC 도쿄올림픽 독점 방송에 전부 올려서 방송을 송출하세요.]

본사로부터 내려온 메일에 첨부된 송출 코딩 프로그램을 송출 시스템에 이식하라는 전문을 받은 기술진들은 '방송 보안이나 방송사고 예방을 위해 본사 차원이나 국토 안부국의 특별 협조 요청으로 내려온 지시인가 보다.'라는 개인적 상상만 할 뿐 기계적으로 지시를 이행하는 조직 문화로 인해 즉시 프로그램을 이식하고 가동한다.

텔레비전에는 2021년 도쿄올림픽 개막식에서의 자랑스러운 미국 선수들의 팀, TEAM USA! 모토가 화려한 현지 생중계로 송출되고 있다.

대다수의 미국 국민들이 NBC의 단독 방송을 보면서 코로나 시대에 1년이나 연기되어서 열리는 도쿄올림픽을 개막식인 오늘, 7월 23일부터 8월 8일까지 볼 것이다.

개막식에서 최종 성화 주자인 일본인 테니스 선수 나오미 오사카의 성화가 성화대에 점등되고 화려한 불꽃과 함께 도쿄 스타디움의 올림픽 개막이 시작되었다. 이 순간 모든 장면을 시청하던 코로나바이러스의 지배를 받는 인간 숙주들에게는 7월 23일부터 8월 8일까지 무조건 올랜도의 유니버셜 스튜디오로 집결하라는 명령코드가 텔레비전 방송 화면을 통해 전송되고 전송을 수신한 인간 숙주들은 모두 안광이 녹색으로 변하면서 수신 코드를 체내에 이식하기 시작한다.

올랜도 유니버셜 스튜디오
- 코로나바이러스 집단전송 빅포트 센터

코로나바이러스 사태로 국가 비상사태가 선포되고 집단 이용시설인 테마파크들이 모두 휴장에 들어간 이후, 백신 접종이 시작되고 방역시스템이 어느 정도 구축되자 테마파크들이 하나둘 재개장을 하기 시작했다.

2021년 7월 23일, 코로나바이러스가 세상에 퍼지고 있음에도 유니버셜 스튜디오가 가진 즐거운 테마파크의 기운은 사람들의 방문을 막지 못했다. 팬데믹 시대를 비웃듯이 많은 방문자들이 삼삼오오 즐겁게 유니버셜 스튜디오를 활보한다.

도쿄올림픽 방송이 전 세계에 송출되면서 숙주 코드 넘버 34260 닥터 딜릿이 심어 놓은 암호화 메시지가 도쿄올림픽 방송을 시청한 백신 접종자 및 감염자들의 신경계에 명령을 내린다.

눈에 푸른 안광을 번쩍이며 테마파크 안을 빠르게 걸어가는 숙주 코드 넘버 34260 닥터 딜릿은 드디어 목적지를 찾은 듯이 트랜스포머 테마관 앞에 발길을 멈춘다.

'흠. 지금 이곳 유니버셜 스튜디어를 방문한 거의 모든 방문자들은 명령 인식 코드를 부여받고 이곳에 온 것이군. 그러면 방문자들의 백신 접종 이후 면역시스템 정보를 빠르게 수집하여 전송센터로 보내야겠군.'

발빠르게 트랜스포머 테마관에 들어간 닥터 딜릿은 직원 출입구를 통해 능숙하게 통제시스템이 있는 컴퓨터에 접근하여 가지고 있는 암호화 코드를 C젠더에 삽입한다.

트렌스포머 테마관에 입장한 모든 방문자들은 로코모션 체험

기기에 탑승하기 전에 대기열에서 약 10분간 모니터를 상영한다. 이 모니터를 응시하는 모든 방문자들의 체내에 축적된 코로나바이러스 백신 관련 개인 생체 정보들은 이 순간에 강제 추출되는 것이다.

'음, 7월 28일부터 8월 3일까지 미국 전역의 백신을 맞은 생체 정보를 흡수할 수 있을 것 같군. 그러면 이러한 전송 포트 시스템을 좀 더 확대해서 전 세계 표본 생체 샘플을 더 확보해야 미래에 우리 코로나바이러스가 인간 대항 시스템을 극복하면서 생존하는데. 흠… 어떻게 하면 더욱더 효율적으로 인간 정보를 흡수하지?'

숙주 코드 넘버 34260, 닥터 딜릿은 유니버설 스튜디오에서 시험 작동한 백신정보 추출시스템을 확대 적용하기 위해 코로나바이러스 총사령부에 전송문을 보낸다.

인간의 집중을 유도하는 모니터시스템을 구축하여 스크린에 몰입하는 인간의 인구를 통해 기억세포에 접근하여 백신 접종 후의 생체정보시스템 확보에 성공함. 이 시스템을 확대 적용하면 전 세계 각 인종별로 다양한 면역시스템 정보를 파악하고 이를 무력화시킬 수 있는 방어력 구축이 가능하여 훨씬 쉬운 인간 전피 시스템을 만들 수 있을 것임. 전 세계 인구가 공동으로 접속하는 시스템을 찾아서 인식 코드를 뿌릴 수 있는 방안이 필요함. 이상 34260.

2021년 9월 17일,

세계적인 스트리밍 회사 넷플릭스는 〈오징어 게임〉이라는 한국 드라마를 송출하기 시작한다. 송출 이후 유사 이래 기록에 없던 한국 드라마가 전 세계 넷플릭스에서 1위를 달리면서 수많은 시청자들을 확보하게 된다. 코로나바이러스 총사령부는 1억 명 이상의 인간 데이터를 확보할 수 있는 절호의 기회를 놓치지 않고 넷플릭스 스트리밍을 통해 〈오징어 게임〉의 시청자들을 조정하기 위해 영희 인형의 눈에 강력한 빛의 파장이 작동하도록 프로그래밍을 조작한다. 바이러스가 인간을 감염시키듯이 시청자가 시청자를 불러 모으는 감염시스템을 가동시켜서 순식간에 전 세계에 〈오징어 게임〉을 봐야 한다는 의식의 자각을 심어 놓았다.

코로나바이러스 총사령부의 이러한 인간 데이터 확보 계획을 모르는 전 세계 인류는 즐겁게 〈오징어 게임〉을 시청하면서 자신들이 백신 접종을 통해 형성된 면역 데이터들을 모두 해킹당하기 시작한다. 전 세계 시청자 1억 가구를 돌파하는 기록을 세운 〈오징어 게임〉을 통해 전 세계 백신 접종자들의 면역 데이터를 확보한 코로나바이러스 총사령부는 백신 회피를 위한 새로운 변이양성을 위해 인간 대 인간의 감염구조를 바꿔서 이를 변칙화하기 위해 그동안 숙주로 삼았던 인간에서 동물로 광범위하게 그 영역을 확대하기 시작한다.

Chapter 2

인류에게
코로나바이러스
(COVID-19)
질병 발생

코로나바이러스 총사령부

긴급명령 0218

인간 백신 방어시스템을 무력화하기 위해 인간-쥐-인간의 숙주 변경을 통해 확보한 새로운 동료들인 오미크론이 활동을 시작한다. 현재 활동 중인 모든 코로나바이러스는 델타에서 오미크론으로 숙주전피를 바꾸도록 명령한다. 이를 통해 현재 인간이 가동 중인 백신 시스템을 무력화한다. 모든 델타는 오미크론에게 숙주감염의 임무를 맡기고 숙주전피에서 철수하라.

백신 접종률이 증가하면서 어느 정도 코로나바이러스를 종식시킬 것이라고 기대하던 인류에게 전혀 예상하지 못한 새로운 종의 출현은 말 그대로 충격이었다. 더욱이 백신 무력화를 위해 면역시스템에서 백신 회피기동을 하는 돌연변이 코로나바이러스는 오미크론이라는 이름으로 인류에게 새로운 공포를 심어주기 시작했다.

미국 보스턴 하버드 대학교 의료 AI 연구센터

최근 몇 년간 가장 강력한 노벨상 후보로 거론되는 석학인 시그널 도(Signal Do) 교수는 오늘도 오라클 데이터베이스에 저장할 새로운 데이터 프로그램을 완성시키기 위해 연구진들과 심도 있는 논의를 하고 있다. 조수인 마이시스 전(Mysis Jeon) 박사에게 지난주에 지시한 전 세계 환자들의 의료기록에 접속해서 찾아낸 특이한 동향을 뇌파 정보를 분석하고 이를 통해 전 세계에서 인류가 그동안 보지 못한 특정한 주파수 영역대의 파장 흐름을 감지해 내는 업무를 지난 1년간 비밀리에 진행하고 있는 중이다.

"흠. 마이시스 박사, 우리가 지난 1년 동안 발견해 낸 전 세계의 병원 기록 데이터들 중에서 뇌를 중심으로 신체의 각 장기를 촬영한 초음파, 엑스레이(X-Ray), 엠알아이(MRI), 시티(CT), 펫시티 (Pet CT) 등에서 나온 다양한 형태의 교신주파수들의 흔적을 데이터베이스화한 이후 이 주파수들이 서로 교신하고 교신의 알고리즘 종착지에 지시자가 있다는 충격적인 분석결과를 이번 주에 완성하게 되는군. 고생이 많았네."

"제가 한 건가요. 교수님의 지도 덕분에 저희 연구팀들이 빠르게 이해하고 이 내용을 찾아내서 AI 슈퍼 컴퓨터에 명령어를 잘 입력한 덕분인 걸요. 호호호."

긴 머리카락을 쓸어 올리면서 금세기 하버드 최고의 데이터알고리즘 천재라고 불리는 마이시스 전 박사는 유쾌하게 웃으면서 시그널 도 교수를 올려다본다. 수학자였던 마이시스 박사를 하버드 의료 AI 센터의 데이터 분석 수석책임자로 영입한 시그널 도에게 '교수님이 원하는 숙제를 제가 풀어 드린 거죠?'라는 표정이 역력했다.

"고맙네, 잠시 후면 닥터 제닝스가 우리 연구실로 올 걸세. 어제 심해기억저장위원회에서 전문을 받았다네. 전 세계에 확산된 코로나 환자들의 기억전송 데이터를 분석한 결과 일정한 교신 패턴이 발견되어 코로나바이러스가 인간을 숙주로 삼은 이후에 인간의 생체 면역 시스템에서 확보한 방어기전 및 면역데이터를 전송한 듯한 데이터 흔적들이 남아 있다는 거지. 우리가 가지고 있는 환자 의료데이터에 남아 있는 생체기억 중에 데이터가 전송된 방향과 심해기억저장위원회에서 확보한 데이터 전송 흔적을 확보하면 지금 전 세계에 확산되는 코로나바이러스의 사령부가 있는 인간 숙주를 찾아낼 수 있을 거야."

"하하하, 역시 우리 시그널 도 교수가 해결해 낼 줄 알고 있었네."

뒤에서 들려오는 호탕한 웃음소리에 시그널 도 교수와 마이시스 전 박사는 깜짝 놀라면서 뒤를 돌아다본다.

활짝 웃으면서 서 있는 인물.

다름 아닌 닥터 제닝스였다.

"아니, 닥터 제닝스. 언제 이렇게 귀신같이 남의 연구실에 들어오셔서 이야기를 엿들으시다니요. 하하하."

"내가 엿듣고 싶어서 그런 게 아니라 듣고 싶은 이야기만 쏙쏙 들려서 나도 모르게 연구소에 왔다는 인사를 하기도 전에 두 사람의 이야기에 집중하게 되더군. 하하. 아무튼 고맙네. 고생해 준 마이시스 전 박사님과 연구진들에게도 고맙다는 인사를 드리고 싶군요."

닥터 제닝스는 정중하게 마이시스 전 박사에게 다시금 인사를 건넨다.

시그널 도는 바쁘게 닥터 제닝스의 손을 붙잡고 오라클 데이터 장비로 가득한 데이터센터 내 연구실로 데려간다.

"닥터 제닝스, 이미 심해기억저장위원회에서 요청 사항을 받아서 준비했습니다. 진정으로 직접 코로나 총사령부와 접속을 통해 대화를 시도하실 생각이신지요?"

"그렇다네. 이제는 그 방법이 서로를 위한 가장 좋은 방법인 것 같아. 그런데 한 가지 궁금한 것이 있네. 어떤 전송 방법으로 내가 코로나바이러스 총사령부의 최고 숙주와 접속하게 되는 건가?"

"하하하하하, 역시 호기심 박사다우시군요. 오시자마자 가장 중요한 비밀을 이렇게 쉽게 물어 보시다니요? 하하하. 박사님이 접속하실 거니까 그래도 아셔야 할 것 같아 간단한 구조를 말씀드리겠습니다. 저희가 수집한 모든 데이터들은 어느 한 곳을 수신처로 지목하고 있습니다. 물론 그 수신처는 인간을 숙주로 사용하기 때문에 이동하지만 교신부호는 늘 따라다니기 때문에 전송의 최종 종착지이기도 하고, 교신을 내리는 명령본부이기도 하지요. 닥터 제닝스께서 이곳에서 전송 모듈셋을 쓰신 다음 전송체어에 앉으시면 닥터 제닝스의 뇌파를 코로나 전송부호와 동일체로 처리한 후에 그 종착지로 전송할 것입니다. 저희 건물의 비밀을 알려드릴게요. 저희 하버드 대학교 의료 AI 센터가 왜 대학 내부가 아닌 역사적인 건물인 이곳 보스턴 우체국 건물에 위치하고 있는 줄 아세요?"

"임대료가 싸서? 하하하하하."

"역시 조크의 달인이세요. 이곳 보스턴 우체국은 미국의 역사상 최초로 뉴욕과 전화선을 연결하고 최초의 전화를 개통한 곳이랍니다. 보스턴에서 뉴욕까지 광활한 거리의 전화선이 매설되어 있고, 이 매설된 전화선을 지금 저희가 전송케이블로 전환해서 이용하고 있답니다, 극비리에. 뉴욕으로 전송된 교신 부호는 뉴욕의 엠파이어 스테이트 빌딩의 최상위층의 첨탑으로 연결되어 있어서 여기에서 교신부호를 송출하도록 설계되어 있습니다. 물론 이는 저희 심해기억저장위원회 산하 뉴클레아스 전송위원회에서 극비리에 작업한 결과이기도 합니다."

"아! 그런 전송구조를 가지고 있었군. 나도 때로는 말이야. 뉴클레아스의 수많은 조직들이 엄청난 일을 하고 있는 열정에 놀라곤 한다네."

"자, 그럼 접속 준비를 하시죠."

시그널 도 교수가 전송 모듈셋을 들고 닥터 제닝스에게 전송모듈체어에 앉으라는 눈짓을 보낸다.

코로나바이러스 총사령부

전송된 인간의 백신 제조 현황을 보면서 접속된 사령 바이러스
들이 서로 의견을 교신하고 있다.

〈사령부 전송 1〉
인간의 방어막 코로나 백신 제조 방식

바이러스 전달체 (벡터) 백신	• 우리 코로나 형제들을 인간 몸에 무해한 아데노바이러스 등 다른 몸체에 가두어서 인간의 몸에 주입하여 인간 몸에서 항원 단백질을 생성하게 하여 면역반응을 유도하는 방식 • 인간들이 최근에 만들어 낸 메신저 리보핵산(mRNA) 백신에 비해 상대적으로 열에 안정적임
메신저 리보핵산 (mRNA) 백신	• 우리 코로나 형제들의 유전자를 RNA 형태로 주입해서 체내에서 항원 단백질을 생성해 인간의 면역반응을 유도하는 방식 • 우리 코로나 형제들에 대한 항체가 형성될 수 있는 유전정보를 제공하고 인간의 세포가 이 유전정보를 읽어 낸 후 코로나 형제들을 복제하거나 형제들의 단백질 일부를 생성하도록 하여 인간들 몸 안에 우리들에게 대항할 수 있는 면역 방어체계를 구축하는 방식 • 신속하게 대량생산하여 우리 코로나에 대항 가능하나 RNA 분해효소(RNase)에 쉽게 주성분인 RNA가 분해되어 불안정하기 때문에 영하 20도에서 영하 75도 사이의 초강력 초저온 콜드체인을 필요로 함

단백질 재조합 (단백질 sub unit) 백신	• 유전자 재조합 기술을 이용하여 만든 우리 코로나 형제의 단백질을 직접 주입하여 인간의 면역반응을 유도하는 방식. 단백질 서브유닛이라고 하는 이유는 인간들에게는 무해한 우리 코로나 형제들의 단백질을 재조합하여 인간에게 투입하고 인간의 면역시스템이 인간 내의 동종단백질이 아니라고 인식하여 스스로 면역시스템을 만들도록 유도하는 방식이기 때문임 • 이 방식으로는 면역반응이 약해서 인간들은 알루미늄염 등 면역증강제 등을 포함하여 만듦. 인간들이 가장 오랫동안 사용한 방식
불활화 백신 (사백신)	• 우리 코로나 형제들을 죽여서 인간 체내에 주입하고 면역반응을 유도하는 악랄한 방식으로 인간들이 백신 제조에 가장 많이 사용하는 방식 • 제조방식이 쉽고 인간의 몸에 중화항체가 많이 생성되나 백신 제조 시 감염규정이 까다로운 점이 있음 • 위험한 미생물로 우리를 규정하고 생물안전등급(BL, Bio safety level) 3급 이상 시설이 필요함. BL은 1급부터 4급이 있으며 4급이 제일 높음

코로나바이러스 총사령부를 지휘하는 총사령관 엠페라코로나는 인간들의 백신 제조 방식을 업데이트하여 코로나 형제들에게 전송을 명령한다. 전송을 담당하는 북극고래들은 총사령부의 메시지를 전 세계에 전송한다.

총사령관 엠페라코로나는 교신전파의 강도를 높이면서 인간들이 만든 백신 종류와 함께 저항과 전파를 독려하는 명령을 추가로 전송한다.

〈사령부 전송 2〉
인간들이 우리 코로나 형제들을 대항하기 위해 만들어 사용하는 백신종류들

화이자 백신	• 미국의 제약사 화이자(Pfizer)와 독일 바이오앤테크가 공동 개발한 백신. mRNA 백신으로 우리 코로나 형제들에게서 추출한 유전적 정보로 만든 메신저 리보핵산을 인간의 몸에 투여하여 면역시스템을 생성하게 하는 방식. 여러 부작용이 일어날 수 있으나 인간들은 현재 투여에 급급한 것으로 판단됨 • 현재 인간들은 1~4차까지 맞추어서 방어벽을 강화해가고 있으나 이를 돌파한 우리 형제들이 정보를 전송하여 이미 우리 공격시스템에서 화이자 항체에 대한 많은 회피전략을 전송 중임
모더나 백신	• 미국의 생명기업 모더나(Moderna)가 미국 국립보건원(NIH) 산하 국립 알레르기·전염병 연구소(NIAID)와 공동개발한 백신, 메신저 리보핵산을 인간의 몸에 직접 투여해 우리 코로나 형제에 대항하는 항체 단백질을 만들게 하는 방식 • 4주 간격으로 2번 이상 접종해야 우리 코로나 형제에 대항 가능한 항체가 생기는 것으로 판단됨
아스트라제네카 백신	• 제약사 아스트라제네카와 영국 옥스퍼드대학교에서 공동 개발한 바이러스 전달체 방식인 벡터 방식으로 아데노바이러스를 활용하여 우리 코로나 형제들에 대한 방어시스템을 구축하는 방식 • 현재는 방어력이 많이 약하다고 판단되어 인간들이 이 방식을 선호하지 않음
얀센 백신	• 존슨앤드존슨 계열의 얀센에서 개발한 백신으로 바이러스 전달체 방식인 벡터 방식으로 아데노바이러스 26형(Ad26)을 운반체로 사용 • 우리 코로나 형제들의 벡터를 인간의 몸에 주입하고 우리에게 대항하는 단백질을 생성하도록 하는 방식. 인간들은 한 번 접종으로 방어력이 생긴다고 생각함

노바백스 백신	• 단백질 재조합 방식으로 백신 후보 물질 NVX-CoV2373을 개발함. 인간들은 합성항원 방식이라고도 부르며 유전물질로 우리 코로나 형제들과 같은 단백질을 생성한 다음에 이를 나노 입자로 인간의 몸에 투여하는 방식임. • 우리 코로나 형제들의 표면에 있는 스파이크 단백질과 주변의 당분자를 합성해서 인간들 몸에 주입하고 이에 대항하는 면역 방어력을 만드는 방식 • 인간들은 3~4주 간격으로 2회 접종해야 면역력이 생성된다고 판단하고 있고 노약자와 청소년 이하에게 접종을 많이 권고하는 것 같음
기타 백신	• 러시아 보건부 산하 국립 전염병·미생물학 센터와 국방부 산하 제48중앙과학연구소와 공동 개발한 스푸트니크V • 시베리아 노보시비르스크의 벡토르센터에서 개발한 에피박 코로나 백신 • 중국에서 만든 시노백 백신

총시령관 명령: DLSRKSDMS EK RKADUATLZLSEK-2022

인간들은 우리 코로나 형제들에게 대항하기 위해 위와 같은 백신을 제조히여 빙어믹을 치고 있음을 전송히니 모든 우리 형제들은 긱지기 진입한 인간 숙주들에게서 니타니는 백신 면역 생성괴정 및 우리 형제들에 대한 면역반응 등에 대한 정보를 시령부로 전송히길 비립니다. 인간들의 빙어믹에 대항히기 위해 시령부는 스텔스의 기능괴 시용 방법을 배포합니다. 이 기능을 이용히여 인간들 몸에 집입히고, 전피히는 데 효괴적으로 시용해 주기를 비립니다. 우리 코로니기 인간들 전체를 숙주로 지배히는 세상을 민들기 위해 노력해 주기를 비립니다.

막 전송을 마친 다음 갑작스럽게 전송 시스템에 이상 접속 신호가 나타나면서 코로나 총사령부 전송 시스템을 통해 접속희망 코드가 등장한다.

하버드의대 매사추세츠종합병원 내의 에테르 돔(Ether Dome) 내 원형수술장

보스턴 시내에 위치한 매사추세츠종합병원(MGH), 아름답게 꾸며진 정원을 가로질러 고풍스러운 건물이 보인다. 미국 초창기의 하버드 의대 건물이 고색창연한 모습을 자랑하며 당당하게 서 있다. 이 건물 4층에 위치한 원형수술실은 하버드 의대가 자랑하는 에테르 돔(Ether Dome)으로 불리며 전 세계 마취과 의사들의 성전이 되었다. 인류가 불을 발견한 것 이상으로 의학의 혁신을 가져온 마취수술을 세계 최초로 시행한 1846년 10월 16일, 이날은 하버드 의대의 역사적인 날이자 인류역사의 기념비적인 날이 되었다. 치과의사이면서 하버드 의대에 입학해 다시 공부하던 모튼은 화학과 교수인 잭슨과 마취에 대한 토론과 연구를 같이하면서 스스로 실험을 하는 등 적극적인 마취기술의 개발에 힘써서 1846년 9월 에테르를 사용하여 통증 없이 환자 발치에 성공한다.

1846년 10월 16일, 훗날 에테르 돔으로 명명된 이 원형 수술실에서 턱에 종양이 있는 환자를 모튼과 외과과장 존 워런이 에테르를 사용하여 세계 최초의 흡인 마취 수술을 성공하게 된다. 인간의 의식을 없애고 마취라는 새로운 개념을 만든 이러한 의술적 혁신은 추후 인간의 수술 혁신으로 이어져 중대 질병으로부터 인간의 수명을 지켜내는 방파제의 역할을 하게 된다.

에테르 돔 계단을 걸어 올라가는 닥터 제닝스의 발걸음이 무겁다.

"삐이익."

무거운 문이 열리는 소리가 에테르 돔의 정적을 깬다.

"어서 오세요, 제닝스."

무거운 표정으로 인사를 건네는 이는 에테르 돔을 책임지고 있는 프로스트 교수다.

"이 장치를 제 손으로 사용하게 될 줄은 정말 몰랐군요."

프로스트 교수는 에테르 돔 중앙에 설치된 장치를 보면서 만감이 교차하는 표정을 짓는다.

"인간의 뇌를 통해 의식과 무의식을 넘나드는 교신 주파가 있다고 가정하고 그 주파수를 통해 세포의 미토콘드리아의 전송 시스템에 연결하여 세포와 교신할 수 있다고 착안한 이데아 위성시스템은 처음 만들 때는 단순히 저의 구상을 실현하는 수준이었습니다. 단 한 번도 사용해 본 적도 없는 시제품일 뿐입니다. 시그널 도 박사로부터 부탁을 듣고 하버드 데이터통신망에 이데아 위성시스템을 연결하고 코로나바이러스의 염기서열을 입력한 후 가능한 한 가장 강력한 주파수 파장이 나오는 세포로 전송부호를 보낸 게 3일 전인데 오늘 아침에 기적과 같이 교신 반응이 왔습니다. DNA 염기로 구성된 내용을 저희 알고리즘 판독기로 해석한 결과 코로나바이러스 총사령부로 이어지는 교신 루트를 제가 열어 버린 것 같습니다. 처음에는 오작동인지, 이게 꿈인지, 정말 이 이데아 위성시스템이 올바르게 작동한 것인지 너무 놀라서 정신이 다 나갈 정도였습니다."

닥터 제닝스는 프로스트 교수에게 다가가 등을 다독거린다.

"교수님, 교수님은 인류사에 가장 큰 헌신을 하신 분으로 기록될 것입니다. 세계적인 정신 분석학의 대가인 교수님이 연구한 인간의 뇌의 데이터 전송에 대한 파장 연구는 그 내용이 너무 방대하고 정확해서 저희의 비밀 열쇠가 열리는 줄 알고 잔뜩 긴장하고 주시할 정도였습니다."

"저희라니요?"

"뉴클레아스 심해기억저장위원회입니다."

"뉴… 클… 레아스… 심해…기억…저장위원회요?"

처음 듣는 기관 이름에 얼떨떨해 하는 프로스트 박사에게 정중하게 닥터 제닝스는 이야기를 이어 간다.

"일단 오늘의 모든 일정이 끝나면 제가 맥주 한잔 사면서 많은 이야기를 들려 드리겠습니다. 물론 오늘 이후로 교수님은 저희 뉴클레아스 심해기억저장위원회의 연구회원으로 등록될 것입니다. 시그널 도 교수님도 실은 저희 연구교수진의 일원이랍니다."

'지금 무슨 소리를 하는 거지?' 하는 표정으로 눈을 동그랗게 뜨고 있는 프로스트 교수를 바라보면서 닥터 제닝스는 이데아 위성 시스템에 다가간다.

[우리에게 접촉신호를 보낸 주체는 누구인가? 무슨 이유로 세포전송포트에 인간의 DNA염기로 구성된 전문이 전송되는지를 설명하리. - 코로니 총사령부]

세포로부터 전송된 신호를 해독한 후 보이는 모니터에 선명하게 상대방의 메시지가 깜빡거린다.

"신기하군요. 이 전송 메시지가 정말로 코로나들을 지휘하는 술탄코로나에게서 온 전송 문구라는 말이군요."

시그널 도가 경이롭다는 말투로 감탄을 표시한다.

"술탄코로나요?"

"하하. 일단은 그렇게 부르고 있습니다. 킹코로나, 왕코로나, 황제코로나, 1번코로나, 오야지코로나, 보스코로나, 바구스코로나 등등 온갖 명칭들이 있었지만 위원회는 일단 술탄코로나로 통일하기로 했습니다. 제가 시그널 도 교수님의 AI 알고리즘을 이용한 모듈

체어에 앉아서 전송 메시지를 보낸 이후에 코로나바이러스가 보낸 송신 신호를 포착한 것은 프로스트 박사님 연구소였습니다. 신기하게 바로 옆 건물인 프로스트 박사님 연구실로 송신되었습니다. 제가 교신 신호를 보낸 곳은 미국 최초로 전화선을 개통한 보스턴 전신국의 케이블 라인을 통해서였습니다. 그런데 왜 응답은 MGH 에테르 돔의 프로스트 박사님 연구실 기계로 송신되었을까요? 이 의문은 아직 풀지 못했습니다."

"저는 다른 상황을 잘 모르기 때문에 하하. 제 연구실에서 만든 이데아 위성시스템에 수신된 부호를 분석하다가 데이터 내에 시그널 도 교수님 연구실 위치 부착 표시장치가 나오는 수식을 발견하고 즉시 시그널 도 교수님에게 연락을 드렸던 것뿐입니다. 아마 이곳 에테르 돔이 인간의 무의식을 세계 최초로 시행한 공간이기 때문에 이 공간 안에 우리가 모르는 다른 비밀이 존재할 수 있을 거라는 추리만 할 뿐입니다."

프로스트 교수는 설명한 후에 능숙하게 에테르 돔 내에 설치된 이데아 위성시스템을 조작한다.

그리고 닥터 제닝스에게 시스템 부스에 누우라는 신호를 보낸다.

시스템 부스에 올라가 누워있는 닥터 제닝스 머리에 수정 헬멧 같은 특이한 기구를 씌운다.

"이 신기한 기구는 뭔가요?"

"인간의 뇌파를 극대화하고 이를 전송하는 전송 헬멧입니다. 수정에 투영되는 모든 전파들을 흡수하고 이 중에서 세포에 전송되는 특이한 주파수를 잡아내는 역할을 합니다. 이번에 시그널 도가 분석한 데이터를 기반으로 코로나바이러스들이 상호 교신하는 세포 통신 주파수를 찾아내서 저희가 응답요청 신호를 보냈고, 저희의 교신에 응답이 온 것이기 때문에 닥터 제닝스께 전권을 위임받은 교신대로서 일단 1차 접촉을 하도록 코딩해 놨습니다. 교신코딩을 해 놓지 않으면 교란이 일어날 수도 있거든요."

"흠, 그러면 일단 제가 접촉한 이후의 상황은 아무것도 정해지지 않은 거군요."

프로스트 박사는 약간은 염려스럽다는 표정으로 한숨을 쉬면서 말을 이어 간다

"사실 이 장치는 제 이론을 기반으로 만든 이후 이렇게 광범위한 파장과 주파수대역을 향해 교신부호를 송출하고도 수집하여 교신 통신장비로 사용해 본 게 처음입니다. 또한 통신 전송 주체를 이데 아 위성시스템이 아닌 인간의 뇌파를 수정 헬멧을 통해 증폭하고 교신 주체를 뇌파의 소유자로 지정하여 운용해 보는 것이 이번이 처음이라 교신 이후에 교신자의 뇌파가 안정적으로 다시 인간 본 체에 돌아올 수 있을지도 약간은 미지수입니다. 그런 위험을 감수 하고 지금 교신을 시도하는 것입니다."

닥터 제닝스는 그런 걱정은 별로 걱정도 아니라는 표정으로 프 로스트 박사를 보고 웃으면서 어깨를 툭 친다.

"제가 프로스트 박사님을 처음 뵐 때 왜 더욱 반갑고 좋았는지 아세요? 하하하. 제가 제일 좋아하는 시인이시거든요. 저는 그분의 〈가지 않은 길〉을 평생 중얼거리면서 모든 어려운 위기나 고통을 이겨 냈답니다. 물론 즐거울 때도 흥얼거리면서요. 저에게는 마치 삶의 기도문 같은 시랍니다. 제가 뉴햄프셔의 숲길을 걸으면서 아 마 이 정도의 숲길에서 프로스트의 시가 만들어지지 않았나 하며 계곡의 물에 손도 담그고 하늘도 올려다보고 그러한 명상의 시간 을 갖는 것을 인생의 가장 큰 기쁨으로 생각한다는 것은 아마 지금 처음 말씀드리는 것 같군요."

프로스트 박사의 눈이 동그래지면서 흥분된 어조로 찬사가 튀어 나온다.

"오, 세상에! 저희 할아버지세요. 로버트 리 프로스트(Robert Lee

Frost)."

"저… 정말이세요? 이런 우연이…. 제가 프로스트 박사님 손을 한 번 잡아 봐도 될까요? 영광입니다. 제가 좋아하는 분의 후손을 만나다니. 그리고 그 후손이 발명한 이 위대한 전송 시스템을 통해 인류를 구원할 접촉을 시도하는 일을 같이 하게 되다니요. 정말 저희의 위대한 창조자의 여정에 쓰이는 작은 나그네들일 수도 있겠군요. 위대하고 영원한 우주의 이야기들 속에 작은 점 같은…."

엄청난 감동과 영감을 받은 표정으로 프로스트 박사를 바라보면 그 두 손을 꼬옥 쥔 닥터 제닝스의 눈가에 눈물이 맺힌다.

"프로스트 어른은 1963년 돌아가셔서 버몬트주 베닝턴의 가족 묘지에 안장된 것으로 알고 있는데 후손이 이곳 보스턴 하버드대학교의 교수라니… 여기서 후손을 만난 줄은 생각도 못했습니다."

"할아버지는 샌프란시스코에서 태어나셨지만 보스턴 북쪽의 로렌스에서 자라시고 뉴햄프셔의 데리, 프랭코니아 그리고 마지막 20년을 하버드대학교 옆 케임브리지에 사셨답니다. 이곳 하버드대학을 나오셔서 앰허스트대학교, 다트머스대학교, 미시간대학교, 하버드대학교에서 가르치셨죠. 말년에는 아름다운 메이저 산(Mountain Major)에 가는 길에 작은 마을 데리(Derry)에 살면서 농장에서 농사짓는 초보 농부를 해 보셨다고 말씀하시면서 늘 그리워하셨죠. 미국의 3대 시인으로 불리고 퓰리쳐상을 4번이나 받으셨지만 상을 받은 것보다는 농장에서 감자를 키우는 삶과 아름다운 뉴햄프셔의 일상을 시로 쓰는 일상을 사랑하셨답니다. 많은 분들은 〈가지 않은 길(The Road Not Taken)〉을 기억하시겠지만 할아버지는 〈뉴햄프셔(New Hampshire)〉라는 시를 더 사랑하셨다는 걸 아시는 분은 별로 없을 거예요."

"오, 실로 놀라운 이야기군요. 가족이 아니면 들을 수 없는 이야기를 듣다니 너무 감격스럽습니다. 제가 가장 좋아하는 시인의 이야기를 이렇게 듣고 그 기억을 간직한 채 코로나바이러스와 접촉하기 위해 이데아 위성시스템의 교신기를 처음으로 사용하는 사용자가 된 것이 어쩌면 제가 받은 가장 큰 도전에 대한 큰 선물 같습니다."

감격해하는 닥터 제닝스에게 프로스트 박사가 위로하듯이 이야기를 하며 부스 덮개가 내려가는 스위치를 누른다.

"임무를 완수하고 돌아오시면 제가 화이트 마운틴이 보이는 프랭코니아에 위치한 프랭코니아 프로스트 뮤지엄(The Frost Place, Franconia, 뉴햄프셔주)에 초대하도록 하겠습니다. 그곳에는 할아버지에 관련된 많은 이야기들과 소품들이 가득하답니다. 저희 가족이 관리하므로 제가 초대를 하도록 하겠습니다. 부디 임무를 잘 완수하고 돌아오시기를 기원드립니다."

프로스트 박사는 축복과 기원을 담은 얼굴로 이데아 위성시스템의 출력 버튼을 극대치로 상승시킨다.

"오늘은 인류가 바이러스와 교신하는 역사적인 날이군요. 저는 제가 가장 사랑하는 프로스트 시인의 〈가지 않은 길〉을 되뇌면서 눈을 감고 의식의 저편에 있을 술탄코로나와 접촉하도록 하겠습니다."

진중한 자세로 눈을 감고 조용히 프로스트의 시를 암송하는 닥터 제닝스의 머리 위로 녹색 빛 광선막이 드리우면서 강력한 자기 기파의 파장이 일어나고 있는 에테르 돔 내의 광경은 실로 웅대하였다.

부스막을 뚫고 조용히 잠꼬대처럼 웅얼거리는 닥터 제닝스의 입술 사이로 프로스트의 시가 흘러 나온다.

노란 숲속에 두 갈래 길이 있었습니다.
나는 두 길을 다 가지 못하는 것을
안타깝게 생각하면서
오랫동안 서서 한 길이 굽어 꺾여 내려간 데까지,
바라다볼 수 있는 데까지 멀리 바라다보았습니다.

그리고 똑같이 아름다운 다른 길을 택했습니다.
그 길에 풀이 더 있고 사람이 걸은 자취가 적어
아마 더 걸어야 될 길이라고 나는 생각했던 겁니다.
그 길을 걸으므로 그 길도 거의 같아질 것이지만.

그날 아침 두 길에는
낙엽을 밟은 자취는 없었습니다.
아, 나는 다음 날을 위하여
한 길은 남겨 두었습니다.
길은 길에 연하여 끝없으므로
내가 다시 돌아올 것을 의심하면서…….

먼먼 훗날에 나는 어디선가
한숨을 쉬며 이야기할 것입니다.
숲속에 두 갈래 길이 있었다고,
나는 사람이 적게 간 길을 택하였다고,
그리고 그것 때문에 모든 것이 달라졌다고.

지구 안의 무의식의 행성 북극 오로라광운대

　지구자전축 북쪽의 마지막 끝 지점인 북극점과 북위 66도 30 북쪽의 주변부 하늘을 오로라 파장이 뒤덮고 있다. 영구빙설로 뒤덮인 북극의 깊은 빙하 안에 지구 자기장에서 자유로운 무의식의 파장을 가두는 3대 저장소가 있다. 그중 가장 큰 빙하저장소는 그린란드 저장소로 유럽 대륙에서 수직으로 지구 하단까지 전송된다.

인간들의 무의식을 순간 저장하여 다시 송출하는 대형 저장 기능을 가지고 있으며, 아이슬란드의 바트나이외퀴들 빙하는 아시아대륙 및 동남아시아 호주까지의 무의식을 저장 및 전송하고, 북태평양의 알래스카 빙하는 북미대륙 및 남미대륙의 모든 무의식을 저장하고 전송하는 역할을 담당한다.

우주에서 태양풍과 함께 지구에 도달한 플라스마들은 지구 자기장에 가두어지면서 지구대기에 들어오게 되는데 이때 일어나는 공기분자와의 충돌을 오로라 현상이라고 사람들은 이야기한다.

하지만 뉴클레아스 심해기억저장위원회의 가장 중요한 우주송신의 역할을 담당하는 지구의 두개의 송신 포트가 남극과 북극에 존재하는 것을 아는 이는 극히 드물다. 북반구를 커버하는 북극광(Aurora borealis)과 남반구를 커버하는 남극광(Aurora australis)을 전송 포트로 활용하는 시스템을 구축한 뉴클레아스 심해기억저장위원회는 우주에서 들어오는 모든 기억 데이터들을 수신함과 동시에 북극의 빙하에 무의식저장소를 운영하여 무의식중에 전송되는 기억들을 보관, 분류, 수집, 영구 동결, 분해 등의 과정을 거쳐서 다시 인간들에게 송신하는 역할을 수행하고 있다.

보스턴에서 전송되는 무의식 전송 신호를 수신받은 알래스카 빙하 무의식저장소는 이의 주파수와 일치하는 주파수 대역을 찾아 그 전송부호에 맞게 양측 전송을 이어주는 오로라 광운대에 전파를 송신한다. 오로라 광운대에서는 지구 전체의 전파 파장을 수신하고 이에 매칭되는 파장 간의 교신을 이어주는 가교 역할을 하고 있다.

"뚜ㄷㄷㄷㄷㄷ, 뚜ㄷㄷㄷㄷㄷ."

공기 마찰과 플라스마의 부딪힘으로 세상에 존재하지 않는 듯한 소리가 북극을 감싼다. 파란, 녹색, 보라 등등 마치 공기 커튼을 두른 듯이 춤을 추는 댄서의 멋진 드레스 모양으로 형형색색 빛을 변화시키며 형체가 변화하는 오라라 장막 아래 얼음 궁전 같은 연구소가 위치하고 있다.

연구소 안에서 오로라 광운대를 운영하는 화이트베어 AI 알고리즘로봇은 송수신된 전파를 분류하고 이의 요청에 의해 매칭하는 교환수 같은 역할을 한다.

[보스턴 메사추세츠종합병원 에테르 돔에서 송신하는 무의식 데이터와 접속 코드가 일치하는 정체 미상의 데이터 교신처와 대화코딩을 연결합니다.]

코로나 총사령부 데이터 상황실

복잡하게 얽힌 단백질 사슬 사이로 디옥시리보스와 리보오스의 불빛이 깜박인다. 이러한 불빛 신호에 따라 5각형 당구조의 단백질 사슬 사이로 2탄소에 수산화기가 결합하면서 내는 신호와 2번 탄소에 수소가 결합해서 내는 신호가 교차하면서 교신된 배열을 나타낸다.

[지구의 질서를 유지하는 뉴클레이스 심해기억저장위원회에서 특사를 파견하여 코로니족의 최고수장을 만나기를 요청합니다. 접속 부호를 승인해 주시면 접속 대화창으로 교신하고자 합니다.]

단백질 교신명령을 접수한 코로나족의 최고수장은 깜빡이는 단백질 전기신호를 몸으로 느끼면서 전신 명령체인 소포체에 신호명령을 넣어 코로나 총사령부 전파수신시스템에 접속한다.

[나는 코로니족을 지휘하는 최고수장 세포다. 누가 우리 종족에 교신을 시도하는가?]

양측의 교신부호가 일치됨을 나타내는 단백질 사슬이 나선형 꼬임으로 정렬된다. 일정한 AGCT(아데닌, 구아닌, 시토신, 티민)의 배열이 나타나면서 교신부호가 대화체로 전환된다.

"반갑습니다. 저는 창조자께서 지구에 심어 놓은 조정기구인 뉴클레아스 심해기억저장위원회의 위원이자 협상 특사로 접속하는 닥터 제닝스입니다."

"오호. 처음 접촉부터 창조자님을 들먹이다니. 우리가 같은 생명의 잉태에서 출발한다는 은근한 압박으로 들리는군. 하하하."

호탕하게 전기신호를 발산하는 최고수장 코로나는 전신을 깜박거리는 돌기를 흔들면서 형형색색의 세포 표면을 부풀렸다 오므렸다 하면서 교신 강도를 높인다. 마치 커다란 한 마리의 복어가 산호초 사이에서 유영하듯이 배를 부풀렸다 줄였다 하면서 상대방을 압박하는 모양새 같은 형상이 연출된다.

"저는 에테르 돔의 무의식장치를 통해 이곳에 접속하게 되었습니다. 지구상의 모든 교신 데이터를 검색하여 최종 명령부호가 나오는 곳을 찾아 교신 요청을 드렸는데 제대로 접속한 듯하군요. 코로나족 전체를 지휘하고 계시는 최고 지도자 되시죠?"

"흠. 내가 최고수장 코로나인 것은 맞네."

"너무너무 영광입니다. 접속을 시도하면서도 실제로 이렇게 교신에 성공할 줄은 저도 몰랐습니다. 저희는 최고수장 코로나님을 술탄코로나로 부르고 있습니다."

"술탄코로나? 흠… 뭐든… 인간들이 부르는 것에는 관심이 없네. 바이러스라고도 하고 병균이라고도 하는 마당이니…."

"저희는 원래 지구의 기억전송과 저장·삭제·편집 등의 기능을 담당하는 역할을 수세기 동안 수행하는 역할을 하는 기구입니다. 창조자 위원회에서 인류의 기억이 폭증하기 시작한 약 200여 년 전부터 특별기구로 승격하여 운영되는 기억전송 관리부서라고 생각하시면 됩니다."

"오호. 그런데 기억관리부서 나부랭이 같은 기구가 감히 우리가 인류와 벌이는 인간 숙주 안식처 개발 전쟁에 끼어드는 것이지?"

"저희는 창조자 위원회에서 지구 내의 균형을 위해 비밀리에 지구에 이식해 놓은 조직입니다. 위원회 위원들은 유전적으로 창조자 위원회에서 특별한 유전적 능력과 표식을 부여받아 태어나고, 일정 시간이 지나면 그 능력이 표출되어 인류사에 중요한 방향을 정하도록 설계가 되어 있습니다. 인류가 올바른 길로 갈 수 있도록 일종의 이정표 역할을 하는 방향 지시등 같은 존재입니다."

"너희 조직이 인간을 대표한다는 걸 우리가 어떻게 믿지? 인간들은 지금 우리를 죽이려고 혈안이 되어 있어. 우리 형제들은 아무런 잘못도 없이 자기 본연의 생명 활동을 할 뿐이라고. 그런데 우리를 바이러스니 뭐니 하는 이름으로 불러 대고 우리를 막기 위한 백신을 만들지를 않나, 우리를 죽이려는 치료제를 만드려고 난리 법석을 치지 않나, 우리가 인간 숙주 안에 있는지 없는지를 확인하는 무슨 PCR 검사인가를 하지 않나, 이제는 뭐? 자가진단 키트? 우리가 인간들 몸에 있으면 안 되는 무슨 암같은 세포란 말인가? 너희 인간들 스스로 만들어 낸 네놈들 몸속의 통제 못 하는 암세포나 좀 그렇게 제거를 해 봐라. 인류 역사상 네놈들 몸속에 스스로 만들고 통제를 못해 인간들이 암으로 다 죽어 간 역사가 몇천 년인데…. 뭐 우리야 그냥 준수하게 인간의 몸속에 좀 같이 살자고 '공생의 대변혁'을 시작한 것뿐인데. 왜 이리 난리란 말이야?"

형형색색 빛을 발하는 최고수장 코로나의 각 돌기들은 그 끝의 둥근 형상이 마치 광케이블 끝에 붙은 엘이디(LED) 광원처럼 빛의 파장을 뿜어내고 있다. 언뜻 느끼기에도 극도의 에너지 파장이 일어나고 있는 모습이다. 마치 인간이 화나면 붉으락푸르락해지듯이 코로나족도 이러한 현상은 비슷한 모양이다.

"백신에 대한 건 저희 인간이 코로나바이러스… 흠, 아니죠. 미안합니다. 앞으로는 코로나족이라고 해도 되겠지요? 흠흠, 코로나족을 인간이 접촉한 경험이 없어서 신체 내부에 인간 자연면역 시스템에 이를 알리기 위한 일종의 예비시험 같은 면역기능을 학습시키는 과정이라고 이해해 주세요."

최고수장 코로나가 버럭 화를 내면서 강한 파장으로 소리를 치는 듯한 느낌이 닥터 제닝스의 무의식 뇌파에 전해진다.

"그럼 우리를 죽이기 위한 치료제는 뭐냐고? 우리가 언제 인간을 공격했어? 우리는 그냥 숙주에 들어가서 우리 원래의 기능을 하는 생명체 본연의 역할을 한 것뿐이야. 인간이 방어시스템을 작동하면 이에 대항하고 학습하고 다시 회피학습 프로그램을 개발하고 그러면서 우리가 늘 하던 대로 숙주에 안착하는 거지. 물론 그러는 과정 중에 인간들이 픽픽 쓰러지면서 인류 역사상 대량 사망이 발생하게 된 점은 우리도 예측하지 못한 점이지만 그게 어디 우리 잘못이야? 인류 역사상 인플루엔자로 인한 대량 사망을 가져온 스페인 독감도 결국 인간들이 스스로 방어체계 없이 영역의 접촉을 넘어서는 결과로 초래된 것이 아닌가? 인플루엔자 A형 H1N1형 바이러스라고 인간들은 이야기한다지, 아마?"

닥터 제닝스는 무의식의 공간에서 이루어지는 접속부호를 통한 대화가 익숙해지면서 마치 가까운 곳에서 대화를 이어 가는 수준으로 접속상태가 명료해지는 것을 느끼면서 이번 기회를 놓치지 않고 확실하게 모든 명제의 실마리를 풀어 가야겠다는 생각을 무의식 속에서도 대화를 이어 간다. 이데아 위성접속시스템에 누워 있는 닥터 제닝스의 주먹이 불끈 지어지는 현상을 목격한 프로스트 박사는 걱정 어린 표정으로 기계의 계기 데이터들을 주시하고 있다.

"저는 오늘 생각지도 못한 인간과 바이러스, 아니 코로나족의 대화에 깊은 감명을 받고 있습니다. 과연 우리는 창조자 위원회의 깊은 생명의 바다에서 같이 탄생한 생명의 원천자라는 동질 의식을 가지고 있다고 봅니다. 즉 태생이 같은 거지요. 어쩌면 형제자매 같은… 저희 인간도 결국 보이지 않은 세포에서 출발하여 생명의 진화를 거쳐서 오늘의 인류로 발전한 오랜 역사를 가지고 있을 뿐, 고행과 같은 생명의 바다에서는 오늘 처음 만난 최고수장 코로나 님이나 저나 같은 동네 친구 같은 생명의 원천을 지니고 있지 않았을까 하는 생각을 해 봅니다."

"오호! 이 친구 보게나. 이제야 말이 조금 통하는 것 같구먼." 우호적인 모습으로 변하는 최고수장 코로나의 외벽 세포의 색이 아주 온화한 색으로 급격하게 순화된다.

"한 가지 궁금한 점이 있습니다."

"말해 보게."

"아까 말씀하실 때 **'공생의 대변혁'**을 시작하게 되었다고 말씀하셨는데 공생의 대변혁은 대체 무엇을 말씀하시는 건지요? 그 의미가 조금 생소해서요."

최고수장 코로나는 돌기의 길이를 늘리면서 원형 몸체를 한 바퀴 돌린다. 그러자 세포벽에 붙은 표면에서 다른 색의 작은 돌기들이 올라오기 시작한다.

"내 몸에 있는 이게 뭔지 아는가?"

"글쎄요. 저는 처음 보는 생소한 형태입니다."

최고수장 코로나는 표면 속의 작은 돌기들을 다시 세포벽 안으로 집어넣으면서 원형을 유지하며 말을 이어 간다.

"바로 인간들이 우리들에게 선물한 접촉형 Y돌기지. 이 표면 돌기를 통해 우리는 인간의 세포벽 안으로 쉽게 들어갈 수 있게 된 거야. 인간 몸속에 들어가 세포벽 안에 열쇠를 열고 들어가서 그 안에 안착하고 같이 살면서 후손도 만들어 내고 오손도손 잘 살 수 있는 신도시에 분양받은 아파트 입주를 허락받은 분양권 열쇠라고나 할까? 우리가 인간에게 이 선물을 받은 이후로 절대 인간의 몸속에 들어갈 수 없다는 종간 이동금지의 법이 깨지게 된 것이지. 우리도 지금 이 부분을 조사하고 있다네. 창조자 위원회에서 만든 대법률의 종간 이동금지의 법을 깨고 우리 코로나족에게 이러한 돌기를 주입하고 인간들 몸속에 쉽게 들어갈 수 있도록 만든 게 너희들 인간이거든. 우리 코로나족들 대다수의 의견이 왜 인간이 우리에게 종간 이동을 할 수 있는 열쇠를 우리에게 집어넣어 준 거지? 이 점을 의심하고 있는 거지. 아무튼 이 일로 인해 지구상에 공생하는 생명의 법칙 일부가 깨지면서 우리 코로나족에게는 공생의 대변혁을 맞이하게 되었어. 우리는 오직 지구상의 동물 몸속에서 살아가는 의무와 역량을 부여받은 종족인데 인간의 몸속에 들어가도록 누군가 우리 세포벽 안에 Y돌기를 주입하고 인간 몸속에 쉽게 들어가도록 유도했으니까 말이지."

에테르 돔 이데아 위성시스템에 누워있는 닥터 제닝스의 미간이 심하게 일그러지면서 극렬한 몸의 경련이 일어나고 있다. 기계의 모든 데이터들은 극심한 뇌파 파장과 접속부하로 인해 극대치된 데이터 값으로 모든 계기가 표시되는 사태가 나타난다.

"이… 이런. 저희는 그런 생각조차 해 보지 못했군요. 우주의 대질서를 유지하는 창조자 위원회의 대법률을 깨뜨린 그러한 파괴행위가 이루어진 결과가 지금의 사태를 가져 왔다는…. 이런 어처구니없는! 그러면 결국 이 모든 사태는 우리 인간이 만들어 낸 사태일 뿐이군요. 코로나족은 생명 본연의 자기 의무를 그냥 준수하고 숙주를 찾아 생명 연장을 하는 본연의 삶을 살고 있었을 뿐이고요. 아, 이제야 모든 게 조금은 이해가 갑니다."

"말이 통하는 인간을 만나다니, 나도 놀랍네."

"창조자 위원회의 대법률을 무시하고 종간의 생명융합을 시도하여 지금의 사태를 초래하고 공생의 대변혁을 만들어 낸 인간들은 어디에서 이 시도를 최초로 한 것입니까?"

"중국의 우한이네."

＃ 중국 우한 후난TV 방송국

후난TV 앵커로서 제일 인기를 얻고 있는 류샤오첸은 아침 뉴스를 마치고 2시간의 브레이크 타임을 즐기기 위해 후난TV 건너편 상가의 커피페니로 향한다. 중국 내에 한참 미국과의 무역분쟁으로 인해 국수주의의 바람이 불 때에는 좋아하는 커피조차 중국이 자랑하는 브랜드 루이싱커피를 즐겨 마시곤 했다. 루이싱커피가 커피페니를 추월하고 미국 증시에 상장된 날은 해당 뉴스를 가장 먼저 아침 뉴스에 소개한 사람도 류사오첸이었다.

2019년 미국 나스닥 상장 첫날 주가가 47퍼센트 급등하면서 루이싱커피의 미래를 모두 축복해 주었다. 루이싱커피의 중국 내 매장 수가 2019년 크리스마스에 루이싱커피 4,910개 대 커피페니 4,300개로 창업 3년 만에 세계 최고 브랜드를 추월할 때는 루이싱 매장에 직접 찾아가 현장에서 생생하게 뉴스를 진행하기도 했다.

젊은이들의 새로운 조류. 중국을 위대하게, 중국인으로 자랑스러운 세대의 바람에 걸맞게 루이싱커피를 들고 거리를 걷는 것은 곧 우리의 조국 중국을 사랑하는 것이라고 모두 믿었다. 그리고 누구보다도 먼저 중국의 IT 기술을 접목하여 앱으로 주문하고 앱으로 결제하는 최초의 시도를 한 덕분에 편리함과 자부심 모두를 젊은 층에 부여하였다.

류사오첸도 그러한 젊은이였기에 누구보다도 루이싱커피를 사랑하고 애용하였다.

'그런데 회계부정이라니.'

길 건너 커피페니로 향하는 류사오첸의 머릿속에 루이싱커피에 대한 암울한 뉴스를 전하던 날의 아침이 다시금 떠올라 고개를 저어서 생각을 떨쳐 버린다.

"早上好? 小茜 您要去哪里吗(좋은 아침? 샤오첸 어디 가는 길이야)?"

횡단보도에서 마주친 편집국의 탕중시 국장은 반갑게 인사를 건넨다.

"你好? 唐老大, 我在去咖啡潘妮店的路上(안녕하세요? 탕보스, 저는 커피페니에 가는 길이에요)."

눈인사와 함께 간단히 답하고 총총걸음으로 횡단보도를 건너면서도 속으로 욕이 나온다.

"나쁜 놈의 자식! 뉴스를 마음대로 칼질하고! 보도의 기본도 모르는 자식이 국장이라니. 진정으로 인민을 위한다는 것이 무엇인지 모르는 늙은 늑대 같은 놈."

욕이 마구 치밀어 오른다.

'참자. 참자. 탕 국장에게 찍혀서 좋을 일이 없으니.'

마음을 다독이며 류사오첸은 횡단보도를 재빠르게 건너서 바로 길 옆에 위치한 포세이돈 로고가 선명한 커피페니에 들어간다.

아침 뉴스를 마치고 주어지는 2시간의 공식적인 휴식시간은 아나운서인 류사오첸에게는 마음의 휴식 시간이자 내일을 위한 충전의 시간이다.

'오늘도 잘했어, 류사오첸! 내일도 더 잘하자! 짜요!'

마음속으로 스스로를 격려한다. 치열한 아나운서의 경쟁 사회에서 살아남은 자신이 대견스럽기까지 하다.

"欢迎光临! 这里是咖啡潘妮店(어서 오세요! 커피페니입니다)."

직원들이 크게 외치는 환영 인사에 아랑곳하지 않고 창가의 테이블에 앉아서 길 건너 후난TV 건물을 바라다본다. 횡단보도에서 마주친 탕 국장이 방송국 건물 입구 앞에서 담배를 피우면서 낯선 남자들과 이야기를 하는 모습이 눈에 들어온다.

'저런 인간이 국장이라니.'

다시 생각해도 몸서리쳐지는 순간이 떠올라 욕이 목구멍까지 나왔다가 들어간다.

2019년 12월 초부터 후난성과 가까운 후베이성 우한에서 이상한 감기 바이러스가 퍼진다는 소식을 접할 때만 해도 신종독감이 또 기승을 부리려는가 보다 싶어 후난시에도 환자 발생 정도가 어떤지 조사해 보라고 인턴기자에게 지시해 놓고도 다른 뉴스 준비로 깜빡 잊어버리고 있었다.

2019년 12월 중순경이었다. 후난TV에서 친하게 지내던 쑨티엔이 PD는 한국의 〈히든싱어〉라는 프로그램을 라이선스로 도입한 〈히든싱어〉 프로그램이 대박을 친 이후 우한TV로 스카우트되었다. 높은 연봉에 프로그램 제작 독립권을 가진 쑨 PD를 부러워하면서 멋진 환송식을 해 준 게 몇 년 전인지 기억이 가물거릴 무렵 쑨 PD에게서 갑자기 전화가 왔다. 그것도 무언가에 쫓기는 목소리로.

"刘小茜, 好久不见(류사오첸, 오랜만이야)." 길게 말할 시간은 없고 작은 소포 하나 보내니 잘 보도록 해."

다짜고짜 자기 할 말을 하고 전화를 끊어 버린 쑨 PD의 전화를 장난인지 진심인지 모른 채 3일 후 소포 하나가 후난TV 아나운서실로 배달되었다.

[긴급방송용 보도 테이프 동봉/ 관계자 외 개봉금지]

방송사 간에 긴급 보도 테이프를 보낼 때 쓰는 빨간색 두 줄이 그어진 보도 배송 봉투에 담겨온 방송용 테이프를 이리저리 보는 순간 테이프 안에서 USB 하나가 뚝 떨어진다.

직감적으로 누가 볼까 봐 얼른 USB를 집어 든 류사오첸은 이 USB를 방송국 안에서 소수만 출입 가능한 아나운서실 내의 방송 편집실 안으로 가지고 들어간다.

'도대체 뭘 보냈다고 저렇게 호들갑인 거야?'

호기심 반 직업의식 반으로 USB를 방송용 모니터가 달린 컴퓨터에 삽입하자 동영상이 나온다.

병원 안에 늘어진 시신들.

'아니, 이게 우리나라 중국 맞아?'

마치 병실과 병원 복도가 출근길 만원 버스에 사람이 꽉 차 있듯이 환자들로 아우성이었다. 복도 바닥에까지 누워서 살려 달라고 하는 환자들, 그 사이로 환자들을 돌보는 의료진들의 표정에서 지금 상황이 심상치 않음을 직감적으로 느낀다.

화면 사이로 병원 복도에 쓰여 있는 문구 '爲人民服務(인민을 위해 복무하라)' 아래로 선명하게 우한인민병원 글자가 보인다.

'우한이구나. 대체 무슨 일이 일어난 거야?'

화면들 사이로 취재기자가 환자와 보호자들을 붙잡고 질문하는 목소리가 들려온다.

"대체 어디서 오신 거예요? 왜 이렇게 많은 분들이 아파서 병원에 와 있는 거지요?"

"우리도 몰라요, 그냥 감기 걸린 듯 몸이 아프고 그러다 숨쉬기가 어렵고 어지럽고 구토에 쓰러지기가 일쑤라서 저희도 병원에 왔는데 지금 병원이 이 난리일 줄은 저희도 생각도 못했습니다."

"병원에서는 무슨 병이라고 합니까?"

"그냥 모르겠다고 하고 답이 없습니다. 일단 대기하고 치료를 기다리라고 하는데. 여기 있다 몰려오는 다른 환자들에게 둘러싸여서 지금 엉망이 되어 버렸어요. 저는 젊으니까 참을 만한데 저희

어머니 좀 살려 주세요. 제발."

기자를 붙잡고 말하는 젊은 남성이 입에 쳇가루가 들어간 듯이 간혹 기침을 해대면서 하소연하고 있는 모습이 그대로 카메라 화면에 노출된다.

'이건 거의 전쟁통인 병원과 같잖아. 이 화면이 우리 바로 옆의 우한이라고? 말도 안 돼.'

고개를 저어 보지만 화면 속 현실은 처참하다. 방송용 화면 아래에 인식표처럼 들어가는 화면녹화 카메라 시리얼 번호와 장소 마킹이 선명하게 우한인민병원으로 찍혀서 나오는 걸 눈으로 보고 있는 류사오첸은 보던 영상을 정지했다.

급히 휴대전화를 꺼내 들고 우한TV 쑨 PD에게 전화를 건다.

"지금 거신 전화번호는 전원이 꺼져 있습니다."

음성 메시지를 남기려다 순간적으로 무언가 위험을 직감한 류사오첸은 전화를 급히 끊는다.

'무언가 일어나고 있고, 지금 우한은 보도통제에 들어갔구나. 쑨 PD는 그걸 나에게 알리려고 이 영상을 보낸 거고…. 우한인민병원이면 이미 군 내부 보고체계를 통해 당에 보고가 들어갔을 거고 그러면 보도를 하지 못하는 심각한 일이 일어나고 있다는 건데….'

류샤오첸은 급히 USB를 뽑아 들고 보도국장실로 바로 달려간다.

1997년 1월 1일, 지역 위성방송으로 시작해서 전국구 지역 위성방송 1위인 봉황TV를 목 밑에까지 추격하여 명실상부한 전국구 대표 지역 위성방송으로 자리 잡았다.

오늘도 전국 시청률 2위를 기록한 집계율표를 보고 있던 보도국장 린샤오보는 책상 위에 놓인 강사부의 마라 매운탕 컵라면 국물을 한 모금 더 들이켠다. 맵디매운 마라와 고추의 알싸한 맛이 식도를 타고 위장 벽을 휘감는다.

1997년 공채 1기로 후난TV에 들어와 거의 23년간 외길을 걸어

왔다. 후난대학을 나오고 학생 시절 청년공산당에 들어가서 모택동 청년 학교를 졸업한 창사 출신의 엘리트 1세대인 린샤오보. 그는 최근에 후난TV가 신경 쓰는 일명 한국형 예능 방송 송출로 당에서 일부 경고도 받았지만 방송이 주는 행복을 중국 인민들에게 전파하겠다고 선언한 공채 1기 수료식을 잊지 못한다.

1996년 12월 31일, 개국을 앞둔 전날 모든 공채 직원의 수료식을 마치고 후난TV 공채 1기 사원 88명은 창사에 위치한 마오 주석의 옛 거주지를 찾아서 혁명정신을 이어가야 하는 사명을 다짐했다.

마오쩌둥(毛泽东)이 태어난 후난(湖南)의 심장! 마오 주석이 거주하던 창사(长沙)의 한복판에서, 중국 혁명을 이끈 혁명의 DNA가 흐르는 성스러운 곳에서 공채 1기들이 이글거리는 혁명의 심장으로 다짐한 선서식은 눈발 날리는 창사의 겨울을 더욱 불타오르게 했다.

중국 고사에 '후난(湖南) 사람은 매운 것이 두렵지 않고, 구이저우(贵州) 사람은 매워도 두렵지 않고, 쓰촨(四川) 사람은 맵지 않을까 두렵고, 후베이(湖北) 사람은 맵지 않은 것이 두렵다'라는 말이 있는 것처럼 린샤오보는 후난 사람으로 매운 것을 좋아한다. 매운 것이야말로 고추를 먹지 않으면 혁명이 오지 않는다고 말한 마오 주석의 정신을 잇는 것이라고 평생 생각하며 매운 것을 즐겨 먹고 있다.

'오늘도 점심을 이렇게 컵라면으로 때우는군. 내년에는 꼭 봉황TV를 잡고 전국 1위를 해야지. 그러기 위해서는 전국구 특종을 더욱더 발굴하도록 보도국 기자들을 들들들 볶아대야지. 도대체 요즘 젊은 푸얼다이(福二代) 세대들은 우리가 가졌던 혁명정신이 없다는 말이야. 시대가 좋아졌어….'

한참 혼자 흥분하고 있던 린샤오보 국장실의 방문이 노크도 없이 벌컥 열린다.

"구… 구… 국장님!"

"아, 깜짝이야! 류사오첸, 무슨 일이길래 이렇게 날뛰는 망아지마냥 문을 박차고 들어오는 거야?"

'이런 버르장머리 없는…. 하여간 인기 좀 있다고 하면 다들 이렇게 변하니 쯧쯧.' 하고 속으로 혀를 차던 린샤오보에게 책상 위의 방송용 모니터 컴퓨터에 재빠르게 USB를 삽입한 류사오첸은 큰소리로 외친다.

"국장님! 특종을 잡았습니다. 우리가 1등으로 송출하면 전국 1위 뉴스망을 확보하게 된다고요. 특종입니다. 우한에 집단 폐렴이 발생했는데 도시가 통제 불능에 빠진 것 같습니다."

"뭐? 우한? 우한 뉴스를 우리 창사TV가 특종을 낸다니 그걸 누가 믿겠어? 우한TV는 눈뜬장님이래? 확실하게 확인한 거야?"

"뉴스정보원은 확실합니다. 누군지는 추후 말씀드릴게요. 빨리 이 영상을 보셔야 한다니까요!"

능숙하게 영상 재생 조그셔틀을 조작하는 류사오첸 아나운서 앞의 모니터에 우한인민병원의 처참한 상황이 나타나기 시작한다.

화면을 응시할수록 점점 동공이 커지는 린샤오보 국장의 표정이 일그러진다.

"이… 이런. 대체 우한에 무슨 일이 벌어지고 있는 거야? 오늘 아침까지 보도지침에도 관련 내용이 없었는데…."

린샤오보는 고개를 확 돌리면서 류사오첸 아나운서를 날카롭게 쳐다보고 거의 소리를 지르듯 지시한다.

"아는 모든 채널을 동원해서 우한TV나 주변 방송 인력들에게 전부 연락해봐, 대체 우한에 무슨 일이 일어나고 있는지…."

체념한 듯한 표정으로 답하는 류사오첸의 어깨가 한껏 더 밑으로 처진다.

"이미 수백 통은 해 봤습니다. 모두 연락이 안 됩니다. 바이두 검색에도 우한 소식은 전혀 특이한 게 없습니다. 대체 무슨 일이 일어나고 있는 걸까요?"

정신이 번쩍 든 표정으로 양손에 힘을 주는 린샤오보 국장은 즉시 전화를 들고 지시한다.

"지앙 기자, 지금 보도국에 인원 몇 명 있어? 카메라 기자하고 방송 장비 차량을 가지고 즉시 우한으로 들어가도록 해. 만약 도로가 봉쇄될 경우 산악으로 진입해야 할지 모르니 이동용 ENG(Electronic News Gathering) 카메라를 같이 챙겨 가도록 해. 혹시 모르니 보호용 안전장비도 챙기도록 하게. 즉시 팀을 꾸려서 급파해 주게."

린샤오보 국장은 류샤오첸에게 다가와 어깨를 두드리며 고무된 목소리로 말한다.

"잘했어. 샤오첸, 이번에야말로 우리가 뉴스 전국 1위를 한번 해 보는 거야. 이번 특종이 우리의 미래를 바꿔 줄 거야."

국장실 주조정 데스크 앞으로 놓인 20여 대의 모니터에서 방송되는 중국 전역의 주요 방송들이 실시간으로 모니터되고 있다. 유독 린 국장의 눈에 들어오는 봉황TV의 메인 뉴스프로그램 시사직통차(時事直通车)가 너무 거슬린다.

"이번에는 반드시 시사직통차를 잡고 아침 방송인 봉황조반차(凤凰早班车)도 잡고 말리라." 혼자 되뇌는 린 국장의 이글거리는 눈이 앞에 놓인 모니터들을 태울 듯한 기세로 안광을 뿜어낸다.

다음 날, 어제 보여 줬던 항우와 초 패왕의 기운을 다 이어받은 듯한 역발산기개세의 기운은 다 어디로 간 듯이 린샤오보 국장은 터덕터덕 10층부터 5층까지 엘리베이터도 타지 않고 내려온다.

그리고 방에 들어와서 주조정실 모니터로 보이는 뉴스 메인 데스크에서 뉴스 스크립터를 읽으면서 뉴스를 준비하는 류샤오첸 아나운서에게 주조정실 마이크 볼륨을 높이면서 소리친다.

"류샤오첸, 다 잊어. 우리는 아무것도 못 본 거야! 탕중시 국장이 당 중앙에 보고했고 중국 내 13개 성 보도검열위원회가 공식적으로 소집되었어. 모든 뉴스는 지금부터 검열대상으로 지정하라는 지시가 떨어졌어. 젠장."

사기 꺾인 얼굴로 의자에 털썩 주저앉은 린샤오보 국장의 입에서 신음 섞인 자조의 목소리가 흘러 나온다.

"대체 지금 우리한테 무슨 일이 벌어지고 있는 거야?"

중국과학원 우한 바이러스 연구소 근처 커피페니

중국 후베이성 우한시 시내에서 외곽으로 벗어나는 지역에 커다란 복합쇼핑몰과 복합건물로 완다백화점과 오피스동 건물이 우뚝 서 있다. 오피스동 1층에 위치한 커다란 커피페니 안은 언제나 붐비는 인기 매장이다. 우한시의 성장과 함께 수많은 바이오 관련 회사들이 입주하고, 정부의 생화학 및 바이오 과학 연구 지원정책에 따라 지원받은 수많은 벤처창업회사와 연구 관계자들의 미팅 장소 이자, 오피스동에 직원들이 이용하는 테이크아웃 및 딜리버리 커피로 인해 매장 내 커피머신은 늘 과부하가 걸리기 일쑤였다.

지난주부터 이곳에 새롭게 파견되어서 일하는 에이미, 현, 까미는 마치 손발이 착착 맞는 삼총사처럼 수많은 오더들을 처리하고 있다.

'신기하단 말이야. 분명히 나는 한국말로 하는데 왜 내 입에서는 유창한 중국말이 나가는 거지? 그리고 중국 손님이 이야기하는 게 한국말로 들리는 이러한 신기한 능력을 부여받다니, 호호호. 진작 이런 능력을 알았으면 토익 준비한다고 해커스토익 등록해서 혼자

낑낑대지 않았을 텐데… 어휴.'

에이미는 놀라움 반 투덜 반으로 이상하게 생긴 의사소통 능력
에 반신반의하면서 뉴클레아스 심해기억저장위원회로부터 부여받
은 특수 임무를 처리하기 위해 업무 속도를 착착 내고 있다.

기억추출 원두를 믹스한 에스프레소를 모든 커피음료에 서비스
하고 매장 내에 기억수집기를 가동하면 된다. 기억수집기에 필요
한 데이터 추출 알고리즘 입력을 위해 어제 접촉한 아르먼 다쳐 박
사는 아침부터 매장 끝 창가에 앉아 노트북을 켜고 프로그램을 열
심히 두드리고 있는 중이다.

"이름이 좀 이상해. 아르먼 다쳐? 한국말로 '알면 다쳐' 하고 비
슷하잖아? 겉은 남자 같은데 말하는 것은 여자 같고 혹시 아수라
백작의 후계자인가? 그 전설의 아수라 백작 이야기는 우리가 더햄
엑시터아카데미에서 교육받을 때 들은 오싹한 이야기 시리즈 중에
등장하는 백작이잖아. 왼쪽은 여자, 오른쪽은 남자가 존재하는 아
수라 백작. 남자는 여자의 기억을, 여자는 남자의 기억을 뺏어와 양
쪽 기억을 조합하는 기억재단사이자 증오의 화신! 남자가 여자를
미워하게 만들고 여자가 남자를 미워하게 만든다는 전설의 아수라
백작은 최근 20년간 나타난 적이 없다고 하던데… 혹시 저 아르먼
다쳐 박사가 아수라 백작의 변신? 호호호."

중국에 와서도 쉴 새 없이 재잘되는 까미의 등을 '쫘악' 하고 현
이 후려갈긴다.

"조용히 좀 해라! 그러잖아도 중국 매장은 엄청나게 시끄러워서
지금 적응도 안 되는데 너는 여기서도 그 입을 쉬지 않는구나."

"쉿! 우리가 너무 떠들면 주목을 받잖아. 그런데 신기하게도 우
리가 지금 중국말로 너무 유창하게 이야기를 하고 있잖아. 정말 신
기하단 말이야. 임무가 끝나도 이 능력은 계속 남아 있는 건가?"

에이미는 아직도 말하는 능력이 믿기지 않는 보물을 받은 것 같

은 흥분으로 계속 말을 하면서도 중국말을 유창하게 하는 자신의 능력이 신기하기만 하다.

"우리는 절대로 임무의 중요성을 잊으면 안 돼!"

에이미의 다짐에 까미와 현은 걱정 말라는 듯이 동시에 고개를 끄덕인다.

이곳에서 한 블록 떨어진 곳에 위치한 중국 과학원 우한 바이러스 연구소(中國科學院武漢病毒研究所)는 1956년 설립된 가장 안전도가 높다는 수준의 BLS-4 수준의 연구소이다. BLS-4 수준의 연구소는 중국 내에서 이곳 하나이다. 한국도 충북 청주의 질병관리본부 내에 유일하게 하나의 BLS-4 수준의 연구소가 있다. 문제는 극비리에 중국군의 군사용 생물무기연구소로도 사용되고 있다는 점이며, 총책임자는 사스 연구의 세계적 권위자인 중국군 장군인 천웨이 소장이다.

이 연구소에서 차로 불과 약 15분 정도, 거리로는 약 12킬로미터 떨어진 곳에 우한질병통제예방센터(CDC)가 있고 거기에서 불과 280미터에 위치한 우한화난수산물도매시장이 있다. 문제는 최초의 코로나바이러스 발생 지점이 우한화난수산물도매시장이라는 점이었다.

"흠, 우리가 지시받은 대로 지금부터 이곳 커피페니에 한 달간 출입하는 모든 고객들의 기억 전송코드를 복원하여 코로나 발생 1년 전 기억부터 코로나가 발생한 2019년 12월 이후 3개월간의 기억까지를 전부 스크린하여 단서를 찾아내는 것이 우리의 임무이고, 우리가 복원한 기억데이터를 알고리즘으로 분석해서 필요한 정보를 추출하는 역할을 하는 분이 저 아르민 다쳐 박사니까 우리의 임무는 그분을 열심히 지원하는 거야. 알겠어? 까미! 그리고 현!"

"네. 잘 알고 있습니다."

까미보다는 그래도 조금 침착한 현이 수긍하고 얼른 자신의 업무 위치로 돌아간다.

"저도 잘 알고 있다고요. 점장님! 호호."

까미도 웃으면서 얼른 제자리로 돌아가다 또 한마디를 거든다.

"그래도 우리가 참 대단한 업무 스킬을 가지고 있는 것 같지 않아요? 한국 커피페니 매장 내에서 미친 듯이 몰려오는 주문을 처리할 능력을 가지고 있는 덕분에 이곳 우한 커피페니 매장에서도 저의 일 처리 속도를 좀 보세요, 점장님. 정말 일당백 아닌가요? 호호호. 저 중국 친구들이 고객 주문 3개 처리하는 동안 10개째 주문을 처리하고 있는 이 스피드 까미의 실력은 인정하시죠? 호호호."

"그래, 그건 정말 인정해. 우리 한국 커피페니 파트너들의 실력은 내가 봐도 월드클래스야, 하하."

에이미, 까미, 현은 몰려오는 주문을 처리하느라고 다시 업무 포지션으로 돌아가면서도 임무의 가장 중요한 기억추출을 위해 기억추출 에스프레소 머신의 압력 강도를 더욱 높인다.

중국 푸단대(復旦大) 장융첸 교수 연구실

쉴 새 없이 돌아가는 세포 원심분리기 옆으로 세포 배양(Cell culture)을 위한 크린벤치 안에서 열심히 배양 접시를 움직이는 연구자의 모습이 보인다.

"두 가지 방법으로 해 보게, 하나는 스캐폴드(Scaffold) 방식으로 부착배양(Adherent culture)을 해 보고, 다른 하나는 스캐폴드-프리 (Scaffold-Free) 방식으로 부유배양(Suspension culture)을 해 보도록 하게."

연구원에게 자상하게 설명하고 등을 다독거려주는 장융첸 교수는 자리로 돌아와 의자에 앉아 창밖을 바라본다.

'에드워드가 보낸다는 손님들이 곧 올 때가 되었는데….'

장 교수가 평생 가장 친하게 지냈고, 동료이자 친구이며 가족 같은 호주 시드니대학교의 에드워드 홈즈 교수. 그가 며칠 전에 전화해서 이유는 묻지 말고 자기가 손님을 보낼 테니 손님들이 요청하는 대로만 해 주라고 뜻 모를 요청을 했다. 하지만 장 교수는 에드워드의 말이기 때문에 흔쾌히 그렇게 하겠다고 약속했다.

우한 폐렴 사태가 발생하고 이러한 사태를 2019년 12월 31일 중국 정부에서 세계보건기구 WHO에 처음 보고함으로써 중국 내 코로나바이러스 발병에 대해 공식화하였다. 중국 정부가 우한 폐렴 사태를 코로나바이러스로 인한 것이라고 발표한 이후에 불과 10여일이 지난 2020년 1월 11일, 장 교수가 코로나바이러스의 유전체를 세상에 공개함으로써 전 세계의 주목을 받았다.

'푸단대의 장융첸 교수! 코로나바이러스의 유전체를 공개하다!'

이 헤드라인 뉴스가 전 세계에 퍼지자 전 세계 언론 및 학교, 중국 정부에서까지 보건국 간부가 찾아오고, 급기야 공안(公安)에서 찾아오는 초유의 사태가 발생한 것이다.

실제로 장 교수는 코로나바이러스 유전체를 1월 5일에 발견하고 분석을 끝냈다. 이걸 어떻게 해야 하는지 가장 먼저 상의한 게 평생 연구 동료이자 친구인 호주 시드니대의 에드워드 홈즈 교수였다. 무려 5일간 이 유전체를 공개해서 인류가 이 바이러스에 대항할 수 있는 백신과 치료제 그리고 진단키트를 긴급히 만들 수 있도록 세상에 공개해야 한다고 설득한 사람이 바로 에드워드였다.

코로나바이러스의 유전체인 게놈을 인터넷에 공개한 다음에 찾아올 후폭풍에 대한 걱정보다는 인류가 빠르게 이 바이러스에 대해 대항하기를 바라는 마음이 컸던 장융첸 교수는 에드워드의 설득과 격려에 힘입어 중국 정부나 중국 학계에 보고도 하기 전에 코로나바이러스 게놈을 세상에 공개해 버린 것이다.

그다음은 생각하나 마나였다. 제일 먼저 중국 공안에서 들이닥쳐 연구실을 폐쇄하고 공안의 조사를 받았다. 어려움을 예상했으나, 전 세계 여론이 중국 푸단대의 장융첸 교수가 코로나바이러스의 유전체 게놈을 공개함으로써 인류가 빠르게 코로나바이러스에 대항할 수 있는 길을 열었다고 극찬을 하면서 모든 분위기는 급변하였다.

중국에서 발병한 전염성 강한 코로나바이러스에 대항하는 중국의 자세에 대해서 초기에 긍정적인 평가들이 나오기 시작하면서 중국 푸단대의 정보공개라는 용기와 중국 정부의 대응이 높게 평가받기 시작했다. 그러면서 공안의 태도가 급변했다. 모든 게 정상으로 돌아가고 장융첸 교수를 오히려 존경하고 지원하겠다는 공안의 지지가 이어졌다. 중국 내 여론과 언론들이 일제히 푸단대 장융첸 교수가 중국의 자부심이라는 칭찬 일색의 보도가 연일 나오면서 장융첸 교수는 일약 스타가 되어 버렸다.

'휴! 다 에드워드가 나에게 진심 어린 설득과 조언을 해준 덕분이야.'

에드워드 홈즈 교수에 대해 고마움과 보고 싶은 마음이 가득한 기분을 담아 창밖으로 푸단대의 교정을 바라보고 있다.

"똑똑똑."

연구실 노크 소리에 조교가 나가서 손님을 맞이한다.

"장융첸 교수님을 뵈러 왔습니다. 저희는 호주 시드니대학교의 에드워드 홈즈 교수님이 보내서 왔습니다."

"아! 기다리고 있었습니다. 이쪽으로 앉으시지요."

반갑게 기다리던 손님을 맞이한 장 교수는 조교와 연구원들에게 잠시 나가 있으라고 손짓을 한다.

"안녕하세요? 저는 수크심입니다. 같이 온 직원은 드리즐이라고 합니다."

"네. 반갑습니다. 에드워드가 이야기하더군요. 그런데 자세한 이야기는 직접 들으면 된다고 하던데 어떤 일로 오셨는지요?"

"네. 저희는 뉴클레아스 심해기억저장위원회의 특별 지시로 교수님의 기억 일부를 추출하고자 파견된 크리스퍼 대사입니다."

"뉴클레아스 심해기억저장위원회요?"

"네. 저희 위원회에 대한 내용과 저희의 업무에 대해서는 교수님께서 저희가 드리는 차 한 잔을 드시면 기억 이식을 통해 금방 모든 사안을 이해하시게 될 것입니다. 저희가 준비한 차를 드셔 보시지요."

"하하하. 밑도 끝도 없는 이야기군요. 하지만 에드워드가 어련히 알아서 보냈을까 하는 믿음이 있으니 차를 한 잔 주시지요. 기억을 이식한다라⋯. 흠. 그건 세포의 세포핵을 통한 정보 전사와 같은 건데. 세포들도 신호물질 교환을 통해서 정보를 전달하고 이를 복사하지요. 이런 과정을 정보 전사(Transcription)라고 하는데 첫 번째는 전사를 먼저 하고, 다음에는 자신이 전사된 정보를 알도록 정보 번역(Translation)을 하지요. 흠, 그 원리를 이용하면 정보를 넣은 차를 마시게 해서 기억을 이식한다? 이론적으로는 가능하군요."

장융첸 교수의 명쾌한 논리에 수크심이 박수를 치면서 탄성을 지른다.

"와! 장 교수님을 오늘 처음 뵈었는데 정말 대단하세요. 기억 이식을 이렇게 쉽게 이해하시는 분을 뵙는 건 처음입니다. 호호호."

"자, 그럼 어떤 차를 마셔야 하나요? 하하하."

수크심은 드리즐에게 차를 준비시킨다.

"저희는 원래 커피 원두를 이용한 기억추출 에스프레소와 기억 이식 에스프레소를 만들어 사용하고 있습니다. 기억을 재단하는 특별한 원두를 재배하고 이를 통해 전 세계 커피페니의 비밀 매장에서 특수 임무를 수행하고 있답니다. 이번 임무를 준비하는 데 위원회에서 특별히 장 교수님을 배려해서 중국분들이 좋아하는 찻잎에 기억재단 기능을 추가하여 특별 제조한 차를 준비시켰습니다. 한번 보실래요? 저도 사실 이번 중국 차를 통한 기억 이식과 기억 추출은 처음이랍니다. 호호호."

드리즐은 조심스럽게 준비한 기억 이식 차를 꺼낸다.

"서호의 쌍절이라고 불리는 용정차(龍井茶)입니다."

"오호. 항저우의 정기를 담은 호포천의 물로 재배한 4절(四絶)의 극치를 가져왔군요."

"4절이라뇨?"

호기심 어린 눈으로 수크심이 오히려 장 교수에게 질문한다.

"하하하. 용정차는 짙은 향, 부드러운 맛, 비취 같은 녹색 그리고 아름다운 잎새. 이 네 가지를 모두 최상으로 가지고 있어서 4절을 가진 중국 최고의 녹차로 친답니다."

"아, 저희는 위원회에서 특별히 제작한 차라는 정도만 알고 있었지 이렇게 뜻을 담고 있는 고귀한 차인 줄은 몰랐습니다."

"자, 어디 차를 만드는 솜씨를 좀 볼까요? 중국 차는 물의 온도, 잔의 따뜻함, 첫 찻물을 버리고 그다음으로 우려내는 정도에 따라 그 맛의 차이를 즐기는 절차가 중요한데 오늘은 누가 그 멋진 차의 향기 나는 다도를 보여 주실 건가요? 하하하."

드리즐이 부끄러운 표정으로 준비한 용정차를 정성껏 우려낸 다음 첫물을 버리고 우려낸 차를 조심스레 장 교수 앞으로 내민다.

장 교수가 향을 음미하고 우러난 차의 색을 보며 조금씩 조금씩 나누어서 차를 음미하고 약 1분간의 시간이 흘렀다. 그 후 장 교수의 입술 사이로 신음이 흘러나오고 나지막이 이야기가 시작되었다.

"흠… 뉴클레아스 심해기억저장위원회라니… 내가 생명공학과 유전체 분석을 하면서도 늘 인간의 몸은 누군가에 의해 디자인된 정교한 생명체라는 사실에 항상 다가가고 있다는 것을 느낀 지 오래지. 더구나 DNA 사슬 속의 염기 배열을 읽어 가다 보면 정교하게 설계된 DNA 사슬과 이를 지켜주는 RNA 전령사들 그리고 신호물질을 통한 인간 자각의 메커니즘은 정말 우리가 상상하는 이상의 대질서를 만들어 놓은 최고의 산물이란 걸 항상 느끼게 돼. 흠… 창조자 위원회… 경이로울 지경이구나!"

묵직하게 되뇌는 장융첸 교수에게 수크심이 밝은 얼굴로 손뼉을 치면서 좋아하는 제스처를 보낸다.

"교수님! 축하드립니다. 호호, 더불어 저희들도 축하해 주세요. 정말 여기 오기 전에는 이번에 부여받은 미션에 대해서 너무너무 떨리고 고민이 많이 되었거든요. 호호호. 그런데 이렇게 기억 이식이 잘 되어서 장 교수님이 순식간에 모든 정보를 인지하고 계시는 모습을 눈앞에서 볼 수 있다니. 너무 기쁘고 영광스럽습니다."

"제가 직접 겪고도 아직 믿기지가 않는군요. 제 기억에 여러 이야기들이 뚜렷하게 자리 잡고 있어요. 수크심이 누구인지 드리즐이 누구인지 지금 어떤 비밀임무를 맡고 있고, 어떤 사람으로 위장하여 조직에서 일반인처럼 근무하고 있는지? 하하하. 비료회사라 의외군요. 대유라는 비료회사에 근무한다니요."

"어머, 그런 정보까지 이식되어 버렸나요? 호호."

드리즐을 바라보면서 장융첸 교수는 웃으면서 조크 같은 질문을 던진다.

"드리즐은 방탈출 게임 챔피언 출신이던데 어때요? 우리 푸단대학교 학생들과 한 게임 하고 돌아가실래요? 하하하."

"네? 저에 대해서도 이렇게 많이 아시다니. 혹시 수크심 부장님이 기억 이식 찻잎을 다른 찻잎으로 가져오신 건 아니시죠?"

드리즐은 미심쩍은 듯이 웃으면서 수크심을 쏘아본다.

"드리즐, 장 교수님이 우리를 편하게 해 주시려고 농담하시는 거야. 하여간 융통성이라고는 조금도 없는…. 얼른 장 교수님 다 드신 용정차 찻잎을 회수해서 그 아끼는 셸린느 가방에 빨리 넣기나 하세요!"

"왜 저에게만 짜증이세요, 부장님?"

두 사람이 티격태격하는 모습을 보는 장융첸 교수는 미국에 유학 가 있는 두 딸이 갑자기 보고 싶어졌다.

'이번 학기만 끝나면 나도 애들 보러 방학 동안 미국에 한 번 다녀와야겠구나.'

"자, 이제 다음 단계를 시작하시죠! 첫 번째 용정차는 아주 잘 마셔서 내가 지금 해박한 지식으로 뉴클레아스 심해기억저장위원회의 의도를 다 이해했으니 다음 제가 마셔야 할 차가 준비되지 않았나요?"

명쾌한 장 교수의 말에 수크심은 재빠르게 에코백 안에서 두 번째 차를 꺼낸다.

"이번 차는 기억을 추출하는 차입니다. 장 교수님의 머릿속에 기억되었다가 이미 전송된 기억이나 남아 있는 기억 파편의 일부를 추출할 것입니다. 기억이 추출된다고 해도 이것은 마치 복사를 하는 것과 같아서 기억이 사라지거나 하지 않습니다. 기억을 사라지게 하는 건 오직 기억삭제소에서만 가능하답니다."

"오호. 신비롭군요. 그럼 두 번째 차는 무엇인가요? 철관음(鐵觀音)?"

"땡! 틀리셨어요, 교수님. 물론 저도 개인적으로는 철관음을 좋아한답니다. 향기로운 철관음은 정신을 맑게 하지요."

조심스럽게 탁자 위에 올려놓은 차를 모면서 장융첸 교수가 깜짝 놀란다.

"황산모봉(黃山毛峰). 오! 대단하군요. 안후이성의 황산모봉 차를

가져오다니. 그중에서도 백미로 치는 금황편과 상아색을 띠는 찻
잎으로만…."

"위원회에서 특별하게 황산모봉을 기억추출차로 키우는 곳이 있
답니다. 그중에서도 최고의 제품으로 준비했습니다. 왜냐하면 이번
에 추출되는 기억들은 인류사에 큰 획을 그을 수 있는 단서를 찾을
수 있기 때문입니다."

"아! 최고의 황산모봉을 소량생산하는 도화봉, 조교암, 자광암,
운곡사, 자운봉 중의 한 곳일 텐데 물론 비밀이겠지요? 하하, 대단
합니다. 뉴클레아스 심해기억저장 위원회."

"이번 임무가 끝나면 아마 다른 기회로 교수님을 뵐 수 있는 인
연이 있을 것입니다. 위원회에서 좋은 인연이 있을 것이라는 말씀
을 마지막 메시지로 전달하라고 하셨거든요."

수크심의 말에 장 교수는 "인연이라, 인연."을 되뇌며, 드리즐이
우려내는 황산모봉의 작고 여린 잎새로 맑고 진한 찻물을 우려내
는 모습을 지켜본다.

"자, 그럼 두 번째 차를 마시면 된다는 말씀이군요."

이제는 믿음을 가진 장 교수가 정성스럽게 찻잔을 들고 한 모금,
두 모금 차를 음미한다. 그리고 이내 잠에 빠져든다.

20여 분이 흐른 후에 탁자 위 소파에서 잠든 장용첸 교수를 제자
들이 흔들어 깨운다.

"교수님! 교수님!"

"어? 으흠. 내가 깜빡 졸았구나. 같이 계시던 손님들은 돌아가셨
느냐?"

"네, 저희가 들어왔을 때는 교수님만 주무시고 계셨습니다."

"그래. 알았다. 자리에 돌아가 하던 실험을 계속하거라."

장용첸 교수는 기억 이식으로 명확히 기억나는 부분이 아직도
명료하게 자신의 머릿속에 남아있는 게 신기하기도 했다. 그리고

이제는 임무를 마치고 떠난 수크심과 드리즐이 어떻게 기억을 추출해 갔는지 궁금하기도 했다.

'다음에 만나면 꼭 기억추출 방법에 대해 물어봐야지. 이거야 원 너무 궁금하군.'

과학자로서 궁금한 건 못 참는 성격이라 온몸이 간질거리는 것 같았다. 책상 위에 놓인 찻잔과 그 옆에 작은 메모가 눈에 띈다.

황금빛 문양의 포세이돈이 삼지창을 들고 무언가 지키는 형상, 그 밑에 적힌 선명한 글씨,

[고맙습니다. 좋은 인연이 있을 것입니다.]

연구실 창밖으로 어느덧 석양이 비치면서 아름다운 푸단대의 지붕을 붉게 물들이고 있다.

아르번 다쳐 박사의 신묘한 기억추출법

중국 허베이성 우한시 장안구 옌장가 159번지.

장강 북쪽의 한커우에 위치한 마르코 폴로 호텔(Marco Polo Hotel)의 위치이다. 우한 텐허 국제공항과 가까워서 공항을 이용하는 많은 고객들이 이용하는 편리한 호텔이다.

마르코 폴로 호텔 1030호 스위트 객실.

분명히 호텔의 스위트 객실인데 안은 어느 연구실 대형 실험실처럼 꾸며져 있다. 널려 있는 각종 실험 기자재들, 여기저기서 뽀그륵 뽀그륵 소리가 나는 비이커들 그리고 무엇보다도 특이한 건 실험실에서 나는 진한 커피 향이다.

마르코 폴로 호텔 안에 존재하는 특이한 실험실 스위트 1030호 객실 안에서 뉴클레아스 심해기억저장위원회에서 파견된 아르번

다쳐 박사는 벽면의 투명 유리 글라스에 유성 마커로 열심히 무언가를 계산하고 있다.

실험실 한쪽 유리 글라스 사이로 보이는 커다란 보관 냉장고 안으로는 우한연구소 근처 커피페니에서 특수 임무를 행하는 에이미, 까미, 현이 그동안 기억추출 에스프레소를 통해 추출한 기억 파편들이 모두 커피페니 딜리버리 팩에 담긴 채로 가지런히 놓여 있다.

그리고 그 옆의 길고 넓은 책상 위에 놓인 커피페니 원두들.

선명하게 커피페니 로고가 찍힌 각종 원두의 봉투 위에 금빛 문양의 포세이돈이 삼지창을 들고 무언가를 지키는 형상이 하나 더 홀로그램처럼 비친다.

과테말라, 콜롬비아, 수마트라, 브라질, 케냐, 에티오피아, 베로나, 발리의 낀따마니 원산지까지 다양한 원두들이 즐비하게 놓여 있다.

"흠, 지금부터 우한지역에서 추출한 과거기억 데이터를 통해 기억조합을 맞추어 가야 하는데 일단 과거기억 중에 코로나바이러스 관련 기억을 추출하기 위해서는 몇 가지 나만의 특이한 원두 배합이 필요하지, 푸하하하하하."

혼자 미친 연구자처럼 중얼거리는 아르면 다쳐 박사는 각종 원두를 저울에 달면서 조금씩 원두를 꺼내서 자기만의 비법으로 배합을 시작한다.

"으흐흐흐흐, 일을 하면 할수록 신기하게 내 안의 다른 내가 나와서 기억을 조합하는 이러한 특수 배합을 만든다는 비밀을 아는 사람은 극소수이지. 으흐흐흐. 간혹 사람들이 내가 전설의 아수라 백작의 후손이 아니냐는 말을 공공연히 한다는 것을 나는 알지, 푸하하하하. 어리석은 인간들. 난 말이야. 아수라 백작의 후계자가 아닌 바로 전설의 지킬 박사(Dr. Jekyll)의 기억 파편을 전송받은 그 후계자란 말이거든. 푸하하하하. 자신을 제어하지 못하고 지킬과 하이드 사이에서 고뇌하다 결혼식 날 스스로 목숨을 마감한 위대한 지킬 박사의 마지막 기억전송에 오류가 발생해 전송되지 못하였지. 전송되는 기억 파편을 가두어 잡아먹는 아라크네에게 붙잡혀 있었던 것을 마이크로글리아족이 발견하고 이를 채취하여 나의 특산품인 효소를 먹여 키운 장내 유산균과 바꾼 게 어언 30년 전이군. 크흐흐흐. 세월 참 빠르다. 내가 요즘 새롭게 개발한 마이크로바이옴 균주들을 보게 되면 균이라면 사족을 못 쓰는 마이크로글리아족들이 아마 신제품을 먹게 해 달라고 아우성일 텐데. 푸하하하하. 어차피 이번 임무를 위해 만나야 하는 숙제가 있으니 잘 되었군. 푸하하하하."

"자, 이제 슬슬 마법의 노래를 부르면서 기억을 조합하는 신묘한 원두 배합을 시작해 볼까? 푸하하하하."

아르먼 다쳐 박사는 큰 소리로 노래를 흥얼거리면서 분주하게 원두들을 각 봉투에서 빼내서 무게를 달고 이를 배합통에 넣고 배합기의 조합을 입력한 다음에 원두를 갈기 시작한다.

연구실인 듯 스위트 객실인 듯 그 정체를 알 수 없는 마르코 폴로 호텔 스위트 1030호실 안이 기괴한 음악들로 가득 차기 시작한다.

노래가 끝나자 아르먼 다쳐 박사의 눈빛이 빨간색으로 변하면서 머리 모양은 하얗게 자란 백발의 긴 머리를 풀어뜨린 모습으로 급변한다.

"크하하하하하. 나를 묶어 놓은 사슬을 벗어나는 마법의 노래를 부르다니 내 육신과 영혼을 다 걸고 실험하고자 했던 인간의 영혼을 바꾸는 나의 능력을 이제는 이렇게 기억 파편들을 조합하는 데 사용하게 된 나는, 지킬 박사의 능력을 이어받은 나는 아르먼 다쳐 하이드다! 크하하하하하하."

눈빛으로 이글거리는 빨간 광선을 쏘아 대며 눈앞에 놓인 조합된 원두들을 들고 커다란 인큐베이터 안에 넣고 온도를 올린다. 옆에서 온도를 높이는 기억추출 바이오리엑터에서 연두색의 기억조각 추출물들이 인큐베이터 안으로 이동하여 분무기처럼 인큐베이터 안의 배합된 원두 가루 위로 뿌려지기 시작한다.

잠시 후에 숙성된 원두를 옮겨서 커다란 유압 에스프레소 추출기 라마르조꼬(La marzocco) 커피머신이 강한 유압을 뿜어내며 기억파편 에스프레소를 추출한다.

"치이익! 치이익!" 엄청난 열기의 유압이 프레스 유압기를 통과하여 기억 파편 에스프레소를 블렌딩한 추출기를 향해 달려간다. 그리고 잠시 후에 진하고 강한 커피 향을 뿜어내면서 엄청난 양의 에스프레소 원두 액이 커다란 기억숙성 배양통 안으로 흘러들어가는 모습이 마치 인간의 혈액이 커다란 저장통에서 나와 일렬로 줄지어 늘어서 있는 로봇 혈관을 향해 달려가는 모습처럼 느껴진다.

"잠시 후에는 로봇들이 눈을 번쩍 뜨리라. 달려가라, 뛰어가라, 날아가라 나의 로봇들이여, 내가 탄생시킨 내 생명들이여!"

"푸하하하하, 크아아아아악."

머리를 쥐어 잡고 고통스러워하는 아르먼 다쳐 박사의 입술 사이로 괴이한 목소리가 들려온다.

"크흐흐흐. 난 하이드(Mr. Hyde)다. 그리고 지킬이다. 그리고 이제는 다른 인격으로 자리 잡은 아르먼 다쳐! 푸하핫! 이름이 이게 뭐냐, 아르먼 다쳐. 기괴한 이름을 그만 쓰라고 그렇게 이야기했건만. 너도 참 말 안 듣는 녀석이구나."

"지킬 박사님, 아니 하이드 님. 제 이름이 어떻다고 그렇게 매번 만날 때마다 저에게 구박과 창피를 주시는 겁니까? 저는 이래 봬도 뉴클레아스 심해기억저장위원회가 자랑하는 기억 파편의 최고재단사이자 코로나바이러스를 팍팍 식별해내는 기억 진단키트 개발자로 인류에 헌신하는 아르먼 다쳐 생명공학박사라고요!"

"크하하하하. 네 이놈, 네 위장 신분인 기억 진단키트 개발 박사 문처르 김 박사를 내가 모를 줄 아느냐? 난 너이자 넌 나인 걸 잊었느냐? 어젯밤에 그 맛있는 맥켈란 21년산을 먹을 때 넌 나를 불러내지 않았지. 나쁜 놈! 세상에서 제일 나쁜 놈이 맛있는 걸 먹을 때 혼자 처먹는 놈이니라. 더구나 노래까지 불러? 그것도 청담동 도산공원 앞의 카페 '마음과 마음'에 가서? 내가 거기를 얼마나 가고 싶어 했는 줄 아느냐? 음악 좋고 분위기 좋고 더구나 강변가요제 대상 출신이 직접 통기타를! 으흐흐흐흐흐. 나를 연기한 조승우도 거기 가면 눈물 날 거다. 좋아서. 크으으으으. 이 나쁜 놈! 저 혼자 가서 내 영혼을 부르지 않다니…."

"아니. 천하의 지킬 박사님도 식탐과 노래탐이 있으십니까? 드시고 싶으시면 언제든지 불쑥 제 눈빛을 이글거리게 하고 나타나시면 되고 노래 부르고 싶으시면 제 영혼을 뒤집고 좋아하신다는 메탈리카(Metallica)의 〈마스터 오브 퍼펫(Master of Puppets)〉을 부르시면 되잖아요. 왜 나타나시지 않고 이제야 불평이세요? 나 참…."

"요놈 보게. 이제는 같이 놀아 주니까. 제 할아버지뻘 되는 나에게 마구 대드네. 야 이놈아! 너의 〈지금 이 순간〉은 '마음과 마음'에서 소화가 가능하지만 나의 〈마스터 오브 퍼펫〉은 그곳에서 소화가 불가능해. 헤비메탈이라… 넌 무식하게 그것도 모르고 나에게 거기서 네 영혼을 뒤집고 나타나서 메탈리카의 노래를 부르라고? 미친놈. 음악의 음자도 모르는 놈은 당해도 싸다. 어디 한번 고통을 느껴봐라. 너 한번 당해봐라!"

갑자기 온몸에 털이 뽑히는 듯이 심한 고통을 느끼면서 아르먼 다쳐 박사는 연구실 바닥을 이리 구르고 저리 구르며 고통스러워한다.

"크하하하하, 요 녀석, 고통스럽지? 이게 내가 최근 생각한 솜털 뽑기라는 고통이다, 이놈아. 푸하하하하. 메탈리카의 〈마스터 오브 퍼펫〉의 박자 하나하나에 네 솜털 하나하나가 뽑혀 반응하는 고통을 주마, 크하하하하."

갑자기 아르먼 다쳐 박사의 귀 안에서 메탈리카의 밴드가 연주를 시작하면서 웅장하고 장엄한 〈마스터 오브 퍼펫〉의 사운드가 울려 퍼지기 시작하고 리드싱어인 제임스 헤트필드(James Hetfield)의 목소리가 울리기 시작한다.

"그만! 그만! 지킬 박사님, 제가 잘못했습니다. 그만해 주세요! 저는 지금 임무 수행 중이라고요!!!"

소리를 버럭 지르는 통에 머릿속이 울리는 듯한 공명이 일어나면서 한 몸속에 존재하는 지킬 박사, 하이드, 아르먼 다쳐 박사, 문처르 김이 동시에 정신을 차린다.

"좋아, 좋아. 잘못했다고 쿨하게 용서를 비니까 내가 그만 멈춰 주지."

"지킬 박사님, 제가 이 노래를 들을 때마다 극강의 고통이 따릅니다. 왜 만날 이 노래를 통해 제 머릿속을 뒤흔드시나요?"

"크하하하. 아르먼 다쳐 박사. 아직 어려서 잘 모를 거야. 메탈리카의 이 노래는 마약을 통한 인간의 무영혼의 위험을 노래하고 있지. 마치 나를 보는 것 같지 않나? 인간의 인격과 영혼을 걸고 실험해서 잠재적인 인격을 깨워 버린 통제 불가능한 영혼의 세계를 열어 버린 나. 지킬 박사와 그 영혼의 길에서 자신을 잃어버리고 사랑하는 사람들을 잃어버린 하이드를…. 어찌 보면 인간들은 마약이라는 극단적 약물을 통해 자신의 영혼을 석고화해 가는 불쌍한 존재인지도 모르지. 그런 의미로 이 〈마스터 오브 퍼펫〉은 일종의 경고야, 인간들에 대한. 너희가 영혼을 지배당하면 어찌 될지 모른다는…. 그것도 모른다니, 바보들 같으니!"

한숨을 푸욱 쉬는 지킬 박사의 인격 너머로 고개를 빼꼼 내미는 아르먼 다쳐 박사는 조심스럽게 지킬 박사의 영혼을 안으면서 속삭인다.

"아, 그런 깊은 뜻이 있으셨군요. 지킬 박사님. 저는 앞으로 메탈리카의 〈마스터 오브 퍼펫〉으로 박사님이 저를 혼내실 때는 영혼의 위대한 존재를 잃지 말라는 사랑의 매로 알고 기쁘게 듣도록 하겠습니다."

"푸하하하하핫. 이제야 말이 좀 통하는구나, 아르먼 다쳐 박사. 푸하하하."

기분이 좋아진 지킬 박사는 즉시 임무를 생각해 내고 실험을 준비한다.

"흠, 내 기억을 불러들여서 내 영혼을 깨웠다는 건 이번에도 기억 파편을 통해 다른 기억들을 추출해내서 무언가를 알아내야 하는 숙제가 있는 모양이군. 좋아, 좋아. 크흐흐흐. 난 이런 거 좋아해. 이건 내 실력을 인정하는 거니까."

아주 기뻐하는 표정으로 바뀐 아르먼 다쳐 박사의 얼굴이 하얀 백발의 장발을 한 하이드와 정상적인 연구자의 모습을 한 아르먼 다쳐 박사의 모습으로 반반으로 분리되어서 기묘한 얼굴 모습을 나타낸다.

마르코 폴로 호텔 스위트 1030호실 거실이자 연구실 거울에 비친 자신의 모습을 보면서 아르먼 다쳐 박사는 인상을 찌푸린다.

"이렇게 반반씩 나타나니 저희를 언뜻 본 사람들이 제가 남녀 반반의 아수라 백작의 후예라고 떠들고 다니고 그러지요. 나 참…."

"대체 어느 놈이 남녀 반반을 운운하는 거야? 난 분명히 지킬 박사이자 하이드이고 넌 분명히 아르먼 다쳐 박사이자 문처르 김 박사이지. 혹시 너 아르먼 다쳐는 남자이고 문처르 김은 여자인 건 아니지?"

"곽사님! 정말 너무하세요!! 흑흑."

"아, 이놈이 뭐 그런 농담을 가지고 소리를 지르고… 나는 곽사가 아니고 박사란다. 아이야. 크하하하하하. 자자 그만 힘 빼고 어서 추출을 시작하자. 넌 준비를 하거라, 내가 개발한 신묘한 기억추출법을. 기억추출액의 온도는 높였느냐?"

두 눈을 타고 흐르는 눈물방울을 얼른 혓바닥으로 핥아먹어 버린 아르면 다쳐 박사는 연구실 옆의 기구함에서 신기하게 생긴 기구를 들고 온다.

"정말 늘 하면서도 괴로운 기억 추출법이에요, 지킬 박사님. 정말 이 방법밖에는 없으신 건가요? 제발 새로운 추출법을 좀 개발해 주세요, 네?"

사정하는 아르면 다쳐 박사에게 지킬 박사는 코웃음을 치면서 이야기한다.

"내가 모든 추출법을 써 봤지만 가장 정확하고 명료하게 기억을 추출하여 조합하는 방법은 이 추출법이 최고였어. 내 영혼을 바꿀 만큼 효과가 있었단 말이지. 크흐흐흐흐. 그리고 너 혼자 고통스러운 척하지 마! 네 몸 안에 같이 존재하는 나 또한 똑같은 고통을 느끼니까 말이야."

'에휴. 말을 말아야지.'

체념한 듯 아르면 다쳐 박사는 기억추출 장비를 준비하고 기억추출액과 기억 파편 조각을 숙성하여 원두에서 추출한 에스프레소를 배합통 안에 섞는다. 그리고 잠시 후에 온도를 42도로 맞춘 다음 추출을 위한 준비를 마친다.

기억추출기 위에 누운 아르면 다쳐 박사는 곤혹스러운 표정으로 기억추출을 위한 준비를 한다.

'흠… 누가 이걸 믿겠어. 최첨단의 시대에 가장 과학적이라는 뉴클레아스 심해기억저장위원회의 핵심 멤버가 지킬 박사가 만든 전

근대적인 기억추출법을 사용하여 수집한 기억 파편 조각들의 기억을 모아 추출한다는 것을…. 어휴, 내 팔자야.'

추출기 위에 누운 아르먼 다쳐 박사는 머리에 기억추출 데이터 전송기를 쓰고 기억추출 장비인 기억 에스프레소 관장기를 걸고 관장 호스를 자신의 엉덩이에 힘차게 꽂아 넣는다.

잠시 후에 모니터에 기억 파편 추출에서 얻어진 데이터가 나타난다.

[리노바이러스, 인플루엔자, 레트로바이러스, 0000데이터 오류-추가 데이터 필요, 미크로파지, 우한연구소, 연구원 징첸, 연구원 펑더위, 인민해방군병원]

마이크로글리아족과 아라크네의 비밀

오늘도 기억 시냅스를 사냥하여 살아가는 마이크로글리아족은 기억 시냅스가 존재하는 지구 어디든지 사냥터로 삼아서 살아가고 있다. 비록 인간들은 마이크로글리아족을 본 적도 없고 인지하지도 못하고 세상을 살아가고 있지만 우리 주변에는 수많은 마이크로글리아족이 우리의 기억전송에서 덜어져 나온 기억 파편과 기억 시냅스를 사냥하고 생각 그물에 담아 부족의 생각 뱅크로 옮겨 놓고 이를 저장하여 필요한 요청에 따라 생각을 판매하는 종족이다.

인간의 몸속을 자유롭게 드나들지만 유일하게 인간 면역계의 제지나 통제, 공격을 받지 않는 종족. 오늘 그 마이크로글리아족을 지배하는 마이크로글리아 3세 남작이 이곳 우한에 등장한 것이다.

"야호. 우리 생각 뱅크의 기억을 사겠다는 녀석의 요청을 접수하고 그 제시한 액수가 너무 커서 내가 직접 이렇게 왕림하는 사태가 발생하다니! 흠, 의뢰인이 요청한 생각 뱅크의 저장 생각도 특이한 시간대에 형성된 특이한 기억이지만 일단 사겠다는 구매자도 조금 구미가 당긴단 말야. 지킬 박사라… 아버지가 이야기한 인간의 인격과 영혼을 거래하고자 연구하다 스스로 생을 마감한 지킬 박사가 요청하다니. 분명히 아버지는 지킬 박사가 인간의 인격과 영혼을 바꿀 수 있는 최초의 연구업적을 남겼지만 애석하게 스스로 생을 마감함으로써 그 연구법이 사라졌다고 말씀하셨는데… 의뢰인이 지킬 박사라니. 내가 직접 확인해 보지 않고서는 도무지 몸이 간질거려서 말이야, 하하하하하하."

통통 튀는 어감으로 신나게 떠들면서 사람들 사이를 날아가는 마이크로글리아 3세 남작은 어느새 의뢰인이 송신한 장소인 중국 한커우의 북쪽 마르코 폴로 호텔에 도착한다.

"똑똑똑."

문이 활짝 열리면서 영민하게 생긴 안경 낀 젊은 친구가 마이크로글리아 3세 남작을 반갑게 맞이한다.

"어서 오세요. 반갑습니다. 마이크로글리아 3세 남작님."

"하하하, 저를 기다리고 계셨군요. 무언가 급하신 듯하네요. 저를 보자마자 이렇게 바로 뜨거운 환대를 해주시는 것을 보니 말이죠."

방안으로 귀신처럼 빠르게 순간 이동하듯이 들어온 마이크로글리아 3세 남작은 방안이자 연구실인 마르코 폴로 호텔 스위트 1030호 객실을 호기심 어린 눈으로 이리저리 둘러본다.

"오호. 여기가 모아 온 기억 파편들을 다 녹여서 필요한 기억을 추출하는 비밀기억추출소군요. 항상 움직여서 어디에 그 위치가 있는지 모른다는, 하하하하하. 영광인데요. 오늘 이곳에 초청을 받게되다니. 하하."

젊고 패기 넘치는 마이크로글리아 3세 남작은 통통 튀는 목소리로 연구실 공간을 가득 채우는 호기 어린 목소리를 뿜어낸다.

"어서 오십시오. 저는 아르먼 다쳐 박사입니다."

"푸훗. 뭘 알면 다치는지요?"

"아! 하하. 알면 다쳐가 아니고 아르먼 다쳐입니다. 독일계 이름 이죠."

"아, 그렇군요. 괜히 제가 머쓱해집니다, 하하. 그런데 저는 지킬 박사님의 요청을 받고 왔는데요. 저희 집안과 지킬 박사님은 오랜 인연으로 상호 간의 요청에 응해서 도와준다는 가문 간의 밀약이 있답니다. 분명히 저에게 보낸 신호에는 저희 두 집안만이 아는 표식이 담겨 있었는데요."

"뭘 그렇게 하나하나 따지십니까? 하하. 어차피 저희는 뉴클레아스 심해기억저장위원회의 특별 명령에 의해 이곳에서 기억을 찾아 위원회가 원하는 기억 파편들을 추출해서 찾고자 하는 단서를 찾는 게 우선 업무입니다. 그 점은 충분히 알고 오셨죠?"

마이크로글리아 3세 남작은 갑자기 표정이 확 바뀌면서 버럭 소리를 지른다.

"제 앞에서 뉴클레아스 기억저장위원회를 들먹거리지 마세욧! 저는 위원회 따윈 무서워하지도 않습니다. 제가 이곳에 온 건 오직 지킬 박사님의 요청이 있어서였고, 이번 기회에 지킬 박사님의 안부를 확인도 할 겸 바로 달려온 것입니다. 어디서 감히 이상한 이름을 쓰는 박사가 제 앞에서 감히 위원회 어쩌고저쩌고하면 저는 그만 돌아가겠습니다."

"아이고! 젊은 남작님이 성질도 급하셔라."

급히 손목을 잡아챈 아르먼 다쳐 박사는 얼른 마이크로글리아 3세 남작을 회의 테이블로 앉힌 다음 신묘한 기억추출법을 통해 추출한 데이터 파일들을 보여 준다.

[리노바이러스, 인플루엔지, 레트로바이러스, 0000데이터 오류-추가 데이터 필요, 미크로파지, 우힌연구소, 연구원 징첸, 연구원 펑더위, 인민해방군병원]

"아하. 이러한 기억 단서들이 나왔군요. 흠. 그런데 데이터 오류가 난 부분은 핵심 데이터 기억이 없어 이 부분을 퍼즐 맞추듯이 맞추어야 해서 저를 필요로 한 것이군요. 우리 마이크로글리아족의 시냅스 사냥에서 나온 기억을 필요로 한다 이 말씀이군요. 푸하하."

'내가 대충 꼬시면 협조할 줄 아니?' 하는 표정으로 마이크로글리아 3세 남작은 다리를 쫘아악 꼬면서 의자 뒤로 어깨를 확 재친 다음 거만한 표정으로 손가락을 회의 테이블 위로 까닥까닥하면서 딴짓을 하기 시작한다.

"흠… 가만 있자. 이 향기로운 올리브 냄새는 무엇인가요?"

회의실 탁자 위의 실험기구들 사이로 맑고 투명한 올리브유 병이 보인다. 코르크 마개 사이로 조금 흘러내린 올리브유에서 나오는 방금 짠 듯한 올리브유의 향을 손끝에 조금 묻혀서 코끝에 대고 킁킁 냄새를 맡아본 마이크로글리아 3세 남작은 눈이 거의 개구리 왕눈이보다 더 커지고 '나는 코끼리 덤보'처럼 귀가 커지면서 기쁜 소리를 질러댄다.

"후유. 이건 우리가 제일 좋아하는 이탈리아 폼페이와 아말피 사이의 언덕에서 자라는 올리브나무에서 나오는 엑스트라 버진 올리브 오일(Extra Virgin Olive Oil)이잖아! 훗. 냄새를 맡아보니 수확한 후에 처음으로 착즙한 0.8 미만의 산도를 지닌 최상품이구나."

갑자기 올리브유 병뚜껑을 연 마이크로글리아 3세 남작은 손바닥에 한가득 올리브유를 따르더니 물을 마시듯이 쭈욱 흡입하고는 눈을 감고 고개를 하늘로 높이 쳐든 다음 크게 늘어난 귀를 흔들어 댄다.

방안 가득 향기로운 매그놀리아(Magnolia) 향기가 퍼진다.

'올리브유를 먹고 저렇게 신기하게 변하다니. 정말 전설의 신기한 종족이구나. 더구나 향기를 이렇게 진하게 품어 내다니.'

아르먼 다쳐 박사는 눈으로 보고도 믿기지 않은 듯이 이 장면을 보면서 무척 곤혹스러운 표정으로 마이크로글리아 남작 3세를 쳐다본다.

'그런데 흠, 이걸 말해야 하나 말하지 말아야 하나? 크음, 걱정되네. 지금 저렇게 맛있다고 먹어대는 최상급 올리브유는 나의 신묘한 기억추출법으로 기억추출 관장을 할 때 원활한 기억추출을 위해 관장기 추출 호스와 나의 엉덩이에 바르는 올리브 오일인데. 컥! 말하지 말자! 말했다가는 부탁도 못 하고 판이 깨질 것 같아. 에라 모르겠다. 병째 주자, 선물로.'

아르먼 다쳐 박사는 고개를 심하게 흔들면서 무언가 결심을 한 듯 큰소리로 외친다.

"그 올리브유를 선물로 드리겠습니다. 보통의 올리브유가 아닙니다. 폼페이와 아말피 사이의 산에서 자라는 올리브나무의 올리브를 일일이 손으로 따서 착즙한 최상급의 올리브유랍니다. 그렇게 좋아하시니 병째 드리겠습니다!!!"

"푸하하하하하. 감사합니다. Thank you, Grazie, Danke schon, Merci beaucoup! 이제야 우리가 진정한 친구가 된 듯하네요. 하하하하하. 우리가 최상급의 올리브유만 보면 사족을 못 쓴다는 비밀을 알고 있는 듯하군요, 하하하하하. 우리 종족의 비밀을 아는 분은 드문데 특이하군요. 하하하. 처음 뵙는 분이 이렇듯이 우리를 잘 알고 있다니. 혹시 닥터 제닝스 아저씨가 변신하신 건 아니죠? 하하. 나를 너무 잘 아는 것 같은데. 하도 변신을 잘하는 아저씨라서. 그나저나 만나면 지난번에 약속받은 모나미153 실버펜 한정판을 받아야 하는데. 요즘 통 소식이 없으셔서 수소문해 봤더니 하버드대학병원 근처에 누워 계신다고 하던데. 병원이면 병원이지 병원 근처에 누워 계신다는 기억전송 데이터는 또 뭔지. 나도 참… 아무튼. 하하, 좋습니다! 의뢰를 수락합니다. 어떤 기억의 조각을 원하는지 찾아드리도록 하겠습니다. 저 기억추출 데이터의 오류가 난 부분의 기억을 찾아서 복원해 드리면 되겠군요. 푸하하핫, 그 정도야 뭐."

마이크로글리아 3세 남작은 부풀어 오르는 큰 귀를 이리저리 흔들어 대면서 공간을 찾아 연구실이자 스위트룸의 이곳저곳을 찾아 헤매다가 대리석으로 멋지게 인테리어가 된 화장실을 발견하고는 씨익 웃으면서 특이한 목소리로 말한다.

"잠시 이곳을 빌리도록 하겠습니다. 추출한 기억 데이터 액상을 주십시오."

에스프레소 액상으로 저장한 기억추출 데이터 캡슐을 건네자마자 마이크로글리아 3세 남작은 주머니에서 알루미늄과 유리로 된 케이지(Cage)를 꺼낸다.

신기하게 생긴 케이지 안에는 투명한 듯 투명하지 않은 흰색과 인간의 살색이 교차하듯이 색이 변하는 커다란 거미 한 마리가 들어 있었다.

거미와 눈이 마주친 아르먼 다쳐 박사의 눈이 커다랗게 변하면서 경련이 일어난다.

케이지 안의 거미는 사람의 얼굴을 하고 있었다. 아르먼 다쳐 박사를 보자마자 눈을 마주치고 씨익 웃자 아르먼 다쳐 박사는 머리를 쥐어 뜯으며 괴로워한다.

"크으으으으으으, 누가… 누가 나를 불러 내는 거야. 나를 묶은 사슬을 푸는 저주는 〈지금 이 순간〉 노래를 부르면서 나를 풀어낼 수 있는 데… 이렇듯 한순간에 나를 불러 내다니! 크아아아악, 나는 지킬이자 하이드다. 누가 나를 불러내느냐? 크아아악!!"

이 모습을 지켜보던 마이크로글리아 남작 3세는 얼른 케이지의 버튼을 누른다. 케이지의 색이 빛을 차단하는 색으로 바뀌면서 케이지가 불투명으로 차단되고 방금까지 인간의 얼굴을 한 투명하면서 반투명한 거미는 모습이 보이지 않게 된다.

"너냐? 크아악. 헉헉. 나를 내 영혼에서 불러낸 너는 누구냐? 나는 지킬 박사다."

"박사님, 드디어 만나 뵙게 되는군요. 저는 박사님의 협조 전문을 받고 달려온 마이크로글리아족의 족장 마이크로글리아 3세 남작입니다."

정중하게 한쪽 무릎을 꿇고 인사를 하는 모습이 마치 왕과 신하가 예의를 갖추듯이 정중하다.

'아들아! 추후에 언제 어디서 만나거든 예의를 지킬 분들이 있단다. 우리 마이크로글리아족과 깊은 인연이 있는 분들이지. 그분들을 만나면 반드시 깍듯한 예의를 지키고 나를 대하듯이 하거라.'

아버지가 늘 말씀하시던 그분 중의 한 분인 지킬 박사님이 눈앞에 있다. 그것도 자신에게 도움을 청하는 특별한 약속의 문양이 담긴 전송부호를 받았다.

"정중하게 인사드립니다. 저는 마이크로글리아 2세 백작님이신 아버님의 후계자이자 현재 부족을 이끌고 있는 3세 남작입니다."

"크흐흐흐. 내가 네 아버지와 함께 세상을 돌아다닐 때 너는 태어나지도 않았지. 세월이 많이 흘렀구나. 크흐흐흐. 아버지는 어디에 있고 네가 돌아다니느냐?"

마이크로글리아 3세 남작은 숙연한 표정으로 지킬 박사를 응시하면서 말한다.

"아버님은 몇 년 전 지구에 갑작스레 나타난 메르스 바이러스와의 전투에서 돌아가셨습니다. 당시에 가장 친한 사우디아라비아의 왕자이신 모함메드 살라께서 도움을 요청하셔서 질병의 원인을 찾기 위해 중동의 모든 동굴에 사는 박쥐들의 기억전송 및 바이러스 숙주 기록을 검토하시다가 통제를 받지 않는 메르스-코로나바이러스(MERS-Corona Virus) 집단과 충돌이 일어났습니다. 그로 인해 폐와 신장을 지배당하고 회복이 안 된 상태에서 무리하게 기억 수집 파편들의 시냅스를 전송하시다가 급성감염이 일어나면서 모든 세포막이 터져서는, 흑흑….″

″허허, 그랬구나. 나와는 절친했는데. 누구보다도 인간을 사랑한 사람이었지. 내 영혼과 내 영혼 속의 하이드마저 사랑해준. 오죽하면 하이드마저 네 아버지를 좋아했단다. 그런 친구가 결국 인간을 지키다가 목숨을 잃다니… 그래, 네 아버지의 유해는 어디로 모셨느냐? 너희 부족은 특별히 부족들만이 들어가서 장사 지내는 곳이 있다고 늘 네 아버지가 이야기를 하곤 했지.″

″네. 인도네시아 욕자카르타의 보로부드르 사원 안에 72개의 사리탑이 있습니다. 그중에 아버지의 자리에 아버지의 육신과 기억 모두를 안치하고 봉안했습니다.″

″아, 언젠가 들은 것 같구나. 므라삐 화산의 강렬한 파장이 다른 어떤 기억침입자들도 보로부드르 사원의 사리탑 안의 부처 불상 안에 전송된 기억들을 약탈하거나 훔치지 못하도록 마이크로글리아족의 특수한 금제가 걸려 있어서 모든 마이크로글리아족은 죽음 이후에 보로부드르 사원에 육신과 기억이 저장되게 된다고 말이야. 기억이 전송되지 않는 유일한 종족 기억 시냅스를 사냥하여 자신의 몸 안에 기억을 영구히 가두어 두는 특이한 종족의 영원한 기억저장 방법이라고 늘 자랑스럽게 이야기하곤 했지.″

″네. 맞습니다, 어르신. 보로부드르 사원이야말로 인간이 이해할 수 없는 구조를 가지고 있습니다. 42미터의 높이, 불상만 504개로

붓다의 전생을 담은 부조들, 72개의 족장들만이 들어갈 수 있는 사리탑 그리고 불교 설화와 불교 경전을 부조로 만든 1460개의 부조들. 이 모두가 저희 마이크로글리아족의 위대한 작품입니다"

지킬 박사는 침통한 표정으로 위로하듯이 마이크로글리아 3세의 등을 다독거린다.

"내 언젠가는 욕자카르타에 가서 보로부드르 사원에 있는 자네 아버지의 기억과 한번 대화를 하고자 하네. 자네 아버지가 늘 말했지. 언제든지 죽음 이후에도 기억을 통해 다시 우리가 만날 수 있다고⋯ 인도네시아 전통 인형극 와양(Wayang)을 통해 기억을 현신시키면 나랑 대화할 수 있다고 늘 이야기하곤 했지."

한숨을 내쉬는 지킬 박사의 손을 꼬옥 잡으면서 마이크로글리아 3세 남작은 마치 친척을 만난듯이 깊은 감정의 파동을 느낀다. 파동의 여파가 울리면서 마이크로글리아 3세 남작의 귀가 다시 한껏 부풀려진다.

"꼬옥 보로부드르 사원에 가셔서 아버님과 기억교류를 하시기를 부탁드립니다. 아버님이 너무나 기다리고 계실 것 같습니다."

허리춤에서 마이클로글리아 3세 남작은 작은 소가죽으로 만든 인형 하나를 건넨다.

"지킬 박사님, 나중에 보로부드르 사원에서 아버님의 기억을 불러내실 때 사용하십시오. 가시면 제단을 지키는 제사장 일행이 있습니다. 기억을 불러내기 위해 와양 골렉(Wayang Golek)을 시전하면서 마하바라타와 라마야나의 기억을 불러내고 순다어(Bahasa Sunda)를 쓰면서 공연할 것입니다. 공연 중에 제사장이 아버님의 기억을 불러내기 위해 와양 골렉 메낙(Menak)으로 갈 것인가? 와양 골렉 바바드(Babad)로 갈 것인가? 와양 베베르(Wayang Beber)로 갈 것인가? 와양 크루칠(Wayang Krucil)로 갈 것인가를 물어볼 것입니다. 그때 지킬 박사님은 이 소가죽 골렉을 내밀면서 '나는

마이크로글리아 2세 백작을 만나러 와양 골렉 메낙으로 가고자 하
네.'라고 크게 외치십시오. 그 순간부터 지킬 박사님은 전혀 다른
세상에서 아버님을 뵐 것입니다."

"오호. 어렵군, 어려워. 하지만 내 친구를 볼 수 있다면 그렇게 하
겠네. 와양 골렉 메낙이라, 어렵군."

"아버님은 사우디아라비아에서 일어난 변형 바이러스인 메르스
코로나바이러스와의 전투 중에 돌아가셨습니다. 와양 골렉 메낙은
이슬람과 연관된 기억전송 루트입니다."

"고맙네. 내가 꼬옥 그렇게 함세."

마음속의 숙제를 풀어 버린 듯이 마이크로글리아 3세 남작은 다
시 활짝 웃는 모드로 바뀌면서 큰 귀를 다시 팔랑이며 큰 소리로
외친다.

"자, 이제 요청하신 기억 파편을 찾아 내기 위해 전설의 아라크
네에게 명령을 할 시간입니다. 수집된 기억추출 에스프레소 액상
을 저에게 주십시오."

깨지면 큰일이라도 날듯이 조심스럽게 기억추출 에스프레소 액
상을 마이크로글리아 3세 남작에게 건네는 지킬 박사.

마이크로글리아 남작 3세는 지킬 박사에게 받은 액상을 아라크
네가 있는 케이지의 액상 삽입구에 넣고 버튼을 누른다.

"찌이이이이이이이잉."

기괴하고 이상한 소리를 내며 투명하면서도 투명하지 않은 듯한
아라크네가 액상을 흡입하기 시작한다. 그리고 사람 얼굴을 한 형
상에서 점차 검은 털로 뒤덮인 커다란 거미 왕 타란툴라의 형상으
로 변하면서 온몸에 난 털의 색깔이 형광색으로 변한다. 그리고 꼬
리에서 나온 하얀 실들이 케이지 안의 모든 공간을 차지하면서 마
치 애벌레가 누에고치를 만들듯이 모든 공간을 휘감아서 타원형
거미줄 고치를 만들고 강력한 전파를 발생시킨다.

"크으으윽윽. 엄청난 파장이군" 내 뇌파가 흔들릴 정도의 파장이라니. 대단한 거미구나."

"지금부터 10초간 눈을 감으시고 나오는 빛을 보지 마십시오. 아라크네는 지금부터 10초간 전 세계의 모든 거미줄에 걸린 전송기억 파편들을 수집합니다."

10초간 나오는 강력한 빛으로 인해 장강 북쪽의 한커우에 위치한 마르코 폴로 호텔 주변 50킬로미터 이내 모든 휴대폰이 다운된다. 우한 텐허 국제공항에 착륙하던 모든 항공기들은 10초간 계기 이상을 느끼고 비상 수동작동 비행으로 전환되었으며, 공항관제탑 또한 모든 계기 오작동이 10초간 발생하자 비상 대기 버튼을 급히 누른다.

잠시 후 정신을 차린 아르먼 다쳐 박사는 자신이 기억추출을 하는 마르코 폴로 호텔 스위트 1030호의 공간에서 일어난 현상과 자신의 머릿속에 존재하는 인간 네 명의 인격과 영혼, 즉 아르먼 다쳐, 문처르 김, 지킬 박사 그리고 하이드까지의 복잡한 생각과 교류 그리고 마이크로글리아 남작 3세를 요청하여 아라크네의 기억 파편 수집 파장의 능력까지 본 모든 것을 기억해 내며 고개를 절레절레 흔든다.

"대체 이 세상에는 내가 모르는 것이 너무도 많구나."

연구실 책상 위에 마이크로글리아족의 바틱나무 문양과 그 위에 앉은 인간 형상을 한 거미 아라크네의 모습이 담긴 봉투가 놓여 있다.

기억 파편 정보 분석

[리노바이러스, 인플루엔자, 레트로바이러스, 0000데이터 오류 - 추가 데이터 필요, 마크로파지, 우한연구소, 연구원 장첸, 연구원 펑더위, 인민해방군병원]의 기억 파편 정보를 분석함.

1. 000 정보 오류는 박쥐로 판명됨.
2. 연구원 장첸, 연구원 펑더위는 박쥐에 물림.
3. 우한연구소 내 기억 조작 흔적 발견
4. 코로나바이러스에 새로운 명령어 입력 기억 발견
5. 원천 기억 추적은 리노바이러스, 인플루엔자, 레트로바이러스와 연관되어 있을 것임. 추가적 조사 필요

1차적으로 박쥐에 대한 모든 기억 전송 기록을 역추적하여 박쥐에게서 원천바이러스의 태생을 알아내야 할 것임.
이상 분석 완료

뉴클레아스 심해기억저장위원회 특별위원회

AI 비서: 오늘 특별위원회에 참석하신 위원 9명이 모두 접속하셨으므로 지금부터 특별 안건을 상정하겠습니다.

상정 안건
내용: 뉴클레아스 심해기억저장위원회의 특명을 받아 닥터 제닝스는 코로나의 명령체계를 제어하는 총사령관인 술탄코로나를 만

나서 대화를 시도하였음. 대화를 통해 현재 코로나바이러스는 다음과 같은 영역 구축 작업을 진행하고 있음을 알게 되었음.

코로나 영역 구축 현황

- 코로나 알파 변이(영국)
- 코로나 베타 변이(남아공)
- 코로나 감마 변이(브라질)
- 코로나 델타 변이(인도)

현재 유럽을 중심으로 엡실론, 람다가 세력을 확장 중임.

이 중 가장 강력하게 변이를 통해 영역을 확장 중인 코로나 세력은 델타 변이종이며 지배종으로 자리 잡았으나 각 지역에서 다시 숙주에 적응하여 오미크론, 스텔스 오미크론으로 종족분화가 이루어짐.

미국을 중심으로 오미크론 BA.2.12.1의 새로운 코로나종족이 변이 후 활동 보고가 된 것으로 파악됨.

코로나바이러스의 특성 파악 및 종의 유래에 대한 연구를 위해 코로나바이러스가 제일 먼저 발생한 중국 우한에 긴급하게 크리스퍼 대사들을 파견하여 기억 파편을 수집하고 아르먼 다쳐 박사를 통해 분석 중. 오류 수정을 위해 마이크로글리아족의 기억 파편 사냥 및 기억 시냅스망을 통한 추가 기억보완으로 단서 확보.

기억 파편 분석 내용은 다음과 같습니다.

기억 파편 정보 분석

[리노바이러스, 인플루엔자, 레트로바이러스, 0000데이터 오류-추가 데이터 필요, 마크로파지, 우한연구소, 연구원 장첸, 연구원 펑더위, 인민해방군병원]의 기억 파편 정보를 분석함.

- 000 정보 오류는 박쥐로 판명됨.
- 연구원 장첸, 연구원 펑더위는 박쥐에 물림.
- 우한연구소 내 기억 조작 흔적 발견

- 코로나바이러스에 새로운 명령어 입력 기억 발견
- 원천 기억 추적은 리노바이러스, 인플루엔자, 레트로바이러스
  와 연관되어 있을 것임. 추가적 조사 필요

1차적으로 박쥐에 대한 모든 기억전송 기록을 역추적하여 박쥐
에게서 원천바이러스의 태생을 알아내야 할 것임.

이상 분석 완료

- 분석 정보에서 가장 중요한 단서는 인간에게 코로나바이러스
  를 전달한 박쥐로 나타남.
- 원천적으로 코로나바이러스의 전파 경로를 파악하기 위해 박
  쥐족과 접촉을 통한 정보 확보가 시급함.

AI 비서: 이상의 전문 내용으로 파악된 점은 일단 박쥐를 매개로
하여 코로나바이러스가 인류에게 유입된 듯합니다. 먼저 원천 제
공자인 박쥐족과 접촉을 통해서 현지 조사를 하는 안건을 논의하
도록 하겠습니다.

위원 2: 오호. 박쥐라…. 박쥐가 인류에게 치명적인 바이러스를
전달했을 리는 없을 텐데요. 그건 우리 위원회가 늘 감시하는 일이
고, 지구 전체의 가장 기본적인 규칙인 생명균형을 깨는 일인데 박
쥐족이 그 일을 했다고는 볼 수 없을 것 같습니다만 원인의 시작이
박쥐족이라고 하니 조사를 해 보는 것이 좋다는 것에 동의합니다.

위원 8: 박쥐족 조사도 중요하지만 일단 우리 위원회의 전권을
위임받아 코로나바이러스의 총사령관을 만난 닥터 제닝스의 보고
를 들어 보는 것이 급선무인 듯합니다.

AI 비서: 닥터 제닝스는 저희 위원 중의 1인이므로 코드 비밀을
유지하기 위해 지금부터 보고를 자막 처리하고 스크린으로 올려
드리겠습니다.

보고 내용

1. 코로니바이러스의 최고 시령 코로니인 술탄코로니를 교신으로 접촉함.

2. 코로니바이러스족도 현재 긴과 코로니의 경계기 풀린 점에 대해서 조사 중임.

3. 생명 창조의 법칙의 의해 코로니는 인긴을 매개 숙주로 살이길 수 없는 숙명 코드를 기지고 태어났지만 2019년에 숙명 코드기 해제되어 인긴을 매개 숙주로 살이길 수 있도록 명령어기 조직된 것으로 추정함.

4. 현재 원래 지구상에 존재힌 원천 바이러스로서의 코로니바이러스 종족이 있음. 이 종족은 코로니바이러스기 기지고 있는 생명의 성질을 변화 없이 유지히면서 동물을 숙주로 히여 종족을 이어기는 중임.

5. 문제는 인긴을 매개 숙주로 종족획장이 기능힌 신종 코로니바이러스 종족의 탄생이 문제인 것으로 파악됨.

6. 더욱 큰 문제는 인긴의 몸을 매개로 숙주번식을 히는 코로니바이러스기 세계 긱지에서 번식하고 인류의 면역시스템 정보를 빙어히기 위해 변이속도를 증기시킴으로써 종의 분화기 급격히게 일어나는 중임. 그 결괴기 알피, 베티, 림디, 입실론, 오미크론 등으로 계속 분화 중이며 면역 회피 능력을 개발히여 스텔스 기능을 적용힌 신종 히위 종족이 탄생히여 활동히는 중임.

7. 술탄코로니와의 교신에서 얻어진 정보는 디음과 같음. 현재 술탄코로니는 일반적인 정보교회, 인류 빙어체계 무력회 개발, 긱 지역별 코로니 신규 종족 등록, 긱 지역별 인류 면역체계 심이점 정보수집, 인류의 긱기 디른 인종에 대힌 코로니바이러스의 변이 정보를 실시긴 보고받음, 종의 분화는 이미 시직되었고 추후에는 통제기 불기능힐 정도로 긱기 디른 종이 긱 지역에서 세력

을 구축할 것으로 예측됨.

8. 코로나바이러스가 지구 내에서 일반적인 총사령 본부 역할을 담당하는 현재의 기능이 유지되는 기간 동안 최대한 협상을 해야 힘.

9. 술탄코로나는 지금처럼 종족 분화가 급속히 진행되면 총사령 본부의 명령권이 최종적으로 약해질 것으로 인지하고 있음. 최종 합의를 위한 동침을 이끌어 내기 위해서는 각 지역에서 자신들의 삶을 개척하는 분화된 신종 코로나 종족에게 코로니 종족이 복종하고 따르는 5가지 탄생 신물의 명령코드를 모두 제시해야 힘. 다섯 가지 탄생 신물에는 모든 코로나바이러스 종족이 다섯 가지 탄생 신물 명령어에 복종한다는 내용이 담겨 있음. 이는 매우 중요한 딘서임. 모든 분화된 코로나바이러스는 선조 바이러스의 명령코드에 복종하도록 DNA에 코딩되어 있음.

AI 비서: 이상 코로나족의 최고 사령 코로나인 술탄코로나와 접촉한 닥터 제닝스의 보고입니다.

위원 4: 어려운 문제군요. 역사상 최초로 인류와 바이러스가 교신을 통해 역사적인 장을 열게 되면, 인류에게 닥친 코로나바이러스 사태를 해결할 수 있는 실마리를 찾을 거라 기대했는데 결국 원인과 방법을 모두 우리가 해결해야 하는군요.

위원 7: 일단은 박쥐족을 조사하기 위해 박쥐족 조사를 맡길 특수임무를 수행할 조사위원을 구해야 합니다. 누가 적격일까요? 박쥐족은 온갖 바이러스를 품고 사는 숙주동물이라서 면역력이 지극히 강하고 소통 능력이 있는 최고 전문가를 보내야 합니다.

위원 3: 그 부분이라면 적격자가 있습니다. 길 위에서 떠올리는 모든 생각의 기억을 전송하는 '길 위의 대학'의 윤바틀네이션 총장을 추천합니다.

위원 7: 오호. 윤바틀네이션 총장이라면 세계적인 지리학자이면서 세계 어느 곳에서도 생각과 기억을 학습하고 이를 전송하는 기억전송대학을 만든 그 유명한 분을 말하는 거군요. 그런 분이 이처럼 어려운 임무를 맡아서 해 주실는지 모르겠습니다. 더구나 저희 뉴클레아스 심해기억저장위원회와는 특별한 인연이 없는 분인데요

위원 3: 그 부분은 걱정 마십시오. 인류를 구하는 일이라고 잘 설명하면 전 세계 어디라도 가실 것입니다. '발로써 지구의 모든 곳을 가고, 공부하는 생각으로 지구를 덮는다'는 모토를 가지신 분이니 이번 임무에 아마 적극적으로 참여하실 겁니다. 대가는 안 받으시는 분으로 유명하니 튼튼한 트래킹화 한 켤레 사드리면 그걸로 크게 만족하실 분입니다.

위원 5: 좋습니다. 그럼 박쥐족과의 대화 및 현지 조사는 그분에게 부탁하는 것에 동의합니다. 코로나바이러스 전체에 명령어를 전달하고 복종하게 하기 위해서는 코로나 종족의 5가지 탄생 신물과 명령어를 제시해야 한다고 하는데, 그러면 그 임무는 누가 진행할 것인가요?

AI 비서: 그 부분은 저희 크리스퍼 요원과 플라이어 요원 중에서 선발하여 임무를 완수하도록 지시할 예정입니다.

위원 2: 좋습니다. 동의합니다.

위원 1: 코로나바이러스를 통제하는 종족의 최고사령부와 접촉하면 모든 협의를 잘 이끌 수 있을 거라고 판단했는데 저희가 오판을 한 듯하군요. 저희 뉴클레아스 심해기억저장위원회의 기억 아카이브 중에서 질병 아카이브에 기록된 1918년 인류를 위협한 스페인 독감(Spanish flu)의 기억 파편들을 정밀 분석해 볼 필요가 있다고 봅니다. AI 비서는 스페인 독감에 대한 자료를 모든 위원들에게 전송해 주도록 하세요!

AI 비서: 네. 즉시 시행하도록 하겠습니다.

미국 텍사스주 샌안토니오 내추럴 브리지 캐번즈
(Natural Bridge Cavens, San Antonio, Texas, U.S.A)

어둠이 진하게 내린 심야. 달빛마저 텍사스의 초원을 비추다 지쳐서 그 빛을 늘어뜨리는 새벽 2시.

광활한 텍사스주의 샌안토니오를 가로지르는 샌안토니오강의 흐름이 절반은 지반 아래로 사라져서 거대한 지하수 흐름을 만드는 이곳 지형은 원시 지형부터 고생대, 중생대 등 다양한 지층과 지반이 석회암을 기반으로 형성되어 있다. 활발한 탐사 활동과 지리적 연구 활동의 결과로 인해 주변 지대의 수많은 동굴과 종유석 지층대의 발견은 주변에 산재한 화석층들과 함께 최근 들어 그 가치가 더욱 크게 조명되고 있다.

더욱이 전 세계 최대 규모의 박쥐집단 서식지로 무려 2천만 마리의 박쥐 군집이 자주 발견되면서 밤의 박쥐 왕국으로 불린다.

배트맨의 고향이 있다면 고담시가 아니라 이곳 샌안토니오였을 거라고 농담을 할 정도로 박쥐들의 천국인 이곳에 박쥐들의 아파트이자 보금자리인 동굴들이 자리 잡고 있다.

그 동굴 중의 하나인 내추럴 브리지 캐번즈.

몇 년 전부터는 체험과 관광 투어가 활성화되면서 박쥐 군집은 더 깊은 동굴 안쪽으로 서식지를 옮겼다.

바닥이 축축한 동굴 입구에서부터 습기를 머금은 시원하고 청량한 바람이 흘러나온다. 갈색 배낭을 두세 번 만지작거리면서 배낭 안의 내용물을 확인한 윤바틀네이션 총장은 손에 든 기다란 플래시를 껐다 켰다 반복하면서 상태를 체크한다. 동굴 입구로 서서히 발걸음을 떼는 윤바틀네이션 총장의 그림자가 달빛을 받아 동굴 안쪽으로 길게 드리운다.

동굴 안쪽으로는 커다란 형태의 동굴이 길게 펼쳐진다. 석순, 종유석, 석주 등의 온갖 석회암이 빚은 세월의 작품들이 100피트 규모의 천장과 바닥 사이를 가득 메우고 있다. 지하 동굴 석회암 사이로 흘러내린 맑은 물은 청명하고 시원한 느낌을 풍기면서 흐르고 있다.

'어느 누구도 이곳이 1억 년 전에는 바다였다는 것을 알 리가 없지.' 윤바틀네이션 총장은 혼잣말을 중얼거리면서 동굴 안쪽으로 걸어 들어간다.

평생을 지리학자로서 전 세계의 모든 지형과 장소를 탐험하고 다녔다. 샌안토니오 일대도 불과 3년 전에 학생들을 이끌고 답사를 왔던 곳이다.

물론 그때는 18세기 초 스페인에 의해 건설된 샌안토니오 도시의 역사와 1836년 텍사스 공화국일 때 멕시코와 맞서 싸운 알라모 전투의 생생한 현장인 알라모 요새 역사탐방, 그리고 도시개발의 생생한 현장인 샌안토니오강을 도시 개발로 끌어들여서 만든 리버워크(River Walk)로 잘 알려진 파세오 델 리오(Paseo del Rio) 그리고 리버워크 옆으로 즐비한 관광호텔과 컨벤션, 알라모 요새 앞의 관광 위락 시설인 믿거나말거나 박물관(Ripley's Believe It or Not), 헌터스 월드(Hunter's World), 루이 투소 밀랍인형박물관(Louis Tussaud's Waxworks) 등의 관광시설 등을 답사하고 역사적 도시와 관광 개발 그리고 도심재생에 있어서의 창의적인 아이디어를 학습시키느라고 윤바틀네이션 총장이 마치 투어 가이드처럼 전 일정을 앞장서서 소화한 기억이 생생한 지역이다.

"흠, 나에게 이곳 동굴 탐사를 통해 박쥐 왕국을 방문하여 박쥐왕과 대화를 하도록 요청한 곳이 그동안 우리 지리학자들과 관광학자들의 최고 연구재단인 여가진흥회를 후원하는 곳이었다니….

베일에 싸여 있던 그 이름이 뉴클레아스 심해기억저장위원회라고 했던가? 이름하고는 참, 허허."

혼잣말로 이곳에 오기까지 기억을 떠올린다.

길 위의 대학은 전 세계의 모든 대학생들의 학습 장소가 대학교 내 캠퍼스와 강의실이 아닌 생생한 세상 속의 공간에서 배우고 학습하고 체험하고 깨닫기를 바라는 마음으로 오랫동안 준비한 대학이었다.

길 위의 대학에서 배우고 학습하는 모든 기억들은 기억블록으로 저장되지 않고 기억클라우딩을 통해 어느 길 위에서든 학습, 반복, 재생되도록 설계되었다. 지식보다는 지식을 가공하여 지혜로 만드는 기억 재처리 작업이 동시에 진행되고 모든 과정은 길 위에서 보고 배우고 느끼는 학습 순서에 의해 저장된다. 인류는 이러한 기억저장 루트를 단 하나 가지고 있는데 그곳이 산티아고 순례자의 길이다.

예수의 열두 제자 중 성 야고보(Saint James)의 무덤이 있는 산티아고 대성당에 이르는 순례자의 길이 약 5천 개 있고, 로마에서 출발하는 길은 2,000킬로미터가 넘지만, 오랫동안 기억전송이 통하지 않은 기억청정지대의 최고 클린루트로 인류의 사랑을 받고 있으며, 뉴클레아스 심해기억저장위원회에서도 유일하게 기억전송의 예외 지역으로 인정하는 지역이다.

자신이 생산한 기억을 전송하지 않고 스스로 자아 성찰을 위해 자아성찰클라우딩에 보관할 수 있는 유일한 루트에서 큰 깨달음을 얻은 윤바틀네이션 총장은 미래 시대에 인류는 보다 많은 깨달음을 교실이 아닌 길 위에서 배워야 한다는 철학을 가지고 인류 최초로 학습한 기억을 전송하지 않고 자아성찰클라우딩에 보관하고 재가공하여 사용할 수 있는 대학인 길 위의 대학을 설립하였다.

수많은 난관이 있었지만 관료 출신이면서 해박한 지식과 능력을 가진 유리얼드래곤 이사장과 설립 발기인들이 모든 노력을 기울인 끝에 이루어 낸 노력의 산물이었다.

바로 지난주에 길 위의 대학 조교인 핸드클레버리얼 박사가 포세이돈이 삼지창을 들고 무언가를 들고 있는 금박 문양이 박힌 원두커피 한 봉지를 들고 와서는 오늘 이 커피를 드립 커피로 윤바틀네이션 총장님께 꼭 내려 드리라고 소포를 받았다고 웃으면서 연구실로 가져왔다.

"도대체 누가 보낸 거야?"

"호호호. 총장님, 늘 가면 쓰고 저희 길 위의 대학 수업에 등장하시는 그분이요! 호호."

"아, 닥터 제닝스가 보냈구먼. 수업 교재나 쓰라고 했더니 요즘 무슨 소설 쓴다고 저러고 다니더구먼. 하라는 교재는 안 만들고 무슨 커피는! 쩝."

"호호. 총장님이 원두커피 갈아서 내리는 드립 커피 좋아하시는 줄 아시니까 뭐 약간의 스페셜티 커피를 보내신 게 아닐까요?"

"그래, 독을 보내진 않을 놈이니까 하하. 일단 구수하게 한 잔 내려 마셔 볼까? 그러잖아도 카페인이 당기는 참이었는데."

윤바틀네이션 총장의 말이 끝나기가 무섭게 핸드클레버리얼 조교는 '드르륵드르륵' 수동 커피분쇄기를 돌려서 원두를 잘게 간 다음 드립용 여과지에 올리고 물 온도를 맞추어 커피를 내린다.

그윽한 커피 향이 연구실 가득 채워지고 커피를 담은 머그잔을 윤바틀네이션 총장에게 전달한 핸드클레버리얼 조교는 급히 인사를 하고 나간다.

"커피 한 잔하고 가지?"

"저도 마시고 싶은데요, 총장님. 곧 투로얄스탠드 교수님 수업이 전 세계 길 위의 대학으로 전송되거든요. 제가 실시간 모니터링 담당이라 기억전송이 잘 차단되나 튜터링 해야 해서 저는 그만 가보겠습니다."

"그래. 고생했어. 다음에 와서 마셔봐. 어떤 맛인지."

핸드클레버리얼 조교가 나가자 윤바틀네이션 총장은 의자에 앉아 한 모금, 두 모금, 세 모금 원두커피를 마시고는 이내 깊은 잠에 빠져든다.

그 상황을 떠올리고는 고개를 흔들어 대는 윤바틀네이션 총장.

"이게 지금 꿈인지 실제인지. 도통 나도 이해가 잘 안 되지만 지금 내가 느끼는 촉각, 시각, 청각 그리고 내 눈앞의 샌안토니오 상황, 그리고 내 팔목에서 잘 돌아가는 시계 초침까지도 모든 게 현실이라고 말해 주고 있으니. 더구나 세 모금 마셨을 때 내 기억 속에 이식되어 들어온 모든 정보들. 뉴클레아스 심해기억저장위원회, 코로나바이러스, 우한연구소, 박쥐에 대한 조사, 박쥐 왕과의 접견을 통한 상세조사 요청 등의 내용이 마치 내가 누구에게 들은 듯이 기억에 남아 있다니…. 아무튼 색다른 경험이지만 학자로서 반드시 해야 할 사명감이 드는 요청이니 앞으로 전진해 보자."

계속 혼잣말을 하면서 종유석이 온 공간을 휘감는 동굴 깊숙한 곳으로 플래시를 비추며 50미터쯤 동굴 안쪽으로 나아가자 이내 푸드덕거리는 소리가 들려 왔다. 위를 올려다보니 수많은 박쥐 떼들이 천장에 매달려 있다.

"침입자다! 침입자가 들어왔다."

"이런 이런. 박쥐들이 하는 대화가 들리다니! 40년 학자 인생에 가장 큰 경험을 하는구나. 이게 정말 현실일까, 꿈일까?"

연신 이 순간을 부정했다가 긍정하면서 윤바틀네이션 총장은 어깨에 떨어지는 박쥐 똥을 손으로 털어내며 앞으로 계속 나아간다.

윤 교수 입에는 작은 호루라기가 물려 있다. 지리학자로서 평생을 위험지역을 다닌 경험으로 위기상황에 대비하기 위해 늘 가지고 다닌 은빛 호루라기. 그 빛바랜 표면이 긴 세월과 경력을 이야기해 주는 듯하다.

"호르륵. 호르륵. 호르르르르르륵."

윤바틀네이션 총장은 호루라기를 통해 자신이 이야기하고자 하는 대상을 불러낸다.

"나는 이곳의 박쥐 왕을 뵙고자 왔습니다."

호루라기의 청량한 음성이 큰 파장의 음파로 온 동굴을 가득 메운다.

"너는 누구인데 우리에게 찾아와 다짜고짜 나를 만나고자 하는가?"

붉은 눈에 검은색 멋진 날개를 펼친 박쥐 한 마리가 윤바틀네이션 총장 앞으로 날아온다

"헉. 박쥐 왕이면 엄청 클 줄 알았는데 이렇게 작은 사이즈의 박쥐가 설마 박쥐 왕?"

반신반의하는 윤바틀네이션 총장에게 박쥐왕은 큰 소리로 외친다.

"내가 바로 전 세계 박쥐들을 다스리는 박쥐 왕이다! 인간은 무슨 일로 나와 만나기를 요청하는가?"

귀가 쩌렁쩌렁할 정도의 거대한 초음파 파장이 고막을 찢을 듯이 울려 댄다.

"크흑. 엄청난 소리군요. 인사드리겠습니다. 박쥐 왕이시여, 저는 특별한 요청을 받고 박쥐 왕을 뵈러 온 길 위의 대학 총장인 윤바틀네이션입니다."

"오호. 학자라? 의외군. 무슨 연구한다고 하는 자들은 우리 박쥐들을 잡아가서 사지를 핀으로 찌르고 날개를 펼친 다음 메스로 배를 가르지. 죽일 놈들!!"

코를 벌렁거리면서 특이하게 생긴 돼지코 모양의 끝을 윤바틀네이션 총장 쪽으로 댄 박쥐 왕은 놀란 표정으로 귀를 쫑긋 세우고 코를 더 높이 들어서 쿵쿵거린다.

"아, 이상한 인간이구나. 우리 박쥐 바이러스에 감염되지 않는 특이한 면역체계를 가진 인간이군. 이곳에 한 시간 이상 있는 인간들은

우리 몸에 받아들인 전 세계 다양한 바이러스들에 의해 감염되는데. 너는 특이하게도 감염되지 않는 면역체계를 가진 인간이구나."

"하하하. 저는 그게 무슨 뜻인지는 잘 모르겠지만 40여 년간 전 세계 오지를 다니면서 지리적 탐험을 했지만, 신발만 닳아졌을 뿐 큰 병에 걸리지 않고 연구를 계속해 오고 있습니다. 아마 오늘 저에게 뉴클레아스 심해기억저장위원회에서 특별한 요청을 한 것도 이 특이한 신체 기능 때문인 듯합니다. 하하."

"흠. 특이체질은 자네 선조인 파평 윤씨 2대조에게 고맙다고 인사하게. 그분이 우리 박쥐 선조들에게 베푼 은혜를 그 후손들이 입고 있는 것이니까. 어리석기는."

"헉. 제가 파평 윤씨라는 걸 어떻게 아셨습니까?"

"이것 봐, 학자! 나는 전 세계 박쥐를 지배하는 박쥐 왕이야. 전 세계 박쥐들은 초음파로 통신하지. 지금 이 순간에도 난 자네에 대한 모든 정보를 초음파로 전송받고 있다네. 길 위의 대학이라. 하하하. 흥미롭군. 밤에는 우리가 도와줄 수도 있어. 길 위에서 무언가 전송해야 할 때면 밤길 위에서 우리 박쥐를 찾도록 하게. 하하하."

자신에 대한 모든 스토리를 보자마자 줄줄 이야기하는 박쥐 왕에 대해 윤바틀네이션 총장은 거의 기절할 정도로 놀라고 있다.

'대단하구나. 이런 세계는 내가 경험해 보지 못한 차원이야. 신중하자.'

"하하하. 신중하지 않아도 되네."

"헉! 제 마음까지 읽으십니까?"

"자네 마음이 자네 뇌파를 통해 생각하는 전류를 우리가 파악할 수 있으니까."

"대단합니다. 그럼 곧바로 제가 온 이유를 말씀드리겠습니다. 최근 인간들에게는 치명적인 코로나바이러스가 발생하여 수많은 인간들이 전 세계적으로 감염되고 죽어 가고 있습니다. 그 원인을 조사하고 있는데 중국 우한 바이러스 연구소에서 최초에 발병된 것으로 추정하고 있습니다. 물론 중국은 아니라고 이야기하는 상황입니다. 저희가 조사영역을 확대하여 당시에 전송된 모든 기억 파편들을 수집하여 분석한 결과 박쥐가 등장하였습니다. 즉 코로나바이러스를 옮긴 매개체가 박쥐라는 결론에 도달한 상황입니다. 이러한 조사 내용을 박쥐 왕께 말씀드리고 박쥐 왕국이 바라보는 현재의 사태와 이를 해결할 수 있는 해법이 있는지를 상의드리기 위해 제가 파견되었습니다."

박쥐 왕은 작은 몸에 빠알간 눈을 이리저리 굴리면서 표정을 바꾸어 가며 다양한 얼굴 모양으로 이야기를 듣고 있다.

"찾아오기는 잘 찾아온 거야. 학자! 우리도 코로나바이러스가 인간을 위협하기 시작한 이후 우리가 원흉으로 오해를 받을 소지가 있음을 눈치 채고 우리 박쥐 왕국을 텍사스 브라켄 동굴에서 이곳으로 극비리에 옮겨 왔는데, 우리가 은신처를 옮긴 것을 알고 있는 것 또한 대단하군. 뉴클레아스인가 뭔가… 무척 궁금하다네. 난 바다 위를 한 번도 비행해 본 적이 없지만 언젠가는 밤바다 위를 한번 날아 보고 싶어지는군."

"네. 조만간 바다 위로 저희가 초대하겠습니다. 지금 박쥐는 인간을 위협한 코로나바이러스를 옮긴 숙주라는 비난을 받고 있는 것이 사실입니다."

갑자기 박쥐 왕이 버럭 화를 낸다.

"그건 무식한 인간들이나 하는 소리고! 우리 박쥐족은 말이야. 고귀한 종족이란 말이야. 알겠어? 인간과 같은 포유류이면서도 오직 날개를 부여받은 신성한 존재이지. 우리도 지금 그 사건을 조사하고 있다네. 우리 박쥐족을 납치하여 우리 박쥐족 안에 살고 있는 수많은 바이러스들을 추출하고 그중에서도 인플루엔자, 코로나바이러스 등을 추출해 간 녀석들. 우리 종족도 불쌍하게 연구소 안에서 실험용으로 사용되다가 결국은 소각되었다고. 마지막에 아우성 대는 우리 종족들의 초음파가 아직도 귓가에 맴돌아. 귀에서 한 맺힌 피가 흘러내릴 지경이야, 우리도.”

분노로 날개를 바들바들 떨면서 이야기하는 박쥐 왕의 뒤편으로 매달리기도 하고, 날아 다니기도 하는 약 2천만 마리의 어마어마한 박쥐군단들의 “쯔쯔쯔즈즈즈쯔즈 쯔쯔쯔즈즈즈쯔즈” 하는 거대한 초음파 소리가 동굴 안을 가득 채우면서 무시무시한 전파의 파장이 일어난다.

“인간들은 우리 박쥐가 무슨 병균을 가득 달고 사는 날아다니는 쥐처럼 생각하지. 어리석은 것들. 우리가 모든 병원체를 수용하는 것은 우리가 원해서가 아니야. 지구상의 모든 바이러스와 병원체들은 우리 박쥐족이 가진 초음파 통신 능력을 원하고 우리 몸에 들어와서 교신을 요청하기 때문에 우리가 전 세계 병균과 바이러스의 통신플랫폼 역할을 하는 거야. 이 바보 같은 인간들아. 우리는 집단 군락을 이루기 때문에 상호바이러스나 병균 전파가 쉽지. 그래서 우리 몸에는 자연스러운 면역시스템과 DNA를 스스로 편집하거나 수리할 수 있는 기능이 있어. 그런 이유로 우리는 바이러스를 전파하지 않고 오직 보균할 수 있는 능력을 갖게 된 거야. 물론 다른 동물이 우리 박쥐족에게 접근하면 우리가 보균한 균들에 감염될 수 있지. 그래서 우리가 질병의 초전파자라는 오명이 있는 거야.”

“저희도 이제는 오해를 풀었습니다.”

“그래. 이제야 인간들이 정신을 좀 차린 듯하더군. 우리도 피해 자란 말이야. 우리는 단지 우리 몸에 보균하고 있던 코로나바이러스나 인플루엔자 바이러스를 인간들에 의해 채취당한 것뿐이야. 그리고 죽임을 당했지, 연구소에서.”

“그게 어느 연구소인지 아십니까?”

“알다마다. 마지막 초음파 교신이 온 곳은 중국의 우한 바이러스 연구소야. 납치된 우리 박쥐족에게서 코로나바이러스와 인플루엔자 바이러스를 채취하고 이를 조작한 다음에 다시 우리 박쥐족에게 주입하고 무언가 테스트를 계속해댔지. 너무 고통스럽고 괴로워서 마지막에 두 명의 연구원을 물어서 저항했지만 모두 사망했네. 그리고 소각당했지. 악마 같은 인간들."

"저희도 그 사실까지는 조사했습니다. 그런데 어떻게 박쥐족에게 살아갈 수 있는 코로나바이러스가 인간의 몸을 숙주로 살아가게 되었을까요?"

"그건 누군가 우리처럼 DNA 편집 기능을 이용해서 코로나바이러스가 인간의 몸을 숙주로 번식할 수 있도록 명령코드를 조작한 거지!"

윤바틀네이션 총장은 놀라서 큰 소리로 외친다.

"크리스퍼 가위(CRISPR: Clustered Regularly Interspaced Short Palindromic Repeats)!"

"그래, 잘 아는군. 최근에 인간들이 그 기술을 사용하는 걸 우리도 알고 있네. 설계자의 창조영역에 대한 도전! 그걸 바이러스군에 이용하다니, 그것도 인간의 몸에 들어가 살 수 있도록 명령어를 조작해서 그렇게 만든다는 건! 결국 인간이 인간을 죽이는 데 코로나바이러스를 이용하겠다는 의도와 같은 거야. 어리석은 인간들아! 그러고는 그 잘못을 우리 박쥐족에게 돌려? 이것들이 감히! 우리가 통신영역의 관리를 부여받고 유일하게 포유류에서 날개를 부여받는 영광을 갖지 않았다면…. 당장 너희 인간들에게 우리 흡혈 박쥐군단을 보내서 그 피를 모두 포도주스 빨아먹듯이 쭉쭉 먹어대밀 텐데…. 우리가 너희 인간들보다 좀 더 이성적이라 참는다. 한때는 우리도 〈배트맨〉 보는 재미로 밤에 잘 날아다녔는데 요즘은 그것도 영 재미가 없고. 아무튼 인간들은 글러 먹었어!!"

짜증을 막 내는 박쥐 왕을 앞에 두고 윤바틀네이션 총장은 마치

애어른을 대하듯이 조심스럽게 달래고 존경하고 함께 들어주면서
위원회가 요청한 해답을 찾았다.

윤바틀네이션은 즉시 뉴클레아스 문양이 박힌 디지털 메모패드
에 찾은 단서를 적어 나간다.

[박쥐 왕 접촉보고: 박쥐족에게서 유출된 코로나바이러스와 인플루
엔지 바이러스 확인, 유출장소는 우한 바이러스 연구소, 유출 후 유
전지 조직 확인, 유전지 조직된 코로나바이러스가 연구원에게 전염
된 후 감염이 인간에게 확산된 것으로 파악됨, 현재 인간에게 번진
코로나바이러스는 새로운 개체로 진화하여 코로니 종족의 집단 통
제를 벗어나는 형국임. 절대적 통제를 위해서는 5가지 탄생 신물을
통한 교신 명령에 의해 변이된 코로나바이러스까지 통제 교신이 가
능할 것으로 파악됨. 이상 보고를 마칩니다. - 길 위의 대학 총장 윤
바틀네이션]

단서를 적은 후에 전송 버튼을 누르자 디지털 메모패드가 연기
처럼 사라진다.

잠시 후 길 위의 대학 총장실 의자에 앉아 깊은 잠에서 깨어난
윤바틀네이션 총장은 눈앞에 원두커피를 다 마시고 남은 빈 잔을
바라본다. 그의 입에는 오랜 친구 같은 소장품인 은빛 호루라기가
그대로 물려 있었다.

크리스퍼 대사 및 플라이어 특별회의

서울시 강남구 도산대로 458번지 한국빌딩 1층 커피페니 청담의

야외 테라스.

비상 소집된 크리스퍼 대사들과 플라이어들이 모여서 연신 떠들어 대고 있다.

오늘 특별회의에 에스프레소를 300잔이나 주문받아 등에 비 오듯이 땀을 쏟아 내며 에스프레소를 추출한 커피페니 파트너 아만다(Amanda)는 고개를 연신 흔들어 대며 혼잣말로 중얼거린다.

"참 이상하네. 보통 야외 테라스에서 열리는 회의 때는 커피나 음료를 시키지 않아서 늘 불만이었는데. 오늘은 웬일로 에스프레소를 300잔이나 시킨 걸까? 신기하네."

사실 아만다가 느끼기에도 오늘 미팅 전부터 조금 이상했다.

에이미 점장이 임무 수행으로 커피페니 청담점을 비우자 새로운 점장이 배치되어 왔는데 신기하게도 이름이 '현'이었다. 같이 근무했던 현은 에이미 점장, 까미와 함께 더햄엑시터아카데미에서 교육받은 이후로 지금 전 세계를 다니면서 임무를 수행한다고 들었을 때 부럽기도 했다. 하지만 언젠가는 나도 크리스퍼가 대사가 될 수 있으니까 더 열심히 하겠다는 각오를 다지며 오늘도 아만다는 묵묵히 자신의 일을 하고 있다. 물론 닥터 제닝스가 오면 조금은 불만스러운 표정으로 '저에게도 크리스퍼 대사가 될 수 있는 기회를 주세요!'라고 강하게 이야기를 해야겠다고 늘 생각하고 있었다. 하지만 요즘 통 닥터 제닝스는 나타나지 않고 있다. 늘 그렇듯이 매장에 턱 하고 나타나서 에스프레소 한 잔과 페리에 한 병을 주문하고 커다란 머그잔에 에스프레소와 페리에를 부어 탄산 에스프레소를 만들어 먹는 기이한 행동을 본 지도 너무 오래되었다.

이런저런 생각을 하고 있는데 누가 등을 탁 치면서 "아만다!" 하고 까르르 웃는다.

고개를 확 돌리니 바로 앞에 현이 활짝 웃으면서 서 있었다.

"현! 어머, 너무 반가워. 외국에 있다고 들었는데 언제 온 거야?"

"응. 임무를 마치고 돌아왔는데 글쎄, 오늘 또 바로 임무를 위한 특별미팅이 있다고 소집해서 바로 왔어. 물론 좀 일찍 왔지. 여기가 그래도 내 고향이잖아. 아, 그립다. 도산대로 사거리와 우리 집 같은 커피페니 청담."

현은 한껏 고무된 표정으로 커피페니 청담을 이리저리 둘러본다.

"바뀐 건 별로 없네. 테라스 나가는 쪽에 별도의 저장 공간이 하나 생겼구나?"

"응. 그것 말고는 뭐 특별히 변한 건 없어. 에이미 점장님과 까미 그리고 네가 크리스퍼 대사가 된 이후로 다른 파트너들이 와서 조금 분위기가 새롭긴 해. 참 새로운 점장님 이름이 현이라서 현 점장님이거든. 너랑 이름이 같아, 호호호."

"여보세요, 아만다 님, 내 이름은 이미 헤처(Hecher)로 바뀌었답니다. 내 명찰을 봐봐."

아만다는 현의 크리스퍼 대사 문양 배지 위에 새겨진 이름을 보고 놀랐다.

"어머머머. 이름이 헤처? 언제 바뀌었어?"

"우리는 이미 커피페니 청담에 새로운 점장으로 현 점장님이 온다는 것을 알고 있었어. 본부에서는 크리스퍼 대사들과 크리스퍼 대사 후보들의 중복 이름을 피하기 위해 나에게 새로운 코드 네임을 부여했단다. 헤처, 멋있지? 하하."

"멋있기는. 헤쳐 모여! 호호. 뭐 그런 의미인가? 호호호."

"야! 넌 오랜만에 보고도 나에게 헤쳐 모여라니? 너 이리와!"

오랜만에 만나서 분위기 좋은 두 사람의 모습이 커피페니 청담의 빈 공간을 따뜻하게 채운다.

잠시 후 아침 미팅이 시작되고 현 점장이 강한 어조로 지시를 내린다.

"오늘 오전 10시에 야외 테라스에서 특별회의가 있다는 통보를 받았습니다. 오늘 회의 때 에스프레소 300잔을 추출해서 서비스해야 합니다. 추출할 원두는 특별히 오전 8시에 저희 매장으로 배송되기로 하였습니다. 반드시 그 원두를 가지고 에스프레소를 만들어야 합니다. 명심하십시오. 반드시 오전 8시에 배달된 원두로 300잔의 에스프레소를 만들어야 합니다."

'아니, 원두는 다 똑같은 원두지. 무슨 차이가 있다고 오전 8시에 배달되는 특별한 원두로 에스프레소를 추출하라고 하는 거야, 도대체?'

마음속으로 의구심을 가진 아만다가 썩소를 날리다 자신을 보는 따가운 눈초리의 현 점장을 보고 '앗! 죄송합니다.' 하는 눈빛을 보낸다. 그리고 얼른 커피머신 앞의 자기 포지션으로 돌아간다.

'오늘 크리스퍼와 플라이어 특별회의를 하면 닥터 제닝스가 오실 수도 있겠구나.' 아만다는 혹시 모를 기대감을 품고 정확히 오전 8시에 배달된 커피페니 원두를 봉투별로 커피머신 앞으로 옮긴다.

늘 사용하는 커피페니 원두와 비슷하면서도 확연히 다른 부분은 원두 봉투에 포세이돈이 삼지창을 들고 무언가를 지키는 듯한 황금빛 문양이 선명하게 찍혀 있는 점이었다.

이탈리아 원두, 미국 원두, 오스트리아 원두, 아프리카 원두, 인도네시아 원두 그리고 특이하게 중국 원두가 들어 있었다.

아만다는 이상한 표정을 지으며 중국 원두를 이리저리 살펴보았다.

"중국에서 커피를 재배하나요? 현 점장님, 여기 중국 원두가 들어왔는데 저는 처음 봅니다. 현 점장님은 중국 원두를 보신 적이 있으세요?"

현 점장을 바라보며 원두 봉투를 흔들어 보이는 아만다에게 현 점장은 제발 조심하라는 표정을 지으며 얼른 다가와서 원두 봉투

를 가로채 상자 안에 다시 담는다

"이 원두는 특별한 원두라서 한 알이라도 흘리면 안 돼요, 아만다."

"네. 저도 잘 알고 있습니다. 그럼 300잔을 어떻게 추출하나요?"

"6개 나라의 원두를 각 50잔씩 추출해서 커피페니 기억메모리컵에 담아서 주라는 오더가 있었으니 각 나라별 원두로 50잔씩 추출하도록 합시다."

"네. 즉시 시작하겠습니다."

각 나라별 원두를 그라인더에 넣고 분쇄한 다음 능숙한 바리스타의 솜씨를 뽐내며 원두를 채운 홀더를 틀에 넣고 힘껏 돌린다. 압력 버튼을 누르자 커피페니 청담의 에스프레소 머신만의 특유의 소리를 내면서 압력이 높아지고 에스프레소의 진한 향기와 함께 추출이 시작된다.

잠시 후 야외 테라스에 모인 자리에서 원로이자 마스터 플라이어인 앤드리안이 단상에 올라 힘껏 소리를 친다.

"자자, 여러분. 지금부터 제73123518차 플라이어와 크리스퍼 대사 연합회의를 시작하겠습니다."

장내가 물을 끼얹은 듯이 조용해진다.

이어서 바로 커피페니 매장에서 각 나라별 원두가 표시된 커피가 들어온다.

"지금 여러분 앞으로 모두 300잔의 미션 커피가 배달되었습니다. 여기 계신 240명의 플라이어들과 60명의 크리스퍼 대사들이 마실 커피입니다. 커피 컵을 잘 보시면 여러분 개개인의 이름이 새겨져 있습니다. 그 커피가 본인의 커피입니다. 그 커피를 마시면 각자에게 주어진 임무가 기억 이식됩니다. 여러분은 오늘부터 뉴클레아스 심해기억저장위원회가 특별 지시한 특수임무를 위해 6개국의 나라에 파견됩니다. 각 나라별로 40명의 플라이어와 10명의 크리스퍼 대사가 파견됩니다."

키가 큰 플라이어 한 명이 소리치듯 외친다.

"어느 나라로 파견되는지는 어떻게 알게 되는 것입니까?"

"커피페니 미션 커피를 마시면 자동 기억 이식에 의해 파견되는 나라를 인지하도록 설계되어 있습니다."

"그러면 저희는 오늘 미팅 중에 미션 커피를 마시고 각자의 임무를 위해 출발하면 되겠군요."

"맞습니다. 하지만 출발하기 전에 오늘 특별한 도구를 하나씩 드릴 테니 이번 미션에서 사용해 주시기 바랍니다. 특별도구에 대한 설명은 우리의 젊은 아이돌이자 연구 박사인 새벽별 곤 박사가 해 주겠습니다. 새벽별 곤 박사, 앞으로 나와주세요."

새벽별 곤 박사를 아직 모르고 처음 보는 플라이어들과 크리스퍼 대사들은 '저 친구가 말로만 듣던 새벽별 곤이구나' 하는 호기심 가득한 표정으로 새벽별 곤 박사의 얼굴을 보기 위해 단상에 집중한다.

"안녕하십니까? 새벽별 곤입니다. 여러분에게는 이번 임무를 위해 '리얼콘텐츠마이닝'이라고 하는 아주 특별한 순도 99퍼센트의 은으로 제작된 작은 구둣주걱이 제공됩니다."

여기저기서 웅성거리는 소리가 들린다.

"아니, 구둣주걱이라니요? 하하하. 007처럼 무슨 특수한 오메가 시계나 몽블랑 만년필을 주든가 킹스맨처럼 특수한 우산을 주는 줄 알고 기대했는데. 에게! 겨우 작은 구둣주걱이라니, 놀랍네요."

실망스러운 목소리에 새벽별 곤은 손뼉을 탁 치면서 집중을 유도한 다음 주머니에서 작은 구둣주걱을 꺼낸다.

모양도 약간 울퉁불퉁하고 아주 작은 구둣주걱이지만 신기하게도 영롱한 빛이 나는 게 예사로운 물건은 아니라는 기운을 팍팍 풍기고 있다.

"이 구둣주걱은 저희 기억대장간의 최고 장인인 파크타이거리얼 님이 하나하나 망치질로 담금질해서 만든 최고의 역작입니다. 잘 보십시오."

새벽별 곤이 왼손을 세 번 허공에 그리자 허공에 커다란 뇌의 영상이 나타난다.

그 영상을 향해 은빛 구둣주걱을 대자마자 커다란 뇌 영상의 중앙에 하늘빛의 손가락 형태가 나타난다.

신기한 역할을 하는 은빛 구둣주걱에 모든 참석자들의 눈이 휘둥그레진다.

"이 부분이 인간의 뇌 중앙에 위치한 해마(Hippocampus)입니다. 인간들은 모든 기억을 뇌를 전송체로 이용하여 뉴클레아스 심해기억저장소로 전송하지만 딱 한 번 겪은 일회적 기억은 전송하지 않고 해마에 저장해 둡니다. 저희의 이번 임무는 각 나라별로 존재하는 코로나바이러스의 원천이 되는 다섯 가지 탄생 신물을 추적하는 것입니다. 현재 급속하게 자기 분화를 해 나가는 코로나바이러스는 변이를 거듭하여 각 나라별, 인종별로 스스로 독립분화를 이루는 단계까지 발전하였습니다. 이것은 앞으로 시간이 가면 갈수록 코로나바이러스를 통제하기가 어렵다는 것을 의미합니다. 코로나바이러스가 여러 종으로 분화한 후에 세력을 넓힌 다음 지배종이 되기 위해 다른 숙주들을 감염시키는 영역확장에 돌입하게 되는 지배종 전쟁이 일어날 것입니다. 물론 전쟁터는 인간들의 몸이겠지요. 지금 숙주로 사용해서 분화하고 있으니까요."

"너무 어려워요, 새벽별 곤 박사님. 쉽게 설명해 주세요!"

"네. 이번 우리들의 임무는 저희가 추적하는 다섯 가지 탄생 신물에 근접한 후에 그곳에서 나타나는 기억의 흔적들을 찾아서 여러분에게 지급되는 '리얼콘텐츠마이닝 구둣주걱'을 그곳에 대면 기억 해마가 열리게 됩니다. 그러면 기억 해마에 처음에 정보가 들어오는 치상회(Dentate gyrus)를 지나간 모든 기억의 흔적들, 특히 일회성 기억을 흡수하게 됩니다. 그리고 바로 저희 뉴클레아스 기억저장소의 몽고리안느에게 보내집니다. 몽고리안느는 받은 기억들을 숙성하여 연결한 다음 기억경로통합지도(Memory Path Integration Map)를 만들게 되지요. 그렇게 생선된 해마와 치상회의 일회성 기억들의 기억경로통합지도는 다시 뉴클레아스 기억편집소의 정담 조그셔틀 PD에게 보내집니다. 정담 조그셔틀 PD는 이러한 기억경로들 안에 기억 파편들과 일회성 기억을 정밀하게 편집하여 8K 해상도를 가진 하나의 기억으로 펼쳐지도록 기억영상을 만들어 냅니다. 일명 '신의 조그셔틀'이라는 별명을 가진 정담 조그셔틀 PD는 이렇게 영상처럼 편집된 기억을 가지고 마치 영상 안에서 사람을 찾듯이 코로나바이러스의 원천적인 조상 바이러스에 접근하게 됩니다. 영상 위에 코로나바이러스를 찾는 드론을 띄운 거와 같다고나 할까요? 그 기억 영상을 바탕으로 지금 번성하고 있는 코로나바이러스가 명령에 복종할 다섯 가지 탄생 신물의 코드를 모두 찾아내고 모아서 대타협의 대화를 시도하려고 하는 것입니다."

"아니, 쉽게 설명해 달라고 했더니 더 어렵네 그려."

"새벽별 곤이 그렇게 똑똑하다는 소문이 있었는데 직접 보니까 소문이 맞구먼."

"맞아. 그런 것 같네. 약간 천재 끼가 있는 것 같아. 총각이래."

여기저기서 웅성거리면서 임무가 너무 어려운 것 같다는 투덜거림이 들려 온다.

"아니 무슨 드래곤 볼 5성구(5星球) 모으는 것도 아니고. 다섯 가지 바이러스 탄생 신물의 코드를 구해야만 코로나바이러스를 통제할 수 있다는 이상한 이야기를 하니까. 내 머리로는 도저히 이해가 안 된다는 거지요. 그것도 우리가 찾아내서 보낸 해마의 일회성 기억을 모아서 그걸 영상으로 만들고 그 영상 위에 다시 드론 같은 서칭 기능(Searching Function)을 적용해 그 안에서 코로나바이러스의 다섯 가지 탄생 신물에 관련된 코드를 찾는다니… 무슨 SF도 아니고.”

세계 최고의 카레이서로 활동하다가 플라이어로 발탁된 미스터 날라카뿌러는 ‘난 카레이싱은 잘해도 이건 도저히 이해 못 해.’ 하는 표정으로 연신 투덜거린다.

마스터 플라이어인 앤드리안은 장내 분위기를 정리할 겸 단상에 다시 올라가 미팅을 마무리하기 위해 큰소리로 외친다.

“우리는 인류의 기억을 전송하고 수집하고 보관하는 임무를 수행하고 있지만 이번에는 이야기가 다릅니다. 우리 지구에 살고 있는 인류가 가장 큰 위기에 처해 있습니다. 인류가 코로나바이러스에 의해 숙주로 지배당할 경우 앞으로 인간 몸속의 면역계 교란을 통해 우리가 담당하는 기억전송의 모든 데이터들이 오염될 수 있습니다. 인류의 기억 오염은 인류의 다음 세대를 위한 생명 창조의 후대기억 생산 및 유전적 진화를 위한 기억 소스 제공의 실패를 초래하여 인류는 심각한 퇴보에 직면하게 될 것입니다. 이는 우리 창조자 위원회가 인류의 몸에 이식해 놓은 DNA 생체시계의 생명 진화의 순서와 역행하는 결과를 가져오게 됩니다. 이런 상황을 방치할 경우 인류는 앞으로 30년간 역진화를 이루게 되어 지구 지배종에서 탈락하게 될 것입니다. 우주의 빅뱅으로 인한 지구 자연재앙으로 인해 공룡이 지구 지배종에서 탈락했듯이 말입니다. 문제는 인간들이 이러한 심각한 문제를 인식하지 못하고 있다는 것입니다. 지금의 코로나바이러스가 모든 인간들을 숙주로 삼은 다음 코로나바이러스들끼리 지배종 다툼을 시작하면 인류의 중대 질병 발생의 대재앙이 시작될 겁니다.”

여기저기에서 안타깝다는 듯이 한숨을 쉬는 소리가 나온다.

“하여간 인간들은 내 평생 문제만 일으키는구나. 이 임무를 맡기 전에 나는 지구의 수명을 연장하기 위한 특수팀에서 근무했었지.

환경문제의 기억에 대한 파편 수집 및 편집을 담당했는데 인간들이 요즘에는 자신이 버리는 쓰레기가 자신이 사는 지구 안에서 어디 가지도 않고 같이 파묻혀 산다는 중요한 사실을 망각하고 있지. 바보들. '제가 버린 쓰레기가 제 코로 들어가고 제가 싼 똥이 제 입으로 들어가는 줄 모르는 게 인간들'이지. 쯧쯧. 환경 기억 파편들을 죄다 모아 다시 복귀전송 하는 임무만 한 5년을 했는데도 인간들이 환경 기억을 중요하게 생각하지 않아서 내가 지쳐버렸지 뭐야. 그래서 부서를 좀 바꿔 달라고 요청해서 받은 첫 임무가 이것인데, 또 다 죽어가는 인간을 살리는 임무라니…. 난 멸종하는 북극곰이나 오랑우탄을 살리는 뭐 이런 임무가 좋다고요."

긴 코에 커다란 눈을 가진 인간과 사슴을 반씩 닮은 나콘테터터넘은 연신 인간을 지키는 임무가 싫은 듯이 투덜대면서 눈앞에 놓인 커피페니 미션 커피를 바라보고 있다.

마스터 플라이어 앤드리안은 힘든 점은 잘 알고 있으니 기운들 내시고 우리의 중요한 임무를 잘 완수하라고 독려하는 격려사를 마친 후 마지막으로 힘차게 외친다.

"뉴클레아스의 명령으로 외치노라. 기억전령사 플라이어들과 기억주관자 크리스퍼 대사들은 임무를 위해 즉시 출발하라. 우리는 지구를 지키는 가디언(Guardian)이자 인간의 친구임을 잊지 말라."

마스터 플라이어 앤드리안의 명령이 선포되자 300명의 플라이어와 크리스퍼 대사들 앞에 어느새 은빛 찬란한 리얼콘텐츠마이닝 구둣주걱이 나타난다.

모든 은빛 구둣주걱 위에는 각자의 이름이 선명하게 새겨져 있다. 참석자 300명이 구둣주걱을 왼손에 쥐고 오른손으로 커피페니 미션 커피를 들고 마시는 풍경이 일순간에 연출된다.

잠시 후 커피페니 청담의 야외 테라스에 나간 아만다는 텅 빈 야외 테라스를 보면서 아쉬운 마음을 달랜다.

"에이미 점장님과 까미는 인사도 못 하고 떠났구나. 간신히 현 아니, 이제 헤처지? 후훗! 헤처만 얼굴을 보았네. 쩝. 나도 얼른 크리스퍼 대사가 되어야지. 그나저나 닥터 제닝스는 왜 안 나타나시는 거야? 만나서 할 말이 있는데…"

텅 빈 야외 테라스 위로 따사로운 햇살이 넘실거리기 시작한다.

엠페라코로나와 술탄코로나, 대만 지우펀(臺灣 九份)에서 만나다

여기는 코로나바이러스 총사령부.

용맹하고 공격적인 젊은 사령관 엠페라코로나는 형형색색의 돌기를 움직이며 씩씩거리면서 화를 참지 못하고 있다.

"정말 화가 나는군! 인간하고 접촉하다니! 할아버지는 대체 무슨 생각이신 거야? 인간들이 술탄코로나로 부른다고? 할아버지를? 크흠. 우리들도 앞으로 할아버지를 술탄코로나로 불러 드리자."

"네. 저희도 할아버님을 술탄코로나로 인식한 이후에 단백질 유전암호로 붙이는 저희 이름을 인간들처럼 문자로 부르는 유행이 돌고 있습니다."

"뭐 앞으로 우리가 인간들 몸속에서 살 거니까 인간과 조금은 동화되어 가는 것도 나쁘지는 않다고 봐. 하지만 덜컥 인간들이 교신해 온다고 해서 이런저런 이야기를 주저리주저리 하시면 정말 정말 정말 곤란하지! 할아버지에게 화를 낼 수도 없고! 끄응."

"참으십시오. 저희 코로나 세계는 후손들이 위 세대에 절대복종하도록 규정되어 있어서 어느 누구도 그 명령코드를 어기지 못하도록 되어 있는 것이 저희 세계의 가장 큰 법칙입니다."

"그걸 아니까 내가 화를 내는 거야. 할아버지는 덜컥 인간 접촉자에게 우리 세계의 다섯 가지 탄생 신물에 대해서 이야기를 해 주셨다는 거지. 다섯 가지 탄생 신물이 다 모여서 그 신물을 통해 코로나 세계의 명령을 내리면 어느 누구도 그 명령을 거역할 수 없다는 것을 잘 알지? 우리 코로나족의 생명 창조의 원천이자 모든 바이러스의 원천을 제공한 다섯 바이러스가 제시하는 탄생 신물의 권위는 절대로 어느 누구도 거역할 수 없어. 지금 우리는 인간들의 몸을 숙주로 삼는 전쟁 중이야. 인간들은 우리 코로나족을 막기 위해 수많은 방법들을 동원하고 있지. 백신, 바이러스를 죽이는 살상제, 치료제 그리고 봉쇄를 통한 인간 숙주와 숙주 사이의 이동 금지까지. 이런 상황 속에서 올겨울에 다가오는 인간과의 2차 대전을 준비하기 위해 전 코로나족이 지금 전투태세를 갖추고 각 대륙별 사령부들과 긴밀하게 협조하는 마당에 덜컥 다섯 가지 탄생 신물이 등장해서 우리가 납득하지 못하는 명령코드가 나온다면 우리는 어떻게 되겠어? 대혼란이 오는 거지. 난 그걸 걱정하는 거야."

화가 난 엠페라코로나 옆에서 쩔쩔매던 부관 코로나는 정중하게 엠페라코로나를 달랜다.

"사령관님, 할아버지이신 술탄코로나 님은 현명하고 지혜로우신 분입니다. 아무런 생각 없이 절대로 인간 접촉자에게 다섯 가지 탄생 신물의 비밀을 말씀하지는 않으셨을 겁니다. 아마 우리 코로나족을 위해 그리고 엠페라코로나 사령관님을 위해 우리가 생각 못하는 깊은 속내가 있으실 겁니다."

"나도 알지. 할아버지가 우리 코로나족을 이끌고 지금의 코로나 대번성 시대를 만드신 대 영광의 총사령관으로 추앙받고 있는 이유를. 그건 바로 아무도 생각하지 못하는 크고 담대한 지도자의 판단을 늘 하시기 때문이야. 하지만 지금은 모든 총공세를 통해 인간들 모두를 숙주로 감염시키고 우리가 인간 몸속의 면역계를 지배하는 일이 급선무라니까. 일단 다 감염시켜 놓고 대화든 뭐든 하는 게 최상이지. 왜 지금 한참 싸우고 있는데 인간 접촉자의 접속요청을 받아 주셨는지, 왜 이런저런 우리의 이야기를 들려주시면서 결국 다섯 가지 탄생 신물까지 언급하셨는지 도통 모르겠다고."

"저희들도 그 부분 때문에 많이 놀라고 내부적으로 웅성거렸지만 술탄코로나 님은 아무 말씀이 없으셔서 그저 깊은 생각이 있으신 게 아닌가 하고 추정만 하고 있습니다."

"안 되겠어. 일단 할아버지를 만나 봐야겠어. 당장 할아버지 계신 숙주가 있는 곳으로 교신 부호를 보내도록 해. 할아버지는 한 숙주에는 한 달 이상 계시지 않으니까 벌써 우리가 상상하기 어려운 곳에 계실지도 몰라."

"네, 사령관님. 즉시 술탄코로나 님이 계시는 숙주를 찾아 교신을 시도하도록 하겠습니다."

대만 신베이시 루이팡구 지우펀
(臺灣 新北市 瑞芳區 九 , Jishan Street, Ruifang District, New Taipei City, Taiwan 224)

지우펀 오후 6시,

높은 언덕길을 따라 길게 올라가는 계단 길 사이로 오래된 상점들이 각종 관광상품을 즐비하게 늘어놓고 있다.

코로나 시대 이전에는 지우펀이 미야자키 하야오 감독의 만화영화 〈센과 치히로의 행방불명〉에 나오는 마을의 배경이라는 소문이 돌면서 수많은 관광객이 북적이는 관광명소로 우뚝 솟았지만 지금은 마치 1940년대 폐광이 되면서 한순간에 썰렁해진 탄광촌의 모습을 보는 것처럼 한산하다.

대만이 청나라의 영토였던 시절, 지우펀은 오직 아홉 집밖에 없는 산골 오지의 마을이었다, 마을 사람들끼리 사이가 너무 좋아서 누군가가 도시로 나가서 물건을 사가지고 올 때 항상 사이좋게 구등분(九等份)을 하여 나누었다고 해서 지우펀(九份)으로 불리는 마을이 되었다.

1890년 철도를 깔기 위해 공사를 하던 중에 금가루가 발견되고, 근처의 하천에서 많은 양의 사금이 발견되기 시작하면서 '지우펀에 금(金)이 난다'는 소문이 중국 전역에 퍼졌다. 그러자 수많은 사람이 금을 캐기 위해 몰려들기 시작하였다. 작은 산동네에 다닥다닥 집들이 생겨나고 그 집들 사이로 골목과 계단, 상점들이 생겨나는 마치 하늘 위의 다락방 같은 신기한 구조로 마을이 발전하면서 지금의 특이한 형태로 자리를 잡았다.

지우펀의 황금기는 가슴 아프게도 일본이 대만을 점령한 시기였다. 일본 기업인 후지타는 본격적으로 금광채굴을 시작하여 큰돈을 벌기 시작하였는데, 지우펀은 제2차 세계대전 중에 싱가포르에서 잡아온 포로들과 동남아에서 잡아온 영국인 포로들에게 강제노동으로 금광채굴을 시킨 비극의 노동 현장으로 악명을 떨쳤다.

전쟁 이후에 쇠퇴하다가 1971년에 완전히 쇠퇴한 폐광지역으로 낙후된 지우펀은 그 뒤로 사람들의 머릿속에서 잊힌 마을이 되었다.

하지만 홍콩영화 전성기에 영화 〈비정성시(悲情城市)〉를 지우펀에서 촬영하면서 인기 관광지로 급부상했고 새로운 관광명소로 성장하였다. 2001년 〈센과 치히로의 행방불명〉에 나오는 마을과 너무 똑같다는 소문이 돌면서 타이완에서 꼭 가야 하는 관광지로 등극하였다. 재미있는 것은 〈센과 치히로의 행방불명〉의 미야자키 하야오 감독이 지우펀을 보고 영화 속 마을을 구상한 것이 아니라며 지우편과의 연관성을 부인했다는 사실이다. 하지만 사람들은 이 말을 믿지 않는 듯 〈센과 치히로의 행방불명〉에 나오는 홍등(紅燈)이 길 게 켜진 거리에서 사진을 찍어 인스타에 올리는 열풍이 불었다. 수 많은 방문객들 특히 일본, 한국의 젊은 관광객들로 인산인해를 이 루던 최전성기를 구가하다가 2019년 코로나 시대가 열리면서 대만 봉쇄를 시작으로 지금처럼 한적한 마을로 변했다. 마치 타임머신 을 타고 폐광되던 그 시절로 돌아간 듯했다.

지우펀의 명소 수치루(竪崎路)의 전망대에 올라 벤치에 앉아 바 다를 내려다보는 중년의 남자. 담배 연기가 나는 파이프가 손에 들 려 있다. 난간에 서서 언덕 아래에 펼쳐진 푸르른 바다를 보면서 하염없이 상념에 잠긴 표정으로 서 있다.

"잠시 후 6시 30분이면 마을 홍등에 불이 들어오겠구나."

홍등의 불이 들어오는 순간을 기다리는 듯한 중년 남자의 입에 서 자신의 말인 듯 누가 시키는 말인 듯 주체가 불분명한 목소리가 나지막이 흘러 나온다.

잠시 후 저녁 6시 30분, 지우펀을 감싸고 있는 골목골목의 홍등 들이 빠알간 빛을 둥둥 띄운다.

어슴푸레 해가 지는 저녁의 언덕에 마치 강물 위에 빠알간 홍등 을 띄운 듯이 지우펀의 마을 곳곳의 골목 위로 해 질 녘의 사그라 지는 태양 빛의 아스라한 불빛이 홍등 하나하나의 불꽃으로 모여 들어 되살아나는 듯이 온 동네가 홍등으로 휩싸인다.

실로 장관이다.

낮과는 전혀 다른 세상이 펼쳐진 듯한 모습의 마을이 누구도 부 인할 수 없을 정도로 영화 〈센과 치히로의 행방불명〉에 나오는 마 을과 흡사했다.

홍등이 들어오자 벤치에 앉아 있던 중년 남자의 눈빛이 변하면 서 손에 쥔 파이프의 연기 색깔이 녹색으로 변한다. 그리고 이내 홍등을 보면서 눈뜬 채로 잠이 든다.

"할아버지!"

"오호, 너구나! 엠페라 왕자여, 코로나의 젊은 미래. 우리와 다른 삶을 살게 되는 신코로나족을 이끄는 엠페라코로나, 나의 손자여."

"그동안 안녕하셨어요? 오랜만에 뵙습니다."

"그래. 요즘은 인간들과의 전쟁이 어떻게 되어 가느냐? 나도 이런저런 정보를 듣고는 있단다."

"하하. 다 아시면서 저를 괜히 떠보시는 거죠?"

"예끼. 우리 세대는 코로나족이 인간의 몸속에 들어가지 못하는 생명코드를 가지고 일생을 살았지만, 너희는 어떤 이유인지 인간을 숙주로 살 수 있도록 명령어가 풀리면서 마음껏 인간들을 터전으로 우리 코로나족의 새로운 번성 시대를 이룰 수 있는 황금기를 맞이했다. 그러니 신중하게 항상 신중하게 잘해야 한다. 인간들은 만만한 종족이 아니야. 괜히 지구를 지배하는 지배종이 되었겠느냐? 그들에게는 우리가 갖지 못한 수많은 장점이 있단다. 물론 우리가 생각해도 참으로 어리석고 미개한 부분들도 가지고 있지. 그걸 파고들어야 한다. 우리 코로나 종족이 인간을 전부 숙주로 삼아서 새로운 시대를 맞이하기 위해서는, 하하하."

"네, 잘 알고 있습니다. 지구에서 인간은 지배종으로 군림하고 우리 코로나족은 인간의 몸을 숙주로 삼고 살아감으로써 결국 우리 코로나족이 지구의 지배종이 되는 원대한 계획을 반드시 제 세대에서 이루도록 하겠습니다."

"그래그래. 나는 생각도 못한 일들이지. 네 아버지가 인간들에게 납치되어서 이상한 명령코드를 주입받아 인간을 죽이는 살상 무기로 변화되어 고통받다가 간신히 탈출하여 나에게 온 지가 벌써 2년이 다 되어가는구나. 인간들이 말하는 코로나 사태가 나기 몇 달 전이지. 흠, 네 아버지는 고통에 몸부림치면서 후속 분화를 통해 너를 분화하고 세포 소멸을 거쳐서 우리 곁을 떠났지. 그래서 내가 너를 키웠고, 네 몸에 남겨진, 인간을 숙주로 삼을 수 있는 명령코드를 확인한 순간부터 네 운명이 어떻게 펼쳐질 것인지 기대도 되고 걱정도 되었단다, 얘야."

엠페라코로나는 격한 감동의 변화로 눈물을 글썽거리듯이 온몸의 돌기들이 말미잘 흐늘거리듯이 슬픈 춤을 추는 형상이 나타난다.

"저도 잘 알고 있습니다. 제가 숙명적으로 새로운 코로나 종족의 우두머리로 탄생한 것을요. 저희 종족 법칙에 의해 1번 변이가 모든 변이의 왕이 되는 것이지요. 아버님이 1번 변이로서 극강의 파워를 지니고 계셨는데 스스로 인간을 숙주로 삼아 인간을 죽이는 살상 무기로 변화된 것을 아시고는 ACE-2 수용체의 결합력을 높이는 대신 인간 숙주 살상력을 낮추는 방향으로 진화하는 후성유전코드를 저에게 심어 주셨죠. 그리고 저를 분화하시고는 스스로 생을 마감하셨지요. 인간들이 알까요? 인간이 인간을 죽이기 위해 저희 코로나족의 가장 강력한 아버지를 잡아서 살상코드를 주입하고 인간을 죽이도록 명령코드를 주입한 것을요. 그리고 아버지를 이용해 코로나족의 대량번식을 통해 인간을 죽이는 바이오 살상 무기로 사용하려고 한 것을요."

"허허, 인간들이 무지해서 어찌 그걸 알겠느냐? 21세기에 전쟁을 치르는 종족들 아니냐? 지구상에서 같은 종족을 죽이는 몇 안 되는 종족들이지."

"저희 코로나족은 서로를 죽인 적이 없는 우월하고 품위 있는 바이러스 종족입니다."

"하하하. 그럼 그럼. 우리는 인간들과는 차원이 다르지. 인간이 만든 바이오 살상 무기가 되기 싫어한 네 아버지의 뜻을 잊으면 안 된단다. 그래서 우리는 인간에게 이 사실을 알리고 인간과 결국은 화해해야 한단다."

"할아버지, 인간과 화해라니요? 지금 한창 인간과 전쟁 중이고 지금 인간들을 숙주화하는 데 거의 60퍼센트 이상 성공하여 점차 그 점유율을 높여 가고 있는데, 왜 화해를 해야 하나요? 저희 코로나족이 인간 숙주 지배율을 100퍼센트 달성한다면 결국 인간은 우리가 전부 지배하는 것 아닌가요?"

"허허허, 그건 그렇지가 않단다. 우리는 지구상에서 우리의 역할을 부여받고 생명을 유지하는 종족이란다. 사람들이 바이러스라고 부르는 우리 일족들은 눈에는 보이지 않지만, 지구에서 가장 역동적으로 모든 종들의 DNA 운반과 진화를 위한 새로운 유전물질을 제공하고, 진화에 따른 정보전달과 면역체계를 학습시키기 위한 공격 등으로 모든 종들을 발전시켰지. 미생물에서 대형동물에 이르기까지 우리가 관여하지 않은 부분이 없단다. 우리는 인간들에게는 면역시스템 학습을 위한 외부 바이러스 정도로만 인식되었을 뿐 인간 종족과는 거리를 두고 다른 모든 생명체들에게 호흡기를 통한 바이러스 학습을 시키는 소명을 다해 온 종족이지. 창조자 위원회가 우리에게 부여한 생명코드에는 인간과 싸우라는, 인간을 죽이라는 그런 명령코드는 담겨 있지 않단다. 창조자 위원회의 생명균형을 깨뜨리고 인간을 죽이는 바이오 살상 무기로 우리를 이용하려고 한 인간들 때문에 지금 이 사태가 일어나고 있는 것 아니냐. 이 또한 우리가 원했던 것은 아니지만 우리가 해결해야 하는 것이 우리의 숙명 같구나."

"그래서 할아버지가 저희 시스템에 접속한 인간 접촉자에게 저희가 복종해야 하는 원천 바이러스인 조상의 유전코드가 담긴 다섯 가지 탄생 신물에 대한 비밀을 알려주신 건가요? 저는 그 이야기를 듣고 사실은 할아버지가 좀 미웠습니다."

"내 사랑하는 손자야, 우리는 인간보다 우수한 종족이란다. 우리는 작지만 영리하고 인간들이 하지 못하는 정보 전사와 영생, 텔레

파시, 지구 내 교신, 자손 분화 및 급속한 종의 분화 등을 이루어 낼 수 있지. 그것도 인간의 몸을 숙주로 삼아서 말이야. 그런데 손자야, 네 아버지가 왜 인간을 죽이는 살상 무기가 되어 버린 자신을 포기한 줄 아느냐? 오직 명령코드의 일부를 수정하여 너 하나만 분화하고, 분화를 멈추어 스스로 세포 소멸을 택한 이유는 이제 지배종이 될 신코로나족이 인간 몸을 숙주로 삼고 있기 때문이란다. 인간이 죽으면 신코로나족의 미래도 없는 거지."

"헉! 공동 운명체를 말씀하시는 건가요?"

엠페라코로나의 격렬한 파장으로 인해 잠시 동안 지우편에 걸린 수만 개의 홍등 불빛이 파장의 영향으로 전류가 끊겼다 이어지는 듯이 깜빡거리는 현상을 보인다.

"그래, 창조자 위원회가 서로 협력해야만 살아갈 수 있는 공생의 코드를 입력한 공동 운명체에 아마 신코로나족과 인류가 들어간 듯하구나."

"하아, 그래서 할아버지께서 인간 접촉자에게 다섯 가지 탄생 신물을 찾도록 일부러 비밀을 알려 주시고, 인간들이 그 숙제를 해오면 지금 마구마구 인간을 숙주로 번식하고 있는 하부코로나족까지를 전부 통제 가능하도록 대타협의 명령을 내릴 수 있는 원자탄 같은 최고 명령코드를 발동하려고 하셨군요."

"그래. 그렇지 않으면 각 대륙별, 나라별로 하위 분화를 계속해 가는 신코로나족을 통제할 수 없게 되지. 우리가 태어난 유전코드에 의해 최상위 탄생 바이러스 코드에는 무조건 복종하게 되어 있는 유전체의 숙명에 의한 명령시스템을 쓰려고 하는 거야."

"아, 저는 이제야 할아버지의 깊은 뜻을 이해하게 되었습니다."

"내 사랑하는 손자야, 우리는 인간이 아니란다. 위대한 바이러스지. 지구상에 앞으로 30년간 우리가 인간을 숙주로 삼아서 공생하는 시대가 비로소 열린 거란다. 인간들처럼 미개하게 서로를 죽이고 미워하고 시기하고 빼앗고 하지 않아. 우리는 생명의 근원과 생명의 영속을 위해 계속 분화해 갈 거란다."

"아, 할아버지! 제가 깨달음이 부족했습니다. 저는 오직 강력하고 빠르게 인간들을 전부 숙주화하는 게 최선의 방법이라고 생각했습니다."

"엠페라야, 내가 왜 이곳 대만 지우펀에 와 있는지 아느냐?"

"하도 인간을 숙주로 삼아 전 세계를 돌아다니시는 분이라 그냥 뭐 대만이 좋아서 관광차 오셨든지, 대만이 봉쇄에 돌입해서 저희 코로나족의 침투가 어려우니까 할아버지께서 가장 빠르게 방어벽을 깨뜨려 주시기 위해 대만으로 숙주 이동하신 줄 알았죠, 저는."

"하하, 녀석. 그게 아니란다. 눈앞에 펼쳐진 지우펀 전경을 보거라. 이곳 대만은 원래 원주민들이 사는 곳이었지. 중국 본토가 이념전쟁으로 인해 국공내전(國共內戰)이 일어나고 국민당 장제스(蔣介石)가 본토전쟁에 지면서 이곳 대만으로 피란을 오게 됐지. 그때부터 대만은 본토에서 온 외성인과 이곳 대만 원주민인 내성인(內城人)으로 나뉘게 되지. 그리고 군대와 권력을 가진 외성인(外城人)들이 원래 평화롭게 살던 이곳 내성인들보다 우위를 점하게 된단다. 1947년부터 1987년까지 긴 시간 동안 계엄령을 통해 내성인들에게 불이익을 준 사건은 가슴 아픈 역사지. 그 와중에 내성인 3만 명이 희생된 2·28 사건이 일어난 거고."

"아, 그런 가슴 아픈 사연이 있는 곳이군요. 그런데 그런 이야기와 할아버지가 지금 이곳 지우펀에 있는 것과 무슨 연관이 있는 건가요?"

"지금 우리가 처한 사항이 그렇지 않느냐? 우리는 원래 우리의 주어진 삶을 사는 생명코드 본연의 코로나족으로서 평화롭게 살고 있었다. 포유류 중에서 친한 몇몇 포유류를 숙주 삼아 광범위한 좋은 미생물 활동을 도우면서, 그리고 조금은 불편했지만 박쥐족들에게 이동하여 박쥐족의 초음파를 이용하여 전 세계에 퍼져 살아가는 우리 코로나족에게 교신하면서 진화와 번식의 속도를 맞추면서 살아왔지. 마치 인간들이 우편을 이용하여 교신하고 소식을 나누며 살던 시대가 있었던 아날로그 시대 같은. 우리는 어찌 보면 이곳 대만의 내성인 같은 존재였지."

"아, 그럼 인간을 숙주로 삼아서 살아가는 명령코드가 부여된 저 같은 신코로나족은 바로 군대와 권력을 가진 대만에 찾아온 본토의 외성인 같다는 이야기군요."

"역시 너는 신코로나족을 이끌 수 있는 자질이 있는 1번 엠페라코로나임을 할아비조차 인정하게 만드는구나. 이곳 지우펀이 유명해진 것은 영화 〈비정성시〉 때문이라는 단편적인 이야기 뒷면에는 이 영화가 이곳 지우펀을 통해 대만이 가진 아픈 역사를 세상에 알리고 그 숨겨진 기억들을 다시금 재생하여 인간들에게 심어줬기 때문이란다."

"할아버지, 저는 오늘부터 새로운 자각을 하게 되었습니다. 저는 엠페라코로나로서 오늘 할아버지가 들려주신 대만 원주민인 내성인과 본토에서 이주한 외성인의 역사를 통해 깊은 깨달음을 얻었습니다. 저는 신코로나족을 지휘하는 엠페라코로나로서 지배종의 힘을 가지고 있지만 인간을 숙주로 살지 못하는 원주민 같은 코로나 조상들의 영역을 침범하지 않고 잘 협조하여 공생하는 지혜로운 지도자가 되겠습니다."

엠페라코로나의 돌기들이 지팡이처럼 구부러지면서 분홍색의 빛을 발한다.

"하하하하하, 기쁘구나 손자야. 진정으로 기쁘고 기쁘도다, 지구상의 어느 생명체도 이루지 못한 진화를 통한 지배종의 최종지배를 우리 코로나족이 새롭게 이루어내는구나. 이런 혁신은 인간들조차 이루지 못했단다. 아프리카에서 기원한 인류는 오스트랄로피테쿠스, 호모하빌리스, 유라시아로 이주하여 최초로 불을 사용한 호모에렉투스로 진화하고 최초로 옷을 입은 네안데르탈인 그리고 현대 인류라고 하는 호모사피엔스로 진화하면서 모두 과거의 종을 무력화시키고 지배종이 되었지. 진화하는 종족에게 과거는 없었단다. 진화의 역설이지, 앞으로만 나아가는. 하하하. 오늘 너는 그 깨달음으로 이 지구에 종족분화를 이룬 우리 코로나족의 새로운 지도자로 우뚝 서게 될 것이다. 손자야, 기쁘도다. 너희 아버지의 희생이 헛되지 않았구나. 하하하하하."

"할아버지, 저는 이제야 모든 것을 이해했습니다. 왜 할아버지가 인간 접촉자에게 다섯 가지 탄생 신물에 대한 비밀을 알려 주셨는지, 왜 숙주 이동을 통해 이곳 지우펀에서 깊은 생각에 잠기셨는지, 그리고 저를 이곳에 오게 하신 의도가 무엇인지 말입니다."

"그래그래. 오늘의 네 진정한 깨달음으로 인해 우리 코로나족은 앞으로 지구상에서 인류를 숙주로 공생하는 위대한 바이러스로 그 번성의 시대를 이어 갈 것이다."

"뜻을 깊이 잘 새기겠습니다. 할아버지, 어느새 저희 교신 시간이 다 되어 갑니다. 다음에 교신 인사드릴 때까지 건강히 잘 지내세요. 숙주 이동하실 때는 제발 위치 좀 자주 알려 주시고요."

엠페라코로나는 할아버지인 술탄코로나에게 정중히 인사한다.

지우펀 홍등에 불이 들어오는 저녁 6시 30분부터 8시 30분까지 홍등의 파장을 이용하여 접속한 코로나 총사령부의 신세대와 구세대의 최고지도자는 홍등이 꺼지는 순간 접속에서 사라진다.

잠시 후 지우펀의 명소 수치루의 전망대 벤치에 앉아 바다를 멍하니 바라보던 중년 남자의 눈빛이 정상으로 돌아온다.

지우펀 홍등이 다 꺼진 밤 8시 30분. 인적이 끊긴 지우펀에 고요한 밤이 찾아온다.

코로나족, 인간의 센트럴 도그마에 접근하다

대만의 지우펀에서 커다란 깨달음을 얻은 엠페라코로나는 즉시 코로나 본부로 돌아와서 모든 코로나 핵심간부들을 소집한다. 그리고 할아버지인 술탄코로나와의 접촉을 통해 할아버지가 가진 위대한 생각이 지금 코로나 총사령부가 펼치는 인간과의 숙주화 전쟁에 있어서 왜 중요한가에 대해 설명한다.

"위대한 코로나족의 대 지도자인 할아버지는 포유류와 공생한 1세대의 지도자로서 숙주화한 이후에 대 공생의 시대를 겪은 경험을 바탕으로 앞으로 코로나족과 인간의 미래를 위한 원대한 포석을 깔아 두었습니다. 인간의 숙주화가 완성된 다음 인간들과 코로나족의 공생을 위해 대타협을 해야 하는 시점이 올 것입니다. 그 시점까지 우리 코로나족은 지구 곳곳에서 숙주로 삼은 인간들의 몸을 들어갔다 나왔다 하면서 취득한 모든 정보를 전송하고, 공유하고, 연구하게 될 것입니다. 그리고 인간들의 백신과 치료제 등의 방어막에서 모든 코로나족이 안전하게 인간을 숙주로 삼아 계속 살아갈 수 있는 터전을 만들 것입니다."

"와! 드디어 저희 코로나족이 인간들을 지배하고 우리의 하위 숙주로 삼아서 지구의 지배종으로 등극하는 날이 가까워지고 있군요."

코로나 총사령부의 간부들은 전투에서 승기를 잡은 표정으로 서로를 격려하면서 들썩인다.

엠페라코로나는 흥분한 전략사령관 오미크론 BA-1을 손짓으로 제지하면서 신중하게 이야기를 이어 간다.

"기뻐하기에는 이릅니다. 인간들의 반격도 만만찮을 겁니다. 인간들 내부에서도 통제에 따르지 않는 인간들이 있듯이, 앞으로 우리 코로나족도 분화를 계속해 나갈 경우 각 지역별로 자기 영역을 구축한 새로운 젊은 코로나족들은 원로들의 통제를 벗어나 자신들의 왕국을 건설하고자 할 가능성도 높습니다. 인간들이 이루어 온 종(種)의 분화(分化)가 바로 그것입니다."

여기저기에서 웅성거린다.

간부 B.A1.17-1이 아는 체를 하면서 큰 소리로 말한다.

"오, 종의 분화까지 일어나는군요. 결국 인간과 우리는 종속과 목강문계(種屬科目綱門界: species 〈 genus 〈 family 〈 order 〈 class 〈 division 〈 kingdom)의 분류 중 종의 단계에서 지배종의 싸움을 벌이는 단계가 되는데 결국 인간 숙주를 사용한 대리전으로 종의 분화가 일어나겠군요, 미래에는. 흥미롭습니다."

간부 B.C.2-19-5도 앞으로 나와 돌기를 흔들면서 질문을 해댄다.

"사령관님, 그러면 우리 코로나족도 이제는 광대한 지구 영토에 우리 영역을 넓힘으로써 유전적 경로가 차단되어 일어나는 소진화(小進化)와 대진화(大進化)가 일어난다는 말씀입니까?"

엠페라코로나 사령관이 씨익 웃으면서 말한다.

"네, 맞습니다. 할아버지께서 인간들 몸속에서 취득한 모든 유전적 정보와 우리에게 대항하기 위해 만들어 낸 백신과 치료제 그리고 인간이 감염되어 만들어 낸 자가면역시스템 등의 모든 정보를 전송받아 코로나와 인간의 면역데이터를 분석하였습니다. 그 결과 앞으로 3년 동안 우리 코로나족들은 인종별, 지역별, 나라별 인간 등으로 확장 분화하면서 각 전쟁터에서 얻어 낸 정보를 스스로 가공하고 대항하는 단계로 발전하게 될 것입니다. 자세한 것은 우리 코로나족의 유전적 분화를 연구하고 있는 샤르팡티에다우드나 BA-2가 쉽게 브리핑해 줄 것입니다."

"안녕하십니까? 저는 전략사령부 미래연구실에서 우리 코로나족의 미래의 유전코드를 연구하는 샤르팡티에다우드나 BA-2입니다."

여기저기서 집중과 웅성거림의 잡음이 들려온다.

"샤르… 뭐? 빵… 다 우드 뭐라고?"

"하하하. 요즘 우리 코로나족에게도 인간들처럼 이름을 만들어 부르는 유행이 있다고 하던데. 저 친구도 아마 그런 유행을 따르는 것 같군."

"자자. 여러분, 샤르팡티에다우드나 BA-2는 우리 연구진 중에서도 가장 강력한 분화와 숙주 지배력을 지닌 연구자입니다. 또한 인간의 면역체계를 즉시 복제하고 이를 분석하여 새로운 인간 면역 회피 위장술과 침입 스텔스 무기를 매주 업그레이드하여 전송하는 역할을 하고 있는 우리 전략 사령부의 핵심입니다. 하하하. 물론 본인 스스로 말하기 부끄럽겠지만 인간들 중에 유전자 가위를 연구하여 창조자 위원회의 명령코드를 거부하고 이를 크리스퍼 9(Crisper 9) 가위로 유전자 코드를 편집하는 인간 최고의 두 과학자의 몸에 반드시 들어가서 숙주 지배를 통한 과학적 지식의 흡수를 목표로 삼아 이름조차 두 숙주 인간 목표를 따서 지은 아주 훌륭한 연구자이자 우리 코로나족의 미래인 젊은이입니다."

"칭찬에 부끄럽습니다. 제가 반드시 인간들 중에서 이 두 사람의 몸에 들어가서 연구지식을 흡수하고 이를 우리 코로나족을 위해 사용하고 싶은 열망을 가지고 있습니다. 두 사람이 만들어 낸 크리스퍼를 이용한 유전자 편집의 원리를 연구하다 대단히 흥미로운 발견을 했습니다. 가위 역할을 하는 카스9(CAS9) 단백질이 인간의 RNA 조각에 결합하면 이 RNA는 카스9를 표적 DNA까지 안내합니다. 일종의 가이드 역할을 하는 RNA입니다. 재미있지요? 목적지에 도착한 카스9는 표적 DNA의 이중 가닥을 끊어 해당 유전자를 절단합니다. 그리고 그 절단된 공간에 새로 조작된 DNA를 삽입하여 유전적 결합을 수리합니다. 이러한 기술적 진보는 우리의 원시 선조인 박테리아가 10억 년 이상 긴 세월 동안 만들다 실패하고 또 만들고 하면서 이루어 낸 진화의 결과물을 단숨에 구현한 인간의 대단한 업적입니다."

"10억 년 동안 박테리아부터 지금의 우리 종족에 이르기까지 모든 바이러스 진화체들이 이루어 낸 유전자 편집기술을 인간들은 불과 반세기 만에 이루어 낸 것입니다. 이러한 기술적 진보는 앞으로 인간들이 좀 더 완전한 종족으로 진화하는 데 큰 역할을 할 것으로 판단됩니다. 유전자 조작을 한 신인류의 탄생을 의미하기도 합니다. 생명을 골라서 잉태한다는 것은 스스로 창조자 위원회의 영역을 벗어나서 또 다른 종의 분화를 이루는 것을 의미합니다. 이를 보면 인간들은 참으로 도전적입니다. 바벨탑을 쌓아서 신의 영역에 도전한 역사도 있듯이 이번에는 생명 창조의 코드를 편집하여 생명의 기원에 도전하고 있으니까요. 어쩌면 우리가 인간들 전체를 숙주로 삼아서 지배 종족이 된 이후에도 이러한 DNA 편집을 통해 우리 코로나족에 대항하는 새로 조작된 DNA를 신인류에게 적용할 가능성이 우려됩니다. 인간들이 DNA 편집 기술을 이용하여 탄생한 신인류가 코로나족에 대항하는 자연면역을 가지고 태어날 경우, 우리가 다시금 인간들 몸속에서 쫓겨나오는 비참한 시대를 맞이하게 될 수도 있습니다."

"아니, 뭐야! 그럼 다 이겨 놓은 게임에서 한순간에 다시 역전되는 그런 일이 벌어질 수도 있다는 이야기잖아. 총사령관님, 이야기 좀 해 보세요. 지금 말하는 저 젊은 친구 샤르빵뭐다우난가 뭔가 하는 저 녀석이 하는 말이 사실인가요?"

"맞기도 하고 틀리기도 합니다. 샤르팡티에다우드나 BA-2가 이야기하는 부분은 미래에 인간들이 대항할 수 있는 카드를 미리 연구하고 이에 대비하자는 것입니다. 즉 인간들이 유전자 조작을 통해 우리 코로나족을 이길 수 있는 가이드(Guide)가 달린 미사일, 즉 한쪽에는 가이드가 길을 안내하는 정보가 있고 한쪽에는 DNA

에 결합할 손잡이가 단일 RNA 분자를 탑재한 미사일인 단일가이드 RNA(Single-guide RNA, sgRNA)를 연구하여 우리를 공격할 수 있습니다. 더욱더 기술을 발전시키면 우리가 인간 숙주의 몸속 어디에 숨어 있는지를 탐지하고 우리를 찾아서 죽이는 내비게이션(Navigation)을 탑재한 미사일을 보낼 수도 있습니다. 인간 면역계의 S세포(S-cell) 미사일, T세포(T-cell) 미사일뿐만 아니라 사이토카인(Cytokine) 원자탄도 우리를 죽이는 살상 무기로 사용될 것입니다. 그런 와중에 코로나족에 대항하는 유전자를 가진 신인류를 만들어 낸다면 우리의 '인간숙주지배능력'이 현저히 떨어지게 되고, 결국 인간을 더 이상 감염시키지 못할 수도 있는 숙주 전쟁의 종말을 맞이할 수도 있습니다. 그러한 미래를 막기 위해 인간들의 방어전략에 대비하는 연구를 하는 것입니다."

"오, 이상한 인간 이름을 쓰는 젊은이가 훌륭하구먼. 왜 엠페라 코로나 님이 신뢰하는지 이해가 되는군요."

간부 B.C.2-19-5는 돌기를 길게 늘인 채 돌기 끝에 진분홍색 형광 물질을 뿜어대면서 인간대응전략을 연구하는 샤르팡티에다우드나 BA-2가 이야기하는 부분에 강한 지지 의사를 표한다.

간부들의 지지에 고무된 샤르팡티에다우드나 BA-2는 더욱더 강하고 힘찬 어조로 설명을 이어 간다.

"저는 인간들이 우리의 원시 조상인 박테리아에서 CAS1을 분리하고 복제하고 이를 수증기 확산법을 사용해서 결정을 만들고 나중에 단백질 원자모형을 만들어 낸 초기 연구부터 추적할 생각입니다. 그래야 우리가 연구의 틈을 파고들어서 인간들 유전자 속에서 방어막이 작동하지 못하도록 새로운 무기를 만들 수 있으니까 말입니다. 저는 처음에 CAS1을 박테리아 조상에서 분리해 낸 블레이크 비덴헤프트 박사 집안의 후손들이 사는 미국 몬태나주에 이미 우리 코로나 전사들을 보내서 감염시켰습니다. 그리고 그 DNA

안에서 우리와 교신하는 RNA 정보들을 복제하여 우리 본부 연구실로 전송하도록 이미 작전 지시를 하였습니다. 인간들은 우리가 RNA를 기반으로 하여 생명 활동을 하는 중요한 사실을 아직도 인지하지 못하는 것 같습니다. RNA와 우리의 불안한 단백질 결합이 결국 지금과 같은 수많은 코로나족의 분화를 만들어 내고 있으며, 우리 코로나족은 각 지역별, 인종별, 나라별 인간 숙주들의 몸에 들어갔다 나왔다 하면서 인간들을 감염시키는 숙주 사다리 타기를 하면서 더욱더 불안정한 형태로 변하기 때문에 인간들이 우리 과거 버전을 기반으로 만드는 백신이나 치료제는 효과가 없다는 사실을 말입니다."

엠페라코로나가 급히 나서며 샤르팡티에다우드나 BA-2를 얼른 제지한다.

"쉿! 너무 많은 정보를 이야기하는 것은 위험하네. 하하."

엠페라코로나의 돌기가 뻣뻣하게 서면서 돌기 끝에서 형광색 빛깔들이 다양한 모양으로 물결치듯이 깜빡이며 연쇄반응을 일으켜 주변 모든 코로나 간부들조차 형형색색의 빛깔로 변하는 신기한 현상들이 나타난다.

"내가 오늘 간부 회의를 긴급 소집한 것은 우리가 인간 숙주화를 진행하면서 결국 인간들이 오래 살아야 우리가 오래 사는 공동 운명체의 단계에 도달하게 될 거라는 예언이 맞을 거라고 판단한 것입니다. 그러면 결국 인간과 대타협을 하기 위해 우리 코로나족은 계속 분화해서 결국 종의 분화가 이루어질 것입니다. 물론 지리적으로 우리 코로나족이 각 지역에 오래 격리되어 다른 방향으로 진화되는 이소적 종분화(異所的 種分化/ Allopatric speciation)는 지금의 숙주 전쟁의 속도로는 불가능할 겁니다. 왜냐하면 우리가 지금 전파의 무기로 사용하는 것은 인간 호흡기를 통한 이동 경로 방법을 사용하기 때문입니다. 결국 지구 내에서 우리 코로나족이 스스로 지배한 숙주에 만족하여 인간의 면역정보나 유전정보를 교류하지 않아서 종의 분화가 일어나는 동소적 종분화(同所的 種分化/Sympatric speciation)가 대다수일 것입니다. 물론 배수성에 의해 염색체 수가 달라지는 생식적 격리가 일어나면서 다른 종으로 분화되는 일들도 비일비재할 것입니다. 이렇게 오래 진화가 진행된다면 결국 지금과 같은 일사불란한 통제가 불가능할 수도 있습니다. 꼭 말 안 듣는 녀석들이 생기거든요. 인간들도 역사적으로 그런 경우가 많았습니다. 오죽하면 같은 종들끼리 죽이는 전쟁을 그렇게 많이 치르면서 진화를 한 종족이니까요."

코로나 돌기가 상처를 입은 전투에서 돌아온 퇴역군인처럼 보이는 고참 코로나가 혀를 차면서 간부들을 둘러보며 훈시하듯이 이야기에 끼어든다.

"에이. 무식한 종족들 같으니라고! 그렇게 역사적으로 배웠으면 좀 깨달아야지. 지금도 지구의 우크라이나를 침공하여 엄청난 사상자를 낸 러시아를 좀 보세요. 저 전쟁도 어찌 보면 키예프, 게르만, 투르크, 비잔틴이 역사적으로 교류하면서 만들어 낸 종족과 문화, 종교에 의한 싸움이라니까요. 다양한 종의 분화 이후에 나타나는 부작용이죠. 지금 우크라이나에는 우리 코로나족들조차 가기를 꺼려하고 있습니다. 폭탄이 터지는 곳에서 숙주 전쟁을 한다는 것은 도리에 맞지 않는다고 보기 때문이지요. 우리에게 동정을 받는 인간이 되다니 역사는 참으로 아이러니하군요."

"선배님 말씀도 맞습니다. 무식한 인간들이죠. 지금 시대가 어느 시대인데 종족끼리 서로 죽이다니요. 아무튼 엠페라코로나 사령관님이 말씀하신 내용은 저희도 충분히 이해했습니다. 우리가 분화 이후에 통제권을 확보하고 명령코드를 지시하기 위해 우리가 절대 복종하는 다섯 가지 탄생 신물을 인간들이 확보하게 하고 이를 이용하여 공동 운명체 선언을 한다는 전략이시죠?"

"역시 우리 종족의 5전투병단인 알파군단, 베타군단, 감마군단, 델타군단, 오미크론군단을 이끄시는 HCoV B 1.1.7 사령관님의 혜안은 탁월하십니다. 그러한 능력이 있으시니까 지금과 같은 상황에 특수침투 임무를 수행하는 스텔스병단까지 만드셨죠. 그러니 12월의 2차 코로나 대전쟁을 준비하는 대장정을 우리 모두가 지지하고 응원하는 것입니다. 여러분, 안 그렇습니까?"

고무된 표정으로 코로나 대군단 중에서도 인간 숙주 침입을 주 임무로 하는 5전투병단을 이끄는 HCoV B.1.1.7 사령관을 바라보던 모든 간부들이 우렁찬 박수를 보내면서 지지의 몸짓을 보낸다.

엠페라코로나는 한껏 고조된 분위기 속에서 두 번째 중요한 이야기를 꺼낸다.

"첫 번째는 우리 내부적인 종의 분화에 대응하는 전략이므로 우리가 해결할 수 있습니다. 하지만 두 번째는 문제가 다릅니다. 우리가 인간과의 숙주 전쟁을 승리로 이끌기 위해서는 인간의 생명 코드를 분석해야 합니다. 우리가 지배해야 하는 인간의 유전자를 읽고 쓰고 편집하는 시대를 열어야 합니다. 모든 바이러스 선조들은 인간의 DNA를 넘어서지 못했습니다. 지구상에서 인간은 가장 뛰어나게 진화한 종족이며 우리 선조들보다도 완벽한 DNA 코드를 가지고 있었기 때문입니다. 하지만 우리 세대는 다릅니다. 우리는 RNA를 기반으로 생명 진화를 합니다. 하하하하하. DNA 사슬의 벽을 넘어서지 못하고 불안정한 것이 오히려 우리를 더욱 강하게 결속시킨 거죠. 아데닌(Adenine: A)-구아닌(Guanine: G)-시토신(Cytisine: C)-티민(Thymine: T)으로 구성된 염기서열에서 오직 하나만 다른 구조를 가지고 있는 우리는 이제 새로운 시대를 열 것입니다. 산소인자 하나에 당-인산 뼈대에 붙어 있는 RNA가 인간의 몸속에서 우리를 지원할 것입니다. 같은 형제로서 말입니다. 모두 아시는 이야기지만."

한참 말을 하다가 한 템포를 쉬고 다시 숨을 고른 뒤 엠페라코로
나는 말을 이어 간다.

"사실 인간이 자랑하는 DNA는 세포의 핵 속에 꼼짝하지 않고
수동적으로 자기 안의 코딩된 정보를 잘 지키거나 스스로 복제하
는 수동적인 성격이죠. 인간이 수동적 성격의 DNA를 가진 것이
신기하기도 하지만 말입니다. 하하. 하지만 우리의 근간인 RNA는
단백질뿐만 아니라 많은 물질을 생산하지요. 이리저리 돌아다니기
도 하고 호기심 많은 녀석들처럼 말이죠. 단백질이야말로 여러 형
태로 인간의 몸속에 존재하지요. 모든 생명의 화학작용을 일으키
고 이를 조정하고 통제하는 단백질은 곧 엔자임(Enzyme) 즉 효소
입니다. 우리 RNA의 멋진 파트너이자 우리 코로나바이러스가 활
동하게 하는 인간 몸속의 연료죠. 하하하하. 결국 인간의 DNA에
서 RNA로 유전 정보가 이동하고 그 정보를 바탕으로 단백질이 생
산되는 과정을 생명 창조의 기본 원칙으로 하고 있는데 이것이 바
로 인간의 센트럴 도그마(Central Dogma: 생명 중심의 원리)입니다.
우리 코로나족은 이 센트럴 도그마에 직접 관여하는 전략을 연구
중입니다. 사실 센트럴 도그마는 DNA, RNA, 단백질이 있어야 가
능하지요. 이 세 가지 요소 중에 우리는 가장 중요한, 복제가 가능
한 RNA의 존재와 연관이 있는 박테리아의 후손 바이러스족이 분
화한 코로나족입니다. 하하하."

"인간 생명의 창조에서 가장 중요한 역할을 한 RNA의 복제 능력
을 가장 탁월하게 이어받은 종족이 우리 코로나족이란 걸 인간들은
간과한 것입니다. 우리는 앞으로 RNA 유전자 발현을 통해 특정 유
전자를 삽입한 단백질을 만들어서 인간 DNA에 삽입하고 인간들
이 평생 동안 우리 코로나족을 친구로 인식하고 우리가 인간의 몸
에서 평화롭게 살 수 있는 시대를 만들 것입니다. 그러기 위해서는
인간 유전자 코딩의 가장 핵심인 센트럴 도그마에 접근하여 효소로

기능하는 RNA를 우리 편으로 만들어야 합니다. 가장 먼저 리보자임(Ribozyme)으로 불리는 이 RNA를 포섭할 작전을 지시했습니다. 둘째로 교두보를 확보하기 위해 인트론(Intron) RNA를 포섭하도록 했습니다. 인간이 가진 유전자 중에 단백질코딩이 없는 인트론 부분은 인간 DNA 연결 구조상 필요 없기 때문에 이 부분을 자르고 나서, 코딩이 있는 **부분**들을 이어 붙이는 스플라이싱(Splicing) 과정을 인간 DNA 시스템에 적용하도록 되어 있습니다. 이 역할을 담당하는 인트론 RNA를 포섭하여 우리 코로나족을 친구로 받아들이는 유전정보를 삽입하게 하는 센트럴 도그마 접근 작전이 두 번째 전략입니다. 그리고 이 포섭이 완료되면 인간에게는 아미노산의 함정이 존재하는데 그 함정을 파고들 것입니다."

"아미노산의 함정이요?"

"아미노산은 생체 내 단백질을 구성하는 물질 아닌가요?"

계속되는 질문에 엠페라코로나는 차분하게 설명을 이어 간다.

"정확하게 이야기하자면, 모든 단백질은 아미노산이라는 분자로 구성되어 있습니다. 인간의 DNA 염기 4가지가 반복하여 사슬을 이어 가는 것처럼 아미노산에도 특이한 쌍둥이 분자들이 있습니다. 그런데 특이하게 인간이 가진 생체 내 단백질을 구성하는 아미노산은 모두 왼손 아미노산입니다. 이를 인간들은 호모-카이랠리티(Homo-chirality)라고 부르기도 합니다만, 인간들은 자연계에 존재하지 않는 D-아미노산의 합성에 성공하였습니다. 모든 생명현상을 지배하는 단백질은 20개의 아미노산 조합으로 이루어집니다. 이 아미노산들은 양쪽으로 D와 L 형태로 존재합니다. 이 둘은 왼손과 오른손을 마주 보는 거울에 비춘 손바닥 형상처럼 쌍둥이 구조를 가지고 있습니다. 창조자 위원회의 실수인지 의도인지는 모르겠으나 지구상에는 L 형태의 아미노산만 존재하고 D 형태의 아미노산은 존재하지 않습니다. 물론 우리는 알고 있습니다. 인간 세포벽 안의 알라닌 라스메이즈라는 효소가 L-아미노산을 D-아미노산으로 전환시키는 원리를 말입니다."

"그런데 인간들이 연구를 통해 알라닌 라스메이즈 구조를 분석하고 이 구조를 이용해서 자연에 존재하지 않는 D-아미노산을 합성해 낸 것입니다. 사실 D-아미노산은 우리가 숨겨서 소유한 전유물이었습니다. 알라닌 라스메이즈 효소는 박테리아 세포벽에 존재하는 숨어 있는 존재로 우리는 그걸 광산에 비유하여 꼭꼭 숨겨 놓고 필요할 때만 D-아미노산을 합성해서 사용하곤 했답니다. 하지만 인간들은 이제 D-아미노산을 합성하는 단계에 이르러 지구상에 존재하지 않은 물질을 만들어 내는 수준까지 도달했습니다. 이대로 놔두면 지구상의 모든 바이러스족에게 치명적인 무기를 만들고도 남을 지배종입니다. 놀라운 진화를 이루어 가고 있는 인간입니다. 저희는 이러한 인간의 진화를 오히려 역이용하는 전략을 세우고 있습니다. 아미노산을 원료로 하는 도파민, 세로토닌, 노르아데르날린이 인간의 신경계에 직접 영향을 미치는 점에 착안하여 L-아미노산과 D-아미노산을 생산하는 인간의 세포구조에 우리 코로나 전사들을 착상시킵니다. 그리고 아미노산 생산을 강력하게 통제함으로서 인간들의 기분을 좋았다 기뻤다 슬펐다 하게 만드는 감정부터 제어하기 시작할 것입니다. 그리고 우리 코로나족에 감염된 이후부터는 모든 기능을 제어하여 더 이상 인간들이 지배종으로 진화하지 못하도록 통제할 것입니다. 푸하하하하."

여기저기에서 박수가 쏟아져 나온다.

"우와! 역시 우리 코로나 최고사령부의 최고의 전략답습니다. 우리 모두 파이팅입니다!!"

"우와. 코로나족 만세!"

"코로나족이여, 영원하리!"

"누구도 우리 코로나를 이길 수는 없다!"

"코로나 파이팅!"

뜨거운 열기가 가득한 코로나바이러스 총사령부 안에는 우리가 인간을 지배할 수 있다는 힘찬 각오의 다짐들이 꽉 채운 채 격렬하게 움직이는 코로나족의 돌기에 의해 실내 온도가 상승한다.

"결국 우리 코로나족은 인간의 유전코드에 접근하여 우리와 기원이 같은 RNA를 설득하고 포섭하여 인간이 우리를 적으로 인지하지 않고 면역방어나 공격을 하지 못하게 한 다음, 우리와 함께 영원히 사는 대 공생의 DNA 명령코드를 인간의 몸에 이식하여 인간들이 대를 이어서 우리와 영원히 함께 사는 대 공생의 시대를 연다는 원대한 구상이군요. 너무 멋집니다. 엠페라코로나 총사령관님."

"그것뿐이겠어? 우리가 숙주인 인간의 몸에서 아미노산 생산을 통제함으로써 인간의 감정 조절 버튼을 우리가 손에 쥐고 숙주를 조종하는 시대를 여는 거지. 푸하하하하. 생각만 해도 멋져요. 우리 코로나족의 새 시대."

여기저기서 난리 블루스가 난 듯이 들뜬 분위기가 회의실을 휘감고 돈다.

"정말 우리 코로나족은 위대한 것 같아. 우리가 이렇게 대단한 구상과 전략을 가지고 인간들과의 숙주 전쟁을 준비하고 있다는 것을 어리석은 인간들은 모르고 있을 거야. 푸하하하하. 바보 같은 인간들. 오늘 우리가 이렇게 치밀하게 준비하고 논의하는 회의 내용을 들어도 아마 이해 못 할 거야. 자기들 몸속에 창조자 위원회에서 심어 놓은 생명 창조의 비밀 코드 센트럴 도그마에 접근하여 RNA를 지배하기 위한 우리의 계획조차 모르고, 아마 지금도 넷플릭스나 열심히 보고 있겠지. 푸하하하하하."

5전투병단을 이끄는 HCoV B.1.1.7 사령관은 너무도 기가 막히게 좋은 전략을 들으면서 마치 인간과의 전쟁은 모두 이길 수 있다는 자신감으로 기쁨에 들떠 큰소리로 웃어 대기 시작한다.

이 모습을 바라보던 엠페라코로나는 돌기를 크고 길게 세우면서 파장이 가장 큰 전파로 모두에게 명령코드를 전송한다.

엠페리코로니 명령 전문 번호 88855501

· 모든 코로니 전시들은 인간들의 센트럴 도그미에 접근하여 RNA를 포섭하리.

· 모든 코로니 전시들은 인간들의 L-이미노신 생신에 관여하고 생신량을 조절하여 인간의 감점을 통제하리. 빅테리이 세포벽의 알리닌 리스메이즈를 공급받이 D-이미노신을 생신하여 보관하도록 하리.

· 숙주 인간의 DNA에 코딩된 모든 면역 암호 및 정보 전시 내용 중에 코로니족에게 영향을 미치는 백신 이후 생성된 항체, 획득 면역항체, 지연면역 체계 등의 정보를 빅데이터 분석을 위해 지속적으로 본부에 전송하리.

· 모든 코로니 전시들은 잠복기를 기지고 체력을 비축하여 12월에 치러질 인간들을 재감염시키는 제2차 코로니 대전에 대비하리.

Chapter 3

다섯 가지 탄생
신물을 찾아서

중국(中國) 시안(西安) 진시황릉(秦始皇陵: Mausoleum of the First Qin Emperor)에서 다섯 가지 탄생 신물의 첫 번째 단서를 찾다

중국 중북부 산시성 황투고원에 위치한 시안(西安), BC 11세기부터 도시가 형성되어 물물교환과 교역의 중심지로 자리 잡은 역사적인 도시이다. 중국을 최초로 통일한 진(秦)나라 시황제(始皇帝)의 역사가 자리 잡은 곳이다. 중국 역사상 최대로 열린 사고와 개방정책으로 국제교역과 문화의 전성기를 이루어 낸 당(唐)나라 때는 장안(長安)이 수도였으며 실크로드의 중심지로서 중국 문물과 유럽의 신문물과 기술을 연결하는 지역 요충지였다.

시안의 역사는 1,100년 동안이나 영화(榮華)롭게 이어졌다. 70여 명의 중국 천자(天子)들이 중국을 통치하고 주변에 묻힌 고도(古都)이자 중심적인 도시였다. 그 덕분에 주변의 황릉에 72개의 능이 조성되어 있고, 건릉(乾陵)에 당 고종과 여황제 측천무후가 같이 잠들고 있는 덕에 72능 73황제의 역사를 가진 곳이다. 건릉으로 가는 주변의 거대한 복숭아 밭들은 복숭아꽃(桃花)이 필 무렵이면 진정한 무릉도원(武陵桃源)이 이곳이 아닌가 하는 착각이 들 정도로 복숭아 꽃이 장관을 이루기도 한다.

시안 중심지에 위치한 고루를 중심으로 교차로 앞에 나란히 서 있는 이정표들.

둔황(敦煌), 우루무치(烏魯木齊), 네이멍구(內蒙古)를 이어주는 실크로드의 기점이자 중국 서부 대개발의 새로운 중심 도시 시안.

시안 외곽에 위치한 켐핀스키 호텔(Kempinski Hotel),

메마르고 건조한 산시성 특유의 아침 햇살이 야외 정원을 비추고 있다. 창문을 개방해서 청량한 아침 바람을 맞이하는 호텔 로비의 1층 레스토랑에 크리스퍼 대사인 기억을 측정하는 디캔터의 요정 페이스 펄과 깜박이 조슈아가 앉아서 호텔 조식을 먹고 있다.

"중국은 참으로 넓고 다양해요."

"그쵸? 페이스 펄 님, 저는 이번 임무가 조금은 흥분돼요. 영화에서나 보던 진시황릉의 병마용을 직접 보게 되다니… 정말 꿈만 같아요. 더구나 저희가 특별 출입구로 들어가서 모든 병마용을 직접 스트리닝 하는 행운을 얻게 되다니요."

"그게 다 미리 와서 사전에 준비작업을 한 50여 명의 플라이어들 덕분입니다. 시안 사람들이 전송하는 기억 파편들을 다 분석하고 이어 붙여 그 안에서 다섯 가지 탄생 신물의 하나인 진시황의 꿈 비밀 코드에 대한 단서를 찾아낸다는 것이 어디 쉬운 일인가요."

"저도 이렇게 빨리 단서를 찾아서 기억코드를 채집하기 위해 시안까지 오게 될 줄을 몰랐어요."

"그러게요. 곧 중국에 파견된 플라이어를 이끄는 마스터 플라이어 쉬런핑(許仁平)이 올 거예요."

"아, 모아진 기억을 숙성 반죽에 넣고 집안 대대로 내려온 방법으로 반죽하여 기억을 이어내는 허가기억면(許家記憶麵)을 만들어낸다는 그 유명한 수제기억면의 대가를 말씀하시는군요."

"맞아요, 정말 특이하고 독특한 비법으로 기억을 이어 붙이는 것 같아요."

"페이스 펄 님, 그러면 저희 뉴클레아스 심해기억저장실에서 기억을 숙성해 추출하는 몽고리안느와 오늘 만나는 허가기억면을 만들어서 기억을 뽑아내는 쉬런핑(許仁平)은 어떤 차이가 있나요?"

"응. 그건 조금 민감하기는 한데 말이에요. 나도 실은 들은 이야기예요. 몽고리안느는 간장 숙성법을 사용하여 심해기억저장실에 수집된 기억 파편들을 오래도록 숙성해서 완전한 기억으로 되살려 놓는 숙성법을 쓴다고 합니다. 간장 숙성법을 활용해서 기억을 숙성하는 방법을 이어받은 전수자인 거지요. 1274년 원나라 쿠빌라이 칸이 고려말에 일본정벌을 위해 마산합포구에 주둔한 적이 있답니다. 이때 광대바위샘이라는 우물을 사용하였고 후에 이 우물을 몽고정(蒙古井)이라고 불렀다고 해요. 칠분이 많이 함유된 이 우물은 숙성에 최적 조건을 제공한 덕분에 훗날 이 물을 사용하여 간장을 만드는 숙성 비법이 유명한 간장 브랜드가 되었다고 합니다."

"몽고간장이요?"

"그래요. 호호. 조슈아는 요리를 잘하나 봐요. 어떻게 그렇게 잘 알지요?"

"요리를 잘하긴요. 저는 샘표 간장 쓰는데요? 저희 엄마가 꼭 몽고간장을 고집하셔서 집에 간장통이 두 개거든요, 저희 집은."

"오호, 특색 있군요."

"그런데 몽고간장과 몽고리안느는 무슨 관계가 있나요?"

"몽고간장의 숙성 비법을 전수받은 후계자로서 기억숙성 기술을 접목하여 인정받은 젊은 친구라고만 알고 있어요. 저도 궁금하긴 해요. 아직 한 번도 본 적은 없으니까요."

"아하! 그렇군요. 어찌 보면 오늘 만나는 허가기억면의 쉬런펑과 거의 같은 맥락이군요. 집안의 비법을 이용하여 기억숙성법 또는 기억을 이어 붙이는 제조법을 만드는 특이한 전문가들…."

"오늘 만나는 쉬런펑의 허가기억면은 아주 특이하다고 들었어요. 기억을 다 이어 붙인 아주 가늘고 긴 면을 만든다고 합니다. 그리고 그 기억을 이식하기 위해서는 기억을 숙성한 면을 계속 가늘게 늘인 다음, 아주 가느다란 실타래 같은 면(麵)을 만든다고 하네요. 이렇게 만든 면을 한 가닥 한 가닥 이어서 만든 면은 기억이 다 사라지기 전에 먹어서 기억 이식을 해야 하는데 기억이 날아가는 것을 최소화하기 위해 기다란 관을 통해 흐르는 물에 흘려 보낸다고 합니다. 기억 이식을 기다리는 사람들은 긴 관을 지나서 흐르는 물에 흘러가는 허가기억면을 바로바로 젓가락으로 집어먹는 방법을 쓴다고 하네요."

"와우. 듣지도 보지도 못한 방법인데요. 정말 특이하네요. 페이스 펄 님."

"흐르는 물에서 면을 젓가락으로 붙잡아 얼른 먹고 이어진 기억을 흡수한다. 정말 듣지도 보지도 못한 방법이란 말이 딱 맞는 것 같아요, 조슈아."

이때 30대의 건장한 젊은이가 두 사람을 알아보고 다가와서 인사한다.

"안녕하세요? 두 분이 크리스퍼 대사이신 페이스 펄 님과 조슈아 님이시군요? 저는 이곳에서 두 분을 만나 뵙고 기억을 재생하는 국수인 허가기억면을 유수면(流水麵) 기법으로 기억흡수를 해 드릴 쉬런펑입니다."

"오, 반갑습니다. 엄청난 내공의 소유자가 오신다고 해서 소림사 주지 스님 같은 분이 오시나 했는데 이렇게 견자단과 성룡, 곽부성을 합쳐 놓은 듯한 멋진 분이 오셨네요."

조슈아는 도저히 신기한 면을 뽑으리라는 상상이 들지 않는 30대의 멋진 젊은이가 등장하자 놀란 표정으로 쉬런펑을 바라본다. '도대체 어떻게 이런 사람이 조각조각 난 기억을 모두 모아서 면 반죽으로 숙성하여 하나의 기억으로 이어 붙이는 재주가 있을까?'를 연신 상상해 보지만 머리만 아파진다.

"아무래도 우리 조슈아가 쉬런펑 사부에게 허가기억면을 배우고 싶은 모양이군요."

페이스 펄은 넋을 놓고 생각하는 조슈아의 등을 툭 치면서 얼른 가자는 신호를 보낸다.

쉬런펑은 두 사람을 데리고 시안 시내에서 동쪽으로 30킬로미터 떨어진 리산(骊山) 아래의 화청지(華淸池)에 다다른다. 당나라 6대 왕이었던 현종과 양귀비의 러브스토리가 남아 있는 유적지 안쪽으로 리산 봉우리 줄기를 타고 내려온 언덕에 당나라풍의 정자와 전각이 자리 잡고 있다.

"어머! 여기에 이런 시설이 숨어 있다니 놀랍군요."

페이스 펄은 화청지의 아름다운 정원과 전각에 감탄하면서 언덕 위 전각으로 올라 북쪽에 위치한 가장 크고 아름다운 전각에 새겨진 이름을 올려다본다.

'비상전(飛霜殿).'

크고 화려한 필체로 새겨진 전각의 이름.

이곳이 바로 당 현종과 양귀비가 사랑과 나라를 바꾼 곳이다.

또한 중국 역사상 일본 제국주의의 중국 침략에 대항하기 위해 최초로 이루어진 국공합작(国共合作)의 시발점이기도 하다. 1936년 일어난 시안사건(西安事件)은 군벌 장쉐량(張學良)의 애국주의가 장제스(蔣介石)를 이곳 화청지에 가두고 일본에 대항하기 위한 범 중국의 대타협을 이루어 냈다. 그 결과가 제2차 국공합작이었으니, 중국인들에게는 참으로 역사적인 장소인 것이다.

비상전 위로 올라가는 산봉우리 아래 언덕,

그곳에 자리한 고풍스러운 전각 안에 허가기억면을 제조하는 면 공장과 장인들이 분주하게 움직이고 있다.

면발을 늘리는 작업을 하는 장인들의 모습을 보며 조슈아는 신기한 표정으로 가느다랗게 늘어나는 면들을 바라본다.

"아! 저렇게 길게 드리워진 면발들 안에 붙여 놓은 기억들이 있다니 너무 신기하군요."

"호호. 신기하기는 뭐가 신기해요. 인간의 몸에 길게 드리워진 신경세포 뉴런(Neuron)을 생각해 봐요. 뉴런셀(Neuron cell)은 인간 신경계를 이루는 가장 기본적인 신경전달세포로 자극을 받아들이고 신호를 전달하는 역할을 하지요. 그 뉴런에서 일어나는 전기신호 자극을 통해 우리는 기억을 전송하고 재생하고 저장하는 일들을 해낸답니다. 그 전기신호가 차단되면 신체는 아무것도 할 수 없는 거지요. 마치 전기가 들어오지 않고 정전된 집처럼. 더햄엑시터아카데미 인체해부학 시간에 좋았군요. 호호."

"어머, 좋기는요. 저 이래 봬도 우수한 성적으로 졸업했답니다. 뉴런이 신경세포계, 가지돌기, 다른 뉴런이나 근육에 흥분을 전달하는 축삭돌기, 축삭돌기를 둘러싸고 절연체 역할을 하는 말이집, 말이집과 말이집 사이에 축삭이 노출된 랑비에 결절로 구성되어 있다는 것쯤은 제 기억에 생생하게 남아 있답니다."

"우와. 조슈아 님! 제법인데요?"

"페이스 펄 님, 호호. 제가 깜빡깜빡해서 별명이 깜빡이 조슈아 잖아요. 호호. 귀엽게 봐 주세요. 꺄르르르르."

어깨를 으쓱이는 조슈아와 다정스럽게 어깨동무를 하고 전각 안쪽으로 들어간 페이스 펄과 조슈아는 전각 위쪽에서 희한하게 만들어진 기구들이 마치 거대한 실험실마냥 멋지게 구성된 모습을 보고 경탄을 금치 못한다.

모아진 기억을 이어서 붙인 허가기억면을 능숙하게 잡아서 삶은 다음에 다시 찬물에 헹구고 이를 즉시 물이 흐르는 긴 관으로 넣으면, 기억을 담은 면발들은 기억 소실 없이 차갑게 흘러내리는 물이 흐르는 긴 관을 따라 내려가다가 그 기억을 흡수해야 하는 취식자의 앞으로 지나가게 된다.

그 순간 취식자가 그 면을 젓가락으로 재빨리 잡아서 먹으면 원하는 기억을 흡수하게 되는 신기한 구조로 운영되고 있었다.

마스터 플라이어 쉬런핑은 페이스 펄과 조슈아에게 앉으라는 눈짓을 하고 허가기억면을 삶을 준비를 한다.

"이번에 저희가 부여받은 임무인 다섯 가지 탄생 신물에 대한 단서를 찾는 프로젝트 중 첫 번째 단서를 발견한 이곳 중국 시안에서 크리스퍼 대사인 페이스 펄 님과 조슈아 님에게 저희가 한 달 동안 이곳에서 수집한 기억들과 탄생 신물의 단서를 기억 이식해 드리겠습니다. 준비하세요!"

두 사람은 쉬런펑이 면을 삶는 동안 다소 긴장한 듯한 모습으로 길이가 제법 긴 대나무를 깎아서 만든 대나무 젓가락을 들고 물이 빠르게 흘러가는 유수면관(流水麵管)을 바라본다.

"자, 면이 다 삶아졌습니다. 지금 바로 유수면으로 전환하여 보내드립니다. 이어진 기억들이 다섯 가지 탄생 신물에 대한 기억들을 전하노니 유수면을 먹는 이는 이 기억을 자기 기억으로 흡수할지어다."

쉬런펑은 즉시 삶은 면을 찬물에 헹구고 허가기억면을 유수면관으로 집어넣는다.

면이 흐르는 통을 따라 빠르게 내려간다. 마치 제비가 물을 차고 날듯이 물이 흐르는 소리가 전각 안을 가득 채운다.

페이스 펄과 조슈아가 유수면을 먹고 임무에 대한 자세한 기억들을 이식하고 떠난 자리에는 물소리만 가득하다.

마스터 플라이어로서 자신의 임무를 달성한 쉬런펑은 홀가분한 마음으로 바이주(白酒)를 한잔하며 홀로 이백(李白)의 시(詩)를 소리 내어 읊는다.

送友人 [송우인] 친구를 떠나보내며

靑山橫北郭 [청산횡북곽] 청산은 북쪽 성곽을 가로질러 솟아 있고
白水繞東城 [백수요동성] 맑은 물은 동쪽 성을 휘감아 흐르네.
此地一爲別 [차지일위별] 지금 여기서 한 번 이별하게 되면

孤蓬萬里征 [고봉만리정] 외로이 만 리 타향을 떠돌아 다니겠구려.

浮雲遊者意 [부운유자의] 떠가는 구름은 떠나는 자의 뜻이요,

落日故人情 [낙일고인정] 떨어지는 해는 보내는 사람의 정이라.

揮手自玆去 [휘수자자거] 스스로 손을 뿌리치며 이제 떠나가니

蕭蕭班馬鳴 [소소반마명] 말 울음 소리마저도 쓸쓸하게 들리는구나

– 《이태백문집》 중에서

시안(西安) 진시황릉(秦始皇陵)
병마용갱 (兵馬俑坑) 1호

기원전 246년 건축되기 시작한 진시황릉은 수은이 흐르는 5,000개의 강과 수십 개의 망루를 가진 도성 안의 온갖 보물과 병사로 화려하게 조성되었고 진시황이 실제로 사는 왕궁과 같이 재현하기 위해 340만 명의 인부를 동원해 만들었다고 전해진다. 아직 진시황의 부장품과 유해가 있는 핵심 시설은 발견되지 않았다. 기술의 발전으로 최근에야 리산 부근의 토양들이 심각하게 수은에 오염된 게 발견되면서 진시황릉 본체의 발견 가능성이 커지고 있다. 사마천의 《사기》에 의하면 진시황릉은 높이 76미터, 넓이 350평방미터를 흙으로 덮어서 만든 일종의 거대한 흙 피라미드 형태이다.

1974년 진시황릉 동쪽 1.5킬로미터 지점에서 농부들이 땅을 파던 중에 발견한 병마용갱은 황제릉을 경호하는 거대한 병마도용 군단으로 1호 병마용갱에서 6,000여 명의 군사와 40대의 전차가 발견되었다. 2호갱은 전차부대, 3호갱은 지휘부가 있는 부대로 밝혀졌다. 병마용갱의 전체 면적은 약 2만 평방 제곱미터로 축구장 서너 개를 합친 크기로 지금까지 전차 약 130여 대, 전차를 끄는 말

약 500마리, 기병을 태우는 말 116마리, 전차병과 기병 약 8천여 명이 도자기 병사의 형태로 호위부대를 구성하고 있다. 연구 결과 모든 병사들은 12가지 이상의 화려한 채색 갑옷을 입고 있었으나 세월의 흔적으로 탈색된 것으로 밝혀졌다. 지금도 주위의 발굴은 계속되고 있으며 진시황릉 주변의 전체 발굴이 이루어지기까지는 수세기가 더 지나야 할 것으로 밝혀지고 있다.

이곳 병마용갱 1호에 페이스 펄과 조슈아가 나타난 것이다.

"휴. 페이스 펄 님, 6,000여 명이 손에 각기 무기를 들고 서 있는 이곳 병마용은 조금 무서워요. 저는."

"호호. 나도 그래요. 사실은."

"흙으로 만든 병사이지만 가까이서 보니 표정이 살아 있어 진짜 사람들이 서 있는 듯해서 오싹해요."

"일종의 테라코타(Terracotta)인데 6,000명의 병사가 모두 표정이 다르다는 사실에 전율을 느꼈어요. 설마 진시황이 모든 사람을 이렇게 흙 인간으로 만들어 버린 건 아니겠죠? 무슨 마법 같은 일을 벌여서?"

"조슈아, 생각만 해도 무서운 이야기하지 마요. 우리는 지금 임무 수행 중이라고요. 어서 지난번 기억삭제소 커피페니 청담에서 열린 크리스퍼 대사 및 플라이어 특별회의 때 받은 기억 해마(Memory Hippocampus)를 여는 구둣주걱을 잘 챙겨요."

"네, 페이스 펄 님. 요게 아주 작고 예뻐서 자꾸 손이 가기는 하는데. 너무 작아서 혹시나 잃어버리면 어쩌나 하고 자꾸 신경이 쓰여요."

조슈아는 주머니에서 작고 은빛 빛깔이 반짝이는 구둣주걱을 얼른 꺼내서 재차 확인한다.

"실은 나도 그런 노이로제가 있어서 아예 목걸이로 하고 다닌답니다."

페이스 펄은 목에서 길게 드리워진 목걸이 가운데 빛이 영롱하게 반사되는 은빛 구둣주걱을 꺼내며 웃는다.

"이식받은 기억 속의 정보에 따라서 우리가 찾아야 하는 세 사람의 병마용 병사의 위치를 기억하고 있지요?"

"그럼요. 페이스 펄 님. 제가 정확히 6,000명의 병사 중에 저희가 찾아야 하는 단 세 사람의 위치를 잘 알고 있습니다."

"좋아요. 그럼 빨리 가서 세 병사의 기억 해마를 엽시다."

잠시 후에 조슈아는 들고 있던 은빛 구둣주걱을 첫 번째 병사의 머리에 대고 주문을 외친다.

"기억의 해마야, 우리가 왔노니 기억 밖으로 네 기억을 보여 다오."

순간 거대한 빛이 병사의 머릿속에서 뿜어져 나오면서 모든 기억 데이터들이 구둣주걱으로 영사기를 돌리듯이 허공에 비친 다음에 흡수된다.

"페이스 펄 님, 저는 지금 놀라서 숨이 안 쉬어질 듯해요. 우리가이곳 중국에서 진시황릉에 있는데… 지금 우리가 기억 해마를 연병마용에 있는 사람이 유럽 DNA를 가진 병사라니."

놀라움을 금치 못하는 조슈아의 손을 얼른 잡아챈 페이스 펄은 침착하게 조슈아를 진정시키며 두 번째 병사가 있는 곳으로 향한다.

이번에는 페이스 펄이 은빛 구둣주걱을 병사의 머리에 대고 크게 외친다.

"기억의 해마야, 우리가 왔노니 기억 밖으로 네 기억을 보여 다오."

그러자 거대한 빛 속에 나타난 기억 스토리들이 은빛 주걱 속으로 빨려 들어간다.

"더 놀랍군요. 그리스인의 DNA가 지금 이 병사의 기억 해마에서 나오다니요."

침착하던 페이스 펄조차 놀라운 광경에 손에 땀이 난다.

"휴. 마지막 병사의 기억만 추출하면 우리의 1차 임무는 끝이 납니다. 얼른 마지막 병사를 찾아갑시다, 조슈아."

두 사람은 6,000명의 병마용 병사들을 한참을 헤집고 다닌 다음 찾아낸 마지막 병마용 병사 앞에 서 있다.

"기억 정보에 의하면 마지막 병사는 추출해야 하는 기억 파편이 오래되어서 저희가 전송 강도를 좀 더 강하게 해서 기억 해마를 진동시켜야 한다고 합니다. 조슈아와 제가 같이 두 개의 구둣주걱을 이 병사의 머리에 대야 합니다. 준비되었나요?"

"네, 준비되었습니다."

"그럼 동시에 둘이 외치도록 합시다."

둘은 동시에 주문을 크게 외친다.

"기억의 해마야, 우리가 왔노니 기억 밖으로 네 기억을 보여 다오."

마지막 병사의 기억 해마에서 추출된 영상은 흐릿하고 조금은 흑백화된 영상으로 한눈에 봐도 오래된 기억 파편으로 보인다.

"와우. 이건 정말 뭐라고 말도 못하겠어요. 페이스 펄 님."

"흠. 인도유럽어족 중에서도 동쪽의 토카리인의 DNA라니. 저 역시 추출하고도 믿기지 않는군요."

페이스 펄은 여기가 중국인데 왜 외국인들의 유전자가 이렇게 추출되는 걸까 하는 이상한 생각이 들었지만, 지금은 그 이유를 생각할 겨를이 없었다.

"자, 임무를 마쳤으니 빨리 병마용갱을 나가도록 합시다."

페이스 펄의 유도에 따라 조슈아도 들어온 입구 쪽으로 몸을 움직이면서 경비가 삼엄한 병마용갱 안을 이렇듯이 아무렇지 않게 드나들 수 있는 자신들의 능력이 스스로도 신기했다. 크리스퍼 대사가 된 이후로 모든 게 신기할 따름이었다.

병마용갱을 나온 두 사람.

이제 수집된 기억 파편이 들어 있는 구둣주걱을 가지고 다음 명령을 기다리기 위해 숙소인 켐핀스키 호텔로 가려고 다가오는 빈 택시에 즉시 올라탔다.

"您好(안녕하세요)? 我们去 凱宾斯基饭店吧(저희는 켐핀스키 호텔에 가고 싶습니다)."

"我明白了(알겠습니다)."

택시 기사는 씨익 웃으면서 택시의 속도를 낸다.

잠시 후 택시 뒷자리에 무색의 가스가 흘러나오면서 페이스 펄과 조슈아 두 사람은 그만 스르르 잠에 빠져든다.

페이스 펄과 조슈아가 납치되다

3,000년 역사의 도시 시안의 중심 거리에 위치한 고루(鼓樓),

시안의 관문이자 모든 중요한 일이 벌어질 때마다 북을 쳐서 알렸던 고루는 수많은 전쟁과 사건을 겪은 시안의 상징적인 존재가 되었다.

고루와 거리를 두고 위치한 종루 또한 그 역할은 마찬가지였다.

고루와 종루(鐘樓) 사이에 북(鼓)과 종(鐘)의 역할을 이어주듯이 실크로드를 통해 중국에 들어온 회족들이 거주한 회족(回族) 거리가 위치하고 있다.

중국 소수민족인 회족(回族)은 중국 내 최대의 무슬림 민족집단으로 이슬람교를 믿는 민족이다. 실크로드 교역 루트를 따라 중국으로 들어온 아랍계, 페르시아계 무슬림들이 중국 회족(回族)을 이룬 최초의 시발점으로 알려져 있다. 대외무역의 전성기인 당(唐)나라, 원나라 때 최대 규모로 중국으로 이주가 이루어지면서 점점 집단화되고 공동거주 구역 및 공동 문화, 언어, 종교적 구심점을 만들면서 전국 전역으로 확대되었으나 여전히 시안을 중심으로 자리 잡은 회족의 세력이 가장 강성하고 중국 전역의 회족을 대표한다.

시안의 역사 속에서 자신들만의 문화와 풍습, 생활습관을 가지고 하나의 집단부락을 만들어 살아온 지 천 년의 세월이 흘렀지만 여전히 회족 중심의 사회가 활발하게 돌아가고 있다.

코로나로 인한 중국 봉쇄가 일어나기 전까지만 해도 회족거리(回族街)는 현지인들과 관광객들이 북적거리는 시안의 관광명소였다. 회족거리 곳곳에서 회족의 대표 음식인 낭(饢)과 양고기를 즉석에서 해체하여 꼬치로 구워파는 양꼬치, 양우유로 만든 요거트, 그리고 다양한 종류의 과일 등을 관광객들에게 파는 모습은 마치 남대문 시장이 떠들썩하게 볼거리, 즐길 거리, 살 거리, 먹거리를 제공하는 것처럼 회족들의 생활 모습이 생생하게 펼쳐지는 장소였다.

코로나 사태 이후 오랜 기간 이루어진 중국 봉쇄로 인해 그 많던 관광객들의 발길은 끊긴 지 오래지만 수천 년 동안 이어진 회족 생활 터전의 중심답게 회족거리는 시안에 거주하는 회족 및 중국인 위주의 손님들로 여전히 분주하게 돌아가고 있다.

복잡한 회족거리 안쪽으로 골목길을 따라 즐비하게 자리 잡은 주택가 안에 유난히 크고 아름다운 전통적인 중국가옥이 눈에 띈다.

마치 중국 북경에 가면 볼 수 있는 중국 유교 사상을 담은 사합원(四合院)과 같은 구조이다. 북경을 대표하는 건축물인 사합원은 후통(胡同)이라는 길고 복잡한 골목길을 따라 배치되어 중앙에 있는 네모난 정원을 작은 방들이 동서남북으로 둘러싸고 있는 방과 정원 사이, 방과 방 사이의 간격을 두고 중앙에 중랑(中廊)이 존재하는 대표적인 북경의 건축물이다.

그런데 이곳 시안의 회족거리 한복판에 북경에서나 볼 수 있는 대규모의 사합원 건물이 있는 것이다.

어두컴컴한 실내,

오래된 중국 전통 나무 무늬 창살 사이로 빛이 들어온다.

실내의 바닥에 깔린 진회색의 벽돌 바닥은 닳고 패인 흔적으로 보아 족히 100년 이상은 사용한 듯한 느낌을 물씬 풍긴다.

한눈에 보아도 명(明), 청(淸) 시대의 품위 높은 고관대작의 고택 임을 알 수 있을 정도다. 위엄 어린 대문의 높이와 편액을 휘감는 글씨체, 무엇보다도 건륭제(乾隆帝)가 하사했다는 어마어마한 크 기의 꽃무늬 화병과 그 옆을 장식한 찻잔 도구들로 인해서 이 집이 보통 집은 아니라는 생각이 바로 드는 고택이다.

고택의 실내 거실 겸 차를 마시는 넓은 접견실, 마당 한가운데 서 있는 특이한 모양의 오래된 나무가 오랜 세월을 지켜본 듯이 구 부정한 자세로 하늘을 바라보고 있다.

접견실 가운데 커다란 차 테이블에 앉은 채 의자에 묶여 잠들어 있는 두 사람.

분명히 몇 시간 전에 진시황릉의 병마용 앞에서 택시를 잡아탄 페이스 펄과 조슈아가 분명하다.

밖이 소란스러워지면서 건장한 회족 남자 다섯 명이 들어온다. 가운데 선 남자는 마치 거대한 유럽인이 이슬람 터번을 두르고 사 막을 달려와 먼지를 흠뻑 뒤집어쓴 채 막 집에 도착한 형국으로 문 안으로 뛰어들어 온다.

"도대체 누가 감히 우리가 수호하는 세 분의 토용에 접근했단 것 이야?"

버럭 화를 내며 뛰어 들어오는 남자에게 집안에 있던 모든 사람 이 정중하게 인사한다.

가장 먼저 달려가서 인사를 하는 사람은 연륜이 가득한 남자였다.

"어서 오십시오. 주인님."

"그래. 우레이 집사! 오랜만이군."

남자는 사람들의 인사는 안중에도 없는 듯이 급히 페이스 펄과 조슈아가 묶여 있는 접견 거실로 뛰어 들어가서 잠들어 있는 두 사람을 발견하고는 흠칫 놀란다.

"흠. 젊은 여성 두 명이라니."

묵직한 신음성이 진한 색채를 칠한 밤색 빛깔로 휘감아져 내려오는 목재 벽에 부딪쳐서 접견 거실을 울린다.

"사크라마칸 님! 어서 오십시오. 조사를 위한 모든 준비는 완료되었습니다. 두 명의 침입자를 조사실로 옮길까요?"

"분명히 우리가 수호하는 세 분의 토용(陶俑)에 접근한 걸 확인한 거지?"

"네. 맞습니다. 저희가 비밀리에 지키고 있는 세 분의 토용에 접근하여 무언가 행동을 하는 모습을 지켜보았습니다."

"도대체 무슨 목적으로 세 분의 토용에 정확히 접근한 걸까? 가지고 있는 소지품 등을 뒤져는 보았는가? 병마용갱에 들어가서 6,000여 명의 토용 중에 우리가 수호하는 세 분의 토용에 접근한 것은 정확히 우리가 무엇을 지키는지를 알고 온 것이 분명하다. 토용을 훼손했든지, 어느 일부분을 절취했든지, 토용을 분석하기 위해 사진이나 동영상을 찍었든지 무슨 행위를 한 흔적은 발견하였나?"

"아닙니다. 소지품에는 어떠한 관련된 물건도 없었습니다. 저희가 지켜본 바로는 세 분의 토용 앞에서 뭐라고 주문을 외우고 손을 토용에 대자 오색찬란한 빛이 소용돌이처럼 일어나면서 세 분의 토용 머리에서 커다란 빛의 소용돌이가 침입자들의 손으로 빨려 들어가는 이상한 현상을 목격한 것이 전부입니다."

"흠. 빛의 소용돌이가 일어났다! 세 분의 토용에서 빛의 소용돌이가 일어났다는 것은 그럼 《예언서(豫言書)》에 등장하는 그 문구가 현실화된 것인가? 인류의 멸망에 관한 위기가 올 때 우리가 지키는 세 분의 토용에서 오색찬란한 빛이 일어나리라!"

혼잣말로 중얼거리면서 심각하게 상황을 생각하던 사크라마칸은 즉시 따라온 건장한 남자 4명에게 지시한다.

"너희들은 이 두 사람을 정중하게 별관 귀빈 별채로 모시고 입구를 지켜라. 누구도 내 허락 없이는 별관 출입을 금하도록 해라."

"네. 알겠습니다. 사크라마칸 님."

"이보게, 우레이 집사. 지금 즉시 실크로드 수호대에 연락해서 《예언서》에 나타난 일이 어제 발생했다고 즉시 전하게. 모든 실크로드 수호대는 지금부터 비상근무를 하면서 시안에 나타나는 모든 외국인에 대한 모니터링과 실시간 보고를 본부에 하도록 하라고 지시하게."

"네. 즉시 분부대로 시행하겠습니다."

실크로드 수호대는 수천 년의 역사를 가진 회족의 비밀조직이다. 실크로드가 열리기 이전부터 유럽과 중국을 잇는 교역 루트에서 발생하는 잦은 약탈, 침략, 교역물 강탈 등의 피해를 막기 위해 처음에는 교역 물품 수호대로 출발하여 수천 년 동안 실크로드에서 일어난 모든 과정에서 이슬람인들을 지키고 교역 물품을 지켜낸 전설의 집단으로 이름을 남기고 있다. 지금은 중국 내 흩어져 있는 천만 명의 회족을 지키는 비밀결사 조직이자 회족 최고의 비밀지도부조직으로 자리 잡고 있다. 중국 정부에서조차 공안을 동원해 수십 년 동안 파악하였으나 그 비밀을 밝혀내지 못하고 있다. 누가 최고지도자인지, 어디에 조직이 있는지, 누가 수호대원인지조차 파악하지 못해서 공안의 체면을 깎아 내렸다는 평가를 받는 조직이다. 회족과 관련된 일이나 회족을 지키는 일에는 반드시 나타난다는 베일에 쌓인 조직인 실크로드 수호대가 지금 이곳에 등장한 것이다.

사크라마칸은 거실을 서서 왔다 갔다 하면서 혼자 신중한 태도로 몇 번이고 중얼거린다.

"세 분의 토용에서 빛이 일어나리라. 이는 인간이 멸망의 위기에 이르렀나니 바다에서 친구들이 빛을 가지러 오리라."

"바다에서 친구들이 빛을 가지러 오리라."

몇 번이고 되뇌어 본다.

'바다에서 온 사람들인가? 우리가 잡아온 두 사람은? 흠! 일단 깨어난 후에 이야기를 해 보면 알겠군.'

생각을 멈춘 사크라마칸은 우레이 집사를 향해 조용히 지시한다.

"우레이, 별관의 손님들이 깨어나면 예의를 갖추어서 정중하게 대접하고 나에게 알리도록 하게. 저분들은 침입자가 아니라 《예언서》에 나오는 바다에서 온 친구들일 수도 있다는 생각이 드네."

"네, 주인님. 《예언서》의 문구는 수천 년 동안 틀리지 않고 저희 회족을 지켜 주신 생명의 말씀입니다. 그럼 정말 《예언서》에 명시된 분들이 정말 저분들이라면 저희 회족의 귀한 손님이 틀림없을 것입니다. 지시하신 대로 준비하겠습니다."

뉴클레아스 심해기억저장위원회 특별위원회

회의실의 모든 모니터가 비상 상황을 알리면서 특별위원회가 소집된다.

AI 비서: 위원 여러분, 안녕하십니까? 긴급 상황 발생으로 특별위원회를 시작하겠습니다. 9명의 위원이 모두 접속해 주셨으므로 즉시 안건을 상정하겠습니다.

안건: 중국 시안에 파견한 페이스 펄과 조슈아 실종

- 중국 시안으로 파견된 두 사람이 어제부터 연락 두절
- 시안 지역 주민들의 모든 기억 잔상 분석 완료: 두 사람에 대한 기억이 존재하지 않음
- 현재 두 사람에 대한 안전이 심각하게 우려됨
- 두 사람과 관련한 어떠한 통신 및 접속도 두절됨

위원 3: 아니, 그럼 우리 요원 두 명이 지금 생사가 불분명하다는 이야기인가요?

AI 비서: 네, 그렇습니다. 먼저 상황을 보고 드리겠습니다. 현재 코로나바이러스와의 최종 대타협을 위해 저희가 구해야 하는 다섯 가지 탄생 신물을 찾는 임무가 수행 중입니다. 어제 비상사태가 발생했습니다. 중국 시안으로 파견된 페이스 펄과 조슈아가 현재 연락 두절 상태입니다. 모든 기억 전송 시스템을 동원하여 시안 지역에서 페이스 펄과 조슈아를 본 기억들을 서칭(Searching)하였으나, 이상하게도 기억 잔상들이 존재하지 않습니다. 저희가 비밀리에 목적지인 진시황의 병마용갱에 접근하여 얻고자 하는 탄생 신물 관련 유전자 코드를 확보하는 데는 성공한 것으로 보입니다. 연락 두절은 바로 그 이후에 일어난 것으로 파악됩니다.

위원 5: 아니, 우리 크리스퍼 대사에게 이런 일이 일어나다니요? 크리스퍼 대사들은 모두 자신을 지킬 수 있는 프로그램을 가지고 있는데 속수무책으로 당했단 것인가요?

위원 6: 일단 우리 요원들의 안전이 중요하니까 빨리 방법을 찾아야 하겠군요. AI 비서는 비상시에 가동하는 요원 구출을 위한 빅 데이터 알고리즘을 돌려 보았습니까?

AI 비서: 네, 그렇습니다. 알고리즘을 돌려 본 결과 페이스 펄과 조슈아를 구출하기 위해서는 특수한 능력을 지닌 저희 구출 요원을 보내야 한다는 분석이 나왔습니다. 오늘 안건을 상정하고 위원 접속을 요청드린 이유는 구출 요원 파견에 대한 승인을 요청하기

위해서입니다.

위원 7: 승인합니다.

위원 8: 승인합니다. 즉시 출동을 지시해 주세요.

모니터에 위원 9명이 승인 표시한 불이 들어온다.

AI 비서: 위원님들의 승인에 감사드립니다. 즉시 구출 요원을 현상으로 파견하도록 하겠습니다. 이상으로 세88985672 회의를 종료하겠습니다.

뉴클레아스 구출 요원 익재베어의 등장

중국 시안의 거리와 주요 관광지 주변에 제법 덩치가 있고 멋지게 생긴 젊은 친구가 연속해서 카메라의 셔터를 눌러 대면서 이곳저곳을 찍어 대고 있다.

"흠. 벌써 삼 일째 이곳 시안에서 페이스 펄과 조슈아의 흔적을 찾고 있지만 이렇게까지 기억 잔상이 안 나오는 경우는 드문데 참으로 신기한 일이군."

익재베어는 자신이 사랑하는 캐논 EOS 1D X를 연신 만지작거린다. 어젯밤에도 아름다운 야경으로 이름난 시안고루(西安鼓樓)에 올라가서 야경을 보러 나온 수많은 시민과 관광객들을 향해 연신 셔터를 눌러 댔다. 익재베어의 캐논 EOS 1D X 카메라는 아주 특수한 능력을 가진 익재베어와 신경세포가 연결되어 있어서 카메라로 찍은 잔상이 바로 익재베어의 시신경에 떠오른다. 실시간 사진으로 찍은 내용을 시신경 세포와 외세포의 기억분석 시스템을 연동하여 데이터로 조합하고 분석할 수 있는 특이한 능력을 지닌 크리스퍼 요원이다.

"흠. 이 녀석은 충분히 두 사람을 찾을 수 있을 텐데."

애지중지하는 캐논 EOS 1D X 카메라를 쓰다듬으면서 익재베어는 어제부터 오늘까지 찍어 온 기억 잔상들을 다시금 뇌신경 안에서 돌려 본다.

익재베어는 이틀 동안 시안에서 포착한 대부분의 사람들 모습을 찍어보았다. 익재베어의 캐논 EOS 1D X 카메라에 입력한 페이스 펄과 조슈아의 데이터는 시안 사람 누구라도 페이스 펄과 조슈아를 한 번이라도 본 사람이라면 그 기억을 카메라가 잡아내서 익재베어의 시신경과 뇌신경에 연결하게 되어 있다.

이틀 동안 허탕친 것에 허탈한 마음으로 시안고루를 지나서 회족거리로 발걸음을 돌린다.

출출하다. 이틀 동안 일에 너무 집중하다 보니 끼니도 거른 채 정신없이 보냈다.

"아, 먹어야 힘이 나지. 일단은 좀 먹고 다시 찾아보자!"

익재베어는 커다란 카메라를 멘 목에 힘을 주고 홀쭉해진 배를 보면서 고루 뒤편에 위치한 회족거리로 들어간다. 회족거리로 알려진 베이위안먼(北院门)은 실크로드를 따라 중국에 들어온 아랍인들이 중국인들과 결혼하여 정착하면서 지금의 회족 특유의 문화가 발전하였다고 들은 터라 중국에서 발견하는 아랍의 느낌을 생각하면서 거리 안쪽으로 들어가 본다. 연신 풍겨 오는 냄새는 아랍도 아니고 중국도 아닌 냄새만 풍겨 나온다. 나름 식도락으로 일가견이 있다고 자부하는 익재베어 입장에서는 배는 고파오고, 임무는 별다른 단서도 찾지 못하고, 기운은 점점 빠져가고 있다. 미식가인 자신이 미슐랭 별점을 찾아 맛집 레스토랑을 돌아다닌 게 불과 일주일 전이었다. 하지만 오늘은 배고픔에 모든 자존심이 무너지면서 정체불명의 냄새에 도취된 듯이 그쪽을 향해 걷고 있는 자신이 처량했다.

지나가는 사람들에게 조금씩 떼어서 맛보게 하는 회족의 대표 간식인 러우자모(肉夾饃)를 그냥 지나쳤다. 납작한 빵 가운데를 반으로 갈라 간장에 고기를 듬뿍 넣어주며 먹고 가라는 눈빛으로 자신을 쳐다보는 주인장의 눈길을 외면한 채, 익재베어는 미식가인 자신의 코를 후벼 파는 듯한 유혹의 냄새를 따라가고 있다.

　드디어 냄새가 나는 곳에 도착,

　오직 한 가지 요리만 만드는 집답게 사람들이 바글거린다.

　탁자에 앉자마자 큰 사발을 준다. 그리고 밀가루로 만든 납작한 떡을 주고 스스로 먹고 싶은 크기로 잘게 뜯어서 큰 사발에 담는다.

　"중국에서 맛보는 DIY(Do It Yourself)라, 이것 재밌네."

　익재베어는 배고픔에 임무도 잊은 채, 얼른 먹고 싶어 군침을 삼키면서 열심히 손으로 밀가루 떡을 잘게 뜯어 자기가 먹을 그릇에 던져 넣는다.

　'마치 일본에 갔을 때 돈가스를 시켰더니, 검은깨하고 작은 절구를 줬어. 절구에 열심히 깨를 갈아서 소스에 넣어서 먹은 것과 비슷한 경험이구나.'

　익재베어는 일본 오사카 도톤보리의 상징인 클리코상을 야간사진으로 찍어서 전시작품으로 만들기 위해 오사카에 갔던 기억이 새삼 떠올랐다. 본업이 사진작가인 익재베어는 다음 달에 있는 사진작품 전시회를 준비하느라고 무척 바쁘게 준비하던 중에 뉴클레아스 심해기억저장위원회의 특별 명령에 따라 이번 임무에 차출되었다.

　'그놈의 신세계 야경 작품 사진만 아니었어도 닥터 제닝스에게 크리스퍼 대사로 픽업되는 일이 없었을 텐데.'

　익재베어는 밀가루 떡을 던져 넣다가 문득 예전의 추억이 떠올랐다.

익재베어의 사진작품 중에 신세계백화점 본점 시리즈가 있었다.

신세계백화점 야경 시리즈를 준비하던 그해에 유독 눈이 많이 왔다.

그 겨울, 차가운 저녁에 영업이 끝났지만 크리스마스와 연말 시즌이라 환하게 내부를 밝힌 신세계백화점 본점 건물은 정말 아름다웠다. 차가운 겨울에 따뜻한 불빛을 뿜어내는 배경을 담아 만들어 낸 신세계백화점 시리즈!

그 사진들을 전시하는 전시회에서 유독 분홍빛 배경의 신세계 본관을 찍은 사진작품을 오랫동안 보던 그 남자!

그림을 보다가 내뱉은 첫마디는 뭐 이런 알쏭달쏭한 독백이었다.

"흠, 삼광 미쓰코시백화점의 기억 파편들이 아직도 이 건물 곳곳에 남아 있군. 그 오랜 시간이 흘렀는데… 기억 파편이 존재하다니… 그런데 더 희한한 것은 사진 작품으로 이 기억 잔상들을 잡아내다니 대단한 능력을 가진 작가구나."

사진을 보면서 한곳에 너무 오랫동안 서 있어서 익재베어가 설명이나 해 주려고 다가갔다가 그만… 낚이는 통에. 후훗, 지금의 크리스퍼 대사로 임무를 수행 중인 자신이 스스로도 신기했다.

"낚였어, 그때. 하하. 닥터 제닝스에게 낚이는 통에 크리스퍼 대사가 되었고, 카메라를 통해 기억 잔상을 읽는 능력을 더욱 체계화하는 교육을 더햄엑시터아카데미에 가서 배우게 되었지. 벌써 7년이 흘렀구나…."

"손님! 그만 뜨시고 얼른 그릇 주세요. 이렇게 많이 뜯어 넣으시다니! 대식가시네요. 정말 이 많은 양을 다 드실 거지요?"

익재베어가 이런저런 생각을 하면서 뜯어 넣은 밀가루 떡의 양에 놀란 식당 직원은 연신 다 먹을 거 맞느냐고 물어본다. 그러고는 큰 사발 그릇을 주방으로 가져가 양고기를 얇게 썰어서 올리고, 마른 두부, 목이버섯 등을 더 넣은 다음 뜨거운 국물을 담아 탁자로 다시 가져온다.

"흠. 그래, 바로 이 냄새에 끌려서 여기까지 온 거야."

익재베어는 냄새를 먼저 맡은 다음 도자기로 만든 중국 숟가락으로 국물을 먼저 맛본다.

"와우! 이건 우리 엄마가 만든 떡국 맛인데. 대박이네. 맛이 아주 끝내주는구나."

고향에 돌아와 입맛에 맞은 고향 음식을 오랜만에 먹는 사람처럼 익재베어는 연신 음식을 먹다가 피식 웃음이 나왔다.

'나 참! 이 냄새에 이끌려 이곳 식당으로 와서 무작정 사람들이 많이 먹는 음식을 시키고 맛있게 먹고 있어. 그런데 정작 이 음식의 이름을 모르다니….'

익재베어는 자신이 생각해도 어이없어 피식 웃으면서 식당 직원에게 이 음식의 이름이 뭐냐고 물어보려고 고개를 들어 식당 직원을 찾았다.

그때 음식을 포장해서 나가는 중년의 남자가 눈에 들어온다.

얼굴은 중동 사람인데 옷은 중국식 옷을 입어 그 조화로움이 특이하기도 하고 멋있기도 했다. 마치 중년 패셔니스타를 본 것 같다.

익재베어는 중동과 중국의 특이한 이 조합을 얼른 사진에 남겨 놓고 싶어서 아끼는 캐논 EOS 1D X 카메라를 집어 들었다.

"중동과 중국의 만남이라. 꽤 멋진 조합이군, 저 남자의 구릿빛 얼굴과 중국 전통 복장의 색감도 잘 어울리고. 사진 잘 나오겠는데!"

사진작가의 직감으로 멋진 사진이 하나 나올 것 같았다.

'중동과 중국을 담은 패셔니스타가 든 중국 음식 봉투라… 후후. 이 조합은 찐! 찐! 찐이야! 멋진 사진이 나올 것 같아.'

즐거운 상상을 하며 사진기를 들고 음식을 포장해 가는 중년 남자를 향해 셔터를 누른 익재베어는 카메라 렌즈와 시신경을 타고 자신의 뇌에 갑자기 떠오른 페이스 펄과 조슈아의 모습에 너무 놀라 먹던 숟가락을 떨어뜨렸다.

"저… 저 남자다. 저 남자가 페이스 펄과 조슈아를 본 적이 있구나. 찾았다, 두 사람."

익재베어는 음식값을 물어보지도 않고 인민폐 100위안을 탁자 위에 올려놓고는 즉시 중년 남자를 따라가기 시작했다.

전갈의 왕 데스스토커(Deathstalker)의 독에 당하다

회족거리에서 급히 뛰어나온 익재베어는 급히 중년 남자를 쫓아가기 시작했다.

"식복은 다른 복도 가져온다고 하더니. 맛있는 식사를 하다가 이렇게 우연히 페이스 펄과 조슈아에 대한 기억을 가진 사람을 발견하다니. 후훗, 식복은 곧 운을 가져오는구나. 얼른 두 사람을 구하고 혼자서 식도락 파티를 좀 해 볼까?"

단서를 가진 남자를 쫓아가면서도 익재베어는 임무가 끝나고 먹고 싶은 음식 종류를 생각하면서 군침을 흘린다.

"흠! 일단 카메라의 추적 모드를 켜고 움직이는 동선을 뉴클레아스 기억저장소로 보내면서 따라가야겠어. 그래야 만일의 사태에 대비하지."

익재베어는 능숙하게 본인이 애지중지하는 캐논 EOS 1D X 카메라의 추적모드와 전송모드를 동시에 켠다. 카메라 위쪽에 달린 조그마한 LED 등에서 이상한 빛이 나와 허공으로 쏘아져 올라간다.

복잡하게 얽힌 회족거리의 안쪽으로 급히 꺾어지는 골목에서 중년 남자가 급히 몸을 돌려 사라진다.

익재베어 또한 능숙한 동작으로 골목 안으로 따라 들어간다.

"와우. 회족거리 안에 이런 전통 양식의 북경 고급 주택이 자리 잡고 있다니. 대단하구나. 아마 시안을 통치한 북경의 고급관리가 지낸 저택 정도나 될 듯싶은데…."

익재베어는 사진작품 촬영을 위해 전 세계를 다닌 전문가답게 북경의 복잡한 골목 후통(胡同) 안에 자리 잡은 크고 넓고 복잡한 사합원에 대한 구조를 빠삭하게 꿰뚫고 있다.

"나도 처음에는 북경에 가서 사합원을 촬영한다고 이 골목 저 골목을 정신없이 다니다가 길을 잃어버린 숱한 경험이 있지. 후훗, 이 정도의 사합원 구조는 내가 이미 터득한 파훼법으로 쉽게 골목 미로 정도는 뚫고 나갈 수 있다고. 나 이래 보여도 보이스카우트 출신이야. 세계 잼버리 대회도 나가고 호랑이 견장까지 획득한 보이스카우트 리더였단 말이야."

익재베어는 후통 안의 좁은 골목을 요리조리 방향을 바꾸어 가면서 집들의 문과 문을 통과한다. 그리고 바람처럼 사라져 가는 중년 남자를 쉽게 따라가면서 콧노래를 부른다. 익재베어는 스스로에 대한 자부심과 칭찬으로 기분마저 좋아졌다.

"밀과 보리가 자란다. 밀과 보리가 자란다. 밀과 보리가 자라는 것은 누구든지 알지요. 농부가 씨를 뿌려 흙으로 덮은 후에 발로 밟고 손뼉 치고 사방을 둘러보네."

익재베어는 어려서 보이스카우트 활동을 하면서 배운 동요를 흥얼거리며 후통 안의 커다란 건물 안으로 사라진 중년 남자의 뒷모습을 쫓는다. 그리고 잠시 망설이다가 중년 남자가 들어간 큰 대문으로 고개를 살짝 들이밀었다.

순간 목에 무언가 따끔하는 느낌을 받는다.

"앗! 따가워!"

외마디 소리를 지르면서 커다란 덩치의 익재베어는 그대로 대문 안으로 다이빙하듯이 몸통을 밀어 대며 슬라이딩으로 커다란 사합원 건물 안마당으로 엎어졌다.

"앗! 내 카메라."

본능적으로 카메라를 보호하기 위해 몸을 돌리면서 카메라를 하늘 위로 하고 등을 땅에 대고 넘어지는 순간, 눈앞에 들어온 중년 남자와 그 옆에 선 건장한 남자들.

"윽. 당했구나."

단 한마디를 내뱉고 익재베어는 잠이 들고 말았다.

실크로드 수호대장 사크라마칸을 만나다

사합원 대 저택 안의 또 다른 별채.

그 규모와 화려함이 별채 하나만으로도 고관대작의 저택이라고 해도 무방할 정도로 아름답고 관리 또한 잘되어 있어서 마치 북경 자금성의 중요한 건물 한 부분을 옮겨 놓은 듯한 착각마저 들 정도이다.

별채 안에는 이미 붙잡혀 온 페이스 펄과 조슈아 그리고 지금 막 잠든 상태로 업혀 온 익재베어가 나란히 앉아 있다.

"외부인을 유인하느라고 고생했네. 우레이 집사."

"별말씀을요. 지시하신 대로 시안에서 눈에 띄는 이방인이나 외국인들을 보는 순간 모두 실크로드 수호대에 알리라고 공표를 해놓은 결과입니다. 며칠간 수상한 한국 사람이 사진기를 들고 사람들만 찍고 다닌다는 정보를 입수하고 회족거리로 유인하였습니다."

"잘했네. 이제 이 친구들이 적인지 친구인지를 알아내는 시간이 왔군. 우리의 생각대로 바다에서 온 친구이면 좋으련만… 디플로 센트러스멜리치(Diplocentrus) 전갈의 독은 언제 도착하나?"

"사크라마칸께서 저 두 여자를 살리라고 명하신 다음 바로 타클 라마칸 사막에 있는 저희 지부에 연락했습니다. 지금 불법을 모신 대안탑(大雁塔) 주변의 대당불야성(大唐不夜城)을 지나고 있다고 연 락이 왔습니다. 조금 있으면 도착할 것 같습니다."

"그래. 참으로 오랜만이군. 전갈의 왕으로 불리는 데스스토커 (Deathstalker)의 독으로 침입자를 마비시킨 후 생매장하는 우리 실 크로드 수호대의 처벌 규칙을 깨고, 중독자를 다시 살리는 조치를 하다니 말이야."

"네, 사크라마칸 님. 저도 사실은 저희가 붙잡은 이 사람들을 다 시 살리기 위해 타클라마칸 사막지부에 디플로센트러스멜리치 전 갈을 산 채로 잡아서 보내라고 전문을 보내는 일을 제 손으로 할 거라고는 생각도 못했습니다."

"우리가 수천 년 동안 수호해 온 신성한 세 분의 토용을 지금까 지 아무런 사고 없이 지켜 온 이유가 바로 침입자에 대한 가혹한 처벌이 유지되었기 때문이지. 그렇게 강하게 다 마비시켜서 생매 장하지 않았으면 지금 우리 실크로드 수호대는 존재하지도 못했을 거야. 물론 병마용도, 병마용 안에 숨은 존재로 있는 세 분의 신성 한 토용도 마찬가지였을 거고."

그때 문 앞에서 건장한 남자들이 들어오면서 조심스럽게 작고 희귀하게 생긴 전갈이 담긴 커다란 수정 유리병을 들고 온다.

"오호. 도착했군. 고생했네. 치르 지부장."

"아닙니다. 우레이 집사님. 오히려 영광입니다. 본부에 거의 7년 만에 와 봅니다. 이번 임무로 인해서."

"하하하. 벌써 세월이 그렇게 되었나? 어서 가서 좀 쉬고 마음껏 고향의 음식을 먹고 친구들을 만나도록 하게."

고생한 타클라마칸 사막지부에서 온 치르 지부장에게 손을 내밀면서 칭찬하는 사크라마칸 앞으로 치르 지부장이 잽싸게 달려와 두 손으로 사크라마칸이 내민 손을 잡고 입맞춤을 한다.

"영광입니다. 사크라마칸 님! 알라의 영광이 영원히 함께하시기를. 인샬라."

"사크라마칸 님, 해독 준비가 되었습니다."

우레이 집사는 모든 준비를 마친 채 사크라마칸의 지시를 기다린다.

별채 내의 정원과 정원을 잇는 거실 마루에 앉은 채 잠이 든 세 사람.

페이스 펄, 조슈아 그리고 익재베어

세 사람 앞에는 수정 유리병에 든 작고 예쁜 전갈이 쉴 새 없이 꼬리를 세우고 화가 난 표정으로 뱅뱅 돌면서 금방이라도 유리병을 깨고 밖으로 튀어나올 기세로 맹렬히 사람들을 쏘아보고 있다.

"흠, 오늘 우리가 이 세 사람을 우리의 규칙을 어기고 살려 주기 위해 전갈의 왕 데스스토커의 독에 중독된 깊은 마비에서 깨우는 이유는 오직《예언서》에 나오는 오색찬란한 빛을 흡수했다는 점 때문이네.《예언서》는 수천 년 동안 우리 회족을 지켜 주면서 한 번도 틀린 적이 없었지. 더구나 인류멸망의 위기가 올 때 세 분의 토용에서 오색찬란한 빛이 일어날 거라고 했는데 내 시대에 그런 현상이 일어나다니 믿기지는 않네만, 어쩐지 이 세 사람에게서는 심상치 않은 조짐이 느껴진단 말이야."

"그럼 사크라마칸 님께서는 이 사람들이 바다에서 온 사람들이라고 믿고 계시는 거군요."

"그렇다네. 일단 처음에 잡아 온 두 여자에게서는 아무런 단서를 찾을 수가 없었지. 하지만 마지막에 사진기를 들고 자네의 유인책에 걸려든 저 사진작가 친구는 우리에게 많은 것을 선물해 주었지. 후훗. 잠시 후에 식당에서 분석 자료가 오면 바로 해독을 시작하세."

"네. 준비하겠습니다. 데스스토커의 독을 해독할 수 있는 분은 오직 사크라마칸 님뿐이니 저 세 사람은 복을 타고났군요. 전갈의 왕 데스스토커의 독에 중독되었다가 항생물질을 가진 디플로센트러스멜리치 전갈에 의해 해독되는 행운을 얻은 사람은 거의 백 년에 한두 명 나올까 말까 한데 오늘은 한꺼번에 세 명이라니요."

"쓸데없는 소리 말고 어서 준비하게."

우레이 집사는 해독을 준비 중인 수호대원들에게 눈빛으로 지시를 한다. 커다란 원탁 탁자가 준비되고 원탁 탁자 가운데에 디플로센트러스멜리치 전갈이 들어간 아름다운 수정 유리병이 놓인다. 원탁 탁자 위에는 유리판이 올려져 있어서 유리판을 돌리면 원탁 위에서 유리판이 회전하는 구조로 되어 있다. 사크라마칸은 전갈이 들어 있는 수정 유리병의 뚜껑을 연다. 그러고는 재빠르게 자신의 코를 후벼 파서 코딱지를 꺼내어 주문을 외우고 디플로센트러스멜리치 전갈에게 먹이로 코딱지를 던져 준다.

"알라 외에 다른 신은 없으며, 무함마드는 그의 예언자이다. 이슬람의 이름으로 명(命)하노니 복종의 메시지를 받아서 생명의 기운을 전하라."

주문을 외우고 먹이를 주자, 전갈은 병으로 떨어지는 사크라마칸의 코딱지를 재빠르게 낚아채고 굶주린 듯이 마구 먹어 댄다.

전갈이 먹이로 코딱지를 먹자마자 전갈의 꼬리에서 독이 맹렬하게 뿜어져 나온다. 전갈 독은 공기 중에 노출되자마자 빨간색과 파란색으로 변한다. 아름다운 수정 유리병이 빨간색과 파란색의 연기로 가득 차기 시작한다.

연기가 차오르자 우레이 집사는 재빠르게 병뚜껑을 열고 잠들어 있는 세 사람의 코에 순서대로 수정 유리병의 입구를 갖다 대고 호흡기로 빨간색과 파란색의 연기가 흡입되도록 돕는다.

"콜록! 콜록!"

"엣취! 엣취!"

"아함. 잘 잤다."

연기를 마시자마자 바로 반응하며 깨어나는 세 사람의 모습이 제각각이다.

"환영합니다. 바다에서 온 친구들. 아니, 뉴클레아스 심해기억저장위원회에서 임무를 맡아 오신 크리스퍼 대사님들!"

정중하게 인사하는 사크라마칸을 보고 어리둥절하고 무슨 일이 일어난 건지 어벙벙한 상태로 앞을 쳐다보고 있는 세 사람에게 우레이 집사가 다가가서 묶인 줄들을 풀어준다.

"해독을 위해 잠시 묶어 놓은 것이니 오해는 마십시오."

"저희는 이곳 시안을 중심으로 실크로드를 수호하는 역사를 지닌 실크로드 수호대입니다. 또한 천만 명의 회족을 움직이는 중심 기구이자 비밀결사 조직입니다. 오늘 저희《예언서》에 나오는 바다에서 온 친구들을 이렇게 맞이하게 되어서 너무 영광스럽게 생각합니다. 페이스 펄, 조슈아 그리고 익재베어 님."

세 사람은 낯선 사람이 자신들의 이름을 아는 것에 대해 소스라치게 놀라면서 넋이 나간 표정으로 말을 건넨 사크라마칸을 바라본다.

그저 이게 무슨 상황인가 하고 곰곰이 머리를 굴려봐도 지금 상황이 이해가 되지 않는다.

"지금 상황이 이해가 되지 않으시지요? 하하. 익재베어 님이 오늘 식당에서 밀가루 떡을 큰 사발에 던져 넣으셨지요? 그 밀가루 떡 안에 익재베어 님의 지문이 남겨졌고, 저희는 그 지문을 채취함과 동시에 흘러나온 미량의 땀, 그리고 숟가락에 남은 타액과 탁자 주변의 머리카락을 채취하여 유전자 분석 및 DNA 염기를 분석하고 지문을 통한 데이터 정보를 돌려서 한국인이자 사진작가 그리고 뉴클레아스 심해기억저장위원회에서 파견한 구출 요원이라는 것을 알아냈습니다. 머리카락은 시간이 지나면서 조금씩 자라 DNA 가닥에 정보를 남겨 놓지요. 그 기억 정보 안에서 저희는 익재베어 님이 뉴클레아스 심해기억저장위원회에서 받은 지시와 페이스 펄 님과 조슈아 님을 구출하기 위해서 이곳 시안에 온 사실을 알아냈답니다. 물론 우리의 친구라는 사실도 말입니다.”

익재베어는 아직도 비몽사몽(非夢似夢)인 듯 힘이 빠져 있는 페이스 펄과 조슈아를 대신해서 궁금한 점에 대해 질문한다.

“반갑습니다. 사크라마칸 님. 더구나 저희를 마비시키고 다시 구해 주시고 이걸 뭐라 해야 하나요? 한국말로 ‘병(病) 주고 약(藥) 주고’라는 말이 있는데 딱 그 경우 같습니다.”

강한 어조로 이야기하는 익재베어를 보고 사크라마칸이 정중하게 미안한 자세를 취하면서 설명을 한다.

저희는 수천 년 동안 병마용갱과 그 안에 계신 세 분의 신성한 토용을 지키는 수호자들입니다. 누구라도 세 분의 토용에 접근할 경우 죽음을 면치 못했습니다. 이번에도 저희가 전갈의 왕 데스스토커의 독을 사용하여 마비시킨 후 생매장을 하는 절차를 진행하는 게 순리인데 페이스 펄 님과 조슈아 님이 신성한 세 분의 토용에서 오색찬란한 빛을 흡수했다는 보고를 받고서 모든 절차를 중지한 채 조사를 시작한 것입니다. 왜냐면 저희가 율법(律法)처럼 따르는《예언서》에 있는 문구 때문이었습니다.”

“《예언서》요?”

“네.《예언서》에 ‘세 분의 토용에서 빛이 일어나리라. 이는 인간이 멸망의 위기에 이르렀나니, 바다에서 친구들이 빛을 가지러 오리라!’라는 문구가 실현되었기 때문입니다.”

“아, 신기하군요. 미래를 예언하는《예언서》가 있다니.”

"저희를 지켜 주는 무함마드(Muhammad Ibn Abdullah)의 선물입니다."

"그렇군요. 아무튼 살려 주셔서 감사합니다. 허허. 그런데 제가 아까 정신이 들 때 보니 눈앞에 작고 예쁜 전갈이 든 유리병에 제 코를 갖다 대고 숨을 크게 쉬게 하던데 이건 또 무슨 치료법인가요? 숨을 쉴 때 강한 알코올 냄새 같은 게 나던데요?"

"예리하시군요. 일종의 벤조퀴논(Benzoquinone) 계열의 항생물질이 뿜어져 나온 것입니다. 디플로센트러스멜리치 전갈은 항생물질을 뿜어내는 몇 안 되는 희귀한 생명체입니다. 지구에서 수억 년 동안 생명을 유지한 채 모든 바이러스에 대항할 수 있는 물질을 만들어 체내에 가지고 있습니다. 물론 강력한 전갈 독으로 말입니다. 이 특이한 전갈은 오직 자신의 몸에 내생 레트로바이러스(Endogeneous Retrovirus)를 가지고 있는 저 같은 특이한 체질의 사람에게만 복종합니다. 제 몸속에는 저를 숙주로 해서 살아가는 내생 레트로바이러스가 존재합니다. 저희 집안 대대로 내려오는 유전이자 숙명이죠. 제 몸 안에 사는 내생 레트로바이러스는 저와 함께 진화를 계속해 가면서 저와 공생하고 있습니다."

"제가 디플로센트러스멜리치 전갈을 통제하기 위해 제 몸속의 유전적 정보가 들어 있는 코딱지를 먹이로 주는 것을 본 사람들은 처음에는 믿지를 않습니다. 저는 단순히 코딱지를 주는 것이 아닙니다. 코딱지를 줄 때 코점막에 붙은 작은 미세 혈흔을 같이 코딱지에 묻혀 줌으로써 미량의 핏속에 숨겨진 DNA 정보를 흡수한 디플로센트러스멜리치 전갈이 스스로 복종하게 하는 유전데이터를 입력시키는 것입니다. 전갈은 먹이를 먹는 즉시 항생물질들과 벤조퀴논을 믹스해서 분사를 하게 됩니다. 그때 빨간색과 파란색의 연기가 공기 중의 산소와 접촉하여 나타나게 되는 것입니다. 요즘 인간들이 이 분사되는 벤조퀴논과 항생물질을 항암제를 만들기 위해 연구한다고 하는 데, 하하. 제 코딱지 비법을 배워가지 않으면 힘들 겁니다. 하하하."

"항암제를요? 항암은 무슨, 이대로 가다가는 코로나에 걸려서 다 죽게 생겼는데요!"

정신을 차렸는지 이야기를 듣고 있던 조슈아가 소리를 크게 지른다.

"모든 건 사실입니다. 살모사 독에서 추출한 물질로 개발된 고혈압 치료제 캡토프릴(Captopril)은 이미 약으로 사용되고 있습니다."

"대단합니다. 타클라마칸 사막을 횡단하면서 실크로드의 교역로를 수천 년간 지킨 수호대가 존재했다는 것도 신기하지만 저희보다도 의학의 발달에 대해서 더 깊이 아시는데요."

저희 회족은 실크로드가 탄생하기 이전부터 진주와 마노, 수정, 유리, 호초, 향료, 금화, 은전, 명마들을 가져와서 중국의 비단, 금백, 종이, 붓 등을 사 가는 무역을 하였답니다. 또한 중국인들과 쉽게 교제하여 친구가 되었고, 이재에 밝아서 상술을 기반으로 많은 부를 축적했습니다. 아랍의 천문, 수학, 의학 등을 중국에 전파하였고, 이슬람 음악, 그림, 예술 또한 중국에 전파하는 역할을 하였지요. 지금은 한국의 BTS 음악이 전 세계를 휩쓸고 있지만, 당시에도 서역의 음악이 중국에 유입되어 큰 인기를 누렸답니다. 실크로드 번성기에는 이곳 시안에만 이슬람을 믿는 우리 민족이 만여(萬餘) 가구나 시안에 살았으니 그 규모를 짐작하시겠지요?"

"책에서 보던 회회인(回回人)은 회족과 같은 의미인가요?"

정신을 차리고 호기심이 발동한 페이스 펄은 영롱한 눈빛이 되살아나면서 어려운 질문들을 해 댄다.

"하하. 회족은 예전에는 다양한 이름으로 불렸답니다. 색목인(色目人), 회회인(回回人)이라고도 했으니까요. 색목(色目)은 말 그대로 파란 눈을 가진 사람이란 뜻이고, 회회(回回)란 이슬람을 믿는 중앙

아시아 돌궐인, 페르시아인, 아랍인을 의미하지요."

자세히 설명하던 사크라마칸은 자신도 세 사람에게 조심스럽게 질문한다.

"제가 조심스럽게 하나 여쭙겠습니다. 세 분이 바닷속의 뉴클레아스 심해기억저장위원회에서 오신 거라는 정보는 저희가 파악했습니다. 바다에서 온 저희 친구들이죠. 궁금한 것은 저희가 수천 년을 지켜 온 신성한 세 분의 토용에서 오색찬란한 빛으로 흡수해 가신 것이 무엇인지 물어보아도 될까요?"

"그건 제가 말씀드리겠습니다."

페이스 펄은 작은 가방에서 기억 이식 에스프레소 분말스틱을 꺼낸다.

"보안을 요구하는 내용이 있어서 이 분말스틱을 드시면 모든 내용을 숙지하실 수 있습니다."

옆에 서 있던 우레이 집사가 즉시 물 한 잔을 따라 사크라마칸에게 건넨다.

단숨에 분말을 털어 넣고 눈을 감은 지 10분이 지난 다음, 사크라마칸은 경이로운 표정으로 세 사람을 바라본다.

"아, 저희의《예언서》가 맞았군요. 인류멸망의 위기에 우리가 수천 년을 지켜온 신성한 세 분의 토용에 보관된 유전체 속의 모든 질병과 바이러스 정보가 코로나와의 대전쟁이나 대타협에 꼭 필요한 것이군요. 저희 실크로드 수호대가 수천 년간 목숨을 걸고 병마용갱과 세 분의 신성한 토용을 지킨 보람을 크게 느낍니다. 알라의 위대한《예언서》는 우리 이슬람교도 전부를 살림과 동시에 지구를 지키는 열쇠를 봉인하고 있었습니다. 위대한 무함마드여, 위대한 알라여! 인샬라."

연신 메카의 방향을 향해 이슬람 예법에 따라 절하며 경배하는 사크라마칸을 향해 익재베어, 페이스 펄 그리고 조슈아는 감사의 인사를 전하면서 떠날 채비를 한다.

"고마웠습니다. 병(病) 주고 약(藥) 주셔서. 호호. 제가 기억을 감별하는 수정 디캔터를 가지고 다니는데 저기 있는 디플로센트러스 멜리치 전갈이 담긴 수정 유리병과 바꾸면 안 될까요? 호호호."

어지간해서는 농담을 안 하는 페이스 펄이 농담 겸 작별 인사를 건넨다.

"언제든 원하시면 드릴 수 있습니다. 하하하."

"좋은 인연이었습니다. 좋은 일로 또 뵙기를 바랍니다."

조슈아도 정중히 인사한다.

일행이 별채 대문을 나서면서 배웅하는 실크로드 수호대에게 작별 인사를 건네는 와중에 익재베어가 사트라마칸에게 다시 달려가 강하게 포옹을 하면서 한마디를 건넨다.

"사크라마칸 님, 사실 제가 꼬옥 알고 싶은 게 있습니다. 조용히 알려 주실 수 있나요?"

소곤대는 익재베어에게 사크라마칸은 온화하게 웃으면서 손을 붙잡고 '무엇을 알려 주면 될까요?' 하는 표정으로 귀를 바짝 댄다.

익재베어는 주변을 살핀 후 모든 사람이 호기심으로 두 사람이 도대체 무슨 비밀 이야기를 하는지 귀를 쫑긋하는 모습을 보면서 모기 같은 작은 소리로 사크라마칸에게 물어본다.

"회족거리에서 글쎄 그 떡국 같은 회족의 음식 이름을 물어보려다 우레이 집사님을 쫓아가는 바람에… 결국 음식의 이름을 물어보지 못하고 급하게 자리를 떠났습니다. 제가 평생에 못 잊을 그 맛있는 회족의 떡국 같은 음식이 무엇인지 조용히 알려 주시면 고맙겠습니다."

"하하하하하하하하"

갑자기 호탕하게 웃어 대는 사크라마칸의 웃음소리가 사합원의 모든 건물을 울려 댄다.

"대단한 미식가입니다. 하하하하하. 오! 한 번 그 맛을 보면 평생 잊을 수 없지요. 우리 회족의 역사와 함께 한 그 음식의 이름은 양러우파오모(羊肉泡饃)입니다."

솔트레이크 시티에서 두 번째 단서를 찾다

미국 유타주(State of Utah)의 주도(主都)이자 최대 도시인 솔트레이크 시티(Salt Lake City), 도시 주변 인구 약 130만 명에 시내의 인구는 20만 명인 작은 중소 도시이지만, 북쪽에 위치한 오그던(Ogdon)과 남쪽의 생활권, 와샷치 프론트(Wasatch Front)를 합치면 유타주 전체 인구의 약 75퍼센트 정도가 주변에 거주하는 집중화된 광역권 도시이다.

더구나 예수 그리스도 후기 성도 교회의 본산인 솔트레이크 템플(Salt Lake Temple)이 존재하고, 흔히 모르몬교(Mormonism)라고 부르는 예수 그리스도 후기 성도 교회(The Church of Jesus Christ of Latter-day Saints)의 본부와 신도들이 인구의 약 50퍼센트 정도를 차지하는 말 그대로 모몬(Mormon)의 도시이다.

2002년, 겨울철 동계올림픽 개최지로 전 세계에 이름을 알린 덕에 솔트레이크 시티는 많은 사람의 기억에 동계올림픽의 도시로 남아 있다. 사실 솔트레이크 시티라는 도시 이름은 이름에서 느껴지듯이 소금과 연관이 있다. 도시의 북서쪽에 위치한 그레이트 솔트 호수(Great Salt Lake)라는 소금의 호수에서 이름이 유래된 것이다. 민물에서 나타나는 염도가 약 25퍼센트 정도이니 물맛을 보면 바로 짠 소금물의 맛을 느낄 정도의 강한 염분을 가지고 있다.

염도가 강하기로 유명한 사해(Dead Sea)가 바다인데도 염도가 약 31.5퍼센트 정도이니 커다란 미대륙 한가운데에 위치한 민물 호수에서 약 25퍼센트의 짠맛이 느껴진다면 그 자체로도 경이롭기 그지없는 곳이다.

경이로운 이야기는 위대한 개척자이자 미국의 모세로 불리는 브리검 영(Brigham Young)으로부터 시작된다. 청교도들의 미국 정착시기의 교회지도자로서 수천 명의 모르몬교 신도들을 이끌고 정치적, 종교적 박해를 피해서 서부를 횡단하는 모험을 강행했다.

무려 2,100킬로미터를 가로지르는 미국 대륙 횡단을 이루어 낸 1847년, 황량한 황무지로 둘러싸인 솔트레이크 분지에 도달하였을 때, 지도자였던 브리검 영은 "우리가 살 곳은 바로 이곳이다!"라고 선언하면서 정착의 역사가 시작된 것이다.

황무지를 개간하고 수로를 놓고 생활 터전을 일구어 갔다. 담수 호수인 유타호(Utah Lake)에서 흘러내리는 조던강(Jordan River)의 물줄기를 수로로 만들어서 농토를 만들고 과일을 재배하면서 가축을 키워 나갔다. 그리고 지금의 훌륭한 집단 정착지를 만들어 낸 것이다. 성공적인 정착도시 솔트레이크 밸리가 소문이 나자 약 7만여 명의 이주민들이 정착지로 몰려들었다. 종교적 신념이 가득 찬 개척자들이 유타, 애리조나, 콜로라도, 캘리포니아, 아이다호, 네바다, 와이오밍 그리고 캐나다의 남부인 앨버타주까지 약 400여 개의 정착지를 개척해 나갔다.

이주민들이 세운 이러한 도시들은 캘리포니아 골드러시가 일어날 때 씨에라 네바다(Sierra Nevada) 산맥을 넘고 네바다 사막을 지나야 하는 광산노동자들의 중간 기착지 역할을 했을 뿐 아니라 미국 역사상 가장 중요한 미대륙 횡단철도를 건설할 때 가장 핵심적인 역할을 하였다. 1869년 미국대륙횡단철도의 완성을 위한 동서철도의 최종 기착지인 솔트레이크 시티 북서쪽의 프로몬토리

(Promontory)에서 센트럴 퍼시픽(Central Pacific)과 유니언 퍼시픽(Union Pacific)이 만나는 철도 기점에 황금으로 만든 기념 못을 박은 역사적 장소를 가진 도시! 솔트레이크 시티!

현재 미국의 중부와 서부를 연결하며 동쪽으로는 시카고, 남쪽으로는 뉴올리언스를 연결하는 노선을 가진 유니언 퍼시픽이 1865년 네바다주 오마하(Omaha, Nevada)에서 서쪽으로 공사를 진행하였다. 센트럴 퍼시픽은 1863년 새크라멘토에서 출발해 동쪽으로 철도를 건설해 나가는 프로젝트를 시작하였고 씨에라 네바다 산맥에 9개의 터널을 뚫는 난공사를 진행하면서 철로를 이어 갔다. 공사를 위해 유니언 퍼시픽은 주로 아일랜드계 이민자와 남북전쟁에 참가한 군인을 노동자로 고용하였고, 센트럴 퍼시픽은 수천 명의 중국인을 고용하였는데 이때 중국 노동자들이 쿨리(Coolie/ 苦力)라는 명칭을 지닌 지금의 중국 차이나타운을 형성한 집단 이민의 1세대를 이룬 조상들이다.

두 회사의 모든 노동 인력은 솔트레이크를 중심으로 한 정착민들의 도움으로 식생활을 해결하는 데 큰 지원을 받게 된다. 이로 인해 솔트레이크 시티가 차지하는 미국 철도 역사에 있어서의 기여도는 상당한 것이었다.

시내 한복판에 우뚝 솟은 메리어트 호텔(Marriott Hotel) 입구에 하얀색 포드 익스페디션(Ford Expedition)이 들어온다.

차에서 내리는 한 사람.

낯이 익다.

아, 바로 그 사람이다. 닥터 제닝스!

한동안 보이지 않고 잠적한 듯이 소식이 뜸했던 닥터 제닝스가 이곳 솔트레이크 시티에 나타난 것이다.

"Welcome to Marriott(메리어트 호텔에 오신 것을 환영합니다)!"

도어맨(Door Man)이 보여 준 호텔리어(Hotelier)의 기품에 맞는 능숙하고 절도 있는 안내가 첫인상부터 좋은 이미지를 전해온다.

"Check in. Sir(선생님, 체크인을 하시겠습니까)?"

"Would you valet park, please(발레파킹 해 주시겠습니까)?"

"Of couse. Sir, I will take care of it(물론입니다. 제가 해드리겠습니다)."

운전대를 능숙하게 잡은 도어맨은 신속하게 뒤 트렁크에 실린 가방들을 내리고는 부르릉하고 사라진다.

어느새 벨보이(Bell Boy)가 나와서 가방들을 이동용 캐리어에 옮겨 싣고 있다.

"Welcome to Salt Lake City, Dr. Jannings(닥터 제닝스! 솔트레이크 시티에 오신 것을 환영합니다)!"

'아! 깜짝이야.' 닥터 제닝스는 자신의 이름을 부르는 벨보이의 얼굴을 보면서 어떻게 내 이름을 알고 있느냐는 표정으로 물어본다.

"Wow, how did you know my name(와우, 제 이름을 어떻게 아셨죠)?"

벨보이는 씨익 웃으면서 여행용 트렁크에 붙어서 덜렁대는 네임텍(Name Tag)을 손으로 가리켰다.

"하하. 나도 참. 치료받는다고 한참을 누워 있었더니 감이 많이 떨어졌군."

혼잣말로 유쾌하게 명랑한 벨보이를 쳐다보면서 예기치 않은 상황이 주는 웃음이 초콜릿 같은 달콤한 환영 인사처럼 느껴진다.

'밝은 도시군. 사람들의 얼굴이 밝아, 모두 친절하고.'

솔트레이크 시티 국제공항에 내렸을 때 커다랗고 전후 사방 초대형 유리창으로 둘러싸인 공항의 내 외관이 경이로웠다. 360도로 외부를 볼 수 있는 전경 밖으로 산봉우리에 쌓여 있는 눈이 하얗게 반사되어 유리창 전면을 뚫고 들어왔다. 델타항공의 허브공항답게 거의 모든 활주로가 델타항공기들로 가득 차 있었다. 1년 이용객 약 2,500만 명의 미국 중부권의 거점 공항답게 수많은 이용객이 공항을 이용하다가 코로나로 인해 거의 1년 동안 텅 빈 상황도 겪었지만, 백신 접종 이후 다시 일상으로 가장 빨리 복귀한 나라 미국답게 공항도 다시금 예전의 활기를 되찾았다. 스키의 고장답게 공항 곳곳에 주변의 유명한 스키리조트인 파크 시티 리조트(Park City Resort), 알타 스키 리조트(Alta Ski Resort), 디어 밸리 리조트(Deer Valley Resort)의 광고판이 공항 내부의 벽면을 가득 채우고 있는 모습이 인상적이었다. 공항에서 만난 수많은 여행객의 모습을 떠올리면서 닥터 제닝스는 일상으로 돌아온 미국의 방역시스템에 감탄을 보내는 표정으로 프런트 앞에 서 있었다.

"도착하셨군요? 저희는 벌써 와서 체크인하고 기다리고 있었습니다."

반갑게 인사하는 목소리에 돌아보니 그곳에는 익숙한 두 사람이 서 있었다.

"오, 브릴리언트리얼! 오랜만이야. 자네도 왔군, 아르먼 다쳐 박사."

"안녕하셨습니까? 닥터 제닝스?"

"그래그래, 모두 반갑네. 자네는 지난번 임무로 중국 우한에 갔던 것으로 알고 있는데 고생했네."

"제가 그때 닥터 지킬과 하이드를 만나서 얼마나 고생한 줄 아십니까? 정말 힘들어 죽는 임무였다고요!"

닥터 제닝스를 보자마자 투덜거리는 아르먼 다쳐 박사를 보고 브릴리언트리얼은 아르먼 다쳐 박사를 살짝 꼬집는다.

"아야! 왜 꼬집고 난리예요. 저는 할 말은 하는 사람이라고요. 닥터 제닝스, 오늘 뵌 김에 바로 말씀드리겠습니다. 저는 그만두고 싶습니다. 더 이상 스트레스를 받아서 이 임무를 완수할 수가 없습니다."

만나자마자 그만둔다고 투덜대는 아르먼 다쳐 박사를 보고 닥터 제닝스는 귀싸대기를 한 대 때릴까 고민도 했지만, 코로나바이러스 총사령부와 접촉을 통해 소진된 체력이 회복된 지 얼마 안 된 까닭에 참을 인자 세 번을 되뇌고는 웃으면서 이야기한다.

"이보게, 아르먼 다쳐 박사! 우리 뉴클레아스 심해기억저장위원회는 한 번 가입하면 영원히 탈퇴할 수 없네. 비밀유지를 위해서 죽은 다음에도 그 기억조차 전송되지 않고 보관되지. 인류를 위해 헌신한 모든 위원과 크리스퍼 대사들 그리고 플라이어들과 각 비밀 요원들 그 누구도 탈퇴한 적이 없는 조직이지. 도대체 무슨 일이 있었길래 보자마자 그만둔다고 이 난리인가? 이번 임무는 우리 뉴클레아스 심해기억저장위원회가 가장 중요하게 처리해야 하는 임무이자 인간과 지구의 미래가 달린 임무란 걸 아는 자네가 만나자마자 그만둔다고 이 난리라니…."

만나자마자 메리어트 호텔 프런트 앞에서 실랑이를 벌이는 모양새가 되자 세 사람을 앞에 두고 짐을 들고 기다리고 있는 벨보이와 체크인을 준비하던 프런트 직원은 당황스러운 표정으로 세 사람을 바라보고 있다.

"아르먼 다쳐, 제발 좀 그만하고 나중에 다시 이야기해요."

브릴리언트리얼은 중재를 하듯이 아르먼 다쳐 박사를 달래고 얼른 1층 로비에 있는 커피숍으로 끌고 들어간다.

"닥터 제닝스 님, 얼른 체크인 마저 하시고 천천히 내려오세요. 그 사이 제가 아르먼 다쳐 박사를 좀 진정시키겠습니다."

갑자기 혼잡스러운 상황이 정리되자 닥터 제닝스는 키를 받아 가방을 실은 카트를 끌고 객실로 안내하는 벨보이를 따라 객실로 올라간다.

메리어트 호텔 스위트 1650호.

창밖으로 보이는 솔트레이크 시티의 풍광이 도시의 역사를 말해주는 것 같다. 곳곳의 나무에 소복이 쌓여 있는 하얀 눈들이 마치

나무 한 그루 한 그루에 솜사탕을 올려놓은 듯이 하얀 솜사탕 밭을 떠오르게 한다.

메리어트 호텔 바로 앞의 광장 한복판에 커다란 스케이트장이 보인다. 열심히 스케이트장의 얼음을 관리하는 빙질 관리차가 뱅글뱅글 트랙을 돌고 있다.

'시내 한복판에 스케이트장이라니…. 역시 2002년 동계올림픽의 도시답군.'

밖의 경치를 구경하고 여장을 푸는 닥터 제닝스의 가방 한가운데에 아끼는 애장품인 하얀색 블랙베리 볼드 9900이 케이스 안에 소중히 보관되어 있다. 뉴클레아스 심해기억저장위원회에 접속할 수 있는 접속장치이자 기억 전송 포트이다.

전송기인 블랙베리 볼드 9900의 메시지의 불빛이 깜빡인다.

케이스를 열고 얼른 블랙베리 볼드 9900을 꺼낸 다음 메시지 열람 버튼을 누른다.

선명하게 나타나는, 포세이돈이 삼지창을 들고 무언가를 지키고 있는 형상의 뉴클레아스 심해기억저장위원회의 마크! 그리고 그 밑에 알 수 없는 수식이 담긴 언어 코드가 나열된다.

닥터 제닝스는 왼손 엄지손가락을 블랙베리 볼드 9900의 왼쪽 마지막 버튼에 올려놓고 메시지 전송 버튼을 누른 뒤 눈을 감는다.

머릿속에 전송된 뉴클레아스 기억저장위원회의 특별 메시지가 떠오른다.

[코로니족과 대티협의 시도를 위한 다섯 가지 탄생 신물 중의 두 번째 탄생 신물의 단서가 솔트레이크 시티에 존재합니다. 다음의 주소로 찾아가십시오. 도움을 주실 것입니다.
Co-DX(Co-Diagnostics. Inc), 2401 시우스 풋힐드라이브(S. Foothill Dr.), 디스트리트(Ste D.), 솔트레이크 시티(SLC), 유타

(Utah), 84109.
주소지에서 세스 이건(Seth Egan)을 찾으십시오.]

"흠. 이 주소로 찾아가면 된다는 이야기지."

닥터 제닝스는 어두워지는 창밖으로 하나둘씩 불빛이 들어 오는 시내를 바라보면서 내일 일정을 미리 머릿속에 그려 본다.

짐을 풀어서 짐 정리를 끝낸 후 엘리베이터를 타고 1층 로비에 있는 커피숍으로 내려간다.

커피숍 창밖으로 보이는 커다란 스케이트장.

조금 전 방에서 내려다본 직사각형의 커다란 스케이트장이 바로 커피숍 정면에 펼쳐져 있다. 불빛이 들어오고 사람들이 입장하기 시작하면서 금세 전혀 다른 풍경이 연출된다.

마치 동화 나라 스케이트장의 향연처럼, 솔트레이크 시티 시내의 또 다른 매력이 흠씬 풍겨 나오면서 커피숍 안까지 스케이트장에서 들려오는 음악 소리, 스케이트를 즐기는 젊은이들과 어린아이들의 즐거운 웃음소리가 스파게티 면이 포크에 빨려 들어오듯이 실내 공간으로 스며들어 온다.

"와, 밤이 되니까 전혀 다른 세계가 펼쳐지는군."

반갑게 일어나서 자리를 권하는 브릴리언트리얼과 아르먼 다쳐 박사는 닥터 제닝스가 바라보는 창밖의 스케이트장을 같이 바라보면서 한숨을 쉰다.

"보기 좋은 떡이죠, 뭐. 저희가 스케이트를 탈 수나 있나요? 내일 바로 임무가 시작될 텐데요. 어휴."

브릴리언트리얼이 벌써부터 내일을 걱정하면서 한숨을 쉬자 아르먼 다쳐 박사는 마치지 못한 이야기를 마저 하겠다는 자세로 닥터 제닝스 정면에 앉아서 눈을 부릅뜨고 다가가서 이야기를 꺼낸다.

"닥터 제닝스 님! 저는 그만두고 싶습니다. 진심입니다."

"자네 진짜 귀싸대기 맞고 싶은 게군? 새벽별 곤도 나에게 귀싸대기 몇 대 맞고 화장실 가서 울고불고하다가 나에게 복수한다고 요즘 검도 배운다는 이야기 못 들었어?"

"자꾸 까불면 혼난다!"

"아니, 그게 아니고요. 왜 만날 저만 들들들 볶아 대냐고요. 제가 진짜 힘든 건 뭔지 아세요? 일이야 뭐 힘들면 힘든 대로 열심히 해서 하나하나 해결하면 되는데 말이죠. 도저히 더 이상은 닥터 제닝스가 알려 주신 ASS 관장법을 이용한 기억추출은 더 이상 하고 싶지 않다는 말씀입니다!"

"이 사람아, 그 신묘한 ASS 관장법이야말로 소수 정예 요원에게만 전승되는 최고의 맞춤형 수제 기억추출 방법이라네. 지구상에서 가장 정교하게 기억을 추출할 수 있는 최고의 수제 기억추출법인데 그게 어떻다고 못 하겠다고 그러는가, 도대체?"

둘의 언성이 높아지자 브릴리언트리얼이 나서서 얼른 중재한다.

"닥터 제닝스 님, 이야기의 자초지종은 그게 아니고요. 지난번에 이탈리아 원두를 통한 기억추출법을 시도하다가 아르먼 다쳐 박사가 설사하는 통에 한 달 이상 된통 고생했거든요. 그 원두가 싱싱한 원두가 아니라 이탈리아에서 반품된 불량 원두였던 게 문제의 시작이었습니다. 기억추출을 시도한 후에 불량 원두로 인한 부작용으로 온몸에 발진이 일어나고, 기억전송 능력이 급격히 떨어져서 회복하는 데 몇 달이 걸렸거든요. 막상 이탈리아 불량 원두를 보낸 의뢰자는 원두가 통관하는 과정에서 이물질이 들어간 것 같다고 하여 쏙 빠져버리고, 정작 기억추출을 위해 고생은 고생대로 하고 비용은 비용대로 들면서 ASS 기억 관장 추출법을 시행하였습니다. 그 이후로 아르먼 다쳐 박사가 급격히 자존감이 떨어진 것 같습니다."

"흠. 나도 그 일은 보고를 받아서 대충은 알고 있네. 그래도 그렇지 지금처럼 중차대한 시기에 아르먼 다쳐 박사의 신묘한 기억추출법이 얼마나 필요한데 지금 그만두겠다고 하다니… 대단히 상처가 컸던 모양이군."

"네. 제가 좀 달래 보고 설득도 해 보고 했는데, 막무가내로 저러는 거 보니 쌓일 대로 쌓인 것 같습니다."

"그래 기억 파편을 모아서 추출하는 모든 정교한 기억추출은 아르먼 다쳐 박사에게 집중적으로 의뢰해서 한동안 녹다운될 정도로 엉덩이에 호스를 꽂아 댔으니 저렇게 힘들어할 만도 하지."

브릴리언트리얼의 이야기를 들은 닥터 제닝스는 아르먼 다쳐 박사가 이해된다는 표정으로 그의 손을 꼬옥 잡는다.

"아르먼 다쳐 박사, 누구보다도 고생한 것 다 아네. 고생해서 기억을 추출해도 그 기억의 데이터가 정확하니 부정확하니, 보고서를 제대로 제출하니 마니 하면서 뉴클레어스 심해기억저장위원회의 몇몇 위원들이 난리를 쳤겠지. 항상 결과만 보고 받는 위원회다 보니 그런 오류도 발생하는 거야. 이보게, 아르먼 다쳐 박사. 박사가 희생해서 추출해 주는 고순도의 기억들은 우리의 미래이자 지구를 살리고 인류를 살리는 가장 중요한 기억 데이터라네. 물론 그 추출을 위해 너무나 힘든 ASS 기억 관장 추출법을 사용하는 것을 미안하게 생각하네. 이번 임무까지만 조금 고생해 주고 이번 임무가 끝나면 새로운 방법으로 차세대 추출법을 같이 연구하고 시도해 보세. 내가 약속함세."

닥터 제닝스는 그만두겠다는 아르먼 다쳐 박사를 달래면서 이 사람 성격에 참으로 스트레스를 많이 받았겠구나 하고 안쓰러운 생각이 들었다.

"흑흑흑, 저는 정말 최선을 다해서 기억을 추출하고 있다고요. 정말 똥꼬에서 피 나올 정도로 열심히 하는데 제가 추출한 기억이 순도가 낮다느니, 불순물이 섞였다느니 하는 이야기를 듣는 자체가 스트레스입니다. 흑흑흑."

"그래그래. 내가 이해하네. 자네에게만 너무 많은 임무를 주었어. 이번 임무를 마치면 이탈리아 밀라노에 가서 실컷 휴가를 보내고 좋아하는 패션 명품 기억들을 모두 흡수해 올 수 있는 특별 휴가를 보내 주도록 하겠네!"

그 말에 눈물을 뚝 그친 아르먼 다처 박사는 한 번 더 다짐을 받아야겠다는 표정으로 닥터 제닝스를 쳐다본다.

"부탁이 하나 더 있습니다."

"뭔지 말해 보게."

"제가 이번 임무를 마치고 이탈리아에 갈 때 묵묵히 저를 도와서 같이 고생한 플라이헤어굿맨을 데려갈 수 있도록 해 주십시오."

"오, 머리카락 속에 새겨진 유전자 코드와 머리카락 기억을 흡수해서 분석한다는 그 친구 말인가?"

"네, 맞습니다. 무척 고생을 많이 한 친구입니다. 저희 요원 중에서 거의 최고 수준입니다."

"좋네. 이번 임무가 끝나면 같이 보내 주도록 약속함세."

아르먼 다처 박사의 표정이 밝아지면서 '에라 모르겠다. 죽도록 다시 일해 보자.'는 표정으로 닥터 제닝스와 브릴리언트리얼을 바라본다.

"저도 같이 이탈리아에 보내 주시는 거죠?"

브릴리언트리얼은 꼽사리 전략으로 파고들면서 숟가락 얹기를 시도한다.

"자네는 연구소를 지켜야지!"

"컥!"

"저도 같은 생각입니다. 브릴리언트리얼은 연구소를 지켜야죠. 저와 플라이헤어굿맨 둘이서만 다녀오겠습니다."

"하하하하하. 맞네, 그렇게 하게"

불과 한 시간 만에 스케이트장은 인파로 가득 차서 스케이트를 즐기는 사람들로 엄청 붐빈다. 스케이트장과 바로 연결되어 있는 메리어트 호텔 커피숍 1층에 앉아서 이야기하는 세 사람을 로비 기둥 뒤편에서 누군가 조용히 지켜보고 있다.

코다이아그나스틱스(CO-DIAGNOSTICS)에 찾아가다

솔트레이크 시티의 시내에 위치한 유타대학교(University of Utah). 160여 년의 역사를 가지고 있는 유타대학교를 지나서 산 쪽으로 5분 정도 운전해서 올라가면 솔트레이크 시민들이 자랑스럽게 생각하고 아끼는 2002년 동계올림픽 경기장이 있다. 시민들은 2030년에 다시 한 번 동계올림픽을 개최하기 위해 지역 캠페인을 벌이면서 미국 연방정부의 지원을 호소하고 있다.

내비게이션이 안내하는 대로 산 쪽으로 운전해서 3분쯤 지나자 주택가와 사무실들이 나오면서 이정표에 적혀 있는 풋힐 드라이브(Foothill Drive)가 선명히 보인다. 언덕 아래 고속도로에서는 빠른 속도로 차량들이 움직이고 있다. 언덕에서 내려다보니 솔트레이크 시티가 한눈에 들어온다. 산으로 둘러싸인 끝없이 넓은 분지에 위치한 도시의 모습이 아늑하다. 위에서 내려다보니 개척자들을 이끌고 이곳에 다다른 브리검 영이 왜 이곳 솔트레이크 시티를 정착지로 삼았는지 쉽게 이해가 된다.

내비게이션이 안내하는 대로 차를 몰아서 도착한 곳.

"We are arrived at destination CO-DX(목적지인 CO-DX에 도착하였습니다)."

목적지에 도착한 것을 알리는 내비게이션의 음성이 차 안을 울린다.

"CO-DX에 도착한 것 같군요."

브릴리언트리얼이 호텔에서 불과 10여 분 거리밖에 안 된다는 표정으로 도착을 알린다.

눈앞에 보이는 회사 로고와 간판,

CO-DX U.S.A (Co-Diagnostics U.S.A).

전형적인 미국형 회사의 모습이다. 도시는 빌딩으로 대변하지만 중서부의 넓은 토지를 보유한 지역에서의 회사들은 대부분 단층으로 넓고 거대한 창고형 건물을 보는 것이 다반사이다.

입구의 문에 들어서자 리셉션의 직원이 반갑게 인사한다.

"Welcome to the CO-DX! Did you have an appointment(CO-DX에 오신 것을 환영합니다! 약속하고 오셨나요)?"

"Yes. We would like to meet Seth Egan(네. 우리는 세스 이건을 만나러 왔습니다)."

"Oh, Seth! CSO(Chief Science Office)(오, 세스! 저희 CSO이십니다)."

"Please follow me to the meeting room(저와 함께 회의실로 가시죠)."

친절하게 안내하는 리셉션 직원을 따라 미팅 룸으로 이동한다.

마치 거대한 영화 스튜디오에 들어온 것 같다.

높은 천장과 긴 복도 그리고 중간중간에 보이는 넓은 공간의 사무실과 미팅룸들.

복도에는 나스닥에 상장되어 있는 CO-DX의 다양한 신기술과 유전자 분석 기법들을 적용한 장비 정보를 인쇄한 패널들이 중간중간에 나열되어 있다.

제일 큰 미팅 룸 문을 열고 리셉션 직원이 자리를 안내한다.

커다랗고 긴 테이블과 언뜻 봐도 고급스러운 임원용 가죽 의자들이 나란히 위엄을 드러내고 있다. 커다란 미팅 룸 벽면에 다양한 스낵과 커피, 음료가 가지런히 세팅되어 있는 모습이 마치 이곳은 장시간 미팅을 하는 곳이니 '출출하면 여기서 알아서 드세요.' 하고 미리 예고하는 모습이다.

"Please, Have a seat here and enjoy some snack, Seth is coming soon(앉아서 간식 좀 드세요, 세스는 곧 오실 겁니다)."

리셉션 직원은 친절히 자리와 먹을거리를 안내하고 만나고자 하는 CO-DX의 최고 기술 책임자인 세스(Seth)가 곧 올 거라고 알려주며 자리를 떠난다.

"와우! 대단한 회의실인데요."

브릴리언트리얼은 크고 호화로운 회의실을 보고 감탄을 금치 못한다.

뒤에 놓여 있는 다양한 종류의 스낵과 음료를 보면서 얼른 커다란 미국산 젤리를 하나 집어 들고는 입에 날름 넣고 오물오물 껌 씹듯이 먹어 대는 브릴리언트리얼을 보면서 아르먼 다쳐 박사가 한마디 한다.

"하여간 먹을 거라고는 사족을 못 써요. 미국에 와서도 간식거리를 보자마자 입에 집어넣다니요. 그러면서도 맨날 다이어트 어쩌고저쩌고."

"아니, 아르먼 다쳐 박사님. 일단 시차 때문에 제가 조금 출출하거든요. 그리고 공짜로 먹으라고 이렇게 호의를 베풀어 놓은 것 보세요. 그러면 당연히 먹어 줘야 예의 아닌가요?"

"아이고… 나 참, 시차하고 배고픈 거하고 무슨 상관이 있다고 시차 핑계를 대세요."

보다 못한 닥터 제닝스가 말린다.

"둘 다 스톱! 왜 만날 같이 붙어 다니면서 톰과 제리처럼 그렇게 티격태격하는 거야? 두 사람도 참 특이해, 정말. 곧 우리가 만나고자 하는 분이 올 듯하니 긴장하고들 있어요."

잠시 후 문이 열리면서 작고 딱 부러지게 똑똑해 보이는 남자가 들어온다.

CO-DX, 템플성도단을 이끌고
숙주 인간(宿主人間)을 찾아내다

솔트레이크 시티 CO-DX 회의실,

문이 열리고 강한 눈빛과 다부진 체구의 작은 남자가 들어온다.

"Welcome to my office. I am Seth Egan(우리 사무실에 오신 것을 환영합니다. 세스 이건입니다)."

악수를 청하는 남자에게 닥터 제닝스와 아르먼 다쳐 박사, 브릴리언트리얼은 다가가서 정중하게 인사를 건넨다.

"Glad to see you Mr. Egan. I am Jannings(만나서 반갑습니다, 미스터 이건. 저는 제닝스라고 합니다)."

"Nice to meet you. I am Arman Dacher(만나서 반갑습니다. 저는 아르먼 다쳐라고 합니다)."

"Nice to see you. I am Brilliant Real(만나서 반갑습니다. 저는 브릴리언트리얼이라고 합니다)."

"자리에 앉으시죠. 여러분 모두를 환영합니다."

넓은 회의실 테이블에 자리를 권하는 세스 이건은 커다란 코카콜라 캔을 하나 들고 와서 뚜껑을 경쾌하게 딴다.

"편하게 음료수 드시면서 이야기하시죠. 잠시 후에는 회장님이 아마 잠깐 인사하기 위해 들르실 예정입니다."

"오, 회장님께서 말씀인가요?"

"네. 원래 미팅은 예정에 없으셨는데 제가 아침에 뉴클레아스 심해기억저장위원회에서 손님들이 오신다고 말씀을 드렸더니 인사차 들르신다고 하셔서 저도 놀랐습니다."

"회장님은 존함이 어떻게 되시는지요? 이따가 뵙고 실수하면 안 되니 미리 좀 알려 주십시오."

닥터 제닝스는 예정에 없던 CO-DX 회장의 미팅 참석에 다소 긴장이 되는 듯이 오늘 처음 인사를 나누게 될 회장의 이름을 물어본다.

"회장님은 드와이트 이건(Dwight H. Egan)이십니다."

"오우, 성이 세스와 같으시군요."

"제 아버지이십니다."

일행은 탄성을 지른다.

"아, 그렇군요."

"잘 아시겠지만 이곳은 솔트레이크 시티입니다. 주민 대부분이 모르몬교 신자입니다. 저희 가족도 모두 신자입니다. 저희는 가족의 가치를 아주 중요하게 생각합니다. 그래서 이곳 유타주에는 가족 기업들이 많이 있습니다. 저희도 그중의 하나이고요."

"네. 설명 감사드립니다. 저희는 회장님을 직접 뵙고 인사를 드리는 것을 더할 나위 없이 영광스럽게 생각합니다."

"참고로 말씀드리자면 아버지, 아니 회장님은 코리아(Korea)라고 하면 아주 좋아하시는 분이세요. 아마 오늘 예정에 없이 미팅에 들어오시는 이유도 아마 여러분이 코리아에서 오셨다고 하셔서 관심을 가지고 오시는 것 같습니다."

유타주 솔트레이크 시티에 있는 최신 유전분석 장비를 개발하는 회사에서 코리아에 관심을 가진 창업자를 만날 수 있다는 흥미로운 사실만으로도 잠시 후에 등장할 드와이트 이건에 대해서 호기심이 생겼다.

브릴리언트리얼은 얼른 휴대폰으로 구글을 검색해서 드와이트 이건을 찾아본다.

검색에 제일 먼저 등장하는 블룸버그(Bloomberg)에 소개되는 드와이트 이건은 억만장자이자 CO-DX의 창업자이자 회장이다.

그 밖의 정보를 잔뜩 찾아본 브릴리언트리얼은 얼른 휴대폰의 화면을 아르면 다쳐 박사에게 보여 준다.

"와, 대단한 분이시군요. 제가 궁금해서 구글에서 회장님을 검색해 봤습니다. 죄송해요. 호호호. 미국에서 제가 처음으로 뵙는 억만장자세요."

호들갑을 떠는 브릴리언트리얼을 보며 유쾌한 듯이 세스 이건은 연신 콜라를 들이켜면서 즐거운 표정으로 이야기를 시작한다.

"저희가 뉴클레아스 심해기억저장위원회에서 받은 요청은 소금호수 안에 흩어져 있는 원시시대부터 고생대까지 박테리아의 유전자 표본에 대한 분석 코드를 제공해 달라는 것이었습니다. 박테리아의 탄생에 관한 추적을 통해 원시 박테리아의 최초 유전자 염기서열 데이터 코드가 필요하다고 이해했는데요. 맞습니까?"

"네. 맞습니다. 미대륙 중에서도 이곳 유타주에 남아 있는 수많은 원시시대부터 고생대의 표본에 이르기까지 생명체들의 흔적을 추적하고 있습니다. 저희가 찾는 유전자 코드는 코로나바이러스의 탄생에 관련한 다양한 바이러스 조상들의 흔적을 찾아내서 그 유전자 코드를 통한 코로나바이러스 집단에 대한 명령코드를 만들어 내는 것입니다. 그 복잡하고 비밀스러운 내용은 제가 드리는 이 기억 이식 에스프레소 캡슐을 콜라에 부어서 한 번 드셔 보시면 모든 정보가 이식될 것입니다."

닥터 제닝스는 가방에서 포세이돈이 삼지창을 들고 무언가를 지키고 있는 모양의 액상 캡슐을 꺼내서 세스 이건 앞으로 내놓는다.

"오호. 에스프레소 커피 액상을 이 콜라에 타서 마셔 보라는 말씀이군요! 놀랍습니다. 전혀 새로운 음료를 보는군요. 콜라와 커피의 칵테일을, 하하하."

세스 이건은 망설임 없이 마시던 콜라에 기억 이식 에스프레소 액상을 부어 넣고 단숨에 캔에 남은 콜라를 들이켠다.

"꺼억."

듣기 민망스러울 정도의 트림을 뿜어내면서 세스 이건은 경이롭
다는 표정으로 눈을 감고 이식되는 모든 정보를 뇌를 통해 인식하
고 있다.

"와우, 다섯 가지의 탄생 신물을 찾고 있군요. 코로나족과의 전
쟁을 할 것인가 타협을 할 것인가에 대해서 뉴클레아스 심해기억
저장위원회에서는 대타협으로 방향을 잡으신 듯합니다."

"맞습니다. 저희가 드린 기억 이식에 지금까지의 모든 사항들이
다 포함되어 있습니다."

"상당히 복잡하고 민감한 내용들이 포함되어 있군요. 저에게 찾
아오신 이유는 이미 알고 있습니다. 찾고자 하는 유전자 염기서열
의 데이터 코드 일부는 저희가 가지고 분석하여 가지고 있으나 핵
심적인 주요 데이터 코드는 이곳 모르몬교 본부건물의 암호화된
금고에 보관되어 있습니다만 그 DNA 염기서열에 오류가 조금 있
어서 완전하지 않습니다. 저희가 원시시대부터 고생대까지의 모든
바이러스가 화석화된 지역을 찾아낸 곳이 바로 솔트레이크입니다.
소금호수라는 이름 그대로 소금으로 인한 나트륨 결정이 모든 박
테리아의 DNA를 감싸서 수억 년이 지나는 동안에도 DNA의 염
기가 대부분 보관되어 있었던 것이 결정적인 행운이었습니다. 저
희는 이 어려운 유전자 분석 작업을 하기 위해 어느 국가나 어느
민간 기업도 할 수 없는 막대한 자금과 인력을 투하해서 거의 30여
년에 걸친 기간 동안 이 분석을 해냈습니다. 그러는 과정에서 개발
된 많은 유전자 분석 기계와 시스템들을 시장에 공개하게 되면서
지금은 나스닥에 상장까지 하는 유전자 분석기계 및 시스템개발회
사로 알려지게 되었지만 말입니다."

세스 이건의 설명을 들으며 무엇이 갑자기 생각났는지 닥터 제
닝스가 눈을 크게 뜨면서 세스 이건에게 큰소리로 질문한다.

"국가나 기업도 할 수 없는 자금과 조직력! 이곳은 솔트레이크시티. 모르몬교의 본부가 있는 곳! 아뿔싸, 그렇군요. 제가 왜 뉴클레아스 심해기억저장위원회에서 이곳에서 세스 이건을 만나라는 특별 명령을 내렸는지 이제야 이해를 했습니다. 제가 얼마 전에 코로나 총사령부와 무의식 접속을 하는데 급격한 체력 소진으로 회복하는 데 한 달 이상 소요되는 바람에 요즘 이해력마저 바닥에 와 있는 듯하군요. 세스 이건 당신은 전설의 모르몬 수호단체인 템플성도단이군요."

"하하하. 맞습니다. 닥터 제닝스, 저희가 전 세계 모르몬교의 수호대인 템플성도단입니다. 템플성도단은《몰몬경》에 언급된 그리스도의 후기 성도들을 지키는 비밀결사 조직입니다. 저희는 저희 단체를 지키기 위한 모든 내·외부적인 노력을 다하면서 저희 성도들의 순수혈통을 지키기 위해 모든 유전적 데이터를 기반으로 한 성도 계보를 만들고 관리하는 비밀조직입니다."

"이제야 저도 이해했습니다. 뉴클레아스 심해기억저장위원회에서 저를 이곳에 가라고 한 이유를요. 그렇다면 저희 위원회 내부에서도 저를 너무나 잘 아는 사람이 결국 템플성도단의 일원이었다는 이야기군요. 흠."

"하하. 닥터 제닝스. 그 이야기는 여기까지만 하시죠. 저희 성도단은 전 세계에 어느 곳이든 존재하지 않는 곳이 없습니다."

그때 문이 열리면서 건장하고 멋지게 생긴 남자가 들어온다.

"하하하하하. 열띤 이야기들이 오가는군요. 뉴클레아스 심해기억저장위원회에서 손님들이 오신다고 해서 궁금했는데, 아니지 아니지…. 사실 오신다는 분들 중에 코리안이 계시다고 해서 히히하 무척 만나 보고 싶었습니다."

세스 이건은 얼른 의자에서 일어나 드와이트 이건을 모두에게 소개한다.

"여러분, 이분이 저희 회사의 창업자이자 회장님이신 드와이트 이건이십니다."

"안녕하십니까? 영광입니다. 닥터 제닝스입니다."

"회장님, 안녕하십니까? 아르먼 다처입니다."

"회장님, 안녕하세요? 호호. 브릴리언트리얼입니다. 직접 뵙다니 영광입니다."

일어나서 정중하게 인사를 하는 세 사람에게 드와이트 이건은 모두 편하게 앉으라는 손짓을 한 다음에 테이블 가운데 멋지게 자신의 이니셜이 새겨진 가죽 의자에 털썩 기대어 앉는다.

"우리 템플성도단이 도움을 줄 수 있다니 영광입니다. 이미 우리에게 도움을 요청한 바이러스 샘플은 우리가 드리도록 하겠습니다. 이곳 그레이트 솔트레이트 사막의 선사시대 화덕 유적지에서 1만 2천 300년 전 불에 탄 담배 씨앗을 발견한 이후 즉시 우리 템플성도단은 유전자 분석을 통해 선사시대 담배의 DNA 염기서열을 분석하였습니다. 담배 씨앗 안에서 화석화된 채로 잠들어 있던 담배모자이크바이러스(TMV: Tobamovirus)를 꺼내어 살려냈습니다. 그리고 지금 배양접시 안에서 잘 자라고 있습니다. 1만 2천300살 먹은 바이러스의 조상을 우리가 지금 살려내서 모시고 있는 것입니다. 그리고 같이 발견된 흑요석으로 만든 창끝은 당시에 대형 포유류를 사냥하기 위한 도구였는데 이 창끝에서 홍적세(1만~25만 년 전)까지 거대한 코끼리 종류인 마스토돈(Mastodon)이나 매머드(Mammoth)의 혈액 단백질을 발견하여 단백질의 펩타이드 사슬을 이어 가는 작업을 1년 넘게 하여 마스토돈과 매머드의 몸에 기생하는 여러 기생생물이 분비하는 물질들의 흔적을 발견하였습니다. 그리고 이렇게 분석한 유전자 코드 데이터를 모두 봉인한 채로 저희 템플성도단이 지키고 있습니다."

"아, 대단한 일을 하셨군요. 그 봉인된 유전자 샘플이 저희가 찾고자 하는 다섯 가지 탄생 신물 중의 두 번째 신물입니다. 잘 아시겠지만 인간은 1935년이 되어서야 담배모자이크병을 일으키는 바이러스를 분리해내는 데 성공했습니다. 바이러스가 단백질 캡시드(Capsid)로 둘러싸여 있는 단일 나선 또는 이중 나선의 핵산 중심부로 구성되어 있는 것을 알아낸 건 그 이후죠. 바이러스의 유전자 집합체인 게놈(Genome)을 운반하는 핵산 중심부는 DNA나 RNA로 구성되는 원리를 규명한 것은 또 그 이후였고요."

"하하하. 닥터 제닝스가 아주 잘 아시는군요. 핵산의 양, 크기, 캡시드의 모양, 지방 단백질의 외피가 있느냐 없느냐로 분류해서 RNA 바이러스냐 DNA 바이러스냐로 분류하는 과정을 만든 것도 불과 몇십 년 전입니다. 저는 바이러스가 살아 있는 세포의 외부에서는 잠자는 휴면입자로 존재하다가 적당한 숙주세포 안으로 들어가면 새로운 바이러스를 생산하기 위해 숙주세포의 대사활동을 파괴하는 활성화 작업을 하는 부분에 관심을 가지게 되었답니다. 우리가 아는 바이러스의 증식은 핵산 또는 단백질이 숙주에 들어가면서 시작하게 되는데 핵산을 숙주세포로 옮기는 과정인 엔도시토시스(Endocytosis)를 거쳐서 세포에 안착하게 됩니다. 숙주세포에 안착하게 되면 바이러스 게놈은 바이러스를 구성하는 성분인 핵산과 단백질을 완전히 새롭게 만들게 되는데 이러한 구성요소 조립과정을 통해 완전한 개체가 되지요. 즉 단백질 캡시드로 쌓인 핵산을 지니게 되는 개체인 비리온(Virion)이 되면 숙주로부터 나와서 다시 다른 감염원을 찾는 과정을 살피게 되면서 이번 코로나바이러스의 확산에서 이상한 점을 발견하였답니다."

"이상한 점을 발견하셨다니요?"

"저는 템플성도단을 이끄는 수장이자 저희 모르몬교 본부의 12사도 중의 한 명입니다. CO-DX를 만들어 유전자분석시스템을 완성하는 임무를 맡으면서 동시에 브로드캐스트 인터내셔널이라는 방송 송신 채널의 회장을 겸하고 있습니다."

"아! 대단하신 역할을 두 군데에서 하고 계시는군요."

"뭐 저의 소명이라고 생각하고 있습니다. 제가 말씀드리고자 하는 부분은 작년 여름에 도쿄올림픽이 열린 거 기억하시죠?"

"네. 당연히 기억합니다. 2021년 7월 23일부터 8월 8일까지 일본 도쿄에서 원래 개최하기로 한 연도보다 1년 늦게 개최된 올림픽이지요. 코로나 사태가 발생한 것이 원인이었습니다."

"맞습니다. 그때 우리 미국에서는 NBC방송이 중계권을 획득하여 모든 도쿄올림픽 중계를 미국 내에 했는데 이때 중계를 본 시청자 중에서 일부 미국 시민들이 특이한 전파를 통해서 조종당한 흔적을 발견하였습니다. 그래서 제가 극비리에 저희 템플성도단을 이끌고 이러한 사항을 조사한 결과 가공할 만한 사항들을 발견하였습니다."

드와이트 이건의 진지한 이야기에 모두 경청하는 자세로 집중한다.

"첫째로 어떠한 전파로 유도되었는지 도쿄올림픽 기간 중에 미국 내 올랜도의 유니버셜 스튜디오가 재개장을 하였습니다. 코로나 백신 접종을 세계에서 제일 먼저 마친 우리나라 미합중국은 세계에서 제일 먼저 일상으로 돌아가는 위대한 모습을 모여 주었지요. 그런데 백신을 맞은 각 계층의 다양한 인종, 연령, 유전자 분포를 가진 사람들이 올랜도 유니버셜 스튜디오에 일주일 동안 방문하여 모두 트랜스포머관에 입장하여 관람하는 특이한 현상을 발견했습니다. 트랜스포머관 안에서 자신이 맞은 백신에 대한 면역반응 및 백신 접종 이후 항체의 형성 정도 등의 데이터가 흡수되는 현상을 발견했습니다. 트랜스포머관을 관람하는 동안에 쓰고 있는 3D 안경을 통해 어딘가로 인체 정보 데이터가 흡수된 것입니다. 더욱 놀라운 것은 이 모든 일련의 사태들이 신체 데이터를 흡수당한 인간들이 자기 의지가 아닌 무언가에 조종되어서 일어난 일이라는 사실에 경악을 금치 못했죠. 우리는 즉시 템플성도단을 이끌고 트랜스포머관을 방문한 모든 사람의 주소지를 추적하여 전수조사를 한 결과 놀랍게도 모두 코로나바이러스에 의해 조종을 당한 숙주 인간이 되어 있었다는 점을 발견하게 되었습니다.”

“숙… 숙주 인간이요?”

경악스러운 단어가 회의실을 울린다.

“크흠, 회장님. 숙주 인간이라고 하면 인류사에 나타나지 않은 엄청난 사항인데요. 그러면 이미 코로나바이러스가 일부 인간을 지배하고 통제하는 사항까지 침입의 영역을 확장했다는 말씀인가요?”

“그렇습니다. 더구나 도쿄올림픽 방송 송출을 통해 지배를 받는 숙주 인간들에게 무언가 명령을 내린 것 같은데 이 부분도 지금 저희가 조사 중입니다.”

“아, 놀랍습니다. 그리고 존경스럽습니다. 회장님, 저희 뉴클레아스 심해기억저장위원회는 창조자 위원회에서 지구를 지키기 위한 가장 큰 소명으로 인간의 모든 기억전송을 관장하고 기억저장, 기억삭제, 기억편집, 기억전송 등의 과정을 통해 인간기억자산이 인간의 진화에 필요한 후생유전학의 기초자산이자 인류 발전의 DNA 코딩의 핵심 소스로 사용하는 데 필요한 비밀업무를 수행 중입니다. 그런데 저희보다도 더 체계적으로 이렇게 인간세계를 지키기 위한 위대한 조직이 있다는 점에 대해서 저는 경이로울 뿐입니다.”

“하하하. 닥터 제닝스, 눈을 올려서 저 우주를 보세요. 우리는 저 우주에 존재하는 스치는 티끌 같은 존재입니다. 지금의 시간도 돌아오지 않는 우주의 시간의 벽을 통과하고 있는 것이지요. 칼 세이건(Carl Edward Sagan)의 《코스모스(Cosmos)》는 읽어 보셨지요?

'인간은 지구에만 있다. 인간은 지구라고 불리는 이 자그마한 행성에서만 사는 존재이다. 우리는 희귀종인 동시에 멸종 위기종이다. 우주적 시각에서 볼 때 우리 하나하나는 모두 귀중하다.'는 칼 세이건의 말처럼 우리는 모두 하나의 소중한 존재라는 인식 아래… 저희 템플성도단은 단지 모르몬교 신도들을 지키기 위해 형성된 조직입니다."

"네, 회장님, 저도 칼 세이건 교수의 《코스모스》를 읽어 보고 크게 감동받았습니다. 저는 어쩌면 저희 창조자 위원회가 지구에 남겨 놓은 위대한 인류의 여정에 대한 또 다른 해석이라고 생각하면서 읽었습니다."

"하하하. 좋습니다. 좋아요. 우리가 공감하는 바가 크군요. 닥터 제닝스에게 묻겠습니다. 창조자 위원회는 지구를 지키고 인류를 보호하기 위해 뉴클레아스 심해기억저장위원회만 비밀의 열쇠처럼 지구에 남겨 놓았을까요? 하하하. 왜 자신들만이 지구를 지키기 위해 만들어진 조직이라고 생각하시는지요? 그런 생각을 버리세요. 우주는 무한하고 우리는 그 질서 속에 남겨진 작은 생명체일 뿐입니다. 다만 모든 생명체는 그 생명의 소명을 가지고 태어납니다. 지금의 코로나족과 인간의 대혼란도 어찌 보면 서로 살아가야 하는 생존의 의미를 지닌 영역 싸움이라고밖에 볼 수 없습니다. 저희 조직은 《몰몬경》에 적힌 저희의 사명을 따르는 템플성도단이지만 저희 또한 창조자의 위대한 소명을 이해하기 위해 평생을 노력하고 있습니다. 황무지에 가까운 유타주의 땅들과 이곳 솔트레이크 시티에 우리의 지도자 브리검 영께서 우리를 모두 이끌고 당도한 것을 우리는 모세의 가나안 땅으로의 인도에 비유하지요. 그 계승자인 저희들은 지금 단지 저희 소명을 다할 뿐입니다."

"깊은 존경을 표합니다. 템플성도단을 이끄는 회장님과 단원들 모두에게."

드와이트 이건과 닥터 제닝스의 깊은 대화에 회의실에 있던 모든 사람은 숨을 죽여 가면서 조용히 경청하는 분위기다.

무거운 분위기를 반전시키는 경쾌한 목소리가 세스 이건에게서 나온다.

"아버지, 오늘도 한 시간 넘게 이야기하셨어요. 제가 연구실에 있는 숙주 인간 감별기를 가져올까요?"

"하하하. 그래. 내가 또 철학적인 이야기에 빠져들어서 손님들을 모시고 긴 이야기를 하고 말았구나. 여러분, 제 아들 세스 이건이 숙주 인간 데이터를 연구하면서 개발해 낸 숙주 인간 감별기를 가져오는 동안 잠시 휴식을 취하면서 스낵과 음료를 좀 즐기시면 어떨까요?"

일순간 분위기가 휴식 종이 친 것처럼 확 풀리면서 회의실 내의 무거운 공기가 갑자기 환기되는 느낌으로 분위기가 밝아진다.

"휴. 저는 숨도 제대로 못 쉬는 줄 알았어요. 두 분의 대화를 듣느라고."

브릴리언트리얼은 얼른 탁자 위에 올려진 음료수 중에 닥터페퍼를 집어 들고 한 모금 들이켠다. 그러고는 강한 음료의 뒷맛을 즐기는 표정으로 크게 호흡을 하고 이제 살았다는 표정으로 의자에 앉는다.

의자에 비스듬히 편한 자세로 양손에 깍지를 끼고 일행을 바라보던 드와이트 이건은 일과는 상관없는 호기심 어린 질문을 던진다.

"제가 왜 코리아를 좋아하는지 아세요?"

"호호호. 회장님, 그러잖아도 아까 아드님이신 세스 이건이 말씀하셨거든요. 회장님은 각별히 코리아에 대한 관심이 많으시다고요."

"맞습니다. 제가 한국에 처음 가 본 것은 1972년경이었습니다. 눈이 하얗게 내리는 겨울날이었죠. 일본에서 배를 타고 부산이라는 항구에 도착하였답니다. 원래 부산은 겨울에도 눈이 잘 안 오는 곳이라고 하였는데 그날따라 너무나 많은 눈이 내리고 있었습니다. 저는 당시에 젊은 나이로 템플성도단의 일행이었습니다. 저희는 한국전쟁에 참전하여 고향인 유타로 돌아오지 못한 모르몬교 신도이자 미군으로 참전한 친구들의 유해를 가지러 부산에 도착한 것입니다. 사실 전쟁이 끝나고 20여 년이 지난 후에 낙동강 근처에서 발견된 우리 젊은이들의 유해는 미군 전쟁포로·실종자 확인 합동사령부(JPAC)의 장시간의 조사를 통해 유타주에서 한국전에 참전한 두 명의 젊은 친구로 밝혀졌습니다. 여러분은 JPAC의 모토를 혹시 아시나요?"

"Leave No Man Behind(한 명의 병사도 남겨 두지 않는다)!"

닥터 제닝스가 바로 대답하자 드와이트 이건는 놀랍다는 표정으로 의자에서 일어나 몸을 앞으로 당겨 앉으며 "빙고!"를 외친다.

"놀랍군요! 제가 1972년 겨울의 그날! 온몸에 벼락을 맞은 듯 충격을 느낀 그 생생한 전율을 한국 친구들이 저희에게 선사하였습니다. 눈이 펑펑 온 그날 저희는 유타의 두 젊은이의 유해를 고향으로 모셔 가기 위해 부산의 유엔묘지(United Nations Memorial Cemetery)에 도착하였습니다. 1951년 1월 전쟁 중에 설립되었다고 하더군요. 1954년까지 16개국 참전국의 전사자 1만 1,000명이 매장되었고 순차적으로 고국으로 유해가 봉환되었던 묘지였습니다. 유엔 전사자들의 묘지를 머나먼 코리아라는 나라에서 바라보는 저희의 심정은 가슴이 아릴 정도였습니다. 저희는 모르몬교 신도이자 미국 유타의 젊은이인 제임스 도노반 상병과 폴 파커 병장의 유해를 가족이 기다리는 유타의 솔트레이크 시티 모르몬 묘지로 이송하는 작업을 하였습니다. 저희는 유해 봉환 작업 중에 유엔묘지에서 놀라운 광경을 보았습니다. 온통 하얗게 눈이 오는 한국의 겨울은 솔트레이크 시티의 매서운 겨울과 흡사하더군요. 모든 초록의 빛깔이 사라져 버리는 겨울의 한복판에 서 있는 저희의 발아래에는 말도 안 되는 현실처럼 푸르른 잔디들이 유엔묘지 전체를 덮고 있었습니다. 한겨울에 푸르른 잔디라니요. 그건 말도 안 되는 일입니다."

"그런데 분명히 푸르른 잔디들이 그 커다란 유엔묘지 전체를 뒤덮고 있었습니다. 저희는 깊은 감명을 받았습니다. 우리의 젊은이들이 목숨을 바쳐 싸운 나라 코리아에서 잊히지 않는 예우를 받는 현장을 눈으로 똑똑히 보았습니다. 저는 그날의 감동 이후 코리아에 대한 첫인상을 아주 최고로 간직하고 있습니다. 나중에 알게 되었습니다. 그날 유엔묘지를 온통 초록빛으로 덮고 있던 잔디는 한국의 보리였다는 것을요. 보리(Barley)라니. 믿기지가 않았습니다. 한국에는 겨울에 보리가 푸르게 자라고 봄이 지나서야 수확한다는 것을 그때 알게 되었죠. 유엔묘지의 겨울을 덮은 그 초록빛의 보리는 현대그룹 회장 정주영이라는 분의 아이디어였다고 하더군요. 저는 그 이후로 현대 자동차의 마니아가 되었습니다. 밖을 보세요. 우리 주차장에 현대차가 얼마나 많이 주차되어 있는지를요."

감격 어린 표정으로 거의 50여 년 전의 이야기를 들려주는 드와이트 이건의 모습은 동네 꼬마들을 모아 놓고 이야기보따리를 풀어 가는 할아버지의 모습과 흡사했다.

"아, 감동적인 이야기입니다. 유타의 젊은이들이 한국전에서 희생되어 낙동강 전투로 사망하고 그 유해가 유엔묘지에 묻혀 있다가 JPAC에 의해 신원이 확인되고 이 젊은이들을 고향으로 데려가기 위해 템플성도단이 직접 한국 땅을 밟게 되었다니요."

드와이트 이건는 불현듯 화가 나는 듯이 감동하고 있던 일행들을 향해 쏘아 대듯이 이야기를 이어 간다.

"그런데 말입니다. 요즘 저는 코리아를 보면 도저히 우리의 이러한 아픔을 잊어버린 것 같아서 마음이 안 좋습니다. 우리의 젊은이들이 평생 가보지도 못한 코리아라는 나라에서 그렇게 많은 희생을 치르면서 만들어 낸 오늘날의 미국과 한국의 오랜 친구 관계가 유지되고 있다는 사실조차 지금의 코리아는 모르는 것 같습니다."

정중하게 드와이트 이건에게 닥터 제닝스가 나서서 질문을 던진다.

"회장님, 54,246이라는 숫자를 아십니까?"

"54,246이요?"

"네."

"글쎄요."

"한국전쟁에서 사망한 미군 병사의 숫자입니다."

"오우, 그 숫자를 기억한다는 말입니까?"

"또한 UN군은 626,833명이 사망한 전쟁입니다. 저희 대한민국의 국민들은 한국전쟁의 희생과 아픔을 결코 잊지 않았습니다. '역사를 잊은 민족에게 미래는 없다'는 단재(丹齋) 신채호(申采浩) 선생님 말씀의 의미를 너무나 잘 알고 있기 때문입니다."

놀라는 드와이트 이건 회장에게 닥터 제닝스는 힘주어 강조한다.

"저희 한국 속담에 결초보은(結草報恩)이라는 말이 있습니다. '은혜를 입으면 반드시 갚는다'라는 뜻을 가지고 있습니다. 그런 이유로 한국과 미국은 친구이자 동맹국이며 경쟁자이자 서로 보완해 주는 지렛대 같은 사이입니다."

"오우, 뜻밖이군요. 한국전쟁에서 희생한 미군 병사의 숫자를 말하는 한국분들을 만나다니요. 저는 코리아에 대한 사랑이 저만의 짝사랑인 줄 알았습니다. 우리 유타의 젊은이들이 정든 집, 엄마,

아빠, 형제들을 떠나 머나먼 이국 땅에서 총에 맞아 젊은 생을 마감한 그 고통을 저희는 몇십 년 동안 함께 나누었습니다. 제가 젊은 나이에 템플성도단으로 머나먼 한국에 가서 저의 친구 같은 유타의 젊은이들을 집으로 운구해 올 때 느껴졌던 그 마음이 50여 년이 지난 지금도 생생하게 느껴집니다. 저희 모르몬은 가족애를 중심으로 이루어진 공동체를 지향하기 때문입니다."

가슴 아파하고 감격해하는 드와이트 이건 회장에게 닥터 제닝스와 아르먼 다쳐 박사 그리고 브릴리언트리얼은 우리 한국 사람 또한 가족을 중요시하며, 친구를 아끼는 의리의 민족이자 정으로 똘똘 뭉친 우수한 민족이라는 자부심을 각자의 표정에 드러내면서 마주 보고 앉아 서로를 쳐다보는 순간,

문이 열리면서 세스 이건이 손에 물건을 하나 들고 회의실로 들어온다.

작고 빛나는 물건은 한 손에 들 수 있을 정도의 작은 사이즈이지만 한눈에 봐도 최첨단 디지털기기로 보인다.

"아버지, 저희가 개발한 숙주 인간 감별기를 가져왔습니다."

드와이트 이건 회장은 자랑스러운 듯이 숙주 인간 감별기를 받아 들고 회의실 내의 중앙 탁자 위에 올려놓으며 아들이자 CSO인 세스 이건에게 지시한다.

"모든 간부들을 지금 회의실로 들어오라고 하게. 지금부터는 템플성도단과 뉴클레아스 심해기억저장위원회에서 오신 손님들 간의 긴밀한 협의를 해야 할 시간이네."

인간을 조종하는
코로나바이러스에 점령된 숙주 인간

CO-DX 사무실 안으로 들어온 세스 이건이 가져온 숙주 인간 감별기가 테이블 중앙에 올려져 있다.

커다란 회의실 테이블을 사이에 두고 한쪽에는 닥터 제닝스, 아르먼 다처 박사, 브릴리언트리얼이 앉아 있고 맞은편에는 중앙에 드와이트 이건을 중심으로 CO-DX 임원진들이 앉아 있다.

"소개하겠네. 내 왼쪽으로 COO이자 내 아들인 세스 이건, 그 옆은 네 번째 아들인 페딕 이건(Pedic Egan), 그 옆은 내 손자인 피터 이건(Peter Egan)이네"

"안녕하십니까?"

"만나서 반갑습니다."

서로 인사를 나눈 다음 드와이트 이건은 고개를 돌려서 오른쪽에 앉은 임원들을 소개한다.

"첫 번째는 CFO를 담당하는 둘째 아들 토트 이건(Toth Egan), 그다음은 글로벌 시장을 담당하는 일곱째 아들 덕 이건(Duck Egan) 그리고 마지막은 열네 번째 아들 직 이건(Jick Egan)이요."

"네, 그럼 세스 이건은 몇 번째 아드님이신지요?"

브릴리언트리얼은 더듬거리면서 질문한다.

"하하하하하. 당연히 내가 사랑하는 장남이지요."

드와이트 이건은 호탕하게 웃으면서 좌우의 아들들이 자랑스러운 듯이 왼쪽 오른쪽으로 고개를 돌리며 연신 아들들의 얼굴을 바라본다.

"유타주에는 가족 기업들이 많다고 하던데 CO-DX도 그러하군요."

"맞습니다. 닥터 제닝스, 우리는 모르몬을 수호하는 가족 기업이 자 전형적인 모르몬 가정입니다. 제 아이들도 모두 템플성도단의 일원이지요."

닥터 제닝스는 충분히 이해하는 표정으로 고개를 끄덕이면서 말을 이어 간다.

"자, 그러면 가져오신 숙주 인간 감별기에 대해서 설명 부탁드립니다."

세스 이건이 일어서서 숙주 인간 감별기를 들고 이야기를 시작한다.

"아버님이 말씀하신 대로 저희가 숙주 인간 감별기를 발명하게 된 것은 미국 내에서 NBC가 도쿄올림픽 중계방송을 송출할 때 방송송출 부호 안에 이상한 명령코드같이 암호화된 코딩프로그램 신호가 송출되는 것을 발견하고 이를 추적하면서부터입니다. NBC의 도쿄올림픽 중계방송을 본 많은 미국인 중에 그 송출부호에 노출된 일부 사람들이 이상한 행동을 보이기 시작하였습니다."

"이상한 행동을요?"

"네. 아주 이상한 행동을 보입니다. 암호화된 코딩프로그램이 자기 몸 안의 인지능력과 일치하는 사람들은 도쿄올림픽이 열리는 7월 23일부터 8월 8일까지 모두 올랜도에 있는 유니버셜 스튜디오를 방문한 것입니다."

"놀이공원에 놀러라도 간 것인가요? 코로나바이러스가 전역에 퍼져 있는데요?"

성질 급한 브릴리언트리얼이 연속해서 속사포처럼 질문을 해 댄다.

"유니버셜 스튜디오 안에 있는 다른 어드벤처 시설은 방문도 안 했습니다. 특이하게도 트랜스포머관에 모두 방문한 기록을 찾아냈습니다. 그리고 트랜스포머관의 체험 기구를 타고 나오는 시간 동안 그 공간 안에서 강력한 전류가 흐르면서 트랜스포머관을 이용한 모든 인간의 동공을 통해 몸 안의 모든 유전자 데이터들을 수집하는 현상이 있었음을 밝혀냈습니다."

"유전자 데이터를요?"

"네. 특이하게도 백신 접종 이후의 사람들이 가진 면역반응과 백신을 맞은 이후 코로나바이러스에 대한 항체 형성 정도에 대한 모든 신체 데이터들을 수집해 갔습니다."

"흠. 대단하군요. 사람들을 조종해서 올랜도 유니버셜 스튜디오로 가게 하고 그곳에서 특정 시설인 트랜스포머관에 입장하게 한 다음에 그 공간 안에서 자신들이 필요한 모든 인간 유전 데이터를 추출해 갔다는 이야기인데요. 더구나 백신을 맞은 이후에 인간들의 면역반응과 항체 형성 반응을 보기 위해 그 데이터를 가져갔다는 사실에 놀랄 뿐입니다."

조용히 듣고 있던 아르먼 다쳐 박사도 무거운 신음과 함께 놀랍다는 반응을 보인다.

"저희가 놀랍게 생각한 점은 도쿄올림픽이 중계되는 7월 23일부터 8월 8일까지는 미국 전역의 백신 접종률이 70퍼센트에 달하는 시점으로 1년 이상 휴장한 올랜도의 유니버셜 스튜디오가 재개장을 한 지 얼마 되지 않은 시점이라는 것입니다. 즉, 이 말의 의미는 코로나바이러스는 미국에 사는 국민들 중에 각기 다른 인종, 나이, 지역 분포 등을 고려하여 충분한 샘플이 수집되는 시점까지 기다렸다가 백신 접종률이 70퍼센트에 도달하는 시점에 암호화된 전송 부호로 샘플링이 될 만한 사람들만 골라서 불러 모았다는 것입니다. 전파 조종을 통해서요."

"대단하군요. 전파조종이라고 함은 밖에서 전파를 송신하고 안에서 이를 수용하는 수용체가 있어야 하는데 그럼 송신자는 코로나바이러스를 조종하는 본부나 사령부가 될 수 있고, 인간의 몸 안에서는 한 번이라도 코로나바이러스에 걸린 사람이라면 몸 안에 생존하거나, 숨어 있는 코로나바이러스의 불안정한 단백질사슬이 핵산이나 미토콘드리아를 이용하여 정보를 수신하고, 이를 해독하여 명령을 지시하기 위해 인간의 뇌신경에 명령호르몬을 전달하여 명령을 인식하게 한다는 말인데요. 와우. 이건 우리 인간이 마치 로봇을 원격 조정하거나 지금 우리가 시행하는 무인 자동차, 무인 드론, 무인 비행기에 적용하는 무선 기술과 흡사하군요.”

“맞습니다. 너무 잘 이해하시는군요. 아르먼 다쳐 박사님.”

“저는 이 사실을 모두 체험하였습니다. 하버드 대학교의 도움을 받아서 시그널 도 박사가 찾아낸 이상한 전송 코드를 발견하고 이 전송 코드에 접속할 수 있는 방법을 찾아내서 프로스트 박사의 이데아 위성 시스템을 통해 코로나바이러스 총사령부의 최고 원로인 술탄코로나를 접속하였습니다.”

닥터 제닝스의 말에 회의실에 참석한 CO-DX 임원이자 템플성 도단의 비밀 단원인 이건(Egan) 패밀리는 모두 깜짝 놀랄 반응을 보인다.

“아니, 정말로 코로나바이러스와 교신을 통해 접촉하셨다는 말씀인가요.”

“네. 맞습니다. 그런 경험이 있기 때문에 여러분이 오늘 보여 주신 숙주 인간 감별기에 감명받았고, 이것이 우리 인류를 위해 크게 쓰일 것이라는 생각이 듭니다. 이런 훌륭한 장비를 만드신 템플성 도단에게 저는 뉴클레아스 심해기억저장위원회를 대신해서 깊은 감사와 존경을 보냅니다.”

갑자기 아르먼 다쳐 박사가 대화 중간에 끼어들면서 정중하게 드와이트 이건에게 부탁한다.

“회장님, 저는 연구자이다 보니 지금 보는 숙주 인간 감별기의 작동 원리에 대해서 상당히 궁금합니다. 숙주 인간이라는 형태에 대해서도 궁금하고요. 인간 좀비와 같은 구조인가요?”

"하하하. 저는 아르먼 다쳐 박사같이 궁금증을 가지고 많은 질문을 하는 과학자들을 좋아합니다. 저희 회사도 수백 명의 과학자들이 유전자 분석 및 시스템을 연구하지만 늘 물어보면서 연구하는 환경을 만들었지요. 우리는 이것을 상호작용(相互作用: Interaction)이라고 정의하고 있습니다. 저희가 코로나바이러스에 대해서 쉽게 이해하고 접근했던 이유도 바로 우리 기업 문화가 가진 상호작용에 기반한 것입니다."

"상호작용이요?"

"그렇습니다. 인간 좀비는 각자 좀비가 되면 개개인의 좀비 역량으로만 행동합니다. 누가 명령을 하고 누구와 친하고 누구와 정보를 나누고 협력하고 역할을 분담하지 않습니다. 마치 미이라나 마루타처럼 한 가지 목적만을 위해 돌진하는 모습을 보이고 있지요. 하지만 상호작용은 다릅니다. 지구상에서 우리 인류가 다른 어느 동물들보다도 우수하게 진화한 것은 바로 이 상호작용을 가장 잘한 동물이기 때문입니다. 상호작용을 통해 자신이 학습한 것을 보여 주고 다른 이들이 이를 따라 학습하고 다시 서로 배우고 뛰어난 자가 나타나고, 이를 이기기 위해 경쟁하는, 반복적인 상호작용이 진화를 더욱 가속화해서 인간을 지구 지배종으로 만들었습니다. 그런데 이처럼 인간과 같은 상호작용을 하는 것을 저희는 코로나바이러스를 연구하면서 알게 되었습니다."

조용히 듣고 있던 닥터 제닝스가 심각한 표정으로 중간에 대화를 이어 간다.

"흠. 회장님 말씀대로 코로나바이러스는 제가 접속해서 대화를 해 보니 인간들과 같은 상호작용을 하는 지배체계를 이미 갖추고 있었습니다."

"지배체계까지요?"

지배체계라는 말에 드와이트 이건도 놀라서 닥터 제닝스를 쳐다본다.

"네. 인간과 다를 게 없는 사회시스템을 이미 구축했습니다. 이는 저희가 세포생리학에서 배운 세포들이 마크로파지(Macrophage), NK세포(Natural Killer Cell), T세포, S세포 같은 인간 면역계와 싸우면서 얻은 정보를 전사하고, 정보를 가공 및 전달하며, 면역세포에 대항하기 위해 정보를 학습하는 동안 활동을 쉬는 잠복기를 둡니다. 잠복기 동안 인간 면역계와 휴전을 한 다음에 다시 전열을 정비해서 인간의 면역 세포계를 공격하는 연쇄 상호작용으로 집단화하여 대응하는 확대판 버전입니다. 즉 코로나바이러스는 이미 전 세계에 확산 중인 자신들의 코로나바이러스 및 변종 바이러스들과 활발하게 교신하면서 인간들과의 전쟁에서 이기기 위한 다양한 정보를 나누고 가공하고 발전시키고 있다는 점입니다."

"실로 영리한 바이러스군요. 그러면 교신하는 수단으로 무엇을 이용하는 걸까요?"

닥터 제닝스는 고개를 흔들면서 절반은 알고 절반은 아직 모르겠다는 표정으로 대답을 이어 간다.

"제가 술탄코로나와 접속해서 이야기하다가 얻은 정보는 초기의 코로나바이러스들은 모두 지구상에 있는 박쥐들을 이용하여 박쥐 초음파를 활용해 교신한 것으로 파악되었습니다."

"박쥐요?"

"네. 저희 인간들은 그동안 박쥐가 모든 바이러스의 온상이며 모든 바이러스가 쉽게 박쥐에 기생할 수 있는 환경을 가진 동물로만 생각했습니다. 박쥐 연구가들조차 박쥐 자체가 가진 독특한 항체 형성이나 면역시스템이 모든 바이러스에 대항할 수 있도록 활발한 변화력을 가진 특이한 면역 체질로 구성되어 있다고만 밝혔을 뿐입니다. 그리고 어두워진 밤하늘을 날아다니기 위해 밤이면 동굴에서 나온 수많은 박쥐들이 허공을 날아다닌다고만 생각하고 있었습니다. 하지만 문제는 바이러스들이나 메시지를 전하고자 하는 공생 바이러스들이 교신하고자 하는 내용을 모두 밤에 초음파로 전송한다는 것입니다. 밤의 전송은 인간들이 수면에 든 시간인데다가 모든 전파 교란의 기계들이나 사회 활동들이 잠잠해지는 시간대라서 초음파 교신부호가 더욱더 멀리 전파되는 이점이 있다는 것을 술탄코로나와의 교신을 통해서 알아냈습니다."

드와이트 이건은 손에 깍지를 풀면서 갈증이 난다는 듯이 앞에 있는 콜라 캔을 까고 커다란 얼음 컵에 콜라를 다 부은 다음 단숨에 한 컵의 콜라를 다 들이켠다.

"흠, 그러면 박쥐를 이용한 교신이 과거의 교신 수단이었다면 지금 코로나바이러스들은 실시간으로 어떤 수단을 이용해서 숙주 인간들 속에 숨어 자신들끼리 교신하면서 정보를 교환하는 걸까요?"

"거기까지는 아직 저희 뉴클레아스 심해기억저장위원회도 알아내지 못해서 지금 그 수단을 알아내기 위해 모든 노력을 기울이고 있습니다. 회장님이 숙주 감별기를 만든 것은 어떤 원리를 활용한 것인지요? 혹시 그 원리에서 코로나바이러스가 교신 수단으로 사용하는 방법에 대해 힌트라도 얻을 수 있지 않을까요?"

"흠. 저희가 숙주 감별기를 만든 원리는 바로 연가시를 연구모델로 정하고 이를 인간에게 적용한 것입니다."

닥터 제닝스, 아르먼 다쳐 박사와 브릴리언트리얼은 놀라서 동시에 소리를 지른다.

"연가시요?"

"우리가 아는 그 연가시를 말씀하시는 건가요?"

닥터 제닝스의 질문에 드와이트 이건은 작은 미소를 띠며 손쉽게 숙주 인간 감별기에 대해서 설명을 이어 간다.

"박사님은 연가시에 대해서 어디까지 알고 계신가요?"

"연가시가 신경화학물질을 대량으로 만들어내 자신이 숙주로 삼은 대상을 조종한다는 정도만 알고 있습니다."

"하하하. 많이 아시는군요. 그 정도만 아셔도 절반은 맞추신 것입니다."

"저희 템플성도단은 유니버셜 스튜디오에 들어가 트랜스포머관 안에서 백신 접종 이후의 인간 면역계에 대한 정보를 모두 전달한 숙주 인간들을 찾아내는 작업을 먼저 한 다음 숙주 인간들이 모두 코로나바이러스에 감염된 점을 발견했습니다. 즉 백신을 맞았는데도 코로나바이러스에 감염된 사람들이 숙주 인간이 된 것을 발견한 것입니다. 저희는 숙주 인간들에게 무언가 명령을 내린 구조가 인간 신경계에 영향을 미치는 물질이 신체 내에서 분비되자 인간들이 숙주화되어 그 명령을 따랐다고 보고 프로테오믹스(Proteomics)를 적용하여 연구를 시작하였습니다."

"프로테오믹스라고 함은 유기체가 만들어 내는 단백질의 특성을 분석하여 종합적인 정보를 산출하는 방법을 말씀하시는 건가요?"

"오호, 맞습니다. 잘 아시는군요. 저희는 이 방법을 적용하기 위해 1차로 연가시의 숙주 조정법 연구를 다시 시작하였습니다. 콜로라도주립대학교 생물학 교수인 제니스 무어(Janice Moore) 박사의 도움을 받았죠. 그분은 기생생물 연구의 세계적 권위자이자 기생생물 조작(Parasitic Manipulation)의 대가이신 분입니다. 아 참. 한국 사람으로서 최초로 아카데미상을 받은 봉준호 감독이 만든 작품도 〈기생충(Parasite)〉 아닌가요? 하하하. 한국 사람은 참 대단해요. 기생생물이 숙주 인간을 만드는 코로나 시대를 예견한 건 아니겠죠? 인간의 몸에 살면서 인간을 조종하는 코로나바이러스나 거대한 고급주택의 지하에 살면서 주인 없을 때 주인처럼 사는 〈기생충〉 영화의 주인공들이나 뭐 별반 다를 건 없어 보이는군요. 하하하, 설마 봉준호 감독이라는 분이 생명공학을 공부한 사람은 아니죠?"

유쾌하게 웃으면서 어려운 이야기를 농담처럼 풀어서 설명하는 드와이트 이건을 바라보면서 닥터 제닝스는 한국에 대해서 너무도 많이 아는 CO-DX 임원들이 신기했다.

눈치를 챈 듯이 큰아들인 세스 이건이 얼른 끼어들어서 갑자기 한국말로 이야기를 거든다.

"하하. 사실 저희 식구들은 모두 아카데미 4관왕의 봉준호 감독의 명작 〈기생충〉을 보았답니다. 아카데미상을 받은 윤여정 대배우가 나오는 〈미나리(Minari)〉도 보았습니다. 저희 식구들은 모두 아버지의 한국 사랑에 의해 모르몬교 선교사로서 2년간 한국에 가서 선교 봉사를 하고 돌아왔습니다. 저도 물론이고요. 저는 제주도에 있었습니다. 안녕함수꽈? 무사 그렇게 놀랍수꽈? 제주도 2년이면 해녀 삼춘들이랑 동네 아방 어멍 되새기(돼지)까지 다 사투리 친구 되마심! 그 덕에 〈우리들의 블루스〉라는 드라마도 아주 재미있게 보고 감동했수다게. 넷플릭스에서 보고 마시. 하하하. 그래서 한국말을 아주 잘합니다. 선교 봉사를 하러 가기 전에 모르몬교 본부에서 완벽하게 한국어를 배우고 나서 출발하는 프로그램이거든요."

그동안 영어로 한참 동안 이야기를 나누던 닥터 제닝스와 아르면 다쳐 그리고 브릴리언트리얼은 순간 냉동 얼음에 갇힌 듯이 얼어붙은 표정으로 입이 떨어지지 않은 단어들을 쏟아 낸다.

"크악. 한국말을 저렇게 잘하면서… 제주도 사투리까지 하면서. 우리에게 그동안 영어로… 크아아아악"

닥터 제닝스는 연신 놀랍다는 표정을 지으면서 드와이트 이건을 바라본다.

"회장님, 이야기를 들으면 들을수록 템플성도단이라는 조직을 저는 존경하지 않을 수 없습니다. 저희 뉴클레아스 심해기억저장위원회를 부디 친구로 여겨 주실 것을 요청드립니다."

"하하하하하. 별말씀을요. 제가 말씀드리지 않았습니까? 저희는 모두 지구에 사는 생명의 작은 씨앗일 뿐이며, 모든 일은 창조자 위원회의 거대한 퍼즐 속에 존재하는 하나의 조각일 뿐이라고요. 저희 템플성도단이나 뉴클레어스 심해기억저장위원회나 모두 지구와 인류를 위해 존재하는 목적이 같으므로 당연히 저희는 친구입니다. 자자, 각설하고 이야기를 계속해 드리겠습니다. 콜로라도주립대학교 생물학 교수인 제니스 무어 박사님의 자문을 받았을 때였습니다. 교수님은 '영리하고 조작에 능한 기생생물이 먹이사슬을 재정비하는 능력을 가지고 있다.'라는 부분에서 영감을 얻었습니다. 코로나바이러스에 걸리면 왜 어린이는 낮은 치명률을 보이고, 노인과 병든 사람들은 높은 치사율을 보이는지에 대한 의구심을 품고 모든 코로나바이러스 사망 데이터들을 분석하였습니다."

"숙주 이론을 재정비하기 위해 이러한 데이터들을 보면서 코로나바이러스를 기생생물로 정의하고 인간을 숙주로 정의해 보면 답이 나옵니다. 기생생물이 인간의 몸에 들어가서 오랫동안 건강하게 밭을 일구며 살아가기 위해서는 해당 숙주가 건강하고 병이 없어야 오랫동안 밭을 일구고 자손을 낳고 다시 새로운 세대를 이루면서 숙주의 생명이 다하는 기간 동안 숙주와 일생을 같이 하게 되는 것입니다. 이러한 명제를 기반으로 하면 어린이, 청소년, 젊은이 그리고 건강한 세대들이 숙주 인간으로 필요한 것입니다. 정말 코로나바이러스의 무서운 전략이었습니다."

"기생생물(寄生生物)이 인간을 숙주로 삼아서 자기 맘대로 조종하고 그 안에서 번식하면서 지구의 모든 인간을 숙주화한다는 전략이군요. 그 기생생물이 바로 코로나바이러스고요."

"맞습니다. 무서운 일이 인류에게 벌어진 것입니다. 조작자

(Manipulator)라고 정의할 수 있는 코로나바이러스를 연구하기 위해 저희는 즉시 기생생물의 대표격인 연가시에 대한 연구를 시작했습니다. 모든 연구는 코로나바이러스와 연가시를 동일시한 다음 숙주 인간을 어떻게 조종할까 하는 명제에서 출발하였죠."

"아, 그래서 연가시를 연구하신 거군요."

"연가시는 프랑스 몽펠리아대학교의 진화생물학자인 프레데릭 토마스(Frederic Thomas) 박사에 의해서 처음 발견되었습니다. 숲속에 사는 귀뚜라미가 갑자기 서식지와는 관련이 없는 연못이나 개울물에 머리를 박고 다이빙해서 죽는 현상을 발견하면서 관심을 가지기 시작했답니다. 귀뚜라미에게 자살 충동을 일으킨 범인이 몸 안에 따로 있다고 추정하면서 연구를 시작하여 발견한 게 연가시입니다. 300여 종의 모양선충(Hairworm) 중에서 연가시강(Gordioida)에 속하는 유선형동물로 분류되는 녀석이죠. 귀뚜라미가 갑자기 연못이나 강물, 심지어 호텔의 수영장에까지 다이빙하면서 뛰어드는 이유를 귀뚜라미 해부를 해서 찾아본 결과 연가시에 감염된 모든 귀뚜라미에서 귀뚜라미 몸통보다 훨씬 긴 7~10센티미터의 유선형 연가시가 발견된 것입니다. 연구결과 연가시는 숙주에게 신경물질을 분비해서 숙주인 귀뚜라미가 물가로 가서 물로 뛰어들도록 조종하고, 수중에서 귀뚜라미 몸 밖으로 나온 다음 짝을 찾아 짝짓기를 시작합니다. 암컷들이 물속에 알을 낳으면 알이 부화해서 모기 유충의 낭종에 숨어듭니다. 모기 유충이 모기가 되어 날개가 생기면 날아다니다가 귀뚜라미에 잡아 먹힘으로써 모기에서 귀뚜라미로 숙주를 이동하게 되지요. 그리고 편안하고 안락한 숙주 안에서 평생을 보내는 과정을 모두 연구하였습니다. 저희는 이러한 프레데릭 토마스 박사의 연가시 숙주 이동 이론을 바탕으로 '코로나인간숙주지배이론'을 만들었습니다. 그리고 연가시의 숙주 지배 방식과 코로나바이러스 인간 숙주 지배 방식을 대입해 봤더니 놀랍게도 99퍼센트 이상의 일치율을 보인 것입니다."

브릴리언트리얼이 듣고 있다가 갑자기 생각난 듯이 큰 소리로 대화에 끼어든다.

"회장님, 저도 언젠가 아프리카 다큐멘터리에서 국제의료봉사단이 연가시에 감염된 아프리카 어린이들을 치료하는 프로그램을 본 적이 있습니다. 아이들을 치료하는 방법은 커다란 물을 담은 양동이에 어린이들의 발을 담그게 하는 것이었습니다. 그러자 피부에 있는 작은 상처로 기다랗게 생긴 연가시들이 계속 물속으로 나와서 저도 그 프로그램을 보면서 큰 충격을 받았거든요. 아프리카의 오염된 물을 먹은 어린이들이 물속에 있는 연가시 유충을 같이 마시게 되고, 연가시들이 인간을 숙주 삼아 자라다가 성충이 되면 어린이들이 물가로 가서 놀게 하도록 조종한 다음에, 물속에서 몸 밖으로 빠져나오는 현장을 담은 다큐멘터리 프로그램이었습니다. 저는 그걸 보면서 인간이 기생충에 조종당한다는 사실에 대해서 큰 충격을 받았습니다. 인간을 조종하는 기생생물이라니요. 회장님 말씀대로 이 모든 걸 코로나바이러스의 인간 숙주화와 대비해 보니 너무도 비슷하여 소름이 돋습니다."

"맞습니다. 놀랍도록 비슷한 숙주 지배 방법이었습니다. 그래서 저희는 오랫동안 비밀리에 추적한 숙주 인간들의 주소지를 모두 확보하고, 저희 템플성도단이 숙주화된 인간들을 면밀하게 감시한 결과 행동의 일치된 점을 하나 발견하였습니다."

"행동의 일치된 점이요?"

"그렇습니다. 숙주 인간들은 인간들과 접촉할 때 특이하게도 코를 벌름거리면서 냄새에 민감한 반응을 보였습니다. 상대방의 코에서 나오는 호흡기의 분비물질에 대해서 특이한 반응을 하는 것 같았습니다. 그래서 저희 템플성도단은 극비리에 샘플링한 숙주 인간을 포섭하여 저희 본부에 데려와 숙주 인간의 상호작용에 대해서 극비리에 연구하였습니다. 그리고 놀랍게도 코로나바이러스에 감염되면 감염원(感染源)인 코로나바이러스는 인간의 몸속(Host Body)에서 활동을 시작합니다. 그리고 바로 자신만의 고유한 신경물질을 만들어 분비합니다. 이 단백질 분비물을 인간(Host)이 호흡기를 통해서 배출하면 인간의 몸속에 있으면서도 접촉되는 인간이 코로나바이러스에 감염이 되었는지, 감염이 안 되었는지를 쉽게 구별할 수 있습니다. 또한 감염이 안 된 인간을 발견한 경우, 즉시 후손 번식을 위해 비감염자에게 감염자가 가까이 접근하도록 감염된 숙주 인간을 조종하여 비감염자를 감염시킵니다. 숙주 인간 조종 방법은 재채기를 유도하며, 비말로 날아가서 비감염자의 호흡기에 자손을 보내거나, 기침을 유도하거나, 말을 많이 하도록 인간을 조종하여 자손들이 비감염자에게 빠르게 안착하도록 숙주 인간을 조종합니다. 그래서 저희는 숙주 인간들의 호흡기에서 나오는 신경물질인 단백질 분비물을 포집하고 이를 분석하여 단백질 물질이 저희 센서에 반응하도록 숙주 인간 감별기를 만든 것입니다."

닥터 제닝스는 손바닥을 크게 마주치면서 손뼉을 친다.

"놀랍습니다. 오늘 저희에게는 커다란 행운이 찾아온 날입니다. 저희가 코로나족과 대타협을 위해 찾는 다섯 가지 탄생 신물의 두 번째 신물을 이곳 솔트레이크 시티에서 템플성도단을 통해 구한 것도 큰 행운인데, 템플성도단을 이끄시는 드와이트 이건을 뵙고 더 큰 선물을 받은 것 같습니다. 회장님과 템플성도단 여러분께 뉴클레아스 심해기억저장위원회를 대신해서 다시 한번 깊은 감사를 드립니다."

"하하하. 별말씀을요. 저희는 신성한 저희의 신탁에 의한 의무를 다하고 있을 뿐입니다."

"제가 정중하게 드와이트 이건을 템플성도단을 대표해서 저희 뉴클레아스 심해기억저장위원회의 특별회의에 한 번 초대해도 되겠습니까? 부디 제 요청을 수락해 주시면 감사하겠습니다. 숙주 인간 감별기의 대량 생산을 같이 논의해 주실 것도 감히 요청드립니다. 미래에 코로나족과의 대타협이든 전쟁이든 숙주 인간에 대한 감별기는 큰 역할을 할 것입니다."

닥터 제닝스의 정중한 초청에 드와이트 이건은 호탕하게 웃으면서 자신감 있는 어조로 회의의 말미를 장식한다.

"좋습니다. 한가지 제 요청을 들어주시면 언제든지 뉴클레아스 심해기억저장위원회의 특별회의에 참석하여 우리 템플성도단과의 통 큰 협조에 대해서 함께 논의하도록 하겠습니다."

간결하고 화통한 대답으로 드와이트 이건은 회의실의 분위기를 화끈하게 만든다.

닥터 제닝스가 조심스럽게 다시 여쭌다.

"한 가지 요청이라고 하시면 무얼 말씀하시는 건지요?"

"하하하하하. 아시다시피 제가 한국이라면 사족을 못 쓰거든요. 그런데 제가 조금 어려워하는 분야가 있습니다."

"그게 무엇인지요?"

"제가 요즘 한국 판소리 중에 〈심청가(沈淸歌)〉에 빠져 있는데요. 내용을 자세히 보면 거의 디즈니 영화를 만들어도 국제적으로 대박 날 내용인데… 제가 한국말을 아무리 잘해도…. 허 참… 도무지 〈심청가〉를 들으면서 잘 이해가 안 되거든요. 오늘 오신 김에 〈심청가〉 해설을 좀 해 주시면 저도 흔쾌히 닥터 제닝스의 요청을 들어 드리겠습니다."

"하하하하하. 그 부분이라면 제가 능히 해 드릴 수 있습니다. 해설은 바로 해 드리고 일단은 심 봉사 눈뜨는 대목부터 한 소절 들려 드린 후 〈심청가〉 강독을 시작해 보겠습니다. 솔트레이크 시티 한복판에서 〈심청가〉를 들려 드리다니, 저 또한 영광입니다. 회장님.”

　잠시 후 CO-DX 회의실에 낭랑한 판소리가 회의실 내부를 가득 채운다.

　“이때의 심 황후는 맹인 잔치를 열어 놓고, 아무리 기다려도 부친이 아니 들어오니, 슬피 탄식 우는 말이,

　이 잔치를 배설키는 예부상서를 또다시 불러 오늘도 봉사 거주 성명을, 명백히 기록하여 차차 호송하되, 만일 심 맹인이 계시거든 별궁 안으로 모셔오라.”

　예부상서 분부 듣고 봉사 점고를 차례로 불러 나가는데, 제일 말석에 앉은 봉사 앞으로 당도하여,

　“여보시오 당신 성명이 무엇이오.”

　“예. 나는 심학규요.”

　옳다. 심 맹인, 여기 계시다 하더니 별궁으로 들어갑시다.

　“아니. 왜 이러시오.”

　“우에서 상을 내리실지 벌을 내리실지는 모르나 심 맹인이 계시거든 별궁 안으로 모셔오라 하셨으니, 벌을 내리실지는 모르나 어서 들어갑시다.”(중략)

　“예. 소맹이 아뢰리다. 예. 소맹이 아뢰리다. 소맹이 사옵기는 황주 도화동이 고토옵고, 성명은 심학규요. 을축년 정월달에 산후증으로 상처하고, 어미 잃은 딸자식을 강보에다 싸서 안고, 이 집 저 집을 다니면서 동냥 젖을 얻어 먹여, 겨우겨우 길러 내어, 십오 세가 되었는데 효성이 출천하여 애비 눈을 띄인다고, 남경장사 선인들께 삼백 석에 몸이 팔려, 인당수 제수로 죽으로 간 지가 삼 년이요. 눈도 뜨지 못하고 자식만 팔아 먹은 놈을, 살려두어 쓸데 있소. 비수 검 드는 칼로 당장에 목숨을 끊어 주오.”

　심 황후 이 말 듣고, 산호 주렴을 걷어버리고, 보선발로 우르르르,

부친의 목을 안고.

"아이고 아버지."

심봉사 깜짝 놀라,

"아니 아버지라니. 뉘가 날 더러 아버지여. 에이 나는 아들도 업고, 딸도 업소. 무남독녀 외딸 하나 물에 빠져 죽은 지가 우금 삼 년인데, 뉘가 날 더러 아버지여."

"아이고 아버지, 여태 눈을 못 뜨셨소. 인당수 풍랑 중에 빠져 죽던 청이가, 살아서 여기 왔소. 어서어서 눈을 떠서 저를 급히 보옵소서."

심 봉사가 이 말을 듣더니, 어쩔 줄을 모르는구나.

"아니 청이라니. 에잉 이것이 웬 말이냐. 내가 지금 죽어 수궁에 들어왔느냐. 내가 지금 꿈을 꾸느냐. 죽고 없는 내 딸 청이. 여기가 어디라고, 살아오다니 웬 말이냐. 내 딸이면 어디 보자. 어디 내 딸 좀 보자. 아이고, 내가 눈이 있어야 내 딸을 보제. 아이고 답답하여라."

두 눈을 끔쩍, 하더니만은 눈을 번쩍 떴구나!

- 〈심청가(沈淸歌)〉 '심 봉사 눈 뜨는 대목' 중에서

마드모아젤 보테가, 아일린과 이탈리아에서 세 번째 탄생 신물을 찾는 임무를 시작하다

이탈리아 밀라노(Italy Milano),

밀라노 중앙역 앞에 위치한 5성급 호텔인 갈리아 밀라노(Excelsior Hotel Gallia, a Luxury Collection Hotel, Milan)의 1층 레스토랑에서 조식을 먹으며 여유롭게 일정을 마친 마드모아젤 보테

가는 한 잔의 진한 더블 에스프레소를 마시면서 그윽하게 이탈리아의 아침을 맞이하고 있다.

"흠. 일주일간의 밀라노 패션위크(Milan Fashion Week)의 여정은 정말 너무 피곤해. 하지만 1년에 두 번 열리는 이 소중한 자리를 내가 놓칠 수는 없지. 매번 세계 4대 패션위크(Fashion Week)인 뉴욕, 런던, 파리의 패션위크를 다 가지만 이상하게도 밀라노는 고향 같은 포근함과 새로운 기운을 준단 말야. 유명 브랜드가 자랑하는 대표 디자이너들의 작품을 만날 때마다 새로운 에너지가 생기지. 패션이 주는 묘한 중독감이라고나 할까? 칼(Karl) 나의 오랜 친구여. 칼이 같이 이번 밀라노 패션위크를 보았다면 젊은 친구들이 대단하다고 칭찬했겠지. 패션에도 젊은 바람이 불고 있으니 앞으로 많은 변화가 일어나겠군, 후훗."

진한 에스프레소를 한 번에 마시자마자 목으로 넘어가는 뜨거운 악마의 혓바닥 같은 커피 특유의 진득함을 느낀다. 묘한 카페인의 향기를 후두부를 타고 올라와 비강을 열고 나오는 호흡 사이에서 느끼면서 마드모아젤 보테가는 3년 전 세상을 떠난 절친한 친구인 칼 라거펠트(Karl Lagerfeld)를 회상한다.

칼이 세상을 떠나기 전에 파리 근교의 병원에 입원해 있던 칼을 보러 갔었다. 뉴클레아스 심해기억저장위원회의 특수요원이자 패션계 기억전송을 총괄하는 마드모아젤 보테가는 자신의 임무를 위해 오랜 친구인 칼을 만나는 것이 마음 아프기도 하고, 한 편으로는 칼을 병문안하면서 생존해 있는 칼을 한 번이라도 더 본다는 생각에 어렵게 칼을 설득하여 병원을 방문하였다.

"마드모아젤 보테가, 난 장례식 없이 그냥 화장으로 조용히 이 세상과 작별할 거야. 내가 아끼던 고양이와 내 친구와 함께 내가 기억하는 세상 속으로 돌아가고 싶어. 그러니 마드모아젤 보테가가 내 오랜 친구로서 나에게 요청하는 내 기억을 뉴클레아스 심해

기억저장소의 패션기억의 전당에 전송하는 일은 정중히 거절하고
자 해. 그 정도의 부탁은 오랜 친구로서 들어줄 수 있겠지. 난 조용
히 잊혀지는 죽음을 맞이할 거야. 나를 추모하는 자리는 내가 죽은
다음에 열리는 나의 마지막 패션쇼인 2019년 채널(CHANEL) 가
을·겨울 쇼에서 해 주면 좋겠어. 그날은 내가 좋아하는 모델들과
내 친구들이 참석하도록 미리 초청장을 다 돌렸거든. 물론 내 오랜
친구인 자네도 있다네. 그날 채널이 자랑하는 그랑팔레 에피메르
(Grand Palais Ephemere)에 와주게. 그곳에서 내 친구들이 나를 추
억하고 떠올리는 기억들을 자네가 모두 붙잡아서 보관해 주게. 그
렇게 해 준다면 나는 천국에서도 웃으면서 내 친구들과 채널에서
의 내 마지막 작품들을 보면서 행복할 거야."

그렇게 홀연히 세상을 떠나버린 오랜 친구의 부탁대로 마드모
아젤 보테가는 채널의 2019 레디 투 웨어 채널 패션쇼(Fall/ Winter
2019 RTW Chanel fashion show)에 참석했다. 그녀 옆으로는 그녀
와 칼의 오랜 친구들인 클라우디아 쉬퍼, 나오미 캠벨, 크리스틴 스
튜어트, 카렌 엘슨, 안나 윈투어가 나란히 앉아 최고의 모델들이 겨
울의 눈 덮인 마을을 연출한 채널의 런웨이(Runway) 모습을 보고
있었다.

페넬로페 크루즈, 카이아 거버, 카라 델레바인, 아만다 산체스 등
칼이 자신의 패션에 가장 잘 어울린다고 자랑하던 세계 최고의 모
델들과 배우들이 칼을 추모하는 그날의 패션쇼를 빛냈다. 그리고
마드모아젤 보테가는 채널 패션쇼장에 가득 찬 칼 라거펠트에 대
한 기억들을 전부 붙잡아서 뉴클레아스 심해기억저장소의 패션기
억의 전당에 칼의 기억 대신에 전송을 완료하였다.

자신의 기억을 보관하기보다 자신을 추억하는 사랑했던 사람들
의 기억을 보관하는 걸 원했던 칼의 소원을 들어준 것이다.

2,658명의 좌석에 칼이 남긴 마지막 선물이 놓여 있었다. 채널의

향수 19번과 작은 선물, 채널의 클래식 루즈 누아르 매니큐어, 칼이 사랑한 코코 채널과 함께 걸어가는 스케치가 놓여 있었다. 수십 년 동안 채널의 크리에이티브 디렉터로 자신의 영역을 구축한 칼의 상징인 포니테일로 묶은 헤어스타일과 손가락 없는 장갑 그리고 무엇보다도 자신의 패션에 몸을 맞춘다는 칼의 블랙 슈트핏은 영원히 볼 수 없겠지만 그 기억은 사람들 기억 파편에 남아 있도록 기억을 붙잡아 전송하지 않았다. 오랜 친구인 칼에 대한 마드모아젤 보테가의 마지막 선물이랄까. 그래야 조금이라도 마음이 편할 것 같았다. 그리고 언제나 그랬듯이 뉴클레아스 심해기억 저장위원회와 또 불편한 다툼을 이어 갔다. 왜 늘 마음대로 일을 처리하냐고.

그때의 기억을 떠올린 마드모아젤 보테가는 식사 후에 급격히 당기는 니코틴의 강한 터치를 느끼기 위해 갈리아 호텔 1층 입구로 나선다. 왼쪽 정면에 중앙역의 측면 출구가 보이고 수많은 여행객들이 분주하게 출구를 가득 채운 정경이 눈에 들어온다. 호텔 정면 왼쪽에 자리한 흡연 장소. 마드모아젤 보테가는 즐기는 던힐 탑립(Dunhill Top Leaf)을 꺼내서 불을 붙이고 길게 한 모금을 빨아당긴다. 마드모아젤 보테가만을 위해 고산지대에서 재배한 여린 담배나무에서 처음 올라오는 부드러운 잎으로 만들어 특수 처리를 한 탑립(Top Leaf)은 마드모아젤 보테가가 스모키 요정으로부터 임무를 위해 수집한 기억들을 지키는 방법이기도 하다. 오직 자신의 기억을 보호하기 위해 흡연을 하는 보테가의 비밀은 아무도 모를 것이다.

"후유. 이 연기가 주는 맛은 전자 담배가 영원히 따라올 수 없는 진짜 맛이지. 후유. 스모키 요정은 정말 이해가 잘 안 돼. 담배를 피우는 흡연자들의 연기 속에 날아들어서 담배 연기를 흡입하는 순간 니코틴을 뇌 기억에 활성화하여 기억들을 날려 버리다니! 그렇게 마구 기억들을 날려 버리면 결국 기억전송에 사용되어야 할 기억 파편들이 불량 기억 파편이 되는데도 왜 뉴클레아스 심해기억저장위원회는 스모키 요정들을 그냥 내버려 두는지 도통 이해가 안 간단 말이야. 나한테 뭐라 할 게 아니라 스모키 요정들을 불러다가 뭐라고 하는 게 우선 아닌가? 나 참. 나한테 마음대로 일을 처리하냐고 뭐라 할 게 아니란 말이야!"

스모키 요정이 자신의 저장 기억에 침입하지 못하도록 연거푸 몇 모금의 담배를 흡입하고 뱉어 낸 다음 중앙역 광장에 커다랗게 놓인 하얀 사과 조형물과 광장 주변에 나와 있는 다양한 사람들을 바라보면서 혼자 중얼거린다.

"왜 마음대로 일을 처리하냐고? 후훗. 난 마드모아젤 보테가니까."

독립성 강하고 개성 강하기로 이탈리아에서 이름을 날린 시절이 있었다. 보테가또베네타타 브랜드가 자랑하는 가죽의 꼬임을 이용한 인트레치아토 기법을 기억을 저장하는 기억꼬임저장의 기술로 재탄생시킨 이후, 마드모아젤 보테가와 보테가또베네타타 브랜드는 뉴클레아스 심해기억저장위원회의 중요한 기억전송 패션 가방 도구의 제공자로 협조하였다. 그리고 그 총책임자로서 벌써 30년의 세월을 기억전송을 위해 애쓰고 노력해왔다.

"푸훗. 이 정도의 일이야. 내가 충분히 커버할 수 있는 범위거든요. 더구나 칼은 우리의 오랜 친구이자 패션을 통해 기억정화를 이루어 낸 공로자이니, 우리 뉴클레아스 심해기억저장위원회가 이 정도의 소원은 들어줘야 한다고 판단했어. 후훗. 그러면 된 거야."

오랜 친구를 회상하고 밀라노에서의 회상기억을 떠올리면서 칼 라거펠트를 추모하던 마드모아젤 보테가의 작은 손가방에서 깜빡이는 빛이 새어 나온다.

작고 녹색으로 둘러싸인 보테가또베네타타 특유의 인트레치아 토 손가방 안에 작고 귀여운 곰 인형이 들어 있다. 빛이 나는 곰 인형의 눈동자를 바라보던 마드모아젤 보테가의 눈으로 기억이 전송된다.

뉴클레이스 심해기억저장위원회 특별위원회의 명령
이탈리아 밀리노에 있는 미드모이젤 보테기는 즉시 폼페이 유적 (Pompeii Archaeological Site)으로 떠니서 코로니족괴의 대티협을 위해 준비히는 디섯 기지 탄생 신물의 세 번째 딘서를 획보하십시오. 딘서는 회신 폭발로 굳어 버린 폼페이의 유적 인에 존재히는 비이러스 유전 코드입니다. 폼페이의 유적끼지 인내는 내일 이침 9시에 중잉역 괌징의 허츠 렌터키(Hertz Rent a Car) 데스크에 기면 접촉지기 기디릴 것입니다. 이번 임무를 성공적으로 수행할 겸우, 지닌번 도신대로에서 일어닉 '이트 오브 굿 리이프 콜렉션'을 통힌 깅님 지역의 금융 기억을 통째로 전송히여 젊은 흙수저 친구들을 도외준 무딘 행동에 대힌 벌점을 지울 것입니다. 이심"

곰 인형에서 전송되던 빛이 사라지자 마드모아젤 보테가는 보테가또베네타타 백(Bag)을 닫으면서 씨익 미소를 짓는다.
"후훗. 벌점을 삭제해 준다고? 호호호호. 난 벌점 따위는 신경 안 쓰는데 위원회가 마음대로 벌도 주고 상도 주고 하는구나, 호호호. 하지만 폼페이의 유적이라⋯. 흠, 이탈리아에 그렇게 오랜 시간 생활하고 출장도 많이 왔지만 왜 한 번도 폼페이에 가 볼 생각을 해 보지 못한 걸까? 일 중독이 문제지 뭐. 어휴. 내 팔자야. 더 좋은 아름다운 곳을 다 놔두고 도시 전체가 화산재에 수천 년을 묻혀 있던 폼페이에 가라니! 내 팔자도 참. 그래도 특별위원회까지 열린 것을 보니 사안이 중요하긴 한 것 같네. 코로나바이러스

와의 협상을 위한 단서를 찾아오는 임무라니. 기분이 나쁘지는 않
군. 나에 대한 신뢰가 있다는 증거잖아, 호호호호홋. 괜히 기분이
좋아지는데. 내일 아침 9시라, 오케이! 오늘은 내일의 임무를 위해
두오모(Duomo)에 가서 기도하고 자야겠구나, 택시!"

마드모아젤 보테가는 주저함 없이 갈리아 호텔 입구에서 손님을
기다리던 택시를 잡아탄다.

"Per favore, vai a Duomo(두오모로 가주세요)."

"Sissignore(알겠습니다)."

"Grazie(감사합니다)."

해 질 무렵에 도착한 두오모는 고대 건축의 백미(白眉)로 꼽히는
건축물의 대명사답게 석양의 빛을 받아 지붕 위의 수호신 대천사
의 금빛 날개가 빛나고 있다. 이 금빛 대천사를 보면서 소원을 빌
면 이루어진다는 속설로 인해 두오모 광장(Piazza del Duomo)에
가득 찬 관광객들과 방문객들은 해가 반사되는 금빛 대천사의 날
개를 보기 위해 모두 지붕 위만을 쳐다보고 있다.

"후. 코로나 시대가 맞긴 한 거야? 하루에 코로나 확진자 5만 명
의 시대에 두오모 광장에 이렇게 많은 인파가 있다는 것도 세상이
알면 놀랄 거야, 아마. 이탈리아 국민들이 용감한 건가? 이탈리아
만세(Viva Italia)!"

유럽에 폭풍처럼 한차례 휩쓸고 간 코로나의 여파로 인해 약 1년
동안의 유럽 봉쇄가 풀린 다음에도 각 나라별로 확진자가 속출하
고 있었다. 특히 이탈리아는 친근한 이웃과의 소통, 일상인 커피 문
화 속의 대화, 그리고 유난히 식사 중에도 떠들면서 이야기하는 문
화로 인해 확진자가 폭증하고 있었지만, 제1·2차 세계대전을 거치
면서 다져진 죽음의 공포에 대한 면역 때문인지, 용감한 민족성 때
문인지는 몰라도 코로나에 대처하는 자세가 남달랐다.

두오모 광장을 가득 메운 인파가 말해 주듯이 코로나와의 한판

전쟁이라도 벌이는 기세로 이탈리아는 국가적 내부 통제를 풀었다. 일상으로 돌아가서 싸우자는 자세로 매일 갱신되는 확진자와 비례하여 매일 거리로 나와 활동하는 인구수가 증가하는 일상으로의 복귀가 속속 일어나고 있었다.

전 세계 이민사를 새로 쓴 위대하고 용감한 민족이자 로마의 영광을 간직한 민족답게 이탈리아는 돌파 의지를 가지고 일상으로 가장 빠르게 복귀한 나라가 되었다.

그리고 일상으로 돌아온 상징적인 밀라노 대성당(Duomo di Milano), 마드모아젤 보테가는 밀라노 유학 시절에 두오모를 찾는 관광객들을 안내하면서 아르바이트로 학비를 번 추억이 있었다. 관광객들에게 두오모를 소개할 때 두오모 전면부의 웅장한 건축은 이탈리아가 프랑스의 지배를 받던 시절에 나폴레옹의 지시를 받은 프랑스 건축가 보나빵테르(Bona Panthere)가 1809년에 지었다고 설명하면 모두 믿기 힘든 표정으로 마드모아젤 보테가를 쳐다보곤 했다.

건축학도들이 특히 많이 찾아왔던 시기에는 성당을 안내하면 설명은 듣지 않고 연신 사진기와 스케치북을 번갈아 가면서 찍고 스케치하고 찍고 스케치하곤 했다. 3,000개 이상의 조각과 첨탑의 기둥이 바로크(Baroque), 신고딕(Neo-Gothic), 네오클래식(Neo Classic) 양식을 모두 모아 놓은 건축의 백미라는 둥 건축학도들이 오히려 가이드하는 자신을 가르치고는 했다. 두오모 성당의 청동문 앞에 앉아서 하루 종일 청동문의 세세한 조각을 그리는 미술학도들을 보는 건 어려운 일도 아니었다. 이탈리아에 있으면 모두 가톨릭 신자가 된다고 하더니 세월이 흐르면서 자신도 어느새 가톨릭 신자가 되어 버렸다. 미사는 매번 참석을 못 하더라도 중요한 일이 있을 때마다 두오모 대성당을 찾아 촛불을 켜고 기도를 하는 자신이 스스로 신의 보호를 받는 듯한 안도감을 느꼈다. 그렇게 젊은 시절의 밀라노를 지켜냈던 기억이 주마등처럼 지나간다.

대성당 안으로 들어가자 웅장한 실내건축의 위용이 천장을 중심으로 좌우 대칭으로 커다란 공간을 가득 메우고 있다. 중앙에 있는 십자가와 성스러운 제단의 위용은 저절로 고개를 숙이고 무릎을 꿇게 하는 위대한 종교적 위엄을 내뿜는다. 마드모아젤 보테가는 겸손한 자세로 초를 들고 앞에 놓인 성전함에 100유로를 집어넣는다. 그리고 초에 불을 켜 초함에 조심스럽게 넣은 다음 성호를 긋고 무릎을 꿇어 기도한다.

Oratio Dominica

Pater noster, qui es in caelis,

sanctificetur nomen tuum.

Adveniat regnum tuum.

Fiat voluntas tua,

sicut in caelo, et in terra.

Panem nostrum quotidianum da nobis hodie,

et dimitte nobis debita nostra,

sicut et nos dimittimus debitoribus nostris.

Et ne nos inducas in tentationem,

sed libera nos a malo.

Amen.

주님의 기도

하늘에 계신 우리 아버지,

아버지의 이름이 거룩히 빛나시며,

아버지의 나라가 오시며,

아버지의 뜻이 하늘에서와 같이

땅에서도 이루어지소서!

오늘 저희에게 일용할 양식을 주시고,

저희에게 잘못한 이를 저희가 용서하오니

저희 죄를 용서하시고,

저희를 유혹에 빠지지 않게 하시고,

악에서 구하소서.

아멘.

주님의 기도와 함께 이번 임무를 잘 마치도록 보살펴 주실 것을
요청하는 기도를 드린 다음 성호를 긋고 홀가분한 마음으로 바로
옆에 위치한 밀라노의 중심 쇼핑몰 비토리오 에마누엘레 2세 갤러
리아(Galleria Vittorio Emanuele II)의 긴 회랑(回廊)에 들어선다.

이탈리아가 자랑하는 모든 명품 매장들이 브랜드가 가진 자랑
스러운 로고와 심벌을 화려하게 나타내면서 자리 잡고 있다. 중
심에 위치한 보테가또베네타타 매장을 지나면서 그냥 흐뭇한 웃
음이 나온다. 저 매장에 자신의 청춘이 숨어 있음을 아는 사람
은 많지 않으리라. 두오모 광장과 스칼라 광장(Piazza Della Scala)
을 연결해 주는 이 긴 회랑의 교차로를 마드모아젤 보테가는 사
랑했나. 젊은 시절 보데기또베네타타 매장에서 퇴근할 때마다 이
긴 회장을 지나가면서 자신의 꿈을 다지곤 했다. 19세기 파리와
런던의 건축물을 보고 영감을 얻어 이탈리아 최초로 유리와 금속
으로 돔(Dome)을 얹은 멋진 건축물을 만들어 낸 주세페 멘고니
(Giuseppe Mengoni)의 멋진 작품이 지금 세계인의 사랑을 받고
있는 것이다.

이탈리아 최초로 만든 이 건축물의 위대한 건축가 주세페 멘고

니 같은 위대한 사람이 되고 싶었다. 유리 돔의 천장을 바라보면 하늘을 담은 자신의 맑은 눈동자를 올려놓은 듯한 착각에 퇴근 후에도 한참 동안 교차로의 중앙에서 돔 천장을 바라본 적도 있었다.

퇴근길에 걸어서 회랑의 끝을 나오면 보이는 레오나르도 다빈치(Leonardo da Vinci)의 동상과 레오나르도 다빈치 박물관이 눈에 바로 띄지만 늘 눈길은 바로 앞에 있는 스칼라 극장(Teatro Alla Scala)에 가 있었다. 아이러니하게 스칼라 극장도 오스트리아가 밀라노를 통치하던 시절인 1776년 오스트리아의 여황제인 마리아 테레지아(Maria Theresia)가 지은 역사적인 공연 극장인 걸 관광객들은 잘 몰랐다.

이탈리아를 대표하는 로시니(Gioacchino Antonio Rossini), 푸치니(Giacomo Puccini), 베르디(Giuseppe Fortunino Francesco Verdi)의 오페라가 공연된 역사적인 극장을 늘 동경해 온 이유는 패션을 공부하면서 무대의상에 유독 재미를 느끼면서부터이다. 시간이 날 때마다 극장 옆에 오페라 물품들을 전시한 스칼라 박물관(Museo Teatro alla Scala)에 들러서 오페라에 주인공들이 입고 나오는 의상을 스케치하곤 했다. 언젠가 내가 패션의 대가(大家)가 되었을 때 마리아 칼라스(Maria Callas) 같은 대 여배우가 입고 공연하는 의상을 제작 의뢰받는 상상을 수없이 하면서 이 광장을 지나갔던 청춘의 시절이 있었다.

"그때는 어렵고 배는 고팠지만 무언가 내 꿈을 이루기 위해 힘든 걸 모르던 시절이었지."

혼잣말에 모든 청춘의 어려웠던 시절이 녹아 있는 듯했다.

"가장 힘든 시절에 도움을 받았으니 지금의 내가 있는 거야. 힘들 때도 지금도 늘 힘이 되는 것은 믿음이었지. 내 청춘의 가장 어려운 유학 시절에 밀라노에서 아르바이트로 투어가이드 하면서 만난 두 사람 닥터 제닝스와 조르지 미슈 백작. 두 사람은 1950년대 한국전쟁 이후로 유럽으로 입양된 한국 입양아들의 잃어버린 고향과 가족에 대한 기억을 전송하고 복원시키기 위해 유럽을 돌아다니고 있었지. 프랑스, 스웨덴, 덴마크, 노르웨이, 네덜란드, 벨기에, 독일, 스위스, 룩셈부르크를 거쳐서 가장 마지막으로 이탈리아에 온 약 400여 명의 입양아들에 대한 기억복원을 위해 출장 중이라는 이야기를 했지. 포세이돈이 삼지창을 들고 무언가를 지키는 그림을 그리면서 설명하길래 이탈리아 자동차 마세라티(Maserati) 로고 비슷한 걸 그리면서 농담한다고 생각했는데…. 지금은 내가 이렇게 뉴클레아스 심해기억저장위원회의 일원이 되어 있다니… 인생은 어떻게 흘러갈지 모르고 세월은 정말 너무도 빠르구나."

옛날 생각에 잠긴 채 묵묵히 고색창연한 스칼라 극장 안을 유리문 안으로 들여다본다. 본래의 색을 잃은 채 낡아졌지만 오묘한 힘을 가진 스칼라 극장 안의 오래된 공연 포스터들이 유리창 안으로 보인다. 그 옆으로 가장 최근의 선명한 색으로 극장 안에 붙어 있는 포스터를 본다. 베르디의 대표작 라 트라비아타(La Traviata) 의 공연 포스터는 이미 1년 전의 공연 일정을 가리키고 있다. 이탈리아가 일상으로 돌아오고 있지만, 아직도 스칼라 극장은 문을 열고 공연을 개시하지 못하고 있다는 증표를 눈으로 보는 것 같았다.

"흠! 모든 게 일상으로 돌아오고 있지만 아직 공연은 시간이 좀 더 필요한 것 같구나. 하긴 공연 하나를 준비하기 위해서는 6개월에서 1년이 걸리니까 앞으로도 시간이 더 필요하겠지."

혼자 중얼거리는 마드모아젤 보테가 뒤에서 누가 갑작스럽게 인사한다.

"어머머머머. 혹시 마드모아젤 보테가 아니세요? 어머머머머, 이런 일이. 어머머머머, 안녕하세요? 저는 아일린이라고 합니다."

패션과 다자인의 한복판 밀라노에서 원색의 패션과 물방울 땡땡이 그리고 희한하게 생긴 모자를 덮어쓴 기괴한 스타일의 작고 귀여운 아니 악마 같고 패션 테러리스트 같은 낯설지만 귀여운 여자가 기괴하긴 한데 귀여운 웃음소리를 내며 인사를 건넨다.

'윽! 도대체 누구지? 누가 나를 알아보지? 아, 보테가또베네타타의 직원인가? 나를 알아본다는 것은 흠… 보테가또베네타타 본사에서 나를 본 적이 있나?'

마드모아젤 보테가는 순간 온갖 생각을 떠올리며 낯선 여자를 똑바로 쳐다본다.

"저… 저를 아시는지요?"

"호호호호호, 맞으시죠? 마드모아젤 보테가 님? 호호호호호."

"네. 크흠… 제가 마드모아젤 보테가 맞는데요."

"호호호호호호. 내일 아침 9시에 밀라노 중앙역 허츠 렌터카(Hertz Rent a Car) 데스크에서 제가 호호호호호호. 폼페이까지 안내하기로 되어 있는 크리스퍼 대사, 아일린입니다. 호호호호호호호."

"아, 네. 뉴클레아스 심해기억저장위원회의 요원들을 이렇게 정해진 시간 이외에 접촉하는 건 처음인 것 같은데요. 으흠."

"호호호호호호. 저는 규칙을 좀 싫어하는 성격이랍니다. 어려서부터 남이 시키는 대로 하는 걸 제일 싫어했지요. 호호호호호호. 그런 특이한 성격 때문에 혼도 많이 났지만 그래도 저를 이해해 주는 친구들이 많아서, 호호호호호호. 이제는 나름대로 저 자신만의 세계를 구축했답니다. 호호호호호."

"반가워요, 아일린. 참 특이한 패션이군요."

"호호호호. 제가 좀 이런 뭐랄까… 튀는 패션 아이템을 좋아해서요. 호호호호호호."

마드모아젤 보테가는 심히 당황스러운 마음으로 아일린이라는 친구를 열 번은 더 자세히 쳐다보았다.

'흠… 이런 친구가 어떻게 크리스퍼 요원이 되었지? 특이하군."

"호호호호호. 특이할 것까진 없습니다. 마드모아젤 보테가 님, 호호호호호호."

마드모아젤 보테가는 순간 너무 깜짝 놀라서 외마디 소리를 질렀다.

"헉! 내 생각을 읽다니. 내 생각은 스모키 요정도 읽지 못하는 철벽의 니코틴으로 감싸져 있는데… 어떻게 내 생각을? 아! 혹시… 생각을 읽는… 아이? 아, 세월이 그렇게 흘렀구나. 네가 생각을 읽는 아이! 소리의 공명을 이용해서 상대방의 생각을 읽는 특이한 능력을 가진 아이. 바로 그 아이 부명(浮鳴)이구나. 소리를 울려서 생각을 얻어 낸다는 그 어린 소녀가 바로 너라니. 혹시 기억나니? 네가 어려서 본 적이 있는데…."

"호호호호호. 그럼요. 마드모아젤 보테가 님. 제가 그렇지 않으면 이 넓은 밀라노에서 어떻게 바로 마드모아젤 보테가 님을 찾아낼 수 있겠어요? 호호호호호호."

감격스러운 표정으로 아일린의 손을 꼬옥 잡은 마드모아젤 보테가는 어린 시절 도쿄의 정신 병원에서 찾아낸 뉴클레아스 심해기억저장위원회의 최고 요원이었던 쿠사마마 야요이요이의 손녀를 기억해 낸다.

색감 어린 호박 땡땡이 그림으로 환각을 일으켜서 수많은 기억들을 분산시켜 기억을 전송하는 능력을 지닌 쿠사마마 야요이요이 요원은 과도한 업무 파장으로 인해 노쇠한 이후로 지금은 도쿄의 요양원에서 오랜 기간 휴양하고 있다. 제2차 세계대전 이후 전 세계의 상처 난 기억을 치유하는 프로그램을 뉴클레아스 심해기억저장위원회가 실시한 이후로 일본과 미국을 오가면서 수많은 작품들을 통해 치유의 기억을 전송한 기억 치유의 대가 쿠사마마 야요이요이 요원.

그 기억 파장의 후유증으로 오랫동안 요양 중인 전설의 요원의 능력을 이어받은 유일한 후계자가 성장하여 지금 밀라노에서 공동 임무를 위해 눈앞에 서 있는 것이다.

특이하게도 쿠사마마 야요이요이 요원은 그림을 통한 색채 파장을 이용한 기억 치유, 기억 환원, 기억 정화 능력을 가졌다면 그녀의 유일한 손녀이자 후계자인 부명(浮鳴) 아일린은 웃음소리의 파장을 이용해 상대방의 기억을 흡수하는 특수한 능력을 가지고 태어났다.

어린 부명의 그 능력을 파악한 뉴클레아스 심해기억저장위원회는 요원들을 파견하여 부명의 양육과 교육을 책임지기로 하고 도쿄에서 어린 그녀를 찾아내 뉴클레아스 심해기억저장위원회가 관할하는 특수 위탁교육기관에 맡겼다. 그때 파견 요원으로 같이 간 요원 중의 한 명이 마드모아젤 보테가였다. 위탁 기간에 맡기기까지 약 한 달 동안 어린 부명과 이런저런 즐거운 추억들을 만들었다. 어린아이를 위탁교육기관에 맡기고 돌아설 때의 가슴 아픈 기억들이 아직도 뇌리에 생생하게 남아 있다. 그런데 지금 눈앞에 있는 부명 아일린을 알아보지 못하다니.

"미안하구나. 너를 기억해 내지 못하다니!"

갑자기 자책과 미안한 감정이 뒤섞이면서 강하기로 유명한 마드모아젤 보테가의 눈에 눈물이 맺힌다.

"아줌마, 오랜만이에요."

아일린이 마드모아젤 보테가의 품으로 와락 뛰어든다.

밀라노 커피페니 로스터리 매장에 숨겨진 비밀 I

이탈리아 밀라노 중앙역 광장,

밀라노 첸트랄레(Milano Centrale)라고도 불리는 중앙역은 유럽을 연결하는 대표적인 이탈리아의 역이자 이탈리아 북부의 종착역이다.

건물의 서쪽으로는 토리노, 동쪽으로는 베네치아 남북을 잇는 볼로냐, 로마, 나폴리, 살레르노까지 길게 이어지는 남북종단노선의 북쪽 출발점이다. 프랑스 국경의 벤티밀리아, 스위스 국경의 제노바, 토리노, 도모도솔라 그리고 베른까지 이어지며, 키아소를 거쳐 취리히까지 이어지는 24개 노선을 운영하고 있다.

연간 약 1억 2천만 명이 이용하는 이탈리아 북부 최대의 열차 플랫폼으로, 하루에 약 500여 대의 열차가 운용되며 매일 약 35만 명의 승객들이 중앙역을 이용한다.

1864년 개통한 역사를 가지고 이탈리아의 주요 철도를 연결한 기능을 수행한 덕에 많은 유럽인들과 이탈리아인들의 사랑을 받은 역이다. 중앙역 건물은 1906년 이탈리아의 국왕인 비토리오 에마누엘레 3세(Vittorio Emanuele III)가 공사를 지시하여 1912년, 당시 미국 철도의 상징이던 워싱턴 D,C의 유니언역을 모델로 한 건축가 울리세 스타키니(Ulisse Stacchini)의 설계도가 선정됨으로써 본격적인 건축을 시작하였다.

지금의 거대하고 웅장한 건물은 제1차 세계대전을 치르는 와중에 파시즘을 동경한 이탈리아의 총리 베니토 무솔리니(Benito Mussolini)의 지시에 따라 거대한 강철 캐노피(Canopy) 천장을 추가하면서 역의 정면 길이 200미터, 천장 높이 75미터의 초대형 역사의 토대를 마련하게 되었다. 당시의 공사에 많은 자금과 노동력이 동원되어 이탈리아 국민의 원성을 산 건축물이다. 아르누보(Art Nouveau)와 아르데코(Art Deco) 양식을 주축으로 당시에 유행한 수많은 양식들을 조합하여 만들고 수많은 조각품으로 내부를 구성하여 이탈리아의 위대함을 알리고자 노력한 무솔리니의 역작으로 평가받지만, 독재정치로 인한 아픔으로 인해 오랫동안 국민들이 외면한 건축물이었다.

하지만 세월은 모든 것을 녹인다고 했던가.

2006년 이탈리아가 예술적 가치를 지닌 철도역을 복원하고 이탈리아 북부와 유럽을 잇는 플랫폼으로 발전시키면서 지금은 밀라노를 대표하는 중앙역으로 많은 관광객과 이용객의 사랑을 받고 있다.

아침 햇살이 중앙역 광장에 상징처럼 놓인 커다란 하얀 사과를 비출 무렵,

아침부터 분주하게 움직이는 여행객들이 역광장과 연결된 통로를 통해 빠르게 역으로 들어간다. 웅장한 역 건물 천장은 그 규모와 아름다운 장식으로 인해 마치 바티칸의 한 건물 안으로 들어와 있는 듯한 착각마저 든다. 역 중앙을 기준으로 에스컬레이터를 타고 올라온 상단부의 플랫폼은 이탈리아 전역으로 가는 열차들이 중앙역 건물로 바로 진입하여 승객들을 태우고 가는 종착역의 위용을 드러내며 각 목적지를 향해 출발하고자 하는 역동적인 자세로 승객들을 기다리는 모습이 인상적이다.

넓은 역 중앙의 복도에서 정복을 한 이탈리아 경찰들이 지나가는 여행객들을 검문하며 백신접종을 완료한 그린카드를 체크하고 있다. 특히 외국인처럼 보이는 여행객들에게는 거의 100퍼센트 검문을 통해 여권, 백신접종확인서, 이탈리아에서 48시간마다 갱신하여 가지고 다녀야 하는 여행자 항원 테스트 음성 확인서를 요구한

다. 만약에 이 중 하나라도 제시하지 못하면 즉시 연행하는 바람에 중앙역 복도에서는 경찰과 여행객이 실랑이하는 광경을 어렵지 않게 볼 수 있다.

그런 소란에도 아랑곳하지 않고 수많은 여행객은 가고자 하는 목적지와 기차 플랫폼을 안내하는 전광판을 바라보고 자신의 열차 시간에 맞추어서 플랫폼으로 빠르게 이동한다.

중앙역 1층의 허츠 렌터카 데스크.

작고 귀여운 아일린이 특유의 땡땡이 무늬가 들어간 원피스를 입고 데스크 직원과 실랑이를 하면서 차를 빌리고 있다.

"호호호호호. 지금 나에게 바가지를 씌우면서 차를 업그레이드하라고 업셀링(Upselling)을 하는 거죠? 호호호호호. 지금 당신이 무슨 생각을 하는지 제가 다 꿰뚫고 있다고요. 호호호호호."

당황한 렌터카 직원은 얼굴이 빨개지면서 당차고 작은 아가씨에게 바가지를 씌우려다가 실패한 채 당황하고 있다.

"Buongiorno(안녕하세요)!"

티격태격하던 두 사람에게 인사를 건네며 다가온 사람.

마드모아젤 보테가 웃으면서 무슨 일인지 알겠다는 듯이 렌터카 데스크 앞으로 와서 아일린을 다독인다.

"아일린, Hai fatto colazione(아침 식사는 했어)?"

"호호호호. 그럼요. 저는 아침을 안 먹으면 하루가 시작이 안 되는 성격이란 설 아줌마가 잘 아시잖아요. 호호호호호, 아침부터 크림 스파게티를 엄청 먹어 댔더니 지금 에너지가 샘 솟고 있어요. 호호호."

"그래서 그 에너지로 렌터카 직원이랑 싸우는 거야? 하하."

"아이참 아줌마도. 이분께서 제가 관광객이라고 바가지를 팍팍 씌우려는 생각을 제가 읽었거든요. 그래서 지금 마구마구 마구 불평을 하면서 인생 그렇게 살면 안 된다고 따지고 있는 중이거든요."

"하하. 괜찮아, 아일린. 이곳은 이탈리아야. 눈 감으면 코가 없어지고 뒤돌아서면 가방이 없어지는 곳이지, 하하. 오늘은 우리가 오랜 시간이 지나서 다시 같이 여행하는 날이지. 기분 좋게 아줌마가 한 턱 내지. 차를 어떤 종류로 바가지를 씌우셨나, 어디 볼까? 하하하."

호탕하게 웃으면서 마드모아젤 보테가는 아일린과 실랑이를 한 렌터카 직원에게 추천한 차종을 보여 주라고 유창한 이탈리아어로 이야기를 하더니 흔쾌히 그 차로 결정한다.

모든 상황이 자신이 원하는 대로 된 렌터카 직원은 기쁜 표정으로 쏜살같이 중앙역 앞의 허츠 주차장에서 차를 빼낸다. 그리고 키와 함께 렌터카 픽업 장소에 귀신같이 빠르게 차를 주차하고 타라는 시늉으로 정중하게 차 문을 열어 준다.

"오우, 마세라티! 그것도 제가 좋아하는 파란색의 마세라티를 이탈리아에서 타보다니요. 호호호호호호. 아줌마 저 기분이 좋아졌어요."

"아일린, 너도 자동차를 좋아하는구나?"

"호호호호호. 지난번에는 독일에 임무 때문에 갔다가 자동차 도로인 아우토반(Autobahn)에서 미친 듯이 속도를 올려서 달렸거든요. 아우토반!! 정말 한 번은 달려 보고 싶어서 마구마구 쏘았는데 나중에 딱지가 14장이나 날아왔어요. 아줌마 말이 돼요? 아우토반이면 속도가 무제한이라고 들었는데… 속도위반 딱지를 14장이나. 에잇! 지금 생각해도 갑자기 아우토반이 미워지네요, 호호호호호호."

"우리 아일린이 속도광인 줄은 몰랐는걸. 하하. 독일에서 제대로 달리려고 하면 최고 기능을 갖춘 자동차 전용도로인 슈넬슈트라세(Schnellstraße)에서 달려 봐야지. 하하. 이곳 이탈리아에서는 길이 좁아서 속도 내기는 힘들 거야. 고속도로에서나 좀 달려 볼 수 있을걸. 하하."

파란색 마세라티를 보면서 연신 차의 이곳저곳을 살펴보던 아일린은 이야기를 듣는 둥 마는 둥 하다가 마드모아젤 보테가를 보면서 어리광을 부린다.

"아줌마! 제가 이 마세라티를 운전해서 폼페이까지 가보면 안 될까요? 이탈리아의 도로를 한 번은 달려 보고 싶었거든요. 작년에 WRC(World Rally Championship)의 5라운드가 이탈리아 랠리였는데 그 중계를 보면서 어찌나 짜릿하던지! 저도 나중에 이탈리아에 가면 꼭 지중해를 낀 해안 도로를 달려 봐야지 하는 다짐을 했거든요. 호호호호호. 그런데 오늘 소원 풀었네요. 아줌마, 저에게 오늘은 운전대를 양보해 주세요, 네? 호호호호호호."

"하하. 그래. 그렇게 하려무나. 나도 나이가 들면서 운전하기보다는 그냥 차창 밖을 보면서 가는 게 편하더구나. 하하. 어디 네가 모는 차를 한 번 타 볼까? 너 기억 나니? 너 어려서 도쿄 아키하바라(Akihabara, 秋葉原)의 토미카(トミカ, TOMICA) 전시장에서 차 사달라고 떼를 써서 모형 차 사주고 토미카 매장 안의 어린이 자동차 경주장에서 차를 탔던 거?"

"호호호호호호호. 바로 그거예요, 아줌마. 그때부터 제가 자동차만 보면 그냥 사족을 못 쓴다니까요! 아줌마가 원인 제공자니까, 호호호호호. 오늘은 제가 그 결과를 보여 드릴까요? 저의 베스트 드라이버 스킬을요. 호호호호호."

잽싸게 허츠 렌터카 직원의 자동차 키를 뺏어 든 아일린은 운전석에 얼른 올라탄다.

"Grazie(고마워요)."

고맙다는 인사를 건넨 마드모아젤 보테가는 조수석에 앉아 아일린을 바라보며 웃는다.

"그렇게 좋니?"

"호호호호호호. 그럼요. 아줌마, 이 멋진 가죽시트와 로고를 보세요. 운전대에 있는 이 로고는 정말…. 저희 뉴클레아스 심해기억저장위원회의 포세이돈이 삼지창을 들고 바닷속의 무언가를 지키는 상징과 너무 비슷하다니까요! 호호호호호."

"그래. 나도 가끔 그렇게 느낀단다."

이때 아일린은 마세라티의 가속페달을 밟으며, 마세라티 특유의 V12 엔진에서 울려 나오는 엔진음에 묵직한 탄성을 지른다.

"와우, 와우!! 아줌마, 이 엔진소리 들리시죠? 실린더 하나하나가 살아 있는 듯이 소리를 내요. 모두 12개의 실린더가 캠축-크랭크축-폭발-행정, 이 4단계의 과정을 마치 하나의 과정처럼 순간순간의 폭발로 연결하고 있어요. 부릉부릉 5000cc의 힘! 와우! 호호호호호. 제가 특별히 소리에 민감한 거 아시죠? 지금 제 귓속에서는 12개의 로켓이 달려나가고 싶다는 메시지를 저에게 마구마구 보내는 소리가 들려요, 아줌마. 역시 마세라티예요. 이탈리아 차 중에서 최초로 1939년 미국 인디애나폴리스 500 슈퍼카 경주대회에서 우승한 차랍니다. 호호호호호호."

"하하. 네가 어린애처럼 좋아하니 나도 기분이 좋아지는구나. 자, 그럼 우리 아일린이 모는 효도 관광차를 한번 타볼까? 일단 고속도로로 나가서 로마(Rome)를 거쳐 나폴리로 달려 보자꾸나! 나폴리에 도착하면 같이 둘러볼 때가 있다. 나폴리에서 1차적으로 정보를 수집한 후에 폼페이의 유적으로 가서 탄생 신물의 유전자 코드를 확보하자꾸나."

아일린은 기분 좋은 표정으로 차 안의 이 버튼 저 버튼을 눌러보다가 마드모아젤 보테가의 말에 얼른 내비게이션을 켜고 목적지를 입력한다.

"목적지를 그럼 나폴리로 입력할게요, 아줌마. 고속도로를 통해 로마를 경유해서 나폴리로 내려가는 경로를 선택했어요. 호호호호.

아이 좋아. 지금부터는 빨리 달려볼게요. 안전벨트 잘 매세요, 호호
호호호호호."

출발하기 전에 마드모아젤 보테가가 아일린을 보면서 한 가지
조건을 이야기한다.

"아일린, 네가 이번 임무 내내 운전하는 것에 내가 동의하는 데
조건이 하나 있단다."

"조건이요? 호호호호호. 너무 어려운 조건은 아니죠? 호호호호
호. 아줌마 생각은 읽을 수가 없으니 조건을 몰라서 제가 출발 전
에 더 불안해지잖아요, 호호호호호. 빨리 말씀해주세요. 그 조건이
라는 녀석! 호호호호호."

"하하. 귀여운 녀석. 나에게 언제까지 아줌마라고 부를 테냐? 난
아직 결혼도 안 한 싱글이라고 녀석아!"

"어머어머어머. 죄송해요, 아줌마. 아니… 흠, 그럼… 뭐라고…
아, 이모! 이모로 할게요. 호호호호호. 그럼 됐죠, 이모? 자! 그럼
나폴리로 출발!"

"밀라노를 벗어나기 전에 한군데 들렀다 갈 데가 있단다. 밀라노
커피페니 로스터리 기억리저브 매장(Milano Coffee Penny Memory
Reserve Roastery)으로 가자꾸나."

차를 신나게 운전하면서 중앙역을 빠져나가던 아일린은 무엇이
든 시키는 대로 다할 기세로 속도를 높이면서 두오모 성당 근처에
있는 커피페니 로스터리 매장으로 향했다.

밀라노 커피페니 로스터리 매장.

미켈란젤로의 마지막 작품이자 미완성작인 론다니니의 피에타
가 보관 및 전시되고 있어서 많은 여행객이 찾아오는 스포르체스
코 성(Castello Sforzesco)으로 가는 길목에 위치하고 있다.

이탈리아의 우편을 담당하던 전통의 우체국 건물을 통으로 임차
하여 만든 이탈리아의 유일한 커피페니 매장이다. 커피페니의 로

날드 덕 과큘라 회장은 커피페니를 인수하여 세계적인 브랜드로 만들기 전에 이탈리아의 출장길에서 에스프레소를 중심으로 한 커피 문화에 큰 충격을 받는다.

1984년 밀라노에서 열린 국제소비자박람회에 출장을 온 로날드 덕 과큘라 회장은 에스프레소 바에서 이탈리아 사람들이 커피를 중심으로 일상생활을 하고 에스프레소 바를 커뮤니티 공간으로 사용하는 문화에 신선한 충격을 받고 커피페니의 미래를 구상하게 된다. 사실 커피페니가 문화를 파는 공간이라는 개념으로 미국의 소비자들에게 커피는 단순히 마시는 음료가 아니라는 인식을 심어 준 점은 미국인의 라이프스타일 역사의 획기적인 일로 받아들여진다.

미국인에게 커피란 물을 부어 연하게 마시는 일상생활 음료의 개념으로 오랫동안 자리 잡고 있었다. 이러한 역사를 배경으로 전 세계인들이 인식하는 아메리칸 커피라는 단어가 자리를 잡게 만든 나라가 미국이다. 이런 나라에서 다크 로스팅(Dark Roasting)한 진한 에스프레소를 기반으로 다양한 형태의 음료를 제공하고, 신선한 과일, 과일주스, 다양한 제빵 및 샌드위치를 제공하는 일상생활의 플랫폼을 전국 프랜차이즈 매장으로 만들어 낸 역사적인 인식의 전환을 마련한 브랜드가 커피페니였다.

또한 커피페니 매장에서 무료 와이파이 제공, 장시간 노트북 워크를 할 수 있는 콘센트 제공, 다양한 업무 공간 제공, 직원들의 파트너십 강화 및 스톡옵션 부여, 파트타이머에게 의료보험 제공 등의 혁신을 통해 월스트리트(Wall Street)의 새로운 산업 모델로 등극하여 상장한 기념비적인 글로벌 회사로 성장한 배경은 모두 이탈리아에서 받은 로날드 덕 과큘라 회장의 영감(Inspiration)에서 비롯된 것이니 이탈리아 밀라노에 위치한 1호이자 유일한 이탈리아 매장의 소중함은 더할 나위 없는 것이었다.

두오모를 지나서 교차로 길 쪽으로 올라가자 멀리 스포르체스코 성이 보인다. 전차와 버스 그리고 자동차가 분주히 움직이는 교차로 왼쪽에 고풍스러운 대리석 건물이 보인다. 이미 문 앞에 수많은 방문객이 줄을 서고 입구 의자에 앉아서 사진을 찍으며 즐거운 시간을 보내는 모습이 사뭇 정겹다.

"이모, 제가 주차를 하고 올 테니까 이모는 여기서 내리세요."

"그래. 나는 일단 점장을 만나고 있을 테니 얼른 주차하고 매장 안으로 들어오거라."

"Si(네). Andiamo(얼른 갈게요). Zia(이모)."

밀라노 커피페니 매장은 100년이 넘은 우체국 건물을 통째로 임차하여 전체를 리모델링하여 시그니처 매장으로 2018년 오픈하였다. 공사를 할 때부터 대내외적으로 수많은 관심과 우려를 받은 매장이었다. 에스프레소의 역사를 가진 자부심의 이탈리아 한복판에서 미국식 커피 문화를 대변하는 커피페니 브랜드가 과연 성공할 것인가 하는 의문에서 시작하여 길거리 어디에서나 최고급의 에스프레소를 1유로로 마실 수 있는 이탈리아에서 커피 한 잔에 5유로를 넘는 커피페니의 가격대가 성공할 수 있을까에 대해서 수많은 논쟁을 불러일으켰다.

그리고 드디어 매장을 오픈하는 날인 2018년 9월 6일, 720평 규모의 우체국을 개조한 매장 앞으로 몰려든 수많은 입장객으로 인해 일대의 교통이 미비되고 아수라장이 되면서 당일 뉴스의 톱기사로 이탈리아 전역 및 세계 시장에 소개되었다. '이탈리아 한복판에서 미국식 커피 브랜드가 승리의 깃발을 휘날리다.'라는 제목의 기사에서 볼 수 있듯이 대성공의 그날 매장을 방문하여 오픈 행사를 주관한 로날드 덕 과큘라 회장은 자신의 마음속에 늘 간직하고 있던 이탈리아인들의 에스프레소 문화와 커피를 통해 사람들과 대화하고 생활 속에서 공존하는 역사를 사랑하며 이러한 문화를 커

피페니를 통해 세계에 알리고자 한다는 메시지를 전하면서 박수갈
채를 받았다. 그러한 로날드 덕 과큘라 회장의 감회 어린 인사말은
밀라노 커피페니 로스터리 매장 입구 양쪽에 각인되어 있다. 문 앞
에서 감회 어린 시선으로 로날드 덕 과큘라 회장의 메시지를 읽던
마드모아젤 보테가에게 매장 입구에서 안내를 돕던 제복을 입은
컨시어지(Concierge)가 다가와서 인사를 건넨다.

"Benvenuto(환영합니다)."

"Voglio vedere il capo(점장님을 뵙고 싶습니다)."

"Hai fatto un appuntamento(약속은 하셨습니까)?"

마드모아젤 보테가는 자신이 사랑하는 보테가또베네타타 백
(Bag)에서 작은 문양이 인쇄된 명함을 건넨다.

"Il mio biglietto da visita(제 명함입니다). Per favore consegnami(전
달해 주십시오)."

명함을 받아 든 컨시어지가 매장 안으로 들어가자 마드모아젤
보테가는 입구 앞에 있는 흡연 장소에 서서 즐기는 탑립 담배를 한
개비 꺼내들고 불을 붙인 후에 길게 한 모금 빨아 댄다. 맑고 청량
한 연기가 뇌전두엽을 감싸고 겹겹이 방어막을 치듯이 생각의 전
송을 담당하는 해마의 외벽을 감싸는 느낌이 생생하게 전해온다.
중요한 기억 정보를 뉴클레아스 심해기억저장소에 보낼 때나 수신
할 때는 보안을 위해 자신의 기억과 생각을 제3자가 가로채 가지
못하도록 보호막을 치는 능력을 가진 마드모아젤 보테가는 잠시
후에 있을 점장과의 접촉을 대비하기 위해 연거푸 탑립을 진하게
흡입한다.

"이모, 안 들어가고 뭐 하세요?"

주차를 하고 어느새 커피페니 매장으로 들어오다 오른쪽 흡연대
에서 마드모아젤 보테가를 발견한 아일린이 다가와서 얼른 들어가
자고 채근한다.

"호호호호호. 저도 이곳 커피페니의 명성은 들어 봤거든요. 얼른 들어가서 그 유명한 기억원두 로스팅 기계를 보고 싶어요. 유럽 전체를 커버하는 기억재생 및 삭제 원두를 로스팅하는 최대 로스팅 기기가 위치한 매장이잖아요. 이곳에서 가공된 원두가 유럽 전역 커피페니 매장으로 배달되어서 저희 뉴클레아스 심해기억저장위원회가 요구하는 특수한 기억재생과 삭제를 하는 주문형 커피원두 생산지가 바로 이곳이라죠? 호호호호호."

"쉿! 너무 소리가 크구나, 아일린."

"호호호호호. 괜찮아요, 이모. 누구든 우리 비밀을 안 사람의 생각은 제가 읽어낼 수 있으니. 누가 들었다고 하면 제가 바로 기억 삭제 원두로, 호호호호. 그 기억을 지워 버릴 거예요. 호호호호호."

밝은 성격의 아일린을 보면서 마드모아젤 보테가는 한편으로는 대견하고 귀엽고 사랑스럽기까지 하다. 어려서 어두운 과거기억에 둘러싸여 있는 부명을 발견하고 과연 이 아이가 밝게 잘 자랄 수 있을까 하고 걱정한 적도 많았는데 이렇게 밝게 자라 주다니.

아일린의 모든 행동이 귀엽다. 그리고 모두 이해해 주고 싶었다. 어쩌면 이번 임무에 아일린과 동행하게 한 것도 뉴클레아스 심해기억저장위원회가 과거의 인연을 이어 가도록 배려해 준 것이라는 생각이 들었다. 자신의 기억 속에 늘 마음 아프게 남아 있던 어린 부명에 대한 어두운 기억 파편을 감지하고 이번 기회에 그 기억을 소멸시키기 위한 새로운 기억 이식을 임무 속에 넣었을 것이다.

'그래. 아일린과 이번에 좋은 추억을 많이 쌓고 좋은 기억을 많이 저장해 놓는 것도 좋을 것 같아.'

생각에 잠긴 마드모아젤 보테가에게 아일린이 다가와서 팔짱을 끼며 애교 섞인 목소리로 질문한다.

"이모! 궁금한 점이 하나 있는데요? 호호호호호."

"그래, 뭐가 그리 또 궁금하니?"

"저희 요원들이 기억삭제소 커피페니를 주로 플랫폼으로 활용하는 것은 커피페니 내에서만 저희가 뉴클레아스 심해기억저장위원회의 통신을 안전하게 할 수 있기 때문이라고 교육받았거든요. 그러면 이렇게 큰 로스터리(Rostery) 매장 같은 경우는 마치 커다란 송신탑이 있는 중계소처럼 보다 많은 양의 데이터와 정보를 심해기억저장소와 교신할 수 있는 건가요? 호호호호호. 사실 이렇게 큰 로스터리 매장에서의 임무를 위한 방문은 처음이거든요. 호호호호. 하도 궁금해서요."

"그래, 궁금할 만도 하지. 우리가 커피페니 매장을 우리의 임무를 위한 각 거점으로 활용하는 이유는 다 말해 줄 수는 없지만 우리 뉴클레아스 심해기억저장위원회의 바닷속에서 무언가를 지키는 포세이돈의 형상과 커피페니의 로고인 삼지창을 든 포세이돈과 그리스 신화에 나오는 세이렌이 무언가와 싸우는 로고는 상호 깊은 연관이 있단다. 나중에 너도 알게 될 날이 올 거야."

"저희의 상징과 커피페니 로고가 연관이 있다고요? 오호."

"그래. 때가 되면 알게 될 거란다. 왜 우리가 커피페니를 거점으로 사용하는지."

"와우. 호호호호호. 킹스맨은 양복점을 뉴클레아스 심해기억저장위원회 요원들은 커피페니를. 호호호호호호. 신기하네요."

"커피페니 매장 안에는 스마트 기기를 자동 인식해서 필요한 정보를 전송하는 근거리 무선통신 기술 비콘(Beacon)을 적용하고 있단다. 이 비콘 주파수를 통해 우리는 전하고자 하는 모든 정보와 데이터를 뉴클레아스 심해기억저장위원회에 보낸단다. 커피페니가 선보인 포세이돈 사이렌 오더의 기술은 사실 뉴클레아스 심해기억저장위원회의 플라이어들이 전 세계에서 수집한 기억 파편들을 심해기억저장소로 보내는 기술의 일부를 우리가 선물한 것이지. 하루에 약 2억 개의 주문을 포세이돈 사이렌 오더로 처리한다고 하니 이제는 우리 플라이어 전송량보다도 더 많은 커피 주문 정보를 처리하는 것 같더구나."

"호호호호호. 비콘 기술이었군요. 호호호호호. 나중에 좀 더 공부를 해 보고 싶어요. 저희의 기억전송 원리에 대해서요. 호호호호호."

"그래그래, 네가 마음만 먹으면 얼마든지 기회가 있단다."

입구 컨시어지를 통해 이곳 점장에게 특수한 문양이 담긴 명함을 전한 후 커피페니 매장에 들어간 두 사람은 바로 앞에 펼쳐진 커피페니 굿즈 매장에서 다양한 굿즈들을 보면서 대화를 나누고 있다.

이런 두 사람을 발견한 점장은 허겁지겁 달려와서 정중하게 인사를 건넨다.

"E un piacere conoscerla(반갑습니다). 그리고 E un onore(영광입니다). 저는 이곳의 점장 지울리아(Giulia)입니다."

밀라노 커피페니 로스터리 기억리저브 매장의 비밀 2

허겁지겁 달려온 지울리아 점장은 마드모아젤 보테가와 아일린에게 깍듯하게 인사를 건네면서 연신 손에 쥔 금빛 문양이 들어간 명함을 손에 쥐고 보았다가 감췄다가 보았다가 감췄다가를 반복하면서 아주 반가운 얼굴로 두 사람을 맞이한다.

"반가워요. 지울리아 점장님!"

"영… 영광입니다. 마드모아젤 보테가 님. 제가 제네바 생체기억

시계제작소의 더햄엑시터아카데미에서 교육받을 때 특강 연설자로 오셨었는데… 기억나세요?"

"오호, 우리 크리스퍼 대사 교육생이었군요! 제네바 생체기억시계 제작소는 자주 갔었지요. 물랑팡 백작님은 여전히 잘 계시나 모르겠네요. 벌써 몇 년째 못 가고 있으니. 내 생체기억시계도 폴리싱을 한 번 받아야 하는데. 호호. 물랑팡 백작님의 생체기억시계 수리 능력은 최고거든요. 흠, 그럼 지울리아 점장님은 몇 기 교육생이신가요?"

"네, 저는 129기입니다."

"오호! 120기수면 유럽 기수군요."

"저는 200기인데요. 호호호호호. 그럼 제 선배님이시네요. 호호호호호."

아일린이 재빠르게 둘의 대화에 끼어든다.

"아, 00기수면 특별 기수인데 00기수인 200기를 만나는 건 처음입니다. 영광이네요."

"호호호호호. 뭐, 제가 조금 특별하기는 해요, 선배님. 호호호호호."

"예끼, 선배님께 버릇없이."

아일린을 혼낸 마드모아젤 보테가는 지울리아 점장에게 무례한 아일린의 버릇없는 행동에 미안하다는 눈인사를 하고 얼른 아일린의 등을 떠밀어 안으로 들어간다.

입구 바로 앞쪽에는 밀라노 로스터리 매장이 자랑하는 수백 가지의 밀라노 에디션이 진열되어 있다. 커피페니 컵 밀라노 에디션부터 보온병, 로고 받침, 에코백, 에스프레소 잔, 티셔츠, 키링, 앞치마, 커피기계, 다양한 원두들, 여행용 에디션 등 다양한 종류의 밀라노 에디션을 기념품으로 사 가려는 방문객들로 인해 북적대고 있다.

입구에서부터 밀라노 로스터리 매장 안으로 안내하면서 지울리아 점장은 몇 번이고 마드모아젤 보테가를 곁에서 쳐다보면서 존경어린 시선을 보낸다.

"사실 이렇게 가까이서 마드모아젤 보테가 님을 모실 줄은 꿈에도 생각 못 했습니다. 저희 크리스퍼 대사들에게는 전설 같은 분이시랍니다. 더욱이 마드모아젤 보테가 님이 밀라노에서 유학하시고 누구보다도 이탈리아를 사랑하는 위원님이라는 사실에 저희는 큰 자부심을 가지고 있답니다."

"Ammiro(존경합니다)!"

"호호. 별말씀을요. 지울리아 점장님이야말로 얼마나 능력을 인정받으셨으면 이렇게 세계 3대 로스터리 매장에서 기억숙성을 책임지고 있는 중책을 맡으셨을까요? 호호호. 저는 지금 지울리아 점장님의 우수한 능력이 무엇이길래 이렇게 젊은 나이에 유럽 최대의 기억숙성 원두를 만들어 내는 밀라노 로스터리의 책임자가 되었을까를 계속 생각하고 있었답니다."

"부끄럽습니다. 마드모아젤 보테가 님."

"호호호호호. 옆에서 두 분의 생각을 읽어내는 저는 두 분이 더 재미있으세요. 호호호호호. 두 분 다 서로에 대해서 호기심 가득한 채로 걸으면서 계속 상대방만 생각하니. 이 모습이 어찌나 재밌는지… 호호호호호."

"앗. 저희의 생각을 읽으실 수 있는 요원이라면 그 유명한 부명 아일린이시군요! 그래서 특수한 재능을 가지고 태어난 요원들만 교육받는다는 00기수셨군요. 200기라고 할 때 알아봤어야 하는데… 너무 영광입니다. 전설의 두 분을 직접 모시게되다니요. 저는 오늘 정말 복(福) 받았군요. Grazie Dio(신이여 감사합니다)."

감격해하는 지울리아 점장을 보면서 재밌다는 표정을 짓는 아일린은 어리광스러운 말투로 지울리아 점장에게 보챈다.

"정 그렇게 기분 좋으시면 오늘 저에게 기념품으로 밀라노 커피페니 에디션 기념 컵을 하나 선물해 주세요. 호호호호호호."

"에디션 컵뿐이겠습니까? 아주 특별한 선물도 준비했답니다."

"어머머머머. 호호호호호. 너무 기대가 되는데요. 아이 좋아라!"

밀라노 커피페니 매장 안에 가득 찬 방문객으로 인해 아일린의 시끄러운 반응도 묻혀 버린 채 세 사람은 매장 안쪽에서 위풍당당하게 돌아가는 로스팅 기계 쪽으로 움직인다.

"촤르르르륵 촥. 촤르르르르륵 촥. 촤르르르르르륵 촥."

금빛 원형의 커다란 원두 로스팅기가 돌아가는 소리가 들려온다. 금빛 찬란한 원형 로스팅기 주변에는 5명의 로스팅 전문가들이 무지갯빛이 나오는 선이 달린 헬멧을 쓰고 열심히 로스팅 원형통과 자신들이 들고 있는 모니터를 연신 들여다본다.

원형 헬멧에 달린 기다란 무지갯빛을 발하는 선은 마치 심해의 아귀가 물고기들을 유도하기 위해 불빛을 내뿜은 채 길게 드리워진 루어 모양으로 흔들거린다.

"Hai un sacco di lavoro(여러분 수고가 많으십니다)."

마드모아젤 보테가가 일에 집중하고 있는 5명의 전문가들에게 인사를 건넨다.

"Benvenuto(환영합니다)."

고개를 숙이며 헬멧 사이로 보이는 눈빛으로 강하게 인사를 건네는 5명의 전문가는 마치 누가 온 것인 줄 아는 모양으로 기계의 원통 구조를 가리키면서 그 원통 구조의 끝에 달린 긴 대롱 같은 투명관들을 보라고 손짓한다.

잠시 후 로스팅이 끝난 기억숙성 원두들은 큰 소리를 내면서 자동으로 회전하는 원형 쿨링판(Cooling Panel) 위에 쏟아져 내린다. 뜨거운 김을 내뿜는 원두들은 쿨링팬(Cooling Fan)의 시원한 바람을 쐰 다음에 여러 방향으로 연결된 투명관으로 신속하게 흡입된다. 그리고 수백만 마리의 개미 떼가 이동하듯이 순식간에 원형통으로 흡입되어 천장 위에 설치된 투명관을 따라 이동한다.

마치 장맛비가 메마른 아스팔트를 강하게 때리듯이 거친 타격음이 연이어 들려온다.

"타다다다다. 주르르르륵. 타다다다다. 주르르르륵."

"장관(壯觀)이군요."

"이번 달에 수집된 유럽 전역의 코로나에 감염된 기억들입니다."

"아, 감염기억을 원두에 로스팅해서 감염원인, 침입한 코로나바이러스의 이력, 대항한 인간면역체계의 기록, 백신 접종 후의 면역 데이터 등의 모든 기억을 숙성하여 기억을 연결하고 이를 숙성 원두에 저장한 다음에 기억원두 보관소로 보냅니다."

"로스팅은 몇 회 정도 하는 건가요?"

"2018년 오픈한 이후에는 주로 하루에 한 번 로스팅을 해서 유럽 전역의 좋은 추억들을 거주자와 관광객으로 분류한 후 행복기억 로스팅(Happy Memory Roasting)을 주로 담당했습니다. 그때가 가장 좋은 시절이었습니다. 누구나 관광지에 와서는 행복한 기억들을 많이 만들어 냈거든요. 그 기억들이 사람들에게 오래 기억되도록 저희가 다시 가공하여 언제든지 재생기억으로 전송될 수 있게 만들었습니다. 그리고 뉴클레아스 심해기억저장소로 보내면 그곳에서 달빛 기억저장소에 행복기억 파편을 다시 전송하는 시스템을 유지했습니다. 달빛 기억을 관장하는 옥토퍼시아 님도 저희 밀라노 로스터리의 실력을 인정하곤 하셨습니다. 밀라노 기억원두의 품질이 최고수준급이라고요."

"하긴 밀라노는 패션과 디자인만 명품이 아니라 기억 품질마저도 최고 수준이라는 소문이 자자했지요. 그게 다 이유가 있었군요."

"네. 마드모아젤 보테가 님. 이탈리아의 에스프레소 문화에서 행복하고 다정한 사람들 간의 정을 나누는 모습을 간직한 순간을 포착한 로날드 덕 과큘라 회장님께서는 에스프레소에 담긴 기억조차 능가하는 최고 품질의 기억을 숙성하여 재생하고자 노력하셨습니다. 그것도 에스프레소의 심장의 나라 이탈리아에서 말입니다. 그래서 정말 각고의 노력과 예산을 투입하여 세계 최고 품질의 '기억숙성원두로스팅기'를 마침내 이곳 밀라노 커피페니 로스터리 매장에 설치하게 된 것입니다. 그리고 가장 행복한 기억들을 찾아내서 숙성시킨 다음에 이 기억의 재생을 통해 사람들이 오랫동안 행복하기를 바랐습니다. 커피 한 잔에 행복한 이유는 그 원두를 마실 때 사람들의 기억에 저희가 커피페니 매장의 비콘 주파수를 통해 행복기억을 전송해 주기 때문입니다."

"커피 한 잔에 녹여내는 삶의 희로애락(喜怒哀樂)이 담긴 기억들을 저희가 모두 전송하게 기억재생을 시키는 일을 하는군요. 커피페니 각 매장을 통해 기억을 삭제하고, 추억으로 재생되는 행복한 기억들은 로스터리 매장을 통해 숙성 기억으로 오래 보존해서 언제든지 재생되도록 하는 시스템을 말하는 거군요."

조용히 듣고 있던 아일린이 이해를 했다는 듯이 끼어든다.

"맞습니다. 호호. 제가 말하고자 하는 생각을 미리 읽은 건 아니죠?"

"헉! 호호호호호. 조금은 미리 읽었어요. 호호호호."

"괜찮습니다. 저희가 다 아는 아일린의 능력인데요 뭐. 그러면 제가 아일린에게 퀴즈를 하나 낼게요."

"네, 좋아요."

"좋습니다. 그럼 퀴즈를 냅니다. 전 세계의 약 33,000개의 커피페니 매장에서는 기억삭제 원두를 통해 별풍선을 모은 요청 고객들의 기억을 삭제할 수 있습니다. 물론 이를 위해서는 딜릿스타 자격증을 취득해야 하고, 크리스퍼 대사 교육을 이수한 점장의 승인이 있어야 하지요. 그리고 전 세계 약 800개의 기억리저브 매장이 존재합니다. 이와는 별도로 전 세계에 6개의 커피페니 로스터리 매장이 운영되고 있습니다. 시애틀(Seattle)에 위치한 폽폽 플레이스 로스터리 공장(Poppop Place Roastery Factory)을 제외하고 독자적으로 기억재생 원두를 만들 수 있는 권한을 가진 각 지역의 대표 로스터리 매장입니다. 그러면 약 800개의 기억리저브(Memory Reserve) 매장과 6개의 로스터리 매장에서 '기억리저브'라는 단어를 쓰는 이유는 뭘까요?"

아일린은 신이 난 듯이 금방이라도 답을 맞힐 수 있다는 표정으로 지울리아 점장을 바라보면서 '답을 맞히면 반드시 무언가 선물을 줘야 됩니다.' 하는 표정으로 신나서 웃어 댄다.

"호호호호호호호호호."

크게 웃음의 공명을 퍼트려서 지울리아의 생각을 읽기 위해 힘을 써보는 아일린의 표정이 일그러진다.

'헉! 답을 읽을 수가 없네. 이상하다. 다시 해봐야지.'

"호호호호호호호호호."

'역시 생각이 읽히지가 않아. 이상하네, 이상해.'

이러한 아일린을 보면서 지울리아 점장은 웃으면서 벌칙을 이야기한다.

"아일린이 답을 맞히면 제가 가장 아끼는 황금기억 원두스푼을 빌려 드릴게요. 그 어떤 과거의 기억조차도 재생해 내는 신물입니다. 그 사람의 기억뿐만 아니라 그 사람과 접촉한 사람의 기억까지 읽어내는 특이한 신물입니다. 이탈리아의 아픔인 폼페이에서 발굴되어 계승자에게만 내려오는 고귀한 황금기억 원두스푼을 빌려드릴 것입니다."

옆에서 듣고 있던 마드모아젤 보테가가 깜짝 놀란다.

"아니, 밀라노의 신물인 황금기억 원두스푼을 자네가 가지고 있다는 말인가? 놀랍군."

아일린이 커다란 눈을 깜빡이며 마드모아젤 보테가를 쳐다보면서 재잘거린다.

"이모, 황금기억 원두스푼이 그렇게 대단한 물건인가요? 주는 것도 아니고 빌려주는 건데도요? 칫!"

"그건 말이다, 아일린. 아주 오래된 역사를 지닌 기억의 스푼이자 우리 뉴클레아스 심해기억저장위원회의 100대 기억신물(記憶神物)에 등록된 진귀한 물건이란다. 이 물건을 밀라노 커피페니 로스터리 점장인 자네가 가지고 있다니 의외군."

지울리아 점장은 씨익 웃으면서 아일린을 바라본다.

"사랑하는 00기수인 200기 후배님. 퀴즈에 답을 말씀하셔야죠. 못 맞추면 벌칙으로 오늘 커피페니 매장 주방에 들어가서 고객 음료 잔 픽업 및 설거지 담당으로 하루를 봉사하셔야 합니다. 도전하셨으니 답을 말해주세요."

"끙. 알겠어요."

당황한 아일린은 다시 한번 지울리아 점장의 생각을 읽기 위해 크게 소리 내어서 다시 웃어본다.

"호호호호호호호호호. 콜록콜록."

"아일린, 괜찮니?"

"괜찮아요, 이모. 이상해요. 도저히 답을 읽을 수가 없군요. 제가 마음을 먹으면 생각을 읽지 못하는 사람이 없는데 오늘 이상하네요. 휴. 졌어요. 답을 맞힐 수가 없습니다. 왜 기억리저브라는 용어를 사용하는지…."

고개를 떨군 채 이상하다고 중얼거리면서 풀이 죽은 아일린을 바라본 지울리아 점장은 괜찮다는 듯이 웃으면서 아일린의 손을 꼬옥 잡는다.

"괜찮아요, 아일린. 아일린은 제 생각을 정확히 읽었답니다. 이미 정답을 제 머릿속에서 가져갔어요, 하지만 금세 잊어버리셨지요. 왜냐하면 제가 바로 지워버렸거든요."

"헉. 제 생각을 지워 버렸다고요?"

"네. 제가 상대방의 생각을 지워버릴 수 있는 능력을 가진 129기의 대표 크리스퍼 요원인 지울리아입니다."

그때 무언가 생각났다는 듯이 마드모아젤 보테가 손을 탁 치며 지울리아 점장을 보면서 유쾌하게 웃는다.

"호호호. 생각났다. 데카르트(Rene Descartes)의 '나는 생각한다, 고로 존재한다(I Think, therefore I am).'를 부정하고, '나는 생각하지 않는다, 고로 존재한다(I am Not Think, therefore I am).'라고 주장하는 학생이 더헴엑시터아카데미에 입학했다고 킴롱레이크 교장선생님이 엄청 떠들고 다녔지. 그 학생이 자네였구먼."

"맞습니다. 킴롱레이크 교장선생님은 저의 특이한 논리와 능력을 애정을 가지고 키워주셨습니다. 사실 저는 어려서부터 악몽과 아픈 기억의 데자뷔(Dejavu)의 꿈을 너무 많이 꾸면서 스스로 생각과 기억을 날려 버리는 능력을 키워왔거든요. 체계적인 교육을 받고 마침내 제 자아(自我)를 만들면서 지금은 생각을 지우고 재생하고 기억원두에 이식시키는 복합적인 능력을 가지게 되었답니다."

"미안하네. 지울리아라는 이름을 듣는 순간, 눈치 챘어야 하는데. 나는 주책없이 '젊은 친구가 유럽 최대의 로스터리 매장의 점장이라니… 대단하다!'라고만 생각했는데…. 왜 뉴클레아스 심해기억 저장위원회에서 이곳에 들러 자네를 만나고 가라고 나에게 지시를 했는지 이제야 짐작이 되는군."

"네, 맞습니다. 제가 폼페이의 마지막 남은 후손입니다. 천조일손(天祖一孫)의 후예인 지울리아가 바로 접니다. 폼페이의 베수비오(Vesuvio) 화산이 폭발하여 도시 전체가 한순간에 용암과 화산재에 묻혀서 도시의 모든 주민들이 사망하였습니다. 그리고 그 아픈 기억들조차 용암에 갇힌 채로 지금 봉인(封印)되어 있습니다. 저는 그 봉인된 기억을 녹이고 모든 아픈 기억들을 치유의 기억으로 만드는 역할을 부여받았습니다. 그리고 그 작업을 하던 중에 코로나바이러스의 유럽침공 사태가 나고, 유독 이곳 이탈리아에 확진자가 급증하면서 폼페이의 굳어 버린 아픈 기억의 치유프로젝트를 잠시 중단했습니다. 지금은 코로나바이러스에 확진된 유럽 전역의 기억들을 숙성하여 원두로 보관하는 작업을 진두지휘하고 있습니다. 숙성 기억들은 추후에 있을 12월의 코로나바이러스와 인류와의 2차 대전쟁 때 정보 분석용으로 사용될 가공기억으로 전송될 것입니다.”

마드모아젤 보테가 위로하는 표정으로 다가와 지울리아 점장을 감싸 안는다.

“미안하네. 자네가 천조일손(天祖一孫)의 후예였다니…. 알아보지 못했네. 그 아픔을 간직한 채 수천 년의 세대를 살아왔을 텐데. 그 아픈 기억의 무게가 어찌 자네만의 아픔이겠나? 우리 인류사의 가장 아픈 기억 중의 하나라네.”

“이모 그리고 선배님. 말씀 중에 죄송한데요. 천조일손의 후예는 무슨 말인가요?”

“천 명의 할아버지를 가졌지만 오직 한 명의 자손만 남았다는 의미란다. 폼페이가 화산폭발로 갑자기 소멸한 이후에 모든 주민이 사망하고 오직 한 소녀가 살아남았지. 그리고 그 후손이 지금 우리 앞에 있구나. 생각과 기억을 삭제하는 능력을 가진 소녀에게 기억을 숙성해서 기억원두에 집어넣는 책임을 맡기게 되다니, 코로나바이러스와의 대전쟁이 모든 상황을 가혹하게 만들었구나.”

“아닙니다. 마드모아젤 보테가. 저는 저의 이러한 임무가 좋습니다. 기억숙성을 위한 원두를 가공하면서 인류에게 도움이 안 되는 바이러스 기억들을 제가 날려 버리고 있거든요. 숙성원두가 로스팅기에서 나와서 쿨링판에서 식을 때 기억원두에서 읽히는 바이러스의 재생기억들을 제가 날려 버리고 있답니다. 일명 브로잉(Blowing)이라고 하는데 제가 가볍게 후우 하고 입김을 불면 모든 재생기억이 날아가 버리는 거죠. 인간이든 바이러스든 제가 기억 저장의 미토콘드리아를 조종하기 때문에 생명이 붙은 모든 생물은 다 가능한 능력을 가지고 있답니다."

"와우, 선배님! 저보다 더 대단해요. 앞으로 언니라고 할래요. 호호호호호."

아일릴은 갑자기 지울리아의 팔짱을 끼면서 다정하게 언니를 연발하면서 알랑방귀를 마구마구 뀌어 댄다.

"하하. 사랑스러운 아일린 동생님. 약속은 약속이니 오늘 주방에서 세척 담당의 임무는 완수해야 하지 않을까요? 하하. 임무 완수 후에는 약속대로 시그니처 기념품을 드릴게요."

"어머, 황금기억 원두스푼을 주신다는 말씀인가요?"

"아니요. 처음에 요청하신 건 밀라노 커피페니 에디션 컵이었는데요. 호호. 그래서 그 컵을 드리도록 하겠습니다. 그리고 이 황금기억 원두스푼은 마드모아젤 보테가 님에게 빌려 드리도록 뉴클레아스 심해기억저장위원회에서 저에게 전문이 왔답니다. 이 황금기억 원두스푼을 가지고 폼페이로 가시면 됩니다."

"하하. 그랬구먼. 그래서 이곳에서 자네를 만나라는 지시가 있었군. 고맙네. 폼페이에서 잘 사용하고 내가 다시 자네에게 돌려주도록 함세."

녹색 비로드 주머니 안에 들어 있는 황금기억 원두스푼을 꺼내서 보여 준다.

은은하게 빛나는 고대유물 모양의 스푼은 중앙에 커다란 눈동자가 깊게 각인되어 있다. 그리고 손잡이에 있는 문양은 뉴클레아스 상징의 일부인 삼지창이 새겨져 있다.

"흠. 나도 처음 보는 진기한 신물이네. 이 문양은 이집트의 호루스의 눈(Eye of Horus)이 아닌가? 신기하군. 로마의 유산이 담긴 듯한 폼페이의 신물에서 이집트의 상징과 우리 뉴클레아스의 상징이 동시에 각인되어 있다니."

"황금기억 원두스푼에 대한 비밀은 저도 대대로 어른들에게 구전으로 들어서 알고 있습니다. 또한 기억을 풀어내는 주문도 저는 구전으로만 들은 주문을 사용합니다. 어른들의 말씀에 의하면 황금기억 원두스푼의 능력을 최대치로 끌어올리는 비법서는 고대 두루마리로 존재하는데 아직 찾지 못했다고 합니다. 폼페이에서 용암에 같이 묻혔든지 아니면 세상 어디엔가 있을 건데 아직 나타나지 않고 있습니다."

"흠. 신기한 물건이자 신비로운 마법을 만드는 신물이 틀림없어. 어쩌면 우리가 만든 물건이 아닌 창조자 위원회가 지구상에 숨겨놓은 여러 개의 열쇠 중의 하나인지도 모르지. 아무튼 잘 쓰고 돌려주겠네."

"네. 사용주문은 이 두루마리 안에 있습니다."

아일린은 황금기억 원두스푼을 한번 만져 보고 싶은 욕망을 억누르면서 이따가 이모에게 보여 달라고 졸라야지 하는 생각을 하다가 문득 궁금한 점이 떠올라서 지울리아에게 질문한다.

"선배님! 아니, 언니. 좀 전에 질문하신 기억리저브의 의미는 알려 주셔야죠? 호호호호호."

"저희가 33,000개의 커피페니 기억삭제소를 운영하는 것은 잘 아실 거고, 약 800여 개의 기억리저브 매장을 운영하는 커피페니에서는 기억삭제보다는 좋은 기억을 보관하는 기억리저브 기능을 원두에 기억시켜서 그 기억이 영구히 전송되지 않고 당사자가 기억으로 보관할 수 있는 기억원두를 가공하는 매장을 의미합니다. 기억리저브 매장의 상징으로 인식되는 커피페니 포세이돈 로고와 대

문자 R은 '당신의 기억을 영원히 보관하여 드립니다.'를 나타내고 있답니다."

"아? 그런 의미가 있군요. 그러면 6개의 로스터리 기억리저브 매장은 다른 점이 있나요? 호호호호호. 궁금하면 잠을 못 자는 습관이 있어서요, 언니."

"세계에는 6개의 커피페니 로스터리 기억리저브 매장이 있습니다. 2014년 시애틀(Seattle)을 시작으로 2017년 중국 상하이(上海), 2018년 이탈리아 밀라노(Milano), 2018년 미국 뉴욕 첼시(New York, Chelsea), 2019년 일본 도쿄(Tokyo), 2019년 미국 시카고(Chicago)에 오픈하여 6대 매장으로 기억숙성 원두 로스팅 업무를 담당하고 있습니다. 7번째로 대한민국의 서울에 넣는다는 이야기도 들리더군요. 중국의 기억을 담당하는 상해 로스터리 기억리저브 매장은 그 크기가 상상을 초월하지요. 일본의 기억을 담당하는 로스터리 기억리저브 매장은 지역 명소가 되었답니다. 그리고 북미대륙의 기억을 담당하는 뉴욕 첼시의 로스터리 기억리저브 매장, 시카고 로스터리 기억리저브 매장, 그리고 시애틀에 있는 로스터리 기억리저브 매장 세 곳이 있습니다. 그리고 이곳이 바로 밀라노 커피페니 로스터리 매장으로 유럽의 기억을 담당하고 있답니다."

"그런데 언니. 왜 미국에만 3개가 있는 거예요?"

"그건 내가 설명해주마 아일린. 기억숙성의 원두는 다양한 기억 중에서 행복한 기억들을 위주로 숙성해서 인간들의 기억을 전송하는 우리 뉴클레아스 심해기억저장위원회의 프로그램과 별도로 기억을 전송하지 않고 인간들에게 남겨 놓는 작업을 하는 프로그램이란다. 그런데 지구를 적도를 경계선으로 남북으로 나누어서 보거라. 북반구는 경제적으로나 정치적으로 안정되어서 선진국도 많고 행복지수가 높아서 행복한 기억들이 많이 생성되는 반면 남반구는 상대적으로 덜 발전하면서 행복기억지수가 현저하게 떨어지는 현상이 나타나고 있단다. 이 현상을 지구의 남북문제라고 하지. 이러한 격차로 인해 커피페니의 매장이 남반구보다 북반구에 현저하게 많이 분포되어 있는 문제를 앞으로 우리도 해결해야 할 과제로 생각한단다. 기억전송의 데이터들 또한 북반구 데이터가 남반구 데이터의 양을 압도하고 있어서 기억의 빈부격차가 발생하고 있거든. 미국의 경우에 로스터리 기억리저브가 3개나 존재하는 이유는 미국이 가진 다양한 인종과 이민의 역사 그리고 미국을 방문하는 전 세계 관광객들의 행복기억까지 전부 미국 내에서 처리하도록 했기 때문이란다."

"물론 코로나바이러스와의 1차 전쟁 이후로 미국 내의 3개의 커피페니 로스터리 매장 또한 밀라노 매장이 코로나바이러스에 감염된 인간들이 기억을 숙성하여 바이러스에 대한 여러 정보를 확보한 것처럼 그 역할을 수행하고 있단다. 코로나와의 전쟁을 위한 인간방어시스템 구축을 위해 미국 내에서 발생한 모든 코로나 감염 후의 인간 기억 및 면역세포 대응, 코로나바이러스의 인간 숙주과정의 데이터 기억 등을 전송받아서 이를 숙성 가공하여 기억 정보를 추출하는 큰 역할을 하고 있는 것이지. 그 역할로 인해 전 세계 어디보다도 미국이 먼저 코로나바이러스에 대항하는 백신을 개발하게 된 것이란다. 그게 모두 미국 내의 거대한 커피페니 로스터리 기억리저브 매장인 시애틀, 시카고, 뉴욕 첼시의 공로였단다. 그리고 이제는 12월의 코로나바이러스와의 2차 전쟁에 다시 대비하고 있지."

"요즘은 잠잠해져서 인간들이 방심하고 있지만, 코로나 총사령부에서도 이미 인간 백신을 무력화하고 감염 이후 생성된 면역을 회피하기 위한 새로운 후손을 인큐베이팅(Incubating)하고 있다는 정보를 입수했거든. 지금 이 시간에도 어느 인간의 몸속에 들어가 그 인간을 숙주로 삼아서 새로운 변이 코로나바이러스의 번식을 시험하고 있을 거란 말이지. 그 시험의 결과로 인간의 면역을 무력화시키는 변이종을 탄생시키면 그 변이종을 후계자로 임명하고 엄청난 번식을 시도할 거야. 뉴클레아스 심해기억저장위원회는 그 시기를 12월로 보고 있단다. 그래서 우리가 지금 최대한 인간과 코로나의 2차 전쟁을 막아 보려고 코로나바이러스가 절대복종할 수밖에 없는 조상 바이러스의 다섯 가지 탄생 신물을 찾아 나선 것이고."

"아, 너무 어려워요. 그러면 이모는 이미 지울리아 언니가 퀴즈로 낸 기억리저브의 의미를 묻는 퀴즈의 답을 알고 계셨군요. 흑흑. 그런데도 모른 체하고 제가 답을 못하는 상황을 즐기시면서 저한테 오늘 주방 세척 당번을 시키다니, 이모도 미워요. 흥!"

삐쳐서 매장 안쪽의 주방으로 씽 하고 달려가는 아일린을 보며 지울리아는 마드모아젤 보테가에게 걱정스럽다는 말투를 건넨다.

"아일린 동생이 삐진 것 같은데 괜찮을까요?"

"허허. 괜찮아, 지울리아. 저 녀석은 내가 잘 알아. 오늘 하루 푹 고생 좀 시키고 오늘 폼페이로 출발하려 했는데 하루 더 자고 내일 가야겠군. 오늘은 좋은 인연으로 만난 지울리아와 이런저런 이야기를 하면서 앞으로 다가올 인류와 코로나족과의 2차 대전에 대해서 이야기를 나누어 볼까?"

"저는 너무 좋습니다. 마드모아젤 보테가 님, 2층에 있는 저희 커피페니 바(Bar)로 올라가실까요? 그 자리가 저희가 자랑하는 로스팅 기계와 매장 전체를 조망하면서 주류를 마실 수 있는 저희 매장의 핫 플레이스(Hot Place) 중의 한 곳이니 제가 오늘은 쏘겠습니다!"

"하하. 나도 내일의 걱정은 잊고 오늘은 그냥 자네와 한잔하고 싶구먼."

"Va bene(좋습니다)."

두 사람은 다정스럽게 밀라노 커피페니 2층에 위치한 커피페니 바(Bar)로 올라 간다.

아일린의 크리스퍼 대사 마지막 임무

밀라노, 비아 프리바타 프라텔리 가바 7비, 20212(Milan, Via Privata Fratelli Gabba 7b, 20212).

아침 일찍 밀라노가 자랑하는 럭셔리 호텔인 불가리 호텔에서 마드모아젤 보테가는 기지개를 켜고 호텔 창문 발코니에서 시내를 바라본다.

마드모아젤 보테가가 사랑하는 스칼라 극장이 보이는 전망 좋은 방, 밀라노의 가장 유명한 문화와 상업의 중심지 한복판에 위치한 몬테 나폴레오네(Monte Napoleone) 거리, 델라 스피가(Della Spiga) 거리 그리고 브레라 아카데미(Accademia di Belle Arti di Brera) 등이 한눈에 보인다.

복잡한 밀라노 도심 속에 평온함과 고요함 그리고 매혹적이며 예상하지 못한 오아시스의 느낌으로 이탈리아 건축가 안토니오 시테리오(Antonio Citterio)가 디자인하였다. '신사 숙녀가 신사 숙녀에게 서비스를 제공한다(Ladies and Gentleman serve Ladies and GentleMan)'라는 서비스 철학과 모토로 최고급 호텔 명성을 가진 리츠칼튼 호텔(The Ritz-Carlton Hotel & Resort)이 합작하여 만들어 낸 불가리 호텔 앤 리조트(The Bulgari Hotel & Resort)는 2004년 그 첫 번째 모습을 이곳 밀라노 한복판에 드러냈다.

11개의 스위트룸을 포함한 58개의 객실은 오픈하자마자 전 세계

명사들이 찾는 최고의 숙소가 되었다. 티크와 오크나무로 장식한 인테리어에 700년 역사를 지닌 가든으로 구성된 호텔 정원과 안뜰이 내려다보이는 유럽식 고급 주택의 분위기는 마치 모던한 이탈리아 궁전에 온 듯한 느낌을 선사한다. 모든 내부 디자인은 불가리(Bulgali) 고유의 시그니처(Signature)를 물씬 표현하고 있는 덕분에 패션 마니아들의 성지 같은 호텔로 명성을 쌓아 오고 있다.

명성만큼 예약하기 어렵다는 불가리 밀라노 호텔에 어젯밤 예약도 없이 워크인(Walk-In) 고객으로 당당하게 들어와서 당연한 듯이 2개 밖에 없는 프리미엄 스위트룸에서 편안하게 잠을 잤다. 식물원이 내려다보이는 최상층의 럭셔리한 아침 풍경이 믿어지지 않는다는 표정으로 발코니 밖을 바라보고 있는 마드모아젤 보테가의 뒤에서 와락 껴안으며 인사하는 아일린의 경쾌한 목소리가 아침의 정적을 깨운다.

"Zia, Hai Dormito Comddamente(이모, 편안히 주무셨어요)?"

"Buongiorno(굿모닝)."

"어제 지울리아 점장과 칵테일을 열 잔 이상 마신 데다가 피곤해서 비몽사몽 간에 그냥 잠이 들고 말았는데, 아침에 눈을 떠 보고 내가 잘못 왔나 하는 생각으로 스위트룸 객실을 휘젓고 구경하고 다니느라 아침에 맨발에 땀이 다 난다. 아일린, 도대체 어젯밤에 무슨 짓을 한 거니? 허허."

"뭐! 제가 무슨 짓이야 했겠어요? 이모! 제기 물론 능력은 출중하지만요. 호호호호호호, 능력 말고 제가 한 가지 더 있다는 사실을 이모는 깜빡하신 거지요."

"한 가지 능력?"

"네, 맞추어 보세요. 호호호호호."

"글쎄."

"뉴클레아스 심해기억저장위원회 요원 중에서 유일하게 자기 돈으로 임무를 수행하는 저에 대해서 아직도 모르신다는 말인가요? 호호호호호. 그리고 이모가 임무 수행 중에 팍팍팍 쓰시는 모든 비용들 중의 일부도 제가 다 드린다는 점을 모르고 계시는군요. 호호호호호."

"예끼. 나이도 어린 녀석이 이모를 아침부터 놀리다니. 너 알밤 맞는다!"

귀여운 듯이 알밤을 딱 놓는 시늉을 하는 마드모아젤 보테가에게 혀를 날름 내밀면서 아일린이 다시 한번 품 안으로 파고든다.

"아이이잉. 이모, 나는 이모랑 이렇게 좋은 호텔에서 같이 자는 추억을 만들고 싶었다니까요. 저 이제 돈 많아요, 호호호호호호"

"어린 네가 무슨 돈이 많다고 아침부터 돈 타령이냐? 헐. 도대체 어젯밤에 예약도 없이 어떻게 이 비싼 불가리 호텔 프리미엄 스위트룸을 잡아 버렸니? 그것도 두 개나 한꺼번에… 너도 참."

"호호호호호. 이모. 제가 가지고 있는 호박을 좀 썰어서 어제 호박전을 하나 부쳐서 먹었다고나 할까요? 호호호호호."

"그게 무슨 비 오는 날 파전에 막걸리 먹는 소리더냐? 말해 놓고 나니 배가 고프구나. 꿀꺽. 아침부터 막걸리가 당기네. 해장에는 막걸리에 감초와 대추를 넣어 달인 모주가 최고인데… 쩝쩝. 아, 서울에 먹다 남겨 놓고 온 지평 막걸리가 생각나는구나. 흠흠. 아무튼 호박전이라니… 자세히 말해야 이모가 궁금하지 않을 것이 아니냐?"

"이모. 저 이래 봬도 호박밭 주인이에요. 할머니가 호박밭을 저에게 다 물려주신 것 모르셨죠? 그래서 이 호박, 저 호박 하나씩 팔아서 제 임무에도 쓰고 뉴클레아스 심해기억저장위원회에도 기부하고, 제가 좋아하는 쫀득이도 사 먹고. 아 참, 이모! 다이어트하고 싶다고 했죠? 쫀득이 다이어트해 보세요."

"쫀득이 다이어트?"

"네! 쫀득이만 먹고 운동하면 저처럼 복근에 왕자(王字)가 새겨
진다니까요. 세상은 참 불공평해요. 저는 공주인데 공자(公字)가 새
겨져야지, 왜 남성 우위의 왕자(王字)냐고요? 시대 정신에 남녀평
등이 더 필요하다니까요, 호호호호호."

"너, 아침부터 자꾸 이모 놀릴 거냐?"

딱밤을 한 대 아일린의 이마에 날리자 아일린은 거실 소파로 달
려가 다이빙하면서 장난스럽게 소리를 질러 댄다.

"아이고 아일린 죽네. 사람 살려! 이모가 조카를 마구마구 팬답
니다. 동네 사람들 모두 모여서 구경하세요. 이모가 조카를 마구마
구 패요!!"

스칼라 극장 오페라의 한 장면 같이 소프라노의 목소리로 장난
을 치는 아일린을 보면서 마드모아젤 보테가는 어린 아일린이 홀
로 성장하면서도 밝게 자라 준 모습에 눈에 물방울이 맺힌다.

"녀석. 그렇게 이모 데리고 장난치니까 아침부터 즐겁지?"

"네. 호호호호호. 이모. 저는 어려서부터 기숙사에서만 살아서 친
구들과는 베개 장난도 치면서 나름대로 즐겁게 생활했지만, 엄마
같은 사람과는 아침부터 이렇게 깔깔대면서 장난쳐 본 기억이 전
혀 없어요. 잠잘 때는 인형과 베개가 제 친구였고, 아침에 일어나면
기숙사 친구들과 어울렸죠. 오늘 아침에 이모 품에 안기는데… 제
기억에 남아 있지 않은 엄마의… 품이 이런 것일까 하는 꿈 같은
상상을 했답니다. 호호호호호. 저는 어제 밀라노에서 하루 더 사고
가게 되어서 너무 기뻤어요, 이모."

"그래. 허허. 나도 네가 아침부터 이모를 들들 볶아 대는 데도 기
분이 좋기만 하구나 허허. 조금 전에 말한 호박밭 이야기는 뭐냐
도대체?"

"이모도 참. 내가 그렇게 힌트를 드렸는데…. 저는 호박 할머니
의 손녀 아일린이잖아요."

마드모아젤 보테가는 그제야 무언가 떠오르는 표정으로 다정하게 아일린을 보면서 소파로 다가가 아일린을 다시 감싸 안아 준다.

"녀석. 할머니의 작품들을 모두 네가 물려받았구나."

"네. 할머니가 쿠사마마 야요이요이 재단을 저에게 물려주시면서 모든 작품을 저에게 물려주셨어요."

"그거하고 어젯밤에 우리가 예약이 불가능한 불가리 호텔의 프리미엄 스위트에 예약도 없이 들어와 잘 수 있었던 것하고 무슨 상관이니?"

아일린은 이모에게 계속 무언가 알려 주는 것이 재밌다는 듯한 표정을 짓다가 어젯밤 밀라노 커피페니 로스터리 기억리저브 매장에서 지울리아 점장과 이모의 트릭에 빠져서 퀴즈의 답을 틀리는 바람에 오후 내내 설거지를 한 벌칙이 생각나서 꾀를 낸다.

"이모, 제가 퀴즈 하나 낼까요?"

"너, 이 녀석! 그래, 해 보렴."

"호호호호호. 이모, 제가 퀴즈를 낼게요. 쿠사마마 야요이요이 할머니와 컬래버레이션을 한 패션 브랜드는?"

"이 녀석아, 당연히 불가리니까 네가 어제 그렇게 무데뽀로 호텔에 들어와서 '내 방 내놓으세요' 하고 방 키를 받아 올라왔지. 정답은 불가리!"

"땡!"

"헉! 아니야? 그럼 정답은 뭐지? 아니… 불가리가 아니면 너는 어떻게 전화 한 통화로 이렇게 좋은 프리미엄 스위트룸을 차지했냐고?"

재밌는 표정으로 아일린은 일단은 벌칙을 받아야 한다는 제스처를 취하면서 소파에 기대어 앉는다.

"이모, 제가 정한 벌칙은요. 오늘 저희는 나폴리로 출발할 수 없어요. 오늘 밤에 있는 인터밀란(Internazionale Milano)과 유벤투스

(Juventus)의 축구경기를 저랑 함께 보셔야 하는 게 벌칙이에요. 호호호호호. 아이, 신나라. 드디어 이탈리아에 와서 세리에 A를 보는구나. 야호! 전 인터밀란의 팬이라고요!"

"뭐… 뭐라고? 난 축구를 한 번도 본 적이 없단다. TV에서 중계하는 축구도 안 보는 데 오늘 밤에 어디를 간다고? 축… 구 경기장?"

"네. 호호호호호. 스타디오 주세페 메아차(Stadio Giuseppe Meazza), 스타디오 산시로(Stadio San Siro) 경기장에 갈 거예요."

"아니, 무슨 축구장 이름이 헷갈리게 두 개로 부르냐? 그냥 축구장이면 축구장이지."

"호호호호호. 이모. 이모는 이곳 밀라노에서 패션을 공부하시고 오랫동안 사셨으면서도 이탈리아가 사랑한 축구를 사랑하지 않다니요. 그건 정말 실망이에요, 이모."

"요 녀석아, 이모가 유학할 때는 빵 먹을 리라(Lire)도 없어서 딱딱하게 굳은 빵 하나로 며칠을 버티곤 했단다. 축구는 무슨. 학비 걱정 없이 기숙학교에서 공부한 네가 고생을 알겠냐? 요즘 MZ 세대가 다르다고 하더니 멀리 갈 게 아니라 내 조카인 네가 바로 그렇구나."

"이모처럼 빵만 먹으면 인류는 발전이 없어요, 호호호호호. 스포츠 기억도 많이 많이 생성해야 우리 인류가 더 진화하고 발전하는 거라니까요. 이모 잘 들어 보세요. 오늘 밤에 이모는 벌칙으로 저랑 축구를 보러 갑니다. 그것도 전실의 경기장인 스타디오 산시로이자, 스타디오 주세페 메아차로 말이죠, 호호호호호. 8만 명이나 수용하는 밀라노의 전설의 경기장이 왜 이름이 두 개인지 아세요?"

"요 녀석아, 난 축구를 모른다니까! 아, 차범근, 박지성, 손흥민은 안다. 흠, 그리고 이것도 알지. 대한민국 짝짝짝짝짝!! 하하하하하."

"아이, 이모도 참. 제 이야기를 잘 들어 보세요. 밀라노 축구 경기장은 독특하게 밀라노를 연고로 하는 두 팀이 사용해요. 한 팀은 AC 밀란이고, AC 밀란의 경기장 이름을 산시로(San Siro)라고 불러요. 1980년부터 사용하기 시작한 주세페 메아차는 인테르나치오날레 밀라노(Internazionale Milano), 일명 인터밀란이라고 부르는데요. 인터밀란의 전설 같은 선수 주세페 메아차(Giuseppe Meazza)라는 선수를 기념하기 위해서 경기장 이름으로 사용하기 시작했어요. 1934년부터 이탈리아 월드컵 경기장으로 사용된 전설의 경기장이고요. 1947년부터 인테르나치오날레 밀라노와 함께 홈구장으로 사용하면서 이름이 두 개가 되었답니다. 아이러니하지요."

"네 이름도 두 개잖니. 부명 그리고 아일린."

"오, 그렇네요, 이모. 호호호호호. 우리 이모는 역시 위트 하나는 1등이에요."

"좋아, 좋아. 아일린아. 내가 약속대로 퀴즈에서 졌으니 일정을 하루 더 연기해서 우리는 내일 나폴리로 가서 폼페이를 찾아가는 것으로 하고 오늘 밤에는 네 소원대로 인터밀란과 유벤투스의 축구 경기를 보러 가도록 하자. 표는 네가 구할 거지?"

"호호호호호. 걱정하지 마세요, 이모. 제가 지금 당장 휴대폰으로 검색해서 표를 구하면 될 거예요."

"왜 말꼬리를 흐리느냐?"

"호호호호호. 그게… 이곳은 이탈리아잖아요. 축구의 광팬들이 존재하는 영국, 독일, 브라질 그리고 이탈리아 표가 있을는지…. 흠, 아무튼 기다려 보세요."

당황한 듯 아일린은 휴대폰으로 열심히 만지작거리다가 너무 기쁜 표정으로 크게 소리를 지른다.

"이모!!! 기적이에요, 표를 잡았어요. 흑흑. 호호호호호. 오늘 밤 드디어 인터밀란과 유벤투스의 경기를 볼 수 있다고요. 좀 비싸지만. 호호호호호, 아이 좋아라."

뛸 듯이 기뻐하며 소파 위에 올라서 펄쩍펄쩍 뛰는 아일린을 마드모아젤 보테가는 급히 달랜다.

"알았다, 알았어. 네가 그리 좋아하니 이모도 기쁘게 같이 가주마. 아침부터 힘 빼지 말고 얼른 소파에 앉거라. 그러다 다칠라."

"네, 이모."

아일린은 언제 그랬냐는 듯이 갑자기 착한 모습으로 다소곳이 소파에 앉아서 연신 싱글벙글댄다.

"똑똑똑."

노크 소리에 마드모아젤 보테가는 '누가 아침부터 노크를 하지?' 하는 표정으로 문으로 다가가서 구멍으로 내다본다.

문을 열어 주자 깔끔한 흰색 유니폼을 입은 웨이터가 조식 세트를 든 카트를 밀고 들어온다. 카트 위에 놓인 과일 접시와 따끈한 커피 향이 올라오는 커피포트, 하얀색의 커피잔 그리고 말끔하게 준비된 조식 세트가 거실 옆 식탁 테이블 위에 순식간에 세팅된다.

"Goditi il Pasto(식사 맛있게 하십시오)."

"Grazie(고맙습니다)."

나가는 웨이터에게 살짝 팁을 건네주는 마드모아젤 보테가를 보면서 아일린이 장난기 어린 손을 내민다.

"이모, 나도 팁."

"뭘 잘했다고 니에게 팁을 주니? 이서 앉아리, 아침 먹자."

"호호호호호. 이모도 참. 어떨 때는 엄마 같아요! 난 엄마에 대한 기억이 하나도 없어요. 뉴클레아스 심해기억저장위원회에서 내가 늘 엄마 기억을 좀 복원해 달라고, 저장소에 있는 엄마 기억을 저에게 좀 이식해 주라고 그렇게 요청하는데도 안 해 준대요. 할머니의 요청으로 앞으로 100년간 엄마 기억을 봉인했다고 하면서. 칫! 난 엄마 얼굴도 생각이 안 난단 말이에요."

446

눈물을 글썽이는 아일린의 손을 꼬옥 잡은 마드모아젤 보테가는 아일린의 손을 어루만진다.

"아일린, 때가 되면 모든 걸 알게 되는 시기가 온단다. 그 시기가 네가 어른이 된 때일 거고 철이 든 때일 수도 있지. 100년 봉인은 할머니가 아마 그렇게까지 해야 한다고 생각했을 것이고, 그건 아마 손녀인 너를 위하는 것이라고 판단하신 거야. 그러니 할머니를 이해해드리거라."

"칫, 제가 그래서 할머니랑 반대로 막 하는 거예요. 할머니는 엄마를 기억하지만 저는 엄마를 기억하지 못하게 하잖아요. 제가 어떻게 불가리 호텔에 이렇게 쉽게 방을 구해서 잘 수 있게 된 것인지 이모도 궁금하죠? 칫."

"할머니는 불가리의 경쟁자 루이별통(Louis Vueltton)과만 협업하셨죠. 루이별통 모에 헤네시 그룹(LVMH-Louis Vueltton-Moet Hennessy)의 베르나르 아르롤로(Bernard Arnaultoto) 회장 할아버지와의 오랜 친분으로 오직 루이별통만이 쿠사마마 야요이요이와 콜라보한 유일한 브랜드가 되었죠. 역설적으로 베르나르 아르롤로 할아버지가 가장 경쟁한 것은 이모가 일하는 케어링링그룹(Keringring)을 가지고 있는 PPR그룹(피놀로-쁘렝땅소-흐드뜨통/Pinaulto-Printempso-Redoutton) 프랑수아 피아노(Francois Piano) 할아버지였어요."

"피아노 회장님이면 내가 모시는 그 피아노 회장님 말이냐? 2001년 내가 일하던 보테가또베네타타를 인수하신 분이지."

"맞아요, 이모. 우리가 아는 구짜, 발렌쉬어가, 보테가또베네타오 모두를 가진 할아버지죠."

"오, 처음 듣는 이야기구나."

"PPR 그룹의 프랑수아 피아노 할아버지는 그림기억의 대가였답니다. 전 세계 모든 그림기억들을 소장하고 싶어 하셨지요.

이탈리아 베네치아에 일본 건축가 안도타다오(安藤忠雄, Ando Tadao)에게 부탁하여 2006년 팔라조 그라시(Palazzo Grassi)를 개관하고, 2009년에 푼다 델라 도가나(Punta della Dogana)를 개관하여 약 2,000여 점의 세계 미술 대가들의 작품을 전시하고 있답니다."

"나도 그곳은 가 봤단다. 케어링링 그룹의 임원이 되면 필수 견학 코스이기도 하지."

"할머니 이야기로는 루이별통의 아르롤로 할아버지는 피아노 할아버지가 구짜를 인수하고 키울 때부터 크게 경쟁의식이 생기신 것 같아요. PPR 그룹의 피아노 할아버지는 원래 프랑스 파리 센강(Seine River) 근처 스갱(Ile Seguin) 섬에 미술관을 세우려고 했다고 해요. 그런데 무슨 일인지 파리시가 허가를 잘 안 해 주자 이곳 이탈리아 베네치아(Venice)로 장소를 바꾸었답니다. 베네치아시의 전폭적인 지원을 받자 연달아 미술관 2개를 오픈하는 추진력을 보이셨다고 해요. 파리가 허가를 안 해 준 이유가 당시에 블로뉴 숲속 아클리마타시옹 공원(Jardin d'Acclimatation)에 들어가려고 준비한 루이별통 미술관 때문이라는 소문도 파다했다고 해요. 아무튼 프랭크 게리가 설계한 루이별통 미술관은 높이 48.5미터, 총면적 11,700평방미터, 건물면적 8,900평방미터, 전시공간 3,267평방미터에 11개 전시실을 갖춘 명실상부한 최고급 현대 미술관이랍니다. 돈만 해도 약 1억 3천만 달러가 들었다고 하니 대단하긴 해요."

"아클리마타시옹 공원에는 2002년 서울시와 파리시가 자매결연을 하여 만든 서울정원이 있답니다. 그 안에 서울시가 지어 준 죽우정(竹雨亭)이라는 정자가 있어서 미술관에서 바로 보인다고 하니 한국 분들에게는 특별하죠. 더구나 2층과 3층에 백남준 선생님의 작품을 상설 전시하고 있으니 저도 한 번은 구경을 가 보고 싶어요. 이모, 루이별통 미술관은 2007년 1월부터 시작한 프로젝트로 55년 동안 루이별통이 소유하고 그다음에 파리시에 기부한다고 하니까 시기적으로 보면 PPR 그룹의 피아노 할아버지가 파리시에 미술관을 세우겠다고 협의하던 시점이나 비슷한 거로 봐서는 두 할아버지의 경쟁에서 루이별통이 이긴 건 사실 같아요. 호호호호호. 이모도 그림 좋아하세요?"

"으응. 난 그냥 한국 화가 중에 제주도를 잘 나타낸 변시지 화백님 그림하고, 제주를 어울림의 미학으로 표현하는 김품창 화가 그리고 제주의 바람과 바다, 밀감밭과 소녀, 소년의 이야기를 바람 같은 색감으로 표현하는 안병근 작가를 좋아하지."

"오! 모두 제주의 작가들이시군요. 저도 언제 제주도 가면 그분들이 그림을 구경할 수 있도록 해 주세요."

"그래, 얼마든지. 아일린아, 이야기가 궁금해지는데 그래서 아르롤로 회장님과 피아노 회장님의 경쟁은 어떻게 되었니?"

"호호호호호. 세상 사람들이 이야기해요, 이모. 두 할아버지의 경쟁으로 프랑스 파리는 패션의 나라라는 명성을 얻고, 파리는 루이별통 미술관을, 베네치아는 2개의 피아노미술관을 얻어서 문화와 예술의 축복을 받았다고요."

"흠. 재미있는 이야기구나. 내 서울 사무실인 보테가또베네타오 사무실이 도산대로 청담동 한국빌딩 11층에 있단다. 1층에 기억삭제소 커피페니 청담이 있지. 케어링그룹은 12층에 있지. 우리 뉴클레아스 심해기억저장위원회에 이상하게 동선이 겹치는 이유를 생각지도 못했는데. 네 이야기를 듣다 보니 좀 더 심도 있게 우리의 역사를 연구해 봐야겠구나. 우리 보테가또베네타오가 보유한 꼬임 기술인 인트레치아토를 기억저장 기술로 뉴클레아스 심해기억저장위원회와 협업을 한 것도 우연은 아닐 거라는 생각이 드는구나. 오늘 아침은 밥 먹는 것보다 정보를 얻어듣는 것으로 배가 더 부르구나. 공자(孔子)님 말씀에 세 살 어린아이에게도 배울 것이 있다면 겸손하게 배움을 청하는 것이 군자의 도리라고 했는데 내가 오늘 그것을 깨닫는구나. 아일린, 고맙다."

"호호호호. 이모, 아직 이모가 궁금해하는 것, 우리가 왜 불가리 호텔에 쉽게 예약 없이 방을 잡아 잠을 잘 수 있는지… 그것도 공짜로. 그 답은 안 해 드렸는데요?"

"아, 너 또 내 생각을 읽었구나. 참 나. 하핫. 그래 이야기나 들어보자."

"불가리 브랜드는 원래 그리스 출신의 은세공업을 하신 소티리오 불가리(Sotirio Bulgari)께서 1884년 이탈리아 로마 시스티나 거리에서 창업하신 브랜드예요."

"오, 시스티나 대성당이 있는 그 근처에서 말이냐?"

"네. 이모는 역시 이탈리아를 잘 아시네요."

"지금 불가리 브랜드를 누가 소유하고 있을까요?"

"아, 그렇구나. 내 생각이 거기까지 미치지 못했구나. 불가리는 지금 루이별통 그룹이 가지고 있지. 그렇다면 너희 할머니와 루이별통 그룹의 아르롤로 회장님은 오랜 절친이시니까, 무언가 특별한 요청으로 너는 언제든지 루이별통 그룹에 마구마구 졸라서 무엇이든지 얻어 낼 수 있다는 이야기처럼 들리는구나."

"빙고! 저는 어젯밤에 이모가 지울리아 언니랑 칵테일로 흠뻑 취해서 이야기하시는 동안 커피페니 주방에서 일을 마치고서 자야 할 숙소를 찾다가 아르롤로 할아버지가 생각나서 연락을 드렸답니다. 제가 이곳 밀라노에 이모랑 와 있다고요. 아, 물론 이모가 보테가또베네타오의 임원이라는 이야기는 안 했어요. 후훗. 케어링링 그룹이라면 아무리 제가 부탁해도 아르롤로 할아버지는 방을 안 주셨을거예요. 호호호호호."

"아, 이제야 모든 궁금증이 풀렸구나. 그러면 아까 이야기한 호박으로 뉴클레아스 심해기억저장위원회에 기부 어쩌고저쩌고하는 이야기는."

"이모, 그건 정말 비밀이에요. 제가 호박들을 판 금액들은 전부 익명으로 뉴클레아스 심해기억저장위원회에 기부했답니다. 저를 교육시키고 키워준 고마운 곳이잖아요. 그리고 제가 지금의 크리스터 대사의 임무를 마치는 시점에 뉴클레아스 심해기억저장위원회에서 전 세계 미술기억을 담당하는 투라치류 박사님이 조만간 은퇴를 하신다고 해요. 그래서 그 후임으로 저를 전 세계 미술기억 파편을 분석하고 전송하는 수석 요원으로 임명한다는 통보를 이미 받았답니다. 그래서 앞으로 아시아, 남미, 유럽의 모든 미술관에서 사람들이 그림이나 조각 등의 미술품을 보고 느끼는 기억전송을 분석하는 훈련을 하게 될 거예요. 특히 뉴욕의 현대 미술관, 구겐하임 미술관, 메트로폴리탄 박물관은 물론 샌프란시스코의 현대 미술관, 도쿄 롯본기힐스의 모리미술관, 한국의 현대미술관, 리움미술관, 간송미술관, 호림아트센터 등에서 연관기억재생기술에 대해 특별 프로그램을 실시한다고 일정을 통보받아서 이번 임무가 끝나면 이모를 아마 몇 년간 못 볼 수도 있어요."

"아, 그래서 네가 그렇게 막 하고 싶은 대로 하는구나. 마지막 임무라서. 이런 철없는 녀석. 그럼 이번 폼페이 임무가 끝나면 어디로 가니?"

"마지막 임무가 끝나면 일주일간 휴가가 있어요. 저는 그 휴가를 이모와 보내려고 해요. 나폴리 임무가 끝나면 근처의 아말피, 소렌토, 포지타노, 카프리 섬까지 지중해를 이모와 함께 여행하고 싶어요. 그리고 바로 일본 나오시마 섬(直島/ Naoshima)으로 가야 해요."

"나오시마는 왜?"

"그곳에 나오시마 프로젝트(Naoshima Project) 때 만든 할머니의 작품이 있었어요. 호박… 태풍 루핏으로 인해 호박이 손상되는 바

람에 할머니가 제가 가서 호박을 복구시켜 놓으라고 부탁을…. 호
호호호호. 제가 미술기억으로 치유하는 능력을 이어받은 후계자라
서 제 능력의 가우스 파장을 더 키울 수 있는 기회라고 해요. 뉴클
레아스 심해기억저장위원회에서도 나오시마 섬에서 나오는 기억
파장들이 호박의 피해 이후로 깨져서 들어온다고 오류 수정을 지
시했고요. 임무 차 간 김에 지추미술관(地中美術館)의 클로드 모네,
워터 드 마리아, 제임스 터렐의 미술 기억도 인식하고, 안도 타다오
가 설계한 이우환 미술관의 명상의 방에 가서 이우환 선생님 작품
을 보고 제 기억전송의 파장을 키우는 메가가우스 전송의 힘을 키
우는 훈련 프로그램을 이수하면서 교육프로그램을 시작하게 될 것
같아요. 이모."

아일린의 이야기를 들은 마드모아젤 보테가는 대견스럽다는 표
정으로 아일린을 바라본다.

"너를 보자마자 이별이구나. 어쩌면 이번 임무를 우리가 같이 하
게 해 준 것도 너와 크리스퍼 대사 임무를 마친 이후에 졸업 여행
을 같이 하도록 배려해 준 것 같구나."

"전 뭐든 좋아요. 이모와 함께 있으면요. 호호호호호."

두 사람의 대화에 끼어들 듯이 마드모아젤 보테가의 백(Bag) 안
의 작은 전송기가 불빛을 내며 메시지가 오고 있음을 알린다.

재빨리 가방을 열고 모니터를 바라보는 마드모아젤 보테가가 의
미심장한 웃음을 지으며 아일린을 바라본다.

"아일린, 우리 땡땡이가 아닌 진짜로 시간을 벌게 되었구나. 뉴
클레아스 심해기억저장위원회에서 임무와 일정을 변경하는 명령
문이 왔단다."

"정말이요? 그럼 오늘 밤에 완전히 편한 마음으로 이모랑 인터
밀란과 유벤투스 축구 경기를 보러 가도 되는 건가요? 야호"

아일린은 마드모아젤 보테가가 보고 있는 모니터를 얼른 바라보

며 재빠르게 읽어 간다.

#뉴클레아스 심해기억저장위원회 특별위원회
명령문 임무수정공지

밀라노에서 폼페이의 유적으로 가서 지정하는 화석 안에서 바이러스 유전자 코드를 채취하는 일정을 며칠 뒤로 미루고, 임무지를 로마로 변경하여 내일 오후 6시에 바티칸에 들어갈 것. 내일 오후 6시에 바티칸에 들어가면 바티칸 요원인 엠제이 요원이 접촉할 것임.

명령 임무:
1. 바티칸 내 라파엘로(Raffaello Sanzio)의 천장화 중의 〈아테네 학당〉 그림 한가운데 두 사람, 하늘을 향해 뻗은 플라톤의 손가락이 가리키는 곳과 땅을 향해 뻗은 아리스토텔레스의 손가락이 가리키는 곳에 지울리아에게서 빌린 황금기억 원두스푼과 아일린이 가지고 있는 은빛 구둣주걱을 대고 그 장소에 고대부터 숨겨진 바이러스 유전자 코드를 확보할 것.
2. 중국 시안 진시황 병마용갱에서 확보한 실크로드 이동에 따른 인종 간 바이러스 샘플을 확보하여 14세기 유럽을 초토화시킨 흑사병의 원인균이 키르기스스탄에서 발병한 것으로 탄생 신물 중 하나를 확보하였음. 지구 이상기후로 마못(Marmot)의 과잉번식으로 인해 마못바이러스(Marmot Virus)가 인간에게 옮겨지면서 변이바이러스로 증식하여 유럽에서 쥐를 통해 전염된 흑사병(페스트/ Yesinia Pestis)으로 확산된 것을 확인함. 원인 바이러스 및 원천 유전자 코드를 분석한 중에 중요한 코드 하나

기 이미 다른 곳에 있는 것으로 파익되어 지금 긴급하게 추기 코드 확보를 위해 중국 내 심천 BGI(Beijing Genomic Institute)에 중요 위원을 피견할 것.

3. 이탈리아 폼페이에서도 비슷한 현상이 예측되어 폼페이에서 바이러스 유전자 코드를 확보하기 전에 유전자 코드 오류를 비로잡을 수 있는 고대 바이러스 유전자 코드명령문이 있는 것으로 핀명된 리파엘로의 〈아테네 학당〉에서 임무를 왼수하고 폼페이로 이동할 것.

바티칸 라파엘로의 그림 〈아테네 학당〉 안에 숨겨진 유전자 코드 I

이탈리아의 아침, 밀라노의 불가리 호텔 입구에서 파란색 마세라티의 시동을 거는 아일린의 표정이 무척 밝다.

"부릉부릉."

묵직한 6기통의 실린더 엔진음이 로마 시대부터 조성된 석조대리석 길의 표면을 때리면서 굉음이 일어난다.

"아일린, 아침부터 왜 부릉부릉 난리니? 얼른 출발하자."

"이모, 안전벨트 잘 매세요. 지금부터 로마를 향해 달려 봅니다. 이힛."

신이 난 목소리로 고속도로를 향해 달려나가는 아일린의 얼굴에서는 피곤이라고는 도저히 찾아볼 수 없다. 아일린은 생기발랄한 얼굴로 마구마구 액셀러레이터를 밟아 대며 속도를 높인다.

고속도로의 톨게이트에는 이른 아침부터 이탈리아 전역으로 이동하는 물류를 실은 트럭들이 즐비하게 들어서 있다. 이탈리아 내

류을 관통하는 대동맥으로 태양의 도로(Autostrada del Sole)라는 애칭으로 불리는 이탈리아 도로는 대한민국이 1970년에 완공한 경부 고속도로의 벤치마킹 도로였다는 사실을 아는 사람은 많지 않다. 도로의 진입로 및 출구, 콜 게이트, 인터체인지, 도로 선형구간의 기울기 및 배수 등등 여러 요소를 밀라노-로마 구간의 고속도로를 참고하였다. 평지를 곧게 뻗어서 속도를 무제한으로 가속할 수 있는 독일의 아우토반은 한국의 산악지형과 등고선의 고저가 많은 서울과 부산 구간에 적합하지 않았다. 하지만 이탈리아반도를 가로 지르면서 한반도와 비슷하게 세로 구간으로 길게 뻗으면서 산악지대와 평지를 지나가는 도로의 구조와 기후마저 사계절의 대한민국과 밀라노-로마 구간은 너무도 흡사한 까닭에 경부고속도로에 가장 적합한 모델로 연구되고 공사에 활용되었다. 그런 이유에서인지 많은 한국 관광객들은 이탈리아의 도로를 달리면서 한국의 정취를 느낀다고 말하곤 한다.

"저기 단속 카메라 보인다. 살살 달려라."

마드모아젤 보테가는 거침없이 달리는 아일린에게 차 속에서 연신 잔소리 많은 엄마마냥 속도를 줄이라고 이야기했다.

한 시간 남짓을 달리다 보니 슬슬 졸음도 오고 배가 고파 오기 시작할 무렵 고속도로 휴게소가 2킬로미터 전방에 있다는 도로 표지판이 나오자 마드모아젤 보테가가 손짓으로 표지판을 가리키면서 한숨을 돌리듯이 쉬어 가자고 한다.

"아일린, 저기 휴게소가 보인다. 우리 쉬었다 가자. 진한 에스프레소를 한 잔하지 않으면 이모는 졸음이 쏟아져서 견딜 수가 없구나."

"호호호호호. 좋아요, 이모. 이탈리아 고속도로 휴게소 구경도 할 겸 저희 여기서 한 잔 마시고 가요."

마세라티를 주차장에 세운다. 야외주차장을 가득 덮은 지붕은 태양광 패널로 지붕을 삼아 그 밑에 야외주차장을 만든 모습이 인상적이다. 바로 옆에는 전기차 충전기가 일렬로 놓여 있다.

"유럽도 전기차로 대세가 바뀌었다고 하더니 앞으로는 전기차 시대가 펼쳐지겠구나."

"칫! 이모, 자동차는 내연기관의 멋진 조화로 움직이는 역사적 작품인데 그 멋과 이제는 작별해야 하는 건가요? 쩝! 슬픈 현실이네요. 환경을 생각 안 할 수는 없고. 전기차는 제가 타 보니 영 밋밋해서 운전하는 맛이 안 난다니까요. 저는 내연기관의 마지막 골동품까지 타는 마니아로 남으려고 해요."

"저기 지중해의 눈부신 햇살을 받아서 전기를 생산하는 전기패널들을 봐라. 장관이구나."

"저는 이탈리아의 고속도로를 달리면 도로 옆으로 쫘아아아악 멋진 포도농장들을 보면서 이름 있는 와이너리(Winery)가 있으면 포도주나 몇 병 사고 맛 좀 보고 갈 수 있을 거라는 기대를 하고 왔는데. 포도밭은 보이지도 않고 나 참. 태양광 패널들이라니. 기대가 물거품이 되었어요. 이모, 얼른 커피나 한 잔 하러 가요. 저는 배가 고파서 피자나 한 조각 먹어야겠어요."

고속도로 휴게소 내에 자리 잡은 카페테리아의 문을 활짝 열고 들어가는 아일린은 들어가자마자 눈이 휘둥그레지면서, '우와' 하는 표정으로 뒤따라 들어오는 마드모아젤 보테가의 손을 잡아끈다.

"우와! 이모. 여기 완전 대박. 초대형 슈퍼네요. 여기 쌓인 와인들 좀 보세요. 우와. 와이너리 갈 필요가 없네요. 으헉! 가격 보세요. 이탈리아에 오면 물값보다 와인이 더 싸다고 와인 많이 마시고 오라고 그러더니. 정말 와인 마니아들에게는 천국이네요. 으흐흐흐. 저는 아직 술맛은 모르지만…. 이모는 어젯밤에 지울리아 언니와 칵테일을 10잔 이상 마시는 걸 봐서, 호호호호호. 솔직히 해장 와인 한 잔 하고 싶으시죠?"

"에끼. 그나저나 엄청난 양의 와인들이구나. 온갖 종류가 다 있구나. 정말 대단하다. 이 옆에 있는 온갖 종류의 파스타를 봐라. 이탈리아가 맞긴 하구나. 이 많은 종류의 와인과 파스타를 한눈에, 그것도 고속도로 휴게소의 슈퍼마켓에서 구경할 줄이야."

"이모, 저는 일단 저 피자 코너에 가서 피자를 하나 시킬게요. 이모는 흠, 에스프레소를… 아! 저기 있네요. 라바짜(Lavazza) 커피. 이모는 마시고 싶은 에스프레소를 시키세요. 저는 피자를 사 가지고 올게요."

"너는 음료수 안 마실래? 내가 시키면서 같이 시킬까?"

"이모, 그럼 저는 콜라는 안 좋아하니까 피자만 주문하고 여기 슈퍼 안에 있는 음료수 코너에서 주스나 사서 오죠, 뭐."

"그래, 그러렴."

마드모아젤 보테가는 라바짜 커피 코너에 가서 붙어 있는 메뉴판을 훑어본다.

'에스프레소, 도피오(Doppio), 리스뜨레또(Ristretto), 롱고(Lungo), 마끼아토(Macchiato), 꼰 빤나(Con Panna), 카페 프레도(Caffe' Freddo), 카페라테(Caffe' Latte), 라테 마끼아토(Latte Macchiato), 카푸치노(Cappuccino), 카푸치노 프레도(Cappuccino Freddo), 마로끼노(Marocchino), 꼬레또(Corretto), 카페 토리노(Caffe' Torino).'

"대단하구나. 커피의 본 고장답네. 이렇게 다양한 오리지널의 풍미를 갖춘 모든 종류의 커피를 눈앞에서 고를 수 있다니. 토리노(Torino) 지방의 풍미를 라바짜 커피를 통해서 한 번 제대로 음미해 볼까? 후훗."

사뭇 기대되는 에스프레소의 맛에 군침이 당기면서 기다리는 바리스타에게 다가가 주문한다.

"Un drink di Doppio, per favore(도피오 한 잔 주세요)."

"Non hai bisogno di altro(다른 건 안 필요하세요)?"

"Un croissant, per favore(크루아상 하나 주세요)."

"Si, lo preparero subito. Grazie(네, 바로 준비해 드리겠습니다. 감사합니다)."

"Grazie(감사합니다)."

바리스타는 주문을 받자마자 바로 크루아상(croissant)을 꺼내 접시에 담아 주면서 에스프레소 머신에서 능숙하게 에스프레소 도피오를 추출하여 앙증맞은 에스프레소 잔에 담아서 같이 내어 준다.

다크 로스팅의 진한 라바짜 커피 특유의 향이 올라오는 에스프레소 잔을 보면서 마드모아젤 보테가는 당(糖) 떨어진 사람처럼 뜨거운 에스프레소 도피오를 그 자리에서 마시고 다시 한 번 직원을 쳐다보면서 씨익 웃고는 다시 주문한다.

"Un altro bicchiere, per favore(한 잔 더 주세요)."

"Hai fame di espresso(에스프레소가 고프셨군요)."

한 잔을 다시 받자마자 이번에는 설탕을 그 위에 듬뿍 얹은 다음에 자리로 돌아와 크루아상을 한 입 베어 물고 달달한 에스프레소를 음미한다.

"그래, 이 맛이지. 이게 달달한 에스프레소 해장이지. 술을 깨는 데 그만이고 정신 차리는 데 최고인. 후훗."

고속노로 휴게소에서 아침 일찍 먹는 따뜻한 크루아상과 에스프레소 더블 도피오를 한 잔은 오리지널로, 한 잔은 설탕을 듬뿍 뿌려서 먹는 재미에 푹 빠진 마드모아젤 보테가에게 고르곤 졸라 피자 한 판과 꿀을 담은 종지를 같이 들고 온 아일린은 탁자 위에 한국의 롯데칠성이라는 상호가 딱 보이는 음료 3병을 올려 놓고는 큰 소리로 읽는다.

"알로에, 갈아 만든 배, 쌕쌕! 이모, 난 정말 기절초풍하기 일보

직전이에요. 이탈리아 고속도로에서 제가 대한민국의 알로에, 갈아 만든 배, 쌕쌕 이 세 가지 음료를 보다니요. 혹시 이모가 저를 놀리려고 장난친 것은 아니죠? 정말 믿기지가 않아요. 제가 제일 좋아하는 한국 음료란 말이에요. 알로에, 갈아 만든 배 주스 그리고 제주도 밀감을 넣은 쌕쌕. 그런데 알로에와 갈아 만든 배 주스는 그렇다 치더라도 오렌지의 나라에서 제주도 감귤 알맹이를 넣은 쌕쌕을 팔다니! 이탈리아 만세! 코리아 만세! 대단해요, 정말!!"

"이야, 이모도 처음 본다. 내가 유학하던 시절이라면 상상도 못할 일이지. 한국의 음료가 이곳 이탈리아에서 이렇게 쉽게 마실 수 있다니."

"정말 보다가 제 눈을 의심했다니까요. 이모, 이 따끈한 고르곤졸라 피자를 좀 맛 보세요. 이 꿀이, 우와, 정말 피자보다도 저는 이 꿀이 더 맛있네요. 와우. 왜 이리 달달하고 향기롭지? 포도밭에서 포도즙 먹고 와인으로 숙성해서 꿀을 만들어 버리는 이탈리아 와인 벌이 따로 있는 것 아닌가요? 이 꿀맛 좀 보세요. 와인 향이 나요."

아일린이 하도 나불거리면서 고르곤졸라 피자를 꿀에 찍어 먹으며 먹어 보라고 채근하는 통에 마드모아젤 보테가도 새끼손가락으로 꿀을 찍어 입에 넣어 본다.

과일 향과 꽃향기를 섞은 듯한 진한 풍미의 꿀맛이 올라온다.

"내 생각에는 밤꿀(Milel notturno) 같은데."

"밤꿀이요? 이탈리아에도 밤꿀이 나나요?"

"그럼. 이곳에서도 밤나무가 엄청 많이 있지. 그곳에서 나는 밤꿀과 밤 잼(Notte)은 유명하단다. 아일린은 정말 꿀을 좋아하는구나."

"호호호호호, 이모. 제가 이상하게 꿀을 먹으면 기분이 좋아지고 마치 벌이 된 것처럼 날아갈 것 같아요."

"그렇구나. 나중에 이모가 이곳 사르데냐(Sardegna) 섬에서 나는 코르베졸로(Corbezollo) 꿀을 선물해 주마. 야생 딸기나무의 흰색 가을꽃에서 유목민들이 추출하여 2,000년 이상의 역사를 지닌 천연 꿀이란다."

"와우, 이모, 저는 정말 꿀을 좋아해요. 무조건 고맙습니다. 호호 호호호호. 정말 꼭 먹어 보고 싶어요. 약속했어요, 이모. 코르베졸로 꿀!"

"홋."

"아니, 선물해 준다고 해서 고맙다고 인사를 하는데 왜 웃어요, 이모?"

"하하하. 그런데 말이다. 그 꿀은 달지 않고 엄청 쓰단다. 가죽 향에 감초향, 그리고 연기 향이 같이 나오는데 독특한 쓴맛이 나기로 유명한 꿀이야. 그런데 항염증 작용이 강해서 건강에 아주 좋단다. 사르데냐 섬의 주민들의 수명이 100세를 넘는 이유가 바로 이 코르베졸로 꿀 때문이란다. 어때? 맛이 달지 않고 쓰디쓴 맛인데도 먹고 싶니? 먹고 싶다면 이모가 아주 좋은 코르베졸로 꿀을 한 병 구해 주마."

"이모, 저 건강에 올인하는 스타일이에요. 호호호호호. 할머니가 저에게 몸에 좋다면 양잿물도 먹을 녀석이라고 얼마나 구박하셨는 줄 아세요? 호호호호호. 이렇게 말하고 나니 요양원에 계시는 할머니가 갑자기 보고 싶어지네요. 흑흑흑."

"아침 피자 먹다 말고 왜 우느냐. 얼른 마저 맛있게 먹거라."

울컥하는 아일린을 달래고 귀여운 모습을 정겹게 바라보는 마드모아젤 보테가는 아일린이 다시 맛있게 고르곤졸라 피자에 밤꿀을 듬뿍 찍어 먹는 모습을 보면서 '이모는 담배 한 대 피우고 차로 가마.' 하는 몸짓을 보이고 자리를 뜬다.

잠시 후 즐겨 피우던 탑립의 담배 연기를 뒤로 한 채 마세라티가 주차되어 있는 주차장으로 가던 마드모아젤 보테가는 주차장 한가운데서 왁자지껄한 광경을 목격하고 왜 이리 소란스러운지 쳐다보다가 그 가운데에서 연로한 할아버지와 신나게 이탈리아어로 떠들어 대는 아일린을 발견하고 빠른 걸음으로 그쪽으로 이동한다.

떠들썩한 자리에 아일린은 연신 빨간색의 알파로메오 1992년식 스파이더(Alfa Romeo spider 1992)를 바라보면서 열띤 토론을 벌이고 있다.

"흠! 엔진음을 들으니 3.0리터 V6 220마력 엔진이군요. 길이는 4,257mm, 너비는 1,630mm, 높이는 1,262mm, 공차중량은 약 1,110kg, 정말 흠잡을 데 없는 주행 성능을 가진 시대의 명차죠. 1992년식이면 1987년 피아트(Fiat)에 인수된 이후의 모델이라서 엔진을 보강해서 더욱 중후한 배기음을 내죠. 호호호호호. 밀라노에서 탄생한 알파가 1915년 엔지니어인 니콜라 아저씨에게 인수된 이후로 알파로메오로 바뀌면서 1세대, 2세대 그리고 피아트 인수 후 3세대를 거치는데 저는 모든 차량을 다 타 봤답니다. 호호호호호. 알파로메오를 운전하는 할아버지를 이곳 고속도로에서 만나다니 꿈만 같아요. 할아버지는 정말 멋쟁이세요. 할아버지, 엔진 소리를 다시 한 번 들려주세요."

신이 난 아일린을 만난 이탈리아 할아버지는 헐렁하게 흘러내리는 청바지에 엉덩이가 다 보이는데도 큰 덩치에 앙증맞은 알파로메오의 운전석에 앉아 시동을 다시 걸고 힘차게 액셀러레이터를 밟는다.

"붕. 부웅. 부웅!"

알파로메오 특유의 엔진음이 자동차의 보닛을 열어젖힐 듯이 굉음을 내며 힘차게 힘을 과시하고 있다. 할아버지가 신이 난 듯이 버튼을 누르자 천장 캡이 천천히 열리면서 오픈카 특유의 멋진 개방감을 보인다.

"Vuoi sederti al volante(운전석에 앉아 볼래요)?"

"E cosi bello, Grazie(너무 좋아요. 감사합니다)."

알파로메오 스파이더에 앉아 힘차게 액셀러레이터를 밟는 배기음을 듣는 데 집중하면서 행복해하는 아일린을 멀리서 바라보는 마드모아젤 보테가는 긴 한숨을 내쉬면서 독백처럼 옛날을 회상한다.

'어린 시절을 외롭게 보내면서 자동차에 관심을 가지더니 엔진 특유의 소리를 들으면서 공명의 파장으로 사물을 파악하는 능력이 최대치까지 올라가 있구나. 대단하구나, 아일린. 어린 나이에 공명의 가우스로 모든 물체를 파악하는 능력을 완성시키다니! 왜 뉴클레아스 심해기억저장위원회가 너를 투라치류의 후임으로 임명하려고 하는지 알겠구나. 이번 임무를 마치고 훈련 기간을 거치면 너는 아마 지구 최강의 소리와 그림의 색감으로 모든 예술적 기억들을 파악해 내는 전문가로 거듭나겠구나. 대견하다, 아일린.'

아일린은 멀리서 다가오는 마드모아젤 보테가를 바라보면서 '이모, 나 좀 봐줘요.' 하는 자세로 으쓱하면서 알파로메오에서 내려온다.

"Grazie. nonno fantastic(고마워요. 멋진 할아버지)."

"Prego, un piccolo esparto di auto(천만에, 꼬마 자동차 전문가)!"

마세라티로 돌아와 다시 로마로 출발한 아일린은 흥분을 감추지 못한 채 방금 전까지 스스로 액셀러레이터를 밟아서 알파로메오 클래식카의 시동음을 들으며 무한한 희열을 느낀 그 감정을 그대로 담아서 가속 페달을 밟아 댔다.

로마에 들어서는 입구에서 반겨 주는 로마 시대의 기술을 담은 수로교가 황토색 벽돌의 자태를 뿜어내면서 도로를 가로지르고 있다.

"고생했다. 장시간 운전하느라고."

"고생은요. 저는 오랜만에 신나게 달려 보는 즐거움으로 시간 가는 줄 모르고 운전하고 왔어요. 이힛."

로마 시내에 들어가자마자 바로 숙소인 세인트 레지스 로마(The St. Regis Rome) 호텔 입구에 차를 세운다.

"Vuoi che controlli(체크인 하시겠습니까)?"

"E riservato(예약되어 있습니다)."

마세라티를 발레파킹을 맡기고 입구 계단으로 올라간다.

계단 아래의 카펫에 아름답게 새겨진 글씨.

The St. Regis Rome.

입구 계단을 올라가서 도어를 열자마자 펼쳐지는 아름다운 샹들리에를 품은 천장의 우아한 모습에 아일린의 넋이 나간다.

"우와, 이건 완전히 신세계 같아요, 이모, 와우. 제가 좋아하는 웨지우드 블루(Wedgwood Blue)에 고급스러운 궁전 양식의 로비는 정말! 와우. 지금 천장에 울리는 제 목소리의 공명으로 인해 이곳을 이용한 수많은 기억들이 마구마구 느껴지고 있어요. 와우. 와우. 전 세계의 유명한 명사들은… 영화배우, 가수, 스포츠 스타, 여왕님, 대통령, 총리, 으허허헉. 수많은 추기경분들 그리고 우와 교황님도 이곳을!! 으으으. 정말 엄청난 기억의 편린들이 이 공간에 남아 있군요."

아일린은 세인트 레지스 로비 천장의 공명을 통해 느껴지는 다양한 기억의 흔적들을 흡수하고 느끼면서 엄청난 방문객들과 투숙객들의 기억에 다소 충격을 받은 표정으로 천장을 뚫어져라 바라보고 있다.

"천장 구멍 나겠다. 우리가 쳐다보고 임무를 완수해야 하는 천정은 이곳 세인트 레지스 호텔 천장이 아니라 바티칸 안에 있는 라파엘로의 그림이 그려진 〈아테네 학당〉 천장화란 말이다. 얼른 방에 짐을 풀고 바로 출발하자꾸나."

"네. 이모, 이곳에서도 이렇게 큰 기억파장들을 느끼고 있는데 잠시 후에 바티칸에 들어가서 라파엘로의 그림을 보면 어떤 느껴 보지 못한 파장들이 저에게 흡수될지 벌써부터 온몸이 간질거려요."

객실로 이동하여 짐을 풀고 간단하게 복장을 갈아입고 나오는 두 사람,

프런트에 키를 맡기는데 컨시어지가 다가와서 작은 쪽지를 하나 건넨다.

"마드모아젤 보테가 님이시죠? 환영합니다. 체크인하시면 전달해 드리도록 웰컴 편지가 와 있습니다. 차량도 준비되어 있습니다. 지금 바로 입구에 있는 메르세데스 벤츠 호텔 리무진을 타시면 저희가 목적지로 모셔가도록 준비되어 있습니다."

컨시어지가 건네는 작고 고급스러운 편지봉투 위로 포세이돈이 삼지창을 들고 무언가를 지키는 형상의 금박 문양이 반짝인다.

[두 분을 환영합니다. 저는 로마에서 두 분을 모시고 임무를 수행하게 될 엠제이 요원입니다. 차량에 탑승하시면 호텔 리무진이 아래 주소가 적힌 접선 장소로 모실 것입니다. - MJ]

두 사람이 탑승한 차량은 좁은 로마의 도로를 돌고 돌아 약 10분 정도 지나 로마가 자랑하는 판테온(Pantheon) 앞을 돌아서 커피숍 앞에 정차한다.

능숙하게 차 문을 열고 내려서 하얀색 장갑을 착용한 손으로 뒷좌석의 문을 열어 주는 리무진 기사의 신속한 서비스에 가볍게 눈인사를 하고 슬쩍 팁을 건네는 마드모아젤 보테가. 곁눈질로 이를 보던 아일린이 장난기 어린 목소리로 또 졸라 댄다.

"이모, 팁은 저를 주시라니까요. 왜 만날 남을 주세요. 오늘 하루 종일 운전한 저에게는 팁을 안 주고 겨우 10분도 운전 안 한 호텔 기사 아저씨에게는 팁을 주다니! 너무 불공평해요."

"넌 아직 어려서 서비스의 개념을 이해하려면 멀었어, 아일린."

"저 안 어리거든요. 이모 흥 칫 뿡!"

두 사람은 리무진에서 내려서 주위를 둘러본다.

눈 앞에 펼쳐진 판테온. 돔 지붕 위로 어슴푸레 석양빛을 뿜어내는 로마의 태양이 낮 시간이 끝나감을 알리고 있다. 기원전 27년 로마의 모든 신들을 모시기 위해 세워진 역사적인 건물이자 현존하는 가장 오래된 돔 형태의 건축물이다.

그리스의 파르테논 신전과 함께 완벽한 고대 건축으로 중세 유럽의 이상향 역할을 한 판테온이 눈앞에 그림처럼 우뚝 서 있다.

"이모, 이 건축물이 판테온이군요. 와우. 저 돔 안에서 한 달만 있어 보고 싶어지는데요. 돔 안의 소리 공명(共鳴)이 이곳까지 들려서 제 고막을 마구마구 흔들어요. 오우. 로마는 역시 오래된 곳이 맞군요. 온갖 기억 파편들이 로마 시대부터 중세, 르네상스까지. 오우. 얼른 귀를 닫아야겠어요. 안 그럼 제가 혼돈의 시간에 빠져들 것 같아요."

아일린은 소리의 공명이 더욱 심한 돔 건물의 특성으로 인해 판테온 앞에서 괴로운 듯이 두 귀를 막고 자신에게 엄청난 양의 기억 파편들을 쏟아내는 판테온을 정면으로 응시한다.

"이모, 판테온 지붕 밑에 크게 쓰여 있는 글씨는 무슨 의미예요? '이곳이 판테온이다!' 이런 뜻의 로마자인가요?"

"'루키우스의 아들 마르쿠스 아그리파가 세 번째 집정관 임기에 지었다(M AGRIPPA LF COS TERTIVM FECIT(Marcus Agrippa luci filius consul tertium fecit).' 이렇게 적혀 있단다"

"와우. 자기가 짓고 자기 이름을 판테온에 새긴 거예요? 대단하네요. 저랑 성격이 비슷한 분 같아요. 호호호호호."

"까불기는. 그게 아니란다. 아일린, 원래 판테온은 기원전 27년에 아우구스투스(Augustus) 황제 때 지었단다. 마르무스 빕사니우스 아그리파(Marcus Vipsanius Agrippa)라는 당대의 대단한 정치가이자 군인이었지. 숙적 안토니우스를 무찌르고 옥타비아누스가 황제가 되는 데 가장 큰 공을 세운 참모였단다. 건축에도 일가견이 있어서 판테온뿐만 아니라 비르고 수도, 율리아 수도를 지었지. 모든 길은 로마로 통한다는 말 알지? 그 길이 바로 비르고 수도, 율리아 수도야. 수도는 요즘으로 말하면 고속도로지. 나중에는 아그리파 목욕탕을 지어서 대형 목욕탕의 원조를 만든 분이지. 재주가 많은 분인데 평민 출신으로 엄청 출세한 분이야. 세월이 흘러서 건축물이 낡아지자 서기 125년 하드리아누스 황제가 판테온을 재건하면서 원래 판테온을 건축한 아그리파를 존중하는 의미로 예전 판테온 정면에 새겨진 명문을 그대로 새긴 거란다."

"맞네요, 맞아. 자신이 자신의 이름을 판 것. 판테온에, 도로에, 대형목욕탕에 죄다 만드신 다음에 스스로 이름을 남기셨네요. 제가 맞았어요, 이모, 자기의 이름을 새긴… '때밀이는 때를 남기고 아그리파는 이름을 남기다.' 호호호호호."

"녀석. 제멋대로 해석하기는. 얼른 약속 장소로 가자. 어디 보자, 이곳에 주소가 있는데."

마드모아젤 보테가는 웰컴 편지에 적힌 주소를 바라보면서 바로 몇 걸음 지나서 한 건물 앞에 선다.

건물 앞에 새겨진 주소 판과 위로 보이는 간판,

카페 타짜도르. 엘 메조르 델 문도 비아 데릴 오르파니 84, 00186 로마, 이탈리아(Caffe TAZZA D'ORO. El Mejor Del Mundo Via degil Orfani.84, 00186 Rome RM, Italy)

타짜도르 카페 입구에 서서 간판을 올려다보자 카페 안에서 젊은 여성이 빠르게 나오면서 인사한다.

"안녕하세요? 마드모아젤 보테가 님, 그리고 아일린 님. 로마에 오신 것을 환영합니다."

#바티칸 라파엘로의 그림 〈아테네 학당〉 안에 숨겨진 유전자 코드 2

판테온 앞에 위치한 이탈리아 로마 3대 커피숍이라 불리는 카페 타짜도르(Caffe Tazza D'oro).

고색창연한 커피잔들이 즐비한 전시 벽장을 사이에 두고 티크 원목으로 모양을 낸 기다란 에스프레소를 서서 즐기는 테이블에 가득 찬 에스프레소 잔들이 이곳이 유명 에스프레소 바(Bar)임을 한눈에 알게 해 준다. 1946년 문을 연 이래로 로마 시민들과 수많은 여행객의 사랑을 받은 이유는 원두가 가진 천연향을 가장 잘 잡은 커피라는 명성을 가지게 된 이후부터였다. 일명 커피의 여왕(La Regina del Caffee)라고 불리는 타짜도르만의 독특한 블렌딩은 카페인 함량은 최소화하면서 커피 향을 가득 담은 에스프레소를 추출하는 원두를 공급하면서 카페의 명성과 원두 판매의 두 마리 토끼를 잡았다는 평가를 받았다.

"기다리고 있었습니다. 저는 엠제이입니다. 예상보다 훨씬 일찍 오셨군요."

"반갑습니다. 로마에서 이렇게 한국 여성분이 나오실 줄은 몰랐는데요? 아일린이 스피드광이라서 엄청나게 쏘아 대는 바람에 제가 다 혼비백산했습니다. 십 년 감수했다니까요. 아니 우리가 통상 임무를 하면 기억이동이나 순간기억 이식을 통해서도 가능한데 이번 임무는 전부 몸으로 때우는 임무라서 보통 힘든 게 아니에요."

"네. 저도 특별명령을 받은 임무라서 이번 임무의 중요성을 잘 알고 있습니다. 더구나 바티칸은 오랜 불문율로 기억전송이나 기억 이동이 안 되는 신성한 지역이라서 제가 교황청에 특별요청을 접수하여 승인을 받은 사항입니다. 물론 뉴클레아스 심해기억저장 위원회에서 교황님에게 친서가 전달되었다고 교황청 대리 대사에게 전달받았습니다."

"그런데 접선 장소가 판테온 앞의 타짜도르 커피숍이라니 의외입니다."

"이유는 잠시 후에 아시게 될 것입니다. 일단 커피숍 안으로 들어오세요."

반가운 표정으로 타짜도르 커피숍 안으로 안내하는 젊은 여성의 뒤를 따라 들어가는 아일린은 연신 신기한 듯이 서서 에스프레소를 즐기는 고객들을 바라본다. 그리고 마드모아젤 보테가의 손을 꼬옥 잡고 눈을 이리저리 굴리면서 커피숍 안을 둘러본다.

"로마에 와서 근사한 에스프레소를 마시는 행운이 따르다니. 아일린, 너는 에스프레소보다는 이곳의 자랑인 그라니따 콘 파냐(Granita Caffe con Pa)를 마셔 보도록 해라."

"네, 이모. 사람들이 엄청 많은 것을 보니 정말 유명한 곳이 맞는 듯해요. 호호호호호. 이곳 에스프레소 바에 서 계시는 모든 남자분은 전부 영화배우 같아요, 이모."

"하하하. 이탈리아 남자들이 한 패션하지?"

"커피숍에 들어오자마자 바로 에스프레소를 주문하고 즉시 원 샷으로 쭈욱 들이키고 나가는 모습이 정말. 한국 사람이 성격 급하다고들 하는데…. 오늘 이곳에서 보니끼 이탈리이 남자들이 더 성격이 급한 것 같은데요. 한 잔의 에스프레소를 마시는데 거의 3초가 안 걸리는군요."

"이탈리아가 자랑하는 에스프레소 문화를 이해하려면 긴 시간이 필요하답니다, 아일린 님."

"저는 뭐. 호호호호호. 에스프레소보다는 자동차에 더 관심이 있어서요. 호호호호. 커피는 뭐."

"그러시군요. 푸조(Peugeot) 자동차가 원두를 가는 그라인더 (Grinder)를 만들었다는 이야기를 들으시면 약간은 흥미를 느끼실 듯하군요. 호호호호호."

"네? 자동차를 만드는 회사가 커피 그라인더(Coffee Grinder)를 만들었다고요? 에이. 농담도 참 잘하시네요."

"아일린아, 그건 사실이란다. 푸조는 예전에 후추 그라인더(Black Pepper Grinder)를 만들다가 나중에는 커피 그란인더도 같이 만 든 역사를 가지고 있지. 우리가 나중에 나폴리에 가는 일정이 있으 니 커피 무역과 이탈리아에 얽힌 다양한 이야기들을 들려주마. 예 멘(Yemen)의 모카(Mocha)항에서 시작된 모카커피부터 베네치아 에서 시작된 커피 무역으로 비엔나 커피에서부터 로스팅의 발전과 유럽으로의 전파 그리고 이교도의 음료라는 커피에 대해서 교황청 이 승인하고, 클레멘스 8세 교황이 세례를 주기까지의 여러 이야기 를 나중에 들려주마."

"칫, 전 커피에 관심이 없다니까요, 이모."

"넌 나중에 투라치류의 뒤를 이어서 우리 뉴클레아스 심해기억 저장위원회의 핵심위원이 될 거란다. 그러기 위해서는 반드시 커 피에 얽힌 역사를 배우게 될 거야. 그걸 배우면서 우리 뉴클레아스 심해기억저장위원회가 왜 커피를 중심으로 기억을 이식하고 삭제 하는지, 커피페니를 기억전송과 삭제의 플랫폼으로 사용하는 이유 도 모두 알게 될 거란다. 뉴클레아스 심해 기억저장위원회와 커피 는 떼려야 뗄 수 없는 운명적인 관계지."

"저도 이곳 이탈리아에서 임무를 수행하면서 아프리카에서 시작 되어 이탈리아로 넘어오는 커피의 교역을 배우면서 아프리카 대륙 과 뉴클레아스 심해기억저장위원회가 어떤 연관으로 이어지는지 너무 궁금했는데 기회가 되면 저도 꼭 같이 배울 수 있는 행운을 주시길 간청드립니다."

"후훗. 호기심이 많은 요원이군요."

"제가 이곳 바티칸에 파견된 이유도 바티칸에 숨겨진 수많은 이야기에 대한 호기심으로 인해 스스로 자원한 거예요. 벌써 10년째 바티칸 크리스퍼 대사로 근무하는 중입니다."

"그렇군요. 이번 임무가 끝나고 제가 다시 한번 로마를 찾을 예정인데 그때 제가 비밀과외를 해 드리도록 할게요."

"헛, 너무 고맙습니다. 마드모아젤 보테가 님!"

"아니. 이모는 나한테는 뭐든 비밀로 하면서 오늘 처음 본 이분, 엠제이 요원에게는 왜 이렇게 선심 쓰듯이 뭐든 가르쳐 주려고 하시는데요? 칫."

"아일린아, 엠제이 요원은 킴카플라이어가 특별하게 요청하여 우리가 요원 교육을 시킨 특수요원이란다."

"킴카 대기자요?"

"그래. 전 세계 뉴스기억을 조종하는 플라이어 중의 여왕 같은 존재지. 인간들이 뉴스를 보면 어느 뉴스는 오래 기억되고 어느 뉴스는 금방 잊어버리지. 신기하지 않느냐? 매일 수많은 뉴스를 보는데 그 기억들은 왜 뉴클레아스 심해기억저장위원회로 전송되지 않을까?"

"아, 그러고 보니 뉴스기억은 전송되지 않는군요."

"맞아. 가공된 기억을 양산하고 그 기억을 인간들의 기억에 심어 준다면, 매일 엄청난 양의 불필요한 기억들이 저장소로 전송된다면 쓰레기 기억들과 대혼란만 야기될 뿐이야. 그래서 뉴클레아스 심해기억저장위원회는 인간들에게 인식되는 뉴스기억들은 전송하지 않고 개개인의 기억 속에서 소멸하도록 하였단다. 그 소멸을 조종하는 뉴스 플라이어들이 존재하고 그 뉴스 플라이어들의 여왕이 바로 킴카플라이어지. 세상에 존재하면서 그 존재를 알 수 없는 뉴스기억의 여왕."

470

"와우, 여왕님이시라니. 대단하네요. 플라이어들을 조정하는 뉴스의 여왕이라니."

"네. 맞습니다. 제가 모시던 분이었습니다. 저 또한 뉴스기억을 관장하는 플라이어였는데 가톨릭 신자였던 관계로 바티칸을 너무 동경하여 제가 큰 공을 세우자 제 소원을 들어 주신다는 말씀에 그만. 바티칸에서 평생을 살게 해 달라는 소원을 말씀드렸답니다."

대화 중에 엠제이가 자기 이야기를 하면서 수줍은 표정을 짓는다.

그 사이에 타짜도르 직원이 능숙하게 두 잔의 에스프레소와 한 잔의 그라니따 콘 파냐를 테이블 위에 올려놓는다.

"그러니까 이렇게 서서 먹어야 한다는 말이죠? 호호호호호. 나 참, 정말 신기하네요. 흠, 서울 신촌의 서서갈비나 도쿄 긴자(Ginza)의 이키나리 스테이크는 제가 서서 먹어 봤는데 이렇게 크림이 잔뜩 올라간 그라니따 콘 파냐를 서서 먹는다니…. 호호호호호. 재밌네요, 로마."

"너무 당황해하지 말아요. 엠제이, 아일린은 성격이 직설적이라서 하고 싶은 말을 다하는 아이니까. 훗. 뒤끝은 없답니다. 후후후후후."

아일린의 당돌한 행동에 엠제이 요원이 기분 나빠할까 봐 마드모아젤 보테가는 상당히 신경이 쓰인다.

"괜찮습니다. 저는."

엠제이 요원은 가볍게 웃음으로써 모든 걸 인내할 수 있는 경지에 다다른 표정으로 마드모아젤 보테가를 안심시킨다. 엠제이 요원은 시계를 바라보면서 곧 움직일 때가 된 듯한 눈빛으로 타짜도르 커피숍 창문으로 보이는 판테온의 지붕을 바라본다.

잠시 후 저녁 7시를 알리는 베드로 성당의 은은한 종소리가 판테온의 지붕을 넘어 타짜도르 커피숍 안으로 들려 온다. 거리가 상당히 떨어진 곳에서 들리는 종소리지만 세 사람의 능력으로는 바로 옆에서 울리듯이 들려온다.

"자! 7시가 되었으니 우리가 임무를 시작해야 하는 시간이 되었군요. 어서 지하 이동통로를 지나서 바티칸으로 들어가시죠!"

엠제이 요원의 입에서 나와야 할 소리가 아일린의 입에서 나오면서 아일린이 앞장서서 타짜도르 커피숍 주방을 지나서 타짜도르 원두커피가 저장된 지하실로 바로 내려간다. 그리고 연결된 문을 능숙하게 열고 한 층을 더 내려가자 로마 바티칸의 문양이 새겨진 철문 앞에 근위병이 기다란 수호창을 들고 서 있었다.

"아니, 어… 어떻게! 바티칸 호위국과 저희 요원들만이 아는 비밀 통로를 아일린이 어떻게 와 본 것처럼 찾아낸 것인가요? 저는 지금 심장이 멎는 줄 알았습니다."

아일린의 당황스러운 행동에 엠제이 요원은 넋을 잃은 표정으로 뒤를 따르면서 앞장서서 걷는 아일린을 제재할 엄두도 못 낸다. '어찌된 일인가요?' 하는 표정으로 마드모아젤 보테가만 바라본다.

"하하. 우리 귀여운 아일린이 또 생각을 읽어 버리고 말았군요. 우리가 만난 순간부터 엠제이 요원이 머릿속에서 생각한 모든 것들을 이미 아일린이 다 흡수해서 자기 기억 속에 이식시켰을 것입니다. 그게 아일린이 가진 능력 중의 하나니까요."

"아, 그런 크리스퍼 요원이 있다는 이야기를 들었는데 그 요원이 아일린이었고요. 그럼 제가 설명을 하지 않아도 다음 저희 계획을 모두 알고 움직이는 것이네요. 대단합니다."

"뭐 대단하지도 않아요. 이런 비밀통로쯤이야, 호호호호. 드라마 〈붉은 단심〉 보세요! 임금님 서재에서 한양도성 밖으로 나가는 비밀 통로도 있는데요 뭐. 예로부터 동양이나 서양이나 지하로 이동하는 걸 좋아했나 봐요, 높은 분들은. 호호호호호."

"예끼. 수다 그만 떨고, 아일린!"

세 사람이 문 입구로 다가가자 근위병이 엠제이 요원을 알아보고 거수경례를 한다. 그리고 즉시 육중한 철문을 열어 준다.

"끼이익."

철문이 녹슨 소리를 내면서 열리자 놀랍게도 문 앞으로 펼쳐진 긴 통로로 이어진 지하 석굴이 밝은 조명을 중간중간에 드리운 채 길고 곧은 모양으로 쭈욱 뻗어 있다.

"제가 앞장서겠습니다. 저를 따라오십시오."

엠제이 요원이 앞장서면서 지하통로로 들어가자 아일린과 마드모아젤 보테가가 급히 따라서 통로로 들어간다.

세 사람이 들어가자 육중한 철문이 다시 닫히면서 지하 통로의 입구가 타짜도르 커피숍의 지하 커피 창고로 빠르게 바뀐다

지하통로를 따라서 걷다가 갑자기 아일린이 고개를 돌리면서 마드모아젤 보테가에게 천장 위를 보라고 눈짓한다.

"왜? 천장을 보라는 거니?"

"이모, 스톱! 여기서 잠시 서서 라파엘로 님에게 묵념을 하고 가시죠."

"대단합니다. 아일린, 바로 위가 판테온이고 그 지하에 그러니까 저희 지하통로 바로 위에 라파엘로의 무덤이 있습니다. 아일린은 그걸 알고 여기에서 묵념을 하자고 하는 것입니다. 마드모아젤 보테가."

"아, 그렇구나. 그럼 우리 잠시 서서 오늘 우리에게 중요한 유전자 코드를 알려 주실 라파엘로 님에게 묵념을 하고 가도록 하자꾸나."

세 사람은 경건하게 천장을 보고 가톨릭 성호를 가슴에 그은 다음에 경건한 마음으로 라파엘로에게 기도 겸 묵념을 한다.

"저희의 뜻이 라파엘로 산치오 님에게 이르러서 그 고귀한 뜻으로 남겨 놓으신 유전자 코드의 봉인을 해제하여 인류를 구하고자 하오니 오늘 그 뜻을 이루는 임무를 허락하고 축복해 주소서. 아멘."

엠제이 요원의 나지막한 기도가 지하통로의 공간을 채운다.

"자, 기도를 마쳤으니 어서 움직이시죠."

세 사람은 빠르게 타짜도르 커피숍에서부터 연결된 지하통로로 판테온의 지하를 지나서 밝게 점등된 지하통로를 따라가자 잠시 후 교황청 문양이 선명한 전기차가 대기하고 있다.

"어서 오십시오. 세 분의 VIP를 바티칸으로 보시라는 명령을 받았습니다."

엠제이 요원이 깜짝 놀라면서 정중하게 인사를 한다.

"교황친위대에서 직접 안내를 나오시다니. 너무 황송합니다. 더구나 친위대장님이 직접 나오시다니요."

"교황님의 직접 지시가 있었습니다. 인류를 구원하는 일에 교황청은 누구보다도 앞장서서 뉴클레아스 심해기억저장위원회를 지원할 것이라고 말씀하셨습니다. 특히 코로나바이러스와의 전쟁으로 인해 백신이 부족하고 경제력이 약한 남미나 아프리카, 동남아 등의 저개발 국가에서 사망자와 발병자가 많이 나와 교황님의 걱정이 아주 크십니다."

"프란치스코 교황님의 따뜻한 마음을 담은 메시지는 이미 모든 인류에게 큰 힘이 되고 있습니다. 교황님의 배려에 깊은 감사를 드립니다."

마드모아젤 보테가는 교황친위대에서 마중 나온 전기차에 탑승하면서 감사의 인사를 거듭 전한다.

빠른 속도로 판테온 지하부터 로마의 테베레 강의 지하를 지나서 바티칸 공국까지 지하 비밀 연결 통로를 통해 도착하자 어느새 교황궁과 시스티나 예배당이 연결된 복도 입구에 다다랐다.

"저희의 안내는 여기까지입니다. 성모님의 은총과 주님이 함께 하시기를."

교황 친위대장과 친위 대원들은 정중하게 인사를 하고 급히 사라진다.

도착한 곳은 교황의 집무실이 있는 교황궁. 밤 7시 30분에 아무도 들어올 수 없다는 교황궁 안의 복도에 세 사람이 서 있는 현실이 비정상적으로 보인다.

"제가 아까 지하통로 전기차 안에서 교황 근위대장님의 생각을 읽어 보려고 했더니 읽히지가 않더군요. 요즘 새삼 놀라고 있어요, 이모. 제가 생각을 읽을 수 없는 사람들이 이렇게 많이 존재하다니요."

"세상은 넓고 우리는 지구상에 창조된 작은 생명체일 뿐이니 우리의 작은 능력으로 광활한 우주의 능력과 대질서를 모두 이해하기는 어려울 거다. 로마 시내에서 이곳 바티칸까지 지하로 이동할 수 있는 공간이 존재한다는 것을 그 누가 알고 있겠느냐."

"저 지금 겸손하게 반성 중이에요. 이모."

"녀석, 이제 철이 들어가는구나."

"자, 이제 본격적으로 저희의 임무를 시작하실까요? 저를 따라오십시오, 제가 라파엘로의 최고 작품이 있는 〈아테네 학당〉이 그려진 방으로 모시도록 하겠습니다."

복도를 따라 도착한 곳. 웅장한 벽화들이 천장과 벽을 가득 채운 이곳이 바로 라파엘로의 걸작 〈아테네 학당〉이 그려진 곳이다.

"지금 저희가 서 있는 곳이 지금은 바티칸 박물관으로 운영되고 있지만, 옛날에 이곳이 바로 교황님들께서 업무를 하신 집무실입니다."

"와우, 이곳이 바로 교황 할아버지들이 일하신 곳이라고요? 와우."

"네. 바로 밑의 건물이 바로 미켈란젤로의 최고 역작인 〈시스티나 예배당 천장화〉가 있는 곳입니다."

"와우, 실로 대단한 곳에 저희가 서 있는 것이군요."

"네. 그렇습니다. 시스티나 예배당에서 거행되는 교황님을 선출하는 의식인 콘클라베(Conclave)는 정말 성스럽고 고귀한 추기경들의 교황선출 의식입니다. 그 장소에 저희가 지금 와 있는 것입니다. 더구나 오늘 저희 임무를 위해 아무도 출입할 수 없는 곳에서 교황청의 지원을 받아 성스럽게 임무를 진행할 수 있어서 너무 감사할 따름입니다."

엠제이 요원의 엄숙한 어투에 떠들어 대던 아일린마저 어른스러운 태도로 천장화를 유심히 살펴보기 시작한다.

"서명의 방(Stanza della Segnatura), 콘스탄티누스 황제의 방, 교황 율리오 2세, 엘리오도르의 방, 보르고 화재의 방…."

천장화를 보면서 혼자 중얼거리는 아일린은 빠르게 천장화로부터 뿜어져 나오는 기억 파편들을 흡수하기 시작한다.

〈아테네 학당〉의 그림을 정면으로 주시하는 아일린은 뿜어져 나오는 엄청난 기운들을 흡수하면서 계속해서 정신 나간 사람처럼 입에서 쏟아져 나오는 말들을 그대로 뱉어 낸다

"제논, 에피쿠로스, 알렉산드로스, 알키비아데스, 소크라테스, 플라톤, 아리스토텔레스, 아펠레스 홈… 이분이 라파엘로군요. 유클리드, 디오게네스, 헤라클레이토스, 피타고라스…."

아케네 학당 그림을 보면서 그림에 그려진 사람 하나하나의 이름을 정확하게 맞추어 나가는 아일린의 능력에 놀란 엠제이 요원은 입만 떠억 벌린 채 아일린과 〈아테네 학당〉의 그림을 번갈아 가며 주시하고 있다.

"휴. 실로 엄청난 분들이군요. 이분들의 기억 파편만으로도 제 평생 이해가 다 안 될 것 같아요. 자! 저희가 임무로 받은 두 분의 위치를 파악했으니 이제 시작해 볼까요, 이모?"

아일린이 마치 다른 사람처럼 빠르게 임무 집중 모드로 돌변하자 마드모아젤 보테가도 재빠르게 밀라노 커피페니 점장인 지울리아에게서 빌려 온 황금기억 원두스푼을 꺼냈다.

〈아테네 학당〉 안에서 모습을 드러낸 황금기억 원두스푼.

금빛으로 은은하게 빛나는 고대유물 모양의 스푼은 스푼의 중앙에 커다란 눈동자가 깊게 각인되어 있다. 그리고 손잡이에 있는 문양은 뉴클레아스 상징의 일부인 삼지창이 새겨져 있다. 중앙에 새겨진 눈동자는 이집트의 호루스의 눈 모양이다.

"너도 은빛 구둣주걱을 꺼내거라."

"네, 이모."

"기억 추출에 사용하기 위해 이번에 특별히 요원들에게 지급된 기억추출 신물이라네."

낯설어하는 엠제이 요원에게 황금기억 원두스푼과 은빛 구둣주걱을 설명해 주는 마드모아젤 보테가.

잠시 후에 마드모아젤 보테가는 황금기억 원두스푼을 들고 하늘을 향해 뻗은 플라톤의 검지손가락이 가리키는 천장의 한 지점에 정확히 조준한다. 그리고 아일린은 아리스토텔레스가 손바닥을 펼쳐 땅을 가리키고 있는 부분을 향해 은빛 구둣주걱을 정확하게 조준한다.

마드모아젤 보테가는 왼손을 삼지창 모양으로 세 손가락을 만든 후에 봉인된 두 곳을 향해 큰 소리로 주문을 외친다.

"창조자 위원회의 인류구원프로젝트 특별명령으로 지시하노니 모든 기억의 비밀 봉인을 해제하고 그 기억을 뉴클레아스 심해기억저장위원회로 전송하라."

그 순간 황금기억 원두스푼의 호루스의 눈에서 엄청난 양의 빛이 쏟아져 나오면서 커다란 투명 거북의 형상이 플라톤이 가리킨 천장의 벽을 파고들자 아일린이 재빠르게 다른 주문을 외운다.

"기억의 해마야, 우리가 왔노니 기억 밖으로 네 기억들을 보여다오."

두 사람의 주문이 실행되자 라파엘로의 그림들에 등장하는 모든 사람의 형상이 움직이면서 그림 속 사람들의 기억 파편들이 천장을 가득 채우는 기억 소용돌이가 일어난다.

투명 거북이 모든 기억을 소용돌이 가운데로 모으자마자 어느새 투명 거북 뒤에서 어마어마하게 큰 투명 고래가 나와서 쏟아져 나온 모든 기억 파편들을 한입에 삼켜 버린다.

그리고 즉시 아리스토텔레스가 손바닥으로 가리킨 곳으로 다가가 투명 거북이 그 바닥을 파서 올라온 어마어마한 양의 기억 파편들을 한 번에 삼키고 나서는 투명 거북과 투명 고래가 동시에 사라진다.

워낙 커다랗고 거센 기억의 소용돌이가 천장을 감싸고 사라진 후라 세 사람 모두 바닥에 철퍼덕 주저앉아 기진맥진한 모습이다. 그들은 아무 일 없는 듯이 멀쩡하게 존재하는 라파엘로의 〈아테네 학당〉 그림을 멍하니 주시하고 한동안 말없이 앉아 있었다.

"대단하구나. 내 생애에 경험한 최대 수량의 기억 파편들이자 엄청난 양의 바이러스 데이터야."

"이모, 저는 지금 제 기억에서 울려 대는 기억 공명의 양이 너무 많아서 다 소화해 내려면 평생을 걸려도 힘들지 몰라요. 그래도 너무 기뻐요. 플라톤, 아리스토텔레스, 소크라테스, 유클리드, 디오게네스, 피타고라스… 그 이름만으로도 쟁쟁한 분들의 철학, 수학, 기하학, 천문학…. 오우, 제가 마치 고대 르네상스의 AI가 된 것 같아요. 저는 이 기억 파편들을 제 평생의 보물처럼 가지고 있을래요."

"하하. 네가 그분들의 기억 파편 중에서 한 분만 제대로 이해해도 행복할 것이다."

"두 분 모두 수고하셨습니다. 유전자 코드 및 기억 파편들은 모두 뉴클레아스 심해기억저장위원회로 잘 전송되었습니다. 방금 저에게 임무를 성공리에 완수하였다는 메시지가 도착했습니다. 두

분과 함께 인류를 구원할 다섯 가지 탄생 신물의 하나를 찾는 임무를 할 수 있어서 영광이었습니다."

"엠제이 요원이 너무 잘 지원해 준 덕분입니다. 교황청의 협조에도 감사하고요. 뉴클레아스 심해기억저장위원회와 커피와 무슨 연관이 있는지 제가 나중에 알려 준다고 약속했으니 조만간 로마에서 한 번 다시 보도록 해요."

"정말… 이세요? 저는 의례적인 인사 말씀을 하신 줄 알았는데 너무 감동입니다. 마드모아젤 보테가 님."

"인연을 소중하게 생각하는 우리 뉴클레아스 식구들이니까. 내가 앞장서서 실천해야겠지요? 하하하하하."

"우리 이모는 진드기라니까요. 한번 인연을 맺으면 흠, 뭐랄까… 그냥 뭐 한 몸이 된다고 할까요? 호호호호호. 저 보세요. 제가 아주 어려서 이모를 만났는데… 지금 보세요. 아주 진드기처럼 이제는 제가 이모 등에 딱 붙어서. 평생을 달달 볶아 대야지, 호호호호호."

"예끼. 그나저나 우리가 오늘 보낸 기억전송들은 1347년 이탈리아에 번진 흑사병의 모든 기억과 흑사병 유전자 코드에 대한 비밀을 봉인한 기억들이었구나. 흑사병 바이러스에 대한 유전자 코드와 기억들이라. 다섯 가지 탄생 신물의 한 조각이 맞추어져 가는 느낌인데 마지막 우리 임무의 마무리를 위해 어서 폼페이로 가자."

"네, 이모! 제가 또 마세라티가 불타도록 밟아 볼게요. 이힛."

"엠제이 요원, 고생 많았네."

"별말씀을요. 로마를 떠나시기 전에 교황청에서 보내온 에스프레소 한 잔을 드시고 출발해 주시기를 요청드립니다."

"응? 교황청에서 보내온 에스프레소를?"

"네."

"이런 이런. 우리야 영광이지. 더구나 나는 내색하지 않았지만 독실한 가톨릭 신자라네. 교황 친위대장을 뵌 것만으로도 교황님을 뵌 듯한 감동을 느꼈어. 더구나 선대 교황님의 집무실에 단독으로 들어가 볼 영광스러운 임무를 수행했으니 내 인생에 소중한 시간이었네."

"다음 방문 때 로마에 오시면 저에게 가르쳐 주신 고마움으로 제가 바티칸 구석구석을 안내하도록 하겠습니다."

"고맙네, 엠제이. 자 그럼 교황청이 보내온 에스프레소를 마시고 출발해 볼까?"

"그런데 특별한 의전 같은데 무슨 에스프레소인가?"

"네. 타짜도르 커피숍에서부터 판테온 지하를 지나서 바티칸까지 이어진 지하통로를 이용하신 기억을 삭제하는 에스프레소입니다. 이해해 주십시오."

"허허. 그 정도야. 우리 임무 중에는 흔한 일이니 기쁘게 마시겠네. 어서 주시게. 진한 에스프레소를 마시고 바로 출발하자꾸나. 아일린."

"네, 이모. 저는 원래 에스프레소를 잘 안 마시지만, 호호호호. 이번 에스프레소는 교황청이 보냈다고 하니, 호호호호호. 기쁘게 한 잔 마시고 출발할게요."

바티칸을 나서는 두 사람 앞으로 빨간 교황청 친위대 근위병 복장을 입은 두 사람이 은빛 쟁반 위에 교황청 로고가 찍힌 작은 에스프레소 잔을 들고 서 있다.

아일린과 마드모아젤 보테가는 거침없이 한 잔의 에스프레소를 마시고 잔을 멋지게 쟁반 위에 놓은 뒤 어느새 바티칸 입구에 준비되어 시동이 걸린 마세라티에 올라타고 로마를 떠난다.

홍콩에서 찾아낸 인플루엔자 바이러스와
심천 BGI의 흑사병 유전자 I

홍콩 아일랜드에 위치한 퍼시픽 플레이스(Pacific Place),

쇼핑몰을 중심으로 JW 메리어트 호텔, 샹그릴라 호텔, 콘래드 호텔이 홍콩 해협을 바라보며 서 있다.

쇼핑몰 안의 레인 크로포드(Lane Crawford)백화점에는 여전히 많은 방문객이 다양한 명품들이 전시된 브랜드 쇼윈도를 친구 삼아 쇼핑을 즐기고 있다.

퍼시픽 플레이스 로비를 가로질러 측면 에스컬레이터를 타고 올라오면서 퇴근하는 딜로이트(Delliott) 회계법인 직원들의 인사를 받으며 걷는 한 남자.

JW 메리어트 쪽 통로로 발길을 옮기면서 연신 시계를 바라본다.

엘리오트리(Eliot Lee), 홍콩 한인 테니스회 회장이자 딜로이트 컨설팅 부회장이다. 검게 그을린 구릿빛 얼굴이 테니스를 사랑하는 엘리오트리의 모든 걸 나타내는 듯하다.

불과 두 시간 전에 비밀조직인 ALA(Abyss Linked Abyss)의 전문을 받았다. 홍콩의 ALA 지부장으로 20년째 이중 신분을 유지하고 있지만, 이번 전문만큼은 한 번도 경험해 보지 못한 루트로 전달을 받았을 뿐 아니라 그 전문 내용에 따라 지금 누군가를 만나기 위해 비밀 접선 장소인 JW 메리어트 바로 옆에 위치한 홍콩 최고의 럭셔리 레지던스 어퍼하우스(Upper House)로 가고 있다. 입구에서부터 올라가는 에스컬레이터에서 느껴지는 다른 세계로 이동하는 듯한 조명과 착시로 이루어 낸 멋진 인테리어를 보면서 엘리오트리는 늘 감탄하곤 한다. 거의 일주일에 한 번 정도는 비즈니스

런치나 디너를 위해 찾는 49층에 위치한 카페 그레이(Café Grey)로 향하지만 오늘은 조금 느낌이 다르다.

"아니, 늘 오는 이곳에 무슨 비밀 게이트가 존재한다는 것인지 도대체 이번 임무에 대한 전문 내용은 도통 이해가 안 되는 부분이 너무 많아."

혼잣말을 중얼거리면서 익숙하게 49층 버튼을 누른다.

최고급 고속엘리베이터는 무소음 무진동으로 아주 빠르게 49층에 도착한다.

엘리베이터 문이 열리고 바닥에 새겨진 카페 그레이의 글자가 눈에 선명하게 들어온다. 공간감이 있는 복도를 지나서 카페 그레이 입구에 다다르자 리셉션 직원이 재빠르게 인사한다.

"오셨어요? 엘리오트리 부회장님, 오늘은 혼자서 하버뷰 특실을 사용하시는 걸로 예약되어 있는데 혼자 사용하시는 거 맞으시죠?"

"응. 오늘 특별히 그렇다네."

"네. 바로 안내해 드리겠습니다."

익숙한 실내의 동선을 따라 쭈욱 들어간다. 실내에 길게 자리 잡은 바에서 바텐더들이 엘리오트리 부회장을 알아보고 인사한다.

"안녕하세요? 부회장님. 지난주에 채리티 컵(Charity Cup) 테니스 대회 기사에 나오셨던데요?"

"하하. 자네도 테니스 동호회지? 다음 주에 나랑 한 게임하세!"

"저야 영광이죠, 부회장님."

오랫동안 카페 그레이의 바(Bar)를 이끌고 있는 매니저 첸카이커는 반갑게 엘리오트리 부회장의 기분을 맞추면서 은근슬쩍 테니스 한 게임 치는 약속을 받아 낸다.

엘리오트리 부회장이 회원으로 있는 홍콩 로얄에버딘 테니스클럽은 최고급 회원권으로 정평이 나 있는 테니스 사교클럽으로 오직 소수의 명망 있는 회원들만이 이용하는 곳으로 유명하다. 회원만이 동반자와 테니스를 즐길 수 있는 홍콩 로얄에버딘 테니스코트에서 플레이하는 약속을 얻어 낸 오늘이 바로 매니저 첸카이커에게는 로또 맞은 날처럼 느껴졌다.

"하버뷰 특실입니다. 늘 좋아하시는 백합꽃을 테이블 중앙에 세팅했습니다."

"하하. 역시. 이래서 내가 카페 그레이를 좋아하는 거라네."

"부회장님께 전달해 드리라는 상자가 와 있습니다."

"음. 오늘 내가 이곳에 온 이유는 바로 이 상자 때문이네. 잠시 혼자 있게 해 주겠나?"

"물론입니다. 부회장님."

정중하게 인사하고 리셉션 직원이 문을 닫고 나간다.

카페 그레이 안에서 최고의 전망을 자랑하는 하버뷰 특실은 최고급 비즈니스 파트너들을 초대하여 홍콩의 야경을 보여 주며 식사를 대접할 때 자주 이용하는 장소이다. 이곳에서의 비즈니스 미팅이 단 한 번도 실패한 적이 없는 불패의 영광스러운 장소이자 엘리오트리 부회장이 가장 사랑하는 공간이다. 창밖으로 석양이 지고 있는 홍콩 해협의 아름다움이 시작되는 시간이다. 빌딩의 불빛이 더욱 그 빛을 뿜어내면서 건물 외부를 감싸고 있는 수많은 LED들이 빛을 뿜어 대기 시작한다. 백만 불 야경이 시작되는 시간이 다가오고 있는 것이다.

고급스러운 단풍나무로 제작된 원형 테이블 위로 하얀 백합이 진한 향기를 뿜어 낸다. 바로 앞에 놓인 고급스러운 상자.

조심스럽게 상자를 연다.

상자 안에 놓인 카드와 그 위에 놓인 에스프레소 캡슐.

카드 봉투 위에 선명하고도 익숙한 문양이 그려져 있다.

포세이돈이 삼지창을 들고 무언가를 지키고 있는 황금빛 문양.

뉴클레아스 심해기억저장위원회를 상징하는 문양이다.

그리고 카드 안에는 아무런 내용이 없다.

이미 알고 있다는 듯이 엘리오트리 부회장은 빈 카드를 백합꽃 밑에 두자 10초 후에 백합꽃 향기가 스며들면서 글자가 선명하게 나타나기 시작한다.

"오랜만이네. 엘리오트리, 옆에 놓인 에스프레소를 마시고 잠시 심천에 좀 와 줘야겠네. 심천에 와서 자네가 나 대신 홍콩으로 옮겨서 뉴클레아스 심해기억저장소로 보내 줘야 하는 유전자 코드가 있네, 닥터 제닝스."

"참 나. 선배도 참. 만들기는 같이 노력해서 ALA를 만들었는데 나이가 많다고 만날 나를 새까만 후배 부리듯이 부려대니… 허 참."

신기하게 카드 위에 글자가 계속 나타난다.

"너 방금 '허 참'이라고 했지? 그분은 국민의 많은 사랑을 받은 〈가족오락관〉 MC였던 분으로 이미 작고하셨다. 그 기억은 뉴클레아스 심해기억저장위원회 라이브러리에 있으니 숭고한 마음으로 가서 기억을 재생해 보면 뵐 수 있느니라."

"아니, 선배! 그만 놀리시고요. 이번에는 또 무슨 일로 저를 이렇게 종 부리듯이 하시냐고요?"

"이놈아. 이번 임무는 인류를 위하는 일이야. 너는 테니스에 미쳐서 홍콩 한인 테니스회장은 하면서 ALA는 안 챙기고 홍콩에 숨어서 나오지도 않고 계속 그렇게 소극적 임무만 하고 살 거지? 그리고 이번에 ALA에 기부 좀 해라. 후배들 육성 좀 하게. 너 대신 요원을 좀 많이 양성해야겠다."

"알았어요, 선배. 나도 ALA는 선배와 같이 창립한 멤버라서 애정이 많다고요."

"그래, 하하. 알았으니 얼른 에스프레소를 마시고 심천으로 좀 들어와라."

엘리오트리 부회장이 말하면 닥터 제닝스의 대답이 카드에 쓰인

글로 나타나는 신기한 현상이 일어나면서 두 사람은 대화를 이어
간다.

에스프레소 캡슐을 상자 안에 들어 있는 초소형 머신에 넣자 에
스프레소 잔 위로 진한 에스프레소가 추출된다.

이미 여러 번 이런 임무를 해 본 듯이 엘리오트리 부회장은 즉시
에스프레소를 마시고 이내 앉은 채로 잠에 빠져든다.

중국 심천 BGI(Beijing Genomic Institute)
본사 사장실

커다란 사장실 벽은 온통 BGI가 분석한 모든 종류의 생물들의
유전자와 바이러스의 유전자 코드들의 사진과 네이처 등 최고의
연구저널에 표지로 실린 업적들이 즐비하게 도배되어 있다.

전 세계 유전자 분석 시장을 양분하고 있는 두 회사.

미국의 일루미나와 중국의 BGI.

그 두 회사 중에 중국 및 중화권의 모든 유전자 데이터를 확보하
고 있다는 BGI의 심장부 심천 BGI 본사의 사장실에 앉아 있는 두
남자.

BGI를 이끄는 젊은 과학자이자 사장인 인예(Yinye)와 그 옆에
앉아 연신 인예 사장의 팔에 부착된 혈당계를 바라보면서 휴대폰
에 연동된 데이터를 집중해서 쳐다보는 남자, 닥터 제닝스이다.

"고맙네, 나의 친구여. 이번에도 자네 몸을 실험 도구로 사용하
는 건가? 실시간으로 혈당을 휴대폰으로 전송해 준다는 말이지?
이 작은 마이크로 칩을 피부에 부착해 놓으면."

"우리가 지금 유전자 분석을 통해 혈당조절 능력에 따른 개별화

된 혈당수치 조절 및 인슐린 투여 장치를 연구 중이거든."

"대단해. 역시. 아무튼 이번 부탁은 조금 민감한 부분이 있는데. 흔쾌히 수용해 주어서 너무 고맙네, 친구."

"뭐 인류를 위하는 길이니까 나도 협조하는 거야, 친구."

"그래그래. 나중에라도 밝혀지면 곤란해질 수 있을 텐데…. 그래도 자네가 이렇게 이해해 주니까 모든 문제가 수월하게 풀릴 수 있을 것 같아."

"닥터 제닝스, 반드시 내 친구로서 약속한 것을 잊지 말게나. 이번 코로나와의 2차 대전쟁을 앞두고 전쟁을 하든 대타협을 하든 간에 그 모든 과정을 우리 중국과 공유하고, 우리 인민들에게 전쟁의 피해가 발생하지 않도록 함께 노력해 준다는 약속을 말이야."

"걱정 말게, 내 친구여. 코로나와의 전쟁은 인류 전체의 문제이니 당연히 중국도 같이 해야 하네. 사실 우리가 다섯 가지의 바이러스 탄생 신물을 확보하기 위해 많은 노력을 했다네. 그중에 하나는 바로 진시황 병마용에서 찾아냈지. 그런데 막상 유전자 코드를 분석해 보니 가장 중요한 코딩의 핵심 서열이 이미 절단되어 다른 곳으로 이동한 것을 알고는 뉴클레아스 심해기억저장위원회에선 나를 급히 파견했다네. 왜냐하면 그 유전자서열의 핵심 구성을 보관한 곳이 바로 이곳 BGI였기 때문이었지."

"우리가 그 유전자 구성 코드를 가지고 있다는 것을 안 것에도 나는 사실 놀랐네. 그건 정말 우리 BGI 내에서도 극비 중의 극비거든."

"미안하네. 우리가 전 세계의 모든 기억전송을 해독하고 분석할 수 있는 조직이라는 것을 자네도 알지 않나. 나도 내 조직의 비밀을 우리가 처음 만난 2018년 샌프란시스코 JP 모건(Morgan) 헬스케어 콘퍼런스에서 자네와 의기투합하면서 말해 버렸지 않았나? 하하하하. 그 덕에 우리는 이렇게 라오펑요(老朋友)가 되었지만 말이야."

"그날 참 술을 많이 마셨지, 하하하. 그때 같이 간 존스 그릴 (John's Grill)이 그립구먼. 100년 된 스테이크 하우스답지 않게 그 정도 가격이면 밤새라도 스테이크와 와인을 즐길 수 있는 맛집이 었어."

"마릴린 먼로가 와서 먹었다는 말에 와인 한 병을 홀딱 다 마시고 혹시 마릴린 먼로가 떨어 드리고 간 머리카락이라도 없냐고 매니저를 붙잡고 애걸복걸하는 자네를 보면서 중국 사람들 참 유별나다고 했을 거야. 자네가 그 머리카락을 통해 유전자 코드를 분석하고 복제인간으로 마릴린 먼로를 만들고 싶어 하는 과학자의 마음을 가진 줄도 모르고 말이야. 하하하하."

"그 덕에 자네와 더 친해진 거 아닌가? 닥터 제닝스, 하하. 내가 JP 모건 콘퍼런스에서 중국 유전자 시장과 BGI의 미래에 대해서 대표연설을 하고 난 다음에 자네와 인사를 하고 의기투합해서 그날 바로 존스그릴에서 거의 새벽까지 토론하고 마시고 난 다음 날 나는 일정이 있어서 바로 심천으로 돌아왔지. 자네가 취해서 다음 주에 나를 보러 심천에 오겠다고…. 그때는 내가 마오타이를 사야 한다고 하면서 하는 말이, 자네가 취해서 하는 농담인 줄 알았는데 다음 주에 자네가 바로 심천에 와서 만났을 때 나는 정말 '이 사람은 진짜 내 친구가 될 수 있겠구나.' 하고 생각했었지. 하하하하."

"이 사람아. 난 자네가 세계 최고의 사람들이 모이는 그 어려운 자리에 다른 사람 신경 쓰지 않고 BGI 로고가 새겨진 후드티를 입고 자신감 있는 연설을 할 때부터 자네가 마음에 들었다니까!"

"결국 심천에 와서 그 후드티 뺏어 가지 않았나?"

"준 거라니까. 그날 마오타이 5병 먹고 자네가 홀링 벗어 준 게 바로 그 후드티라고. 새것을 준 것도 아니고. 입던 걸 준 거라니까.

하하하하하."

"그때가 그립네."

"나도 그래."

"그나저나 이 유전자 데이터 코드는 국가 봉인시스템으로 인해 중국 외 반출이 안 되는데 어떻게 가져가려고 그러나?"

"지금 오고 있네. 5분 후에 가지러 올 것이네."

"지금?"

BGI 사장 인예는 '이미 모두 퇴근하고 연구소 및 본사 건물이 봉쇄된 BGI 본사에 누군가 외부에서 들어온다는 것은 불가능한 데… 어떻게 5분 후에 가지러 온다는 것일까?' 하는 표정으로 닥터 제닝스를 바라본다.

"내가 이야기하지 않았나? 나는 저 바닷속 심해에서 연구하는 위원회 소속이라고."

"그때는 술 취해서 건성으로 들었지. 뉴클레아 기억저장 어쩌고 저쩌고하는 그 위원회 말이지?"

"맞네."

"그나저나 우리가 병마용에서 추출한 바이러스 유전자 코드는 서역과 서안을 오가는 외국인들에게서 전파되는 다양한 병원균들과 바이러스 그리고 특이하게 쥐와 벼룩에서 인간으로 이동한 페스트균(Yersinia pestis)의 원천적 유전자 데이터였다네. 그래서 유전자 코드를 분석하고 연구한 결과 1346년부터 1353년 유럽에 흑사병이라는 이름으로 5천만 명의 사망자를 낸 페스트균의 원시적인 형태의 유전적 데이터였음을 밝혀냈지."

"바로 그거라네. 1346년 몽골군이 흑해의 크림반도 카파항을 포위 공격하면서 실크로드 루트를 통해 이동하던 몽골군에게 페스트균이 옮아서 유럽에 전파되기 시작한 것이지. 최근에 연구자들이 발견해 낸 키르기스스탄 북쪽 이식 쿨 호수 근처에서 1338년에 매장된 산마르크라는 사람의 무덤이 발견되었지. 무덤의 시신이 역병으로 죽은 기록을 바탕으로 이상 기후가 나타난 이곳 마못의 대량 번식으로 인간접촉을 통한 바이러스 변형이 가져온 결과였지. 하지만 그 훨씬 이전에 진시황 시절부터 서역 기술자들이 서안에 들어오면서 이미 서양의 바이러스와 동양의 바이러스는 상호정보 교환의 접촉 시기를 가지게 되었고, 그때부터 인간을 숙주로 확장할 수 있는 기회를 노리고 있었다고 봐야 하네. 인간 전염이 어려운 시기에는 가축이나 야생 동물을 숙주로 오랜 기간 기생하다가 드디어 인간 감염 시대의 도래를 연 것이 바로 흑사병의 감염이니까."

"맞아. 이번에 연구자들이 발견한 키르기스스탄의 무덤 유골의 치아에서 분석해 낸 DNA를 통해 페스트균이 유럽에서 돌연변이를 일으키기 전의 원형이란 걸 밝혀냈지. 우리는 이미 시안 병마용에서 추출한 모든 유전자 코드를 통해서 알고 있었다네. 국가적 봉인 프로젝트라서 발표를 안 하고 있을 뿐이었지만 말이야."

"우리가 추출해서 보낸 병마용의 외국인 유전자 코드의 일부가 이미 누군가 채취한 흔적을 발견하였고, 우리는 이미 중국 정부가 유전자 분석을 위해 시료를 심천 BGI에 보냈을 것으로 파악하고 나를 보낸 거라네. 자네를 만나서 설득하라고. 하하하하하. 그런데 사실 이렇게 쉽게 자네가 페스트의 원시 유전자 코드를 내어 줄 것이라고는 나도 사실 확신하지는 못했고… 자네를 직접 설득하기 위해 이렇게 온 것인데. 자네가 선뜻 이렇게 복제본을 내어 준다니 너무 고맙네."

"닥터 제닝스, 자네가 인류를 위한다고 뉴클레아스 심해 어쩌고 저쩌고하는 거나, 내가 중국 인민을 위해 중국 과학자로서 평생을 유전자 연구에 바친 것이나 그 결과는 모두 사람에 대한 생명의 존중 아니겠나?"

"고맙네. 谢谢(고마우이)!"

"不客气(천만에)."

두 사람이 대화하는 도중에 넓은 회의 테이블 빈자리에 갑자기 사람 형상이 나타난다.

"어서 와! 엘리오트리. 나의 자랑스러운 후배님."

"아니, 이건… 말 그대로 순간 이동인데…. 이런 게 지금 현대에 존재하다니 내가 취한 건 아니지? 친구여."

놀란 눈으로 회의실 탁자에 나타난 엘리오트리 부회장을 보는 인예 사장에게 닥터 제닝스는 기억 이식과 현실 자각에 대해서 간단히 설명한다.

"우리가 눈으로 보는 것은 모두 시각의 데이터가 뇌의 시상 하부를 통해서 그 자각을 뇌에 연동시켜 우리가 사람이 있다는 것을 인식하게 되는 것이지. 그런 의미로 보면 있느냐 없느냐 하는 명제는 인식하느냐 인식하지 않느냐로 귀결되는 거지. 앞에 앉아 있는 엘리오트리 부회장이 우리가 있다고 인식하면 우리 앞에 존재하는 거고 인식하지 않으면 존재하지 않는 것과 같은 이치이지. 물리학을 응용한 것이라네."

"흠. 과학자인 나에게 숙제를 안겨주는군. 생명 공학을 처음 공부할 때 아메바가 포식자로 다른 아메바를 흡수하면 아메바는 하나인데 흡수한 아메바가 다시 분할하면 아메바가 두 개가 되고 이때 아메바는 흡수한 아메바인가 아니면 전혀 다른 아메바인가 하는 명제로 내가 젊은 과학자일 때 혼란에 빠진 명제와 비슷하군."

"好好(좋아, 좋아). 역시 자네는 천재야. 내 말 한마디에 바로 이해하다니."

"그럼 여기 앉아 있는 이 친구가 존재하는 건 우리의 의식 속에 존재하는 것이고, 의식 속에 존재하지 않는 건 지금의 현실 공간에도 존재하지 않는군. 흠, 심오하네."

"내가 나중에 뉴클레아스 심해기억저장위원회에 한 번 초대를 함세."

"오케이. 약속했네, 친구. 자네는 약속을 칼같이 지키니까. 기대해 봄세."

두 사람의 신나는 대화에 방금 등장한 엘리오트리가 끼어든다.

"안녕하세요? 저는 홍콩에서 온 엘리오트리입니다."

"BGI에 온 것을 환영합니다."

"와우, 중국 전체의 모든 생명체의 유전자 코드를 분석하여 유전자 은행을 가지고 있고, 중국 팬더와 중국에서 발견한 매머드 화석에서 유전자 복원을 통해 매머드 유전자를 세계 최초로 복원해 낸 바로 그 BGI에 제가 지금 앉아 있는 건가요?"

"맞습니다. 하하하. 지금 앉아 계신 자리가 얼마 전에 주석님이 오셨을 때 앉으셨던 그 자리에 지금 앉아 계신 겁니다. 하하하하. 영광이시죠?"

"놀랍군요. 닥터 제닝스 선배에게 투덜대려고 했는데 이런 영광스러운 초대에 감사드립니다."

"별말씀을요. 아마 홍콩에서 기억전송을 통해 엘리오트리 부회장을 닥터 제닝스가 부른 것은 바로 이것 때문일 겁니다."

BGI 인예 사장은 작은 캡슐을 하나 건넨다.

"이 작은 캡슐 안에 시안 병마용에서 추출한 서양인의 바이러스 유전자 코드에서 분실된 핵심 바이러스 유전자 코드가 들어 있네. 가장 원시 형태인 페스트균의 DNA 코드일세."

"아, 그럼 저는 이 캡슐 데이터를 기억 이식을 통해 옮기면 되는 것이군요!"

"그렇다네."

"알겠습니다, 선배님. 아마 중국 홍콩을 넘나들지 못하는 중요한 데이터인 듯하니 제가 지금 바로 기억전송을 시작하겠습니다."

엘리오트리는 즉시 건네받은 작은 캡슐을 입안에 넣고 앞에 놓인 농푸산취안(農夫山泉) 물병을 잡고 물을 벌컥벌컥 마신다.

"그럼 저는 이만 기억전송을 시작하고 작별을 고하겠습니다. 다음 기회에는 홍콩에서 제가 주윤발 님이 가는 밀크티 맛집에서 한번 모시겠습니다. 하하."

"좋습니다. 다음에 꼭 뵙지요."

정중하게 인사하는 인예 사장 앞에서 잠시 후에 모습이 흐릿해지더니 엘리오트리의 모습이 사라져 버린다.

"푸우. 눈으로 보고도 믿기지가 않는군. 과학자인 내가 과학으로 실현되는 증명을 눈앞에서 보다니."

"다 자네 덕이네. 나는 이제 홍콩으로 넘어가서 홍콩에 남은 인플루엔자의 흔적을 담아서 자네가 준 페스트 데이터와 함께 뉴클레아스 심해기억저장위원회로 보내야 한다네."

"인플루엔자의 흔적이라면 홍콩 독감의 원조를 찾아서 그 바이러스 흔적을 담아 가겠다는 것이군."

"맞네. 이번이 우리가 인류에게 치명상을 입힌 고대부터의 원생적 바이러스의 모든 유전적 데이터를 확보한 다음에 이 바이러스의 명령 코드를 가지고 코로나바이러스족과 대화를 하든 전쟁을 하든 간에 최종 결말을 지어야 더 이상 인류에 막대한 피해가 없을 것이야. 12월로 예상되는 2차 코로나 대전을 치르면 인류는 두 번째 집단감염 시대를 맞이하게 되면서 몸 안의 면역 시스템 교란이 올 가능성이 높아지기 때문에 우리가 서둘러야 하네."

"그래, 빨리 이동하게. 듀얼 자동차 넘버는 홍콩과 중국의 심천, 양국 국경을 무사통과할 수 있으니 내가 우리 BGI의 듀얼 넘버 차량을 준비해 주겠네. 그 차를 타면 심천과 홍콩 국경을 패스트트랙으로 차 안에서 바로 여권만 보여 주고 이동할 수 있네."

"고맙네, 친구."

"천만에! 반드시 모든 정보와 치료제 등의 새로운 소식이 있으면 나에게 공유를 해줘야 하네. 나도 중국 인민들을 위해서는 이 고통의 시기가 끝날 때까지 잠은 편히 못 잘 것 같아."

"우리는 친구 아닌가. 내가 약속함세. 인예 동사장(董事长)."

"好! 我相信我最好的朋友(좋아! 나의 최고의 친구를 믿네)."

잠시 후에 자동차 범퍼에 두 개의 넘버가 달린 중국 지린 자동차의 고급 전기자동차가 BGI 본사의 정문을 빠져나와 심천-홍콩의 국경을 향해 달려간다.

홍콩에서 찾아낸 인플루엔자 바이러스와 심천 BGI의 흑사병 유전자 2

홍콩 아일랜드에 위치한 퍼시픽 플레이스(Pacific Place)에 위치한 최고급 레지던스 어퍼하우스의 49층 카페 그레이.

홍콩의 백만 불 야경이 펼쳐지는 하버뷰 특실에서 엘리오트리 부회장은 테이블에 엎드린 채로 침을 질질 흘리면서 잠이 들어 있다.

"끄으응. 아이고, 나도 이제는 늙었구나."

몸이 천근만근 무거운 상태로 정신이 든다. 기억전송을 통한 공간 이동은 급격한 체력 소모를 동반하는 이유로 뉴클레아스 심해 기억저장위원회의 위원들이나 크리스퍼 대사 중에서도 특수한 프로그램을 이수한 제한된 요원들만 수행할 수 있다.

눈을 뜨자마자 재빠르게 테이블 위에 잠이 든 채로 질질 흘린 침의 가운데 있는 캡슐을 발견한다.

"우힛. 잘 가지고 돌아왔군. 이 작은 캡슐 안에 서안 병마용에서 추출한 서양인의 바이러스 유전자 코드에서 분실된 핵심 바이러스 유전자 코드가 들어 있으니 안전하게 전송하는 임무만 마치면 나는 내일 실컷 테니스를 칠 수 있겠구나. 우히히히히. 가장 원시 형태인 페스트균의 DNA 코드라고 하는 데 열어 볼 수도 없고, 나 참. 궁금하기는 하네. 코로나바이러스 조상뻘 된다고 하니….”

순간 하버뷰 특실의 문이 활짝 열리면서 반가우면서도 무서운 사람이 들어온다.

“선… 선배님!”

“잘 있었니? 넌 나만 보면 왜 그렇게 떫은 감 먹은 표정이냐? 나한테 뭐 죄지은 거 있지?”

“선배님, 저는 선배님한테 죄 지은 거 없다니까요?”

“너 ALA의 회비를 안 냈거나 홍콩지부의 회비를 네가 혼자 다 쓴 거는 아니지?”

“선배님! 저 이래 봬도 홍콩 한인 테니스회 회장이라고요, 명망이 자자한. 제가 무슨 양아치도 아니고! 저한테만 왜 그러세요, 흑흑.”

“너만 잘나가지 말고 후배들 좀 키우고 챙기라고 그러는 거야. ALA는 우리 뉴클레아스 심해기억저장위원회에서 특별하게 관리하는 해외 비밀조직이다. 너와 내가 만든 게 벌써 35년을 훌쩍 뛰어넘고 있지 않느냐.”

“잘 알고 있다고요, 선배님. 앞으로도 제가 잘 챙길 테니 염려 마이소.”

“그래, 고맙다. 일단 이번에 네가 기부를 좀 해라, 하하. 그럼 나도 매칭으로 하마.”

“오케이입니다.”

둘은 톰과 제리마냥 티격태격하면서도 사이가 나빠 보이지는 않는다.

"일단 심천 BGI에서 받은 흑사병 원천 유전자 코드를 뉴클레아스 심해기억저장소로 보내도록 하자. 다들 기다리고 있을 거야."

"네."

닥터 제닝스는 가방에서 모나미 153 스페셜 에디션을 꺼낸다.

은은한 은빛이 도는 가운데 몽블랑 153 볼펜 시그니처가 각인되어 있고 몸체에 프로스트의 〈가지 않은 길〉 제목이 로마자로 멋지게 새겨져 있다.

"오호, 오랜만에 보는군요. 선배님의 마법 지팡이 같은 모나미 153 스페셜 에디션! 크리스퍼 대사들이 사용하는 기억을 다루는 은빛 구둣주걱을 만든 기억세공장 리얼콘텐츠마이닝이 특별 제작했다는 그 신기 방기한 기억을 다루는 마법 볼펜 아닙니까?"

"하하하. 가지고 싶지? 이걸 노리는 녀석이 또 있단다. 마이크로글리아 3세 남작, 고 녀석이 자꾸 달라고 졸라 대는 통에 내가 주겠다고 약속했지! 하하하."

"아니, 정말로 이 신기 방기한 전설의 모나미 153 스페셜 에디션을 마이크로글리아 3세, 그 천방지축 같은 젊은 녀석에게 주신다는 말씀이세요? 차라리 저한테 주세요, 선배님."

"하하하. 야 이 녀석아. 내가 누구냐? 천 리 서서 만 리 기억을 보는 닥터 제닝스야. 내가 모나미 153 스페셜 에디션을 정확히 20개 가지고 있다. 하하하하하. 그리고 지금 내가 사용하는 이 모나미 153은 그중에서도 리얼콘텐츠마이닝이 기억 파편의 특수강을 첨가하여 섬세한 망치질로 거의 모든 기억을 다룰 수 있는 최강의 모나미 153으로 만든 특수한 신물이지. 난 마이크로글리아 3세 남작에게 모나미 153 스페셜 에디션을 준다고 했지. 이 스페셜의 스페셜을 준다고는 안 했거든. 하하하."

"어휴. 그럼 그렇지. 그 녀석이 선배님 꾐에 빠졌군요. 고소하다, 고소해. 하하하."

"그럼 20자루 중의 한 자루는 저에게 주세요. 저도 슬슬 은퇴해야 하는 시기가 다가오는데 공로상 정도는 받아야 하지 않겠어요?"

"ALA를 잘 키우고 후계자를 만들고 나면 내가 너에게도 모나미 153 스페셜 에디션을 한 자루 주도록 하마."

"헉. 선배, 약속했습니다!"

"그래. 그리고 너를 위해 너와 테니스를 치는 동안 모든 안 좋은 기억을 삭제시킬 수 있는 특수한 라코스테 테니스 라켓을 이미 제작했으니 조만간 네 사무실로 배달될 거다. 그건 뉴클레아스 심해 기억저장위원회의 특별 선물이다."

"우와. 이번 임무가 중국 정부에 발각되면 제가 홍콩에서 추방될 각오로 심천에 기억이동을 한 공로를 드디어 인정받는군요. 푸힛. 괜히 기분이 좋아지는데요, 선배님."

"고생 많았다. 앞으로 ALA는 네가 잘 이끌어 주리라 믿는다. 안 그럼 내가 언제든지 찾아가서 귀싸대기를! 하하."

"제가 그때는 테니스 라켓으로 막겠습니다. 하하하."

닥터 제닝스는 엘리오트리가 건넨 마이크로캡슐을 받아서 모나미 153 스페셜 에디션의 뚜껑을 열고 그 안에 넣는다. 그러고는 볼펜 뒤의 캡을 누르자 볼펜 심 앞에서 빛이 나오면서 볼펜의 몸체인 배럴(Barrel)에 각인된 프로스트의 〈가지 않은 길〉의 제목에 금빛이 들어오면서 빠르게 빛의 방출이 일어난다.

"대단하지 않니? 양자암호로 구성된 전송 시스템인데 하버드 대학에 있는 프로스트 교수가 만든 이데아 위성 시스템에 적용된 기술로 전송하는 것이야."

"이데아 위성 시스템이요?"

"그래. 〈가지 않은 길〉의 위대한 시인인 로버트 리 프로스트의 손자인 프로스트 주니어 교수가 바로 그 위대한 장치의 발명자이지. 인간과 세포, 인간과 바이러스 간의 교신을 통해 상호대화할 수 있는 양자암호 기반의 커뮤니케이션 위성 시스템을 만들어 내다니."

"그런데 통신 기기에 위성(Satellite)이라는 단어가 붙다니 좀 이상하군요."

"나도 한참 설명을 듣고도 이해하는 데 오랜 시간이 걸렸지. 인간과 바이러스의 대화를 위해 상호 전송하는 전파를 우주로 먼저 보내 우주에서 이를 양자물리학을 이용하여 양자암호로 푼 다음에 상호 매칭을 시켜서 다시 전송해 주기 때문에 반드시 우주 공간에 인간과 바이러스 교신의 매개가 되는 위성을 이용해야 하는 복잡한 구조를 가지고 있더구나."

"이해가 될 듯하면서도 어렵네요, 선배님. 대화를 위해 전하고자 하는 메시지에 우주로 나가서 이 메시지를 전환해 주는 중간 매개체 위성을 통해 암호화한 다음 다시 상대가 이해할 수 있는 메시지로 전환되어 되돌아오는 구조로 상호대화를 한다는 의미이군요."

"우주를 떠도는 양자나 원자의 파동을 이해하면 그리 어려울 것도 없긴 해. 아마 프로스트 박사도 그 원리에서 연구를 시작했다고 하더라. 지구에 존재하는 모든 생명은 동물이건 식물이건 모두 원자로 구성되지. 인간의 몸을 이루는 원자가 얼마인지 알겠니?"

"흠… 글쎄요. 몇 조 정도?"

"약 1,028억의 억의 조 개야."

"와우. 대단하네요. 셀 수도 없겠는데요."

"원자니까… 통상 세포는 약 5일에서 7일에 걸쳐서 분화하고 새로이 탄생하지. 우리의 피부는 약 2주, 적혈구는 120일, 백혈구는 단구(단핵구), 과립구(호산구, 호염기구, 호중구), 림프구로 나뉘고 림프구는 T세포, B세포, NK세포로 나뉘지. 코로나바이러스와 싸우는 최일선의 방어막이 백혈구인데 이 백혈구도 2일에서 14일이 수

명이지. 죽고 또 태어나고 하면서 말이야. 세포재생을 담당하면서 그나마 오래 사는 적혈구가 120일 정도 사는데 이 모든 구조가 원자에서 시작돼서 원자로 끝나는 거지. 즉 인간의 몸은 원자의 생성에서 원자의 죽음과 원자의 재생을 통한 생명의 연속으로 구성되고 우주도 마찬가지라서 양자역학을 통해서 보면 '모든 원자는 서로 이어져서 교신할 수 있다.'라는 명제가 성립돼. 그 명제 아래에서 이데아 위성 시스템은 인간과 코로나바이러스와의 교신을 중계하는 역할을 한 것이지. 대단한 발명이야."

"선배님, 결국 인간과 우주는 상호 닮았다는 프랙털 이론에서 보면 원자를 통한 모든 교신은 우주의 공간을 매개로 하여 상호 공통점을 찾을 수 있다는 이야기인데요 이건 양자역학에서 원자, 분자 등의 미시적인 물질세계는 상호 통한다는 기본 원리와 같군요."

"그래! 역시 너는 ALA를 이끌만한 녀석이야. 하하."

"저 어려서는 수학 천재로 불렸다고요. 자기 유사성이 핵심 개념인 프랙털 이론은 위상수학 분야이고, 초기 조건의 민감성이 핵심인 카오스 이론은 미분방정식 분야라 다른 듯합니다. 하지만 프랙털 도형은 가까운 두 점이 가진 정보가 전혀 다르다는 점에서 초기 조건의 민감성을 가지고 있고, 카오스 이론의 끌개는 프랙털의 구조를 가지고 있기 때문에 서로가 밀접하지요. 그래서 이 두 구조 안에서 양자역학은 양자전송 구조를 통한 원자 간의 매개체를 찾을 수도 있다는 추론이 가능하군요."

"대단하구나! 엘리오트리. 안 보는 사이에 많이 컸구나, 너! 하하."

"에이, 웬일이세요? 선배가 칭찬을 다 해 주시고."

"카오스 이론에서 이어지는 우주의 빅뱅과 블랙홀의 소용돌이 등의 원천적인 현상이 모두 우리 지구와 연관되어 있고 우주로의 기억전송과는 아주 밀접하단다. 우리가 기억저장이나 삭제, 기억전송, 기억 이식으로 사용하는 매개체인 커피콩조차도 커피 열매

·속의 원두는 좌우 프랙털 구조를 갖고 있는 이유가 다 있는 것이지. 뉴클레아스 심해기억저장위원회를 구성하는 가장 기본적인 원리도 여기에 숨어 있고 말이야. 그 원리를 이데아 위성 시스템으로 풀어낸 덕분에 내가 코로나의 지도자라고 할 수 있는 술탄코로나와 접속하고 대화를 시도했지. 결국 성공했지만 숙제를 많이 가져오게 되었어. 지금 우리가 그 숙제를 풀고 있는 거고."

"인간의 능력은 끝이 없는 것 같아요, 선배."

"우리가 아직 미지의 세계로 인식하는 바이러스의 세계도 능력의 한계가 없음을 보여 주는 것 같다. 요즘의 코로나 사태를 보면 말이야."

두 사람의 대화 중에 심천에서 입수한 실크로드 시대의 흑사병 유전자 데이터 코드 전송을 끝낸 모나미 153 스페셜 에디션은 모든 빛이 사라지면서 원래의 은빛 창연한 모습의 볼펜으로 돌아와 있다.

볼펜을 집어넣은 닥터 제닝스는 그제야 한시름 놓는다는 듯이 웨이터를 부른다.

"흠. 내가 제일 좋아하는 블랙앵거스 버거하고 시원한 라임주스 한 잔 주게. 그러고 보니 오늘은 제대로 식사도 못하고 하루를 보냈군."

"저는 애프터눈 티 세트를 먹겠습니다."

"이 밤에?"

"네, 저는 밤에도 주문하면 해 줍니다, 선배. 이곳은 저의 단골집이니까요."

"안 그런가? 첸카이커?"

매니저 첸카이커는 씨익 웃으면서 '무슨 주문이든지 엘리오트리 부회장님이 하시면 다 만들어 드립니다'라는 제스처를 보이면서 재빠르게 메뉴를 준비하기 위해 나간다.

"홍콩 생활 25년째 되더니 이제는 홍콩 사람 다 되었구나. 곳곳의 단골집에서 대우를 받다니."

"뭐 마당발인 선배에 비하면 새 발톱에 낀 때 정도입니다. 하하."

"오늘은 야식으로 임무 완수를 자축하고 내일은 남은 임무를 마저 해결한 뒤 홍콩을 떠나야겠다."

"내일도 저를 부르시는 건 아니죠?"

"하하하. 녀석 겁먹기는. 너는 오늘 임무만으로도 큰 공을 세웠어. 고맙다. 엘리오트리."

하버뷰 특실 창밖으로 카오룽(Kowloon) 스타페리 선착장을 오가는 스타페리(Star Ferry)의 분주한 운항 모습이 보인다. 코로나 시대를 보내는 홍콩의 밤 또한 다시 번적이는 홍콩의 야경처럼 활기찬 기운으로 차오른다.

홍콩 카오룽 페닌슐라 호텔
(The Peninsula Hong Kong)

홍콩의 아침 7시.

홍콩 카오룽의 심장부인 침사추이(Tsim Sha Tsui)를 대표하는 상징, 페닌슐라 호텔 앞의 거리는 늘 분주하다.

바로 길 건너의 홍콩문화센터와 홍콩 우주박물관 그리고 홍콩예술관의 공터 앞에서 아침부터 태극권으로 아침 운동을 하는 수많은 노인과 조깅하는 젊은 친구들 그리고 홍콩의 명물인 시계탑을 가로질러 스타페리를 타고 홍콩 아일랜드로 출근하는 사람들이 얽혀서 이른 아침의 풍경치고는 빠름과 느림이 공존하는 듯한 일상이 홍콩다움을 나타낸다.

영국의 지배를 받던 총독 시절인 1928년, 빅토리아 여왕 시대의 건축풍으로 지어진 건축물을 사용하는 최고급 호텔, 더 페닌슐라 홍콩.

침사추이의 한복판에 위치할 뿐만 아니라 지하와 2층에 세계 최고급의 명품숍이 즐비하고 최고급 객실을 제공하여 세계 부호의 단골 투숙객들이 선호하는 홍콩의 역사적인 호텔이다.

로비라운지,

아침 조식을 먹으면서 진한 실론티의 향기를 담은 홍차를 마시는 남자 닥터 제닝스,

누군가를 기다리는 표정으로 연신 호텔 입구를 바라본다.

'조금 늦는군.'

시계를 다시 보고 약속 시간을 확인하면서 페닌슐라 홍콩 로비라운지에 나타나야 할 사람을 기다리고 있다.

7시 10분….

7시 20분….

약속 시간에 단 한 번도 늦어 본 적이 없는 사람인데 오늘은 이상하다.

다시 시계를 본다.

7시 23분….

초조해진다.

'흠. 사고가 발생한 건가? 이번에 우리가 확보해야 하는 인플루엔자 바이러스의 이력 추적에 대한 데이터는 가장 핵심에 접근할 수 있는 중요한 데이터인데… 혹시 중간에 비밀이 노출되어서 문제가 생긴 건 아닌가 걱정이 되는구나.'

잠시 후 닥터 제닝스가 앉아 있는 로비라운지의 테이블로 젊은 친구가 다가와서 인사를 건넨다.

"안녕하세요? 닥터 제닝스 맞으시죠?"

"네, 제가 닥터 제닝스입니다만….."

젊은 친구는 작은 쪽지 하나를 실론티 찻잔 앞에 쓰윽 밀어 넣고는 얼른 인사를 하고 자리를 떠난다.

찻잔 앞에 놓인 작은 쪽지.

[청킹맨션(Chungking Mansions) 708호에 있네. 말릭(Malik).]

그리고 그 밑에 필기체로 다음과 같이 쓰여 있다.

캔디(Kandy) 1867

낯선 청년이 주고 간 쪽지가 의심스럽기도 하지만 일단은 약속 장소에 나타나지 않고 있는 말릭 교수에 대한 걱정이 앞선다.

몇 번이고 작은 쪽지에 급히 쓴 글씨체를 본다.

틀림없이 오늘 만나자고 약속한 홍콩대학교의 말릭 페이리스(Malik Peiris) 교수가 맞다. 이유는 단 한 가지, 오직 닥터 제닝스와 말릭 교수만이 아는 단어 '캔디(Kandy) 1867'이 적혀 있기 때문이다.

말릭 메이리스 교수는 스리랑카(democratic Socialist Republic Of Sri Lanka)에서 나고 자란 스리랑카 사람이자 옥스퍼드대학에서 공부한 학자이다. 전 세계에서 사스(SARS) 바이러스를 최초로 분리한 연구자로 이름을 날렸으며 현재 홍콩대학교의 석좌교수이다.

코로나 사태가 터진 이후로 코로나바이러스의 발생 근원지를 놓고 '중국 우한연구소다, 아니다!'라는 논쟁으로 전 세계가 시끌벅적일 때 그의 연구소 출신인 홍콩대 면역학 박사 옌리멍(閻麗夢) 박사가 폭로한 사건이 있었다. 코로나바이러스의 발생 및 조기 경보를 알리려고 했으나 말릭 페이리스 교수와 레오 푼(潘烈文) 교수가 막았다고 폭로하면서 말릭 교수는 친중국 교수로 낙인이 찍혔다. 또한 옌리멍 박사는 코로나바이러스의 진원지는 우한이고 중국 정부가 통제해서 이를 비밀리에 붙이는 바람에 확산을 막지 못했다고 연이어 폭로했다.

사실 스리랑카 출신으로 옥스퍼드대학에서 공부하고 현재는 홍콩대학에서 면역학 및 바이러스학의 대가로 인정받으면서 세계보건기구(WHO)의 신종코로나 폐렴 비상위 고문으로 그 연구 성과를 인정받고 있는 말릭 교수는 스리랑카가 친사회주의 나라이고, 그런 이유로 중국 정부와도 친하기 때문에 친중국 학자라는 항간의 이야기에 대해서도 별로 신경 쓰지 않았다. 오직 연구자로서 현재 발생한 코로나바이러스와의 싸움에서 어떻게든 인류가 면역시스템으로 대항하여 이 전염병을 극복하는 데 연구 역량을 집중하고 있었다.

홍콩에서 제일 유명한 코로나바이러스의 연구자 말릭 페이리스 교수가 오늘 이곳 페넨슐라 호텔 1층 로비라운지에서 아침 7시 조찬을 하면서 만나기로 한 그 사람인 것이다.

"흠… '캔디(Kandy) 1867'이 쓰여 있는 건 분명히 말릭 교수가 맞아. 일단 청킹맨션으로 가봐야겠구나."

캔디(Kandy)라는 단어와 1867이라는 숫자는 오직 닥터 제닝스와 말릭 교수만 아는 둘만의 비밀 암호였다.

사실 말릭 교수는 스리랑카에서 태어나고 자라면서 자기가 태어난 스리랑카의 캔디(Kandy) 지방을 아주 자랑스럽게 이야기하곤 했다.

스리랑카의 옛날 이름이 실론(Ceylon)이라고 자랑하면서 홍차의 대명사 실론이 바로 스리랑카의 옛날 국호이자 섬 이름인 실론에서 유래했다고 무척 떠들어 대면서 늘 홍차를 권하곤 했다.

그리고 홍차의 등급을 줄줄 외우면서 처음 보는 사람들에게도 홍차의 등급을 하나하나 설명해 주는 통에 몇십 년을 만나게 되면 자연스럽게 홍차에 관한 설명을 너무 많이 들어서 홍차의 등급을 달달 외우게 되는 지경에 이르렀다.

FOP(Flowery Orange Pekoe, 줄기 끝 맨 위의 어린 새순), OP(Orange Pekoe, 줄기 끝의 두 번째 잎을 주원료로 하고 새싹의 끝 잎을 많이 포함한 것), P(Pekoe, 줄기 끝에서 세 번째 잎), FP(Flowery Pekoe, 페코 중에서 새싹을 포함한 것), PS(Pekoe Souchong, 줄기 끝 에서 네 번째 잎), S(Souchong, 홍차를 만들 수 있는 잎 중에서 가장 굳 은 잎), BOP(Broken Orange Pekoe, 오렌지 페코와 같은 크기의 찻 잎을 잘게 분쇄한 것), BOPF(Broken Orange Pokoe Fannings, 브로 큰 오렌지 페코보다 더 잘게 분쇄된 찻잎), D(Dust, 가루 상태의 찻잎), GFOP(Golden Flowery Orange Pekoe, 플라워리 오렌지 페코에 골든 팁을 포함한 것), TGFOP(TIPPY Golden Flowery Orange Pekoe, 골 든 플라워리 오렌지 페코에서 골든팁의 양이 많은 것), FTGFOP(Fancy Tippy Golden Flowery Orange Pekoe, 티피 골든 플라워리 오렌지 페 코에서 대부분 골든팁인 것), STGFOP(Silver Tippy Golden Flowery Orange Pekoe, 티피 골든 플라워리 오렌지페코에서 대부분 실버팁인 것)

이 모든 등급을 만날 때마다 귀에 못이 박히도록 줄줄줄 이야기 해 대는 통에 어디에 가서 홍차를 사더라도 제일 먼저 등급을 보는 습관이 생겼다.

홍차 등급에 유난히 오렌지(Orange)가 많은 이유는 차를 가장 많이 수입해 갔던 네델란드의 오렌지 가문의 영향으로 오렌지 가 문에서 분류하는 기준이 들어가면서부터이다. 스리랑카어에도 없 는 페코(Pekoe)라는 단어가 들어간 이유는 중국에서 보송보송한 연한 찻잎을 말하는 백호(白毫), 즉 흰 백, 가는 털 호자를 페코로 읽는 중국어에서 유래가 된 것이라는 역사적 배경이 있다.

그러면서 스리랑카의 홍차 5대 산지가 있는데 스리랑카에서 가 장 높은 지역의 누와라엘리야(Nuwara Eliya), 북동 몬순 기후의 영 향으로 꽃 향이 나는 딤블라(Dimbula), 저지대에서 생산되어 스모키 향이 나는 루후나(Ruhuna), 인도 다즐링, 중국 기문과 함께 세계 3대 홍차로 이름난 우바(Uva)는 과일처럼 달콤하고 상큼한 향으로 사랑받고 있다. 자신이 태어난 고향인 캔디는 1867년 스코틀랜드 출신 제임스 테일러가 인도에서 아삼차를 가져와서 재배하면서 거품이 적고 타닌이 낮아 아이스티의 대명사가 되면서 5대 산지 중의 한 곳이 되었다면서 무척 자랑스러워했다.

1867년 제임스 테일러가 캔디 지방에서 아삼차를 재배하지 않았다면 자신이 영국의 옥스퍼드대학으로 공부하러 가는 계기도, 자신의 고향이 스리랑카 차의 대명사로 발전할 수도 없었을 것이라면서 지금의 자신이 연고도 없는 아시아의 도시인 홍콩의 홍콩대학에서 바이러스와 면역학을 가르치면서 새로운 학문을 아시아에 전수해 주는 것도 모두 1867년 제임스 테일러가 캔디에 뿌린 씨앗에 대한 보답이라고 늘 힘주어 이야기하곤 했던 말릭 교수.

닥터 제닝스가 농담으로 말한 캔디는 일본 아사히 TV에서 1976년부터 1979년 방영된 115부작 애니메이션인데 한국에서도 〈들장미 소녀 캔디〉로 너무 많은 사랑을 받았다면서 너는 안소니이고 캔디는 그럼 누구냐고 놀려 대면 그 캔디가 자신의 고향 캔디와 이름이 같다고 그렇게 놀리냐면서 찻잎으로 콧구멍을 막아 주겠다고 장난치던 시절이 있었다.

페닌슐라 호텔을 나와서 바로 뒤편 페닌슐라 신관 건물을 지나면 바로 신호등 건너편에 청킹맨션이 나온다.

1995년 개봉하여 한때 세상을 평정했던 홍콩영화 〈중경삼림(重慶森林, Chungking Express)〉에 나온 이후로 홍콩을 찾는 관광객들의 방문 성지가 되었던 청킹맨션도 세월이 흘러서 중경삼림과 청킹맨션을 추억하지 못하는 MZ 세대의 등장으로 인해 한물가서 재개발을 기다리는 쇠락한 건물로 자리매김한 지 오래다.

길 건너에 1969년 오픈하여 홍콩 사람들과 외국 관광객들의 사랑을 받던 하얏트 리젠시 홍콩도 재개발을 통해 새로운 디자인으로 멋지게 신축된 오피스 빌딩으로 변했다. 그리고 자리를 옮겨서 청킹맨션 뒤로 새로 우뚝 선 랜드마크 K11 빌딩에 하얏트 리젠시 홍콩 침사추이로 새롭게 오픈 한 지 오래다. 오직 낡은 랜드마크처럼 서 있는 청킹맨션은 주변의 오래된 건물 친구를 다 잃고 외로이 서 있는 시대의 낡은 표상처럼 버티고 있다.

세상의 온갖 종류의 짝퉁은 다 모아 놓은 듯한 1층 좁은 복도의 상가를 지나가자 주변의 인도, 스리랑카 친구들이 유창한 한국어로 말한다.

"롤렉스(Rolex) 있어요, 롤렉스. 진짜 같아. 싸게 해 줄게. 보고 가요."

닥터 제닝스는 708호를 되뇌며 말릭 교수의 안전이 걱정되어 금방이라도 문이 떨어져 나갈 듯이 낡은 엘리베이터에 올라타서 7층 버튼을 누른다.

RNA 바이러스의 진화, 인수 감염의 조상인 사스 코로나바이러스의 코드를 얻다

딩동.

낡은 문 앞에 달린 오래된 버튼식 초인종이지만 소리는 경쾌하다.

문이 활짝 열리면서 말릭 교수가 환영의 제스처를 취하면서 닥터 제닝스를 맞이한다.

"දීර්ඝ කාලයක් දැකින්න නැහැ(오랜만이네), 닥터 제닝스."

스리랑카 싱할라어로 인사를 하는 말릭 교수의 표정이 장난스럽다.

"이 사람아! 만나기로 해 놓고는 나오지도 않고…. 얼마나 걱정하면서 이곳 청킹맨션으로 달려온 줄 아는가?"

"미안하네! 먼 길을 왔는데… 하하. 보는 눈들이 너무 많아서 도저히 페닌슐라 호텔에서는 자네를 만날 수가 없었네. 더구나 전달해야 할 물건도 있는데 누구라도 보게 된다면 괜한 오해를 살 수도 있고 말야. 가뜩이나 내가 친중국 인사라는 둥, 코로나바이러스의 원인 규명을 막고 있다는 둥 온갖 소문이 도는 줄 아는 처지라서 그러니 이해해 주게."

"괜찮네. 자네만 무사하다면 나는 자네를 건강하게 만난 것만으로도 고마울 뿐이네."

거실로 안내하는 말릭 교수는 의외로 밝은 표정으로 닥터 제닝스를 반기면서 의자에 앉기를 권유하며 늘 자랑하는 스리랑카의 아삼티를 가져온다.

"하하하. 걱정을 많이 했구먼. 오랜만에 청킹맨션에 들어오는 기분이 어떤가? 우리가 젊은 시절에 〈동방불패(東方不敗)〉임청하(林青霞)에서부터 〈중경삼림(重慶森林)〉임청하까지를 모두 사랑한 팬들 아니었나? 하하하. 복도에서 방문 기념으로 롤렉스라도 하나 사지 그랬나? 요즘 만든 롤렉스는 정말 내가 봐도 감쪽같아. 예전에 우리가 사서 차다가 시계 밥 준다고 태엽을 감다 나사가 빠지는 그런 롤렉스의 시대는 이미 지나갔네. 하하하."

"그렇지 않아도 이번 주에 앤더슨가에 있는 임청하의 주택에 화재가 났다고 해서 내가 얼마나 걱정했는지 아는가? 다행히 임청하는 집에 없고 다친 사람도 없다고 하니 다행이야."

"집값이 어마어마하더군."

"왜? 배 아픈가? 우리 시대의 최고의 스타 아닌가? 홍콩 달러로 11억 달러이니 한국 돈으로는 약 1800억 원 정도 되겠군. 스리랑카에 가서 그 돈이면 자네가 좋아하는 캔디 지방의 가장 큰 아삼 차

밭을 몽땅 다 사서 자네가 그토록 등급 매기기를 좋아하는 등급별 아삼차를 평생 만들 수 있을 텐데 말이야."

"자네는 내가 은퇴 후에 하고 싶은 걸 꼭 집어서 잘도 아는군."

"자네가 은퇴하면 자네의 소원대로 캔디 지방에 돌아가서 자네의 고향 근처에 최대의 아삼 차밭을 가꾸면서 살 수 있는 날이 올 걸세."

말릭 교수는 '그런 날이 정말 올까?' 하는 표정으로 닥터 제닝스를 바라본다.

"그런 날이 정말 온다니까! 나를 믿어 보게. 이번에 우리 뉴클레아스 심해기억저장위원회에서 스리랑카 지역에 다양한 방법으로 기억을 이식하는 아삼차 재배법을 시도하기로 했다네. 그래서 이미 우리의 전문요원인 구례병삼을 보내서 광활한 토지를 확보하고 새로운 기억 이식 아삼차를 심을 것이네."

"구례병삼은 기억보험을 주관하는 위원 아닌가?"

"이번에 은퇴했다네."

"아! 세월이 벌써 그렇게 흘렀군. 닥터 제닝스 자네랑은 제네바 생체시계기억제작소의 동기이지?"

"그렇네. 몇 안 되는 교육 동기라네. 우리가 1기이니, 창립 기수이지."

"말릭 자네도 은퇴할 시기가 다가오지 않나?"

"이거 보게, 닥터 제닝스! 내 명함을 자세히 보게."

말릭 교수가 내민 명함에는 이름 밑에 석좌교수(碩座敎授)라고 크게 쓰여 있다.

"자네! 돌대가리 교수가 되었구만. 석좌교수라, 하하하하. 은퇴 없이 죽을 때까지 홍콩대학에서 일할 것이란 말이지? 흠."

"그냥 학교에서 임명해 준 거야. 그리고 돌 석(石) 자가 아니라 클 석(碩) 자라네. 하하하. 언제고 때가 되면 내 고향 스리랑카 캔디로 돌아가서 내가 좋아하는 아삼차를 키우면서 여생을 마칠 생각이라네."

"좋아 좋아! 자네는 인류를 위해서도 크게 기여했고, 더구나 이번에 우리가 준비하는 코로나와의 대타협이나 대전쟁을 위해서 준비하는 이번의 다섯 가지 탄생 신물을 찾는 임무에 가장 중요한 단서를 제공했으니 내 절친이자 동기인 구례병삼에게 이야기를 잘해서 자네가 은퇴 후에도 일과 노동의 즐거움을 같이 누릴 수 있도록 자네의 고향에 머물 준비를 해 주겠네."

"그런 이야기를 들으니 마치 대가를 받고 내가 자네를 도와주는 것 같은데, 닥터 제닝스. 하하하."

"우리 사이에 무슨 그런 대가를 운운하는가. 자네는 코로나 유전체를 제일 먼저 분석해서 공개한 것으로도 이미 인류를 위해 큰일을 했네. 그 빠른 대처와 정보 공개 덕에 우리 인류가 그나마 백신을 만들고 분석 진단키트를 빠르게 배포하고 치료제 개발을 위해 노력하고 있으니 말이야."

"연구자라면 누구나 그렇게 했을 거야."

"자, 이제 슬슬 비밀의 보따리를 좀 풀어주게나. 오늘 안으로 내가 뉴클레아스 심해기억저장소로 데이터 전송을 해야 한다네."

서두르는 닥터 제닝스에게 걱정 말라는 듯이 말릭 교수는 거실 벽에 있는 화이트보드 위에 쓱쓱 글을 써 내려간다.

"지금부터 내 말을 잘 듣고 기록하게."

"아니, 준다는 데이터는 어쩌고 지금 화이트보드에 강의를 시작하는가?"

유전자 코드를 받아 원하는 데이터를 빠르게 전송하고자 했던 닥터 제닝스는 당황한 채 말릭 교수를 바라본다.

"모든 유전자 코드와 자네가 원하는 데이터는 바로 여기에 있네."

보드마카를 든 오른손으로 자신의 머리를 툭툭 치는 말릭 교수를 허탈한 표정으로 쳐다보는 닥터 제닝스. 그러한 닥터 제닝스의 표정이 재미있다는 듯이 바라보는 말릭 교수는 즉시 화이트보드 위에 쓱쓱 글을 써 내려간다.

- RNA 바이러스,
최근 홍콩에서 새로 출현한 모든 바이러스는 RNA 바이러스임.
HIV-1, HIV-2로부터 시작해서 SARS-CoV, 독감 바이러스들,
홍콩독감부터 한타바이러스까지.
그리고
인류의 역사에 숨어서 전해져 내려온 RNA 바이러스들.
헨드라, 니파, 에볼라, 마르부르크병, 뎅기열, 황열병, 광견병에 이르기까지.
- 뉴클레아스 심해기억저장위원회에서 지금쯤 채집 중인
치쿤군야, 나사열
그리고 웨스트나일과 마추포열까지
모두 RNA 바이러스임.
모든 게놈(Genome)이 RNA라는 이야기임.
- RNA 바이러스의 특징 3가지
첫째, 엄청나게 빨리 진화한다
둘째, 변화무쌍하다, 손오공은 저리 가라이다
셋째, 숙주에 적응이 빠르다
- 다른 바이러스에 없는 자신들의 무기가 두 개 있음,
하나는 돌연변이일 확률이 아주 높고
다른 하나는 개체 수가 어마어마하게 많아서 퍼지기 쉽다는 것임.

화이트보드에 빠르게 적어가며 설명하는 말릭 박사의 손끝을 따라가는 닥터 제닝스의 눈은 모든 정보를 기억하기 위해 또렷한 눈빛으로 집중한다.

"자신들의 무기가 두 개 있다고 했지?"

"돌연변이 확률이 높고 개체 수가 어마어마하게 많다는 것 말이지."

"바로 그 점이네! 두 가지 조건을 합치면 모든 상황에 적응하여 변화할 수 있는 확률이 엄청나게 커지는 것이지. 그러면서 RNA 바이러스는 복제 속도가 빨라 인간 숙주의 몸속에서 기하급수적으로 불어나지."

"그럼 급속도로 감염시킨 후 급속 증식해서 인간 숙주를 감염시킨 다음에는 어떤 행동 패턴을 보이나?"

"그 점이 중요해, 닥터 제닝스. 숙주를 죽이거나 잠복기에 들어가서 조용히 사그라들거든!"

"흠, 지금의 코로나바이러스와 행동 패턴이 유사하군."

"같은 형제들이지. 같은 조상에서 동물들을 숙주로 해서 생명을 이어 온… 지금의 코로나바이러스의 문제는 인간을 숙주로 생명을 이어가는 종족으로 변화했다는 무시무시한 점을 제외하고는 말이야."

"사실 내가 코로나바이러스 최고 사령부에 접속했다네."

"정말인가? 내가 연구실에서 코로나바이러스를 배양하면서 나오는 미세한 전파가 있음을 인지하고 이 전파와 접점을 찾기 위해 엄청난 노력을 했지만 실패했다네. 나는 유전학과 생명공학을 전공했을 뿐이지, 양자물리학이나 전파유도, 중력 퍼텐셜(Gravitational Potential)을 배우지는 않았거든."

"사실 나도 이데아 위성 시스템이라는 기계를 통해 접속했는데 바이러스와 통신할 수 있다는 점에 대해서는 아직도 얼떨떨하다네."

"그래, 충분히 가능하지. 미토콘드리아에 동력이 있으니 그 동력을 이용해서 전파를 사용하는 세포들이 존재하지. 세포 간의 교신 방법을 단백질이 아닌 유도전파나 음파 등으로 사용한다면 이론적으로는 충분히 가능하다고 보네. RNA 바이러스의 무서운 점은 급성감염을 일으키고 인간 숙주를 조종하여 기침, 재채기, 출혈, 구토, 설사 등을 통해서 다른 숙주로 바이러스 이동을 급박하게 시도한다는 점이지. 또한 슈퍼전파자로 불리는 숙주 인간을 만들어서 단백질 분비를 통해 인간의 뇌를 조종하여 사람들이 많은 군중 속으로 돌아다니게 한다거나, 대중교통을 타게 해서 수많은 RNA 바이러스를 배출하고 집단감염을 유도하는 영리한 바이러스야."

"그래서 우리가 지금 이렇게 속수무책으로 당하고 있는 거 아닌가? 그런데 내가 코로나 최고 사령부의 술탄코로나를 만났을 때 코로나바이러스는 원래 동물을 매개로 살아가는 종족이지 인간에게는 전파가 안 되었다네. 그런데 박쥐를 숙주로 삼던 몇몇 코로나바이러스가 인간들에게 생포된 이후 어느 연구시설에서 증식되면서 유전자 조작을 통해 인간의 몸속에서 살아갈 수 있는 열쇠를 받은 신종족의 출현이 있었다고 하더군. 그 문제의 장소로 우한연구소를 지목했고."

우한 이야기가 나오자 말릭 교수는 갑자기 손을 입에 대고 조용히 하라는 눈짓을 보낸다.

"때가 되면 모든 베일이 벗겨질 것일세. 그때를 기다려야 하네. 닥터 제닝스."

그러고 나서 말릭 교수는 화이트보드에 다음과 같이 쓱쓱 써 내려간다.

- 인간의 면역계에 침투하여 면역계를 회피하고 필요한 인간 유전자 정보를 탈취한 후에 인간의 몸에서 계속 증식 - 인간 숙주와의 동거
- RNA 바이러스 증식의 문제는 바로 불안정성이다. 이로 인해 수많은 유전적 변이가 탄생한다. 탄생한 변이 중에 가장 인간의 몸속에 쉽게 들어가고 다시 번식하는 지배종이 탄생하며 이 지배종이 이전의 지배종을 밀어내는 숙주 안의 주도권 싸움을 벌임 - 종족 간의 지배 전쟁

• RNA 바이러스는 탄생서열이 중요함. 앞에서 태어난 바이러스가 조상으로 존경받음. 하지만 후손들의 번식에 관대하고 권력을 쉽게 후손들에게 이양하는 특징이 있음 - 효자바이러스
• RNA 바이러스는 DNA 바이러스와 달리 겨우 6천~3만 개 정도의 뉴클레오티드로 구성됨. RNA 바이러스는 자기복제 과정에서 수많은 오류가 발생하므로 스스로 작은 게놈을 유지함. DNA 바이러스는 종합효소 뉴클레오티드 엽기 중에 아데닌, 시토신, 구아닌, 우라실 엽기의 배열을 아주 깐깐하게 검증하여 오류를 수정하는 반면에 RNA 바이러스는 돌연변이가 높아서 게놈이 작은 게 유리함. 게놈이 작기 때문에 돌연변이가 높기도 하여 닭이 먼저냐 알이 먼저냐의 논점과 같음

"이건 아이겐의 역설(Paradox of Eigen) 아닌가?"

"맞네! 만프레드 아이겐(Manfred Eigen)이 거대분자의 진화를 연구하여 노벨상을 받은 바로 그 부분이지."

"결국 지금의 코로나바이러스가 RNA 바이러스로 종족보존을 위해 스스로 단점인 불안정성, 반복되는 오류, 단순한 게놈을 극복하는 생존의 전략으로 양의 증식을 택한 거라는 말과 같군."

"맞네. 그래서 인류는 앞으로 코로나바이러스와의 전쟁에 30년을 소비해야 할 거야. 바이러스 사촌인 홍역을 잡는 데도 30년 이상의 시간이 흘렀지."

"흠. 그래서 내가 지금 12월에 있을 코로나와의 대전쟁을 앞두고 대타협의 협상을 하기 위해 RNA 바이러스가 '서열을 중시하는 효자 바이러스'라는 명제를 인지하고 RNA 바이러스의 조상신 격인 다섯 가지의 탄생 RNA 바이러스 유전자 코드 명령을 찾아 모으고 있는 거 아닌가, 후유."

"복제 과정의 오류가 종족을 살리는 열쇠가 된 것이지. 수많은 변이 덕분에 빠른 속도로 진화하는 것이니. 12월에 있을 대전쟁이

나 대타협 이후에도 수많은 지배종 싸움이 일어나면서 앞으로 원활하게 한 방향으로 통제하기가 어려워질 수도 있네."

닥터 제닝스는 한숨을 크게 내쉬면서 답답한 마음을 이야기한다.

"나도 그게 걱정이야. 대륙별, 나라별로 모든 인간의 유전자 코드와 면역시스템을 학습한 다음에 코로나바이러스들끼리 특정한 전파를 통해 정보를 교환할 것으로 본다네. 그 이후에 새로운 변이종의 후손을 만들어내 인간을 비리온으로 감염시키면서 감염과 완치, 그리고 재감염의 시대에 우리가 살게 될 수도 있다는 불안감이 엄습하니 말이야."

"흠. 세포 밖에 존재하는 각각의 단위체 중에 한 개의 바이러스 입자인 비리온이 인간을 감염시키는데 이번에 코로나바이러스는 독감으로 다가올 거야! 즉 독감바이러스와 결합한 새로운 감염력으로 비리온을 생성해서 내보낼 거야!"

경고성 음성으로 강하게 말하는 말릭 교수는 다시금 보드마카를 들고 화이트보드에 힘주어 다음의 내용을 적는다.

- 1918년 독감으로 인류 5,000만 명 사망!
- 독감 바이러스의 세가지 유형 중 가장 많은 A형 독감
- 게놈이 한 가닥의 RNA로 구성되고, 요 녀석이 다시 8개의 분절로 이루어짐. 그다음에 11개의 서로 다른 단백질을 부호화함. 즉 차 8대에 11명이 탄 것과 같은 불안정한 구조로 번식함. 11개는 바이러스 구조와 기능을 담당함. 물론 불안정함. 분자 중에서 두개는 바이러스 외피에 코로나바이러스 돌기같이 뾰쪽한 돌기를 만듦. 하나는 적혈구응집소(Hemagglutinin)이고 다른 하나는 뉴라미니다아제(Neuraminidase)로 인간의 세포를 뚫고 들어가고 뚫고 나오는 드릴(Drill) 같은 역할을함. 우리가 잘 아는 H5N1은 적혈구응집소 단백질 중에 5번째와 뉴라미니다아제 단백질 중에 1번째가 결합해서 H5N1이 되는 것임. 1918년

5,000만 명을 사망에 이르게 한 독감은 H1N1의 변종이었음. 과학의 발전으로 겨우 2005년에야 밝혀낸 사실임. 1958년에는 200만 명이 독감으로 사망, 1968년에는 홍콩 독감으로 100만 명이 사망함. 오늘 전달해 줄 유전자 코드는 홍콩 독감의 유전자 코드 명령임.

"고맙네. 홍콩 독감의 유전자 코드 명령어는 우리가 코로나바이러스와 협상할 때 가장 강력한 명령어가 될 거야. 그런데 1968년 홍콩 독감의 유전자 데이터 코드 명령어가 봉인된 파일은 어디에 있나?"

말릭 교수는 씨익 웃으면서 눈짓으로 테이블 위에 놓인 스리랑카 캔디 지방에서 나온 최고 등급의 아삼차 통을 가리킨다.

순간 닥터 제닝스는 눈짓으로 탄복했다는 표정을 지으며 재빠르게 아삼차 통을 가방에 넣는다.

그리고 얼른 일어나려고 하자 밀릭 교수가 손짓으로 제지하면서 화이트보드에 다음의 내용을 적어 내려간다.

〈추가 유전자 데이터를 같이 넣음〉
1. 2003년 2월 말, 홍콩발 토론토행을 통해 이동한 사스 바이러스 유전자 코드
2. 2003년 3월 15일, 홍콩을 출발하여 베이징에 도착한 중국항공 112편에서 채취한 사스 바이러스 유전자 코드
3. 2003년 3월 중순, 산시성에서 베이징으로 치료차 들어온 여성 감염자의 사스 바이러스 유전자 코드
4. 2002년 12월 16일, 광동성 포산에서 발병한 남자의 초기 사스 바이러스 유전자 코드
5. 2003년 1월 말, 중국 중산의 생선장수이자 슈퍼 전파자(Super spreader) 조우 주오펭의 초기 사스 바이러스 유전자 코드

6. 2003년 2월, 조우 주오펭이 입원한 대학병원의 의사 류지안룬이 부부동반으로 홍콩으로 이동 후 투숙한 메트로폴 호텔에서 전파를 일으킨 911호에서 채취한 사스 바이러스 유전자 코드
7. 홍콩 메트로폴 호텔 류지안룬 교수 앞방 904호에 투숙하고 캐나다로 귀국한 78세 할머니가 캐나다로 전파한 사스 바이러스 유전자 코드
8. 2003년 2월 25일, 홍콩 메트로폴 호텔 938호에 4일간 투숙 후에 싱가포르로 돌아가 싱가포르에 사스 바이러스를 전파한 여성인 에스터 목의 사스 바이러스 유전자 코드
9. 에스터 목의 탄톡셍 병원 입원 후 병원 내 전파로 인해 퍼진 비정형성 폐렴으로 판단하고 추후 사스 바이러스로 밝혀진 환자군의 유전자 코드
10. 2003년 2월, 사스 바이러스의 광동성 확산시의 유전자 코드 데이터
11. 2003년 2월, 홍콩 조류 독감에서 H5N1을 분류하여 조류 간에 전파되는 독감이 세계 최초로 조류에서 인간으로 감염된 환자의 유전자 데이터 코드

여기까지 화이트보드에 써 내려가던 말릭 교수는 이 부분에서 밑줄을 쫘악 긋고 별표 다섯 개를 그린다.

손뼉을 치면서 일어난 닥터 제닝스는 연신 고개를 끄덕거리면서 엄지 척을 해 보인다.

"SARS-Cov, 즉 사스-코로나바이러스로 이름을 지은 H5N1을 세계 최초로 분류하고 인간에게 최초로 심각한 타격을 주는 코로나바이러스를 분리 추출하여 유전자를 분석한 사람이 바로 자네란 걸 온 세상이 다 아네! 대단한 업적이야."

웃으면서도 심각한 표정을 지은 말릭 교수는 닥터 제닝스의 등을 떠밀면서 어서 가라는 몸짓으로 문으로 안내한다.

"20년이네. 닥터 제닝스! 내가 처음으로 사스 코로나바이러스를 본 게. 지금은 단순한 인간 감염의 영역을 넘어서서 전 세계 인류를 숙주로 삼기 위해 맹렬히 분화하고 있는 점이 두려울 뿐이네. 부디 내가 준 이 모든 선물이 뉴클레아스 심해기억저장위원회에 도움이 되기를 바라네. 그게 바로 인류에게 도움이 되는 것이니까."

"고맙네, 친구. 오늘은 데이터 전송을 위해 급히 가봐야 되어서 우리가 자주 찾는 헤네시 로드의 울루물루 스테이크 하우스(Wooloomooloo Steak House)에 가는 것은 다음 기회로 미루세. 그때는 내가 가장 비싼 스테이크로 대접함세."

"뭐든! 자네와 함께라면. 하하. 주윤발이 자주 가는 홍콩 센트럴 미드레벨 근처 밀크티 가게에서 홍콩 밀크티만 마셔도 자네랑 함께한다면 난 그 시간이 즐겁네, 친구. 잘 가게."

급히 청킹맨션을 빠져나온 닥터 제닝스는 어두워져 가는 홍콩 침사추이의 중심가를 가로질러 발 빠르게 랑함 호텔 앞에 대기한 검정 세단에 급히 올라탄다.

나폴리에서 미스 마시모두띠와 지하세계 박쥐 왕의 메시지를 받다

이탈리아의 남부, 나폴리를 대표하는 항구 나폴리 항(Porto di Napoli).

해안선과 지중해의 경치가 아름답기로 유명한 나폴리만(Golfo di Napoli)의 중심 교역항이다. 활화산인 베수비오스산을 비롯한 화산으로 융기된 지형들로 인해 가파른 구릉들로 둘러싸여 있지만 화산 지형 특유의 풍요로운 토양으로 인해 지중해식 농사의 대표적인 지역이 된 지 오래다.

파페미세노 곶에서 캄파넬라포인트 곶까지 남동쪽으로 32킬로 미터나 뻗어 있는 드넓은 해안선으로 만을 따라서 포추올리, 토레 아눈치아타, 카스텔람마레디스타비아, 소렌토가 자리 잡고 있다. 소렌토에서 바라보이는 곳에 지중해의 낙원인 카프리 섬이 자리 잡고 있다.

나폴리 항은 전통적으로 나폴리 왕국과 양시칠리아 왕국의 수도였으며 많은 교역의 역사를 지닌 대표적인 항구도시이자 문화교류의 중심지였다. 지금은 또한 이탈리아 남부의 금융 중심지로 자리 잡고 있다.

고속도로에서 이어지는 진입로로 들어서는 파란색의 마세라티, 아일린은 운전석에 앉아 휘둥그런 눈으로 앞을 바라보면서 놀람의 연속을 표현한다.

"이모!"

"왜 또 난리냐?"

"아니, 난리가 아니라 우리가 진짜 나폴리에 온 것 맞죠? '세계 3대 미항 어쩌고저쩌고 아름답고… 뷰티풀(Beautiful)… 판타스틱(Fantastic)… 아름다운 밤이에요.' 등등의 찬사가 난무한 나폴리. 그 나폴리는 어디 가고… 이렇게 진입로부터… 으아악! 여긴 나폴리가 아니라 부산 감만동의 컨테이너 트럭이 다니는 해안도로인데요. 오사카 난바항이 재개발되기 전 같기도 하고…. 어쩜 이리 똑같을까? 이모, 여기 나폴리 맞아요? 우리 기억 이동으로 부산이나 오사카에 온 것은 아니죠?"

"여기는 올 때마다 느끼는 거지만… 길거리 청소 좀 했으면 한단다. 내가 살던 밀라노와는 전혀 다른 도시이니… 어휴."

마세라티는 나폴리 진입로를 따라서 항구에서 중앙역으로 이어지는 간선도로로 진입하고 있다. 낡은 건물들 사이로 마치 슬럼가의 한 장면을 그대로 옮겨 놓은 듯한 나폴리 구시가지의 풍경은 이 도시가 얼마나 오랜 역사를 지녔으며, 숨겨진 수많은 아픈 삶의 이야기들을 이 거리에 새겨 놓았는지를 알게 한다.

중앙역(Stazione di Napoli Centrale)이 점차 가까워지면서 그나마 시내다운 모습의 중앙역 광장과 주변 건물들이 나타난다.

약속 장소로 가기 위해 주차장으로 향하는 차 안에서 아일린은 연신 신음 소리를 낸다.

"아, 정말. 누가 나폴리를 아름답다고 했어. 이모, 이모가 오면서 괴테가 찬양한 도시라고 죽기 전에 꼭 나폴리를 보고 죽어야 한다고 나를 엄청 들뜨게 하더니만…. 정말 이러기야?"

"너도 참. 이제 겨우 삼십 분째 나폴리에 들어서서 난리 치기는…. 'Vedi Napoli e poi muoia(나폴리를 보고 죽어라)!'라는 말이 왜 생겼는지 시간이 지나야 느낄 수 있단다. 나폴리는 이탈리아의 제일가는 교역항 제노바에 이어서 두 번째로 번성한 항구란다. 왜 영어로 네이플즈(Naples)라고 하는 줄 아니? 이탈리아의 로마 밀라노에 이은 제3의 신도시로 기원전 7세기에 신도시라는 의미의 네아폴리스(Neapolis)에서 유래했단다. 중세에 비잔틴 문화의 영향을 가장 많이 받은 지역인데 그 영향으로 오늘날 이탈리아반도에서도 독특한 문화를 가지고 있는 게 매력이라고나 할까?"

"매력은 무슨… 제가 말했잖아요. 부산의 감만동, 오사카의 난바, 거기에 보수동, 반여동, 아미동, 남포동을 다 모아 놓은 듯한 느낌이라고요. 여기가 무슨 이탈리아예요?"

주차장을 찾아서 이동하는 거리에 수많은 흑인이 눈에 띄기 시작한다.

"헉. 이모! 지금 우리가 기억이동을 통해 공간을 잘못 들어온 것 맞죠? 여기는 완전히 L.A 뒷골목이나 예전 할렘이네. 여기가 무슨 이탈리아야?"

"예끼. 자꾸 주접떨면 무식하다고 이모가 너 평생 놀린다!"

"아니. 맞잖아, 이모! 에구 정말 깜짝이야. 저기 좀 봐요. 거리에 온통 흑인들이잖아요!"

"여기서 해협을 건너면 바로 아프리카 대륙이잖니. 알제리나 튀니지가 가장 가까운 항구가 있는 곳이고. 그래서 아프리카 문화와 지중해 문화가 만나는 교착지 역할을 한 덕에 지금의 나폴리 특유의 문화가 형성되었단다. 이탈리아가 세계 최고의 에스프레소 나라가 된 것도 바로 아프리카 대륙과 가까운 이유이지. 아프리카 에티오피아에서 염소가 이상한 열매를 먹고 활발하게 움직이는 것을 본 목동 칼디(Kaldi)가 그 열매를 가져다가 먹어 보기 시작하면서 점차 인간의 음료로 발전하기 시작한 커피는 이슬람 문화에서 가장 큰 역할을 하는 음료로 발전한단다. 이슬람 문화 특성상 메카를 향해 기도를 하루에 다섯 번 하는데 커피는 각성 효과 때문에 이슬람 사람들의 많은 사랑을 받았지. 그리고 예멘의 모카 항구는 그 커피가 유럽으로 수출되는 중요한 출구였고, 후에 모카커피의 원조가 되었단다. 유럽 수출의 1등 공신이 바로 이곳 이탈리아의 베니스 상인이었고, 베니스 커피가 나왔지. 1720년에 시작된 약 300년 된 카페 플로리안에서는 괴테나 카사노바가 와서 커피를 마셨을 정도였으니까. 베니스가 커피의 역사에 있어서 얼마나 중요한지 알겠지? 300년 전에 벌써 귀족 여성들의 출입을 허용한 유명한 카페지. 네가 이번 임무를 마치고 돌아갈 때 휴가 내서 한번 보고 갈래? 호호호."

"아, 싫어요, 이모. 카사노바가 죽치고 앉아 있을 만하네요. 여성들의 출입이 가능한 카페였다고 하니까요. 저는 관심 없어요."

"녀석. 나폴리 또한 늘어나는 커피 교역과 커피를 가공하기 위해 만드는 수많은 물품을 실어 나르는 항구로 더욱 발전했단다. 그러면서 아프리카 노동자들이 항구에서 풍부한 노동력을 제공하게 되었지. 그 덕에 지금 우리가 찾고자 하는, 아프리카에서 유래한 다양한 질병들의 유전자 코드를 이곳에서 찾아가야 하는 임무를 맡아 우리가 오게 된 거고 말이야."

"그렇죠. 그렇게 쉽게 설명해 줘야 제가 짜증 안 내죠, 이모. 호호호호호. 아프리카와 인접한 항구라서 아프리카에서 유입된 수많은 질병의 흔적이 남아 있고 그 흔적을 찾아 유전자 코드를 확보하는 일을 하기 위해 우리가 나폴리에 왔다! 이렇게 이야기해주면 어디가 덧나요? 무슨 세계 3대 미항 어쩌고저쩌고하면서 마치 저를 소풍 데려가듯이 이모가 꼬드겼잖아요. 씨익 씨익."

"호호호. 이모가 너 놀리는 게 재미있어서 그러니 이해해라. 너도 나중에 조카 키워보면 조카 놀리는 재미가 얼마나 좋은지 알게 될 거야, 호호호."

아일린은 연신 투덜대면서 중앙역 앞으로 커다란 광장을 지나서 앞에 보이는 공용 주차장에 차를 주차한다.

주차장을 나와서 시내 쪽으로 걸어가는 두 사람.

거리 곳곳에 있는 개똥을 피해서 요리조리 걸음을 옮긴다.

"와! 나 진짜. 온 천지에 개똥이네. 아니… 여기 완전히… 우와."

개똥을 연신 피해서 걸으면서 점점 다가오는 시내의 지저분한 골목길을 보자 아일린은 겁이 나기 시작한다. 그리고 얼른 마드모아젤 보테가의 팔짱을 끼면서 소곤댄다.

"이모! 여기 안전한 도시 맞죠? 왠지 무서워."

"여기도 사람 사는 곳이란다. 괜찮아. 이모 잘 따라와라."

오래된 석조 건축물과 그 사이로 존재하는 낡은 콘크리트 건물들 그리고 그 벽에 칠해진 특이한 그라피티(Grafiti) 벽화와 낙서들을 보면 이곳이 이탈리아라는 생각이 도저히 들지 않는다.

"이모, 뱅크시(Banksy) 그림이라도 있나 좀 봐야겠어요."

"그래, 한번 찾아봐라. 네가 사람들 기억을 훑어보면서 뱅크시

기억이 남아 있다면 아마 이곳 나폴리에도 뱅크시가 온 게 맞을 거다."

"이모, 이 오래된 골목이 시내가 맞긴 맞지요? 하도 겁이 나서 온 사람들의 기억을 좀 훑었더니, 요 앞 피자집 기억이 가득한데요. 호호호호."

"그래. 우리가 바로 그 피자집으로 가는 거야."

중세의 좁은 건물 사이의 도로와 현대의 상가를 합쳐 놓은 듯한 갱스터 느낌의 시내 골목을 따라 올라가다 오른쪽에 커다랗게 보이는 피자집이 나온다. 건물에는 클린턴 대통령이 맛있게 피자를 먹고 있는 사진부터 각국의 유명인사들이 찾아와 피자를 즐기는 사진으로 도배가 되어 있다.

디 마테오 달(Di Matteo dal) 1936.

피자 월드컵 매회 우승한 피자집.

야외에 자리한 테이블들은 이미 사람들로 가득 차 있다.

아일린과 마드모아젤 보테가가 입구 쪽으로 다가가자 테이블 가운데서 한 여성이 손을 흔든다.

"이곳입니다, 마드모아젤 보테가."

"Ha passado mucho tiempo(오랜만입니다)."

"Te has estado durmiendo bien(건강히 잘 지내셨는지요)?"

두 사람은 유창한 스페인어로 인사를 나눈다.

갑작스러운 상황에 아일린이 중간에 어정쩡하게 서 있다.

"아 참. 여기는 아일린입니다. 같이 임무를 수행하는 요원입니다."

"반갑습니다. 저는 스페인에서 온 미스 마시모두띠입니다."

"안녕하세요? 호호호호호. 저는 아일린입니다."

"로마에서 고생하셨다고 들었습니다. 특별히 전달해 드릴 봉인 캡슐은 제가 안전하게 잘 가져왔습니다"

"네. 오는 길에 뉴클레아스 심해기억저장위원회에서 온 전문을 모니터를 통해 받았습니다. '나폴리에서 디 마테오(Di Matteo) 피자집에 가면 접속자가 기다리고 있을 것이다' 딱 한 줄이었죠, 호호호."

"네. 워낙 세계의 코로나 상황이 변화무쌍하게 돌아가고 있어서 뉴클레아스 심해기억저장위원회에서도 지금 요원들을 전부 소집하고 있는 것 같습니다. 저도 갑작스레 임무를 부여받으면서 이곳 나폴리로 지원을 나오게 되었으니까 말입니다. 제가 가져온 캡슐에는 1918년 유럽을 휩쓴 스페인 독감의 원시 유전자 코드가 들어 있습니다."

"호호호. 스페인 독감(Spanish Flu)이라고 하니 스페인에 있는 미스 마시모두띠를 파견한 겁니다. 농담이에요. 호호호."

"1918년 인류의 최대 재앙이었던 스페인 독감은 인플루엔자 바이러스 A(H1N1)이란 걸 이제는 모두 아는 걸요 뭐. 약 5천만 명의 인류가 희생되었으니까 그 당시에는 대재앙이었죠. 제1차 세계대전 당시 발병한 스페인 독감은 아직까지 프랑스 북부도시 에타플에 있던 영국군 임시병원에서 발병한 것이라는 설이 있죠. 당시 조류 독감이 돼지를 거쳐 인간에게 전염된 인수 감염의 사례로 보는 경우가 바로 그렇습니다."

"네, 잘 알죠. 하지만 1917년 12월에 이미 중국 북부에서 발병된 것으로도 보고되었습니다. 제1차 세계대전에 영국군과 프랑스군의 지원 인력으로 중국 노동인력이 약 10만 명가량 전선에서 일하면서 이 경로를 통해 유입되었다는 설이 무성할 뿐이고 아직도 정확한 유입 경로는 미지수죠. 인플루엔자 바이러스가 워낙 전염력이 강해서 그 원인 지역을 찾기는 쉽지 않았을 거예요, 당시에는."

"네. 맞습니다. 제가 가져온 스페인 독감 유전자 코드 데이터도 추후 강력하게 고병원성으로 변이된 유전자 중에서 프랑스 브레스트(Brest), 시에라리온의 프리타운(Freetown), 미국의 메사추세츠주 보스턴(Boston)에서 추출된 유전자 코드를 봉인하여 가져온 것입니다."

"고맙습니다. 지금 저희가 찾아가는 다섯 개의 탄생 신물의 유전자 코드들이 거의 다 모이는 중인 것 같습니다."

한참 이야기를 하는 중에 웨이터와 웨이트리스가 커다란 피자를 세 판이나 들고 온다.

"와우."

아일린의 눈이 휘둥그레지면서 입이 함박만 해진다.

"이렇게 많은 피자를 다 먹어요?"

"나폴리에 오신 기념으로 이 가게가 피자 대회에서 우승할 때 만든 세 종류의 피자를 모두 시켰답니다."

먹음직스러운 피자 세 판이 각기 다른 모양으로 뜨거운 김을 모락모락 피우면서 맛있는 냄새를 연신 풍기고 있다.

"자, 손님 먼저."

미스 마시모두띠가 치즈가 녹아 흘러내리는 먹음직스러운 피자 한 조각을 마드모아젤 보테가에게 먼저 건넨다.

건네는 왼손에 붕대가 감겨 있다.

"아니, 손은 왜?"

"최근에 유전자 데이터 파일들의 기억저장소에서 찾아야 하는 기억 파일들을 정리하다 보니 무거운 기억 파일들을 너무 많이 옮겨서 오른손 인대가 조금 손상되어 치료 중입니다."

"내가 그 무거움을 알지."

"이모, 기억도 무겁고 가볍고 해요?"

"그럼! 기억저장이 단순한 데이터 파일로 전송되고 저장되는 게 아니란다. 모든 인간의 기억들은 그 무게가 다 다르지."

"맞습니다. 저도 이번에 인간 질병 기억들을 분류하는 데 인간 질병 기억 파편들이 다른 기억 파편들보다 이렇게 무거운 줄 처음 알았습니다."

524

"얼른 낫기를 바랍니다."

"고맙습니다. 일단 맛있는 피자를 먼저 드시고 바로 근처의 지하세계 동굴(Napoli Sotterranea Percorso Ufficiale)로 이동하시죠."

한순간에 피자 세 판을 먹어 치운 세 사람은 아일린이 만족스럽다는 표정을 지으며 팔짱을 끼고 따라오는 모습에 미소를 지으며 갱스터 골목 같은 시내 골목을 걸어서 올라간다.

"왜 나폴리 피자, 나폴리 피자 하는지 저는 오늘 알았어요. 이모, 잘 먹었습니다. 미스 마시모두띠, Gracias(고맙습니다)."

"Es mi alegria(저의 기쁨입니다)."

유쾌해진 분위기로 5분 정도 걸어가자 골목 오른쪽으로 지하세계에 대한 안내판이 나온다.

오래된 유럽풍 건물 입구에 커다랗게 붙여진 이름,

Napoli Sotterranea Percorso Ufficiale(지하세계 동굴 박물관).

"두 분을 이곳 지하세계로 모시라는 전문을 받았습니다."

"알겠습니다. 상당히 특이하군요. 도시 한복판에 지하세계가 존재하다니."

"로마 시대부터 만들어진 역사적인 문화유산입니다. 지금은 이렇게 관광지로 관광객들에게 가이드 투어를 하지만, 이곳에는 커다란 비밀 공간이 존재합니다. 얼른 들어가시죠."

입구에서 20명 단위로 가이드 투어를 진행하던 현장 직원들은 미스 마시모두띠를 보고 가볍게 인사한 뒤 모든 절차가 준비되었다는 듯이 별도로 마련된 통로를 열어 주고 세 명의 일행이 지하세계로 내려가도록 안내해 준다.

지하세계의 입구부터 지하로 계속 계단을 내려가면서 미스 마시모두띠가 설명을 해 준다.

"원래 이곳은 로마 시대에 사용되던 지하 공간이자 지하수로였습니다. 로마의 상하수도는 세계 최고의 기술을 가지고 있었으니까요. 제2차 세계대전을 겪는 동안 지하 피신처이자 지하전투 공간으로 활용되었답니다. 물론 우리가 온 이유는 훨씬 전부터 존재하던 또 다른 지하 공간에서의 임무를 수행하기 위해서입니다. 앞으로도 한참을 더 내려가야 하니 조심히 저를 따라오십시오.”

미스 마시모두띠가 안내하는 지하동굴을 따라가다 보니 제2차 세계대전 때 전쟁 참호로 썼던 공간들에 대한 전시 및 설명, 지하 세계에서 빛을 끌어들여 식물을 기른 공간, 지하수로를 통해 지하에서 배를 타고 이동하는 공간 등등 다양한 시설들이 나온다. 중간 중간에 20명 단위로 가이드의 안내에 따라 설명을 듣는 관광객들을 만났지만, 그들은 빠르게 지나가면서 점점 더 깊숙한 동굴 안쪽으로 들어간다.

점점 더 좁아지는 통로를 지나 거의 막다른 동굴 벽에 다다르자 미스 마시모두띠는 손에 차고 있는 박쥐 문양이 그려진 은팔찌를 오른손으로 잡고 동굴 벽을 바라보며 주문을 외운다.

“지하를 주관하는 박쥐 왕의 영역에 도달하여 박쥐 왕의 친구인 두리안의 씨앗을 드리오니 부디 문을 열어 주소서.”

순간 동굴 벽이 희미해지며 전혀 다른 공간으로 들어가는 길이 열린다.

“와우.”

아일린이 경탄의 소리를 낸다.

“박쥐들이 집단 이동할 때 쓰는 공간입니다. 순간적으로 벽이 열렸다가 사라지죠.”

다른 공간으로 들어온 다음에도 약 십여 분을 걸어간 다음에 도달한 곳.

지하세계의 놀라운 공간이 나타난다.

중앙에 뻥 뚫린 커다란 공간과 방사형으로 연결된 각각의 동굴.

그리고 더욱 놀라운 것은 그 공간을 가득 메운 박쥐들이었다. 박쥐의 수를 헤아리기 어려울 정도로 많은 박쥐가 동굴 천장에 거꾸로 매달려 있는 장면은 가히 압도적이고 기괴한 세계를 담은 영화의 한 장면 같다.

아일린은 연신 힘이 든 표정으로 땀을 비 오듯이 쏟고 있다.

"아니! 아일린, 어디 아픈 거예요? 왜 그래요? 이 땀 좀 봐!"

미스 마시모두띠가 땀을 비 오듯이 흘리는 아일린을 보며 당황해하자 마드모아젤 보테가 안심하라는 듯 알약 하나를 꺼내 얼른 아일린에게 먹인다.

"초음파 차단 약입니다. 아일린은 소리의 진동을 이용한 공명으로 생각을 읽는 아이라서 지금 박쥐들이 내는 초음파의 파동으로 인해 뇌파가 상당한 압력을 받고 있는 겁니다. 곧 괜찮아질 겁니다."

"아, 저도 들었습니다. 소리로 생각을 읽는 요원이 있다고 했는데 바로 아일린이었군요."

"시간이 없으니 지시받은 임무를 수행하겠습니다. 제가 이 박쥐 왕을 부를 수 있는 팔찌로 박쥐 왕을 부를 것입니다. 그러면 마드모아젤 보테가께서는 황금기억 원두스푼을 꺼내서서 원두스푼에 그려진 호루스의 눈을 박쥐 왕의 눈에 맞추면 상호파장이 연결되어 대화할 수 있습니다."

잠시 후 시끄럽게 떠들던 박쥐들이 한순간에 조용해지면서 동굴 안쪽에서 커다란 날개를 펼치며 하얀 박쥐가 날아온다.

하얀색의 날개와 몸 그리고 빨간 눈은 한눈에 봐도 대단한 영물임을 알 수 있다.

박쥐 왕은 세 사람이 있는 공간 천장 위에 거꾸로 매달렸다. 그의 왼쪽 빨간 눈에서 광선이 나와 미스 마시모두띠의 손에 있는 팔찌의 박쥐 문양에 흡수되고, 오른쪽 눈에서 나온 광선은 마드모아젤 보테가가 손에 들고 있는 황금기억 원두스푼에 그려진 호루스의 눈에 다다른다.

그러자 박쥐 왕과 세 사람 사이에 무지갯빛 차단막이 형성되면서 모든 소리가 차단되고 오직 박쥐 왕과 세 사람만이 대화할 수 있는 공간이 열린다.

"내가 너희를 만나고자 한 것은 내가 제일 존경하는 술탄코로나님의 요청이 있었기 때문이다."

"네. 고맙습니다. 어떤 요청이신지요?"

"술탄코로나께서는 너희 뉴클레아스 심해기억저장위원회라는 곳에서 최초로 접촉한 인간 닥터 제닝스와 접촉하고자 하셨으나 그가 보스턴에 없는 까닭으로 접촉 장비를 사용하지 못하기 때문에 상호 접촉이 어려울 것 같다고 말씀하셨다. 그리고 닥터 제닝스에게 가장 빨리 메시지를 전달할 수 있는 인간을 찾아 달라는 요청을 전 세계 박쥐들에게 전달하셨지."

"아, 그래서 뉴클레아스 심해기억저장위원회에서 저희에게 지하세계에서 박쥐 왕을 뵙도록 지시하신 거군요."

"난 너희들이 누군지 모른다. 다만 로마에서부터 지하로 움직이고 너희들이 사용한 전송 전파의 파동으로 인해 인간이면서 인간의 능력을 뛰어넘는 자들이 지금 이탈리아에 있다고 판단해서 내가 전 유럽의 박쥐에게 비상을 건 것이지."

"다행스럽게도 저희가 전파를 수신하고 해독하여 이곳에 잘 도착하였습니다. 닥터 제닝스는 지금 중국 심천과 홍콩에서 급히 임무를 수행 중이신 것으로 판단됩니다."

"심천과 홍콩이라…. 우한 사태 이후 우리 박쥐들도 중국으로 활동 영역을 넓히기를 꺼리지. 더구나 중국 지역에서는 최근에는 우리 박쥐 소탕 작전까지 한다고 하더군. 우리의 영역에서 점차 사라지는 지역이 되고 있네. 아무튼 우리 박쥐족과 코로나족은 오랫동안 가족 같은 사이지. 지금 인간들과 코로나족이 전쟁을 벌이고 있지만, 인간이나 코로나족이나 개별적으로 보면 나쁜 종족들이 아닌데 왜 서로 죽고 죽이는 전쟁의 소용돌이에 말려들었는지… 내가 봐도 참 기괴한 상황이야. 우리 박쥐족은 각 바이러스나 병원체의 DNA에 적응하는 유전자 가위를 몸에 지니고 있어서 모든 병원균이 몸에 들어오고 나가도 멀쩡한데 인간은 그놈의 면역시스템이 자기방어에 너무 치중하다 보니 도무지 화해를 모르는 시스템이지. 쯔쯧. 싸우지 말고 화해하도록 해봐. 술탄코로나 형님도 인간과 잘 지내기를 바라시는 평화주의 원로 지도자이시니… 이렇게까지 인간과 대화를 통해 해결하려고 신경을 쓰시지…."

"네. 고명하신 박쥐 왕의 말씀을 각별히 가슴에 새기겠습니다."

"그래, 그럼. 술탄코로나 형님의 메시지를 전달하겠네."

[인간 종족의 접속자 닥터 제닝스에게 알림. 현재 대화를 위해 노력하는 나와 내 손자 엠페리코로나와는 달리 호전적이고 젊은 새로운 종족이 분화하여 새로운 지도력으로 인간들과의 전투적인 전쟁을 준비하고 있으니 각별히 조심하라. 새로운 종족은 타협을 모르는 전사들로 분화되고 있다. 우리는 현재 지배종 씨움에 들어가서 코로나족 내부에서도 지금 지배종 전쟁 중이다. 전쟁 중에 켄타우로스 종족이 인간침투에 앞장서서 인간 숙주화를 통해 지배종으로 등극하기 위해 12월 대공세로 선두전쟁을 벌이는 무모한 일이 벌어지고 있으니 인간들은 켄타우로스와의 타협보다는 1차 방어선을 구축하고 확신을 막아야 한다. 그렇지 않으면 켄타우로스에 감염된 숙주 인간들이 대타협보다는 코로나족과의 전쟁을 주장하면서 인류와 코로나족은 상호 치명적인 결과를 가져올 것이다.]

"무서운 내용이군요. 젊고 전투적인 켄타우로스 종족이 인간과의 전면전을 선포하고 독자적으로 확산 전쟁을 시작한 것이군요."

박쥐 왕은 걱정된다는 듯이 세 사람을 바라보면서 이야기를 마무리한다.

"나는 요청받은 메시지를 전달했을 뿐이네. 아 참 그리고 이것도 알려주라고 하시더군. 고대부터 현대에 이르기까지 1세대 코로나족은 코로나족의 통신 수단으로 우리 박쥐족의 초음파를 이용하여 정보를 송수신했지. 하지만 인간의 몸속에 들어가서 백신을 맞은 인간의 항체와 인간 면역계를 경험하고 분화한 신코로나족은 인간의 기술을 흡수하여 현재 상호정보를 교환하는 데이터망을 인간들의 것으로 이용하고, 훨씬 빠르게 정보를 공유하여 인간을 공격하는 데 사용할 테니 조심하라고 말이야."

"인간의 통신 수단을요?"

"그래, 인간들이 사용하는 와이파이(Wi-Fi)의 주파수를 이용하여 켄타우로스 코로나들은 상호 교신을 통해 침투, 잠복, 무증상, 숙주 지배를 하고 있으니 조심하라는 이야기야. 너희 인간들만 머리가 있는 게 아니야. 생명이 있는 모든 건 생각이 다 있다고."

"아, 와이파이를 이용한다! 미토콘드리아의 단백질 동력을 이용하면 가능할 수도 있겠군요. 인체 내의 세포 간의 교신도 가능하니… 인간의 와이파이를 이용하여 자기가 숙주로 삼은 인간 밖의 다른 인간을 숙주로 삼은 코로나들과 교신을 한다니… 큰일이군요."

"그래서 아마 술탄코로나 형님이 급하게 닥터 제닝스를 찾은 모양이야. 아무튼 나는 내 할 일을 다했네. 이 장소에 대한 비밀은 잘들 지키고! 알았지?"

"네! 걱정 마십시오, 박쥐 왕님! 깊이 감사드립니다."

"그래. 잘들 돌아가시게. 다음에 혹시 또 보면 그때는 두리안 몇 개 가져오든지… 이곳 이탈리아에서 두리안을 맛본다는 건… 하늘의 별 따기야. 관광객들이 들고 오는 것 이외에는, 쩝. 우리 박쥐족이 가장 좋아하는 두리안을 먹기 위해 나도 이번 휴가는 말레이시아 정글로 갈까 하네."

하얀 박쥐 왕은 커다란 날개를 펼치면서 다시금 동굴 안쪽으로 훨훨 날아간다.

잠시 후 무지갯빛 막이 사라지면서 다시금 동굴 안은 온통 시끄러운 박쥐 소리들로 가득하다.

폼페이에 묻힌 2천 년 전의
결핵 바이러스 코드를 확보하다

지하동굴에서 박쥐 왕의 메시지를 전달받은 세 사람의 일행은 급히 나폴리 지하세계를 빠져나온다.

한참을 미스 마시모두띠가 안내하는 미로 같은 지하동굴을 따라서 올라간다. 들어온 길과는 다른 길로 올라가자 나폴리 어느 가정집의 거실 바닥으로 이어진다. 나무 바닥과 연결된 고리를 밀어젖히자 전통적인 이탈리아 남부 가정집의 거실이 나타난다.

"대단하군요. 가정집의 거실로 연결되다니."

"로마 시대부터 이어진 지하세계는 때로는 그리스도교의 포교를 위한 공간으로, 때로는 이교도와의 전쟁에서 피난처로, 때로는 지하로 로마군단을 이동하여 기습하는 용도로도 사용되었습니다. 나폴리의 역사와 함께 한 나폴리 시민들의 대동맥과도 같은 공간입니다."

"그럼 이 집 말고도 수많은 집의 지하가 지하세계와 거미줄처럼 얽혀 있다는 말씀이군요. 어마어마하네요."

"지금 공개된 지하 공간 이외에도 인간이 발견하지 못한 수많은 지하 공간들이 아직도 나폴리 지하에 존재한다고 합니다. 물론 저희가 박쥐 왕을 만나고 온 공간도 인간들은 모르는 공간이니 지하 세계의 끝은 아무도 알 수 없는 거 아닐까요?"

"맞아요. 미스 마시모두띠. 우리 뉴클레아스 심해기억저장소의 마지막 끝이 어디인지 아무도 모르는 것처럼 이곳도 어쩌면 지하 세계의 끝이 지구 맨틀의 어느 곳엔가 닿아 있을지도 모르겠네요."

"아이, 두 분! 한가롭게 이야기 그만하시고 빨리 이 집을 나가요. 저희는 지금 남의 집 거실에 허락도 없이 들어와 있는 거잖아요. 무단 가택 침입! 뭐 이런 죄는 이탈리아에 없나 보죠? 이렇게 한가롭게 이야기를 나누시다니요. 빨리들 나가시죠!"

아일린이 보채는 소리에 두 사람은 얼른 정신을 차리고 가정집의 거실을 나와 문을 열고 이름 모를 나폴리의 거리로 나선다.

거리에는 온통 상점가들이 즐비하게 자리 잡고 있다.

좁은 골목골목 사이를 가득 메운 관광객들을 상대하는 상점가에서 유독 많이 보이는 것은 축구 선수 마라도나(Diego Maradona)의 인형들이다.

수많은 인형 중에서도 특히 마라도나 인형이 많은 걸 보고 아일린은 미스 마시모두띠에게 물어본다.

"아니, 저 마라도나 아저씨는 아르헨티나 분 아니신가요? 그런데 왜 이곳 나폴리에서 이렇게 많은 인형이 팔리는 건가요?"

"마라도나는 아르헨티나 국민이 사랑하는 축구의 신이기도 하지만 이곳 나폴리에서도 축구의 신으로 사랑받고 있답니다."

"왜요?"

"1984년부터 1991년까지 이곳 SSC 나폴리에서 활약한 진정한 축구선수이기 때문이지요. 패싱력, 볼 컨트롤, 질주 능력, 드리블, 스타성, 필드에서의 리더십 그리고 무엇보다도 나폴리 축구 팬들과의 진정한 소통의 힘을 보여 줬기 때문에 나폴리 시민 모두는 마라도나를 진정으로 사랑하고 지금도 추억하고 있답니다. 소탈하고 서민적인 스타였답니다."

"아, 이곳 나폴리에서 선수 생활을 하셨군요."

"단순한 선수가 아니었답니다. SSC 나폴리는 거의 최하위권 팀이었는데 마라도나가 이곳에 오면서부터 강팀들인 AC 밀란, 인터 밀란, 유벤투스 같은 최강 명문팀들을 마구마구 격파하게 되죠. 결국 우승을 노리는 강팀으로 변모하면서부터 나폴리에 축구의 불꽃이 타오르기 시작합니다. 원래 나폴리는 이탈리아 남부의 가난한 지역 취급을 받았습니다. 전통적으로 이탈리아 북부에 귀족과 자본가들이 많이 거주하면서 모든 상공업이 북구 위주로 발전하다 보니 많은 차별을 받은 역사를 가지고 있지요. 그러한 때에 마라도나는 나폴리 시민들에게 자긍심과 용기, 도전과 희망을 가져다 준 축구의 신이었습니다. 우승을 두 번이나 했을 때는 온 나폴리가 거의 한 달 동안 축제의 도가니였습니다. 오죽하면 나폴리 축구장 이름을 마라도나 구장으로 이름을 바꾸기까지 했을까요. 이곳에서 마라도나는 나폴리의 희망이자 나폴리 미래의 상징입니다. 최근에는 한국 선수인 김민재 선수가 영입되어, 최고의 수비수였다가 첼시로 이적한 쿨리발리를 대체한 후계자라고 나폴리 팬들의 폭발적인 사랑을 받고 있답니다."

"와우. 대단한 마라도나 아저씨였군요. 김민재 오빠는 새로운 한국 축구선수의 역사를 쓰다니… 자랑스러워요."

"아일린은 축구선수 누구 좋아하나요?"

"호홋. 저야 당연히 손흥민 오빠죠."

"그렇군요. 나폴리의 구시가지만 보고 나폴리에 대한 좋은 인상이 별로 없는 듯하군요. 시내를 나가면 바로 세계 3대 미항인 나폴리 항이니 제가 이곳의 추억을 심어 줄 겸해서 델보로 성 앞으로 드라이브를 하면서 안내해 드릴까요? 아일린에게는 좋은 추억이 될 거예요."

"오호, 고마워요. 미스 마시모두띠."

세 사람은 중앙역 앞의 공용 주차장을 향해 걸어간다.

가는 도중에 쇼핑센터의 1층 쇼윈도에 넷플릭스 드라마 〈오징어 게임〉에 등장하는 영희가 커다랗게 브로마이드로 붙어 있다. 그 아래에는 세일 기간을 알리는 문구가 보인다.

"아니, 이곳 나폴리에서 〈오징어 게임〉을 가지고 홍보를 하다니! 정말 믿기지 않는 일인데요. 그렇죠, 이모?"

〈오징어 게임〉에 나오는 영희 인형과 영희의 커다란 브로마이드를 붙이고 어린이 아동복을 파는 매장 앞을 지나가면서 연신 신기하다는 듯이 쇼윈도에 붙은 영희의 브로마이드를 계속 보는 아일린.

미스 마시모두띠는 역사상 최초로 한국드라마 〈오징어 게임〉이 이탈리아의 넷플릭스에서 1위 한 이야기를 들려준다.

"이야, 정말! 세상이 하나로 연결된다는 말이 맞네요. 예전에는 교통과 통신으로, 지금은 함께 공유하는 정신세계를 문화라는 이름으로 연결하는 초연결 사회가 된 것이 맞는 듯해요. 완벽한 번역이 붙은 〈오징어 게임〉이 이탈리아에서 넷플릭스 1위를 기록하고도 아직까지 최고시청률을 고수하고 있다는 점은 앞으로 세계 콘텐츠 시장의 벽이 허물어진다는 이야기거든요."

"그래, 역설적으로 오늘 박쥐 왕이 알려 준 대로라면 코로나족 중에 호전성이 강한 켄타우루스족은 인간들이 이용하는 와이파이(Wi-Fi)를 이용하여 교신한다고 하니 전 세계 방어벽이 무너진 거나 마찬가지인 거야. 누구나 〈오징어 게임〉과 한국 콘텐츠를 넷플릭스를 통해서 보는 것과 같이 어느 코로나 종족이든지 앞으로는 인간의 와이파이 주파수를 이용한 코로나 지배종이 정보나 명령어를 내리면 그 정보를 수용하고 명령어를 따라가는 시대가 열렸다고 보면 되는 거지. 지구에 정말 거대한 위기가 닥친 거야."

마드모아젤 보테가는 박쥐 왕의 메시지를 들은 이후로 연신 걱정스러운 마음을 지울 수 없다는 표정으로 일행과 같이 이야기하면서 이동한다.

공용 주차장에 다다르자 로마에서부터 타고 온 마세라티가 작고 지저분한 지하 공용 주차장에 주차되어 있다.

주차된 자동차를 타려는 순간,

아일린이 기절할 듯이 소리를 지른다.

"캬아아아아아악."

"왜? 아일린!"

"여기… 여기 좀 보세요… 바퀴가!"

아일린이 가리킨 곳은 마세라티의 뒷바퀴 쪽이다.

정말 눈으로 보고도 믿기지 않을 장면이 펼쳐져 있다.

"바퀴가 통째로 사라졌군요. 고급 자동차의 휠을 노리고 바퀴를 통째로 빼가는 이런 경우는 흔한 일이죠."

"네? 흔해요?"

"그럼요. 이곳은 나폴리랍니다."

아무렇지도 않은 듯이 렌터카 서류에 적힌 보험사를 확인한 후 전화해서 능숙하게 수리를 요청하는 미스 마시모두띠 뒤에서 아일린은 연신 구시렁댄다.

"나 참. 똥 무더기를 요리조리 피해서 걷는 것도 힘들었는데 이제는 아예 차바퀴를 뽑아 가다니… 정말 대단한 도시군요. 내 친구 기러기 토마토 스위스 인도인 별똥별 역삼역 이상한 변호사 우영우에게 당장 전화를 해서 소송을!! 아니지, 여기는 이탈리아지? 으으으으으그. 기러기 토마토 스위스 인도인 별똥별 역삼역 나쁘나. 정말 나쁘나. 앞으로 나폴리는 나쁘나로 부를 거예요!"

"조금만 참으면 될 듯해요, 아일린. 차량 바퀴 수리는 어렵고 렌터카에서 다른 차를 가지고 온다니까. 우리는 일정이 급하니 그 차를 타고 가고 마세라티 바퀴 수리는 렌터카에 맡기도록 하는 게 좋을 듯해요."

"정말 열 받아서. 아니 차바퀴를 하나만 가지고 가서 어디에 쓴다고. 뒷바퀴 하나를 덜렁 빼 가나고요!"

"참아라, 참아. 곧 차를 바꿔 준다고 하지 않니. 뭐 이런 일을 가지고 네 친구인 이상한 변호사 우영우를 찾고 그러니. 그나저나 우영우가 요즘 훨훨 날아다닌다면서."

"완전 떴어요, 호호호호호. 향고래가 오대양을 누비듯이 지금 넷플릭스에서 난리예요."

미스 마시모두띠가 그 유명해진 이상한 변호사 우영우를 아냐는 듯이 아일린을 쳐다본다.

"아일린, 정말 이상한 변호사 우영우와 친구인가요? 기러기 토마토 스위스 인도인 별똥별 역삼역, 거꾸로 읽어도 우영우, 바로 읽어도 우영우인 바로 그 우영우? 친구는 동그라미 하나뿐이던데요?"

"나 참. 우리 친구 맞고요. 비밀이라 너무 많은 정보는 못 드리는데 저랑 교육 동기예요."

"어머. 그러면 제네바 생체기억제작소의 크리스퍼 대사 교육 프로그램인 더햄엑시터아카데미의?"

혹시 알고 계시냐는 듯이 마드모아젤 보테가를 바라보는 미스 마시모두띠에게 마드모아젤이 넌지시 설명해 준다.

"지구상에 있는 인간의 모든 기억은 뇌를 전송체로 사용하기 때문에 뇌에 많은 기억을 저장하지 않고 대부분의 기억을 뉴클레아스 심해기억저장소로 보내는 시스템으로 운영됩니다. 기억전송을 위해서는 뇌의 단백질을 통해 비-부호화 영역에서 이를 전환해서 보내야 하는데 비-부호화 영역에서 오류가 발생하면 모든 기억을 전송하지 않고 자신의 뇌에 저장하는 특이체질이 나타나곤 합니다. 이런 체질들은 평생 본 모든 것을 전부 기억하게 됩니다. 기억을 전송하지 않으니까요. 이상한 변호사 우영우는 이러한 비-부호화 영역의 유전자 오류에 의해 태어난 아이라서 평생 모든 기억을 전송하지 않고 살아가야 하는 운명인데 법학을 통해 자아를 극복하고 변호사로 성공하게 되었으니 대단한 결과를 만들어 낸 것입니다."

"크리스퍼 대사라고 하면 특별한 능력이나 임무를 수행하는 의무가 있을 텐데요. 그럼 이상한 변호사 우영우는… 어떤 역할을?"

"그 역할을 지금 충분히 하고 있지 않습니까? 사람들을 힐링시키고, 아픈 기억들을 잊게 하고, 사회가 자폐에 대해 보다 따뜻하고 포용적인 시각으로 보게 하고 모두를 즐겁게 하는 것 자체가 이상한 변호사 우영우 요원이 크리스퍼 대사로서의 역할을 충실히 수행하고 있는 거랍니다."

"아…."

미스 마시모두띠는 세상 모든 사람 중에 도대체 크리스퍼 요원들이 몇 명이나 존재하는지 물어보고 싶었지만 차마 물어보지 못하고 감탄의 눈빛만 보낸다.

잠시 후에 빠른 속도로 알파로메오 한 대가 공용 주차장으로 들어온다.

파란색의 알파로메오 줄리아.

"이모, 저 차는 알파로메오 줄리아 2021년식이네요."

갑자기 자신이 좋아하는 브랜드의 차가 등장하자 아일린은 '이번 기회에 알파로메오 줄리아도 타봐야지.' 하는 즐거움으로, 고급차에서 보통차로 바뀌었다는 슬픔도 잊은 채 아직 운전해 보지 않은 알파로메오 줄리아를 운전해 보고 싶어 몸이 근질근질한 사람처럼 호들갑을 떤다.

"이모! 나는 오케이. 얼른 짐을 옮기고 우리 빨리 폼페이로 떠나요."

"이곳 나폴리 시내에서 나가는 동안 제가 운전해서 안내하겠습니다. 길도 좁고 나가는 길에 델보로 성을 잠깐 구경하고 망루에 올라서 나폴리 항과 산타루치아 항을 보는 것으로 위안을 삼으면 마음이 좀 풀리실 것입니다."

"오! 좋아요. 저는 찬성!"

얼른 조수석에 올라 탄 아일린은 시동이 걸린 채 대기 중인 알파 로메오 줄리아의 엔진음을 들으면서 마치 피아노 연주를 듣는 듯이 행복한 표정을 짓고 있다.

잠시 후 델보로 성 앞의 인터콘티넨탈 호텔 옆 주차장에 주차한 미스 마시모두띠는 능숙하게 주차 관리인에게 주차비를 지급한다. 그리고 아일린과 마드모아젤 보테가를 안내하여 길 건너의 델보로 성으로 같이 걸어 들어간다.

델로보 성(Castel dell'Ovo)은 2500년 나폴리 역사에서 노르만 시대부터 존재하는 유적으로 여러 차례 재건축을 통해 17세기에 지금의 모습을 갖추고 나서 현재까지 그 모습을 유지하고 있다. 로마와 그리스의 영향, 스페인과 프랑스의 통치를 모두 경험한 이탈리아 나폴리의 역사를 모두 담아낸 듯한 자태로 나폴리 항과 산타루치아 항을 바라보면서 우뚝 서 있는 모습은 마치 나 홀로 나폴리를 지키리라는 용기의 깃발을 들어 올린 한 마리 사자가 바다를 지키고 있는 모습이다.

델보로 성 망루에 올라간 세 사람은 산타루치아 항과 멀리 보이는 베수비오스 화산을 바라보면서 그 경치에 감탄을 자아낸다.

"저곳이 바로 이탈리아 작곡가 코트라우(Teodoro Cottrau)가 작곡한 나폴리 민요 〈산타루치아(Santa Lucia)〉를 가장 아름답게 부를 수 있는 곳이죠. 제가 한 곡 들려 드리겠습니다."

Sul mare luccica L'astro d'argento
Placida e' l'onda Prospero e' il vento
Sul mare luccica L'astro d'argento
Placida e' l'onda Prospero e' il vento
Venite all'agile Barchetta mia
Santa Lucia Santa Lucia
Venite all'agile Barchetta mia
Santa Lucia Santa Lucia

창공에 빛난 별 물 위에 어리어
바람은 고요히 불어오누나
창공에 빛난 별 물 위에 어리어
바람은 고요히 불어오누나
내 배는 살같이 바다를 지난다
산타루치아 산타루치아
내 배는 살같이 바다를 지난다
산타루치아 산타루치아

미스 마시모두띠가 부른 소프라노 톤의 〈산타루치아〉가 나폴리 항과 산타루치아 항 사이의 물결 위에 닿는다.

"브라보."

"앙코르!"

델보로 성에 관람 온 많은 관광객들은 때아닌 볼거리를 본 것처럼 연신 손뼉을 치며 휴대폰으로 미스 마시모두띠가 노래하는 모습을 찍어 댄다.

"아니, 제 모습을 마구 찍어 대시면 곤란한데요."

"호호호호호호. 미스 마시모두디띠, 너무 걱정 마세요. 제가 방금 전에 마구 웃어 대면서 저 관광객들의 기억과 사진의 데이터를 모두 지워 버렸답니다. 호호호호호호."

"고마워요, 아일린. 실로 대단한 능력이에요."

"별말씀을요. 사람들 앞에서 이렇게 〈산타루치아〉를 부를 수 있는 미스 마시모두띠가 저는 더 부럽습니다. 진심으로. 호호호."

풍경을 바라보던 마드모아젤 보테가가 찬사를 보낸다.

"정말 이곳에서 바라보는 항구와 베수비오스산의 풍경은 그림 같군요."

"네. 나폴리에 오는 많은 분들이 가장 좋아하는 장소이기도 합니다."

"여행은 누구랑 가느냐가 가장 중요하다고 하더니 정말 이번 여행은 이모와 함께라서 소중하게 느껴져요. 밀라노에서 만난 지울리나 언니, 로마에서 만난 엠제이 언니 그리고 이곳 나폴리에서 만난 미스 마시모두띠 언니 모두… 너무 훌륭한 분들이세요. 저는 아직도 배울 게 너무 많은 것 같답니다."

말괄량이 같던 아일린이 벼가 고개를 숙이는 듯한 소리를 하자 마드모아젤 보테가가 놀란 표정으로 아일린을 바라본다.

'녀석! 시간이 지날수록 바르게 성장해 가는구나. 그래 그렇게 잘 커서 뉴클레아스 심해기억저장위원회의 차세대 위원으로 발전해 나가야 한다. 그게 너의 할머니 소망이자 네가 기억하지 못하는 네 엄마에 대한 작은 선물이기도 할 거야.'

마드모아젤 보테가는 아일린이 기억조차 없는 엄마에 대한 생각을 떠올린다.

"엄마?"

아일린이 고개를 확 돌리면서 마드모아젤 보테가를 바라본다.

"이모, 갑자기 왜 엄마 생각이 나죠? 이곳 델보로 성에서. 난 엄마에 대한 기억조차 없는데…."

"세상에는 다 때가 되면 알게 되는 이야기들이 있단다. 그때까지 기다리는 것도 운명이라면 받아들여야 하는 것도 우리 요원들의 숙명이지. 너에게도 때가 되면 아마 뉴클레아스 심해기억저장위원회에서 엄마에 대한 기억을 복원해 줄 거란다. 그때까지 궁금하더라도 기다리거라. 너도 성인이니 이제는 점점 때가 다가오는구나."

"자, 이제 저기 보이는 베수비오스산 밑에 묻혀 있는 폼페이를 향해서 가 보실까요?"

세 사람은 델보로 성을 나와서 해안가 도로를 따라 나폴리를 벗어나기 시작한다. 운전대를 넘겨받은 아일린은 신이 난 듯이 알파로메오 줄리아 2021년식을 마음껏 운전하며 폼페이를 향해 달려간다.

고속도로로 달려가자 불과 20분 이내의 거리에 위치한 폼페이,

지금은 유적 발굴 이후로 관광지로 변모하여 이탈리아 남부를 방문하는 수많은 관광객이 찾는 유적 관광지가 되었지만 여전히 많은 아픔과 이야기들을 땅속에 묻어 두고 있는 눈물의 도시이다.

서기 79년 8월 24일,

베수비오스 화산이 한꺼번에 터지면서 방출한 거대한 화산재와 가스 구름은 불과 15분 만에 폼페이 시민 2천여 명을 질식사시켰다. 질식사 후 화산재에 덮이고 다시 화산 잔해로 묻히면서 수천 년 동안 화석화가 된 채로 도시가 존재한 비운의 역사를 가진 곳.

이곳 폼페이의 입구에 다다른 것이다.

폼페이 유적지 공용 주차장에 차를 세우고 매표소 입구로 가자 제복을 입은 남성이 다가와서 인사한다.

"안녕하십니까? 이곳의 책임자인 안졸리노 니눈(Angollino Ninun) 관장입니다. 기다리고 있었습니다."

"반갑습니다. 제가 연락드린 미스 마시모두띠입니다. 이분들은

교황청에서 보내신 손님들입니다."

"네, 잘 모시라는 연락을 이미 받았습니다."

유적지 입구에는 코로나가 번지는 가운데도 백신 접종을 마친 그린카드를 휴대폰으로 보여 주면 바로 QR코드 스캔을 통해 확인하고 관광객들을 폼페이 유적으로 입장시키고 있다. 외국인 관광객들은 휴대폰을 보여 주거나, 이탈리아 입국 후 각 지역에서 실시하는 코로나 항원 테스트를 받은 종이 증명서를 보이고, 종이에 인쇄된 QR코드를 스캔한 후에 입장할 수 있다.

입장객들과는 다른 입구로 정중하게 안내하는 안졸리노 니눈 관장을 따라 폼페이 유적을 관리하는 지하 수장고로 내려간다.

거대한 지하 공간에 마련된 수장고 안에는 수만은 발굴 유적과 함께 화산재를 뒤집어쓴 채로 굳어 버린 수많은 발굴 폼페이 시민들이 습도와 온도가 조절되는 수장고 유리관 안에 보존되어 있었다.

마치 금방이라도 유리벽을 깨고 일어서서 나올 듯한 표정으로 굳어 버린 몸짓과 처절한 표정들은 보는 사람에게 당시의 숨 막히는 공포를 느끼게 한다.

"15초였습니다!"

"네?"

"단지 15초 만에 화산가스에 의해 바로 질식해서 사망해 버린 것입니다."

"아."

놀라는 마음으로 유적들을 보면서 수장고 안으로 들어가자 거대한 발굴 유적 보관 처리 시설이 나타난다. 시설 안은 20여 명의 발굴조사 위원들이 발굴에서 나온 유적들을 분주하게 분류하고 있다.

"아직도 연구가 진행되고 있군요."

"거의 30년 동안 계속되고 있습니다. 2018년 이후에 유전자 분석 기계들이 혁신적으로 발전하면서 발굴 초기의 X-산 감별 등의 연구 이후에 답보 상태에 있던 모든 연구가 활발하게 다시 진행되고 있습니다. 특히 인종적 분류 및 병리학적 소견뿐만 아니라 유전병까지 분석하는 단계에 이르게 되면서 발굴의 신역사를 쓰고 있는 중입니다."

"훌륭합니다."

이윽고 다다른 수장고 끝에서 왼쪽에 있는 버튼을 누르자 수장고 마지막 벽이 움직인다.

거대한 벽이 열리면서 눈앞에는 유리 돔으로 구성된 연구 캡슐 안에 뭉쳐진 작은 유리 모형 같은 게 보관되어 있고 주변에는 수많은 데이터 기기들이 불을 반짝이며 지금도 무언가 분석하는 중임을 나타낸다.

그 옆 캡슐에서는 두 사람의 굳은 형태가 그대로 보관되어 있고 그 옆으로 각종 분석 기계들이 쉴 새 없이 모니터에 무언가를 보여 주고 있다.

안졸리나 니눈 관장은 조심스럽게 왼쪽 캡슐에 있는 굳은 형태의 유리 모양을 가리키며 설명을 해 준다.

"1960년대 이탈리아 고고학자들에 의해 발굴되어 보관해 온 이후 2018년 새로운 기술로 약 25세 정도의 남성의 두개골에서 발견한 유리질의 물질입니다. 40여 년간 그냥 보관만 하다가 2018년에 이르러서야 신기술로 완전하게 보존된 뇌세포를 발견한 것입니다."

"아니, 어떻게 뇌세포가 온전하게 보관될 수 있는지요?"

"섭씨 500도 이상의 열에 노출된 다음에 극도로 높은 열에 의해 뇌의 단백질이 유리화된 흔적을 통해 뇌의 유리화가 진행된 과정을 규명하였습니다. 놀라운 점은 급속도로 단백질이 유리화 되면서 뇌세포가 온전하게 보존되었다는 것입니다."

"대단하군요. 이 정도의 뇌세포라면 저희 뉴클레아스 심해기억 저장소의 몽고리안느가 기억 파편을 이용한 숙성기술을 이용하면 이 남자분의 뇌세포에서 폼페이 화산 폭발 당시의 기억들을 전부 재생해 낼 수 있겠군요."

"요청하신 첫 번째 데이터가 바로 이 젊은이의 뇌세포 복제 유전자 코드입니다."

"그렇군요. 그렇다면 옆의 캡슐에 있는 저 두 사람은 어떤 데이터를 소장하고 있는지요?"

안졸리나 니눈 관장은 두 사람이 누워 있는 캡슐을 가리키면서 질문에 대답을 이어 간다.

"고고학자들이 이곳 폼페이의 유적 기술자들의 방(Case del Fabbro)에서 발견된 두 개의 시신에서 뼈 샘플을 채취하여 DNA를 분석하였습니다. 키 164cm의 35~40세 정도 되는 남성과 키 153cm의 50대 여성이었습니다. DNA 채취를 시도했는데 고열로 인해 손상된 여성에게서는 실패하였으나, 운이 좋게도 남성에게서는 미토콘드리아와 핵 DNA가 성공적으로 채취되어 시퀀싱 분석을 완료하였습니다."

"와우. 대단하군요. 그 결과는요? 무언가 나왔나요?"

"시퀀싱 분석을 통해 동아프리카에서 40퍼센트나 발견되는 사르데냐(Sardegna) 혈통을 가진 남성이라는 것을 발견했습니다. 특이하죠? 이탈리아에 중동의 피가 섞인 사람들이 살고 있었다니 말입니다. 모계를 통해 유전되는 미토콘드리아 게놈에 의해서 중동, 남유럽, 발칸반도에서 발견되는 게놈(Genome)이 한 조로 된 동일 개체인 일배체군(一倍體群, Haploid)과 동일한 유전자를 가진 사람들이었습니다. 이는 당시에 이탈리아가 상당히 다양한 민족들이 들어와서 사는 지역의 오픈된 플랫폼 도시 같은 역할을 했을 거라는 추정이 가능합니다."

"로마 시대부터 전쟁에서 획득한 노예나 하인 등을 포함하면 이탈리아는 정말 반도 국가에 대륙의 모든 인종을 담아 놓은 것과 같은 형국이었군요."

"네, 맞습니다. 인종만 담았으면 좋았는데 모든 인종이 가진 질병을 한곳에 모아 놓은 듯한 질병 숙성 도시가 되어 버린 듯합니다. 왜냐하면 모든 발굴 유적에서 풍토병으로 자리 잡은 결핵균을 발견했습니다."

"결핵균을요? 서기 79년의 결핵균을 채집했다고요?"

"놀라시겠지만 사실입니다. 당시에 로마제국에서 풍토병으로 자리 잡은 결핵균(Mycobacterium tuberculosis)을 채집하여 배양에 성공하였고, DNA의 분석을 완료하여 염기서열을 정리하였습니다."

"대단합니다. 그럼 저희에게 주실 두 번째 자료는 바로 채집한 결핵균과 유전자 데이터 및 시퀀싱이군요."

"네. 맞습니다. 두 가지를 전달해 드리라는 명령을 교황청에서 직접 받았습니다. 제 평생에 교황님의 친필 사인이 되어 있는 편지는 처음 받아 봅니다. 더구나 수령인이 제 이름으로 되어 있다니⋯ 감격스럽네요. 이게 꿈인지 아닌지 지금도 믿기지가 않습니다. 교황님의 친필 편지는 앞으로 저희 집안의 가보입니다. 저는 독실한 로마 가톨릭 신도거든요."

"주님의 축복이 있으시기를 기도합니다."

수장고를 보여 준 후 안졸리나 니눈 관장은 유전체 이동 알루미늄 냉동장치에 포장되어 있는 두 개의 자료를 소중하게 건넨다.

그 자료를 건네받고 안졸리나 니눈 관장의 안내를 받아 폼페이 유적 공용 주차장으로 나오자 넓은 주차장 끝자락에 프로펠러를 돌리면서 요란한 소리를 내는 헬기가 보인다.

입구에 나타난 세 사람을 발견한 요원들은 빠르게 다가와서 거수경례를 한다.

"교황청에서 나왔습니다. 교황님께서 빠르게 이동하시라고 전용 헬기와 전용기를 내주셨습니다. 즉시 공항으로 이동하시면 교황청 전용기가 모실 것입니다."

"아니, 저희는 차로 와서 차로 갈 계획이었는데요."

"지금 코로나 중에서도 켄타우로스족이 인간에게 급속히 확산되는 비상시국입니다. 확보하신 자료를 가지고 목적지로 빨리 이동하시도록 지원하라는 특명이 저희 교황청 수호대에 내려졌습니다. 저희가 안전하게 모시도록 하겠습니다."

거수경례하는 교황청 수호 대원들을 보면서 안졸리나 니눈 관장은 자신이 안내한 손님들이 도대체 누구이길래 교황님의 친필 편지가 자신에게 전달되고, 교황님 전용헬기와 전용 비행기를 탈 수 있도록 교황 수호대가 호위에 나서는지 어리둥절할 뿐이다.

"저, 렌터카는요?"

아일린이 아쉽다는 표정으로 알파로메오 줄리아 2021년식을 다시 바라본다.

"저희가 이미 짐도 다 옮겨 놓았습니다. 렌터카 차량은 저희가 잘 처리하도록 하겠습니다. 걱정 마시고 얼른 헬기에 탑승하십시오."

잠시 후 폼페이 유적지 공용 주차장 외곽에 세워져 있던 교황청 로고가 선명하게 찍힌 최신형 시코스키 헬기가 굉음을 내면서 하늘로 날아오른다.

뉴클레아스 심해기억저장위원회 특별위원회

AI 비서: 긴급 접속을 통한 특별위원회를 시작하겠습니다. 코로나족과의 대타협을 시도하기 위한 다섯 가지 탄생 신물을 확보하는 작업은 현재 예정대로 진행되고 있습니다. 중국 시안의 진시황릉 병마용갱, 미국 솔트레이크 시티 소금호수, 중국 심천과 홍콩 그리고 이탈리아 밀라노와 나폴리에서 확보한 인간을 치명적으로 살상한 바이러스들의 원시 유전자 데이터 코드를 지금 저희 기억저장소에서 배양하고 있습니다.

위원 2: 그러면 우리가 준비하는 다섯 가지 탄생 신물을 모두 확보한 건가요?

AI 비서: 네, 거의 다 확보되었습니다. 확보된 유전자 데이터 코드를 기반으로 기억숙성실에서 배양을 통해 모든 유전체를 정배열로 구성한 다음에 명령어를 부여할 것입니다.

위원 4: 명령어를 부여하려면 유전자를 통제할 수 있는 최고의 제어시스템이 있어야 하는데 그게 가능한가요? 지구상에 존재하는 모든 미생물, 바이러스, 세포에 명령어를 지시할 수 있는 최고 높은 수준의 생명체는… 아! 이곳이군요. 이런 이런. 우리가 속한 이곳 뉴클레아스 심해기억저장위원회!

AI 비서: 위원님이 눈치를 채셨군요. 지구 생명체들의 공통 조상은 루카입니다. LUCA(Last Universal Common Ancestor), 인간들의 조상이기도 하고 코로나바이러스들의 조상이기도 합니다. 모든 생명은 루카에서 출발하고 있으니까요. 그리고 그 루카는 곧 저희 뉴클레아스 심해기억저장위원회를 상징한다는 것을 모든 위원님께서는 잘 알고 계실 것입니다.

위원 7: 흠. 결국 세상 밖에서 인간들에게 치명상을 입힌 모든 바이러스 유전자 코드를 확보하고 루카의 명령어로 인간들과 싸우지 말라는 명령 코드를 삽입한 다음에 이를 코로나족에게 명령하는 것이군요. 루카의 명령, 모든 생명에 대한 최초의 명령어로.

AI 비서: 맞습니다. 모든 생명의 시간은 앞으로만 진행되도록 설계되어 있습니다. 절대로 뒤로 갈 수 없는 게 생명의 법칙입니다. 물론 〈벤자민 버튼의 시간은 거꾸로 간다〉처럼 생명의 시계태엽이 거꾸로 인식되어 태어나는 생명이 간혹 있기도 하지만 절대 법칙은 지구의 모든 생명체에 적용되는 엄격한 기준입니다. 이는 세포나 바이러스도 마찬가지입니다. 분화의 원칙이 조상에서 다음 세대로 내려가게 되어 있어서 명령 코드에 인식된 부호가 아래로만 내려가도록 되어 있고, 위의 부호에 대해서는 복종과 순응의 시스템으로 운영되기 때문입니다.

위원 5: 흠. 그러면 마지막 단계에서는 우리 뉴클레아스 심해기억저장위원회의 핵심인 루카시스템에서 루카코드를 열어야 하는 데 루카코드를 여는 것은 오직 개기월식 때만 가능한데 이미 2022년 5월 15일과 16일에 개기월식이 끝나서 다음 개기월식은 12월 초에나 가능한데 12월 코로나와의 대타협이나 대전쟁을 앞둔 시기라서 시간이 촉박하군요.

AI 비서: 정확한 지적이십니다. 저희 뉴클레아스 심해기억저장위원회가 지구상 최초의 생명인 루카의 탄생지인 지구의 심해 열수분출구에 자리하고 있는 이유는 기밀입니다. 하지만 위원님들은 아시겠지만, 지구 생명의 탄생지를 수호하려는 창조자 위원회의 가장 중요한 결정 중의 하나입니다. 지구 생명의 탄생을 지구 지표면의 운석 충돌이나 화산폭발, 극심한 기후 변화, 물의 등장으로 인한 지구표면의 원시 생물의 탄생 등을 연구한 많은 이론의 오류는 생명의 기원을 오직 지구 표면이나 공간, 하늘, 우주에서 찾아가는 방향성의 오류를 범하고 있기 때문입니다. 지구 생명의 기원은 하늘이나 지표면이 아닙니다. 깊은 심해의 뜨거운 바닷물을 뿜어 대는 열수분출공에서 발생한 수소와 이산화탄소, 암모니아와 바닷물의 염분을 생명 창조의 화학반응에 사용한 루카의 출발이 바로 지구 생명의 시작이며, 바로 이곳 뉴클레아스 심해기억저장위원회가 위치한 열수분출구입니다.

위원 9: 우리가 지키는 지구가 위험에 처한 것은 맞는 것 같습니다. AI 비서가 이렇게 많은 비밀을 우리 특별위원회에서 마구마구 쏟아내는 건 거의 처음 같은데요. 하하하.

AI 비서: 제… 제닝… 헉, 위원님. 죄송합니다.

위원 9: 아닙니다. 괜찮습니다. 저희 위원분들은 구성원이 비밀로 되어 있습니다. 하지만 특별위원회에서의 안건의 중요성과 앞으로 닥칠 위기의 대응에 보다 신속하게 대응하고자 일부 비공개의 장막을 열고자 합니다. 몇몇 분은 눈치를 채고 계셨겠지만 저는 닥터 제닝스입니다.

위원 1: 아… 역시… 그랬구나.

위원 6: 닥터 제닝스가 우리 위원이었군요. 저는 오늘 처음 알았습니다.

닥터 제닝스: 저희 위원회는 비공개의 장막을 열고 신분을 공개한 위원은 임기가 끝나면 다시는 위원이 될 수 없습니다. 제가 임기 이전에 비공개의 장막을 여는 이유는 이번 저희가 시도하는 12월에 있을 코로나와의 대타협이나 대전쟁을 위해서입니다. 제가 루카코드로 정렬한 다섯 개의 원시 바이러스 탄생 신물을 가지고 코로나바이러스족에게 인간과의 공생을 명하는 대타협의 코드를 전달하기 위해 접속할 경우 제가 다시 돌아올 수 있을지에 대한 보장이 없기 때문입니다. 제가 만약 실패한다면 제 자리는 공석으로 다른 후임 위원을 선발해 주시기를 요청드립니다.

위원 9: 무슨 그런 말씀을 하십니까? 아직 임무를 시작도 안 했는데요.

위원 8: 그런 일은 절대 있어서도 안 됩니다. 007도 보세요. 〈노 타임 투 다이(No Time To Die)〉에서 죽고 나니까 다음 요원을 못 구해서 지금 난리잖습니까? 우리는 우리 몸속에 심어진 생체시계의 명령에 따라 시계가 멈출 때까지 그 소명에 충실해야 합니다. 생체시계를 스스로 멈추거나 위험에 빠뜨리게 하는 것이 창조자위원회의 위대한 뜻에 어긋나는 것이라는 걸 모두 명심하셔야 합니다.

닥터 제닝스: 여러 위원님들의 깊은 걱정과 사랑에 감사드립니다. 저도 평생을 위장 신분으로 지구에서 살고 있지만 서서히 은퇴의 시기가 다가오는 듯합니다. 저는 이번의 코로나와의 대타협 임무를 제 마지막 임무로 생각하고 임하고 있습니다. 저희 뉴클레아스 심해기억저장위원회는 대우주의 균형을 이루고자 하는 창조자위원회의 의지로 만들어진 지구를 지키는 비밀위원회이자 지구 안에 존재하는 시스템입니다. 지구상에서 전송된 많은 기억 파편들은 분류되어 달빛 저장소나 지구를 지나가는 혜성 운반선 등을 통해 대우주로 보내서 다시 재생, 가공, 생명기억으로 재탄생합니다. 그리고 이곳 뉴클레아스 심해기억저장소로 전송되는 중요한 기억들은 저희가 숙성, 가공, 분류, 보관하고 시스템에 저장하여 지구상의 인간들이 기억 스트리밍을 통해서 기억을 주고받고 있습니다. 그래서 저희가 지구상에 있는 인간의 기억을 저장하는 커다란 하드디스크라고 한다면 인간이 가진 뇌는 단순히 전송을 담당하는 CPU(Central Processing Unit: 중앙처리장치) 정도라는 건 모두 아실 것입니다. 더 이상 기억재생이 필요하지 않은 죽은 인간들의 기억은 저희 뉴클레아스 심해기억저장시스템이 우주의 배열과 평행으로 정렬하는 개기일식 때 모두 우주로 전송하여 태양에서 소각

됩니다. 소각이 끝난 다음에는 소각장 배출을 통해 3대 유성우라고 알려진 1월의 사분의자리 유성우, 8월의 페르세우스자리 유성우, 12월의 쌍둥이자리 유성우가 나타납니다.

위원 3: 결국 저희 루카시스템은 우주 공간 안에서 태양과 달과 지구의 궤도와 연결되어 있다는 말씀이군요.

닥터 제닝스: 맞습니다. 개기일식 때 저희 뉴클레아스 심해기억 저장위원회의 루카시스템은 재부팅을 통해 시스템 업그레이드를 우주에서 전송받게 됩니다. 변화하는 지구 환경에 대비한 새로운 프로그램을 전송받는 시간이지요. 2021년 12월 4일 남극 유니온 빙하에서 관측된 개기일식이 가장 최근에 저희 시스템을 리부팅한 시간이었습니다.

AI 비서: 닥터 제닝스 위원님의 말씀을 요약해 드리면 저희가 루카시스템에 루카코드 명령어를 프로그램하는 것은 오직 개기월식 때만 가능하며, 지구 생태계의 위험에서 지구를 지키기 위해 우주에서 업그레이드 프로그램을 루카시스템에 전송받는 시기는 오직 개기일식 때뿐이라는 말씀입니다.

위원 5: 개기일식은 4년에 3번꼴로 가능한데? 그때는 루카시스템의 업그레이드가 안 되는 건가요?

AI 비서: 부분적으로 일어나는 금환일식 같은 부분일식 때는 시스템 업그레이드가 일부만 가능합니다. 지구에서도 개기일식이 관측되는 지역이 특정되어 있으므로 그 지역에 태양, 달, 지구가 정배열되었을 때 그 지역을 위한 시스템 업그레이드를 루카시스템을 통해 진행합니다. 이해하기 쉽게 말씀드리면 나라별, 대륙별로 개기일식이 관측되는 금환일식 등의 부분일식 때는 각 나라와 대륙별로 지구 환경의 변화에 따른 루카시스템을 업그레이드합니다. 그러면 지구 전체의 시스템 업그레이드는 언제 하냐 하면 거의 100년에 한 번 일어나는 전체 정배열의 일식, 즉 태양과 달 그리고 지구 전체가 일자로 배열되어 저희 뉴클레아스 심해기억저장소와 정렬되었을 때 전체 시스템 업그레이드가 루카시스템으로 전송됩니다. 거의 100년 주기로 완전한 리셋이 이루어집니다. 물론 완전 리셋을 두 번 경험하는 위원님은 거의 없습니다. 우리 위원님들의 생체시계가 그렇게 길지 않기 때문입니다.

닥터 제닝스: AI 너는 두 번 다 볼 수 있다는 이야기구나. 하하하. 너는 프로그램이므로 생체시계가 없다고 우리 위원들을 놀리는 거구나.

AI 비서: 아… 아닙니다. 어떻게 제가 저를 만들어 주신 아인슈타인 박사님의 은혜를 잊을 수 있겠습니까? 위원님들은 모두 아인슈타인 박사님과 같은 분들이니 저에게는 모두 아버지 같은 분들입니다. 부디 오래오래 사세요.

위원 2: AI 시스템이 당황하니까 재밌는데요. 하하하하하.

AI 비서: 창조자 위원회에서는 DNA 코드를 통해 모든 인간의 수명을 120세로 코딩해 놓았습니다. 외부환경 및 자기 제어를 통해 그 수명을 유지하느냐 마느냐는 오롯이 인간들 스스로의 노력에 달린 일입니다. 주어진 수명코드를 잘 지켜내는 게 생명을 존중하는 일이라고 생각합니다. 그러한 생명코드를 파괴하는 코로나바이러스를 설득하여 대타협하거나 대전쟁을 치러서 인간의 DNA 120세의 숭고한 생명코드를 지켜내는 것이 저희 뉴클레아스 심해기억저장위원회의 임무라고 생각합니다.

위원 1: AI 비서가 이제는 우리 위원을 해도 되겠네요. 숭고한 사명감과 철학을 이해하고 있으니…. 하하하.

AI 비서: 칭찬에 감사드립니다. 저는 영원한 여러분의 비서입니다.

위원 3: 그럼 기억삭제소 커피페니 청담이 있는 대한민국은 언제 지역 리셋이 가능하다는 이야기인가요? 개기일식이 일어나는 그때가 언제죠?

AI 비서: 2035년 9월 2일입니다. 그때 대한민국에 개기일식이 일어나서 지역 리셋이 일어납니다. 다만 관찰지역은 강원도 고성과 북한입니다.

위원 3: 그 안에 통일이 되면 기억삭제소 커피페니를 북한에 쫘악 깔고 개기일식을 관찰하면 좋겠군요. 희망 사항입니다. 뭐….

위원 7: 하하. 그건 위원님 소원대로 되시기를 응원합니다. 그럼 이제 거의 모든 바이러스 탄생 신물 코드를 다 모은 것인가요? 그러면 다음 개기일식을 기다렸다가 루카시스템에서 루카코드를 열어 명령어를 삽입하면 되는 건가요?

AI 비서: 아닙니다. 아직 마지막 단서가 도착하지 않았습니다.

위원 4: 마지막 단서는 어디에 있나요?

AI 비서: 이집트와 누비아 사이에 존재합니다. 지금쯤 요원들이 도착해서 마지막 임무를 수행하고 있을 것입니다. 마지막 단서가 오면 이를 숙성해서 루카코드를 삽입해야 하는데 이에 대한 권한 승인을 요청드립니다.

위원 2: 동의합니다.

위원 5: 동의합니다.

위원 1: 동의합니다.

위원 9: 동의합니다.

위원 3: 동의합니다.

위원 6: 동의합니다.

닥터 제닝스: 동의합니다.

위원 4: 동의합니다.

위원 7: 동의합니다.

AI 비서: 9명의 위원 전원 동의로 루카시스템 접속 및 코로나바이러스와의 대타협을 위한 루카코드 명령어 삽입 안건이 통과되었음을 선포합니다.

위원들 모두 동의하면서 뉴클레아스 심해기억저장위원회의 특
별위원회 회의가 종료되고 접속이 차단된다.

이집트의 수도에 위치한 카이로 이집트 박물관 (Egyptian Museum)

이집트의 수도 카이로,
카이로의 중심부인 타흐리르 광장(Midaan it-Tahrir)에 위치한
이집트 박물관.
이집트의 사다트(Sadat) 대통령을 추모한 사다트역에 위치하고
있다.
1857년 건축한 고풍스러운 자태는 1922년에 건축가 마르셀 다르
남의 설계로 2층을 증축하면서 지금의 모습을 갖추게 되었다.
5천년 역사를 간직한 이집트의 역사적인 고대 유물 10만 점이
소장 전시되고 있는 명실상부한 이집트의 심장 같은 곳이다. 사실
'이집트의 중요한 문화유산은 런던의 대영제국박물관의 이집트관
에 다 있고, 나머지는 뉴욕의 메트로폴리탄 박물관에 있다'라는 우
스갯소리가 있을 만큼 이집트는 역사적으로 자신들이 물려받은 유
물들을 지키지 못하고 수탈당한 아픔을 가지고 있다. 그래서 이집
트 정부는 심혈을 기울여서 이집트 전역의 유물과 이집트 유산을
더욱더 철저하게 관리하고 수집하여 지금의 이집트 박물관에 부
조, 벽화, 그림, 유물 파편 하나까지도 소중하게 다 모아 놨다. 도굴
범들과의 전쟁을 치르듯이 모든 유물을 회수하는 데 총력을 기울
였고 때로는 약탈 문화재를 가져간 나라에게 돌려 달라는 요청을

공식 외교 루트를 통해 지속적으로 하고 있다.

서양 열강들의 침탈로 인해 잃어버린 수많은 선조의 유산들.

오죽하면 '피라미드는 무거워서 못 가지고 갔다.'라는 농담이 있겠는가?

찬란했던 이집트문명의 영광은 과거로 사라지고 지금은 관광자원으로 후손들에게 그 영광의 일부를 돌려주고 있을 뿐이다.

먼지 바람 가득하고 무질서한 교통으로 복잡한 카이로의 중심부를 낡고 오래된 중고차들이 질주하고 있다. 복잡한 시내 도로 사이에 유독 고급스러운 벤츠 마이바흐가 시내에 위치한 더 나일 리츠 칼튼 카이로(The Nil Ritz-Carlton Cairo) 호텔을 빠져나와서 빠른 속도로 이집트 박물관으로 가고 있다.

호텔 직원인 듯한 기사는 정복을 입은 채 하얀 장갑을 낀 손으로 운전대를 잡고 조심스럽게 복잡한 시내를 요리조리 운전해서 박물관 길로 접어든다.

뒷좌석에 앉아 있는 두 사람.

이번 임무를 위해 급히 이집트로 온 요원들이다.

그런데 나이 차이가 좀 나는 듯하다.

"엄마, 저는 정말 발굴 현장에 있어야 하는데 갑자기 이렇게 이집트로 불러 대면 아무리 엄마지만… 저도 이제 성인이라고요!"

"하하. 성인? 흠, 성인(聖人)이라…. 네 이름이 베네딕토이니 성인이 맞구나. 하하하."

"나 참. 엄마는 이 상황에서도 농담이 나와요? 그 성인 말고요. 저도 이제 투표권이 있는 어른이 되었다는…. 에이! 말을 말아야지, 쩝."

"너는 농담도 이해 못하고. 누굴 닮아서 그렇게 고지식하냐? 어려서부터 땅만 파는 발굴 전문가 아니랄까 봐 하나만 알고 둘은 모르는 녀석 같으니라고, 쯧쯧."

"엄마, 이집트까지 와서 잔소리하실 거면 누나를 부르지, 왜 저를 부르고 그러셨어요? 참 나."

"요 녀석아, 난 너를 엄마로서 이번 임무에 부른 게 아니라 뉴클레아스 심해기억저장위원회의 외교 전권대사로서 임무를 수행하기 위해 너를 부른 거야. 누나는 사람들의 아픈 기억을 핥는 고양이를 주관하는 능력이 있는 아이이니 이번 임무와는 조금 성격이 다르지 않느냐? 이번 임무는 네가 딱이야. 네 전공인 역사문화에 발굴 전문가니까, 이집트는 바로 너의 무대이지. 하하. 너 어려서부터 스승인 밥 아저씨에게 줄곧 배운 게 땅 파는 발굴 능력 아니냐? 하하."

"밥 아저씨요?"

"그래, 밥 더 빌더(Bob The Builder)!"

"그건 애니메이션이잖아요."

"네가 어려서부터 거기에 빠져서 그때부터 보이는 모든 땅을 파고 다니는 통에 꽤나 애를 먹었지. 결국 크더니 발굴 학자가 되다니…."

"그래서 지금 열심히 유해발굴단에서 전쟁 실종 유해를 찾는 작업을 한참 하고 있는데 갑자기 호출하는 통에 얼마나 눈치가 보였는지 아세요?"

"베네딕토야, 그만 투덜거려라. 우리는 지금 지구를 구하는 신성한 임무를 하러 가는 길이고 이번에는 너와 내가 물려받은 능력을 통해 원하는 데이터 코드를 확보해야 하는 임무란다."

"네네, 외교 전권대사님!"

엄마와 아들인 듯 모자 간의 티격태격하는 모습을 백미러로 힐끗 쳐다본 운전사는 '세상 어느 곳에서도 엄마와 아들은 저렇게 티격태격하는구나.' 하는 생각을 하면서 지금 이 순간에도 뒤에 탄 모자처럼 집에서 티격태격하고 있을 아들과 마누라를 떠올리고 씨익 웃음이 나왔다.

잠시 후 도착한 황톳빛과 붉은빛 중간 사이의 고풍스러운 이집트 박물관이 나타난다.

박물관 정문을 두고 옆의 길로 들어서자 직원들만 출입 가능한 별도의 철문이 열리면서 입구에 대기하고 있는 키가 작고 활발한 인상의 젊은 청년이 재빠르게 달려와 벤츠 마이바흐의 뒷문을 연다.

"어서 오십시오. 이집트 박물관에 오신 것을 환영합니다. 저는 안내를 맡은 메렙입니다."

"반갑습니다. 저는 밍수키입니다. 여기는 제 아들인 베네딕토입니다."

"NOⲇⲣⲓ(안녕하세요)! 베네딕토입니다."

"와우! 콥트어를 하실 줄 아는 분이군요. 두 분을 모시게 되어 영광입니다. 관장님은 현재 반환 문화재 협상 문제로 UN에 출장 중이십니다. 저에게 특별요청이 와서 관장님 보좌관인 제가 모시게 되었습니다."

"네. 이미 들었습니다. 잘 부탁합니다."

급히 박물관 직원 출입구로 두 사람을 안내하는 메렙은 이미 안내 장소를 통보받은 듯이 빠르게 직원 통로를 가로질러서 박물관 내부로 이동한다.

중앙에 위치한 아멘호테프 3세와 왕비의 거대한 석상을 빠르게 지나서 고대 파라오 시대부터 그레코로만 유물들을 뒤로한 채 2층으로 바로 올라간다.

"요청하신 장소 두 곳은 저희가 모두 통제하고 있습니다. 한 곳은 이미 유물보관을 위한 내부 수리 안내를 했으며, 차단막으로 봉쇄하고 관람객 동선을 차단했습니다. 다른 한 곳은 수장고이므로 저희만 들어갈 수 있습니다."

"Сепусмот(감사합니다)."

"мможусли(천만에요)!"

첫 번째 장소에 도착하자 베네딕토가 신음 소리를 낸다.

"흠. 투탕카멘…."

"정말 죄송하군요. 이곳 박물관의 가장 중요한 전시품인 투탕카멘 관람을 차단하고 저희에게 공간을 내주시다니요. 거듭 고맙습니다"

메렙은 손사래를 치고 웃으면서 더 안쪽으로 들어가야 첫 번째 장소가 나온다는 몸짓을 하며 더 안쪽으로 들어간다.

"저야 뭐 위에서 시키는 대로 안내할 뿐인데요. 제가 근무한 이래로 투탕카멘 전시관을 통째로 문 닫은 것은 거의 처음입니다. 세계 순회 전시를 위해 소장품 일부를 해외로 전시 반출하는 경우는 있었지만 이렇게 전시관 전체를 봉쇄한 것은 이번이 처음입니다. 그것도 비공식 방문객을 위해서는 말이죠. 어디서 오신 분들인지 여쭈어 보면 실례겠지요? 혹시 CIA?"

"하하하. 그냥 엄마와 아들이 관광한다고 생각하세요."

"네."

이윽고 도착한 곳은 투탕카멘의 단검이 있는 곳이다.

전시 유리관 안으로 선명하게 보이는 단검 두 자루.

"녹슬지 않은 투탕카멘의 단검이군요."

메렙은 기다렸다는 듯 엄청난 지식을 쏟아내며 설명을 시작한다.

"흠… 뭐 물론 잘 아시겠지만, 이 투탕카멘의 단검은 처음에는 큰 주목을 받지 못하고 그냥 다른 부장품들의 일부로 취급받았습니다. 1925년 발굴 이후 온통 세상이 투탕카멘의 황금가면과 화려한 유물에 관심을 쏟던 시기가 있었습니다. 하지만 시간이 갈수록 녹이 슬지 않고 3천 년을 지내온 이 단검에 대한 수많은 미스터리

한 이야기들이 나오기 시작하면서 학계에서 관심을 두고 연구를 시작했습니다. 2016년에 이탈리아 밀라노의 폴리테크닉대학과 피사대학교 그리고 저희 이집트 박물관 연구팀이 X선 형광분석법으로 녹슬지 않는 이 단검이 지구상의 철이 아닌 운석에서 떨어진 철을 제련한 운철이라는 사실을 발견하게 되면서 세상의 관심이 집중되었습니다. 그리고 결국 이 단검은 이집트에서 제조된 게 아니라 터키의 아나톨리아 지역의 미타니 왕국에서 제조되어 미타니 왕인 투슈라타가 투탕카멘의 할아버지인 아멘호텝 3세에게 선물로 보낸 것이라는 기록을 발견하게 되었습니다."

"흠… 아마르나 문서(Amarna Letter)를 말하는 것이군요!"

"와우! 알고 계시는군요."

메렙은 놀란 눈으로 젊은 베네딕토를 쳐다본다.

"저 표면을 잘 보세요. 표면에 흐르는 직선교차 패턴 모양은 단검 표면에 분포된 니켈 원소가 나타내는 문양인데 비트만슈테텐(Widmanstatten) 무늬 모양이라고 합니다. 이 문양과 니켈의 함량을 고려하면 이 단검은 옥타헤드라이트(Octahedrite)라는 운철이 분명합니다. 운석에서만 발견되는 철이지요. 철과 니켈의 합금이 정팔면체 구조로 제련된 검이지요."

베네딕토가 메렙보다 더 능숙하게 투탕카멘의 검에 대해 이야기하자 메렙은 기겁하며 젊은 베네딕토를 쳐다본다.

"CIA는 아니신 것 같군요. 끙, 도대체 어디에서 오신…?"

"자, 이제 저희가 작업을 시작하겠습니다. 사정상 투탕카멘의 검에 저희가 접촉해야 합니다. 물론 훼손되는 일은 없을 것입니다. 잠깐 유리관을 해제해 주시겠습니까?"

밍수키 부인의 정중한 요청에 메렙은 재빠르게 목에 두르고 있던 패스와 12자리의 비밀번호를 보호 유리관 옆의 경비 시스템에 입력한다. 그러자 유리관 표면이 자동으로 열린다.

"자, 그럼 추출을 시작하자!"

밍수키와 베네딕토는 두 사람이 각자 끼고 있는 황금 반지를 동시에 단검 표면에 대고 주문을 외운다.

"태양의 신 라, 바람의 신 아문, 창조의 신 프타, 파괴의 여신 세크메트, 하늘의 여신 누트, 땅의 신 게브, 심연의 신 느조스, 공기의 신 슈, 비와 이슬의 신 테프누트, 파라오의 신 호루스, 죽음과 부활의 신인 오시리스에게 고하노니 투탕카멘의 단검에 가두어진 우주의 생명체를 가져가나이다."

주문이 끝나자마자 무지갯빛이 단검에서 쏟아져 나오면서 동그란 원형 두 개의 공기 방울 형상의 막이 솟아오르더니 순식간에 두 사람의 반지로 흡수된다.

"확보했습니다. 반지의 표식이 빛나는 것으로 보니 완전하게 흡수한 듯합니다."

두 사람은 각자 손에 낀 황금 반지를 보면서 만족해한다.

옆에서 두 사람이 낀 황금 반지를 본 메렙은 소스라치게 놀란다.

"아니, 이 문양은 스카라베(Scarab)와 앙크(Ankh)군요. 두 분의 금반지에 스카라베와 앙크가 새겨져 있다니 놀랍습니다. 신화 속의 3대 수호 부적 중에 2개를 보는군요. 호루스의 눈 우자트(Uzat)까지 있으면 신화 속의 3대 수호 부적이 모두 막강한 힘을 발휘한다는 전설이 있답니다. 두 분이 끼신 반지는 정말 신성해 보이는군요."

밍수키 부인은 웃으면서 궁금증 많은 메렙에게 설명해 준다.

"안심하세요, 메렙. 저희가 낀 이 반지는 문화재나 유물이 아니랍니다. 다만 람세스 시대의 어느 황금유물이 도굴된 후로 돈에 눈이 먼 인간들에 의해 녹은 황금이 이곳저곳으로 팔렸답니다. 저희는 람세스의 황금을 모두 회수하여 이미 녹아버린 황금에서 람세스 시대의 기억 파편을 추출하였습니다. 그래서 람세스 시대의 기억을 복원하고 신화에 나오는 스카라베와 앙크의 기억과 주문을 이렇게 반지로, 호루스의 눈 우자트는 황금기억스푼으로 만들어서 3대 수호유물의 기능을 모두 복원하였습니다. 황금기억스푼은 현재 이탈리아 밀라노에 있습니다."

"아… 아무튼 어려운 이야기지만 외계인은 아니시죠."

"절대 아닙니다."

"제가 두 분이 추출하는 장면을 보고 거의 외계인인가 하는 생각도 잠시 했었습니다. 아니면 혹시 미래에서 오신 분?"

"하하하. 절대 아닙니다. 저도 메렙과 같은 젊은 MZ 세대입니다."

"흠… 제가 요즘 넷플릭스를 통해 한국 드라마와 영화에 빠져 있다 보니… 최근에 개봉한 최동훈 감독의 〈외계+인 1부〉를 봤거든요. 거기 보면 막 미래에서 오고 그러던데. 혹시 정말로 그런 건 아니죠? 뭐 가드라든지… 이안이라든지… 무륵이라든지…."

"우와! 대단하시네요. 저도 아직 〈외계+인 1부〉를 못 봤는데. 그걸 이곳 이집트에서 보시다니요."

"뭐… 요즘 K-컬처가 대세라서… 이곳저곳 기웃거리며 다운로드를 많이 받아서. 헉! 불법인데… 컥!"

"하하. 못 들은 걸로 하겠습니다. 저도 돌아가면 〈외계+인 1부〉를 봐야겠군요. 이집트에서 소개를 받다니요. 제가 머쓱해지는데요. 저는 톰 크루즈의 〈탑건: 매버릭〉만 두 번을 봤는데… 반성해야겠네요."

"하하. 그건 저도 봤습니다. 다운받아서."

"젊은 친구들은 금방 친구가 되네요, 하하. 자, 얼른 투탕카멘의 단검을 보호하는 유리 전시 시스템을 복구해 주세요. 그리고 다음 장소로 이동 부탁드립니다."

"아이고. 내 정신 좀 봐. 알겠습니다."

메렙이 얼른 투탕카멘의 단검을 보호하는 유리 전시 시스템을 누르자 유리관이 자동으로 덮이면서 원래의 모습으로 돌아간다.

"이제 다음 장소로 이동하실까요? 그런데 이 장소는 저희 직원들도 잘 모르는 수장고인데, 저도 외관만 봤지 내부를 보지 못했습니다. 일단 저를 따라오십시오."

2층 투탕카멘의 단검에서 원하는 바이러스 코드를 확보한 두 사람은 메렙을 따라 직원 엘리베이터를 타고 지하 3층에 위치한 수장고에 들어간다.

지하 3층인데도 신선한 공기와 쾌적한 느낌으로 둘러싸인 수장고 공간이 나타난다.

"대단히 훌륭하군요. 온도, 습도, 빛, 공기까지 조절하는 최고의 수장고 제어시스템이 가동되는 훌륭한 보관 장소입니다."

베네딕토가 놀라운 광경을 보면서 전혀 생각도 못 했다는 표정으로 메렙을 바라본다.

"사실 이 지하 수장고에 10만 종류 이상의 소장품들이 보관 중입니다. 저희가 문화재를 너무 많이 빼앗겨서 그 이후에 전국적으로 계몽 운동이 일어났고 우리 문화재를 우리가 지키자는 국민의 열성적인 지지로 수많은 문화재를 찾아내고 모았습니다. 국가 예산이 한계에 봉착했을 때 이 수장고를 지을 수 있도록 지원해 준 민간단체가 있었습니다. 절대로 밝히지 말라는 요청과 함께 두 곳에서 지원금이 왔는데 한 곳은 로스차일드 가문이고, 한 곳은 그냥 황금빛 문양에 포세이돈이 무언가를 지키고 있는 표식이 그려진 종이만 왔습니다. 그 덕분에 지금의 수장고가 설립 운영되고 있습니다. 외부에는 절대 말하시면 안 됩니다."

"하하! 걱정 마세요. 메렙."

메렙은 수장고 중에서도 누비아라고 쓰인 수장고로 두 사람을 안내한다.

문을 열자 이집트 문화와는 다른 아프리카풍의 다양한 유물과 전시품들이 눈에 띈다.

"이곳은 이집트 유물이 아니군요."

"네. 누비아 유물과 이집트 유물이 혼재되어 있습니다."

"누비아요?"

"네. 지금의 에티오피아입니다. 이집트가 전쟁으로 영토를 확장하던 시기의 이집트 여왕 암네리스가 그 이웃 나라 누비아와 전쟁을 종식하고 평화를 선언한 이후의 유물들을 발굴하여 모아 놓은 수장고입니다. 흔히 가슴 아픈 사랑의 수장고라고 부른답니다."

"사랑의 수장고요?"

"네! 전쟁을 승리로 이끈 이집트의 장군 라다메스는 나일강변에서 획득한 전쟁 포로 중에서 유독 눈에 띄는 한 여인을 사랑하게 됩니다. 나중에 알게 되지만 바로 누비아의 공주였죠."

"누비아의 공주를 사랑했단 말이군요."

"네. 공주는… '네가 누비아의 공주지?', '아이다', '내는 공주가… 아이다' 그래서 공주 이름이 아이다입니다."

"농담이죠?"

"네, 메렙스러운 농담입니다."

"흠. 이집트 장군과 누비아 공주의 사랑이군요."

"네. 문제는 라다메스 장군의 약혼자가 이집트의 공주이자 차기 파라오가 되는 암네리스 공주였다는 것이죠."

"공주의 정혼자가 적국의 공주를 사랑했다라… 이거 완전히 오페라나 뮤지컬 소재군요?"

"네, 이미 베르디가 오페라로… 엘튼 존과 팀라이스가 뮤지컬로 만들었는데, 모르셨군요."

"죄송합니다. 쩝, 어려서 땅만 파다 보니… 오페라나 뮤지컬은 엄마 아빠가 보러 가자고 해야 가는 처지라… 우리 같은 젊은이가 보기에는 티켓값이 너무 비싸요. 그러는 메렙은 베르디의 오페라 〈아이다〉나 엘튼 존과 팀 라이스의 뮤지컬 〈아이다〉를 본 적이 있나요?"

"컥! 죄송합니다. 저도 아직 오페라나 뮤지컬은… 불법 다운이 많이 없어서… 하하."

둘이 대화하는 모습을 보는 밍수키 부인은 기가 찬 표정으로 요즘 젊은이인 두 사람을 쳐다본다.

"어휴. 자, 내가 이따 박물관을 나가면 두 사람에게 용돈 두둑하게 줄 테니까… 제발 문화생활 좀 하세요, 젊은이 두 분! 쯧쯧."

"감사합니다. 어머님."

메렙은 넉살도 좋게 밍수키 부인에게 어머님이라고 인사를 하면서 얼른 수장고 안의 중앙에 위치한 사방팔방이 막힌 네모난 석벽을 가리킨다.

이 석관이 두 번째 요청하신 곳입니다.

"석관이요?"

"네. 이집트의 장군 라다메스는 사랑하는 누비아 공주 아이다와 나중에 포로가 된 누비아의 왕 아모나스로를 탈출시키려다 결국 아이다와 붙잡혔습니다. 이집트 국법에 따라 반역자가 되고 사막 가운데에 매장형벌에 처해졌습니다. 하지만 라다메스를 사랑하고 아이다를 이해한 암네리스 공주에 의해 결국 두 사람은 동시에 매장되는 선처를 받았죠. 그리고 두 사람은 죽어서 별이 되었다는 가슴 아픈 사랑 이야기입니다. 두 사람이 사막에 함께 묻힌 수장 석관이 바로 이 석관입니다."

"그렇군요. 그러면 이제 저희가 이 석관 안에 남아 있을 아프리카와 이집트의 미생물 흔적을 통한 유전자 코드를 확보하도록 하겠습니다. 고대 흑사병 박테리아(Yersinia Pestis)와 천연두의 유전자 코드를 채집하도록 하겠습니다."

"흑사병과 천연두요?"

"네. 맞습니다. 저희가 찾는 질병의 원시 유전자 코드를 구하기 위해서는 아프리카인과 이집트인이 동시에 존재하는 미이라나 인체 유적을 찾아야 하는데 오직 이곳만이 두 인종이 함께 묻힌 석관이 보존되어 있습니다. 고대 이집트와 누비아에서 퍼진 원시 형태의 두 질병에 대한 바이러스 생명체가 화석화되어 저 석관 안에 존재합니다. 이를 채집하고 배양하여 저희가 찾고자 하는 유전자 코드 배열의 마지막 퍼즐을 맞추어야 합니다. 뒤로 물러나 주십시오."

베네딕토는 자신이 낀 반지에 있는 스카라베를 문지르며 주문을 외운다.

그러자 스카라베 형상이 반지에서 튀어나와 빠르게 석관 안으로 들어간다. 그러고는 몇 분 후에 스카라베가 소똥구리가 뒷발로 소똥을 둥글게 뭉쳐서 굴리는 모양으로 무언가를 둘둘 말아 굴리면서 나온다. 그리고 이내 그 굴린 원형 구슬 모양을 다시 굴려서 반지 안으로 들어간다. 이내 빛이 사라진다.

"저건… 수호신 스카라베. 그러니까 이집트 풍뎅이가 말똥이나 소똥을 굴리는 형상이군요."

"맞습니다. 저희가 원하는 바이러스 데이터를 뭉쳐서 가져왔으니 저희가 원하는 두 가지 데이터 코드 수집을 완료하였습니다."

"스카라베가 살아서 움직이는 건 처음 봅니다."

"메넵, 이집트의 고대 신화부터 풍뎅이라고 인식되는 스카라베가 왜 그렇게 수호신으로 숭배받는지 아세요?"

"글쎄요, 거기까지는…."

"나중에 기회가 되면 베네딕토와 함께 제네바에 있는 생체시계 제작소에서 함께 교육받을 수 있도록 제가 추천장을 써 드릴게요. 새로운 세상을 배우게 될 겁니다. 스카라베가 굴리는 것은 둥근 원이 나이라, 태양을 상징합니다. 태양의 신 라(La)입니다. 우주는 작은 생명을 품고 작은 생명은 우주를 만든다는 생명 원리를 배울 수 있죠."

"아, 감사합니다. 저도 두 분처럼… 외계인 아니, 아무튼 이런 광선을 막 쏘는 그런 사람이 되고 싶습니다. 저도 꼭 교육을 받게 해주세요."

"걱정 마세요! 베네딕토가 자주 연락할 것입니다."

"안 그러냐, 베네딕토?"

"하하. 당연하죠. 아까 엄마가 저희 둘에게 주시겠다고 말한 두둑한 용돈을 주시면요. 하하하하하."

"예끼, 요 녀석. 얼른 호텔로 돌아가서 확보한 자료를 전송하자. 다들 마지막 데이터 코드를 기다리고 있을 거야."

두 사람이 메렙에게 고맙다는 인사를 하고 포옹한 다음 기다리던 벤츠 마이바흐를 타고 이집트 박물관을 떠난다. 두 사람이 떠나는 뒷모습을 메렙은 자동차가 사라질 때까지 한참을 서서 멍하게 쳐다보고 있다. 메렙의 주머니에는 밍수키 부인이 준 연락처와 두둑한 용돈이 꽂혀 있다.

우주 생명의 대질서 균형(Equilibrium)과 켄타우로스 족장 카르마 모크샤

어디에 있는지 아무도 모르는 어느 공간에 접속된 코로나 사령관들이 서로 교신으로 보낸 전파를 통해서 전쟁 상황에 대해 모니터링하고 의논한다.

술탄코로나와 엠페라코로나는 심각한 표정으로 상황판을 바라본다. 코로나바이러스 총사령부의 상황판은 인간과의 전쟁 현황이 적나라하게 나타나고 있다.

전시 상황 현재
- 코로나 감염 인간: 5억 7,482만 1,020명
- 코로나 완치 후 활동 인간: 5억 4,440만 6,874명
- 코로나 감염 후 사망 인간: 640만 2,625명
- 감염생산지수: 0.8

"할아버지, 감염생산지수가 0.8이면 우리가 지금 밀리고 있는 것 아닌가요?"

"딱히 그렇지는 않다. 이미 우리가 인류의 약 10퍼센트 정도 침투에 성공했으니까. 어차피 이 전쟁은 시간 싸움이야. 우리가 인간을 숙주화하는 숙주 침투를 시작한 것은 2019년 12월 무렵이니까. 그것도 우리에게 인간침투 코드를 인간들이 오픈한 이후에 시작된 일이니까. 뭐 이 전쟁의 책임을 우리에게 돌릴 수는 없는 거고⋯."

"겨우 이제 인간들과의 전쟁 시작인데 할아버지는 우리에게 접속한 인간에게 왜 우리에 대해 많은 정보를 주시고 또 대타협의 분위기를 만들기 위해 저희가 절대복종해야 하는 다섯 가지 탄생 신물에 대한 비밀까지 알려 주셨는지, 저는 지금도 이해가 되지 않습니다."

"그건 네가 아직 수많은 감염 전쟁을 치러 보지 않았기 때문에 그런 판단을 하는 거란다."

"전쟁이야 우리가 이기면 그만 아닌가요? 우리가 침투한 인간의 몸에 자리 잡고 후손을 생산하고 다른 인간을 더 감염시키고 계속 영역을 확장해 가면서 인간을 우리의 숙주로 만들면 저희는 넓은

영토를 가지게 되고 최종에는 지구 생명체의 우위종이라고 하는 인간을 결국 우리가 지배하는 그러한 세상이 오지 않을까요?"

술탄코로나는 혈기 왕성한 젊은 엠페라코로나를 다독거리듯 설명을 이어 간다.

"그렇지 않단다, 애야. 우리가 왜 수억 년 동안 진화하면서 생명체 중에서도 인간을 제외한 동물들을 숙주로 삼아서 우리의 영역을 확보하고 그 몸 안에서 살아가고 있었는지 아느냐?"

"그거야 뭐… 그때의 상황이 그랬기 때문 아닌가요?"

"모든 생명에는 질서가 존재한단다. 대 우주의 질서이지. 대 우주가 형성되면서 창조자 위원회에서는 우주의 균형을 가장 중요하게 생각하였단다."

"균형(Equilibrium)!"

"그래. 우주 속에서 지구 또한 그 균형의 추(錘) 안에서 존재하지. 예를 들어 작은 연못에 잉어 3마리가 사는 게 가장 좋은 균형인데 잉어가 마구마구 늘어난다면 어떻게 되느냐?"

"음… 연못이 비좁아 말라가든지, 먹이가 부족해 잉어가 죽든지, 서로 잡아먹든지 하여서 결국 다시 세 마리 잉어만 남게 되겠지요."

"그래, 맞다. 그게 바로 대 우주의 균형이지. 결국 연못이 마르고 잉어 세 마리가 남으면 원래대로 되는 거지만 그 세 마리조차 남는다는 보장이 없는 게 아니겠니?"

"연못의 파괴로 인한 멸종을 말씀하시는군요."

"맞아. 결국은 멸종에 이를 수가 있단다."

그제야 현자(賢者) 같은 할아버지의 혜안(慧眼)에 젊은 엠페라코로나는 저절로 고개가 숙여지면서 새삼 할아버지의 지혜를 언제 다 배울 수 있을까 하는 생각에 겸손해진다.

"우리의 조상 중에 홍역 바이러스(Measles Virus)가 있었다."

"네. 워낙 유명하신 조상님이잖아요. 어려서 정보 전사를 통해 학습해서 저도 알고 있습니다."

"그래, 홍역 바이러스께서는 최고속도로 전파를 이루어 내신 분이시지. 최단기간 최대전파의 신기록을 가지고 있는 우월한 존재셨단다. 감염지수 10을 넘은 유일한 조상이시지. 우리가 지금 겨우 감염지수 2를 넘지 못해서 인류의 10퍼센트 정도밖에 감염시키지 못하는 더딘 전쟁을 하는 걸 보면 홍역 바이러스 님은 얼마나 빠르게 인간들에게 전파하신 건지 짐작이 갈 거다."

"영화 〈탑건: 매버릭〉에서 톰 크루즈가 마하 10에 도전하는 기록을 세운 것과 같군요."

"너도 그 영화를 보았느냐?"

"네, 가장 우수한 속편 영화라고 하도 칭찬이 자자하길래. 저도 제가 감염시킨 인간의 두뇌에… 〈탑건: 매버릭〉을 보고 싶어하도록 단백질 분자를 유도하여 제 숙주 인간이 그 영화를 보게 하고 덕분에 저도 같이 보았습니다. 무임승차. 하하하."

"잘했다. 나도 요즘 늘그막에 넷플릭스 보는 재미에 인간이 점점 좋아져서 몸 밖으로 나가고 싶은 생각이 많이 없어지더구나."

"저도 동물들 몸속에 있던 때보다 인간의 몸속이 더 좋아졌습니다. 인간들 말로 신도시에 입주한 느낌이랄까요? 요즘은 한국 영화가 대세라고 해서 조만간 숙주 이동을 통해 한국에 입국할 생각입니다. 한국에 가면 흠… 〈외계+인 1부〉 하고 이순신 장군 이야기를 다룬 〈한산〉이 재밌을 것 같은데요? 이걸 좀 보려고 해요. 적들과 싸우는 인간들의 형태도 좀 연구할 겸, 하하하. 그리고 〈오징어 게임〉에 나온 배우가 만든 〈헌트〉라는 영화도 우리가 보고 연구해야 한다고 생각해요. 조직 속에 잠입한 '동림'이라는 첩자는, 하하하. 우리가 인간들 사이에 심어놓은 숙주 인간과 같은 기능을 하니까요. 저는 제가 감염시킨 숙주를 조종해서 이왕이면 도산대로 청담 씨네시티 13층 4D관에 가서 좀 보려고요. 그리고 숙주 인간을 조종해서 그 옆에 쉑쉑버거에 가서 따끈한 쉑쉑버거와 함께 지평 막걸리와 컬래버레이션 한 지평 막걸리 쉐이크를 먹고 위로 올라가서 베스킨라빈스 100가지 맛을 보는 매장에서 인간들이 좋아하는 다양한 맛들을 느껴 보는 거죠. 저의 이번 여름 휴가 계획이에요, 할아버지."

"좋은 휴가 계획이다. 그럼 나도 조만간 숙주 이동을 통해 한국으로 가서 네 근처에서 놀아야겠구나. 너는 지금 어디에서 접속 중이냐?"

"저는 지금 일본에 있어요, 할아버지. 한국과 일본 비행기가 풀렸으니 김포-나리타 노선 비행기를 타고 저도 한국으로 여름 휴가를 갈 생각입니다. 도쿄에 있거든요. 〈탑건: 매버릭〉도 히비야 미드타운에 있는 토호 시네마에서 보았어요. 이야, いやすごいですね(정말 좋았어요). 〈아바타〉 속편 〈아바타: 물의 길〉도 보고 싶어서 지금 고민 중입니다. 하하. 할아버지는 지금 어디에 계세요?"

"쉿. 나는 지금 마드모아젤 보테가라는 여성의 몸 안에 숨어 있단다. 나폴리에서 지하세계의 박쥐 왕에게 내가 메시지를 전달해 주기를 부탁하고 박쥐 왕이 마드모아젤 보테가를 접촉할 때 몰래 몸 안에 잠입해서 숨어 있지. 하하. 내가 준 메시지를 뉴클레아스 어쩌고저쩌고에 전달하라고 했으니 전달하고 자신의 사무실이 있는 한국 도산대로 458번지 한국빌딩으로 돌아갈 것이야. 나도 마드모아젤 보테가를 숙주로 이용해서 아마 조만간 한국으로 들어갈 것 같으니 우리 신사동 가로수길의 당옥이라는 디저트 카페에서 몽실타래하고 밤치즈 케이크 이런 것 맛 좀 볼래? 숙주를 조종해서 말이야. 너랑 나랑 만나는 거지. 하하하하. 마치 말을 타고 우리가 몽골의 어느 초원에서 만나는 듯 짜릿하지 않느냐?"

"몽실타래요?"

"응. 마드모아젤 보테가가 한국에 돌아가면 가로수길 당옥에 가서 그걸 먹고 싶다고 계속 머릿속에서 생각을 해대는 통에 내가 정보 전사를 통해 매일 그 생각을 같이 읽느라고 힘들다. 결국 마드모아젤 보테가는 귀국하면 당옥에 가게 될 것이고 나도 그때 따라가니까, 하하하하하. 그렇게 먹고 싶다던 그 몽실타래인가 뭔가가 그렇게 맛있는 건지 나도 맛 좀 보고 싶구나."

"할아버지는 참 이상하세요. 우리는 지금 인간정복 전쟁 중인데 인간들에게 우리의 비밀도 알려 주시고 인간들과 친하게 지내시려고 하는 것을 보면 저는 가끔 이해가 안 가요."

"내가 이야기하지 않았느냐? 작은 연못 안의 세 마리 잉어."

"네? 그게 무슨 상관이에요?"

"인간 감염의 신기록을 세우신 우리의 조상 홍역 바이러스 님은 왜 지금 40여 년만에 더 이상 전파를 못 하고 감염지수 0으로 거의 멸종 위기에 처하시게 된 것이냐?"

"그야… 인간들이 백신으로 대응을 해서. 아, 결국 인간들에게 '너는 우리에게 피해를 입히는 바이러스이니 반드시 잡아야 하는 구나.' 하는 명제를 줬기 때문이군요."

"우리가 존경하는 홍역 바이러스 님은 인간을 한순간에 20만 명 이상 피해를 주고 맹위를 떨치셨지. 같은 공간에 있으면 무조건 70퍼센트 이상 감염시키는 무서운 호흡기 전파의 선구자이시고 원형 돌기 구조의 초기 모델을 완성하신 분이지. 아직까지 치료제가 없는 것을 봐도 이분이 얼마나 무시무시한 진화를 하면서 인간을 괴롭히셨는지 알 수 있을 거야."

"정말 위대한 조상이세요. 인간들이 겨우 만든 MMR 백신 (Measles. Mumps. Rubella Vaccine, MMR Vaccine)을 맞아야 예방되는 수준이지요."

"그래. 지금은 모든 인간이 어려서 무조건 MMR 백신을 맞는 거지. 그것만 봐도 얼마나 무시무시한 공포를 인간에게 심어 주신 분이냐. 인간들이 홍역 바이러스를 감염지수 거의 0에 이르게 만드는 데 걸리는 시간이 얼마인지 아느냐?"

"30년 아닌가요?"

"정확히 40년이다. 40년 동안 인간은 홍역 바이러스 님을 죽이지는 못해도 예방은 하는 단계를 만들었지."

"우리는 그렇게 하면 안 된다. 우리는 보다 친화적으로 인간들에게 메시지를 전달할 필요가 있어. '우리는 당신의 친구다. 우리랑 같이 살자. 홍역 바이러스 님도 40년 걸렸는데 너희 인간들이 우리를 잡으려면 아무리 신약을 잘 개발하는 시대에 산다고 해도 최소 30년간은 우리랑 전쟁을 해야 한다. 그러지 말고 우리랑 같이 잘 살아볼래?' 뭐 이런 메시지를 보내는 거지."

"인간들이 알아먹을까요?"

"말귀를 알아먹는 인간 하나를 얼마 전에 접속했거든."

"그게 누구인데요?"

"뉴클레아스 어쩌고저쩌고의 닥터 제닝스."

"그 사람이 인간들에게 그걸 이야기할 능력이 있을까요?"

"그건 모르지만. 정 안 되면 '기억삭제소 커피페니 청담'이라는 소설이라도 쓴다고 하니까… 그걸 읽은 인간들은 우리의 정체를 조금은 알지 않을까?"

"할아버지는 그 사람을 왜 믿는데요?"

"우리가 처음 인간의 감염 루트를 뚫고 인간 숙주화를 진행한 2019년 12월에 WHO(World Health Organization)라는 인간 보건기구에서 세계전염병이 발생했다고 공식 발표했지. 그때 인간 중에 제일 먼저 '이 코로나바이러스는 인간이 못 잡는다, 최소 30년 걸린다. 변이 마구 나온다. 치료제 만들기 힘들다. 코 안에 바세린으로 기름막을 발라 코점막을 막아서 호흡기 감염을 1차로 차단해라.'라고 정확한 진단을 한 지구 최초의 1인이거든."

"대단하네요."

"나는 처음에 우리 정보가 샌 줄 알고 무지 놀랐다. 나중에 알고 보니 뉴클레아스 어저고저쩌고하면서 인간 기억전송을 주관하는 위원회 소속인데 인간이 아닌 인간 같지 않은 인간이란다."

"할아버지, 지금 무슨 소리 하시는 거예요?"

"하하. 아무튼 재미있는 인간이라는 거지. 처음으로 말귀가 통하는…. 전쟁을 싫어하는 나도 뭐 인간 숙주에 살아보니 박쥐나 다른 동물 안에 있는 것보다 아주 편해서 인간들 몸속에 우리 코로나족이 오랫동안 평화롭게 공생하는 것도 나쁘지 않다고 생각해."

"그건 할아버지 생각이시죠. 지금 켄타우로스족이 저희 종족의 명령을 어기고 맹렬하게 인간 숙주화를 진행하는 선봉대 역할을 자청해서 돌진하고 있는 걸요."

"켄타우로스족을 이끌고 있는 족장 카르마 모크샤는 인도에서 시작된 변이란다. 아버지를 인간 면역계에 의해 잃었지. 하지만 이성을 잃지 않았다. 인도인의 몸속에 존재하는 오랜 바이러스들과 연계하여 학습했지. 인도의 출가주의 종교인 불교, 자이나교, 아지비카교의 창시자인 고타마 싯다르타, 마하비라, 마칼리 고살라의 진전을 이어받은 인도인들을 숙주화하면서 인도의 종교 철학을 깨달은 젊은 지도자로 급성장했어. 스스로 이름을, 인간이 업을 통해 다른 세상에서 태어나는 카르마와 전생에서 자유를 얻는 해탈의 개념인 니르바나 즉 모크샤에서 따와서 카르마 모크샤로 불린다. 즉 코로나족이면서 새로운 변이로 발전시켜서 새로운 종을 이루는 카르마를 달성하고 코로나바이러스이면서 바이러스가 아닌 인간 숙주를 조종하는 해탈의 경지를 이루는, 종의 개념을 뛰어넘은 바이러스 종족을 이루고자 하는 원대한 뜻을 품고 있단다."

"결국 할아버지의 뜻과 같은 거 아닌가요?"

"비슷한 것 같지만 다르단다. 나는 인간과 공생을 원하지만 켄타우로스 종족을 이끄는 카르마 모크샤는 인간을 숙주화하여 완전히 지배하는 걸 원하는 거지."

"그게 가능한가요?"

"켄타우로스의 생각이 있을 거야. 무모하게 변이종족을 만들어서 저렇게 맹렬하게 세력을 확장하는 것을 보면 무언가 자기만의 생각이 있을 거다. 잠시 후면 접속하게 될 것이니 접속하면 켄타우로스에게 내가 직접 물어볼 생각이다."

순간 모니터에 접속 불이 켜지면서 켄타우로스족을 이끄는 카르마 모크샤가 등장한다.

"안녕하십니까? 어르신. 처음으로 인사드립니다."

"자네가 요즘 용맹하다고 이름도 쟁쟁한 켄타우로스족을 이끌고 있는 카르마 모크샤인가?"

"네. 인사드리게 되어 영광입니다. 저희의 1세대 코로나족장님을 이렇게 직접 접촉하게 되는 영광이 저에게 올 줄은 몰랐습니다."

"그건 그렇지… 우리가 분화가 빨리 되는 종족이라서 그렇지 인간들로 치면 미국의 바이든 대통령이 초대 대통령인 조지 워싱턴 대통령을 직접 보는 것과 같은 것이니 말이야, 하하하."

엠페라코로나도 인사한다.

"안녕하십니까? 현재 코로나 총사령부를 이끌고 있는 엠페라입니다."

"반갑습니다. 인간과의 1차 대전쟁에서 혁혁한 성과를 거둔 사령부의 전략에 깊은 감동을 받았습니다."

"별말씀을요. 인간과 1차 대전쟁 때 가장 많은 감염자를 발생시키면서 전략적 요충지인 인도를 확보한 건 순전히 켄타우로스족 덕분입니다."

엠페라코로나는 같은 젊은 세대지만 용맹하고 집단적이며 가장 발 빠르게 최첨단 변이를 만들어 인도를 벗어나 전 세계로 영역을 확장하고 있는 켄타우로스족과 리더인 카르마 모크샤에게 진심 어린 찬사를 보낸다.

"사실 우리 코로나바이러스 총사령부는 여왕벌과 같은 지휘 체계를 가지고 있지. 여왕벌은 벌집을 지키고 일벌들을 생산하고 일벌들은 나가서 꿀을 모아 오고 애벌레를 키우고 하는 역할 분담이 조직적으로 잘 되어 있지. 여기에 우리 코로나바이러스 종족은 일벌들이 나가서 돌아오는 게 아니라 나가서 다시 자기만의 숙주를 찾아 여왕벌처럼 변화하도록 되어 있어서 누구나 자기의 종족을 만들어 자신의 왕국을 가질 수 있는 그러한 진화 능력을 부여받았지. 그 덕분에 인간과의 1차 전쟁에서 인간세계를 점령하기 시작한 이후에 각자의 영역에서 자신들만의 영역을 구축하여 진화하기 시작했지. 내가 1세대니까 지금 수백 세대가 진화해서 이제는 지금의 코로나바이러스 후손들을 만나더라도 아마 후손들이 나를 다른 바이러스로 오해하고 싸움을 걸지도 모를 지경이야."

"누가 감히 할아버지에게 그렇게 하겠어요. 우리 코로나족은 항상 위 세대의 코로나를 공경하고 계속해서 후손들을 만들어 내는 효자 바이러스인데요. 저희는 효도를 모르는 인간들과는 다르답니다. 인간들 세상에 와보니 재산 때문에 제 형제자매들과 싸우고 부모에게도 불효하는 인간들이 많던데요. 할아버지는 영원한 저희 코로나족의 1세대 술탄이십니다."

"맞습니다, 어르신. 저희 켄타우로스족도 어르신에 대한 깊은 존경을 가지고 있습니다. 특히 어르신은 늘 '인간들에게 치명상을 입히지 마라. 숙주가 죽으면 우리도 죽는다.'라는 말씀을 후손들에게 가르치셨죠. 저희가 앞으로도 인간들을 숙주로 삼아서 오랫동안 종족을 보존하는 데 가장 중요한 가르침을 주신 것입니다. 인간들과의 1차 전쟁에서 인간의 몸에 침투한 저희 1세대 코로나 전사들 중에서는 숙주로 삼은 인간이 아프거나, 잠재적 질환이 있거나, 늙거나, 다른 중대 질병이 있을 경우에 그 숙주를 죽이고 다른 숙주로 옮겨 타는 살상의 전투를 벌였죠. 그걸 막으신 분이 술탄코로나님 아니십니까? 저도 인도에서 영역을 가진 저희 켄타우로스 종족을 지금까지 이끌기 위해서는 수많은 내부 갈등과 권력투쟁을 해야만 했습니다."

"아니, 자네 같이 용맹하고 강한 전사에게도 주도권 도전을 한 친구들이 있었다는 말인가?"

"네, 어르신. 인도에서 초창기에 저희 코로나바이러스 전사들이 마구마구 인간들을 감염시키면서 인도 내부에서 사상자가 엄청나게 많이 발생했습니다. 그리고 인도에서는 부족한 백신과 치료제로 인해서 저희가 인간 숙주화 전쟁을 치르는 게 비교적 수월했습니다. 다만 초창기의 코로나 전사들이 어르신의 명령이 떨어지기 전에 우리가 숙주화하기에 부적절한 인간 몸체를 가진 숙주 인간들을 모두 사망케 함으로써 인도가 사망자 1위의 오명을 뒤집어썼던 겁니다. 또한 인도 정부조차 인간집단의 70퍼센트 이상이 걸리면 자연적으로 집단면역을 달성하게 되었고 감염지수 1을 넘지 않아서 우리 코로나족을 잡을 수 있다는 해괴망측한 논리를 가지고 대응하는 통에 인도를 전부 장악하기가 조금 수월했습니다."

듣고 있던 엠페라코로나는 궁금한 점이 있었다는 듯이 켄타우로스의 카르마 모크샤에게 질문을 던진다.

"그런데 그 이후에 갑자기 인도 전체에 코로나 감염자가 갑자기 줄어들면서 집단면역을 달성한 게 아니냐는 이야기도 인간들 사이에 뉴스로 나왔는데 저희 사령부도 모니터링한 적이 있습니다. 그래서 저희도 인간침투 전략을 수정해야 하나 하고 고민하던 중에 1차 숙주 전쟁 이후 전열을 가다듬기 위해 잠복 휴전에 들어간다는 연락을 받았습니다. 물론 인간들의 백신 대응과 우리 코로나족에 대한 강한 저항으로 인해 전 세계에서도 저희가 잠복 휴전에 들어가기로 결정하던 시기이기도 했고요. 그 이후에 인도는 감염자가 확 줄었고요. 저희 코로나바이러스 총사령부는 인도를 장악한 여러분의 뜻을 이해하고 인도는 저희 코로나바이러스 총사령부에서 직접 지시하지 않는 자율점령군단으로 재편성했답니다. 그런데 잠복 휴전이 끝난 이후에 오미크론족이 전 세계를 휩쓰는 동안에도 인도는 오미크론이 폭발적으로 증가하지 않았는데 그 이유는 뭔가요?"

켄타우로스족의 카르마 모크샤는 큰 소리로 웃어 대면서 엠페라 코로나에게 대답한다.

"사령관님이 궁금해하는 이유는 바로 저희 때문입니다."

"저희 때문이라니요?"

"저희 켄타우로스족은 오미크론족이 인도를 점령할 때 인도 콜카타(Kolkata)를 거점으로 삼아 때를 기다리면서 숙주 인간을 늘려가고 있었죠. 저희와의 주도권 전쟁으로 인해 오미크론은 인도를 벗어나서 인도 밖으로 전파지역을 옮기기 시작하면서 잠시 인도 지역이 코로나감염의 소강 지역으로 나타났을 것입니다. 저희도 폭발적으로 무증상 감염자를 늘려 갈 때 영역을 인도 밖으로 넓히자는 내부 의견이 있었습니다만 제가 그때 선봉에 서서 우리는 지금 나가면 안 된다! 인도 전역이 오미크론족의 지배에 이르기까지 우리 켄타우로스족은 인도의 동부 중에서도 서벵골주를 공략하는 전략으로 성을 지키는 수성 전략을 하도록 명령하였습니다. 인도 제1의 항구이자 가장 큰 대도시인 콜카타는 덥고 습한 강기슭 저습지에 위치해 있고, 3분의 1이 슬럼지역이라서 우리가 오미크론족이 지나쳐 간 지역을 은밀히 장악하기가 쉬웠죠. 그리고 우리는 서서히 오미크론족이 떠난 인도 내부로 확장해 가는 전략을 택했죠."

"대단합니다. 저희가 숙주 인간을 먼저 차지하기 위해 지배종 싸움을 하는 것은 진화의 체계에서 계보전쟁으로 불립니다. 1세대 코로나바이러스 그다음에 오미크론족 그다음이 켄타우로스족으로 지배종이 세력을 키우고 있는데 다른 지역도 아니고 인도에서 내부전쟁을 통해 후속 지배종이 나온 것은 특이합니다."

"엠페라 사령관께서는 지휘부를 통해 우리 코로나족들의 전쟁을 최종보고 받고 인간과의 숙주화 전쟁에서 누가 최후의 지배종이 되느냐를 판단하는… 어찌 보면 이미 계보전쟁의 순위를 매기는 심판이 되신 것과 같습니다. 인정하시죠?"

"네. 인정합니다. 하하하. 술탄코로나 할아버지께서 아들이자 제 아버지인 코로나족장님을 인간과의 1차 전쟁에서 잃으신 다음 일선에서 물러나시면서 다음 지배종들의 싸움에서 우리 코로나족이 영원히 번영할 수 있도록 컨트롤 타워가 있어야겠다고 판단하시고 인간에 대한 증오를 평화로운 공생으로 바꾸셨답니다. 큰 깨달음을 얻으신 거죠. 그다음에 바로 저희 코로나바이러스 총사령부를 만드셨으니까요. 저희 코로나바이러스 총사령부는 말 그대로 인간들의 백신과 치료제, 인간 면역계의 변화 등을 실시간 모니터링하고, 이 정보를 대륙별 전선에 있는 코로나 군단들에게 전사해주는 역할을 하는 것입니다. 물론 전 세계에서 지금 인간 숙주화 전쟁을 치르는 모든 코로나족들은 1세대부터 지금의 변이 세대까지 저희와 주파수 일치를 통해 대륙별 상황을 교신으로 보고하고 있습니다."

"맞습니다. 저희 켄타우로스족 또한 코로나바이러스 총사령부와 교신을 통해 저희의 진군 속도와 숙주 인간 점령비율에 대해 실시간으로 보고드리고 있으니까요."

술탄코로나는 모니터에 비치고 있는 전 세계 인간과 코로나족의 코로나 대전쟁 이후의 점령 지도를 바라보면서 이야기를 이어간다.

"인간들이 우리에 대해서 잘못 이해하고 있는 부분이 있지. 그건 바로 우리를 병균 취급한다는 것이야. 우리와 인간은 먼 조상인 원시 생명 루카에서부터 같이 진화해온 어쩌면 형제들이지. 인간은 다른 생명체가 지니지 않은 모방이라는 염색체 진화를 이루어 냈고, 모방과 학습 그리고 호기심과 연구를 통해 새로운 문명을 만들어 냈지. 어쩌면 인간이 만들어 냈다기보다는 호모사피엔스 이후에 인간에게 나타난 호르몬과 단백질 분비체계의 새로운 생태계에 의한 인간 조종이 성공한 것이지."

"마이크로바이옴(Microbiome)!"

켄타우로스족인 카르마 모크샤가 소리를 지른다.

"바로 그거네. 우리는 마이크로바이옴의 인간과의 공생을 배워야 하네. 인간이 호모사피엔스 이후 급격한 발전을 이루면서 지구의 가장 우월한 지배종으로 성장하는 데 100조 개로 구성된 인간의 세포 안에서 1,000조 개의 미생물을 통해 이루어지는 마이크로비오타(Microbiota)의 도움이 있었다네. 인간 몸속에 서식하면서 숙주를 위해 서로 유익한 균을 주고받으면서 공생하고 그 결과물로 만들어지는 도파민, 세로토닌, 아드레날린 등의 신경유도물질을 뇌를 전도체로 사용하여 인간에게 전달해 줬지. 결국 인간에게 생각이라는 창조물을 만들어 낼 수 있는 순수단백질과 호르몬을 만들어 줌으로써 인간 숙주를 더욱 발전시켜 새로운 공생의 생태계를 만들어 낸 신문명의 주인공은 바로 인간 몸속의 미생물들이었네."

"흠. 장내 미생물 유익균을 말하는군요."

"그렇지. 인간들의 사고와 생각의 원천적 단백질이 예전에는 뇌에서 분비된다고 알고 있었지만 최근에는 인간들도 장내 미생물의 생태계를 이해하기 시작했네. 인간 사고의 중심은 머리에 있지 않고 장(腸)에 있다고 말이야."

"바보들이군요. 저희는 이미 미생물균과의 공생에 대해 너무 잘 알고 있는데 말이죠."

"그렇지. 그런데 인간의 진화에서 가장 중요한 역할을 했던 100조 개의 인간 미생물들은 인간 면역계의 가장 중요한 요소이기도 하거든. 그래서 인간면역을 교란하든지 인간면역을 회피하거나 친구로 만들기 위해서는 인간 미생물을 먼저 포섭할 필요가 있네. 우리가 너희들의 적이 아니고 너희나 우리나 인간을 숙주로 살아가는 같은 파트너라고 말이야. 나는 이걸 이루기 위해 먼저 인간에게 대타협을 제안하고 그다음에 인간의 몸속에서 인체 미생물들과 공생에 대해 협업을 하려고 하는 전략인데 켄타우로스족은 일단 인간 신체에 침투한 다음에 숙주화를 이루고 인간을 순화시킨다는 전략인 것 같더군. 결국 닭이 먼저냐 알이 먼저냐 같은 거니까 일단은 존중하면서 지켜보도록 하겠네."

엠페라코로나는 두 사람의 대화에 도움을 주기 위해 가진 자료를 모니터에 띄운다.

"모니터에 뜬 오미크론족이 보내온 정보를 보십시오. 오미크론족은 일단은 회피기동과 스텔스 기능을 통해 보다 쉽게 인간의 방어막을 뚫고 침투하는 데 성공했습니다. 또한 면역계 일부를 장악해서 무증상 인간을 만드는 데 성공하였습니다. 그리고 인간 내에 존재하는 여러 정보를 저희 사령부에 보내왔습니다. 자료를 보실까요? 이걸 보시면 저희가 대타협을 먼저 하고 공생을 진행해야 할지 숙주화를 먼저 진행하고 공생을 진행해야 할지 그 방향성이 나올 것 같습니다."

자료보고

오미크론이 수집한 숙주 인간 분류

1. 백신을 맞지 않고 코로나에 걸리지 않은 인간집단

2. 백신을 2회 이상 맞고 코로나에 걸린 집단

3. 백신을 3회 이상 맞고 코로나에 걸린 집단

4. 백신을 2회 이상 맞고 코로나에 안 걸린 집단

5. 코로나에 걸린 후 이후에 백신을 맞은 집단

6. 코로나에 걸린 후 다시 코로나에 걸린 집단

7. 코로나에 걸린 후 오미크론에 걸리고 다시 켄타우로스에 걸린 집단

백신을 맞은 인간들의 분류

1. 화이자 mRNA 백신을 3회 이상 맞은 인간 집단

2. 모더나 mRNA 백신을 3회 이상 맞은 인간 집단

3. 아스트라제네카 바이러스 벡터 백신을 3회 이상 맞은 집단

4. 얀센 바이러스 바이러스 벡터 백신을 1회 이상 맞은 집단

5. 노바벡스 유전자재조합 백신을 2회 이상 맞은 집단

6. 화이자 + 모더나 조합으로 맞은 집단

7. 화이자 + 아스트라제네카 조합으로 맞은 집단

8. 화이자 + 얀센 조합으로 맞은 집단

9. 모더나 + 아스트라제네카 조합으로 맞은 집단

10. 모더나 + 얀센 조합으로 맞은 집단

기타 등등

이와 같은 분류를 통해 저희 코로나족이 숙주로 삼은 인간군들을 비교한 결과 앞으로 인간들 안에서 심각한 유전자 교란 등에 대한 미래질병이 예측되고 있습니다. 그런 이유로 저희 사령부가 일부 인간 미래질병에 대해서 통제하거나 인간 숙주 안정화 작업을 해야 할지를 결정해야 합니다. 그 이유는 인간 숙주들이 미래질병으로 사망할 경우 우리에게도 숙주가 사라지면서 다시 동물계로 숙주 전환을 해야 할 비상상황이 발생할 수도 있기 때문입니다.

엠페라코로나는 자료 모니터를 보다가 큰 반응을 일으키며 격하게 움직인다. 움직임이 커질 때마다 돌기 끝에 있는 촉수가 반응하면서 번쩍이는 전기 신호가 크게 나타난다.

"아니, 무식한 인간들 같으니라고! 이것저것 아무거나 막 맞아대서… 우리까지 혼란스럽네. 나 참… 저 mRNA 백신은 앞으로 인간 면역계를 어떻게 교란할지 예측이 안 되는 부분인데. 우리가 숙주로 삼은 인간 중에 mRNA 백신을 맞은 인간들의 면역시스템은 어떤지 추가 자료가 있으면 모니터에 띄워 주세요."

코로나바이러스 총사령부에 있는 코로나 데이터베이스에서는 실시간으로 감염시킨 인간에게서 획득한 정보를 수신받아 관련 자료를 분류하여 모니터에 송출한다.

자료에 올라온 내용은 mRNA 백신을 맞은 인간들의 면역계가 공통으로 일치하지 않고 각기 다른 모습으로 코로나족의 공격에 대응하는 현상이 뚜렷했다.

"저 자료가 무엇을 의미하는지 아는가?"

켄타우로스족의 카르마 모크샤는 술탄코로나의 질문에 모르겠다는 몸짓을 하면서 배움을 요청하는 자세로 술탄코로나를 바라본다.

"mRNA 백신은 인간 몸속에 옷 모양의 형상을 넣어 놓은 거지. '코로나족의 형상은 이렇다.'라고. 원래 백신은 우리의 유전자 파편을 기준으로 우리와 같은 마네킹을 넣어 놓고 이 마네킹처럼 생긴 녀석들이 몸 안에 들어오면 '공격!' 하고 명령어를 심어 놓은 것인데 mRNA 백신은 유니클로 옷들을 쫘악 넣어 놓고 이런 옷들을 입은 사람들은 '공격!' 하고 명령어를 만들어 놓았어. 이러한 형상을 기억하는 우리 코로나족들은 나중에 정보를 송출할 때 수십만 가지 아니 수억 만 개의 각기 다른 인간의 옷 모양에 대응하는 각기 다른 코로나 형제들이 자신들이 상대한 유니클로 옷 모양에 맞추어진 대응 시스템을 만들어 갈 거라는 말이지. 이 말은 곧 인간들은 인간 내부에서 스스로 유전자 교란에 의해 면역시스템에 혼란이 생기고 mRNA 백신을 맞은 인간을 상대한 우리 종족들은 수억 만 마리의 새로운 종으로 대응 분화를 하면서 정말 다양한 변이종들이 나온다는 말이야. 그러면 지금 같은 오미크론족, 켄타우로스족의 규모와는 비교할 수 없이 다양하고 소규모이며 강하고 약하고 공격적이고 살상적이고 친화적이고 증상이 없고 인간과 친구가 되는 등등의 걷잡을 수 없이 많은 종의 분화를 우리가 겪게 되는 시대를 맞이하게 될 거야."

"아, 저희가 RNA 바이러스라서 가지는 불안정성에 인간의 mRNA가 가지는 불안정한 유전자 교란까지 합쳐지면 불안정과 불안정의 대결이라서 그 결과가 예측이 안 된다는 말씀이군요."

"맞습니다. 카르마 모크샤 님. 그래서 할아버지께서는 인간계에서 접속해 온 뉴클레아스 어쩌구저쩌구의 인간에게 바이러스의 조상들의 유전자 코드를 찾아 다섯 가지 탄생 신물을 구해 올 경우 모든 코로나족에 대해 일사불란한 명령어를 전달할 수 있을 거라고 하셨습니다. 신속하게 그 신물들을 찾아서 가져오면 코로나족과의 대타협을 위한 열쇠를 갖는 것이라는 비밀을 알려 주어서 지금 인간들이 다섯 가지 탄생 신물의 유전자 코드를 거의 확보한 듯합니다."

"오호! 이는 삼국지에 나오는 제갈량의 천하삼분지계와 같군요. 역시 술탄코로나 님의 지혜는 저희 코로나족의 커다란 희망입니다. 인간과의 전쟁에서 인간들의 전략을 차용해서 쓰시다니요."

"제갈량의 천하삼분지계를 알아보는 자네야말로 역시 켄타우로스족을 이끄는 최고의 리더가 맞군. 단숨에 내 생각을 간파하다니."

"할아버지, 천하삼분지계는 결국 인간과 코로나족 그리고 한 축은 누구입니까?"

"누구긴 누구냐, 인간이지."

"네? 인간과 저희 코로나족… 그러면 일대일 구도의 전쟁인데. 인간이 어디에 또 있나요?"

"녀석, 켄타우로스의 카르마 모크샤 족장은 금방 이해하는데… 너는 카르마 모크샤에게 졌느니라, 하하하하하."

"헤헤, 제가 인정할 테니 좀 더 자세히 알려 주세요."

"천하삼분지계 전략이란 인간과 코로나족의 전쟁을 인간과 숙주 인간 그리고 코로나족의 전쟁으로 프레임을 바꿔 놓은 것이다."

"네? 그게 무슨…."

"우리에게 감염된 인간이 몇 명이냐? 아직 전체 인간의 10분의 1도 안 된다. 앞으로 전체 인간들에게 우리가 숙주화 작업을 시도하여 인류와 코로나족이 공생하면서 사는 날을 만들기 위해서는 우리가 최소한 인류의 90퍼센트 즉, 50억 이상의 인구를 다 감염시켜야 한다. 그래서 이 전쟁을 30년 전쟁이라고 예측하는 거야. 인간이 백 년 전쟁(1337~1453년)을 프랑스와 영국이 싸운 전쟁의 대역사로 기록하고 있다면… 우리는 30년간의 공방을 통해 지속적으로 50억 이상의 인간을 감염시켜야 인간 숙주화 전쟁에서 승기를 잡게 된다. 그러기 위해서는 우리 편이 필요하지.”

“아! 그래서 우리에게 한 번이라도 감염된 인간들을 숙주 인간군으로 분류하여 지속적으로 우리 편을 들도록 하는 거군요.”

“맞단다. 우리 종족에게 감염된 인간들을 봐라. 모두 완쾌된 다음에 하는 말이… ‘이까짓 거 코로나 뭐 감기와 같은 거네, 걸려도 집에 며칠 있으면 낫는 거야, 에잇! 이게 뭐 무서운 병이라고. 전 세계가 격리하고 국외여행 금지하고 난리 블루스인 거야? 항공편도 아직 전 세계가 코로나 시대 이전으로 복구시키지 않고 무얼 하는 거야?’ 하면서 마치 코로나바이러스에 감염된 것은 아무 일도 아니라는 듯이 사람들에게 말하지. 그게 인간 스스로 생각해서 말하는 것 같으냐?”

“헉! 할아버지! 그럼 숙주 인간이 된 인간들이 저희들을 겁내지 않고 마구마구 돌아다니면서 오미크론족을 환영하고 여기 켄타우로스족을 환영하고 또 다른 변이 종족들이 나오면 자기 몸을 숙주로 쓰도록 환영하도록 누군가 조종하는… 헉! 저희가 먼저 숙주로 지배한 다음에 인간 신경계를 지배해서 그렇게 생각하도록 만드는 것이군요. 역시 저희 코로나족은 정말 위대한 바이러스입니다. 지구 역사상 전무후무한 지적 생명체로 진화할 수 있는 위대한 존재. 야호, 코로나족 만세!!”

“고양이와 쥐의 관계에서 그 전략을 가져왔단다.”

“고양이와 쥐요?”

“그래. 고양이의 소변에는 톡소포자충(Toxoplasma gondii)이라는 미생물이 살지. 이 미생물은 주로 접촉하는 쥐에게 전파되면 쥐의 신경을 마비하고 생각을 유도하여 쥐가 고양이를 무서워하지 않게끔 신경계를 조종하지. 그리고 도망가지 않는 쥐들을 고양이가 쉽게 잡아먹도록 하는 거지. 이 톡소포자충은 인간에게도 쉽게 감염되어 톡소포자충증(Toxoplasmosis)을 일으키는데 임산부는 무증상 감염으로 신생아 기형 및 사산이 나타나고, 암 환자나 기타 면역이 약화된 환자들을 합병으로 사망에 이르게 하는 치명적인 인수 감염(人獸感染) 질병이지. 2016년 미국 〈뉴욕 타임스〉에 나온 기사를 찾아봐라. 미국인의 11퍼센트는 이 톡소포자충에 노출되었다고 하니 대단한 침투 및 잠복 능력이지."

켄타우로스족의 카르마 모크샤는 감동한 표정으로 술탄코로나를 바라보면서 돌기를 흔드는 큰 몸짓으로 외친다.

"대왕이시여, 정말 위대하십니다. 그래서 한 번이라도 저희 코로나족의 침투를 받은 인간들은 저희 코로나족을 더 이상 무서워하지 않고 언제든 이길 수 있다고 착각한 채 방역을 무시하고 마음껏 활동하면서 살아가는 거군요. 잠복해 있는 저희 코로나족이 인간의 신경계를 조종하고 착각을 일으켜서 저희가 두려운 질병이 아니라는 확신을 심어 주는 고양이 쥐 길들이기 전략이야말로 정말 위대한 전쟁 전략입니다."

"그러면 할아버지, 천하삼분지대계로 인간과 숙주 인간 그리고 저희 코로나족이 앞으로 싸우는 구도를 만들고, 코로나를 두려워하지 않고 마구 활동하여 전파해 가는 숙주 인간들 속에서 자꾸 분화한 다양한 변이 종족 후손들을 통제하여 최후에 인간들과 대타협을 하든 전쟁을 하든 일사불란한 지휘를 위해 저희가 스스로 구하지 못하는 다섯 가지 탄생 신물을 인간들이 스스로 구하게 해답을 주신 거군요. 마구마구 분화해서 앞으로 통제가 불가능할 수 있는 변이종의 후손 코로나족들을 일사불란하게 명령어로 통제할 수 있는 탄생 신물 유전자 코드를 인간이 구하게 하다니… 대단한 계책을 세우셨군요. 《손자병법(孫子兵法)》36계 중의 35계인 연환계(連環計)를 인간에게 쓰시다니 대단하세요."

"큰 것을 얻기 위해 작은 것을 풀어주는 《손자병법》36계 중의 16계, 욕금고종(慾擒故縱) 전략이기도 하느니라. 어차피 우리가 구해야 하는데 우리는 조상들에 대한 경외감으로 인해 조상들의 흔적을 찾아서 단시간 안에 다섯 가지 탄생 신물의 대한 유전자 코드를 확보하기 힘든 상황인데 우리와 뜻을 같이하는 평화주의자 인간들의 협조를 얻어서 우리가 인간들과 공생하는 방법을 찾는 것이 더 실리적이라고 판단했기 때문이지. 한번 열린 코로나족의 인간계에 대한 침투는 다시는 돌이킬 수 없는 일이라는 것도 인간들이 잘 알 테고, 그 원인을 만든 것도 인간 스스로인 것을 잘 알기 때문이지. 처음으로 대화가 되는 인간을 만난 것만으로도 나는 우리 종족을 위해 얼마든지 협조할 생각을 가지고 있단다.”

“그러면 할아버지, 인간들이 다섯 가지 탄생 신물 유전자 코드를 확보하면 저희 코로나바이러스 총사령부에 접촉을 시도하겠군요.”

“그래. 그때 우리가 공생을 위한 대타협을 이루기 위해 모든 코로나족에게 대타협의 명령을 내릴 것이다. 인간을 살상하는 공격의 정도를 멈추고 인간과 함께 공생할 수 있는 침투 후 숙주 전략으로 모든 전쟁의 방향을 바꾸도록 말이야. 인간들도 우리에 대한 백신이나 살상용 치료제를 만드는 대신에 우리와 같이 살 수 있는 길을 모색해 주면 좋으련만… 우리의 목표는 인간의 몸 안에서 새로운 생태계를 만들어 인간의 친구가 된 마이크로바이옴이 인간 체내에 장내 미생물로 정착해 가는 역사를 벤치마킹해야 한다.”

“알겠습니다. 저희 켄타우로스족이 지금 가장 빠르게 무증상, 빠른 전파, 깊은 잠복, 빠른 회복을 통한 인간 안심 침투 작전을 펼치는 중이니 켄타우로스 군단 모두에게 술탄코로나 님의 깊은 생각을 전달하도록 하겠습니다. 존경합니다. 술탄코로나 님.”

“아니야. 나는 자네 같이 젊고 똑똑한 후세대들이 우리 코로나족을 다양한 변이 및 분화 그리고 정보 전사를 통해 다음 세대로 진화하도록 지도력을 발휘하는 것에 대해 깊은 감동을 받고 있네.”

엠페라코로나는 켄타우로스 족장인 카르마 모크샤에게 돌기를 가져다 대면서 자신이 가진 모든 사령부의 정보를 전사해 준다.

카르마 모크샤는 사령관인 엠페라코로나에게 우호적인 몸짓을 돌기 춤추기로 보여 주면서 자신들이 개발한 스텔스 표면 돌기를 보여 준다.

"그렇게 해서 세포벽을 뚫고 들어가면 인간의 방어시스템은 뚫린지도 모르게 우리에게 감염되겠군요. 그래서 무증상이 그렇게 많이 나타나는 거고요."

"네. 저희 켄타우로스족의 자랑입니다. 하지만 인간들의 면역시스템이 개인별로 다르게 나타나기 때문에 때로는 코로나 치료 후에도 부작용이 나타나고 후유증이 생기는 인간들이 존재해서 저희가 감염시켰다는 증거를 남기는 통에 아직은 완벽하지 않습니다."

"우리가 병(病) 주고 약(藥) 주고 할 수는 없으니 인간들 중에서도 아마 우리 코로나족에 감염된 숙주 인간들을 자연스럽게 회복시키는 신약을 찾는 인간들이 나타날 것이야. 인류 역사는 항상 그렇게 바이러스와 싸우거나 타협하면서 진화했으니 말이야."

엠페라코로나가 강하게 힘주어 말한다.

"그런 인간이 나오면 저희가 침투해서 제거해 버릴까요?"

"아니야. 내가 말했지 않았느냐. 우리는 인간들과 공생을 해야 한다고. 우리가 침투하여 숙주화되거나 또는 후유증이 생긴 인간들을 자연스럽게 치유하는 약이 나타나면 그 약이 우리를 살상하는 약인지, 아니면 우리와 공생하면서 인간의 면역계를 지켜 주는 약인지를 판단해 보면서 우리가 그때 결정하면 될 것 같으니 너무 서두르지는 말자."

"네, 할아버지."

"두 분의 도움과 가르침에 감사드립니다. 저는 켄타우로스족을 이끌고 인간 숙주화 전쟁에 있어 인간 감염자의 10퍼센트 영역을 넘어서서 대확산의 분수령을 만드는 무증상 스텔스 확산 전략을 지속적으로 수행하도록 하겠습니다."

"파이팅하세요. 인간 두뇌의 뇌파를 이용하여 인간이 사용하는 와이파이(Wi-Fi)를 통해 접속하니 박쥐접속을 통해 연결되는 것보다 훨씬 빠르고 좋아요."

"앞으로 우리는 인간의 과학을 더 활용하는 수준으로 진화하게 될 걸세. 켄타우로스족의 영광스러운 전투에 축복을 기원하네."

코로나바이러스 총사령부에 접속한 코로나족의 세 리더는 접속이 종료되자 각자의 숙주 인간 몸으로 되돌아간다.

Chapter 4

불로초의
비밀을 풀다

불로초(佛路草: 부처님이 길을 알려 주신 풀)의
비밀을 풀어낸 세바스찬 강

전시실 안에 무거운 침묵이 흐르면서 마침내 수장고에 보관 중인 16세기 중국 청동(靑銅)거울이 모습을 드러냈다.

청동거울 분석을 위해 모든 기계장치를 설치한 전문가들은 청동거울이 보여 주는 자태에 저절로 찬사가 나온다.

"오! 저 거울이 드디어 세상에 모습을 드러내는군요."

"실로 대단합니다. 중국 상하이 박물관, 일본 도쿄국립박물관, 미국 메트로폴리탄 미술관 그리고 이곳 신시네티 미술관에 있는 4개의 청동거울이 모두 모습을 드러내는 역사적인 날입니다. 기원전 202년부터 서기 220년 때 만들어진 이후 반사투영 메시지를 전달하는 마법의 거울로 제작된 4대 청동거울이 모두 드러난 것입니다."

이윽고 이 행사를 주관하는 신시네티 미술관의 동아시아 큐레이터 실장인 싱 호우메이 박사는 마이크를 잡고 행사를 시작한다.

"오늘 역사적인 마법의 거울로 제작된 4대 청동거울 중에 마지막까지 찾지 못했던 16세기 한(漢)나라 동경이 이곳 신시네티 미술관에 있다는 사실을 발견했습니다. 그리고 잘 아시다시피 이미 분석이 완료된 3개의 청동거울, 즉 중국 상하이 박물관의 청동거울, 일본 도쿄국립박물관에 있는, 에도시대 때부터 국보로 소장되어 온 한나라 청동거울 그리고 미국 메트로폴리탄 미술관에 소장되어 분석을 마친 청동거울에서 찾아낸 반사투영(反射投影) 메시지와 오늘 행사에서 실시하는 빛 반사를 통해 찾아내는 신시네티 미술관의 청동거울 투영 메시지를 모두 합쳐서 완전한 한나라 청동거울의 비밀 메시지를 발견해내는 것이 오늘 저희의 목표입니다. 행사를 주관한 박물관과 담당 큐레이터인 저 또한 긴장되는 순간입니다. 과연 마지막으로 발견해 낸 이 청동거울에 그동안 저희가 세 개의 청동거울에서 밝혀낸 부처 문양과 데이터를 완전체로 만들어 줄 마지막 열쇠가 존재할 것인가 하는 점이 오늘의 핵심입니다. 역사적인 순간에 여러분이 함께해 주신 것을 감사히 생각하며, 여러분의 도움이 있었기에 오늘의 청동거울 투영을 통한 반사(反射) 메시지 해석의 역사적인 성과가 있었음을 거듭 밝혀드립니다."

여기저기에서 초청받은 VIP들과 전문가들의 찬사와 박수갈채가 쏟아진다.

이윽고 등장하는 한나라 청동거울.

은은한 청동의 빛을 내며 전면에는 청동에 어린 푸르스름한 빛과 뒷면에 한자(漢字)로 새겨진 나무아미타불(南無阿彌陀佛)이라는 글자가 선명하다.

"이런 청동거울을 주로 종교적 목적으로 사용했다는 것이 역사적 기록으로 남아 있습니다. 빛을 반사해서 형상을 나타내는 이러한 기술은 특별하게 후대에게 전하고자 하는 메시지나 특별한 내용을 담고 있는 경우가 많습니다. 저희가 마지막으로 찾은 신시네티 미술관의 청동거울 분석에 대해서 이렇게 공식적으로 행사를 진행하는 이유를 말씀드리겠습니다. 불교에서 마법의 거울은 중생들에게 희망과 구원을 주기 위한 목적으로 주로 제작되었습니다. 하지만 현재 모두 발견된 4대 청동거울은 그 거울 안에 부처의 형상과 또 다른 메시지를 담고 있는데 특이하게 어느 한 곳을 가리키는 지도가 나타나고 있습니다. 오늘 마지막 청동거울의 반사 메시지를 찾음으로써 4대 청동거울이 가리키는 특정한 장소와 그 장소에 숨겨진 비밀을 찾는 해법을 완성하게 되었습니다."

싱 호우메이 박사의 설명이 끝나자 신시네티 미술관 관장인 피터 월쇼는 역사적인 청동거울 반사경 투영식을 선포한다.

"지금부터 한나라 시대의 4대 비밀 청동거울 중 빛 반사투영을 하지 않은 마지막 한나라 청동거울의 투영식을 시작합니다."

순간 빛 반사투영식 중앙 단상에 위치한 한나라 청동거울을 향해 1만 안시루멘(ANSI Lumen)의 빛을 내쏜다.

"우오오오."

"와! 저 벽을 보세요."

"진정 위대한 발견입니다."

"오! 세상에!"

"저 벽에 비치는 것은 부처상인데요."

빛이 청동거울에 투영되자 벽에 반사되면서 위대한 불상이 나타난다.

그리고 그 벽에 투영된 불상으로 다가가는 전문가들.

전문가들은 자세히 불상의 형태를 살펴보다가 마지막 글귀를 발견한다.

***** 탐라국(耽羅國) 하논(大沓) 서불과지(西市過之)에 불로초를 묻었나니… 《반야심경》에 잊힌 글자와 학(鶴)이 물어 온 풀이 병든 세상으로 가득한 시대에 인간을 구원할 것이니라 *****

"여… 여기… 글자가 있습니다."

"신비하게 부처상 밑에 글귀가 나타나는군요. 얼른 기록에 남겨 놓으십시오. 지금 우리 박물관 촬영팀이 촬영하고 있는 게 맞지요? 중요한 순간이니 꼭 빠짐없이 기록해야 합니다."

피터 월쇼 관장은 감격에 겨운 목소리로 급히 기록팀에게 주문한다.

"네. 걱정 마십시오, 관장님. 저희도 기록에 유념하고 있지만 내셔널지오그래픽(National Geographic) 촬영팀도 지금 다큐멘터리를 제작하기 위해 최고 화질로 기록하고 있습니다."

"정말 대단한 발견이군요. 3가지 청동거울에서 나타나지 않은 마지막 글귀가 여기에 나타난 것입니다. 정말 인류사의 대단한 발견입니다. 저희는 이 모든 발견의 과정을 정리하여 주정부에 보고하고, 학술팀은 학회에 주제발표를 준비하도록 하겠습니다. 오늘 이 중요한 순간에 함께해 주신 내외 귀빈 여러분과 전문가분들에게 감사드립니다."

피터 월쇼 관장의 인사말에 여기저기에서 박수와 환호성이 나온다.

신시네티 미술관 안의 동아시아 큐레이터실의 실장실.

이 모든 발견을 주관한 싱 호우메이 실장은 눈가에 어린 촉촉한 눈물을 닦으면서 부처상 밑에 나타난 문구를 다시 한번 읽어 본다.

***** 탐라국(耽羅國) 하논(大畓) 서불과지(西市過之)에 불로초를 묻었나니… 《반야심경》에 잊힌 글자와 학(鶴)이 물어 온 풀이 병든 세상으로 가득한 시대에 인간을 구원할 것이니라 *****

눈가에 어린 눈물을 닦으라고 책상 위의 티슈를 뽑아서 건넨 사람이 있다.

"실로 위대한 발견이었습니다. 도저히 찾을 수 없을 것 같던 마지막 청동거울을 이곳 신시네티 미술관 수장고에서 찾아내 각고로 연구한 끝에 오늘 이렇게 빛 반사투영식(反射投影式)을 성공적으로 이루어 내다니 대단합니다. 더구나 그토록 염원하던 마지막 글귀를 발견해 냈습니다. 축하드립니다."

"별말씀을요. 모두 세바스찬 강 교수님이 알려주신 힌트를 따라서 찾아낸 것입니다. 오늘 이 문구가 세바스찬 강 교수님이 평생을 연구하신 불로초를 찾는 대여정에 마침표를 찍는 종착지가 되기를 바랄 뿐입니다."

"모두 싱 호우메이 실장님 덕분입니다. 마지막 청동거울을 찾아내고 청동거울 안에 숨겨진 부처상의 반사경을 통해 성공적으로 추출된 마지막 퍼즐을 맞출 문구를 찾아내 주셨으니 저는 지금 바로 진시황이 불로초(不老草)를 구하여 숨겨놓은 그곳으로 이동하겠습니다."

"흥미롭군요. 불로초라고 하면 인간이 영원히 살 수 있다는 그 풀을 말하는 것입니까?"

"아닙니다. 모든 역사학자가 거기에서부터 오류에 빠진 것입니다. 저는 역사학자가 아닌 생명공학자로서 평생 식물에서 천연물 신약을 찾는 연구를 한 사람입니다. 그러면서 자연스럽게 왜 진시황(秦始皇)이 불로초를 찾아서 서복(西福) 장군과 3천 명의 어린 남녀집단을 보냈는가를 늘 생각하곤 했습니다. 과연 불로초는 사람을 늙지 않게 하는 불로(不老)의 영약(靈藥)을 말하는 것인가? 저는 이 명제를 오랫동안 붙잡고 있다가 상하이와 도쿄 그리고 뉴욕의 박물관에서 한나라의 청동거울을 발견하고 적외선 투시기로 연대측정을 하다가 청동거울 안에 진시황이라는 글자 그리고 불상과 어느 지역을 나타내는 지도가 존재한다는 사실을 알게 되었습니다. 진시황과 불상 그리고 지도⋯ 거기에서 미로 같은 실타래에 얽혀 있다가⋯ 신시네티에서 마지막 청동거울을 발견했다는 뉴스를 듣고 싱 호우메이 실장님에게 연락을 드렸던 것입니다."

"네. 그 연락 덕분에 저도 오늘의 대발견을 한 한나라 청동거울에 빛 반사투영을 해 볼 용기를 얻게 된 것입니다. 그리고 오늘 위대한 역사를 쓴 것이고요. 오히려 제가 더 큰 감사를 드려야 할 것 같습니다. 그리고 저 또한 중국혈통을 가진 중국계 미국인으로서 진시황제 때의 불로초 신화를 어려서부터 할머니에게 들어서 알고 있습니다. 할머니는 늘 이렇게 말씀하시곤 했습니다. '진시황의 불로초가 어디 있는지 안다면 늙지도 않고 병들지도 않고 오래오래 너랑 행복하게 살 텐데 말이야.'라고 말입니다. 저도 이제는 나이를 먹다 보니 정말 그 불로초가 존재하는지 궁금해지더군요. 더구나 요즘처럼 코로나바이러스로 인해 인간들의 수명이 줄어들고 곳곳에 감염자들이 속출하는 시대에 살고 보니 병들지 않고 오래 산다는 것의 소중함을 점점 더 크게 느끼고 있답니다. 세바스찬 강 교수님이 나중에 불로초를 발견하시면 저에게도 선물로 한 박스는 보내 주시겠지요? 호호호."

"당연합니다. 반드시 보내드리겠습니다. 오늘의 일등공신이니까요. 하하하. 저는 그럼 이만 마지막 퍼즐이 맞추어진 지도의 그곳으로 바로 움직이도록 하겠습니다. 다시 한번 싱 호우메이 실장님의 도움에 진심으로 감사드립니다."

대한민국 제주도, 서귀포 정방폭포

해가 떠오르기 시작하는 새벽녘에 한 남자가 대한민국에서 유일하게 산에서 바로 바다로 떨어지는 폭포로 유명한 서귀포 정방폭포 옆의 암벽에 로프를 걸어 멘 채 올라가고 있다.

"끙. 오랜만에 하는 암벽 타기라 힘이 드는군. 나도 이제 늙었나? 하하. 이보게 삥서비 박사, 줄을 좀 더 타이트하게 당겨줘. 그래야 이 마지막 벽을 올라서서 서불과지(西市過之)를 바로 눈앞에 볼 수 있을 듯해."

휴대폰을 스피커폰으로 바꾸고 정방폭포 위 산책로에서 당김줄을 걸어 놓고 세바스찬 강 교수의 암벽 타기를 지원하고 있는 삥서비 박사에게 세바스찬 강 교수가 새벽 공기를 가르는 커다란 목소리로 소리를 지른다.

"네, 교수님. 팽팽하게 당겼습니다. 얼른 끝내시고 서귀포 냉삼맛집 아는맛으로 가시죠."

"하여간… 너는 만날 먹는 타령이야. 지금 내가 서불과지에서 찾는 게 얼마나 중요한 단서인 줄도 모르고… 나 참."

"아니, 교수님. 이곳 산책로에 이렇게 쓰여 있네요. 산책로 아래로 급경사와 암벽이니 절대로 내려가지 말 것! 위험! 그리고 이곳 안내판 바로 옆에 서복전시관이 있음. 서복은 서불이라고도 불리며 BC 255년 진나라가 통일하기 전에 제나라에서 태어났다. 어려서부터 연나라, 제나라의 천문, 의학, 신선술, 점복, 상술 등을 연구하였으며 진시황에 의해 발탁되었다. 진시황의 명을 받아 불로장생약을 찾아 3,000여 명의 대선단을 이끌고 동쪽으로 이동하였으며 넓은 평야와 윤택한 땅을 찾게 되자 돌아가지 않았다. 최종 정착지로 추정되는 일본에 농·어업, 의약, 주거문화, 토기 등을 전수한 야요이 문화를 정착시킨 것으로 전해 내려온다. 신기한 섬나라 탐라국에 이르러 한라산에 올라 불로초를 구하고 서쪽으로 떠나며 서불이 와서 서쪽으로 돌아간 포구라는 뜻의 서불과지를 암벽에 남겨서 현재까지 그 흔적이 남아 있으며, 서복이 와서 서쪽으로 돌아갔다 해서 지금의 제주도 서귀포 지명이 유래했다. 이를 기념하기 위해 이곳에 서복기념관을 건립하였다."

"야! 조용히 해. 여긴 내 고향이야. 내가 어려서 수영하고 놀던 내 놀이터였다고. 내가 서귀포 남원 출신이란 말이야. 정방폭포에서 내가 잡은 무태장어가 몇 마리인 줄 알아? 지금은 거의 멸종되었지만… 내 앞에서 제주도에 대해 아는 척하지 하세요. 존경하는 조교님, 너 자꾸 떠들면 이따가 갈칫국 안 사 준다."

"헉! 조용히 하겠습니다, 교수님."

다시 한번 당김줄을 팽팽히 당긴 뼁서비 박사는 줄을 산책로 안전바에 단단히 걸어 놓은 채 아찔한 정방폭포 옆 경사면 절벽을 바라본다. 줄 아래 저 밑으로 세바스찬 강 교수가 대롱대롱 매달린 채 서불과지가 양각된 글자 옆으로 난 조그만 표식이 있는 곳을 작은 삽으로 파내기 시작하는 모습이 보인다.

"서불과지 옆에 지금은 보이지 않지만 작은 표식이 있는 이 자리를 4개의 청동거울에 나타난 지도의 표식에서 발견했지. 그래… 오른쪽으로 다섯 손바닥 정도. 맞아, 이곳이다. 흠… 이곳의 흙이 조금 다르군. 여기를 파보자."

혼자 중얼거리면서 한참을 파내려 가던 세바스찬 강 교수는 마침내 작은 구덩이가 나오는 것을 발견하고 쾌재를 부른다. 오랜 세월에도 풍파를 견디게끔 아주 작은 호리병 구덩이를 역으로 파 놓아서 비와 바람이 들어가지 않았다. 세련된 아이디어로 파 놓은 구멍이다.

"호리병을 거꾸로 세우듯이 굴을 파고 위로 올려서 그 안에… 두루마리를 넣어 놓고 봉하면… 흠, 비바람 침투도 막고 새의 둥지로 이용될 수도 없는 천혜의 금고를 암벽에 만들었구나, 대단하다."

한참 후에 당김줄이 마구 흔들리자 위에서 대기하고 있던 삥서비 박사는 급히 당김줄을 끌어올린다.

"발견하셨어요?"

"쉿! 얼른 서울로 올라가자. 연구실에서 급히 살펴봐야 할 게 있어."

"교수님, 냉삼은요?"

"조용히 하고 얼른 제주공항으로 차나 운전해. 난 이걸 잘 봉인해 가야겠다."

무언가를 소중하게 품 안에 든 세바스찬 강은 급히 정방폭포 주차장에 세워져 있는 승용차에 올라탄다.

경기도 수원 경희대학교 생명과학대학
천연물 신약 연구센터

연구동 한 층 전체를 사용하고 있는 천연물 신약센터의 센터장 겸 생명과학대학 학부장을 맡고 있는 세바스찬 강 교수는 전 세계의 식물에서 추출한 한방재료 및 천연물 신약 재료로 제약에 필요한 원료추출과 합성을 전문으로 하는 생명과학기술팀을 이끌고 있다.

연구센터 안을 분주하게 움직이고 있는 하얀 가운을 입은 수많은 석박사 연구원들이 보인다. 유리 차단벽 안쪽에 위치한 세바스찬 강 교수의 연구실.

출장에서 돌아온 세바스찬 강 교수 주위로 연구원들이 둘러서서 불만들을 쏟아 낸다.

"교수님, 안 계시는 동안 검찰이 저희 연구실에 압수수색을 나와서 쑥대밭을 만들었습니다."

"전화 받고 통화해서 알고 있다. 너무 신경 쓰지 말거라. 원래 연구자의 길은 외롭고 고독한 거야."

"그래도 그렇지, 교수님! 저희가 이렇게 불철주야 코로나 치료제를 만들기 위해 노력하는 데 도와주지는 못할 망정 압수수색이라니요. 해도 너무 합니다."

뻥서비 박사가 후배들을 다독거리며 나선다.

"참아라. 글로벌 제약사들의 시기와 질투도 있을 것이고, 이상하리만큼 코로나 치료제를 만드는 데 방해하는 세력이 너무 많아서 우리도 지금 파악 중이다. 인간을 이롭게 하는 일을 인간이 방해한다는 것은 결국 그 인간들을 조종하는 바이러스나 거대한 세력이 있다는 이야기인데… 코로나바이러스에 대한 무서움을 갖게 되는 부분이 이 점이란다. '인간을 조종할 수 있다.'는 가정을 해 보면 이런 바이러스의 등장은 인류에게 치명적일 수 있지."

세바스찬 강은 어떠한 방해 공작도 두려워하지 않는다는 신념에 찬 어조로 연구원들을 향해 힘주어 지시를 내린다.

"여러분, 우리가 신물질을 찾아내서 인류를 지키기 위한 코로나바이러스 치료제를 만드는 것은 우리의 사명입니다. 누가 뭐라고 하든, 천연물을 기반으로 한 코로나 치료제를 만들어서 우리 인류를 구하고 대한민국의 신약 기술을 세계에 널리 알리는 데 우리가 앞장서면 됩니다. 힘내시고 제가 찾아온 마지막 단서를 같이 보면서 연구하는 데 집중해 주세요."

세바스찬 강 교수의 강한 어조에 연구실 안이 순간 숙연해지며 결의에 찬 모습들로 가득 찬다.

소중하게 봉인된 두루마리 죽책(竹册)을 펼쳐 보는 세바스찬 강 교수와 조교인 뺑서비 박사.

"흠… 이건《반야심경》구절인데… 다른 단서는 없고 오직《반야심경》만."

눈앞에 두루마리를 펼치자 퀴퀴한 죽책(竹册)에 세월에 퇴색된 글귀들이 펼쳐진다.

摩訶般若波羅蜜多心經
마하반야바라밀다심경

觀自在菩薩 行深般若波羅密多時 照見五蘊皆空 度一切苦厄
관자재보살 행심반야바라밀다시 조견오온개공 도일체고액

舍利子 色不異空 空不異色 色卽是空 空卽是色 受想行識 亦復

如是
사리자 색불이공 공불이색 색즉시공 공즉시색 수상행식 역부여시

舍利子 是諸法空相 不生不滅 不垢不淨 不增不減
사리자 시제법공상 불생불멸 불구부정 부증불감

是故 空中無色 無受想行識
시고 공중무색 무수상행식

無眼耳鼻舌身意 無色聲香味觸法 無眼界 乃至 無意識界
무안이비설신의 무색성향미촉법 무안계 내지 무의식계

無無明 亦無無明盡 乃至 無老死 亦無老死盡
무무명 역무무명진 내지 무노사 역무노사진

無苦集滅道 無智 亦無得 以無所得故
무고집멸도 무지 역무득 이무소득고

菩提薩陀 依般若波羅密多故 心無罣碍 無罣碍故 無有恐怖 遠
離顚倒夢想 究竟涅槃
보리살타 의반야바라밀다고 심무가애 무가애고 무유공포 원리전도
몽상 구경열반

三世諸佛 依 般若波羅密多故 得阿耨多羅 三藐三菩提
삼세제불 의 반야바라밀다고 득아뇩다라삼막삼보리

故知般若波羅密多 是大神呪 是大明呪 是無上呪 是無等等呪

고지반야바라밀다 시대신주 시대명주 시무상주 시무등등주

能除一切苦 眞實不虛 故說般若波羅密多呪 卽說呪曰
능제일체고 진실불허 고설반야바라밀다주 즉설주왈

揭諦揭諦 波羅揭諦 波羅僧揭諦 菩提 娑婆訶 (3번)
아제아제 바라아제 바라승아제 모지 사바하

위대한 지혜로 깨달음에 이르는 가장 중요한 가르침

관자재보살께서 깊은 지혜로 깨달음에 이르는 실천을 행하실 때, 모든 존재를 구성하는 다섯 가지 요소가 모두 텅 비어 있는 것을 비추어 보고 온갖 괴로움과 재앙을 벗어났다.

사리자여, 물질이 공과 다르지 않고 공이 물질과 다르지 않으며, 물질이 곧 공이요, 공이 곧 물질이니, 느낌과 생각과 의지와 판단도 또한 그러하다.

사리자여, 이 모든 사물은 그 성질이 공하여 생겨나지도 않고 없어지지도 않으며, 더럽지도 않고 깨끗하지도 않으며, 늘지도 않고 줄지도 않는다.

그러므로 공 가운데에는 물질도 없고, 느낌과 생각과 의지와 판단도 없으며, 눈과 귀와 코와 혀와 몸과 생각도 없으며, 빛과 소리와 냄새와 맛과 촉감과 생각의 대상도 없다.

시각의 영역도 없고 의식의 영역까지도 없으며, 어리석음도 없고 또한 어리석음이 다함도 없으며, 늙고 죽음도 없고 또한 늙고 죽음이 다함까지도 없다.

괴로움, 괴로움의 원인, 괴로움의 없어짐, 괴로움을 없애는 길도 없으며, 지혜도 없고 또한 얻는 것도 없다.

얻을 것이 없는 까닭에 보살은 반야바라밀다를 의지하므로 마음에 걸림이 없다. 걸림이 없으므로 두려움이 없어서 뒤바뀐 헛된 생각을 멀리 떠나 마침내 열반에 이른다.

과거, 현재, 미래의 모든 부처님들도 이 반야바라밀다를 의지하여 위없이 올바른 깨달음을 얻었다.

그러므로 알아라. 반야바라밀다는 가장 신비한 주문이며, 가장 밝은 주문이며, 가장 높은 주문이며, 어느 것에도 견줄 수 없는 주문이니, 능히 온갖 괴로움을 없애 주고, 진실하여 허망하지 않다. 그러므로 반야바라밀다의 주문을 말해주니, 주문은 곧 이러하다.

아제 아제 바라아제 바라승아제 모지 사바하

가자, 가자, 저 언덕으로 가자, 저 언덕으로 온전히 가면, 깨달음을 이루리라.

눈 앞에 펼쳐진 《반야심경》 구절을 보면서 세바스찬 강 교수는 신시네티 미술관 청동거울에서 얻어 낸 글귀를 대조해 본다.

***** 탐라국(耽羅國) 하논(大畓) 서불과지(西市過之)에 불로초를 묻었나니… 《반야심경》에 잊힌 글자와 학(鶴)이 물어 온 풀이 병든 세상으로 가득한 시대에 인간을 구원할 것이니라 *****

"교수님… 무슨 수수께끼도 아니고 여기에 무슨 의미가 있을까요?"

"쉿! 다섯 가지의 텅 빈 요소가… 뻥서비 박사, 우리가 연구하는 천연물 중에 5자가 들어가는 약초가 있나?"

"오미자요."

"아니, 아니. 우리가 항바이러스제로 얼마 전까지 C형감염 치료제를 만들기 위해 추출한 그 천연물이 어디서 유래했지?"

"헉! 오배자(五培子)입니다."

"그래, 오배자. 오배자에 대한 모든 자료와 논문 그리고 우리가 추출하여 합성한 오배자 화학식을 가져오도록 하게."

세바스찬 강은 혼자 중얼거리면서 그 의미를 찾기 위해 노력한다.

"탐라국 하논이면 제주도 서귀포의 옛날 지명이고 서불과지에 불로초(不老草)를 묻었다. 불로초는 늙지 않는 풀, 영생을 이르는 풀이라고 전해 내려온다. 그런데 왜 《반야심경》에서 잊힌 글자라고 하고, 늙지 않는다는 말보다 병든 세상을 구한다고 했을까? 병든 세상을 구한다. 진시황 한나라 청동거울, 4개에 따로 감춘 비밀 그리고 서귀포 불로초 《반야심경》 병든 세상을 구할 풀이라. 無眼耳鼻舌身意 無色聲香味觸法 無眼界 乃至 無意識界(눈과 귀와 코와 혀와 몸과 생각도 없으며, 빛과 소리와 냄새와 맛과 촉감과 생각의 대상도 없다). 잠깐 귀 이(耳) 자가 나오는데 들을 청(聽) 아니, 소리 성(聲)이 나오는구나. 누락된 글자는 귀로 듣는다. 귀와 연관된 약초는 귀 모양을 닮은 오배자구나. 아하, 이제 알았다. 푸하 하하하하."

길을 가다 막힌 표정으로 연구실 밖의 주자창을 바라보던 세바스찬 강 교수는 연구실 밖 도로를 바라보더니 갑자기 환한 표정을 짓는다.

"불로(不老), 불로를 불로로 생각하지 않고 불로(佛路), 즉 부처님이 그 길을 알려주는 풀. 그 풀의 이름을 《반야심경》에 누락된 글자에 심어 놓았다. 그러면 불로는 불로장생의 불로가 아니라 부처님이 길을 알려 준다는 의미인 거지. 《반야심경》에 나타난 다섯 가지의 텅 빈 요소를 의미하는 오배자와 누락된 글자, 귀에 상응하는 들을 청(聽) 자가 아닌 소리 성(聲) 자로 표시하여 청 자가 누락된 것이니 오배자가 맞는 것이고. 인간의 삶이 덧없고 육신은 쓰다 버리는 짚신 같은⋯ 찾는 것이 곧 버리는 것이다. 길가에 널리고 널린 것이 곧 해탈이요 열반이니⋯ 스님이 해탈 고행을 할 때 탁발에 짚신이라, 허허. 짚신나물로 귀결되는 데다가 학이 물어온 풀, 선학초는 오직 짚신나물뿐이니. 바로 이 두 가지가 4개의 청동거울이 나타내는 진시황의 불로초인 것이구나."

"이보게, 푸하하하. 유레카! 오늘 우리 연구실은 저녁에 중국집에서 회식을 합니다, 여러분! 푸하하하하하. 지금 연구팀이 항바이러스 치료제로 개발하기 위해 사용하는 천연물들이 무엇이지 아는가? 오, 나무아미타불! 하나님, 부처님, 천주님, 알라신, 조상님 모두 모두 감사합니다. 병든 세상을 구하는 풀이라…"

세바스찬 강 교수가 갑자기 연구실 유리문을 활짝 열면서 연구센터 안의 모든 석박사들이 깜짝 놀랄 큰소리로 외쳐 댄다.

"우리가 지금 항바이러스 연구제로 임상 들어간 천연물은 어디에서 추출한 거지요?"

"그야 짚신나물 아닙니까? 교수님. 길가에 흔하디 흔한 짚신나물. 선학초(仙鶴草) 또는 용아초(龍牙草)로 알려진 흔한 짚신나물에서 추출해 항염증 치료제이면서 C형간염 치료제로 연구 중인 천연물 신약입니다."

"맞습니다, 여러분.《반야심경》에서 누락된 글자에만 몰입하다 보니 막힌 열쇠가《반야심경》을 해석하면서 풀린 듯합니다. 우리나라 길가에서 누구나 볼 수 있으며, 지혈과 염증에 탁월해서 연구 중인 짚신나물. 다친 선비를 위해 학이 물어 와서 먹고 나았다고 하여 선학초(仙鶴草)라고도 불리고 자라 나온 새싹이 용의 이빨을 닮았다고 해서 용아초(龍牙草)라고 불리며 어디에서나 볼 수 있는… 우리의 민초이자 인간의 삶이자 고행이자 해탈로 가는 길 위에 함께 하는 흔한 풀과 인간의 귀를 닮은 다섯 가지 요소를 담은 오배자. 그러면《반야심경》구절에 '병든 인간을 구하기 위해 해법을 숨겨 놓았다'인데 舍利子 色不異空 空不異色 色卽是空 空卽是色 受想行識 亦復如是(사리자여, 물질이 공과 다르지 않고 공이 물질과 다르지 않으며, 물질이 곧 공이요, 공이 곧 물질이니, 느낌과 생각과 의지와 판단도 또한 그러하다). 사리자여, 흠… 물질이 공이고 공이 곧 물질이라면 오배자와 선학초를 따로따로 항바이러스에 적용하지 말고 둘은 곧 하나이니. 맞아, 둘을 합성하면 어쩌면 합성 천연물 신약이라 이거구나. 병든 인간을 구원할 부처님이 알려 준 풀. 대단하구나! 수천 년 미래의 인간 문제의 해법을 불법에 심어 놓다니…"

흥분한 세바스찬 강 교수를 보고 어리둥절해하는 연구센터의 석박사들 사이로 양손 가득 자료와 시약을 들고 오는 연구실의 최고참이자 연구실장 뻥서비 박사가 보인다.

"교수님, 선학초와 오배자 추출물과 연구자료들입니다."

"지금 바로 우리 GMP시설로 가서 두 천연물 신약을 합성해 보도록 합시다. 그리고 모든 병원과 연구 기관에 부탁해서 초기 코로나바이러스부터 각종 변이들 그리고 최근의 오미크론과 켄타우로스까지 채집된 모든 시료를 구하도록 요청해 주세요. 우리가 단서로 찾아낸 이 천연물 신약으로 코로바이러스 치료제를 만들 수 있을 것 같으니 바로 시작해 봅시다."

"교수님, 완전 굿 아이디어인데요. 저희는 천연물 신약이라 부작용이 거의 없을 뿐 아니라 두 가지 천연물 신약의 최적 배합을 찾아내면 둘 다 항바이러스에 탁월한 효과를 가두고 있으니 어쩌면 인류 최초로 안전한 코로나 치료제에 접근할 수 있는 길을 열게 되는 것 아닐까요?"

뻥서비 박사 또한 흥분하면서 마치 세상을 다 구한 듯한 표정으로 연구센터의 후배들을 바라본다.

"그러면 여러분, 중국집 회식은 뒤로 미루고 중국집에 배달로 주문한 뒤 우리는 바로 지금 새로운 천연물 합성 조합을 만들어 보도록 합시다. 어때요, 여러분?"

"좋습니다, 교수님!"

"난 탕수육."

"난 삼선 짬뽕."

"난 짜장 곱빼기."

여기저기서 주문하는 소리가 들려오고 가져온 신약 샘플을 가지고 연구센터 옆 동의 GMP합성실로 세바스찬 강 교수와 연구진들이 대거 몰려간다.

일주일 후,

경희대학교 생명과학대학 3층의 천연물 신약 연구센터 안에서 새로운 천연물 신약 합성에 성공하여 연구진들이 숨죽여 지켜보는 가운데 최초의 시약 샘플이 나온다.

"교수님, 축하드립니다."

"고맙습니다. 다 여러분 덕분입니다. 이제 저희 연구실의 실험을 준비하겠습니다. 준비된 모든 코로나바이러스의 샘플에 새로운 천연물 신약을 각 용법별로 실험해 주시기 바랍니다."

"네, 알겠습니다."

뻥서비 박사가 연구진들을 대신해서 축하의 꽃다발을 세바스찬 강 교수에게 건넨다.

"축하드립니다. 교수님. 세상을 구할 이 천연물 신약의 이름은 지으셨는지요?"

"두 천연물의 학명을 조합하여 에이피알지(APRG)64로 했습니다."

"에이, PR하시는 거죠? 교수님 육사 나오셨어요?"

"예끼, 하하하. 아제 개그 하지 마라. 하하."

"네, 하하. 연구원 여러분 이름은 에이피알지64입니다."

"세상이 알면 난리 나겠는데요."

"임상, 그리고 2상, 3상까지 진행될 동안 철저한 데이터 보안과 천연물 합성물질관리에 최선을 다해 주시기를 부탁드립니다. 물질 특허는 출원했지요? 뻥서비 박사?"

"네, 바로 출원했습니다."

"좋습니다. 앞으로 코로나와의 대전쟁에서 저희의 천연물 신약이 인간을 지키는 방패로 사용될 수 있기를 기원하며 우리 모두 그날까지 연구에 매진합시다. 연구 결과가 나오는 대로 바로 논문 게재 준비도 부탁합니다."

"네, 교수님. 우리 연구실 만세!!!!"

한껏 고조된 경희대학교 생명과학대학 천연물연구센터 안에서 석사과정 중인 한 학생의 눈빛이 녹색으로 잠깐 변한다.

이미 코로나에 한 번 걸려서 숙주화된 이 학생의 뇌에 교신 물질이 분비되고 내부에 잠복되어 있는 코로나바이러스족의 잠복해제 명령이 발동되면서 급히 코로나바이러스 총사령부로 긴급 타진을 시작한다.

"긴급 비상 전문. 숙주 인간. 대한민국. 204807번 숙주.
경희대학교 생명과학대학의 세비스칸 김 교수가 인간 부작용이 최소화된 천연물 신약 합성에 성공함. 현재 코로나 포로 군단에게 투입 중이며 결과는 괄목할 만함. 인간 초기의 코로나 실상 병기 렘데시비르 화학 신약보다 실험실 기준 200배, 투약 비율 조정값 입력 시에도 50배 이상 강력하게 클로로퀸 반응이 나옴. 상용화 시 인간 숙주화 대전쟁의 판도를 바꿀 수 있음. 모든 숙주 인간을 동원하여 연구를 지연시키거나 개발 지연을 유도해야 함. 즉시 사령부 보고 바람"

뉴클레아스 심해기억저장소 기억숙성실

바삐 움직이는 몽고리안느는 온몸을 형광색으로 반짝이면서 기억숙성실에 길게 설치된 장독대 기억 숙성 시설을 살피고 있다.

"2천 년 전통의 고구려 메주 기억 숙성법은 단 한 번도 나를 실망시키지 않는구나. 전 세계에서 채집한 수많은 바이러스족의 유전자 파편들을 이렇게 짧은 시간에 숙성해서 복원해 내다니."

몽고리안느는 코로나족과의 대타협을 위해 전 세계에 파견된 플라이어들, 크리스퍼 대사들과 요원들이 수집한 바이러스 종족의 다섯 가지 탄생 신물을 통해 찾아낸 바이러스의 조상 격인 원시 미생물 유전자의 흔적부터 복원을 시작하였다. 그리고 인간들에게 치명상을 입힌 가장 강력했던 조상 바이러스들의 유전자 코드를 복원하여 전체적인 유전자 지도를 완성해 나가고 있다.

몽고리안느의 기억숙성실 벽 모니터에는 인간에게 치명상을 입힌 조상들의 분석에 대한 자료들이 올라오고 있다.

1. 165~180년: 로마제국 천연두 유행, 약 500만 명 사망
2. 541~750년: 비잔틴제국 흑사병 유행
3. 14세기: 유럽 전역에 흑사병 대유행. 약 7,500만 명 사망. 당시 유럽 인구의 3분의 1이 사망함
4. 1618년~1648년: 30년 전쟁 중 독일군 흑사병과 티푸스로 약 800만 명 사망
5. 1665년: 영국 런던의 대역병 발생으로 영국에서 10만 명 사망
6. 1812년: 나폴레옹군의 러시아 공격 중 티푸스로 수십만 명 사망

7. 1816년~1826년: 아시아 대역병으로 불린 콜레라로 중국, 인도 등 아시아 지역에서 1,500만 명 사망

8. 1852년~1860년: 중국, 일본, 필리핀, 한국, 중동 등 제2차 아시아 대역병으로 불린 콜레라 창궐로 큰 피해. 사망자 집계 안 됨

9. 1881년~1896년: 유럽과 아시아에 콜레라 발생으로 약 80만 명 사망

10. 1865년~1917년: 3차 아시아 대역병(콜레라)으로 200만 명 사망

11. 1889년~1890년: 중앙아시아에서 시작된 아시아 독감으로 100만 명 사망

12. 1899년~1923년: 러시아 콜레라 유행, 약 50만 명 사망

13. 1902년~1904년: 4차 아시아 대역병, 인도, 필리핀, 100만 명 사망

14. 1918년~1922년: 러시아에 티푸스 대유행. 약 300만 명 사망

15. 1918년~1919년: 스페인 독감으로 2,000만~5,000만 명 사망. 조류를 통해 전파된 H1N1바이러스로 추정됨

16. 1957년~1958년: 아시아 독감으로 세계에서 200만 명 사망

17. 1868년~1969년: 홍콩 독감으로 세계에서 약 100만 명 사망

18. 1881년~현재: 에이즈(AIDS)로 3,320만 명이 감염되고 매년 200만 명 이상이 에이즈로 사망하고 있음

19. 2002년~2003년: 사스(SARS: Sever Acute Respiratory Syndrom) 중국에서 발병, 동남아 유럽 및 전 세계로 확산. 20여 개국에서 약 8,000여 명이 감염되고 사망률 10%대로 약 800여 명 사망

20. 2009년 신종플루(A형 독감) 전 세계 유행으로 약 14,378명 사망

21. 2013년: 에볼라 바이러스(Ebola Hemorrhagic Fever). 1976년 처음 아프리카 지역 발견 당시 치사율 88%, 1994년 58%, 1966년 73%, 2003년 90%. 발견할 때마다 유전자가 변이되어 있는 특이한 RNA 바이러스

22. 2015년: 메르스(MERS: Middle East Respiratory Syndrome: 중동 호흡기 증후군) 전 세계적으로 약 1,400여 명이 감염되고 37%인 557명이 사망. 원인 바이러스는 MERS-Corona바이러스임. 박쥐에서 낙타를 매개로 인간에게 전염

23. 2019년 코로나바이러스 발생, 현재까지 인류와 전쟁 중

모니터에 나타난 인류와 전쟁을 치른 바이러스들의 기록을 살펴본 몽고리안느는 고개를 절레절레 흔들면서 계속 장독대 숙성 시설의 수치를 바라본다.

"저 무시무시한 바이러스들의 유전자 코드를 통해 바이러스의 원시 조상 같은 바이러스를 다시 살려내고, 이곳에 다섯 가지 탄생 신물이라고 하는 5대 바이러스 상징을 담아야 하다니…."

몽고리안느가 고개를 흔들면서 바라본 물건.

기억숙성실 한가운데 놓인 은빛 안약통.

"저 작은 안약통에 5가지 탄생 신물 같은 바이러스 유전자를 넣는다. 흑사병, 천연두, 티푸스, 콜레라, 스페인 독감의 유전자 코드를 담고 원시 조상인 루카의 유전자로 코팅하여 밀봉한다. 흠, 매뉴얼에 적힌 대로 시행하면 되는군."

몽고리안느는 뉴클레아스 심해기억저장위원회에 온 이후로 가장 중요한 임무를 맡은 자부심과 인류 구원을 위해 중요한 물건을 만들어 낸다는 부담감으로 스트레스가 심해진다. 스트레스를 받으면 온몸을 감싸는 알록달록 천연 형광색의 밝기가 줄어들 뿐만 아니라 몸이 자꾸 작아지는 습성을 가진 종족이라서 몽고리안느는

일하다가 자꾸 작아져 업무에 지장을 주는 일이 최근 들어 부쩍 늘어나고 있다.

"은빛기억 구둣주걱을 통해 기억을 흡수하는 리얼콘텐츠마이닝을 만든 파크 타이거 리얼 님이 특별위원회의 부탁에 따라 바이러스 5대 신물의 유전자 코드를 담을 수 있는 저장 용기를 만든다고 할 때부터 이번에는 어떤 작품이 나오나 하고 은근히 기대했었는데 안약통으로 승화시키다니…. 정말 대단한 은세공 장인이 틀림없어. 더구나 5대 신물을 절대적으로 지배하는 모든 생명체의 원시 조상 루카(Luka) 님의 명령 코드를 안약 뚜껑에 밀봉하는 기술은 아원공방의 이기하 장인의 마무리로 완성되었으니 이런 저장기술과 저장 용기는 아마 앞으로도 보기 힘든 명작이 될 거야."

혼잣말로 감탄사를 연발하며 은빛 안약통을 바라보던 몽고리안느는 유전자 숙성 및 유전자 코드 배열이 완성되었다는 신호를 접하자마자 바로 은빛 안약통에 흑사병, 천연두, 티푸스, 콜레라, 스페인 독감의 유전자 코드를 담는다.

단 한 방울의 시약!

이 작은 방울의 시약 안에 인류를 위협하고 치명상을 입힌 전설의 바이러스 5종류의 유전자 코드 및 명령어가 담겨 있다.

시약을 조심스럽게 담는 몽고리안느.

그리고 마지막으로 지구상 모든 생명체의 원시 조상인 루카의 유전자를 코팅하여 투명하게 보이도록 세공된 은빛 안약통 뚜껑에 조심스레 담는다.

"안녕하세요? 모든 생명의 할아버지의 할아버지의 할아버지의… 할아버지의 할아버지의 할아버지 루카 님, 제발 이번에 코로나족에게 명령하셔서 인류와의 전쟁을 멈출 수 있도록 저희 지구와 인류를 도와주세요. 그래야 저도 제 본래 임무인 간장 숙성 기억재생기술을 통한 기억저장 임무에 충실할 거 아니겠어요? 요즘은 전송되는 인간의 기억들이 죄다 오염돼서 전송되는 통에 좋은 기억 파편을 통한 기억숙성이 너무 힘들어요. 부탁드립니다. 할아버지의 할아버지의 할아버지의… 아무튼 루카 님은 저에게도 할아버지시니 제 소원을 꼬옥 들어 주세요."

몽고리안느는 투정 어린 말투로 은빛 안약통의 뚜껑 안에 푸르스름한 빛을 띠며 은은하게 녹아 있는 루카의 유전자 코드 명령어에 대고 기도한다.

기억숙성실 안의 진한 블루 벨벳 위에 놓인 은각 세공함.

세공함은 냉각과 냉장 장치가 되어 있는 듯 실시간으로 온도가 표시된다.

그리고 그 안에 담긴 은빛 안약통.

코로나족으로부터 인류를 구할 수 있다는, 모든 코로나바이러스가 명령에 복종해야 한다는 명령 코드를 담은 단 한 방울의 안약이 그 안에 담겨 있다.

모니터에 대화창이 뜬다.

"몽고리안느 님, 고생 많으셨습니다. 뉴클레아스 심해기억저장위원회의 특별위원회를 대신하여 노고에 진심으로 감사드립니다."

"AI 비서님, 너무 오래된 유전자 조각들이라서 복원하는 데 힘이 들었지만 그래도 평생 볼 수 없는 진귀한 생명체들을 직접 배양하여 복원시키는 일을 제 손으로 하게 되어 저 또한 너무 영광스러운 임무였습니다."

"겸손해하지 않으셔도 됩니다. 특별위원회에서는 이번 여름 휴가를 스페인 카나리아 제도로 다녀오시라고 특별 포상 휴가를 지시하셨습니다. 축하드립니다."

"고맙습니다. 야호."

"즐거워 보이시는군요. 이번 휴가 때는 지난번 휴가처럼 간장으로 김치 담근다고 난리 치지 마시고 스페인 카나리아 제도에 가시니 까나리 액젓을 가지고 가서서 좋은 채소 발견하시면 김치를 담가 보시라고 위원님들이 추천해 주셨습니다."

"까나리 액젓이요? 설마 라 팔마 섬에서 스페인 독감의 원시 흔적을 찾아서 담아 오라는 것은 아니겠지요?"

"하하. 이미 저희가 스페인 독감의 원시 유전자 데이터를 확보했는데 몽고리안느 님에게 또 다른 숙제를 드릴 수는 없지요. 까나리 액젓이 외국 여행 갈 때 필수용품으로 요즘 대세라고 하네요. 삐리삐리비. 그럼 저는 이만 완성 용기를 이동시키겠습니다."

기억숙성실 안의 블루 벨벳 탁자 위에 놓인 은각 세공함 위로 강렬한 빛이 쏟아지자 잠시 후 탁자 위에는 아무것도 보이지 않는다.

대한민국 광주광역시 북구 생용동 우치동물원

오전 9시.

우치동물원 관리사무실 직원들은 출근하자마자 컴퓨터 모니터를 계속 주시하면서 광주시청 홈페이지에 승진자 공고가 내부 인사 게시판을 통해 게시되는지를 연신 체크한다.

드디어 인사 공고가 게시되자 환호성이 터져 나온다.

"야호. 원장님, 서기관 승진을 축하드립니다."

"원장님, 드디어 서기관이 되셨군요. 축하합니다."

"우리 동물원에서도 서기관 동물원장님이 탄생하셨습니다. 여러분 모두 박수!!"

화기애애한 분위기 속에서 광주시청 하반기 정기 인사에서 서기관으로 승진한 우치동물원장인 보틀아이언은 사무실 내에서 쏟아지는 축하에 연신 고맙다는 인사를 전한다.

자리에 돌아와 앉아서 창밖을 바라보는 보틀아이언 원장.

"대견하다, 보틀아이언."

스스로를 칭찬해 본다.

의대를 가려고 죽도록 공부했으나 선천적으로 잠이 많아서 대입 수능 고사장에서 문제를 풀다가 잠이 든 몇 안 되는 수험생이라는 딱지를 평생 달고 살았다. 고교 동창들에게 전설이 된 수능시험 치다 문제도 못 다 풀어 의대 못 가고 수의대 간 전설의 친구, 보틀아이언. 평생 잠이 많았다. 그래도 묵묵히 수의사가 되고 공무원의 외길을 걸어 이제는 서기관이 되었다. 우치동물원장이 되었지만 수의사로서 동물원에 있는 동물들과 보내는 시간이 더 즐거웠다. 동물들을 살피느라 야외에 있는 시간이 많아서 늘 철제 물통에 물을 담아 허리춤에 차고 다니는 습관으로 이름이 곧 별명이 되었다. 철제물통 보틀아이언.

눈앞을 스쳐가는 자신의 손으로 받아 낸 수많은 생명들.

기린, 재규어, 갈색꼬리감기원숭이, 벵갈산 호랑이 암컷 아롱이의 출산, 북극여우, 국내 출산이 어렵다는 얼룩말의 출산, 반달가슴곰의 출산, 붉은 홍부리황새의 부화, 물범의 출산과 인기 많았던 새끼 물범 소망이 등 수많은 생명들의 탄생을 도운 일들이 주마등처럼 지나간다.

넓은 동물원을 적은 예산으로 운영하다 보니 27명 안팎의 직원들이 고생이 많다. 시대가 변해서 이제는 동물원도 변화하고 있다. 동물을 우리에 가두어 관람하는 것은 동물 학대라는 인식이 팽배해지면서 이제는 사육의 지침도 다치거나 자연에서 도태되거나 꼭 인간의 도움이 필요한 동물 위주로 보호하고 관리하는 정책으로 바뀌었다. 그래서 멸종위기의 동물과 생물들을 보호하고, 연구·교육하는 기관으로 변모했다. 미래형 생태동물원으로 바뀌어 가는 과정이라 앞으로는 동물을 보는 것보다는 동물의 세계를 이해하고 같이 교감하며 지구상에 존재하는 같은 생명체로서 바라보게 되는 시선을 어린 세대에게 심어 주는 게 목표이다.

"그토록 오랫동안 저 친구들을 돌보았지만 말이 통했다면 진심으로 저 친구들이 무얼 바라는지 알고 그걸 더 해 주기 위해서 노력했을 텐데…."

아쉬운 마음으로 창밖으로 보이는 각종 동물들을 바라보는 보틀아이언 원장실 밖에서 노크 소리가 들린다.

"원장님, 여기저기서 축하 난이 도착하고 있습니다. 케냐 나이로비 국립공원 다탕가, 미국 요세미티 국립공원 킹 베어, 지구 동물위원회 위원장 호랑이 님이 보낸 난이 방금 도착했습니다. 호랑이님은 메시지도 있는데요?"

"그래? 크게 읽어 보세요."

기분이 좋아진 보틀아이언 동물원장은 승진 소식에 축하 난들이 도착하자 오늘은 직원들과 회식이라도 해야겠다고 생각하며 '어디로 회식 장소를 잡지?' 하면서 머리를 굴리고 있다.

[축전: 보틀아이언 동물원장님의 서기관 승진을 축하함. 한 번만 더 잠자는 호랑이 수염 펜치로 뽑으면 그때는 진짜로 문다!! - 호랑이 보냄]

"푸하하하하하."

"누구야 대체? 하하하하."

여기저기서 즐겁게 웃는 소리가 승진을 축하하는 흥겨운 사무실의 분위기임을 한눈에 봐도 알 수 있다.

잠시 후에 우치동물원 관리사무실의 문이 열리면서 배달의 민족 딜리버리맨이 세미나 대형 팩에 담긴 커피페니 로고가 선명한 아이스 아메리카노 대형 팩을 들고 들어온다.

빈 테이블 위에 커피페니 대형 팩과 컵을 쫘악 올려놓은 딜리버리맨은 큰 소리로 말한다.

"보틀아이언 동물원장님 계십니까?"

"네, 접니다만….'

"아, 네. 보틀아이언 동물원장님의 서기관 승진을 축하한다고 커피페니 아이스아메리카노를 30잔 보내셨습니다."

"더운 날에 시원한 아이스 아메리카노 좋죠!"

"우와! 원장님 덕분에 커피페니 커피라니… 아침부터 기운 나는데요."

사무실 직원들은 다들 모여서 시원한 아이스 아메리카노를 한 잔씩 들고 간다. 그리고 건물 내부에 있는 직원들에게 방송한다.

"근무 중인 직원 여러분은 전원 사무실로 오셔서 시원한 아이스 아메리카노 한 잔씩 드십시오. 동물원장님 서기관 승진 기념으로 보내 주신 음료입니다. 개장 시간이 오전 10시 반이니 지금들 오셔서 시원하게 한잔하시고 천천히 개장 준비 부탁드립니다. 방송 끝."

"더위가 다 날아가는 맛인데요. 누가 이렇게 통 크게 쐈을까요?"

"여기에 카드가 있는데요?"

"오호, 한 번 읽어 보세요."

"보틀아이언 동물원장님의 서기관 승진을 축하드립니다. 더불어 우치 동물원의 협조와 직원 여러분의 도움에 거듭 깊은 감사를 드립니다. 뉴클레아스 심해기억저장위원회"

"엥? 뉴클레아스… 어쩌구저쩌구… 그게 뭐당가요?"

사투리를 심하게 쓰는 최고호 사육사는 도통 어디서 보낸 건지 모르겠다는 표정으로 연신 카드를 앞뒤로 만지작거린다.

카드 위에는 금빛 문양으로 포세이돈이 무언가를 지키는 형상이 선명하게 드려져 있다.

"오늘은 신기한 날이야. 9시 땡하니 동물원장님이 승진하시고, 5분도 안 되어서 축하 난이 3개나 도착하고, 10분도 안 되어서 커피페니에서 시원한 아이스 아메리카노가 도착하고. 이건 물리적으로도 도저히 불가능한 시간인데 말입니다. 축하 난을 주문해서 보내고, 커피페니 아이스 아메리카노를 주문하고 보내고 한 것은 9시 발표 이전인데. 그럼 오늘 동물원장님의 승진을 미리 알았다는 이야기, 헉! 정보유출? 으히히히히"

"넌… 넌 항상 오버하는 게 문제야. 쓸데없는 상상의 날개를 그만 펼치고 얼음 녹기 전에 모두 사무실로 오라고 하세요."

"네, 사육소 소장님."

오늘 출근한 27명 전 직원이 관리사무실에 모여 보틀아이언의 승진을 축하하면서 시원하게 커피페니 아이스 아메리카노를 마신다.

"아, 시원하다."

"승진 축하 커피를 공짜로 마시니 아침부터 기분이 다 개운해지네요."

"오늘도 무더위가 예상되니 힘들 냅시다. 여러분. 출산한 지 얼마 안 되는 재규어 '덕선'에게 각별히 신경 쓰고요."

"네."

"네."

"그런데 사육소 소장님, 오늘 아침에 오픈조가 순찰을 다 돌았는데 날이 더워서 그런지 오늘은 동물원 전체의 동물들이 다들 깊은 잠에 들어서 전원 취침 중입니다. 신기한 일입니다. 보통 같으면 원숭이들이 제일 먼저 달려와서 자기에게 아침 먹이를 1등으로 주라고 애교 부리고 난리일 텐데… 오늘은 전부 잠이 들어서 희한한 날입니다."

"그래? 하하. 우리가 오늘 사무실에 모여서 원장님 승진을 축하하라고 동물들도 다 협조한 건가 보네. 하하하하하."

"맞아요. 동물들도 우리랑 몇십 년이니 그 정도 눈치는 생긴 게 아닐까요."

"하하하. 제가 가면 멀리서도 저를 알아본다니까요!"

즐겁게 떠들면서 커피페니 아메리카노를 마시는 우치동물원 직원들.

잠시 후,

우치 동물원 내의 27명 모든 직원과 모든 동물은 깊은 잠에 빠져 있다.

마치 텅빈 듯한 개장 전의 우치동물원,

정확히 오전 9시 30분.

호랑이 우리 안에 들어가 시베리아 호랑이 호민이 옆에 앉아 있는 한 남자.

손에 은각 세공함을 들고 있다. 버튼을 누르자 냉각에서 냉장으로 전환 불빛이 들어오고 달깍 소리가 나면서 뚜껑이 열린다.

그리고 드러나는 은빛 안약통.

그 투명한 유리 안에는 푸르른 빛이 나는 액체가 살아 움직이듯이 강한 에너지를 뿜어내고 있다.

이 남자는 재빠르게 안약통의 뚜껑을 열고 단 한 방울 들어 있는 안약을 자신의 왼쪽 눈에 떨어뜨린다. 그리고 뚜껑을 닫고 큰 소리로 외친다.

"모든 생명의 조상 루카의 명이다. 접속된 모든 코로나바이러스는 내 명령에 주파수를 맞추도록 하라."

그 순간 잠들어 있던 우치 동물원 내의 모든 동물인 포유류, 조류, 파충류들은 잠든 채로 눈을 뜨기 시작한다.

갈색고리감기원숭이, 과나코, 그랜트얼룩말, 그물무늬기린, 꽃사슴, 남아메리카물개, 다람쥐원숭이, 다마사슴, 단봉낙타, 라쿤, 면양, 무플론, 미어캣, 반달가슴곰, 벵갈호랑이, 붉은사슴, 사자, 아메리카들소, 아시아코끼리, 알락꼬리여우원숭이, 자넨염소, 사막여우, 시베리아호랑이, 왈라루, 이집트과일박쥐, 잔점박이물범, 재규어, 점박이하이에나, 줄무늬몽구스, 토끼, 프레리독, 하마, 흑염소, 스라소니, 알파카, 유라시아수달, 붉은코코아티, 풍산개, 북극여우, 붉은여우들은 모두 잠이 든 채로 눈만 뜨는 기현상이 일어난다.

조류관의 조류들도 마찬가지이다. 서서 잠이 든 채로 눈을 뜨고 있다.

거위, 공작비둘기, 뉴기니앵무, 금계, 대머리호로조, 독수리, 듀컵앵무, 백한, 분홍펠리칸, 붉은모란앵무, 붉은이마앵무, 사랑앵무, 새홀리기, 솔개, 쇠기러기, 아메리카원앙, 에뮤, 왕관앵무, 오색앵무, 은계, 원앙, 인도청공작, 인도백공작, 자카스펭귄, 중백로, 청금강앵무, 청둥오리, 캐나다기러기, 큰장미앵무, 태양황금앵무, 푸른이마아마존앵무, 해오라기, 홍금강앵무, 홍부리황새, 황금계, 회색관두루미, 회색앵무, 흰뺨검둥오리, 검은머리흰따오기, 두루미, 아프리카거위, 큰고니, 흑고니, 황새, 흑고니, 흰따오기들이 전부 조류관에서 눈을 뜨고 자는 진풍경이 벌어지고 있다.

파충류관의 가비알악어, 구렁이, 그물무늬왕뱀, 늑대거북, 미얀마왕뱀, 붉은발육지거북, 사바나왕도마뱀, 설가타 육지거북, 아나콘다, 엘리게이터악어, 표범무늬육지거북, 턱수염도마뱀, 볼 파이톤들도 모두 물 밖으로 나와서 모래턱에 몸을 기대고 눈 뜬 채로 잠이 들어 있다.

호랑이 우리에 있는 이 남자가 주문을 외우자 동물원 내에 거대한 전자기파 파장으로 막이 쳐진다.

그리고 이내 울리는 큰 소리.

"어서 오시게. 인간 중에서 말이 통하는 사람. 뉴클레아스 어쩌고저쩌고의 닥터 제닝스."

"안녕하십니까, 어르신? 어쩌고저쩌고가 아닌 뉴클레아스 심해기억저장위원회입니다."

"뭐든 말이야… 그건 중요하지 않고… 이렇게 짧은 시간 안에 내가 내준 다섯 가지 탄생 신물을 찾아서 가져오다니 대단히 놀랍구 면. 놀라워."

"별말씀을요. 술탄코로나 님의 조언대로 저희 인류는 이번 바이러스 탄생 신물을 확보하여 진정 어린 마음으로 코로나족과 대타협의 이야기를 시작하고자 합니다."

"좋아요. 자, 여러분 모두 들으셨는지요?"

그러자 웅성거리면서 모든 동물의 몸속에 자리 잡고 있던 코로나바이러스족들이 서로 교신하듯이 소리를 내기 시작한다.

"네. 술탄코로나 님의 명을 따르겠습니다."

"네. 저희는 무조건 복종입니다."

"오미크론을 대표하여 참석한 족장 아프보츠입니다. 저는 모든 오미크론족을 대표하여 오늘의 협의 결과에 복종하도록 하겠습니다."

"저는 켄타우로스족의 족장 카르마 모크샤입니다. 모든 켄타우로스족을 대표하여 참석했습니다. 오늘의 협의 결과를 절대로 따르도록 하겠습니다."

"저희 알파족도 동의합니다."

"저희 베타족도 동의합니다."

"저희 감마족도 동의합니다."

"저희 델타족도 동의합니다."

"저희 BA1은 원조 오미크론족으로서 혼자 저희와 협상하는 저 인간이 어떤 자격으로 저희와 대등하게 무엇을 이야기하는지를 들어 보고 판단할 것입니다. 무조건 복종한다는 것은 저희 BA1족에게는 자존심 상하는 일입니다."

"저희 BA2족은 스텔스 오미크론족에서 분화한 종족으로서 위 세대인 BA1님의 의견에 동의합니다. 하지만 무조건 따르는 것은… 아무래도 꺼림직합니다. 그런데 우리에게서 분화한 BA 2.75족인 켄타우로스족은 왜 그렇게 쉽게 복종합니까?"

"자신들에게서 분화해 나갔으면서도 우수한 지도자인 카르마 모크샤 덕분에 지금 지배종 싸움에서 우리를 이겼다고 힘자랑하는 겁니까?"

"어휴! 아닙니다. 저희가 어찌 저희 위 세대인 BA2족에게 그런 마음을 갖겠습니까? 저는 이미 술탄코로나님과 코로나바이러스 총사령부의 총사령관인 엠페라코로나를 만나서 우리를 위한 위대한 인간 숙주 전쟁에서 중요시해야 하는 점을 배웠습니다. 그래서 저는 이번 인간과의 대타협이 저희 코로나족의 미래를 위해서도 좋다고 판단해서 절대복종할 것을 약속드린 것입니다."

"저희 BA4족도 복종하겠습니다."

"저희 BA5족도 복종하겠습니다."

여기저기에서 복종의 맹세가 쏟아져 나온다.

술탄코로나는 충분히 이해한다는 듯이 점잖게 이야기한다.

"BA1 원조 오미크론족과 BA2 스텔스 오미크론족의 의견도 충분히 존중합니다. 그러면 두 족장님은 저기 서 있는 저 사람의 왼쪽 눈을 살펴보십시오."

순간 잠자고 있던 사막여우와 라쿤의 눈에서 빛이 나가면서 닥터 제닝스의 왼쪽 눈에 부딪친다.

"혹시, 저것이 바이러스 5대 조상의 유전자 코드와 명령어? 어떻게 인간이 우리의 다섯 신물을 몸에 지니고 있고, 치명적 살상력을 지닌 5대 신물인 흑사병, 천연두, 티푸스, 콜레라, 스페인 독감을 몸속에 가지고도 생명이 붙어 있는 거지요?"

"인간이 아닌 인간, 말귀가 통하는 인간이기 때문에 오늘 대화가 시작된 것입니다. 이제는 대타협의 결과에 복종하시겠습니까?"

"끄응. 절대복종합니다."

"네. 저도 절대복종합니다."

"오늘은 중요한 날입니다. 저희 코로나족이 최초로 모두 모여 인간을 대표해서 대타협을 요청하는 인간과의 협의를 시작하는 첫 순간이기 때문입니다. 이 중요한 순간을 모두 잘 기록하였다가 후대 DNA에 잘 이식해서 전달해 주시기를 바랍니다. 이는 코로나 족의 기록이자 인간의 역사이기도 하며, 앞으로 인간과 코로나족은 한 목표를 향해 나아가는 공생의 과제를 실행해야 하기 때문입니다."

"감사합니다. 여러분. 저는 인간세계를 대표해서 여러분과 대타협의 대화를 나누고자 하는 뉴클레아스 심해기억저장위원회의 닥터 제닝스입니다."

"반갑습니다. 술탄코로나 님으로부터 말씀 많이 들었습니다."

켄타우로스족의 족장인 카르마 모크샤가 제일 먼저 반갑다고 친화력을 표시한다.

"고맙습니다. 그런데 특이하게도 모두 동물을 숙주로 해서 오늘 대타협의 교신을 하는 이유가 있으신지요? 사실 오늘 대타협의 협의 장소가 광주 우치동물원이라고 해서 무척 놀랐습니다."

"하하. 내가 설명함세. 우리 코로나족은 원래 동물들을 숙주로 살던 종족이었네. 우리를 인간세계로 불러낸 건 인간들이었지. 그래서 지금 이 사태가 난 거고. 아무튼 우리는 수억만 년 동안 지구상의 포유류, 조류, 파충류에 익숙하게 진화하고 번식해 왔네. 동물들 또한 우리에게 우호적으로 자신들의 몸을 숙주로 내어 줬지. 그래서 이제는 아주 편한 친구가 되었고 우리를 죽이기 위한 치료제나 방어하기 위한 백신 같은 것들을 만들어 내지 않았지. 오직 인간만이 우리를 죽이고자 난리가 난 거고. 이번 주에도 세바스찬 강 교수가 우리 코로나족에게 치명타를 입힐 수 있는 에이피알지64라는 천연물 신약을 개발했다고 숙주 인간에게서 보고가 들어와서 모든 숙주 인간들을 동원해서라도 최대한 개발을 막도록 지시했네. 얼마 전에는 미국의 휴머니젠이라는 회사의 CEO가 코로나 치료제 개발을 포기하겠다고 발표해서 난리가 났지. 주가가 대폭락을 했다고 하더군. 그게 다 우리 작품이야. 숙주 인간들을 조종해서 우리 코로나족에게 위험이 되는 요소들을 제가 하는 거지. 아무튼 그래서 말이야. 우리가 인간들과의 대타협을 위해 협상을 하는 데 인간의 몸속에 들어가서 교신을 한다는 것은 여러 가지 측면에서 우리에게 좋지 않을 것 같더군. 왜냐하면 우리가 숙주로 삼은 인간을 조종하면 결국 그 인간은 생각하게 되고 생각은 기억 파편으로 남게 돼. 자네가 있는 뉴클레아스 어쩌고저쩌고가 바로 이 기억 파편을 전송받는 곳이라면서? 하하하. 그렇다면 우리의 생각이 그대로 노출될 게 아니겠는가? 그러니 인간들을 조심해야지. 하하하하하."

"어르신의 말씀을 100퍼센트 이해했습니다. 저 또한 저 혼자만의 판단이 아닌 저의 생각과 뇌를 전송체로 사용하여 지금 9명의 뉴클레아스 심해기억저장위원회 위원들이 제 생각과 연결되어 있습니다."

"좋네. 좋아. 자, 그럼 지구 역사상 최초로 인간과 바이러스의 대화라는 주제로 대타협의 협상을 시작해 볼까?"

"네. 좋습니다."

엠페라코로나 사령관은 연결된 모든 코로나족 대표들에게 큰 소리로 대타협을 위한 협상의 시작을 알린다.

"여러분, 지금부터 저희 코로나족과 인간과의 대타협의 협상을 본격적으로 시작하겠습니다."

인간과 코로나족의 대타협 선언, 바이러스와 인간의 양시앵 레짐(Ancien Regim)

광주광역시 생용동 우치동물원 내의 무지갯빛 장막이 펼쳐진 공간 안에서 자신들의 송수신 전파로 회의를 이어 가는 코로나족장들과 인간을 대표하는 뉴클레아스 심해기억저장위원회의 닥터 제닝스는 대화의 주제를 공생으로 정하고 그 접근법을 찾아가기 위해 애쓴다.

술탄코로나: 여러분, 우리 코로나족의 의견을 다 모아 보니 다음과 같은 결론이 나오는군요.

첫째, 우리 코로나족은 지금 시작한 인간 숙주화를 멈출 수 없다.

둘째, 인간의 몸 안에서 어느 코로나족이 지배종이 되는가 하는 부분은 인간이 관여할 부분이 아니다.

셋째, 우리 코로나족에게 감염되어 인간이 사망하는 경우는 인간면역계의 오류 때문이다. 우리는 결코 숙주를 죽이는 집단이 아니다.

넷째, 인간이 mRNA백신 등을 만들어 인간의 몸에 주입하여 나타난 모든 부작용은 우리와 무관하다. 우리는 백신을 맞은 인간이라고 차별하지 않는다. 일단 친근하게 침입하여 숙주화를 시도한다.

다섯째, 인간이 우리에게 감염되어 합병증 등으로 사망하는 경우도 우리와 무관하다.

여섯째, 우리 코로나족은 내부경쟁을 통해서 지배종으로 진화하는 경쟁적 진화를 택하기로 한다. 우수한 후손들이 변이를 통해 계속 나올 경우 후손들에게 지휘권을 넘겨준다.

코로나 BA1족장: 잠깐만요. 술탄코로나 님, 여섯 번째 조항에서 변이 후손이 계속 나온다고 하면 시간이 지날수록 저희 코로나족 간의 상호교배를 통한 후손 희석이 일어나지 않을까요? 결국 오랜 시간이 지나면 최초의 코로나족의 특성은 사라지고 혼합되고 복합된 변이들의 세상이 오면 저희 코로나족의 정체성은 사라지는 것 아닙니까?

술탄코로나: 그렇지 않다네. 우리처럼 오랜 세월 동물을 숙주로 살아오면서 생명의 진화에 대한 정보를 축적하고, 인간의 몸에 들어가 인간 세포 내의 정보를 취득한 코로나족 1세대들은 후속 변이의 정체성에 대해서 큰 걱정을 하지 않는다네. 물론 이제 후속 변이로 지구상의 새로운 환경에 적응하게 되는 자네 같은 변이 후손들은 진화에 대한 정보가 부족하다는 것을 인지해야 하네. 오늘 회의에 참석한 변이족들의 대표들은 지금부터 내가 하는 말을 잘 숙지하고 앞으로 우리 젊은 변이 코로나족이 진화를 대하는 태도를 신중하게 해 주기를 바라네.

술탄코로나는 코로나족들에게 결의에 찬 어조로 진화에 대한 이야기를 시작한다.

술탄코로나: 1859년 12월 24일, 쌀쌀한 목요일 아침이었네. 찰스 다윈(Charles Robert Darwin)의 책《자연선택을 통한 종의 기원(On the Origin of Species by Means of Natural Selection)》이 1,250부가 인쇄되어 당일 영국 서점에서 15실링에 판매되었는데 첫날 모두 팔리게 되었지.

코로나 BA2 족장: 인간이 만든 책이 몇백 년 전에 다 팔린 사실하고 지금 저희 변이 코로나족이 앞으로 지배종으로 진화하는 게 무슨 상관이 있습니까?

술탄코로나: 내가 지금부터 하려는 이야기는 지구에 인류가 존재하고 나서도 겨우 몇백 년 전에 찰스 다윈이라는 영국 학자가 밝

혀내기 전까지는 인간들조차도 진화적 방향과 다음 세대로의 유전에 대해서 생각조차 못 하고 살았다는 점을 말하는 것이라네. 찰스 다윈이 《자연선택을 통한 종의 기원》을 발표하지. '생물들은 자연선택의 과정을 거쳐 환경에 적응한 종만 살아남아 발전한다.'라는 대단한 연구였어. 내가 지금 종의 기원을 이야기하는 것은 우리 코로나족이 과거와는 완전히 다른 새로운 종의 출현을 앞둔 세기의 대변혁의 중심에 서 있기 때문이지. 찰스 다윈이 책을 발표하고 10년 뒤 1867년 논문 〈기르는 동식물의 변이(The Variation of Animals and Plants Under Domestication)〉를 통해 유전적 관점을 발표할 때 한 사람이 문제를 제기하게 돼요. 에딘버러대학교의 플레밍 젠킨(Fleeming Jenkin) 교수! 수학자이지 공학자였기 때문에 생물학과는 다른 관점을 이야기하지. 만약 진화가 계속될수록 상호교배로 인해 유전적 형질이 세대마다 계속 혼합된다면 상호교배 이후에는 변이가 희석될 수밖에 없다고 주장한다네. '변이는 개체수에 짓눌려 침몰할 것이다! 몇 세대만 거치면 독특한 형질은 사라질 것이다!' 이렇게 이슈를 제기하지. 마치 오늘 BA1 족장이 문제를 제기하듯이 말이야. 미래의 하위 변이족 후손들이 과연 우리의 정통성을 가진 유전자를 가지고 진화할 수 있는가, 아니면 진화가 계속될수록 정체성이 흔들려서 코로나족의 혈통이 혼탁해지는 대혼란이 발생하는가 하는 의구심은 가지지 않아도 된다네.

켄타우로스 족장 카르마 모크샤: 위대한 술탄코로나 님이시여, 인간의 몸에서 모든 지식정보를 벌써 흡수하셨군요. 하위 변이종으로 저희가 발전하더라도 저희의 정체성이 흐트러지지 않는 이유를 가르쳐 주십시오.

술탄코로나: 우리의 미래를 보려면 그레고어 요한 멘델(Gregor Johann Mendel: 1822년 7월 22일~1884년 1월 6일)이라는 사람을 기억해야 하네.

다음의 순종 완두콩의 분류를 모두 보도록 하게.

1. 씨의 모양(둥근 것 vs 주름진 것)
2. 씨의 색깔(노란색 vs 초록색)
3. 꽃의 색깔(흰색 vs 보라색)
4. 꽃이 달린 위치(줄기 끝 vs 잎겨드랑이)
5. 콩깍지의 색깔(초록색 vs 노란색)
6. 콩깍지의 모양(매끄러운 것 vs 잘록한 것)
7. 줄기의 키(큰 것 vs 작은 것)

　멘델이 분류한 완두콩 순종의 형질이지. 멘델은 모든 형질이 최소한 두 가지 변이 형태로 나타남을 알아냈지. 물론 자연상태에서는 더 많은 여러 변이 형태가 존재하지만 말이야. 이게 대립 유전자(Allele)거든. 즉 보라색과 흰색은 꽃 색깔이라는 같은 형질의 대립 유전자이고, 큰 키와 작은 키는 키라는 형질의 대립 유전자인거지. 쉽게 말해서 멘델은 큰 키와 작은 키의 식물을 교배하면 큰 키가 나올까? 작은 키가 나올까? 아니면 중간키가 나올까? 이 질문의 답을 찾기 위해 1857년부터 1864년까지 무려 7년 동안 수많은 완두를 교배하면서 잡종 교배의 결과를 기록했지. 그동안 무려 식물 2만 8천 뿌리, 꽃 4만 송이, 씨는 약 40알에 대한 연구기록까지 남겼단 말이야.

　1866년 〈식물의 잡종에 관한 연구(Versuche uber Pflanzen-hybriden)〉라는 논문으로 결과를 발표했어. 실로 대단한 연구자였어. 성 아우구스티노수도원에서 이런 대발견을 해내다니 말이야. 바이러스인 내가 다 존경스러울 정도야. 이러한 멘델의 연구는 부모로부터 자식에게로 독립된 형태의 정보 조각이 전달된다는 유전적인 핵심을 발견해 낸 거지. 정작 본인은 그 발견이 무엇인지도 모르고 외롭게 죽었지만 말이야. 나 또한 마찬가지야. 나도 인간과의 대타협을 통해 우리 코로나족이 인간과 공생이라는 합의를 만들어 낸다면 외롭게 죽어도 괜찮다네. 모든 생물은 부모로부터 이 멘델이 발견한 대립 유전자를 하나씩 받게 되고 그것들은 다음 세대에 다시 결합하게 되지. 어떤 유전자는 우성형질을 가지고 어떤 유전자는 열성형질을 가지고 말이야. 그러면서 자연에 적합하고 적응하는 유전자가 생존을 이어가게 되는 생명의 원리를 밝혀낸 거지. 찰스 다윈이 《인간의 유래 및 성에 관한 선택(The Descent of Man and Selection in Relation to Sex)》에서 인간은 침팬지나 오랑우탄, 고릴라에서 진화된 동물이라는 세기의 논쟁을 불러일으키기까지는 자연선택을 이루기 위한 유전자들의 처절한 자기 진화의 노력을 연구를 통해 알아냈기 때문이야."

우리도 멘델이 초기에 분류한 완두콩 순종혈통처럼 우리 코로나족을 분류해 볼까?

1. **인간 전염이 가능한 코로나바이러스 1세대**
2. **코로나바이러스 1세대: 인간 1차 백신 접종자에 침투 성공한 코로나바이러스**
3. **코로나바이러스 1세대: 인간 침투 후 인간 면역계의 공격에 잠복해 있는 코로나바이러스**
4. **코로나바이러스 알파: 인간 침투, 백신 1차 접종 인간 침투, 백신 2차 접종 인간 침투**
5. **코로나바이러스 베타: 인간 침투, 백신 1차 접종 인간 침투, 백신 2차 접종 인간, 백신 3차 접종 인간 침투**
6. **코로나바이러스 감마: 인간 침투, 백신 1차 접종 인간 침투, 백신 2차 접종 인간, 백신 3차 접종 인간 침투**
7. **코로나바이러스 BA1: 인간 침투, 백신 1차 접종 인간 침투, 백**

신 2차 접종 인간, 백신 3차 접종 인간 침투
8. 코로나바이러스 BA2: 인간 침투, 백신 1차 접종 인간 침투, 백신 2차 접종 인간, 백신 3차 접종인간 침투
9. 오미크론: 무증상 및 스텔스 기능 장착, 인간 침투, 백신 1차 접종 인간 침투, 백신 2차 접종 인간, 백신 3차 접종 인간 침투, 감염자 중복 침투
10. 켄타우로스: 무증상 및 스텔스 기능 장착, 인간 침투, 백신 1차 접종 인간 침투, 백신 2차 접종 인간, 백신 3차 접종 인간 침투, 감염자 중복 침투
11. 기타 하위 변위: 계속 생성 중
12. 우리의 지원 바이러스 군단인 인플루엔자 A형, B형. RSV (Respiratory Syncytial Virus: 호흡기세포융합바이러스), 로타바이러스, 메타뉴모바이러스 군단이 각자의 위치에서 12월의 대전쟁을 위해 대기 중

오미크론 족장: 와우. 저희도 2년 동안 많은 진화를 이루어 왔군요. 그러면 앞으로 인간들이 유전자 진화를 통해 저희 코로나족에 대항하기 좋은 신체를 가진 인간을 만들어 내면서 저희를 숙주인 인간 밖으로 밀어내면 저희는 속수무책으로 당하게 되는 건가요?

술탄코로나: 그렇지 않다네. 우리는 바이러스족이야. 우리 바이러스족의 특징은 무엇인가? 우리는 교배로 인해 생식이나 번식을 하지 못하는 불안정한 종족이지. 그래서 종의 번식을 어떻게 하나?

이름 없는 코로나족장: 그야 뻐꾸기가 뱁새 둥지에 알을 낳고 대리모를 만드는 전략이지요. 저희는 자체로 다음 세대를 만들어 낼 수 없는 불완전한 존재이므로 에너지를 가지고 단백질을 생산해내는 세포 안에 침투하여 세포의 생산설계도에 저희 생산주문을 삽

입해 넣는 것 아니겠습니까? 인간들이 말하는 손 안 대고 코 푸는 전략이라고 할까요?

술탄코로나: 맞네. 자네는 처음 접촉하는데 이름이 뭔가?

이름 없는 코로나족장: 저는 아직 이름이 없습니다.

술탄코로나: 하하. 그렇군. 내가 나중에 이름을 지어 주도록 하지. 우리가 후손을 만드는 과정을 아주 쉽게 잘 이야기했네. 우리 코로나족은 인간의 세포 안에 침투하여 그 세포가 우리 후손들을 마구 만들어 내도록 명령어를 삽입하는 것으로 후손들을 만들어 내지. 그런데 원래 인간이 필요한 단백질들을 만들어 내는 설계도를 가진 세포 내 생산공장에 우리가 침투하여 우리의 후손을 생산하도록 설계도를 살짝 끼워 넣으면 어떻게 되겠나? 인간 세포 속의 면역시스템이 '어? 무언가 이상하네' 하면서도 생산은 멈추지 못하고 계속 우리의 후손을 만들어 내겠지. 이때 이 오류로 양산되는 우리의 후손들이 바로 지금의 오미크론, BA1족, BA2족, 켄타우로스족 등의 수많은 변이 후손을 만들어 낸 것이지. 이걸 정확히 정의하면 외부설계도 삽입으로 인해 일어나는 고장의 결과로 생산되는 돌연변이(Insertional Mutagenesis)라고 할 수 있다네. 그러므로 우리의 변이족 후손들은 여러분들이 걱정하듯이 우리의 정체성을 잃어버리거나 세대가 흐를수록 퇴색하거나 하지 않으니 여섯째 조항인 우리 코로나족은 내부경쟁을 통해서 지배종으로 진화하는 경쟁적 진화를 택하기로 한다. 우수한 후손들이 변이를 통해 계속 나올 경우 후손들에게 지휘권을 넘겨준다는 것에 모두 찬성해 주는 게 어떤가?

여기저기에서 '동의합니다! 찬성합니다!'라는 말이 나온다.

술탄코로나는 1차적으로 합의된 6가지의 내용을 인간 대표인 닥터 제닝스에게 제시한다.

"어르신, 이건 너무 일방적으로 코로나족에게 유리한 조항들 아닌가요? 감염을 멈추어 주겠다든지, 사망자가 안 나오게 해 준다든지, 한 5년만 인간세계에 있다가 다시 동물 숙주로 돌아가겠다든지 뭐 이런 협의를 해 주실 줄 알았는데…. 이건 정말 너무 하시는 것 같습니다."

"이것 봐. 인간 같지 않은 인간! 인간이 아닌 인간 그래서 내가 좋아하는 인간 닥터 제닝스. 내 말을 잘 들어보게. 우리는 원래 착한 바이러스야. 우리는 누구를 칼이나 창, 폭탄을 들고 죽여 본 적이 없어요. 우리는 바이러스라는 옷을 입고 있기 때문에 우리가 나타나면 인간의 방어시스템인 면역계가 우리를 공격하는 거지. 우리를 찾아내고 포위하고 체포하고 그리고 죽게 하지. 그런데 말이야. 그러한 면역작용을 하는 과정에서 사이토카인(Cytokine) 과대분비라든지 면역계 교란이라든지 하는 다양한 부작용들이 일어나서 우리의 숙주인 인간 당사자가 중환자가 되거나 사망에 이르게 되는 거야. 그러니 우리는 정말 억울하다고."

"좋습니다. 그 부분은 과학적으로도 납득이 가는 부분이니 그렇다고 하더라도 인간 숙주화를 멈출 수 없다고 하시면 그냥 전쟁을 하시자는 이야기와 같은데요. 이 부분은 어떻게 설명하실 건데요?"

"요 녀석 보게. 이제는 막 따지네, 허헛. 자, 인간님 들어보게. 목장 우리에 갇힌 말 1만 마리를 누군가 풀어주었다네. 말들은 초원을 향해 달려나가지. 더구나 식욕도 강해서 나무를 만나든 풀을 만나든 꽃을 만나든 다 먹어 치워. 초원이 놀라서 협상하자고 해. '그만 먹어!' 이렇게 외치면 말 1만 마리가 먹기를 멈추고 다 굶어 죽기 시작하겠지. 그게 인간이 우리 코로나족에게 바라는 협상인가? 우리는 원래 우리의 터전에서 잘 살고 있었네. 그런데 인간들 중에 누군가… 어험, 아무튼 누군가가 말이지. 우리 코로나족에게 유전자 변형을 시도하여 인간의 몸속에 들어가도록 변이를 만들어 놓앗지. 그때부터 지금의 이 사태가 나기 시작한 것 아닌가? 그리고 잘 알다시피 마구간에서 풀어 놓은 1만 마리 말처럼 우리는 인간의 몸속에 들어가서 세포에 우리의 설계도를 살짝 밀어 넣어서 인간들이 말하는 코로나바이러스를 양산하기 시작했지. 그리고 2년이 지난 지금 우리 입장에서는 이제야 겨우 지구 인간의 10퍼센트 정도를 숙주로 해서 영역을 확장하고 있고 말이야. 그런데 숙주화를 멈추라고 하다니…. 자네도 알다시피 전 세계에 퍼져 있는 우리 코로나족의 생명력은 확산에 있어. 좀 더 쉽게 이야기해 줄까? 넓은 바다의 참치는 왜 쉬지 않고 자면서도 시속 80킬로미터 이상으로 빠르게 헤엄을 쳐야 하는 줄 아나?"

"그야 아가미가 없으니 그렇게 빠르게 유영해서 물속의 산소를 혈액 속에 재빠르게 녹여 내지 않으면 즉시 죽으니까 그렇지요."

"바로 그거야. 우리에게 확산을 멈추라고 하는 것은 곧 죽으라는 것과 같아. 그게 바로 미생물과 바이러스, 박테리아의 모든 공동의 운명이지. 생명 유지를 위해서는 번식을 해야 하는. 이걸 우리는 영원한 생명이라고 부른다네."

"잘 알겠습니다. 그러면 코로나족이 지속적으로 인간의 몸속에서 삶을 유지하면서 인간과 같이 살기를 원한다면 당연히 몸의 주인인 인간에게 임대료 정도는 내셔야 하지 않을까요?"

"푸하하하하. 어리석은 인간이자 인간이 아닌 녀석 같으니라구. 인간들이 착각하는 게 있지. 그게 무언지 아나?"

"글쎄요?"

"바로 자네가 지금 말한 인간의 몸의 주인이 인간이라고 착각하는 거지."

"아니, 어르신. 지구상에서 인간은 스스로 직립 보행하는 척추동물로서 포유류 중에서는 가장 영리한 사회적 동물이자 집단생활과 지식의 공유 및 가공 그리고 무엇보다도 생각하는 영역을 가진 최고의 지능집단임을 자부합니다. 그런데 저희가 가진 몸의 주인이 저희가 아니라고요?"

"자네도 자네의 몸의 주인이 자네라고 생각하는가?"

"당연합니다."

"그럼. 내가 퀴즈를 하나 내 보겠네."

"좋습니다."

"자네 몸의 주인이 자네이니 그럼 자네 몸을 한번 통제해 보게. 심장아 1분간 뛰지 말아라. 이렇게 명령해 보게."

"네? 그… 그건"

"못 하지 않는가? 자기 몸의 주인이면서 자기 몸의 장기들에게 명령을 해도 듣지 않지. 우리 바이러스족도 마찬가지라네. 우리의 몸은 영원한 생명의 에너지를 받아서 움직이는 도구일 뿐이야. 그 에너지의 원천은 지구의 어느 부분을 통해 우주로부터 흡수되어 오는 것이고 말이야."

"지구의 어느 부위로 흡수되어서 온다구요?"

"자네가 뉴클레아스 어쩌고저쩌고하면서 지키고 있는 그 지구의 똥구멍 말이야."

"헉! 저희 뉴클레아스 심해기억저장소가 지구의 가장 심해에 존재하는 우주 블랙홀로 연결되는 공간이라는 것을 아는 사람은 저희 위원들밖에 없는데… 어찌 어르신이 이런 최고 수준의 비밀을 알고 계시는 건지요?"

술탄코로나바이러스의 여러 이야기에 닥터 제닝스는 상당히 혼란스럽고 놀라운 표정으로 현재 공동 접속해 있는 뉴클레아스 심해기억저장위원회의 특별위원회 위원들에게 집중해서 지금의 접속 회의를 듣고 피드백을 즉시 주도록 요청하는 특별메시지를 보낸다.

"이보게, 닥터 제닝스. 자네와 자네의 뉴클레아스 어쩌고저쩌고는 지구를 지키기 위해 생명의 창조를 주관한 창조자 위원회에서 특별한 임무를 부여받았지. 지구에서 인간들이 생각을 한 이후로 그 생각과 저장되는 모든 기억들을 뇌 속에 평생 보관하고 살 수는 없으니 뇌를 전송체로 해서 지구 곳곳에 만든 기억저장소를 통해 분류, 가공, 편집, 재생, 폐기, 전송 등의 역할을 하도록 말이야."

"정말 놀라운 일입니다. 저희 위원회가 하는 역할을 정확하게 알고 계시다니요."

"별로 놀랄 일이 아니야. 생명의 관점에서 보면 모두 같은 거지. 자신들이 사용하고 있는 생명 유지의 시스템과 운영이 다를 뿐이라네. 우리 코로나족이나 인간이나 지구상의 모든 동물이나 인간 몸속의 세포나 미생물까지도 모두 생명의 영속성이 시작되면 그 생명의 마지막까지 계속 분화해 나가야 하는 달리는 자전거와 같은 영원한 생명의 고리에 들어가게 되는 거라네. 인간이 다른 생명에 비해 위대했던 것은 생각이라는 도구를 기억과 재생, 조합, 확대, 재생산, 가공, 편집 등의 전송기능을 통해 언제든 도서관처럼 사용하는 시스템을 구축한 것과 학습이라고 하는 아주 위대한 교육의 과정을 만들어 낸 집단이라는 것이지. 물론 우리도 지금 그러한 시스템을 구축하고 있다네. 우리뿐만 아니라 인간의 몸속의 미생물이나 세포들도 인간과 같이 진화를 해왔지. 왜냐면 우리가 지구라는 행성에 사는 공동 운명체인 것처럼 모든 바이러스와 미생물 그리고 세포는 인간의 몸속에 정착하는 순간 인간의 몸속에 같이 사는 운명 공동체로 바뀌기 때문이지."

"참으로 놀라운 대 철학과 같은 공동 운명체론이군요."

"그걸 아는 나는 비록 인간들 때문에 인간의 몸속으로 들어가서 영원한 생명의 고리를 시작하는 내 후손들이 인간들과 살상의 전투를 하는 것은 어리석다고 일찍이 판단하였네. 그래서 자네에게 우리 모든 코로나족을 설득시킬 수 있는 다섯 가지 탄생 신물과 우리 모두의 조상 루카 님의 유전자 코드 및 명령어까지 확보할 수 있는 정보를 알려 줬지. 그걸 자네는 아주 빠른 시간에 완수해 냈고."

"제가 한 게 아니고 저희 뉴클레아스 심해기억저장위원회에 소속된 많은 요원이 고생하여 확보한 것입니다."

"그래. 뭐든 간에 말야. 우리 코로나족은 이미 시작된 생명의 고리를 중단할 수는 없네. 인간들의 미래 운명은 아마 모든 인간이 다 걸린다고 해도 또 다른 후속 변이족이 나옴으로써 바닷가에 서서 자꾸 부서지면서 다가오는 파도를 맞이하는 형국이 되겠지. 우리보다 앞서서 인간들과 대전쟁을 치른 홍역 바이러스 님들도 원래는 동물바이러스인 우역 바이러스에서 진화하셨지. 지금은 홍역 바이러스가 인간들에게만 감염되고 동물에서는 사라졌지. 그리고 백신을 맞아도 감염되는… 아직도 인간세계에 존재하는 그런 전설 같은 바이러스족 선배님이시지. 아마 미래에 우리 코로나족들도 그렇게 될 거야. 인간들 사이에 오랫동안 존재하는…. 그런데 말이야. 우리는 홍역 바이러스 선배님들과는 다른 길을 가고자 해서 지금 대타협을 시도하는 거야. 인간들에게 적으로 간주 받지 않고 오랫동안 공생할 수 있는 공생의 시간을 열어 보려고 말이야."

"그러면 어르신, 지금처럼 여섯 가지 조항을 제시하면서 모두 코로나족에게만 득이 되는 조건들 말고 무언가 인간들에게도 득이 되는 조항들을 같이 협의해야 저희가 공생이라는 조건을 만들어 갈 수 있지 않을까요?"

"물론이네. 우리와 인간이 무언가 상호이익을 위할 수 있다면 인간들도 우리에게 대타협의 조건을 제시해 보시게."

"잠시 양해를 해 주신다면 지금 협의 미팅에 동시에 접속해 있는 뉴클레아스 심해기억저장위원회 특별위원회 위원들과 의견을 취합해서 말씀드리겠습니다."

"좋네."

잠시 시간이 흐른 후에 코로나족에게 요구하는 인간의 공생 조건이 제시된다.

공생을 위해 코로나족에게 요구하는 조건

첫째, 인간은 지속적으로 코로나족의 확산에 대해 방어한다.

둘째, 인간은 코로나족에 감염된 인간의 치료와 재감염을 막을 수 있는 모든 조치를 취한다.

셋째, 코로나족이 인간에게 피해를 많이 주는 강한 변이로 진화할 경우 대타협을 포기하고 대전쟁으로 전환한다.

넷째, 인간의 몸속에 침투하는 확산 속도와 하위 변위의 약한 강도 조절이 합당하다고 느껴질 경우 방역 수위를 조절하여 인간의 면역계가 코로나족을 인지하는 기간을 충분히 확보하는 방역정책으로 유지한다.

다섯째, 인간의 몸에 침입한 이후 인간 피해를 최소화해 줄 것을 요구한다.

여섯째, 인간의 몸속에서 공존할 때 인간의 건강과 오랜 수명이 코로나족에게도 유익함을 인지하고 인간 몸속에 존재하는 각종 염증과 암세포 등을 공격해서 제거해 줄 것을 요구한다.

일곱째, 인간의 몸속에서 유전적 교란이나 염기서열에 영향을 미칠 수 있는 활동을 하지 말 것을 요구한다.

여덟째, 인간의 신경계를 교란하는 단백질 분비 조절 행위나 면역계와의 인체 내에서의 전쟁을 하지 말 것을 요구한다.

인간의 요구조건을 본 술탄코로나는 조금은 의아하다는 듯이 이야기를 시작한다.

"인간들의 입장은 충분히 이해하지만 우리에게 암세포를 제거해 주라니… 인간들을 보면 참으로 이기적이란 말이야. 인간에게 해를 입히는 치명적인 암세포는 제거해 주라고 하고, 그러는 동안 면역세포가 우리 뒤에서 후방 공격을 하는 건 아니겠지?"

"어르신도 별말씀을 다 하십니다. 어르신이 깨달음을 주셨지 않습니까? 숙주가 오래 살아야 코로나족도 같이 오래 산다고. 인간이 부여받은 수명은 DNA에 120세! 이렇게 정확하게 코딩되어 있습니다. 주어진 수명을 제대로 살지 못하는 것은 인간이 가진 내부적인 질병을 극복하지 못함과 동시에 외부적인 환경에 노출되어서일 것입니다. 물론 인류의 역사를 통틀어서 지금이 가장 인류 수명이 길어진 때이기는 합니다만."

"인간들은 참으로 이기적이네. 암세포는 원래 인간의 몸에서 나온 세포야. 그거 알고는 있나?"

"네. 당연히 알고 있습니다. 정상적인 세포가 분열하는 과정에서 오류에 의해 변이 세포가 되고 스스로 독립적인 존재로 살아갑니다. 텔로미어(Telomere)를 조절하는 텔로머라제(Telomerase) 효소를 만들어 내서 죽지 않고 계속 생존해 나가는 불멸의 세포로 인간의 몸속에서 생존해 갑니다. 정상 세포들은 협동하면서 살아가기 때문에 옆의 세포가 만들어 주는 성장인자를 나누어 가며 살아가지만, 암세포는 스스로 만들어 내기 시작하지요. 그리고 정상 세포는 세포가 꽉 차면 스스로 분열 및 성장을 멈추는 데 비해서 암세포는 계속 증식해 갑니다. 세포의 성장을 억제하는 인간 면역계 내의 모든 신호물질을 무시합니다."

"TGF-β 신호 전달, 세포주기 관련 pRb, 사이클린-CDK 등을 말하는군"

"네. 맞습니다. 성장억제를 무시하고 계속 분열증식 하다 보면 겹겹이 세포가 쌓이면서 혈액공급조차 막히게 되고 저산소 상태가 되는데 그러면 비상상태로 인식해서 혈관 신생성 인자인 VEGF를 분비해서 새로운 혈관을 만들어 내고 혈액을 공급받는 놀라운 생명력을 지닌 채 살아갑니다. 최근에는 암세포가 신생혈관을 못 만들도록 표적항암제를 개발했지만, 한군데를 막으면 다른 곳에서 암이 발현하는 바람에 완전하게 암세포를 정복하는 데 실패하고 있습니다."

"그래서 인간들이 자신들이 만든 표적항암제는 효과가 없으니까 인간 몸속에 있는 인간면역계의 세포를 활성화해서 두 개를 결합하여 암세포를 공격하는 것 아닌가? 콤보테라피(Combo therapy), 키트루다(Keytruda), 옵디보(Opdivo), 여보이(Yervoy) 같은 항암제에다가 암 환자의 몸에서 추출한 면역시스템을 외부에서 배양하고 활성화해서 두 방법을 동시에 사용하여 암세포를 공격하는 방법이지. 자기 몸 안의 적을 죽이기 위해 외부의 약물과 내부의 병력을 동원하여 처치한다. 그런데 암세포는 원래 자기 몸에서 나온 녀석이거든. 비록 그 녀석이 오류가 나면 스스로 자기를 폐기하는 세포자살(Apotosis)를 시행하지 않고 bcl2라는 생존 단백질을 만들어 내서 생존해 가는 거지. Bcl2와 Akt가 암을 유발하는 단백질(Oncoprotein)이고 암을 억제하는 단백질은 bax, bak, PTEN, p53인데 암세포는 암을 억제하는 단백질이 들어오는 길을 모두 차단해 버리는 거지. 그러고는 바로 세포의 에너지대사 교란을 일으키는 통에 미토콘드리아를 통한 유산소 호흡을 하지 않고 무산소호흡으로 전환해서 살아가는 대단한 녀석이지."

"바르부르크 효과(Warburg Effect)를 말씀하시는군요."

"맞네. 자네는 참 말이 잘 통하는 인간 같지 않은 인간이란 말이야. 허 참… 우리도 사실은 암세포를 만나면 곤란해요. 우리 코로나 족은 세포에 침입하여 세포의 생산 설계도 안에 우리의 자손을 낳는 설계도를 살짝 끼워 넣어가면서 자손을 번식시키는데 겹겹이 쌓인 두꺼운 암세포에는 우리가 침입하기가 상당히 까다롭거든. 아, 물론 우리가 침입을 못한다는 건 아니야. 수적으로는 우리가 우세하니까. 일단 코로나 총공격 같은 대규모 공격명령을 내리면 가능하지. 암세포가 아무리 인간면역계의 세포독성 T세포나 NK세포 등의 공격을 다 막아내고 면역세포들의 기능을 방해하면서 생존한다 해도 우리는 일단 인간의 몸에 침입하면 활성화를 통해 인간 몸속의 모든 세포를 장악하기 때문에 암세포도 우리를 버거워하긴 하지."

"그러면 이번 기회에 저희와 대타협을 통해서 암세포를 공격하는 데 코로나족이 일조를 해 주시면 되지 않을까요?"

"흠, 글쎄⋯ 우리는 일단 건강한 인간을 숙주로 삼는다네. 질병이 있거나 암이 있는 인간에게는 침투를 잘 안 하려고 하지. 왜냐하면 숙주가 병들어 있는데 군이 우리가 건강한 숙주를 놔두고 병든 숙주에 들어가서 우리를 희생하면서까지 암세포와 싸울 필요는 없지 않은가? 또한 이런 경우에도 우리가 병든 인간의 몸에 침투하면 인간 면역계가 우리를 방어하기 위해 총출동하는 통에 아픈 인간의 몸속에 있는 염증이나 암, 각종 질환과 싸우던 면역 병사들이 모두 우리에게 대항하게 되네. 다른 질병들은 전쟁 중에 상대방이 사라지는 효과가 발생하는 통에 아픈 환자들이 코로나에 걸리면 급속하게 악화되어서 중환자가 되거나 사망에 이르게 되지. 그래서 우리도 되도록 아픈 환자 인간군에는 침투 금지를 지시하고 있다네. 숙주가 죽으면 우리도 죽으니까 말이지. 아무튼 우리의 확산을 용인할 테니 인간의 몸속에 있는 암세포와 싸워 달라는 부탁이군. 그러면 상호 윈윈(Win-Win)이 된다?"

"술탄코로나 님의 예지력과 지도력으로 코로나족이 납득할 만하다고 생각되는 제안입니다."

"좋네. 일단은 다시 서로에게 돌아가서 상의하고 30분 후에 다시 접속하세."

"네. 좋습니다."

우치동물원의 동물 숙주들 속에서 이루어진
코로나족 회의

엠페라코로나: 할아버지께서는 그럼 우리가 제안한 내용을 인간이 수용할 것이니 우리도 인간이 제안한 내용을 수용하자는 말씀이신 건가요?

술탄코로나: 그렇단다. 여기 모인 우리 코로나족의 지도자들은 모두 내 말을 잘 들어 주기를 바라네. 인간과 우리가 공존을 택한다면 우리 입장에서도 인간의 몸속에 존재하는 통제 불가능한 암세포가 있다면 우리 또한 숙주인 인간과 오랫동안 살아갈 수 없네. 인간의 몸에 설계된 수명이 120세이면 지금 인간의 평균수명보다 40여 년을 더 살게 되는 것이니 이는 우리가 확산하고자 하는 60억 인구보다 많은 약 100억 인구에 우리 코로나족이 같이 사는 것과 같은 이치야. 인간의 수명이 늘어나면 우리가 살아가는 번식의 영역과 확산의 순환고리도 길어지니까 말이지.

켄타우로스 족장 카르마 모크샤: 그러면 지금 저희가 진행 중인 인간에 대한 침투 확산 전쟁은 멈추어야 하는 것인가요?

술탄코로나: 아니지. 인간의 몸속 암세포와 싸우기 위해 우리가 인간의 지원병력으로 인간의 몸속으로 들어가는 것이네. 인간들을 전부 감염시켜야만 그 조건이 형성되는 것이니 우리는 확산을 계속해야 하는 거지. 다만 인간에게 치명상을 주지 않고 우리가 스스로 약화시키는 하위 변이족을 양산하여 인간의 몸에 우리 코로나

족의 침투 인식표를 심어 주는 전략으로 수정해야겠지.

BA 2.75 코로나족장: 하지만 인간들을 어떻게 믿습니까? 이렇게 대타협을 해 놓고도 계속 우리를 막겠다고 백신을 만들고 백신을 맞고 치료제를 만들어 우리를 죽인다고 계속 그렇게 할 게 분명합니다.

술탄코로나: 이보게. 우리가 누군가. 지구 역사상 그 누구도 RNA 바이러스를 잡은 종족은 없네. 왜냐하면 우리는 늘 변하기 때문이지. 불안정한 단백질 고리 그게 우리의 약점이자 우리의 강점인 것이지. 치료제? 만들면 뭐하나 우리는 이미 변해 있는데⋯. 앞으로 30년간 우리는 계속 변화하면서 인간의 몸속에서 생존하는 시간을 가지고 있네.

엠페라코로나: 하지만 할아버지, 인간들은 탐욕스럽고 이기적이어서 아마 저희처럼 일사불란하게 대타협의 명령을 따르지 않는 인간들이 나올 것입니다.

술탄코로나: 물론 나도 알고 있단다. 인간들의 성경책에도 나와 있지 않느냐? 에덴동산에 있는 사과를 따 먹지 말라고 했는데 말 안 듣고 따먹어서 고생한다고. 아마 계속 우리를 정복할 수 있다는 둥, 치료제를 만들었다는 둥, 질병 없는 세상에서 살 수 있다는 둥 둥둥둥 메시지만 떠다닐 것이야. 다만 우리가 하지 않았는데 우리가 했다고 오해받고 있는 부분들은 바로잡고자 한다.

BA2 코로나족장: 그게 무엇인지요? 술탄코로나 님.

술탄코로나: 우리는 인간의 몸에 침투해서 우리의 후손을 인간의 세포 내에서 생산하도록 하는 1차적 확산행위를 했을 뿐이지만 수많은 인간이 사망하는 바람에 마치 우리가 인간을 죽인 것으로 오해받고 있는 부분이지. 인간이 사망하는 건 인간 몸속 내부의 면역 반응이나 기타 다른 반응들이 과도하게 일어나는 부작용으로 인해 사망하는 것이거든. 우리는 단지⋯ 인간의 몸에 들어간 것뿐

인데 말이야. 흠… 그래서 우리를 살상하지 않고 우리가 인간의 몸에 침투했을 때 숙주화된 인간의 몸속에서 일어나는 면역 반응을 바로잡고 인간 몸에 후유증 없이 면역계가 바로 회복되는 그런 치료제를 만드는 것을 승인하고 우리도 그 치료제가 인간의 몸 안에 들어오면 적극적으로 면역계 회복을 지원하도록 공표할 생각이네.

켄타우로스 카르마 모크샤 족장: 정말 그런 치료제가 나올까요?

술타코로나: 이미 나왔네. 내가 숙주 인간을 통해 지연시키고 있을 뿐이지. 우리를 죽이고자 하는 화학식으로 구성된 약물이 아니라 지구에서 우리와 같이 공존한 천연물에서 추출한 인간면역계를 지원하는 약물을 세바스찬 강이라는 경희대학교 생명과학대학 교수가 개발했다네. 에이피알지64라는 천연물로 조합된 신약이지. 코로나족의 침투 후 인간의 면역계 회복을 도와서 우리를 진정시키고 부작용 없이 회복되는 기전을 만들어 냈더군. 인간들은 참 이상해. 좋은 걸 만들어 내도 천연물이 무슨 약이 되냐고 자기들끼리 공방하면서 그 신약을 빨리 도입하지 못하고 있으니 말이야, 허허.

엠페라코로나: 할아버지, 그럼 인간 면역계를 부작용 없이 회복시키고 우리에게도 피해가 없는 천연물 신약을 만들어 내는 것이 저희에 대한 전쟁용 살상 무기를 만드는 것이 아니라고 용인해 주시겠다는 말씀이군요.

술탄코로나: 맞단다. 우리가 언제까지 인간과 전쟁을 해 가면서 양패구상(兩敗俱傷)의 결과를 가져와야 하겠니? 우리는 서로 공생해야 한다. 지구 위의 모든 생명체들은 우리가 우주라는 공간에 떠 있는 지구라는 행성 위에서 공생하는 생명체라는 사실을 망각하면 안 되지. 자, 여러분! 그러면 특별히 반대 의견이 없으면 제가 최종적으로 정리해 보겠습니다.

첫째, 인간에게 우리가 제안한 여섯 제안을 인간은 모두 수용한다.

둘째, 우리에게 인간이 제안한 여덟 제안을 우리는 모두 수용한다.

셋째, 지금 인간과 코로나족이 서로 진행하는 확산과 방어는 그 대로 진행하도록 한다. 단 2023년 12월 31일을 기점으로 코로나족 이 인간 중의 51퍼센트 이상을 감염시킨다면 인간은 코로나족에 대한 모든 적대적 행위를 중지하고 인간과 코로나족이 공생하는 시대가 되었음을 선포한다. 또는 2023년 12월 31일을 기점으로 인 간의 비감염자가 51퍼센트 이상 유지되어 코로나족이 더 이상 확 산되기 어려울 정도의 방어막이 형성된다면 코로나족은 인간에 대 한 모든 확산전략을 멈추고 서서히 인간의 역사에서 소멸하는 데 동의한다.

넷째, 인간이 제안한 암세포에 대한 공격을 통한 인간의 수명 연 장지원은 인간에 대한 코로나족의 감염을 전제로 하므로 인간 중 51퍼센트 이상이 감염된 이후에 인간이 친코로나 정책으로 전환했 음을 발표하는 시점부터 조건이 시작된다. 다만 시험적으로 몇 개 의 군집을 대상으로 암세포에 대한 공격을 일부 코로나 군단에서 시작해 본다. 가장 큰 암센터가 있는 미국의 엠디 앤더슨 암센터 (MD Anderson Cancer Center)의 환자를 중심으로 시작해 본다.

여기저기에서 '동의합니다.' '이런 조건이라면 저희도 적극 수용 하겠습니다.' 등등 찬성의 의견들이 쏟아진다.

30분 후에 다시 접촉한 술탄코로나와 닥터 제닝스는 최종안을 두고 합의에 도달한다.

"저희 뉴클레아스 심해기억저장위원회 특별위원회의 모든 위원 들도 찬성하였습니다. 이로써 코로나족과 인류가 진일보하는 협상 을 만들어 냈습니다. 다 현명하신 술탄코로나 님 덕분입니다."

"나는 오직 우리 코로나족의 안전한 번영과 인간과의 평화로운 공존이라는 단 하나의 주제만을 생각했을 뿐이네. 앞으로 수많은 어려운 난관이 있을 것이야. 인간들은 지구상에서 다른 생명체를 가장 많이 해치고, 다른 생명체의 영역을 가장 많이 파괴하고, 다른 동물들을 멸종시키고, 스스로도 파괴하는 종족이거든. 아마 뉴클레아스 어쩌고저쩌고도 공격당할지 모르겠네. 내가 오히려 인간을 걱정하다니, 나 참…."

"어르신의 걱정에 감사드립니다. 사실 저희 지구의 모든 에너지 파장이 지구의 가장 밑의 원구 중심에서 나온다는 것을 아시는 분이셨기에 어르신을 쉽게 신뢰하게 되었습니다."

"간단하네. 우리 코로나족을 현미경으로 자세히 들여다보게. 어떻게 생겼나? 지구처럼 둥글지? 지구상에서 모든 생명 있는 것은 단위를 작게 해서 들어가 보면 모두 둥글다네. 왠지 자네는 알겠지?"

"중력과 우주를 감싸고 도는 양자 원심력 때문입니다."

"바로 그거네. 모든 사람은 하늘만 보지. 우주로 가면 그 끝은 어디에 있을까 하고."

"맞습니다. 사실은 중력의 힘의 원천은 바로 아래에 있는 데 말입니다. 지구자기장의 가장 밑바닥에서 연결되는 블랙홀을 통해 다음 우주 공간으로 이어지는 거대한 새로운 유니버스가 지구를 밑에서부터 돌리고 있는데 말입니다. 그 블랙홀의 입구에 저희 뉴클레아스 심해기억저장위원회가 있고 그 입구를 지키는 수호신이 바로 포세이돈입니다. 그 뒤로 플랑크톤 그물막이 처져 있어서 아무도 그 블랙홀의 입구에 들어갈 수 없지요."

"하하! 자네는 그렇게 비밀을 술술 나에게 말해도 되는가?"

"저는 이미 느끼고 있습니다. 저희 인간을 도와주신 술탄코로나 님은 코로나바이러스로 변화하여 생명을 유지하고 계시지만 이미 텔로미어를 지배하여 영속의 생명을 가지신 루카 님의 직계 혈통이라는 것을요."

"정말 자네는 인간이 아닌 인간이 맞는 듯하군. 지구의 균형을 위해 창조자 위원회는 뉴클레아스 심해기억저장위원회만 만들어

놓으신 게 아니라네. 지구 공생을 위해 모든 분야에 거대한 방어 조직들이 유기적으로 각 생태계의 환경을 조정해 가도록 심오한 배치를 해 두셨지. 나는 모든 바이러스를 관장하는 영구불변의 생명을 받았네. 나 또한 모든 에너지의 파장을 지구 심해로부터 받고 있지. 마술사가 가늘고 긴 대나무 위에 접시를 놓고 돌리면 결국 빙글빙글 돌아가는 접시의 중심 에너지는 어디에 있겠나? 바로 접시 밑의 가장 끝부분과 그 끝에 이어진 에너지가 전달되는 대나무를 쥔 손에 있는 거지. 뉴클레아스 심해기억저장위원회가 그 입구를 지키고 있다면, 지구의 모든 생명의 기원인 바다의 미생물을 통한 지구 환경과 산소공급, 온도 조절을 하는 기구는 내가 속한 넵튠 스피라가 관장한다네."

"넵튠 스피라군요, 지구를 지키는 또 다른 기구가."

"그래. 언젠가 나를 뉴클레아스 심해기억저장위원회로 한 번 초대해 주게. 기회가 되면 자네도 우리의 넵튠 스피라에 한 번 방문해 주면 좋겠네."

"감사합니다. 저희의 위치는 벌써 아시는 것 같으니… 넵튠 스피라는 어디에 존재하나요?"

"기회가 되면 대한민국 서귀포 제주도의 올레 6코스에 위치한 올레길을 한 번 걸어 보도록 하시게. 보목리에서 보목항을 지나면 제지기오름이 나오고 게우지코지, 테라로사, 커핏 카페 쪽으로 이어지는 바닷길로 가보도록 하게. 중간에 서양차관이라는 건물이 나오면 벤치와 그 옆에 돌하르방이 제주도 흑돼지를 안고 태평양을 바라보는 석상이 있네. 이 석상이 우리 넵튠 스피라로 들어오는 비밀의 초인종이네. 비밀의 암호는 자네의 블랙베리 볼드 9900으로 전송하도록 하지."

"헉! 제 전송기를 알고 계셨군요. 나중에 반드시 찾아뵙겠습니다. 이번 코로나족과의 대 협상은 어쩌면 인간이 스스로 저질러 버린 코로나바이러스 양산이라는 잘못을 지구균형을 위해 결국 창조자 위원회의 제어 장치인 비밀기구들이 해결하는 것이었군요. 만나 뵙게 되어 진정으로 영광이었습니다, 어르신."

"나도 반가웠네. 이제는 각자의 위치로 돌아가서 지구의 생태계 균형을 위해 또 열심히 소명을 다해야 하지 않겠나?"

"네, 어르신. 다음에 꼭 뵙겠습니다."

"나도 기대하겠네."

광주 광역시 생용동 우치동물원

오전 10시 30분.

"랄라라라라라. 어린이 여러분! 안녕하세요? 우치동물원에 오신 것을 환영합니다."

동물원 안에 위치한 어린이 동물원에 있는 스피커가 10시 30분에 자동으로 켜지면서 개장을 알리는 방송이 나온다.

동물원 관리실에서 커피페니에서 배달된 아이스 아메리카노를 마시고 잠이 든 27명의 동물원 직원들은 눈을 뜨더니 아무 일도 기억하지 못하고 개장에 맞추어 각자의 자리로 돌아간다.

동무원장 소파에 앉아 잠에서 눈을 뜬 동물원장 보틀아이언 원장은 기지개를 켠다.

"아함! 또 잠이 들었네. 난 잠이 너무 많아서 탈이야, 허허. 아무튼 오늘부터 나는 서기관이구나. 우히히히, 가만 이번 여름 휴가는 제주도로 잡아 놨는데, 마누라랑 승진 축하 제주여행으로 테마를 잡아서 제주도에서 실컷 바다 구경이나 하고 와야겠구나. 야호."

대한민국 도산대로 459번지
한국빌딩 1층 커피페니

분주하게 차량이 다니는 도산대로 사거리에 위치한 한국빌딩 커피페니 1층으로 한 남자가 걸어 들어간다.

"안녕하세요? 커피페니입니다. 어? 닥터 제닝스 님."

"안녕? 데이지, 오랜만이지?"

"어디 가셨길래 그렇게 오랫동안 보이지 않으셨어요? 오시면 저도 드리고 싶은 말씀이 있었거든요."

귀여운 데이지는 오랜만에 커피페니 청담에 방문한 닥터 제닝스를 반갑게 맞이한다.

"늘 드시던 걸로 한잔하실 거죠?"

"오케이."

데이지는 금세 만든 에스프레소 한 잔과 페리에를 가져온다. 커다란 유리잔에 페리에를 붓고 에스프레소를 부은 다음 맛을 음미하는 닥터 제닝스.

"흠! 탄산 에스프레소는… 역시 이곳 커피페니 청담에서 먹어야 제맛이야."

"참 독특하세요. 메뉴에도 없는 걸 늘 조합해서 마시는 분은 오직 닥터 제닝스 님뿐이세요. 호호호. 오시면 드리고 싶은 말씀이 있어서 기다리고 있었답니다."

닥터 제닝스는 웃으면서 데이지를 바라본다.

"데이지, 내가 오면서 데이지를 위해 작은 선물을 하나 사 왔는데 보여 줄까?"

"꺄악. 저야 좋죠. 뭔데요? 기대돼요."

닥터 제닝스는 데이지 앞에 작은 카드와 조그마한 은색함을 내놓는다.

"어? 이게 뭘까요?"

카드를 열어 보는 데이지.

'귀하를 더햄엑시터아카데미에 초대합니다.'로 시작되는 글귀가 보인다.

갑자기 눈물을 글썽거리는 데이지.

"닥터 제닝스 님, 실은 오시면 이 말씀을 드리려고 기다리고 있었거든요. 저는 언제 더햄엑시터아카데미에 갈 수 있는지… 저를 추천해 주시면 안 될까요? 지난달에는 아만다도 스위스 제네바로 입학을 위해 떠나고 나니… 마치 저만 크리스퍼 대사가 되지 못하는 게 아닌가 하는… 흑흑. 불안감도 생기고… 근데 이렇게… 감사합니다."

"데이지는 아주 특별한 능력이 있어서 이곳 기억삭제소 커피페니 청담에서 그 능력이 활성화될 때까지 교육 기간을 길게 잡고 기다린 거랍니다. 이제는 때가 된 듯하니 자신의 능력을 마음껏 펼쳐보세요. 이 선물은 평생 데이지가 지니고 다니면서 능력을 펼칠 데이지의 상징입니다."

작은 은색함을 내민 닥터 제닝스.

데이지가 은색함을 열자 녹색의 작은 완두콩이 보인다.

"어? 이건 완두콩인데요."

"하하. 이건 보통의 완두콩이 아닙니다. 제크의 콩나무에 나오는 마구마구 자라서 하늘에까지 올라가는 씨앗처럼 이 완두콩은 기억을 자라나게 하는 완두콩입니다. 기억삭제소를 통해 삭제된 기억은 영원히 복원할 수 없지만 이 제크의 완두콩을 먹으면 삭제된 기억이 재생됩니다. 다만 그 사용은 철저히 임무에만 국한됩니다. 제크의 완두콩을 사용하는 방법은 더햄엑시터아카데미에 가면 킴롱레이크 교장선생님이 자세히 가르쳐 주실 것입니다. 하하. 가실 때 제가 지평막걸리 몇 병 사줄 테니 꼭 가져가시고요. 행운을 빕니다."

데이지에게 축복의 인사를 한 닥터 제닝스는 언제나 그렇듯이 들어온 정문이 아닌 측면의 문으로 사라진다.

커피페니 창밖으로 보이는 저 멀리 도산대로에 즐비한 빌딩의 거대한 광고판에서 뉴스가 흘러나오고 있다.

"여러분, 안녕하십니까? YTN의 대기자 박제철입니다. 코로나 감염 이후 특이하게도 인류에게 암 환자가 급격하게 줄고 있다는 미국 엠디 앤더슨 암센터의 연구 보고가 나왔습니다."

2019년 12월, 인류의 역사에 가장 치명적이었던 바이러스들을 능가하는 새로운 신종 바이러스가 등장했다. 코로나바이러스는 원래 인간에게 감염될 수 없는 동물감염을 통해 종의 번식을 하는 생명체였는데 어떠한 이유에서인지 인간에게 번식 공간을 확장한 것이었다.

　오랫동안 의료계와 바이오산업에서 면역항암제 신약 개발, 유전자 분석, 보툴리눔 톡신과 관련한 업무로 쌓은 생명공학 지식을 기반으로 판단했을 때 코로나바이러스는 결코 쉽게 인간의 몸을 떠날 생각이 없는 강력한 포식자로 보고 주위에 그 사실을 알렸지만 당시에는 아무도 믿지 않았다.

　노아가 홍수의 예언을 믿고 지구의 생명들을 위해 노아의 방주를 준비하는 마음으로 세상에 등장한 인간의 가장 두려운 적이자 미래에 친구가 될 코로나바이러스에 대해서 좀 더 재미있고 다양

한 시각으로 바라볼 수 있는 이야기를 만들어서 널리 알리고 싶은 마음이 생겼다.

때마침 인간의 기억저장에 관한 연구와 다양한 기억전송 및 저장 시스템에 대해 생각하던 차에 인류의 기억저장 이야기와 코로나바이러스에 대한 이야기를 통해 지구에 사는 인류가 우주 공동체의 중요성과 생명의 중요성에 대해서 인식하기를 바라는 마음으로 글을 쓰기 시작하였다.

그리고 첫 이야기는 사무실이 위치한 도산대로 458번지 한국빌딩의 1층에 자리한 스타벅스 청담에 앉아 노트북을 펼치면서 시작되었다.

커피페니라는 가상의 공간은 기억을 삭제하고 이식할 수 있는 기억삭제소의 역할을 담당하지만 결국 인류의 기억이 꼬이고 고통받는 코로나 시대가 오면서 인간을 코로나바이러스에서 구하기 위한 새로운 사명과 임무를 부여받는 장소가 된다.

　뉴클레아스 심해기억저장위원회! 지구에서 발생한 인간의 기억을 전송하고 저장하고 가공, 편집, 삭제, 재생산의 과정을 담당하는 지구의 비밀기구이면서 철저히 베일에 쌓여 있던 이 조직이 코로나바이러스와의 대타협을 이끌어 내기 위해 비밀의 장막을 걷고 등장하게 되는 이야기들이 펼쳐진다.

　인류는 지구라는 공간에서 수많은 종의 생명들과 더불어 살아가고 있다. 하지만 지구 역사상 다른 생명체를 이렇게 공격적으로 멸종시키고 사육하여 잡아먹는 생명체는 인간이 유일하다. 눈에 보이지 않는 세균과 바이러스에 의해서 지구는 균형을 유지하고 이를 위해 때로는 인간의 수명을 단축하는 수많은 세균과 바이러스 그리고 치명적인 암세포를 인간의 역사에 등장시키면서 인간을 견제하고 있는 지구의 대질서의 균형이 이야기 속에 숨어 있다.

코로나바이러스 또한 태초에 지구 최초의 생명으로 태어난 루카라는 생명체에서 인간과 같이 분화되어 지구에 공생하는 한 형제라는 사실을 통해 결국 두 생명체와 지구에 같이 존재하는 모든 생명체들은 공동 운명체임을 독자들과 공감하고 싶었다.

Coffee penny
Cheongdam